U0453568

南宋词史（上）

陶尔夫 刘敬圻 著

北方文艺出版社

图书在版编目（CIP）数据

南宋词史 / 陶尔夫，刘敬圻著 . -- 2 版 . -- 哈尔滨：北方文艺出版社，2019.3（2020.8 重印）

ISBN 978-7-5317-3908-1

Ⅰ . ①南… Ⅱ . ①陶… ②刘… Ⅲ . ①宋词 – 词曲史 – 南宋 Ⅳ . ① I207.23

中国版本图书馆 CIP 数据核字（2017）第 148358 号

南宋词史

Nansong Cishi

作　者 / 陶尔夫　刘敬圻

责任编辑 / 宋玉成　刘想想

封面设计 / 韩　冰

出版发行 / 北方文艺出版社

邮　编 / 150008

发行电话 /（0451）86825533

经　销 / 新华书店

地　址 / 哈尔滨市南岗区宣庆小区 1 号楼

网　址 / www.bfwy.com

印　刷 / 三河市嵩川印刷有限公司

开　本 / 880mm × 1230mm　1/ 32

字　数 / 504 千

印　张 / 21

版　次 / 2019 年 3 月第 2 版

印　次 / 2020 年 8 月第 2 次印刷

书　号 / ISBN 978-7-5317-3908-1

定　价 / 88.00 元（上下册）

目录

深化与拓展

——《南宋词史》代序

步入20世纪90年代，词史研究渐趋热潮。两三年内，已有四五种词史专著问世。其中陶尔夫、刘敬圻二先生合著的《南宋词史》(黑龙江人民出版社1992年12月初版)是引人注目的一种。该著（下称陶著）在词史的建构和词艺的开掘，点的深化和面的拓展诸方面，都独具特色。

词史和文学史，是多种风格体系、文体类型、艺术表现方式不断演进更迭的有机整体，而不是众多互不关联的作家作品的拼合物。如何将纷繁复杂的文学现象、众多“各自为战”的作家及其作品从一个特定的视角和向度联结成一个有机的整体，以清晰而具体地揭示出词史或文学史的发展过程、流变轨迹，是词史和文学史研究者所面临的必须解决的难题。陶著独具匠心的词史建构方式是很富有启发性和创造性的。

概括言之，陶著对南宋词史的建构，是由一个基点和两条主线贯穿的。“一个基点”是指著者在通观整个中国词史的发展过程后得出结论认为：“中国词史，大体上经历了兴起期、高峰期、衰落期与复兴期四个阶段。纵观此四个阶段，南宋恰值高峰时期。”基于南宋词是“高峰期”的认识，著者将南宋词史划分为四个时期，即词坛的转型期（南宋初高宗朝的南渡词人群）、词史的高峰期（张孝祥、辛弃疾及“后南渡词人群”）、词艺的深化期（姜夔、吴文英、史达祖和高观国等人）和宋词的结获期（宋末遗民词人群）。通过对四个时期和八十多位词人及其词作的具体分析，揭示出南宋词史是如何由南渡词人的转型和变异而经辛弃疾把词推向高峰，辛派词人又是如何在辛词“巅峰的晕圈”内充实、丰富、巩固词史的巅峰状态，姜夔和吴文英又是怎样深化发展词艺而另起峰峦形成三峰鼎峙的局面，宋末遗民词人群在总体滑坡的态势下又是从哪些层面上仍然不懈探索、发展的历史进程，使人清晰地看出南宋词逐步朝向高峰运行、变异的轨迹。“杂乱无章”的南宋词史在陶著中形成了系统化、条理化的有机整体。这是陶著的特色和贡献之一。

陶著对南宋词史的分期也颇具特色。泛览前贤的词史专著和有关文学史的著作，大多是将两宋词史划分为六个时期或四个时期，南宋词坛则相应地被划分为三个时期或两个时期，无论哪一种划分法，都是把张元幹等南渡词人与辛弃疾等人划分为同一个时期。这种分期一是忽略了南渡词坛在南宋词史上的独立地位，二是有悖历史分期的共时性原则。张元幹等南渡词人先后谢世退出词坛后，辛弃疾等词人才逐步走入词坛。把两代完全不同时期的词人放在同一创作时期内考察，难以确切把握词史的发展进程和流变走向。众所周知，南渡初期（宋高宗朝三十余年）虽未出现足以与苏、辛等并驾肩随的第一流大词人，但李纲、赵鼎、叶梦得、朱敦儒、向子諲、吕本中、李清照、张元幹等一大批由北宋入南宋的“南渡词人群”，因时代的巨变和词学观念的更新，彻底改变了北宋末年的词风和词史的发展走向。他们在两宋词史的发展进程中的独立地位是不应被忽视的。可以说，没有南渡词人群这一大批先行者完成了“词坛的转型”并进行多方面的探索，辛弃疾等人就不大可能把词推向高峰。因此，陶著把宋南渡初期三十余年的词坛作为南宋词史进程中的一个独立而重要的阶段予以重视和全面细致的论析，是颇有历史眼光的。虽然略早于陶著问世的杨海明先生的《唐宋词史》和笔者的《宋南渡词人群体研究》也都是把宋南渡初期词坛作为一个独立的发展阶段予以探讨，但考虑到陶著的写作（初稿成于1988年）到问世有一个较长的周期，陶著这种分期和审视角度仍然是富有特色和创造性的。几位研究者都把南渡词坛作为一种独立的发展阶段来看待，也反映出学术界近年来逐渐形成的一种共识。

“两条主线”是指陶著以豪放、婉约两种风格体系为线索来探讨南宋“词艺”的发展与深化。陶著明确指出：“不论南宋豪放词以外有多少种不同风格，归根结底，都不过是婉约词在南宋特定历史时期的发展与深化而已。所以，此书将始终以豪放与婉约二者为线来加以贯穿。至其发展演变以及风格特色之明显不同，则主要靠分析阐释来加以解决。”从陶著的结构安排上，可以看出以这两条主线贯穿的词史建构方式。全书分为四章（每个时期占一章），第一、二章是沿“豪放”一线探讨豪放风格体系的承传与变异，第三章则主要是依“婉约”一线探索婉约风格范型在词艺上的进展与深化。第四章则分别沿着这两条线来论述宋末“结获期”词坛的发展概貌和流变走向。词史的发展并不是单向、单线式的，不大可能一个时期只是豪放词在发展，另一个时期只是婉约词在深化，而常常是两种甚至是多种风格的共存互竞。既要照顾这种复杂的词坛的多元态势，又要线索清晰、条理分明地描述出词史的发展演进轨迹，于是陶著在分期上既采取以时间先后为序的分期法，也适当进行一些逻辑层面的切割，如把与陆游同时但风格却不相同的范成大、杨万里等放在第三个时期来考察，便突破了时序的划分，而主要是从逻辑和风格的趋同性上来考虑的。这种划分，就使得“词艺”的演进轨迹被清晰地展示出来。

自明人张綖、清初王士祯把宋词分为婉约、豪放两“体”、两“派”以来，词学研究历经了数百年，仍被圈定在一个固定的格局内，一般说来，是难以取得突破性进展的。而陶著却据此具体地揭示出南宋词史上婉约、豪放两种风格体系不断发展、演进、深化、互渗的过程，以两条主线贯穿把南宋词史融结成一个前后承传变异、环环相扣的有机整体，从而取得词史研究的新进展，是令人敬佩的。但是，如果能突破婉约、豪放两分法的传统格局，另从一个新的角度或层面去把握南宋词史的发展进程，或者更具有启发性。

文学史，不仅仅是心灵史、行为观念史，更是文学艺术的演进史、主体创造力的发展史。因而，一代词史，就不能不探求词的表现方式、艺术技法的发展和演进。陶著的另一特色和不同于一般词史著作之处就在于：它十分注重对词艺、技法的开掘和探索，力图将词史、审美发展史与艺术鉴赏史融合在一起，通过具体细致的鉴赏，分析每一词作的艺术构成和艺术技巧，然后再归纳、概括每一词人的艺术个性和独创性，进而通过纵横的比较分析，揭示出词的艺术表现史的发展变化轨迹。无论是对辛弃疾、姜夔、吴文英这样的大词人，还是对许多被忽略的“小”词人，如王以宁、范成大、朱熹等，陶著都充分翔实地分析了他们的独创性成就和作品的艺术特色，精彩纷呈，随处都可见著者独特和敏锐的艺术慧眼。

把审美鉴赏和词史的叙述结合起来，是陶著的一大特色。这种词史的研究方式的长处是能使每位词人的艺术个性、表现技法得到具体化的显示，而不流于空泛和抽象，使得有关每位词人艺术独创性的结论能建立在丰富扎实的基础上，对每位词人所运用的变化多姿的艺术技法、结构方式有完整而具体的了解。但如果鉴赏过多，则容易冲淡词史发展脉络、变化轨迹的明晰性。由于著者高度的艺术鉴赏力和文字驾驭能力，每段鉴赏文字都写得各具面目，准确深刻，而且对鉴赏与词史叙述的关系处理得很有分寸，不至于观点被材料和鉴赏分析所湮没。但不是每位研究者都具备这种素质和能力，因而在借用此种研究方法时必须慎重。

点的深化和面的拓展，是陶著的又一特色和贡献。点的深化，是指陶著对辛弃疾、姜夔和吴文英等被前哲时贤研究得很全面深入的重点词人做了新的深化探索。其中对“稼轩体”内涵的剖析，从生命的“高峰体验”的角度探求“稼轩体”及其艺术高峰形态的成因，对吴文英词梦幻境界的定量和定性分析等等，尤具独创性和启发性，把对辛、姜、吴等重点词人的研究推向了一个新的理论高度和观照的深层。

面的拓展，是指陶著拓展了词史研究的领域，拓宽了词的研究对象。陶著具体论析的词人有八九十人之多，大大超过了一般词史所关注的幅度，许多鲜为一般词史著作所提及的词人，如赵佶父子、周紫芝、王以宁、苏庠、蔡伸、王质、赵善括、刘学箕、王珣、葛长庚、黄孝迈、楼采、李好古和一大批存词只有一两首的女性词人，陶著都把他们放在词史的演进历程中做了比较具体深入的分析。研究领域的拓展，不只是一种研究视野的转换和拓展，更表明一种文学史观念的更新。一个时期文学艺术的发展和演进，一种文艺思潮的形成和变异，一种文学类型趋向高峰状态，固然需要大作家的开拓和创造，但也少不了为数众多的“小”作家的共同努力。一代文学史著作，如果只关注几个“明星”作家，而忽略了烘云托月的“众星”，就不可能全面立体地展示出文学史的发展历程，也无法展示峰壑林立、群峰起伏的文学史的“高峰”形态。故陶著把为数众多的“小”词人纳入观照的视野之内，实体现出一种完整新颖的文学史观。陶著点面结合，以线贯穿，既从历时性方向揭示出了南宋词史阶段性的发展过程，也从共时性角度展示出了每一阶段词坛丰富多元的审美形态，既从深度上推进了南宋词史的研究层次，也从广度上拓展了南宋词史的研究领域。

王兆鹏

前　言

南宋（1127—1279）是中国词史发展的高峰期。为了对这一时期词的发展演变能有较客观较深入的了解，我们不惮浅陋，试将这一段词史做一初步梳理。

南宋是中国历史上相对独立的王朝，又与它之前的北宋有着极为密切的联系。这是观察与解读南宋历史的逻辑起点。令人遗憾的是，南宋王朝没有肩负起历史赋予它的神圣使命，它既未能维护自身的独立与领土完整，更没能高扬起收复北宋被占领土、实现国家统一的旗帜，而是在扩张者面前步步退让，最终退到南海中去。南宋君臣，义不帝秦，蹈海而死，既可歌可泣可悲，又令人扼腕叹息。

南宋的灭亡是因为它继续执行北宋的妥协投降路线，违反了历史的逻辑而重蹈覆辙。作为当时诗体形式之一的词则恰恰相反，南宋词不仅在词艺探索方面气象万千，令人目不暇接，乃至攀上词史峰巅，而且自始至终响彻了反对妥协投降、力主反攻复国的强音。不仅在当时有气壮山河、振聋发聩的效应，即使在整个文学历史上，也是极其辉煌的一页。

从中国词史发展的全过程来看，大体上经历了兴起期、高峰期、衰落期与复兴期等四个不同历史阶段[①]。正是南宋词的庞大存在及其气象万千，将词的创作推向了历史的高峰。据初步统计，唐圭璋所辑《全宋词》共收词人1494家，词21055首。其中，南宋词人约为北宋词人的三倍[②]。不仅如此，南宋还出现了许多在文学史上有重大贡献与重大影响的著名词人，如李清照、辛弃疾、姜夔、吴文英以及宋末元初的王沂孙、张炎等。

就南宋词本身的发展来看，也大体上经历了四个不同的历史时期。为了叙述方便，我们将这四个时期归结为：词坛的转型期、词史的高峰期、词艺的深化期与宋词的结获期。当然这四个时期的断限并不是绝对的，其中还有一些明显的相互交叉与重合。时期的命名也未必准确，不过借以概括一个时期的主要特点而已。

首先是词坛的转型期。这里说的转型，主要指南渡词人迅速适应环境、协调自我的过程。“靖康之变”将无穷的劫难降临人间。当时的词人也随着宋室南渡，许多词人杂在流亡的行列之中，经受了血与火的洗礼；朝中的爱国之士也都奋起救亡；身负卫国重任的元戎武将们挺身拼搏于沙场；沦陷区的百姓纷纷揭竿而起。“壮志饥餐胡虏肉，笑谈渴饮匈奴血”成为主要旋律和时代强音。南宋王朝本可以借此朝野一心的大好时机，积聚力量，以挽回败局，但南宋王朝只顾逃跑，随之又明确亮出妥协投降的既定方针，干下许多使亲者痛、仇者快的蠢事。原来对反攻复国抱有强烈信念的爱国志士对此大惑不解，直至产生“天意从来高

① 兴起期：唐、五代、北宋，约370年；高峰期：南宋，150余年，延至遗民词人，也不足200年；衰落期：元、明，约370年；复兴期：清，260余年。

② 此据南京师范大学《全宋词》检索系统之统计（含孔凡礼《全宋词补辑》）。

难问”的慨叹。一些词人开始冷静下来，对朝廷妥协投降路线及由此而造成的恶果提出质疑与责难，直接或婉曲地表示出对国家前途的焦虑与忧愁。另外一些词人出于义愤与绝望则啸傲林泉、放情诗酒，从另一侧面反映壮志难申报国无门的苦闷。这就是南宋词坛转型期的简要轮廓。时间从“靖康之乱”开始到宋高宗绍兴三十二年（1162）辛弃疾南渡为止，共约35年。词坛转型期的主要词人有李纲、赵鼎、岳飞、张元幹、胡铨、陈与义、向子諲、朱敦儒、叶梦得、吕本中、胡世将、苏庠、陈克、周紫芝等。李清照经历了战乱与流亡的全过程，备受国破家亡、夫死财丧、形只影单、颠沛流离之苦，因此她南渡后的词风有更为明显的转变。她后期所抒写的烦恼忧愁，已不再是个人的一己之悲，而是融入了家国之恨与社会的不公。她是重建南宋词坛的合唱队中的一女高音，她的声音不仅震动着南宋词坛，至今仍为世人所瞩目。

以上说明，南宋词坛一开始就构建在坚实的基础之上，它顺应了时代要求，涤荡了弥漫于北宋末年的颓靡之音，继承并弘扬了苏轼开创的豪放词风，确立了爱国豪放词的创作传统，使歌词创作与时代、与平民大众更为贴近。他们通过自已的创作促进了南北文化与南北词风的交融，他们的成功以及开始写作豪放词时的粗率与不足，都是以后词人的良好借鉴。

第二是词史的高峰期。继南渡词人之后，在南方成长起来的词人，快步地走上转型之后的词坛。陆游、张孝祥等不仅发扬了南渡词人开创的爱国豪放词的传统，并以自己成熟的艺术经验迎接词史高峰期的到来。辛弃疾的出现，标志着词史已经进入高峰时期。他进一步扩大了词的表现范围，突破了诗、词、文的界限。他不仅以文为词、以诗为词，甚至在词里任意驱遣经、史、子、集，而这一切在整体上又能无损于词的特质。他的词虽以豪放为主，但又不乏清丽婉约之作。他成功地吸取传统婉约词的艺术经验，使豪放与婉约在他的创作中美妙结合，终于形成了雄豪、博大、隽峭、清俊的“稼轩体”。“稼轩体”的出现，完成了词史审美视界的转换，弥补了歌词创作自身发展的不足，改变了婉约词一统天下的历史格局，开创了婉约词与豪放词分镳并驰、长期共存的局面。他与陈亮、刘过等词人联手进行创作，扩大豪放词风的影响。辛弃疾既震动于当时，又光照于后世，终于以自己庞大、丰富、深刻的词篇而登上词史的高峰之巅。当时或稍后的杨炎正、刘仙伦、程珌、戴复古、岳珂、黄机、刘学箕、王埜、葛长庚，甚至朱熹等，均明显受到辛词的影响。

第三是词艺的深化期。这一时期，实际上是词史高峰期的继续。在以辛弃疾词为首的爱国豪放词有了长足的发展以后，婉约词在当时已不能再重踏“花间”以来的老路了。“复雅”也好，“清空”也好，就是这一时期婉约词面对“稼轩体”的庞大存在与“晕圈效应”而选择的一条改革求新之路。这种改革求新，在范成大与杨万里的词篇中已经露出端倪。姜夔的出现才使词坛出现了新变。姜夔是一个布衣终生、才艺双全的专业词人。他精诗能文，通晓音律，能自度曲并兼擅书法。早年得名诗人萧德藻的赏识，又与大诗人范成大、杨万里交好，晚年结识辛弃疾。姜夔存词仅87首，但几乎都是严肃认真与精雕细刻的力作。他继承周邦彦格律精严的传统，但却着力于新的发展，并有意用江西诗派的瘦硬之笔来矫正周词的圆俗与软媚。同时，他还善于用晚唐诗歌中的英俊绵邈来纠正辛派末流的粗糙与叫噪，从而开创了幽韵冷香与骚雅峭拔的词风。更为突出的是他善于使音乐艺术与词的表现艺术巧妙结合，成功地将音乐家的艺术思维和艺术手段运用于歌词创作之中，做到诗中有乐，乐中有诗，在声情并茂、音节谐婉这两方面达到前所未有的新水平。与白石同时或稍后的史达祖、高观国、卢祖皋、张辑等词人，均不同程度地仿效白石词风，同时又能不失自家本色。由于张炎《词源》对白石词的推崇，清代甚至出现了“家白石而户玉田”① 的历史现象。白石词的缺欠是题材与所反映的生活面过于狭窄，词作风格也较为单调。但这并不妨碍他成为辛弃疾之后第二个攀上词史高峰的大词人。

继姜夔之后第二个在词艺深化方面做出巨大贡献的词人是吴文英。吴文英一生未任官职，长期往来于苏、杭一带，过的是清客与幕僚的生活，晚年困顿而死，存词340首。《梦窗词》运意深远，构思绵密，用笔幽邃，在超逸之中时有深郁之思，显示出一种迥异于其他词人的独特风格。但是，对《梦窗词》的评价在历史上时高时低，差距很大。《梦窗词》的成就主要表现在艺术技巧方面。他生于姜夔之后，同样脱胎于周邦彦，但他却能开径自行，走着与姜夔完全不同的道路。他不仅继承和发展了秦观、周邦彦等人的秾丽深挚，而且还直逼唐人。《梦窗词》中画面的罗列和叠印，镜头的跳跃、转换与突接，颇得温庭筠“深美闳约”的神髓。他的词中还明显地游动着李贺与李商隐的身影。他的词能够打破时空的局限，大胆驱遣世间万物，驰骋丰富的艺术想象。他还能摒弃传统的构思方法，使某些词具有现代西方意识流的结构特点。总的看来，他的词重创造而少模仿，反陈述而重联想，这就使《梦窗词》呈现出一种与他人迥然异趣的鲜明特点，开创出一种超逸沉博与密丽深涩的词风。周济评《梦窗词》说：“其佳者，天光云影，摇荡绿波，抚玩无斁，追寻已远。”(《介

① 朱彝尊：《静惕堂词序》，施蛰存主编《词籍序跋萃编》，中国社会科学出版社 1994 年版，第 543 页。

存斋论词杂著》)[①]《四库全书总目提要》中“词家之有文英，亦如诗家之有李商隐也”[②] 的说法，并不是毫无根据的妄评，有的评家甚至认为吴文英已超过了李商隐。然而，因《梦窗词》跳跃性太强，加之用典过密，藻绘太甚，免不了有某些堆垛与晦涩之病，并由此而影响了《梦窗词》的传播。但这并不妨碍吴文英是继辛弃疾与姜夔之后，第三个攀上词史高峰的大词人。

如果说辛弃疾的贡献主要表现在爱国豪放词的思想与艺术的开拓及其完美结合，并由此完成了词史审美视界的转换，改变了婉约词一统天下的历史格局，那么，姜夔与吴文英的贡献则主要表现为通过词艺的深化，增强了婉约词的思想意蕴与艺术表现力，使婉约词在向豪放词倾斜与相互渗透的过程中不失自家本色。姜夔与吴文英的创作说明婉约词的传统以及词这一诗体形式是有强大生命力的，它不会在以诗为词或以文为词的时潮中丧失自身特质而被消解掉。姜夔与吴文英维护了词的纯正，丰富了词的艺术技巧，这为他们以后的婉约词（豪放词在内）提供了取之不竭的艺术经验。正是从这一视角（即词艺达致的高峰状态）来观照南宋词坛，才得出以下结论：辛弃疾、姜夔、吴文英鼎足而三，共同屹立于词史的高峰之巅，既震动于当时，又光照于后世。宋末元初及其以后的词人，几乎无一不被笼罩于南宋这一词史高峰投下的阴影之中，不论他们在词的创作上有多大的发展变化，均未能超出辛、姜、吴（当然也包括北宋大词人）所覆盖的范围，也始终未能走出他们的阴影。所以，词艺的深化期仍然是词史高峰期的继续与发展。这一时期从姜夔登上词坛，到吴文英去世为止。其中还包括受吴文英影响的尹焕、黄孝迈、楼采、李

① 唐圭璋编：《词话丛编》，第 2 册，中华书局 1986 年版，第 1633 页。

② [清]永瑢等:《四库全书总目提要》下册，中华书局 1965 年版，第 1819 页。

彭老，还有早期走向词坛的另一重要女词人朱淑真。

第四是宋词的结获期。所谓“结获”也就是南宋词的最后结局、结果与收获期。假如我们把前三期比作春耕、夏耘、秋熟，那么这最后剩下的工作便是抢收与存储了。结获期与其前后的历史时间均有交叉，它横跨宋末元初两个截然不同的历史时代。艺术创作的内容与风格并不与朝代的更迭、政权的转移同步。一个政权被颠覆以后，当天就可改名易帜，而文学内容与风格的质的变化，则需要延续很长的历史时期。所谓文学与政治经济发展不平衡，这大约就是其主要表征之一了。因此，结获期既包括宋理宗端平元年（1234）至宋帝昺祥兴二年（1279）南宋最后灭亡，又包括元世祖至元十六年（1279）至元仁宗延祐七年（1320）前后，即所有南宋遗民词人去世为止。

在南宋灭亡前的三四十年时间里，元军不断南侵，但南宋朝廷并未意识到巢倾卵覆之日已经到来，仍然文恬武嬉，醉生梦死。而清醒的朝臣与部分士人已预感到危亡在即。为了增强民族危亡意识，他们继承辛弃疾爱国豪放词的传统，在自己的作品里大声呼号，对统治集团表示极大愤慨。刘克庄、吴潜、陈人杰等人的作品便都程度不同地透发着以天下为己任的豪情与报国无门的苦闷。

咸淳五年（1269）元军袭襄阳，咸淳九年（1273）陷襄阳，1276年陷临安。三年后，元军击败南宋最后一支军事力量，帝昺投海。宋后期的词人绝大多数都经历了这一时代的巨变，他们心灵深处留下了永难平复的创伤。所以在南宋灭亡以后的三十年左右时间里，他们始终坚持反元的遗民立场，隐居不仕，在自己的作品中反复咏叹南宋灭亡后的伤痛与悲惋。他们继承了姜夔开创的词风，感时愤世，凄咽苍凉，词旨隐晦，寄托遥深，在咏物词的写作上别具创获，是婉约词继姜、吴之后在特定时代氛围中的新发展。周密、王沂孙、张炎是这一派的代表，在词史上有较大影响，是仅次于辛、姜、吴的重要词人。还有一部分词人，面对南宋的灭亡，大义凛然，起而抗争，知其不可而为之，在绝灭中进行殊死的挣扎与搏斗。他们的词就是在这一挣扎与搏斗中所发出的怒号，如民族英雄文天祥。他不仅有震动当时的诗、词、文，而且用自己的生命谱写出一曲气贯长虹的哀歌。他生的英雄，死的壮烈。应当说，文天祥的诗词创作及其抗元救国的实际行动为南宋的灭亡留下了一部高扬民族气节的英雄交响曲。参与这部交响曲演奏的还有刘辰翁、蒋捷、汪元量和刘将孙等爱国遗民词人。近320年的两宋词坛，在这英雄交响曲的回响声中，拉紧了它最后的一块幕布。

词坛的转型期

第一章

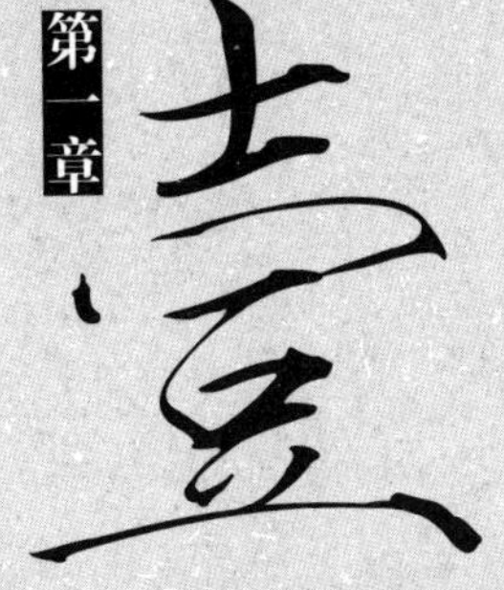

从公元1126年“靖康之变”到1279年南宋灭亡，历史上称之为南宋时期。

宋徽宗宣和七年（1125）十一月，经过长期准备的金兵分两路大举南下。一路进取太原，一路直逼燕京，并约定于北宋国都东京会合。太原守军逃跑，燕京守将投降。金兵长驱直下，势如破竹，东京危如累卵。在北宋即将覆灭的紧急关头，宋徽宗魂飞魄散，先是下罪己诏号召各地驻军“勤王”，随后又宣布退位，命太子赵桓即位。十二月赵桓（钦宗）即位，次年改年号为靖康。钦宗一上台就准备投降，只是因为李纲等抗战派坚持抗金救国，反对卖国投降，才使局面维持约一年之久。但因钦宗态度软弱，多次贻误战机，加之用人不当，北宋都城终于在靖康元年（1126）闰十一月被金兵攻破。是月三十日钦宗出城到金营投降。第二年（1127）四月，金兵大肆抢掠后挟徽、钦二帝及所有皇室北上，北宋灭亡。同年五月赵构称帝于南京应天府（今河南商丘），改元建炎，随即南渡。为躲避金兵追击，宋高宗赵构在江浙一带跑来跑去，直至绍兴八年（1138）才定都临安（今浙江杭州）。

“靖康之变”像空前巨大的雪崩一样，将无穷的灾难降临在宋室臣民身上。词人也随着宋室纷纷南渡，南宋词坛因时势而转型的使命，便落到了南渡词人身上。

第一节　亡国的哀吟与救国的呼号

南宋词坛是在两种不同的音响声中逐步建立起来的。一种是亡国的哀吟，一种是救国的呼号。这两种声音虽有明显不同，但却都是面对北宋灭亡而发出的，其最深潜的心理情感层次都是因北宋灭亡而激发出的爱国深情。前者由于身份、地位、处境、性格等因素不同，表现比较深隐，往往跟自身一己之悲交织在一起，或者就是这一己之悲的直接抒写。因而，自然成为婉约词风在这新的历史时期的继续。另一种声音是面对北宋的灭亡而发出的惊天动地的怒吼，直接表达他们抗金复国、重整河山的强烈愿望。这种声音很自然地继承苏轼开创的豪放词风，并在新的历史条件下逐渐形成贯穿南宋词坛始终的最强音与主旋律。

一、赵佶与蒋兴祖女之不同哀吟（附：赵桓　洪皓）

赵佶（1082—1135），即宋徽宗，神宗第十一子，建中靖国元年（1101）即帝位。赵佶在位的25年中，朝政日非，民怨沸腾。他重用蔡京、朱勔、童贯等奸佞之臣，加重对百姓的镇压与掠夺，百姓不堪忍受而纷纷起义。对外，他一贯奉行妥协投降政策，致使金贵族统治者不断向内地侵扰，连陷朔代及燕云各州。对此，赵佶只知苟安求活而不知自振抗敌，终于在金兵大举南侵时束手待毙。他禅位太子赵桓，自号道君皇帝，称“太上皇”。靖康二年（1127）赵佶父子即徽、钦二帝被掳北去，押解至五国城（今黑龙江依兰县），于宋高宗绍兴五年（1135）死在那里。

赵佶于荒远边地度过八年亡国之君的囚徒生活，其后半生经历之凄惨为其他亡国之君所无。但另一方面，赵佶又是一个天分极高的诗人与艺术家。他能诗能词，精通书法，擅长绘画，熟谙音律，长于演奏，其他犬马游乐之事也无不精擅。他生平著述极多，但无刊本行世。存词仅13首，近人曹元忠辑有《宋徽宗词》。

赵佶作品以被俘为限可分两期。除《眼儿媚》及《燕山亭》两首为被俘后所作外，其余皆为被俘前所作。

应当说，赵佶词风的转变是从《临江仙》开始的。这首词题曰：“宣和乙巳冬幸亳州途次。”“宣和乙巳”即徽宗宣和七年（1125），据《宋史·徽宗本纪》，这年十二月“诏内禅，皇太子即皇帝位。”“靖康元年（1126）正月乙巳，诣亳州太清宫”。①宣和七年冬禅位后，赵佶为避金兵乱逃往亳州。因正在旅途中，时间尚未到改元（靖康元年正月）之日，故词题仍沿用“宣和乙巳”。这首词写于南逃途中，已完全失去早年寻欢逐乐的情致，字里行间已隐约透露出亡国之忧。全词如下：

过水穿山前去也，吟诗约句千余。淮波寒重雨疏疏。烟笼滩上鹭，人买就船鱼。　　古寺幽房权且住，夜深宿在僧居。梦魂惊起转嗟吁。愁牵心上虑，和泪写回书。

① ［元］脱脱：《徽宗本纪四》，《宋史》第2册，中华书局1977年版，第417页。

上片写南行的焦灼心情与路上之所见。“淮波寒重”，既是季节特点，又烘托出时代的森寒。史载，徽宗退位后深知民愤极大，罪责难逃，乃携后宫人等并蔡京、童贯全家，由童贯亲军两万人护送，逃出东京，以“烧香”为名前往亳州。其心情可想而知。但赵佶依然写出了“烟笼滩上鹭，人买就船鱼”这样具有淮水渔村特色的词句。不过，下片就再也没有这种诗情了。有的只是僧房的简陋与梦惧魂惊。长吁短叹之余，只有蘸着泪水，书写回信，报告旅途的平安。北宋前途早已吉凶未卜，自身的未来又岂能预测？“人买就船鱼”这一安定画面是怎样令人欣羡啊。亡国之君的心态已初露端倪。

真正进入亡国之君心态的是《眼儿媚》：

玉京曾忆昔繁华，万里帝王家。琼林玉殿，朝喧弦管，暮列笙琶。　　花城人去今萧索，春梦绕胡沙。家山何处？忍听羌笛，吹彻梅花。

上片忆昔，写京都往日的兴盛繁华，其中突出“帝王”二字，暗示亡国况味袭上心头。下片慨今，过片“花城人去”一句，将梦中繁华抖落，跌入“胡沙”现境中来。结拍从羌笛转忆江南梅花，哀思苦绪，尽在不言之中。此词咏及梅花，后人怀疑南宋某些咏梅之作亦与二帝北狩词情相关，如姜夔之《暗香》《疏影》等。

赵佶的力作是《燕山亭·北行见杏花》：

裁剪冰绡，打叠数重，冷淡燕脂匀注。新样靓妆，艳溢香融，羞杀蕊珠宫女。易得凋零，更多少无情风雨。愁苦！闲院落凄凉，几番春暮？　　凭寄离恨重重，这双燕何曾，会人言语？天遥地远，万水千山，知他故宫何处？怎不思量，除梦里有时曾去。无据，和梦也有时不做。

词以杏花起兴，实写故国之思。上片前六句用拟人手法极写杏花无比妍丽，笔触轻灵秾艳，细腻传神。“蕊珠宫”，道家所说的神仙宫阙。因赵佶自称“教主道君皇帝”，故此句有自喻之意在内。后五句词笔急转直下，“凋零”的“杏花”亦即北宋王朝的写照。“无情风雨”，不只是大自然现象，也是时代的政治风暴。“无情”“愁苦”“凄凉”“春暮”，哽咽之声连绵不断，构成亡国哀吟的四重唱。下片写故国之思，以“离恨”扣题，并通过“寄”字全面铺开，以下逐层渲染。先把“离恨”托之与“双燕”，但“双燕”不通人语，无法表达；继之一转，即使它们能够表达，但“天遥地远，万水千山”“故宫”啊，你到底在什么地方？言外之意是，即使这“双燕”能够找到，但江山易主，物是人非，又向谁去转诉你的“离恨”？下面，词笔再转，即使如此又怎能不一而再，再而三地思念故宫呢？在令人绝望的无可奈何之际，词人只能把希望寄托于梦中。然而可悲的是，近来连做梦的机会都不可得，借助梦魂归国的希望也完全破灭了。此词写得凄恻委婉，纡徐曲折，读之令人荡气回肠。句句皆由肺腑发出，倾吐着由万人之上跌入异邦奴隶群中那种欲死不能，欲归不得的凄楚心态，故千百年后，仍有感人的艺术力量。正如杨慎在

《词品》中所说："词极凄惋，亦可怜矣！"[①]沈际飞说得更为形象："猿鸣三声，征马踟蹰，寒鸟不飞。"(《草堂诗余正集》)[②]贺裳在《皱水轩词筌》中把此词跟李煜《浪淘沙》"梦里不知身是客"相比较，认为这首词结拍两句，"其情更惨"[③]。王国维对这首词的艺术感染力作出了自己的分析，认为："尼采谓'一切文学，余爱以血书者'，后主之词真所谓以血书者也；宋道君皇帝《燕山亭》词亦略似之。"(《人间词话》)[④]因为赵佶北上后作品多写真情实感，艺术性很强，人们往往为其词而感动，甚至由此忘记了他是一个昏庸误国之君。

赵桓（1100—1160），即宋钦宗，赵佶长子。正和五年（1115）被立为太子，宣和七年（1125）冬嗣位。翌年正月改元靖康，在位两年。靖康二年（1127）金兵围汴京，被掳北去。存词3首。

作为一个软弱无能的皇位继承人，在金兵围困汴京的危险形势下即位，如利用当时同仇敌忾的士气与各路兵马集中保卫汴京的大好时机，则不愁击退金兵，转危为安。但赵桓在位的两年中，战战兢兢，畏敌如虎，步步退让，不惜接受一切丧权辱国条件以图维系赵宋王朝的统治，最终弄得国破家亡，被掳为奴，死于边远的囚所。尤有甚者，他始终对这一历史悲剧未能进行认真反思。他认为北宋的灭亡是"万邦不救"，是缺少壮士忠臣所致。如《西江月》：

---

① 唐圭璋编：《词话丛编》，第1册，中华书局1986年版，第505页。

② 陶然主编：《唐宋词汇评》，两宋卷第2册，吴熊和主编《唐宋词汇评》，浙江教育出版社2004年版，第1357页。

③ 唐圭璋编：《词话丛编》，第1册，中华书局1986年版，第703页。

④ 唐圭璋编：《词话丛编》第5册，中华书局1986年版，第4243页。

历代恢文偃武，四方晏粲无虞。奸臣招致北匈奴，边境年年侵侮。　　一旦金汤失守，万邦不救銮舆。我今父子在穹庐，壮士忠臣何处？

首二句说北宋历来政策如何正确。三、四句把辽、金、西夏的骚扰入侵归罪于“奸臣招致”，所以连年战事不绝。于是，一贯推行妥协退让政策的责任便被推卸掉了。下片，对汴京失守并未认真检讨自身，而完全归罪于外界。当然，其中不乏难言之隐——尤其是子不言父过这一封建纲常礼法的束缚，使他难以直言徽宗在位时的劣迹。难能可贵的一点是，他毕竟指出了前代祖宗信用了“奸臣”。信用“奸臣”，皇帝本身也就有责任了。从内容的厚度、情感的深度与艺术表现诸方面看，这首词均较浅露平白，质木无文。

另首《西江月》则略具词的韵味：

寒雁嗈嗈南去，高飞难寄音书。只应宗社已丘墟。愿有真人为主。　　岭外云藏晓日，眼前路忆平芜。寒沙风紧泪盈裾。难忘燕山归路。

首起二句即景生情，接二句从亡国之君联及北宋150年基业，并寄望于有比自己更合适的人选来接替宗社的香火。思想境界与感情深度均比前首有显著提高。尤其是下片，结合塞外风光特色抒写欲归不能却又望眼欲穿的情感，这就把亡国之君的故国之思与宋室臣民的亡国之悲的距离缩小了，因此也有了一定的艺术感染力。

还有一首《眼儿媚》，步赵佶原韵，当是和作：

> 宸传三百旧京华，仁孝自名家。一旦奸邪，倾天拆地，忍听琵琶。　如今在外多萧索，迤逦近胡沙。家邦万里，伶仃父子，向晓霜花。

虽是和作，但与原作并不重复。尤其后片，将父子被掳的情感写得极为沉重、伤痛。其中暗含为子者不能挽救父亲被囚的命运而自惭自伤，但又不予说破，只用塞外胡沙、迤逦萧索与向晓霜花来加以衬托，不仅感人，且初具凄婉况味。但整体上看赵桓的词往往理胜于文，缺少独特的审美感受与足够的艺术表现力，所以其价值远在赵佶之下。这三首词是从亡国之君的角度发出的悲吟，汇合到当时痛悼北宋灭亡的合唱之中。赵恒的词跟赵佶的词一样，同是这一合唱中不可缺少的重要声部。

下面，通过平民百姓与无名氏的作品，来审视“靖康之变”在当时造成的灾难。

蒋兴祖女，宜兴（今江苏宜兴）人，名不详。其父蒋兴祖，宋钦宗靖康年间任阳武（今河南原阳）县令。金兵南侵，围攻阳武，蒋兴祖坚决抵抗，城破后牺牲（见《宋史·忠义传》）[①]，其女被金兵掳去，北行途中过雄州（今河北雄县）驿，题《减字木兰花》一首。事见韦居安《梅磵诗话》。《减字木兰花·题雄州驿》：

---

① ［元］脱脱：《宋史》，第38册，中华书局1977年版，第13288—13289页。

朝云横度，辘辘车声如水去。白草黄沙，月照孤村三两家。　　飞鸿过也，万结愁肠无昼夜。渐近燕山，回首乡关归路难。

上片写被掳北去。首二句写朝行：一大早便被金兵驱赶北上，千里迢迢，车声辘辘，一辆接一辆，咿咿呜呜，流水般向北急驰行进。接二句写暮宿："白草"句，点出北方特色。"孤村"，状战后萧条。如此日复一日，其苦可知。下片抒思归之情。过拍"飞鸿"一句，是目之所见，寓意极深，以鸿飞之自由，反衬被掳之苦；大雁南飞，而自身北行；对此又怎能不愁肠百结，难分昼夜呢？结拍直抒思归不得的苦痛。况周颐说："寥寥数十字，写出步步留恋，步步凄恻。"（《蕙风词话续编》）[①] 虽然赵佶的哀吟与蒋兴祖女的哀吟都是北宋灭亡造成的，但一个是自食其果，一个是深受其害；一个不断怀想"帝王家"与"故宫"，另一个则想念着"乡关归路"。因此，后面这首词更贴近当时受此浩劫的平民百姓，蒋兴祖女的不幸也就更值得悲悯。

即使赵佶的昏庸给北宋臣民带来无穷灾难，当时的平民百姓仍把他当作国家的象征，同情他、思念他。如无名氏的《玉楼春·闻笛》：

玉楼十二春寒侧，楼角暮寒吹玉笛。天津桥上旧曾听，三十六宫秋草碧。　　昭华一去无消息，江上青山空晚色。一声落尽短亭花，无数行人归未得。

① 唐圭璋编：《词话丛编》第 5 册，中华书局，1986 年版，第 4531 页。

上片闻笛。通过笛声把南渡前后的北宋、南宋串接起来。首二句以“玉楼”代指南宋宫苑，点出时、地，放出笛声。接二句以“天津桥”代指北宋都城汴京。“三十六宫”句状北宋灭亡后宫苑的荒凉衰败，秋草丛生，于是黍离之悲便油然而生了。下片感今。“昭华一去”，承上写徽、钦二帝及皇室嫔妃尽皆被掳北去，消息全无。“昭华”，宫中女官名，在此泛指。“江上青山空晚色”一句，是用景物来烘托二帝南归的希望无限渺茫，“空”字在此再予点明。最后两句照应开头的“玉笛”，写南渡之人如今也难以北归了。李白有“黄鹤楼中吹玉笛，江城五月落梅花”之句，抒写迁客之悲。词中“一声落尽短亭花”，即“落梅花”之意。玉笛所奏，也就是古代笛曲《梅花落》。

古代常用玉笛、《梅花落》曲以及梅花的飘零来抒写迁客之悲与故国之思，如赵佶的《眼儿媚》中有“家山何处？忍听羌笛，吹彻梅花”之句。这首词用“一声落尽短亭花”来烘托欲归不得的故国之思。同样，南宋派往金国的使臣洪皓，在被拘的十余年时间里，也用对梅花的歌咏，表达自己的气节与对故国的怀念。

洪皓（1088—1155），字光弼，饶州鄱阳（今江西波阳）人。徽宗赵佶时，曾代理宁海县令等。南宋高宗建炎三年（1129），充任大金通问使。在金国留居太原一年余，后转移云中（今山西大同）半年，冷山（今吉林农安）十年，最后到燕京（今北京）。在金十余年间，他屡遭软禁、威逼、利诱，历尽艰辛，表现出崇高的民族气节。在金被拘时，他得知很多内情，便寻找时机向南宋传递“复故疆，报世仇”的情报。绍兴十一年（1141）十一月，宋金“绍兴和议”成，宋向金称臣，划定淮河为界，岁贡银绢各二十五万两（匹）。金同意送回宋徽宗赵佶棺木及高宗母亲韦后。第二年（1142）夏至，洪皓听有人唱《江梅引》，其中有“念此情，家万里”之句，又闻南宋派遣迎护韦后等人的使节将至，不禁百感交集，连夜写了四首“和所听《江梅引》”词。词牌原为《江城梅花引》（即来自李白“江城五月落梅花”诗句），洪皓又根据自己和词首句末三字，另名新调，如《忆江梅》《访寒梅》《怜落梅》等。绍兴十三年（1143），洪皓回归南宋。他当面揭露秦桧早年叛变的隐情，秦桧怀恨于心，最终将洪逐出朝廷，死于贬途。著有《鄱阳集》与《松漠纪闻》，存词21首。

下引其《江城梅花引》四首之第一首，调名《忆江梅》：

天涯除馆忆江梅。几枝开，使南来，还带余杭、春信到燕台。准拟寒英聊慰远，隔山水，应销落，赴诉谁？　　空恁遐想笑摘蕊。断回肠，思故里。漫弹绿绮，引三弄、不觉魂飞。更听胡笳、哀怨泪沾衣。乱插繁花须异日，待孤讽，怕东风，一夜吹。

对江南梅花的回忆，也就是被拘使臣对南宋国家的怀念，同时也抒写了他热切盼望早日南归的心情。梅花，作为传统民族文化意象，在表达气节品格的同时，又逐渐凝聚着故国之思的情感。南宋后期不少词人写梅，大都寓有如许丰富的文化意识。

二、文臣武将抗敌救国的强音

当金兵大举进攻之际，北宋部分文臣武将与有识之士便立即行动起来，进行英勇抵抗。他们或决策于帷幄，或拒敌于沙场，或奔走呼号，或义愤抨击，目的均为挽救北宋的危亡。当汴京城破，二帝被掳，他们或转战于后方，或随宋室南渡，继续为抗金复国呼吁歌唱。他们继承了苏轼开创但在北宋后期已逐渐消沉的豪放词风，直抒抗敌御侮、还我河山的爱国激情，汇成了时代的强音。这一批词人中有李纲、赵鼎、李光与胡世将等。

李纲（1083—1140），字伯纪，福建邵武人。徽宗政和二年（1112）进士，历任太常少卿等职。宣和七年（1125），金兵大举南下，徽宗惊恐万状，急于南逃，但李纲力主抗金。钦宗即位后，李纲为兵部侍郎、尚书右丞、东京留守。靖康元年（1126）金兵围困汴京，李纲登城督战，激励将士，击退金兵。但钦宗听信谗言，李纲被贬。南宋初，首召为相，修内治、整边防、讲军政，力图恢复。但不久高宗又听信谗言，李纲再被罢免，在职仅75天。绍兴二年（1132）被起用为湖南宣抚使兼知潭州。不久，又被罢免。绍兴十年（1140）卒于福州。李纲坚决抗金，为官刚正，甚至使北方金人畏服。“每宋使至燕山，必问：李纲、赵鼎安否？”（《宋史·李纲传》）[①]著《梁溪集》，有《梁溪词》，存词54首。

李纲存咏史词7首，均为借古喻今之作。从他这7首词的词题中，即可看出其现实针对性。如：“光武战昆阳”“汉武巡朔方”“晋师胜淝上”“太宗临渭上”“宪宗平淮西”“明皇幸西蜀”“真宗幸澶渊”等。这些词的创作，实际上是鼓励宋高宗汲取历史教训，将南北统一、国家中兴作为主要战略目标，以免重

① ［元］脱脱：《宋史》第32册，中华书局，1977年版，第11273页。

蹈历史覆辙。如《念奴娇·宪宗平淮西》，写的是唐宪宗李纯平淮西藩镇吴元济分裂割据的史实。词中写李纯英明果断，用人得当，信任裴度，终于在元和十二年（817）消灭飞扬跋扈、为害多年的淮西藩镇势力，强固了国家的统一。词中歌颂作战有功的裴度与李愬。其下片曰：

> 於穆天子英明，不疑不贰处，登庸裴度。往督全师威令使，擒贼功名归愬。半夜衔枚，满城深雪，忽已亡悬瓠。明堂坐治，中兴高映千古。

歌颂唐宪宗，亦即策励高宗“中兴”。对裴度、李愬的赞美，也就是勖励抗金朝臣武将，也含有企盼朝廷敢于用人、信用贤臣之意。

《喜迁莺·晋师胜淝上》写著名的秦、晋淝水之战，更具现实针对性。晋孝武帝太元八年（383），秦王苻坚率兵百万大举南侵。东晋谢安策划抗敌，终于击败秦兵，大获全胜，巩固了东晋王朝的统治。词曰：

> 长江千里，限南北，雪浪云涛无际。天险难逾，人谋克壮，索虏岂能吞噬。阿坚百万南牧，倏忽长驱吾地。破强敌，在谢公处画，从容颐指。　　奇伟。淝水上，八千戈甲，结阵当蛇豕。鞭弭周旋，旌旗麾动，坐却北军风靡。夜闻数声鸣鹤，尽道王师将至。延晋祚，庇烝民，周雅何曾专美。

这首词在叙述“淝水之战”的过程中，着意于长江天险的刻画，目的在于巩固信心。对谢安以少胜众的赞美，在于消除对金的恐惧心理，树立以少胜众、以弱胜强的信念。下片对“草木皆兵”“风声鹤唳”均作形象描绘。秦、晋淝水之战的史实，与南宋当时形势极为类似。从而，这首词的现实针对性在7首咏史词中最为突出。在南宋爱国豪放词中，不断出现与东晋相关的典故，其中，用谢安破敌最多（包括后来的辛弃疾和陈亮），其发轫者是李纲。

另首《喜迁莺·真宗幸澶渊》，写北宋真宗赵恒征辽事。上片写辽兵入侵，朝臣纷纷建议采取逃跑策略，舍平民百姓于敌人铁蹄之下。唯有寇准，力排众议，力劝御驾亲征，以振国威。真宗采纳寇准建议，出师北上，百姓欢呼，辽兵恐惧，终于退兵讲和。其下片写道：

缥缈，銮辂动，霓旌龙旆，遥指澶渊道。日照金戈，云随黄伞，径渡大河清晓。六军万姓呼舞，箭发狄酋难保。虏情詟，誓书来，从此年年修好。

歌颂真宗御驾亲征，对南宋来说，特别对宋高宗，是很有针对性的。但词人对亲征后所订屈辱性的“澶渊之盟”，却缺少认识。这次盟约，使北宋每年向辽输银十万两，绢二十万匹。从此彻底转变了宋初对辽作战收复燕云的政策，从消极防御进而变为退让妥协，对外完全失去主动，种下了自取灭亡的祸根。

《苏武令》在李纲词中以抒情见长。词中抒写对徽、钦二帝被俘的感慨：

塞上风高，渔阳秋早。惆怅翠华音杳。驿使空驰，征鸿归尽，不寄双龙消耗。念白衣，金殿除恩，归黄阁，未成图报。　　谁信我，致主丹衷，伤时多故，未作救民方召。调鼎为霖，登坛作将，燕然即须平扫。拥精兵十万，横行沙漠，奉迎天表。

上片思念被掳二帝，从“塞上”“渔阳”着笔。“翠华”即皇帝旗帜上用翠羽作装饰，代指皇帝的旗仗。因二帝被掳，一去便无任何消息，故说“音杳”。“驿使空驰”三句，用形象的语言，写宋、金双方使节往来，毫无结果，大雁飞尽也未有二帝（“双龙”）的音耗。“念白衣”以下自责：虽然朝廷对自己委以重任，但在抗金复国、迎回二帝方面，却毫无建树，故说“未成图报”。下片前四句委婉揭露投降派对抗金复国大计的破坏阻挠：“伤时多故”。从“调鼎为霖”开始，写自己“登坛作将”以后，头一件大事就是打回老家，长驱直入，径捣敌方老巢：“燕然即须平扫。”最后以雄壮的声音，英雄的气概，表示夺取全胜、迎接二帝回朝心志：“拥精兵十万，横行沙漠，奉迎天表。”这三句是时代的强音，广泛代表了朝野百姓的共同愿望。

另一首抒写壮怀难伸的词是《永遇乐·秋夜有感》。其下片云：

江湖倦客，年来衰病，坐叹岁华空逝。往事成尘，新愁似锁，谁是知心底。　　五陵萧瑟，中原杳杳，但有满襟清泪。烛兰缸，呼童取酒，且图径醉。

这首词里不再有“横行沙漠”的勇气，而只是叹息“中原杳杳”；不再有“奉迎天表”的决心，剩下的只是“满襟清泪”与“且图径醉”。这首词很可能是被罢免宰相职务以后所写。因已不在其位，无法参与朝廷重大决策，加以此次被贬实际是投降派左右朝政的后果，所以词人对抗金复国与二圣回朝的信心已逐渐消失。词中已经透露出当时和、战两派斗争的尖锐化与政治气氛的压抑感。反映这种心态的词还有《江城子·九日与诸季登高》：“回首中原何处是，天似幕，碧周遭。”

李纲词能抒真情、写实感，有一定艺术感染力。但其咏史之作议论过多，理胜于辞。抒情之作，则能情景兼到，风格也较多样。李纲词的优长与不足，均是南宋词坛转型过程不可避免的必然现象。南宋开国伊始，政事复杂多变，与时事政治密切结合的豪放词，不可能像后期某些专业词人那样字字推敲，句句讲求，或经旬月改动才能定稿。为时事政治而呼号的作品必求一个“快”字，故荒率之病，很难避免。更何况爱国豪放词在当时均是首创，不可能像婉约词那样有丰富创作经验与成功的样板可资借鉴仿效。

赵鼎（1085—1147），字元镇，号得全居士，解州闻喜（今山西闻喜）人。徽宗崇宁五年（1106）进士，累官河南洛阳令。南宋建炎三年（1129），拜御史中丞。四年，签书枢密院事。绍兴四年（1134），拜参知政事，进右相兼枢密使。五年，改左相。赵鼎为南宋名臣，与李纲、张浚先后居相位，主战抗金，反对和议。因秦桧构陷，安置潮州，移吉阳军，秦桧意犹未已。赵鼎悲愤，不食而死。死前自书铭旌：“身骑箕尾归天上，气作山河壮本朝。”有《得全居士词》，存词45首。

赵鼎最早写成的南渡词，是《满江红》，词题是“丁未九月南渡，泊舟仪真江口作”。全词如下：

惨结秋阴，西风送、霏霏雨湿。凄望眼、征鸿几字，暮投沙碛。试问乡关何处是，水云浩荡迷南北。但一抹、寒青有无中，遥山色。　　天涯路，江上客。肠欲断，头应白。空搔首兴叹，暮年离拆。须信道消忧除是酒，奈酒行有尽情无极。便挽取、长江入尊罍，浇胸臆。

“丁未”即北宋钦宗靖康二年，南宋高宗建炎元年（1127）。靖康元年金兵攻占汴京，靖康二年四月，金兵掳二帝北去。五月，赵构即位于南京（今河南商丘），改元建炎。九月，金兵来犯，赵构退驻淮甸并下诏修缮建康（今南京市），以便南渡。赵鼎“南渡”，是为高宗南下做准备的。渡江前，他泊舟江北仪真（今江苏仪征）写下此词。

词以“惨”字开篇，为全词定下基调。时间、季节、家国、乡关、君臣、百姓，在此地覆天翻的“靖康之变”过程中，几乎无一不深遭惨痛巨创。遭受惨痛剧创的人看世界，则客观事物也无一不带有凄惨的色调。于是“秋阴”“西风”“雨湿”扭结在一起，便似乎连苍天也在为北宋的灭亡而默默垂泣。“凄望眼”中的“凄”字，与开头“惨”字上下呼应，进一步渲染出时代的凄惨氛围。但“凄”字又有具体所指，即作者以凄迷的望眼，注视着“征鸿几字，暮投沙碛”。“征鸿”有飞翔的自由，向北地“沙碛”飞去。而当时北宋君臣百姓却要仓皇南逃，把家乡抛在身后。“试问乡关何处是，水云浩荡迷南北”二句，即写此凄苦心态。“遥山色”之句，点南渡之所向。换头用四个短句就凄苦心态抒情。天涯为客，肠断头白，搔首兴叹，俱是乡关家国之思。“须信道”以下四句，借酒浇愁，虽是诗词中寻常言语，但却不可以寻常视之，因从上片直贯而下，应视为亡国之痛的另一种抒发形式。陈廷焯评论南渡词时，举出的第一个词例，便是这首词的最后四句。他说："此类皆慷慨激烈，发欲上指，词境虽不高，然足以使懦夫有立志。"（《白雨斋词话》卷六）①

在南宋爱国豪放词中，多有咏元宵节（上元）以寄故国之思者，赵鼎便是最早写元宵节词的词人之一。如《鹧鸪天·建康上元作》：

客路那知岁序移。忽惊春到小桃枝。天涯海角悲凉地，记得当年全盛时。　　花弄影，月流辉。水精宫殿五云飞。分明一觉华胥梦，回首东风泪满衣。

从内容看，当是渡江后最早的上元节所作。作者生于山西，中进士后为开封士曹，经历了近20年的政和、宣和“盛世”。这一时期，汴京“元宵”节的盛况，在孟元老《东京梦华录》中特立一条加以描述："灯山上彩，金碧相射，锦绣交辉。""奇术异能，歌舞百戏，鳞鳞相切，乐声嘈杂十余里。"②这首词上片前两句写南渡之初那种作客他乡的感觉。“天涯海角悲凉地”一句，对“客居”做具体发挥，使北宋灭亡、背井离乡、仓皇南渡的情感明朗化。但以下并不直抒，而是用“记得当年全盛时”来作

① 唐圭璋编：《词话丛编》，第4册，中华书局1986年版，第3914页。

② ［宋］孟元老撰，邓之诚注：《东京梦华录》，中华书局1982年版，第164—165页。

当今“悲凉”的反衬。下片承此，对当年“全盛”时的“上元”之夕做艺术概括：“花弄影，月流辉。水精宫殿五云飞。”词的篇幅短小，不能像《东京梦华录》那样做具体描写，而是用化实为虚的手法，渲染出一种美好、富丽、兴盛、祥和的气氛，和当今的“悲凉”形成巨大反差。所以，结穴两句才慨叹地说，过去的繁华全盛分明是短暂一梦，如今醒来，转眼皆空，止不住泪落沾衣。“华胥梦”，语出《列子·黄帝》：“黄帝昼寝而梦，游于华胥之国，其国无帅长，一切崇尚自然，无利害冲突。”[①]作者用“华胥梦”喻北宋的“全盛”转眼皆空，表达深沉的故国之思。词体虽小，却能涵盖今昔，概括性很强，其中又有虚有实，虚实相生。用笔曲折委婉，起伏多变，以喜庆衬悲凉，益增其悲戚。这本来是一首婉约词，但因杂入故国之思与南渡的感慨，具有深刻历史内涵，故悲婉中又有豪气流注其间，反映出在南宋词坛转型过程中婉约词与豪放词的相互渗透。其《双翠羽》：“慨念故国风流，杨花春梦短，黄粱初熟”，《浣溪沙》：“惜别怀归老不禁。一年春事柳阴阴。日下长安何处是，碧云深”，均与《鹧鸪天》大体相近。

在与投降派秦桧等长期较量过程中，赵鼎的词变得更加沉郁悲壮。如《花心动》：

> 江月初升，听悲风、萧瑟满山零叶。夜久酒阑，火冷灯青，奈此愁怀千结。绿琴三叹朱弦绝，与谁唱、阳春白雪。但遐想、穷年坐对，断编遗册。　　西北欃枪未灭。千万乡关，梦遥吴越。慨念少年，横槊风流，

① ［清］永瑢、纪昀等：《文渊阁四库全书》，第1055册，台湾商务印书馆1986年版，第586页。

醉胆海涵天阔。老来身世疏篷底，忍憔悴、看人颜色。

更何似、归欤枕流漱石。

这首词自注为“偶居杭州七宝山国清寺冬夜作”。词人山寺借宿，对国事人生、个人前途进行周密的思考。上片所写虽为冬夜之所见，但“江月”“悲风”“零叶”都注满作者“愁怀千结”的感情色彩。之所以如此，在于心中有三大感叹。下片对此“三叹”做充分抒写：“西北欃枪未灭”，一可叹；“千万乡关，梦遥吴越”，二可叹；“老来身世疏篷底，忍憔悴、看人颜色”，三可叹。虽然结拍设想“枕流漱石”的归隐生活，但这“三叹”未消，也只不过说说而矣。词人最终没有真正隐居过，否则他也不会被秦桧逼得绝食身亡。宋高宗死心塌地要偏安于东南半壁，抗金复国的主战派要想取胜已绝无可能，故词中不免流露悲观情绪。况周颐评赵鼎词说：“清刚沉至，卓然名家。故君、故国之思，流溢行间句里。”（《蕙风词话》卷二）[①]

李光（1078—1159），字泰发，越州上虞（今浙江上虞）人。崇宁中进士，知开化，历太常博士、迁司封，贬阳朔县。绍兴初，擢吏部侍郎，历官至参知政事，以忤秦桧意罢去，再谪昌化。桧死，复朝奉大夫，还至江州卒。有《庄简词》，存词14首。

在与卖国投降派较量中，李光曾痛斥秦桧“盗弄国权，怀奸误国”，秦桧大怒。李光求去，知绍兴府，改奉祠。他在离朝过桐江路上经子陵滩，写了一首《水调歌头》表诉心中愤懑：

① 唐圭璋编：《词话丛编》，第5册，中华书局1986年版，第4430页。

兵气暗吴楚，江汉久凄凉。当年俊杰安在，酌酒酹严光。南顾豺狼吞噬，北望中原板荡，矫首讯穹苍。归去谢宾友，客路饱风霜。　　闭柴扉，窥千载，考三皇。兰亭胜处，依旧流水绕修篁。傍有湖光千顷，时泛扁舟一叶，啸傲水云乡。寄语骑鲸客，何事返南荒。

词有小序说："过桐江，经严濑，慨然有感。予方力丐宫祠，有终焉之志。"序中的两个重点已涵括全词。上片所写即过严濑有感，下片乞绍兴奉祠，愿在那里终此一生。序虽如此，但词人并不心甘情愿。所以开篇仍关心国事，从"兵气暗吴楚，江汉久凄凉"这一现实写起。当时金兵正准备进犯东南，而秦桧等一贯求和媚敌，朝野上下一片凄凉。正是在此前提下，舟过子陵滩，词人自然想起南宋需要严光这样的俊杰来完成中兴大业。词人以呼唤的语气问道：当年俊杰安在？言外之意是今天的俊杰只能有严光归隐一途吗？在酹酒对严光表示祭奠的同时，再次突现南宋紧急的形势：中原早已被敌侵占，现正向南侵蚀。如何解此亡国危机？只有仰问苍天了。值此关键时刻，自己却辞别送行宾友，想到绍兴奉祠（实即归隐）了。下片，写决心归隐以终此余生。换头三句，写闭门读书，钻研经史。"兰亭"二句，写王羲之在山阴（即绍兴）兰亭有过茂林修竹、曲水流觞的雅集，自己可以仿效。还有贺知章，他告老还乡，自号"四明狂客"，在"湖光千顷"的鉴湖上，驾扁舟一叶，啸傲山水之中。这些都使我神往。由此，词人寄语李白（李白被称为"骑鲸客"），问他："你本已隐居很长时间，'安史之乱'后却为什么要跟随李璘，结果被流放夜郎？"词人用此告诫自己，从此归隐，不再重出。可以看出，下片虽写归隐，但词人内心却仍关注国家大事，更何况乞绍兴奉祠完全是被迫而非本心，故以啸傲林泉，对南宋投降派表示极大不满。这首词激愤慷慨，质切劲直，托意深长，是李光有的代表性作品。

胡世将（1085—1142），字承公，晋陵（今江苏武进）人。徽宗崇宁五年（1106）进士。南渡后官至中书舍人，知镇江府。绍兴九年任川陕宣抚使，曾击败金兵，收复陇州一带失地。他不是词人，仅存一首《酹江月》，但浩气纵横，在南渡词中独具特色。

这首词题为："秋夕兴元使院作，用东坡赤壁韵。"全词如下：

神州沉陆，问谁是、一范一韩人物。北望长安，应不见，抛却关西半壁。塞马晨嘶，胡笳夕引，赢得头如雪。三秦往事，只数汉家三杰。　试看百二山河，奈君门万里，六师不发。阃外何人，回首处，铁骑千群都灭。拜将台欹，怀贤阁杳，空指冲冠发。阑干拍遍，独对中天明月。

此词写于西北军事前线。"神州沉陆"为全词立足，鉴古慨今，痛斥和议，鼓励志士共同抗金以恢复失地，统一河山。词中列举并歌颂与当地有关的历史人物，为的是重振民族雄风。作者先从近处写起。"一范一韩"，即北宋驻军西北抗御西夏入侵的范仲淹和韩琦，他们有功于国。"汉家三杰"，指辅助刘邦打天下的张良、萧何与韩信。“拜将台”“怀贤阁”，前指拜韩信坛，后指武侯庙，建于斜谷口，北宋犹存。这些历代名将，正是作者缅怀的先贤、追慕的对象。另方面，通过一“歆”一“杳”，又说明南宋小朝廷对人才的压制摧残，竟使英雄无用武之地。“抛却关西半壁”“六师不发”与“铁骑千群都灭”，都是南宋妥协投降的恶果。先后对比，怎不令人怒发冲冠！作者身为行军统帅，对战争失败有着血肉其驱的亲切感受。绍兴八年（1138），赵构、秦桧与金和议，反对和议的重臣赵鼎、刘大中俱遭罢黜，胡铨因上书请斩秦桧而被远谪岭外。和战之争，见诸词者甚少。岳飞《小重山》主战反和。胡世将以更为鲜明的词语、耿直的态度，批判“六师不发”，难能可贵。其次，南宋爱国豪放词多产自半壁东南，此词却写于西北对垒的抗金前线，有金石之音，凌云之气，弥足珍贵。30年以后，陆游在南郑写的《秋波媚》，才成嗣响。

三、转型的词坛与和战之争（张元幹　胡铨）

在南宋词坛转型过程中另一值得注意的重要现象，便是词这一诗体形式已不只是一般地抒写爱国抗金的壮志豪情，词人已经开始用词来介入朝廷的和战之争了。从绍兴三年（1133）至绍兴六年（1136），南宋取得保卫川、陕与收复襄阳六郡的胜利。但在这时，南宋王朝却从绍兴七年（1137）开始派王伦往来于宋、金之间，准备议和。绍兴九年初初步议成。绍兴十一年（1141）十一月，金使萧毅到“江南抚谕”，规定南宋东至淮水中流、西至大散关为界，京西割唐、邓二州，陕西割商、秦二州之半。宋向金称臣，岁贡银绢各二十五万两（匹）。这一和议，一开始就遭到满朝文武反对，但宋高宗信任秦桧并一意孤行，斗争展开了。许多词人卷入这一斗争，并在作品中显敞地反映出来。张元幹因有词反对主和而被抄家入狱。

张元幹（1091—1161[①]），字仲宗，号芦川居士，又号真隐山人，福州永福（今永泰县）人，向子諲之甥。靖康元年（1126），曾任亲征行营使李纲幕府属官。南宋初曾官将作监，充抚谕使。因不肯与奸佞同朝，挂冠而去。绍兴八年（1138）、十二年（1142）作词反对和议，后被追赴临安入狱。出狱后豪气不除，仍坚信壮志须申。有《芦川词》，存词185首。

南渡是张元幹词风转变的分界线。南渡前他的词受传统婉约词风影响，酒畔花前，狭窄香软。“靖康之变”的战乱，使他从繁华竞逐的升平盛世跌入千村狐兔、黄流乱注的悲惨世界中来。慨当以慷，忧思难忘。他的词风转为豪迈悲壮。其中，最令人称道的是被视为压卷作的两首《贺新郎》。先看第一首《贺新郎·寄李伯纪丞相》：

曳杖危楼去。斗垂天、沧波万顷，月流烟渚。扫尽浮云风不定，未放扁舟夜渡。宿雁落、寒芦深处。怅望关河空吊影，正人间、鼻息鸣鼍鼓。谁伴我，醉中舞。　　十年一梦扬州路。倚高寒、愁生故国，气吞骄虏。要斩楼兰三尺剑，遗恨琵琶旧语。谩暗涩、铜华尘土。唤取谪仙平章看，过苕溪、尚许垂纶否。风浩荡，欲飞举。

① 卒年从王兆鹏说。王兆鹏：《张元幹年谱》，南京出版社，1989年版。

“伯纪”，即南宋首任宰相李纲。靖康元年金兵围攻汴京，李纲力主抗战，固守开封，张元幹为行营属官。后李纲被罢，张元幹也受株连。宋高宗绍兴八年（1138）二月，秦桧二次入相，罢免赵鼎，投降派得势。七月，便派王伦使金，和议已成定局。朝野闻之，纷起反抗。十二月，李纲在福州（今福建福州）上书反对和议，被罢归福建长乐。张元幹当时正寓居福州，写此词对李纲的爱国行动表示支援。一起四句极有气势：“曳杖危楼”，写得潇洒、从容、坚定，以天下为己任的爱国志士形象被活画出来。“斗垂天”三句写景，又极宏阔，展示出词人包揽宇宙、吞吐八荒的襟怀与气度。以上，不能单纯视之为写景，而是词人从宇宙、生命、历史的广阔视角来考虑朝廷的和战之争，并在此高度上来肯定李纲的斗争精神。“扫尽浮云”以下三句，写风云不定的夜景，但其中却已接触到现实的审美体验了。作者将南宋“风云不定”的现实与目之所见的夜景结合起来，于是，扁舟不敢夜渡，雁宿寒芦深处，这就使人联想起当时万马齐暗的黑暗现实。“怅望”以下四句，直抒众人皆睡我独醒的感受。因此，“正人间、鼻息鸣鼍鼓”，便可以视之为对在这场斗争中被吓破胆、或对这场斗争保持沉默的人的讽喻了。从另一角度看，这又是对李纲大胆上书、反对和议的英勇精神的赞颂。“谁伴我，醉中舞”，作者以李纲为知己而深感欣慰。换头，“十年一梦”，把词情纳入广阔的历史时空，做历史重大事件的闪回。从“靖康之变”到李纲被迫归田，即到写此词时，恰是十年。但作者并不历数这十年间的历史事件，而是写通过历史闪回所燃烧起的激情。“愁生故国”“气吞骄虏”，正是家国蒙难与矢志抗金这两种不同情绪的写照，“要斩楼兰三尺剑，遗恨琵琶旧语”，不就是坚决抗金，反对和议，以免贻笑后人吗？“谩暗涩、铜华尘土”，承“三尺剑”而言。既然和议已成，抗金已不可能，宝剑便要弃置不用，从生铜锈开始，久之便会变成尘土一堆。词人对和议的愤慨已和盘托出。下面，扣题，用“谪仙”李白比李纲。“平章”，即评论，发表意见。什么意见？即“过苕溪、尚许垂纶否”，在“和议”已成之后，爱国之士是否就应当去隐居呢？“风浩荡，欲飞举”，对此做否定回答。是写自己，又是在写李纲。意思说要趁此浩荡长风，展翅腾飞，以伸此凌云壮志。浩气纵横，激昂慷慨，有神行太空之势，为此前词中所少见。

另一首《贺新郎·送胡邦衡谪新州》，沉郁悲壮、豪迈苍凉，与前首词风又略有不同：

梦绕神州路。怅秋风、连营画角，故宫离黍。底事昆仑倾砥柱。九地黄流乱注。聚万落、千村狐兔。天意从来高难问，况人情、老易悲难诉。更南浦，送君去。　凉生岸柳催残暑。耿斜河、疏星淡月，断云微度。万里江山知何处。回首对床夜语。雁不到、书成谁与。目尽青天怀今古，肯儿曹、恩怨相尔汝。举大白，听金缕。

“胡邦衡”，即胡铨，字邦衡，庐陵（今江西吉安）人。建炎二年（1128）进士，绍兴五年（1135）任枢密院编修官。绍兴八年（1138），秦桧主张与金议和。金使来宋，竟让高宗跪拜接受诏书，对南宋不称“宋国”而称“江南”，不用“通问”而用“诏谕”，这暴露出秦桧等人导演的“和议”是出卖南宋为金的属国。对此，抗战派一致反对。胡铨上疏请斩秦桧、孙近、王伦三人头，“竿之藁街，然后羁留故使，责以无礼，徐兴问罪之师，则三军之士不战而气自倍。不然，臣有赴东海而死尔，宁能处小朝廷求活耶？”[①] 这些话道出朝野军民百姓心声，刻板传诵，流布四方。高宗、秦桧大怒，说胡铨“乃狂妄上书，语言凶悖，仍多散付本，意在鼓众劫持朝廷。”（《续资治通鉴》卷一百二十一）[②] 罢胡铨官，送昭州编管，后改监广州盐仓，再改签书威武军判官（任所在福州福唐）。后“绍兴和议”成，投降派旧事重提，于事过五年之后，又把胡铨除名新州（今广东新兴）。绍兴十二年（1142）七月，张元幹在福州写此词为胡铨送行。为胡铨送行在当时已成致罪因由，如王庭珪因写诗为胡送行，后被判充军。但张元幹却置个人安危于不顾，敢于冒巨大政治风险为胡送行并当场作歌。这首词先写时事，用形象笔墨描绘中原大地在敌人铁蹄蹂躏下的残破景象。作者对此不能释怀，故梦萦魂绕。“怅秋风、连营画角，故宫离黍”三句，直抒爱国深情。这是作者与胡铨友情的基础，也是判断是非的最高准则。正因为如此，下面提出是谁造成“九地黄流乱注。聚万落、千村狐兔”这一悲剧后果的？当然，问题很清楚，无需回答。但紧接着，作者摆出三种不同现象与事实，让读者去思考判断：一是“天意从来高难问”；二是“况人情、老易悲难诉”；三是“更南浦，送君去”。对此三句，万不可轻易放过。表面看，第一句似乎在责怪老天：它高高在上，它的意图人们难以揣测，是它故意要中原人民遭受这场浩劫吗？不然，为什么昆仑崩塌，砥柱倾陷？实际上，这里指的是宋高宗，还有他以前的最高统治者们推

---

① ［元］脱脱：《宋史》，第 33 册，中华书局 1977 年版，第 11582 页。

② ［清］毕沅：《续资治通鉴》，中华书局 1957 年版，第 3196 页。

行的妥协投降政策，是他们酿成了这场民族灾祸。“难问”，是难以理解。“天意”如此，那么“人情”如何？“况人情、老易悲难诉”，随着时光的消失，南渡诸公恢复大志已渐趋消沉，甚至忘记了国耻深仇，这怎能不令人感到可悲！“悲难诉”，即指此而言。那么，堂堂南宋，真就落得朝中无人了吗？不，爱国志士，大有人在。“君”，就是其中的佼佼者。然而，恰值此时，又要把这位敢于坚持正义的忠直“君子”贬谪到更加遥远的地方去了。“天意”，如此“高难问”；“人情”，这等“悲难诉”；“君”，又因仗义执言而远“去”他乡。正是由大及小，摆清三种事物之间的关系，使读者逐次了解到天意难问、人情可悲、爱国有罪的不合理现实。下片写别情。换头，烘托环境气氛。天上，耿耿银河，淡月疏星，开阔晴朗，无限美好。而人间却隔阻着万水千山，不仅“对床夜语”不能再得，即使写成书信，又能向哪里投递？胡铨此行，吉凶未卜。加之，秦桧等人必置反对他们的抗战人士于死地而后快，这就令人更多了一重担心。天上地下，两相对比，愁绪满怀，感慨万端。但词人却能极目青天，伤今怀古，想国家兴亡大事。指出这依依惜别之情，并非“儿曹”之间的个人情感，而是与国家民族命运息息相关的高尚情操。这就把一般的送别词提到忧国忧民的高度上来，开创了送别词的新格局。最后又以“举大白，听金缕”作结，给全词增添了乐观豪迈色彩。这首词感情强烈深沉，用笔委婉曲折，极沉郁顿挫之致，是这一时期豪放词中思想艺术俱佳的名篇。《四库全书总目》评这首词说：“其词慷慨悲凉，数百年后，尚想其抑塞磊落之气。”① 九年以后，即绍兴二十一年（1151），当秦桧得知

① ［清］永瑢等：《四库全书总目》下册，中华书局1965年版，第1814页。

张元幹写词送胡铨事，还是不肯放过这位挂冠的老词人（时年61岁），借口它事将他追赴大理寺下狱，削籍除名，抄家，并搜其词中语含讥刺者。今存《芦川词》后期批判现实之作明显减少，即此之故。刘熙载说："张元幹虽为此被除名，'然身虽黜而义不可没也'。"又说"词之兴观群怨，岂下于诗哉！"（《艺概·词曲概》）[①]

除上述两首《贺新郎》外，还有一首《石州慢》，抒写南渡时避乱的漂泊生活，反映了国破家亡与壮志难酬的悲愤。题为"己酉秋吴兴舟中作"：

> 雨急云飞，惊散暮鸦，微弄凉月。谁家疏柳低迷，几点流萤明灭。夜帆风驶，满湖烟水苍茫，菰蒲零乱秋声咽。梦断酒醒时，倚危樯清绝。　　心折。长庚光怒，群盗纵横，逆胡猖獗。欲挽天河，一洗中原膏血。两宫何处，塞垣只隔长江，唾壶空击悲歌缺。万里想龙沙，泣孤臣吴越。

"己酉"是高宗建炎三年（1129）。前一年二月，金兵南侵，直奔扬州。在扬州的高宗赵构得此消息，仓皇南渡。抵镇江后，百官才随后到达，又随之从镇江逃杭州。五月又由杭州北上抵江宁（今江苏南京），改名建康府。高宗派使臣向金求和，不允。闰八月末，得金兵南下消息，赵构又逃往镇江，再逃往常州、杭州。金兵过江，十二月进杭州如入无人之境，赵构已从杭州逃至定海。金兵至定海，赵构又乘船入海到温州避乱。张元幹这首

---

① ［清］刘熙载：《艺概》，上海古籍出版社1978年版，第122页。

词，就写于这年的深秋，其心境可想而知。

作者身在舟中，实际也正在逃难。开篇“雨急云飞，惊散暮鸦”，实即逃难现实的形象化体现。其妙处就在于词人把自身的“惊散”与客观自然景物的“惊散”巧妙结合，进行审美升华，准确表现出特定的时空心态。“微弄凉月”一句，“急”“惊”的情绪开始稳定下来。但“疏柳低迷”“流萤明灭”“夜帆风驶”“烟水苍茫”“菰蒲零乱”却仍是时代动乱的画面，更何况入耳的秋声又这般低沉幽咽呢！“梦断”两句一结，通过“倚危樯”引出下片。换头，以“心折”二字凭空唤起，有斩钉截铁、振聋发聩的作用。读者不免要注意词人为何这般胆战心惊？“长庚光怒，群盗纵横，逆胡猖獗”三句，对此做出回答。结构上也从上片写景，转入下片的抒情。“长庚”，金星。古人认为夜现于西方之“长庚”，主兵戈之事。“群盗”，指“靖康之变”后降金的叛徒以及前一年三月高宗逃至杭州，将官苗傅、刘正彦发动兵变逼高宗退位之事。其中还包括各地起义抗金但朝廷不能使用而被迫沦为强盗的人。“逆胡”，指金兵入侵。此二句写尽内忧外患。“欲挽天河”两句，用杜甫《洗兵马》“安得壮士挽天河，净洗甲兵长不用”诗意，抒词人爱国豪情。“两宫何处”三句一转，写理想难以实现的严酷现实。一是二帝蒙尘，国耻未雪；二是中原尽失，如今金兵过江；三是有志之士不得信用。唾壶击缺句，用《世说新语·豪爽》王敦典故：“王处仲每酒后辄咏‘老骥伏枥，志在千里。烈士暮年，壮心不已。’以如意打唾壶，壶口尽缺。”①这里用以抒写主战人士不得信用的苦闷。最后，以“万里想龙沙，泣孤臣吴越”结束全篇，激愤悲壮，声振林木。在南渡

① ［南朝］刘义庆：《世说新语》，上海古籍出版社 1993 年版，第 597 页。

词人中，这是最早出现的爱国豪放词，它说明南宋词坛转型伊始，便有思想艺术完美结合的精品。南渡词人在适应时代要求，转变词风方面是非常迅速的。张元幹上承苏轼，下启辛弃疾，在词史上是一个具有关键作用的词人。

胡铨在遭受秦桧等人的投降主义政策而受到残酷迫害后，终能顽强地坚持下来。秦桧垮台病死，高宗禅位，孝宗执政，他才从吉阳军（今海南南部）回朝任职，仍坚持抗金，反对投降。张浚北伐，符离兵败，孝宗转为倾向和议。当孝宗征询十四位朝臣对和议的态度时，只有他一人反对。有《澹庵词》，存词16首。

胡铨的代表作是《好事近》：

> 富贵本无心，何事故乡轻别。空使猿惊鹤怨，误薜萝秋月。　囊锥刚要出头来，不道甚时节。欲驾巾车归去，有豺狼当辙。

这首词是绍兴十八年（1148）胡铨被押配新州（今广东新兴）编管时所写。词中“豺狼当辙”一句，锋芒所向，尽人皆知。秦桧私党“郡守张棣缴上之，以谓讥讪，秦（桧）愈怒，移送吉阳（今海南南部）编管”。（见王明清《挥麈录·后录》卷十）[①] 这首词充分反映出作者虽身处逆境，时有被害死可能，但仍不畏权势，不惜生命，有大胆指斥与痛骂投降派的无畏精神。正是这种精神支撑着他坚持爱国抗金、反对妥协投降的一生。

四、民族英雄与英雄的歌词

① [清]永瑢，纪昀等:《文渊阁四库全书》第1038册，台湾商务印书馆1986年版，第522页。

转型后的南宋词坛，以岳飞的出现为标志，说明爱国豪放词的创作高潮已经到来。

岳飞（1103—1141），字鹏举，相州汤阴（今河南汤阴）人。20岁从军，在南宋初期抗金战争中，屡破金兵，奇勋卓著，是抗金四大名将之一。历官荆湖东路安抚都统、河南北诸路招讨使等职，封武昌开国侯。绍兴十一年（1141），岳飞率军大败金兀术，进军至朱仙镇（距东京开封45里），收复汴京指日可待。当时，岳家军将士正急切等待渡河命令，大河南北军民皆闻风响应，金兵全面溃退已成必然之势。值此关键时刻，高宗听信秦桧计谋，以一日十二道金牌的高速紧急行动，将岳飞从前线召回，构陷至死。孝宗（赵昚）初年复飞官。淳熙六年（1179）赐谥武穆。宁宗（赵扩）嘉定四年（1211）追封鄂王。存词3首。

岳飞流传最广、被后人谱曲歌唱的词是《满江红》：

怒发冲冠，凭栏处、潇潇雨歇。抬望眼、仰天长啸，壮怀激烈。三十功名尘与土，八千里路云和月。莫等闲、白了少年头，空悲切。　　靖康耻，犹未雪。臣子恨，何时灭。驾长车，踏破贺兰山缺。壮志饥餐胡虏肉，笑谈渴饮匈奴血。待从头、收拾旧山河，朝天阙。

这是一首洋溢着爱国激情的壮丽词篇。金奴隶主统治集团发动掠夺战争，破坏了当时北宋多民族国家的统一与完整，给中原平民百姓带来深重灾难。北宋灭亡后，南宋王朝苟安于东南一隅，不图恢复，一意推行媚敌求和的妥协投降路线。面对河山破碎，国耻当头，黎民遭受宰割的严酷现实，岳飞心中充满了对敌人的深仇大恨。他决心以“驾长车，踏破贺兰山缺”的实际行动来恢复中原，洗雪国耻。这首词忠义愤发，情辞慷慨，千百年后读之，仍为其浩然正气所深深感动。

上片写国耻未雪的憾恨。开篇，“怒发冲冠”四字，如高山坠石，破空而来，有声威压顶之势。其中一个“怒”字，贯穿始终，成为振起全篇的主旋律。其中含有：“怒”自己不争气；“怒”国耻之未雪；“怒”敌人之凶残；“怒”当权之媚敌。当然，“怒”本身不是目的，而是要把“怒”化作力量，变成抗金复仇的行动。所以下面写由怒而生壮志，由怒而驱车杀敌，由怒而终获全胜。所以，尽管词中感情有起有伏，但其激昂慷慨的力度却从不削减，且有步步升高之势，其原因也正在此。下面，“凭栏”二句一转，语气似有减弱，其实这正是在为第二次感情高峰的出现预做准备。“抬望眼、仰天长啸，壮怀激烈”，就是盛怒之情的三个不同方面的具体表现。首先是向远处遥望，目的在于排遣心中盛怒之情，然而望到的却是沦陷的中原未得恢复。接着，便立即撮口，发出“长啸”之声，借以宣泄心中抑郁不平之气。即使如此，犹自盛怒未息，最后依然“壮怀激烈”，感情的狂涛在翻腾不已。那么，这“壮怀激烈”的具体内涵又是什么呢？从“三十功名”到上片结尾，对此做正面回答。“三十功名尘与土”，是从时间上讲的。作者怨恨自己虚度“而立”之年，却尘土般毫无建树，既无洗雪国耻之业绩，又无统一祖国之功名。“八千里路云和月”，是就空间上讲的。自己白白转战千里，披星戴月，却一无所获。这两句是对自己过往经历的概括总结。因对自身不满，才产生了“莫等闲、白了少年头，空悲切”这样的心志：过去虽无建树，今后岂能空度！这两句是自谦，也是互勉。他呼唤天下爱国志士与血性男儿，振奋精神，为国雪耻。下片写收复失地的决心。换头四个短句直言国耻未雪，遗恨无穷。“驾长车”至“匈奴血”四句，写消灭敌寇、收复国土的强烈愿望，写足开篇一个“怒”字。其中“壮志饥餐胡虏肉，笑谈渴饮匈奴血”二句，充分表现出作者蔑视强敌果敢无畏的英雄气概。结末，以“待从头、收拾旧山河，朝天阙”终篇，表现出作者的耿耿忠心与必胜信念。

岳飞这首《满江红》，集中反映了当时朝野上下黎民百姓的共同利益与迫切要求，由此而成为他所生活的那个时代的最强音。这首词直抒胸臆，慷慨激昂，感情饱满，气势雄伟，风格豪壮，加之以音调激越与拗怒情感的完美结合，取得了声情并茂的艺术效果。岳飞后来被害而死，又进一步促进了这首词的广泛流传。后世读者不断从这首词里汲取爱国思想与激动人心的力量。在民族危急存亡之秋，这首词更加具有鼓舞斗志与舍身救国的作用，经过历史检验与选择的这首《满江红》，理所当然地进入文学史中第一流作品的行列。然而，对这首词的真伪问题，近人已有怀疑，当代也争论颇多。肯定为岳飞所作的论据，愈来愈丰富，似已不容疑惑。

再看另首《满江红·登黄鹤楼有感》：

遥望中原，荒烟外、许多城郭。想当年、花遮柳护，凤楼龙阁。万岁山前珠翠绕，蓬壶殿里笙歌作。到而今、铁骑满郊畿，风尘恶。　　兵安在，膏锋锷。民安在，填沟壑。叹江山如故，千村寥落。何日请缨提锐旅？一鞭直渡清河洛。却归来、再续汉阳游，骑黄鹤。

这首词原见“岳武穆墨迹”。此“墨迹”见近人徐用仪所编《五千年来中华民族爱国魂》卷端（原系照片）。在词的下面有谢升孙、宋克、文征明等人跋语。谢升孙是元末人，他在所得两首《满江红》跋语中说，这首词“似金人废刘豫时，公（岳飞）欲乘机以图中原而作此以请予朝贵者”。宋高宗绍兴七年（1137），伪齐刘豫被金国废黜后，岳飞曾向朝廷请求增兵，以伺机恢复中原，但其奏未得采纳。绍兴八年（1138）春，岳飞奉命从江州（今江西九江）率部回鄂州（今湖北武汉）驻屯。这首词可能写于此一时期。这首《满江红》词虽不如前首广为传诵，流布人口，但同样抒写了“壮怀激烈”的心情。同前首一样，这首词也是写登临时触兴而发的审美最高层次的心灵体验。在这两首《满江红》出现以前，传统诗歌中成功的登临之作往往与所获得的这种高峰体验密切相关。如宋玉：“目极千里兮伤春心。”（《招魂》）曹操：“日月之行，若出其中；星汉灿烂，若出其里。”（《观沧海》）曹丕：“忘忧共容与，畅此千秋情。”（《于玄武陂作》）沈约：“高台不可望，望远使人愁。”（《临高台》）何逊：“青山不可上，一上一惆怅。”（《拟古》）陈子昂：“念天地之悠悠，独怆然而涕下。”（《登幽州台歌》）在词这一诗体形式出现以后，李白的《菩萨蛮》（“平林漠漠烟如织，寒山一带伤心碧”）、王安石《桂枝香》、苏轼《念奴娇·赤壁怀古》等便都是在登临时所产生的一种有关于人生、历史、宇宙的本体和生命的领悟。岳飞这两首词就是这种审美高层次的产物。他把国家、民族、生命、历史与自身融为一体，重新铸成词中抒情主人公的意志、胸襟与个性。特别是作者从20岁到35岁浴血抗金的实际体验，更使他的作品有了与其他词人不同的内在英雄气质。例如在前首词里，上片抒写国耻未雪的憾恨，下片抒写收复失地统一中原的决心，就是这一英雄主体审美高峰体验的艺术显现。这首词在内容安排与写作手法上虽与前首略有不同，但同样是这一英雄主体审美体验的具体表现。上片，通过遥望进入往昔北宋繁华全盛的具体历史镜头，与金兵的杀戮破坏成鲜明对比。结拍“到而今、铁骑满郊畿，风尘恶”，形象地揭示出敌人侵占北宋京城这一难以容忍的现实，为下片强烈要求北伐伏下暗笔。换头用四个短句揭示最高统治集团媚敌投降政策给宋军士兵与贫民百姓带来的灾难：士兵用他们的鲜血滋润着敌人兵器的刃光，老百姓惨遭杀戮或饥饿而死，填满了沟壑。面对“千村寥落”的现实，词人怎能不慷慨生悲！在忍无可忍的情势下，词人质问道：“何日请缨提锐旅，一鞭直渡清河洛。”此用《汉书·终军传》中“自请愿受长缨，必羁南越王而致之阙下”的典故[①]。词中说“何日请缨”，实际是请而不予，是南宋小王朝下令让岳飞停止进军的。词人对此未直说而是留有余地。至此，已可看出，“何日请缨”以前对往日繁华的追忆也好，对现实惨状的揭示也好，都是为逼出这两句而写的。因此这两句是全词的高潮与重点，是“词眼”之所在。所以，在完成“清河洛”的复国任务以后，词人立即结合有关“黄鹤楼”的传说，表示只有到领兵作战任务完全实现以后，才能继续完成此次登楼而未能完成的任务，即像仙人那样从这楼上乘鹤远游一番。结拍两句进一步反映词人以现实为重的思想情感。这说明，岳飞与其他词人在审美体验方面是有所不同的。缪钺说：“南宋词人中表达抗金卫国的壮怀者甚多，也有许

① ［汉］班固：《汉书》第9册，中华书局1962年版，第2821页。

多名篇佳作，不过，这些词的作者中，真正胸藏韬略，能提兵杀敌，建立战功，而有实践经验者，最先只有岳飞，其后则是辛弃疾，所以他们二人这类词作的质量就与众不同了。"（《灵谿词说·论岳飞词》）[①]马斯洛在讲"高峰体验"时，说这种审美怡悦是一种"属于存在价值的欢悦""它有一种凯旋的特性；有时也许具有解脱的性质"。[②]岳飞这两首词就是把抗金复国与自我实现的凯旋式的欢悦结合在一起的，他期待反攻复国大业的最后完成，也就是自我价值的最后实现，到那时他才能轻松一下，或者可有驾鹤成仙式的超脱。

岳飞还有一首《小重山》，与前两首风格有所不同：

昨夜寒蛩不住鸣。惊回千里梦，已三更。起来独自绕阶行。人悄悄，帘外月胧明。　　白首为功名。旧山松竹老，阻归程。欲将心事付瑶琴。知音少，弦断有谁听。

这是南宋与金达成和议后（1139）所写的。陈郁《藏一话腴》中说："岳鄂王飞《谢收复河南赦及罢兵表》略曰，'莫守金石之约，难充谿壑之求。暂图安而解倒垂犹之可也，欲长虑而尊中国岂其然乎？'"[③]沈雄在引用上文后说："（武穆）故作《小重山》云'欲将心事付瑶琴。知音少，弦断有谁听'，指主和议

---

① 缪钺 叶嘉莹：《灵谿词说》，上海古籍出版社 1987 年版，第 360 页。

② 马斯洛著，许金声、刘锋等译：《自我实现的人》，三联书店 1987 年版，第 268 页。

③ ［宋］陈郁：《藏一话腴》内编卷下，［清］永瑢、纪昀等修纂《文渊阁四库全书》第 865 册，台湾商务印书馆 1986 年版，第 548 页。

者。又作《满江红》，忠愤可见，其不欲‘等闲白了少年头’，可以明其心事。”[①]这首词抒写的是由于宋金和议而引起的内心伤痛。但写法沉郁蕴藉，吞吐曲折。上片即景抒情。因国事堪忧，夜不能寐，起而徘徊，更深人静，四野悄然，唯由朦胧而转明的月亮照此夜空，似了解忧国心曲。可见，上片是借景抒情，缘情入景。下片将直白与比兴手法交织在一起。“白首为功名”的情结正是为了打回老家去，可是等白了头发，等老了“旧山”的松竹，仍然因受阻而不能实现。为什么？词中未写，但这未写之处却正是全词关键之所在。很明显，这首词是反对宋金和议的，因为有了这一投降卖国的和议，“旧山”便都归金人所有了，哪里还有什么“归程”之可言？枢密副使王庶指斥秦桧被罢，出知潭州。胡铨要求斩秦桧三人头被罢，送昭州编管。自己的抗金志业，又受到大臣张俊、杨沂中、刘光世等人不同程度的阻挠，心中不免有曲高和寡、知音难求的感叹。于是结拍说：“知音少，弦断有谁听。”正因为有以上多重复杂的现实原因，所以这首词才用传统婉约与比兴手法写成。岳飞存词极少，但风格手法却较为丰富而有变化。

下面，借清人王鹏运对南宋四名臣（赵鼎、李纲、李光、胡铨）词的评语来结束这一部分。王鹏运在他所刻《南宋四名臣词集》后所写跋语中说：“其思若怨悱而情弥哀，吁号幽明，剖通精诚，又不欲以为名也。于是则摧刚藏棱，蔽遏掩抑，所为整顿缔造之意，而送之以馨香芬芳之言，与激昂怨慕不能自殊之音声。盖至今使人读焉而悲，绎焉而慨伉，真洞然大人也，故其词

① ［清］沈雄《古今词话》，唐圭璋编《词话丛编》，第 1 册，中华书局 1986 年版，第 762 页。

深微浑雄而情独多。”[①]这段话对我们了解南宋词坛转型初期的词风特点以及豪放与婉约词风的相互渗透，是有参考价值的。

以上说明，从南宋词坛转型之日开始，便已呈现出与北宋词坛截然不同的全新面貌。文思的怨悱，情感的哀痛，爱国的呼号，心地的精诚，均能通过激昂的音调与馨香芬芳的语言表达出来，并形成深微而浑雄的时代风格。北宋依红偎翠、浅斟低唱的时代已经去而不返了。随着南宋进入苦难的时代，词人的生活从此再也不像北宋词人那样轻松、自在。南宋词人从此担起时代最沉重的负担，走过他们漫长而艰苦的历史途程。

① ［清］王鹏运：《四印斋所刻词》，上海古籍出版社1989年版，第446页。

第二节　高手云集的南渡词人之林

什么是南渡词人？南渡词人的起止时间如何界定？南渡词人的主要特征是什么？对于这些问题，前人与当代评家持论差异较大。前人的“南渡”概念比较宽泛，如俞彦《爰园词话》、王士祯《花草蒙拾》、陈廷焯《白雨斋词话》中的“南渡”词人的概念均与“南宋”词人的概念相通。当代有论者则“以宣和至庆元间为南渡词之大体界限”。[①]本书的界定比较简单，即：凡是由北宋渡江南下的词人，或在北宋时出生至南宋后始以词名家者，可视为南渡词人。起始时间从南渡之日算起，终止时间以这批词人中的最后一名退出词坛时为止。南渡词人的主要特征是：经历了“靖康之变”与南渡之苦，词风有明显变化，或为抗金复国而呼号，或为壮怀激烈而高歌，或为抚时感事而咏叹，或为破国亡家而悲吟。凡此，均寓有“南渡”这一特定时期的时代色彩。其中，是否经历过“靖康之变”，是否尝受过“南渡”的颠沛流离之苦，是最为重要的，否则，便不能归入“南渡词人”。比如，

① 薛瑞生《南渡词略论》，见《西北大学学报》1987 年 2 期。该文在注（一）中解释说：“此论以周邦彦之后至姜夔之前为南渡词界划。《全宋词》共收词人 1326 家，北宋词人 167 家，南宋词人 571 家，南渡词人 488 家。可见南渡词人约为北宋词人的 3 倍。又《全宋词》共收词约 2 万首。除无名氏词与小说灵怪词 1500 首不计，则余 18500 首。南渡词为 8854 首，约占全宋词的 48%。”

辛弃疾虽也由北至南，但他生活的年代与他的“南渡”背景，严格说来已与“靖康之变”的“南渡”有所不同。所以，对辛弃疾一般不宜以“南渡词人”目之。“南渡”只是一个时间与历史的概念，并不涉及词人与作品的高低优劣。所以，“南渡词人”应有较严格与较妥当的界定为佳。为此，我们将称辛弃疾以及与辛弃疾词风相近的词人为“后南渡词人”或辛派词人，以示区别。

如上述标准可以成立，则“南渡词人”的范畴要比前引各论著中提及的小了许多。除本章第一节中已经评价过的“南渡”文臣武将中的词家以外，还有许多“南渡”的词坛高手。他们有的在北宋时期即是词坛耆宿、诗界元老，南渡后又为词坛的重建做出新的贡献。下面试分论之。

一、叶梦得、朱敦儒、周紫芝、王以宁

叶梦得（1077—1148），字少蕴，号石林居士，苏州吴县（今江苏苏州）人，居乌程（今浙江湖州）。哲宗绍圣四年（1097）进士，累官中书舍人、翰林学士、吏部尚书、龙图阁学士，帅杭州。南宋高宗朝，除尚书左丞、江东安抚制置大使兼知建康府，行宫留守。移知福建，晚居吴兴卞山。有《石林词》，存词102首。

叶梦得能诗工词。早年受贺铸婉丽词风影响，中年以后倾向苏轼。南渡后，曾两度出任建康（今江苏南京），兼总四路漕计，以给馈饷，军用不乏，使前线诸将得以全力对金作战。凡此，都影响到他南渡词由一己之闲愁转向家国兴亡之感。词风也由早期的婉丽转为沉雄简淡。代表作如《八声甘州》，题为“寿阳楼八公山作”：

故都迷岸草，望长淮、依然绕孤城。想乌衣年少，芝兰秀发，戈戟云横。坐看骄兵南渡，沸浪骇奔鲸。转盼东流水，一顾功成。　　千载八公山下，尚断崖草木，遥拥峥嵘。漫云涛吞吐，无处问豪英。信劳生、空成今古，笑我来、何事怆遗情。东山老，可堪岁晚，独听桓筝。

这首词借登寿阳楼之机，歌咏八公山草木皆兵故事，吊古伤今。寿阳楼在今安徽寿县（东晋改寿春为寿阳），八公山，在寿县城北，淝水流经其下。东晋孝武帝太元八年（383），东晋谢安命谢石、谢玄等在这里完成了以八万兵力巧胜前秦苻坚百万大军的“淝水之战”，李纲在他的咏史诗里写过。叶梦得于绍兴元年（1131）间任江东安抚大使兼知建康府并寿春等六州宣抚使，这首词约写于这一任职期间。上片写淝水之战，先从目之所见落笔。“故都”指寿阳，公元前241年楚考烈王曾迁都于此。“迷”，迷蒙不清。从八公山下望，寿阳城烟草迷离，轮廓模糊，但淮河却依然恋绕着它。至此，词人已进入当年“淝水之战”的历史时空。“想”字以下，直贯上片结尾。这七句中只写两个内容：一是谢家少年子弟，年轻有为，满腹韬略，用兵如神；一是苻坚所率“骄兵”，势如“沸浪”，状如“奔鲸”，但结果却在谢家“坐看”“转盼”与“一顾”之间，大败而归。“乌衣”，巷名，故址在今南京市东南，晋王、谢等名门大族所居之地。“芝兰”，喻年轻有为，秀拔挺出。下片借古慨今。换头从“八公山”写起，词人想象山上的“草木”还拥抱着当年的“峥嵘”岁月，而当时的“豪英”，却已在“云涛吞吐”之中消逝了身影。年去岁来，人生碌碌，我为什么跑到这里来倾泻吊古之幽情？还不如像谢安那样去东山隐居，听桓伊抚筝高唱《怨歌》，度此余生。据《晋书·桓伊传》，桓伊抚筝歌《怨歌》，讽谏晋孝武帝猜忌谢安。孝武帝听之“甚有愧色”①。所以，这首词不仅慨叹南宋未能像“淝水之战”那样以少胜众、以弱敌强，同时，也对自己因受投降派排挤外放，表示不满。这首词声情沉郁，悲慨苍凉，与词人前期作品有明显之不同。此外，在《水调歌头》中还多次以谢安自况：“谁似东山老，谈笑净胡沙。”“念谢公，平生志，在沧洲。”

在《水调歌头》词中，抒写老当益壮的情怀。其中词题为“九月望日与客习射西园，余偶病不能射。”全词如下：

霜降碧天静，秋事促西风。寒声隐地，初听中夜入梧桐。起瞰高城回望，寥落关河千里，一醉与君同。叠鼓闹清晓，飞骑引雕弓。　岁将晚，客争笑，问衰翁。平生豪气安在，沈领为谁雄。何似当筵虎士，挥手弦声响处，双雁落遥空。老矣真堪愧，回首望云中。

这首词通过“习射”活动，联及南宋现实，抒写老而不衰的爱国豪情。一起四句，用“霜降”“西风”“寒声”等，布置出一个肃杀的时代与季节背景，在此背景下，词人导演出来的却是热气腾腾的习武场面与老当益壮的报国诗翁形象。从“起瞰高城回望”，作者已把目光射向被金人霸占的“关河千里”，失去了的中原大地。一想到异族的入侵，词人便止不住热血沸腾，“一醉

① ［唐］房玄龄等：《晋书》，第7册，中华书局1974年版，第2119页。

与君同”，有此敌情观念，这次“习射”，就变成了实战演习：“叠鼓闹清晓，飞骑引雕弓。”通过“闹”“引”表达出同仇敌忾与报国杀敌的热情。过片三短句，从练兵场转向词人自身。客人含笑问：当年走马麾军的气概如今哪里去了？借此，词人还插入习射中出现的英雄人物与精彩场面：“何似当筵虎士，挥手弦声响处，双雁落遥空。”这里写的“虎士”，也是当年词人的缩影。不论词人当年是否像这位“虎士”那样，一箭双雁，但面对酒席筵前的众位嘉宾，其“豪气”，肯定是非同寻常的。所以他才敢于在结尾两句回答说：“老矣真堪愧，回首望云中。”“云中”即汉文帝时云中太守魏尚，他抗击匈奴，使匈奴远避不敢进犯。这两句也写出了词人不服老的武健精神。全词豪气纵横，酣畅淋漓，一气如注，是石林词中不可多得的壮词，与苏轼《江城子·密州出猎》一脉相承，上下辉映。

再看《点绛唇·绍兴乙卯登绝顶小亭》：

缥缈危亭，笑谈独在千峰上。与谁同赏。万里横烟浪。　老去情怀，犹作天涯想。空惆怅。少年豪放。莫学衰翁样。

“乙卯”，即绍兴五年（1135）。“绝顶小亭”，即词人在卞山绝顶修筑的亭子。“卞山”，又名弁山，在吴兴西北。此亭初建于绍兴元年（1131），亭基将成，词人即被任为江东安抚大使兼知建康府，兼寿春等六州宣抚使。绍兴二年去职归乡居卞山。虽是登临，但既非写景，也非吊古，而是直写登绝顶亭时的审美体验。这首词似乎可用四个字来加以概括：登、望、感、怀。四字之中应以后二字为主。头两句写“登”，但起笔先不写“登”，而先写“绝顶亭”之高。“绝顶”二字本身就意味着最高，但这还不够，而是在虚无缥缈间。第二，不写登的过程，只写到达绝顶后的情态：“笑谈独在千峰上。”这一句虽只七字，却刻画出词人健步如飞与乐观豪爽的性格。“笑谈”，是跟自己独言独语开玩笑，这是由“独在”二字决定的，即使有人跟随也被远远抛甩在山下了。“千峰上”，指绝顶。这两句通过“登”的过程，写出了词人的性格。词人的性格还表现在构思的绝妙上，也就是说第二句以下所有词句，都是词人自己“笑谈”的内容。三、四两句写“望”，正确点儿说是词人跟自我“笑谈”。这一“望”字，意思说，用不着跟别人同赏，有什么好赏的？万里之外烽烟遍地，遮空蔽日！下片头三句写登望之所“感”，即跟自己“笑谈”内心矛盾。意思说，你已是59岁的老人了，情怀恬淡，怎么又不着边际地关怀起国家大事了？这岂不白操那份心。最后两句，写对下一代（对国家）的“关怀”。意思说：少年人要豪放一些，可别像我这老头子一样。由上可见，词人虽被迫归乡，复出也未必有望，但他还是时刻关怀国事，壮志不衰。这首词在构思方面别具一格，在登临词中也极为少见。其妙处是通过自白（即“笑谈”）的真实性来塑造词人的自我形象，使短章有巨大容量。语言质朴，洗尽铅华，明快简净，充分体现词人晚期风格。

为了与词人的早期风格做一比较，特引其早期名篇《贺新郎》供读者欣赏：

睡起啼莺语。掩青苔、房栊向晚，乱红无数。吹尽残花无人见，惟有垂杨自舞。渐暖霭、初回轻暑。

宝扇重寻明月影，暗尘侵、尚有乘鸾女。惊旧恨，遽如许。　　江南梦断横江渚。浪黏天、葡萄涨绿，半空烟雨。无限楼前沧波意，谁采蘋花寄取。但怅望、兰舟容与。万里云帆何时到，送孤鸿、目断千山阻。谁为我，唱金缕。

上片记初夏薄暮，见宝扇，思恋人，引起新愁旧恨。下片写无法解此孤寂情怀。南宋刘昌诗《芦浦笔记》（卷十）中说叶梦得"赋此词时年方十八"[①]。沈际飞说这首词"一意一机，自语自话，草木花鸟，字面迭来，不见质实"。(《草堂诗余正集》)[②]

通过《贺新郎》与上引诸阕相比较，石林词前后变化可一目了然。关注《题石林词》说："叶公以经术文章，为世宗儒，翰墨之余，作为歌词，亦妙天下。……味其词婉丽，绰有温、李之风。晚岁落其华而实之，能于简淡时出雄杰，合处不减靖节、东坡之妙。岂近世乐府之流哉？"[③]毛晋《石林词跋》说："少蕴自号石林居士，晚年居卞山下，奇石森列，藏书数万卷，啸咏自娱。所撰诗文甚富。……《石林词》一卷，与苏、柳并传，绰有林下风，不作柔语殢人，真词家逸品也。"[④]上面这些评语都涉及其词风之转变，对其南渡后作品，评价尤高。

还有一首《虞美人》也为后世所欣赏。词题是"雨后同誉

① ［宋］刘昌诗：《芦浦笔记》，中华书局1986年版，第79页。

② 黄氏：《蓼园词评》，唐圭璋编《词话丛编》，第4册，中华书局1986年版，第3092页。

③ 施蛰存主编：《词籍序跋萃编》，中国社会科学出版社1994年版，第133—134页。

④ 施蛰存主编：《词籍序跋萃编》，中国社会科学出版社1994年版，第134页。

斡、才卿置酒来禽花下作”：

落花已作风前舞，又送黄昏雨。晓来庭院半残红，惟有游丝千丈、罥晴空。　　殷勤花下同携手，更尽杯中酒。美人不用敛蛾眉，我亦多情、无奈酒阑时。

虽写柔情，却用健笔。沈际飞评曰：“下场头话，偏自生情生姿，颠播妙耳。”（《草堂诗余正集》卷二）[①]

朱敦儒（1081—1187[②]），字希真，号岩壑老人，洛阳人。早年以布衣著名，靖康间召至京师，辞官不就。金兵南侵，经江西流落岭南。高宗绍兴初召右迪功郎，赐进士出身，历秘书省正字、兵部郎中、迁两浙东路提点刑尉。后与反对秦桧的李光相“交通”而被罢官。晚年屈于秦桧笼络，受鸿胪少卿。桧死，旋亦被废，暮年居嘉禾（今浙江嘉兴）。有《樵歌》三卷，又名《太平樵唱》，存词240余首。

朱敦儒是一个经历复杂、词风不断变化的词人，也是南渡初期词人中存词最多的名家。早年因有“朝野之望”，被召至京，将处以学官，但他“固辞还山”，过的是风流浪子生活。他的《鹧鸪天·西都作》说明他此时的生活态度：

我是清都山水郎。天教分付与疏狂。曾批给雨支

① 上彊村民重编，唐圭璋笺注：《宋词三百首笺注》，上海古籍出版社1979年版，第120页。

② 朱敦儒卒年一般作1159。此用刘扬忠说，见《关于朱敦儒的生卒年》，《文学遗产》1984年3期。该文考定朱敦儒卒于1178—1187年之间，“享年约一百岁”。

风券，累上留云借月章。　　诗万首，酒千觞。几曾著眼看侯王。玉楼金阙慵归去，且插梅花醉洛阳。

“靖康之变”以前，他几乎无忧无虑，全然是名士风流架势。可以想见，他不可能有明确的理想与政治目标，与当时贫苦百姓水深火热的痛苦生活相去甚远，也从不曾预感到时代会有什么变化。

“靖康之变”粉碎了他的名士风流梦。当达官显贵占有大量交通工具、满载金银珠宝南迁时，他却因无一官半职，而被抛到普通逃难百姓之中，目睹逃难者破国亡家、妻离子散、饥寒交迫甚至死于道途的惨状。他自己的状况也好不了多少。他的《卜算子》写南奔时的所历所感：

旅雁向南飞，风雨初相失。饥渴辛勤两翅垂，独下寒汀立。　　鸥鹭苦难亲，矰缴忧相逼。云海茫茫无处归，谁听哀鸣急。

靖康元年（1126）十一月，金兵进逼洛阳，词人从插梅醉酒中清醒过来，仓促南逃。一路上伴随他的是从头顶飞过的大雁。南飞的孤雁与他抛家傍路的现状形成了异质同构的心灵共振。于是，词人写下了这首表面描写孤雁实际上象征逃难人群苦痛艰辛的咏物词。词中对造成这场灾难的原因写得十分清楚：“风雨初相失。”“风雨”，对雁来说是自然现象，对词人及流离失所的逃难者来说，是金兵的南侵。词中指出，孤雁的苦难还不仅仅是“饥渴辛勤”，还有到达陌生地歇脚时同类相处的复杂关系以及随时被射杀的危险。地下，天上，到处都是痛苦、灾难、死亡以及走投无路的困境："云海茫茫无处归，谁听哀鸣急。"叫天天不应，呼地地不灵，哀鸣又有什么用处？可以看出，从这首词开始，朱敦儒的词风已发生显著变化。

词人历经千难万险，侥幸逃过长江。当他登上金陵（今江苏南京）城楼时，真是百感交集。经过生死考验，他的词又有新的超越，如《相见欢》：

金陵城上西楼，倚清秋。万里夕阳垂地、大江流。
中原乱，簪缨散，几时收？试倩悲风吹泪、过扬州。

这首词境界开阔，气魄宏大，情辞慷慨，寄意深长，容涵量很大，但用笔省净而形象丰富。词人考虑的不再是"无处归"，也不再是"哀鸣急"。通过"中原乱，簪缨散，几时收"诸句，表达了他的故国之思。"悲风吹泪、过扬州"，又显示出抗金复国，还我河山的急切情怀。在用短小令词抒写壮大景物与爱国豪情方面，朱敦儒是具有开创性的。朱庸斋说："《相见欢》调，字句忽长忽短，宜于表达蕴藉之情，而难于表达愤慨、悲凉、豪迈、淋漓痛快之感。然亦有例外者。"其所举例外者，即朱敦儒的这一首。在引全词之后，又说："朱词以赋体一发忠愤之气，实乃独一无二。此词上阕写景，下阕叙情。下笔重，境界大，不仅在朱词中不可多得，即千古以来亦允推上乘之作。"（《分春馆词话》卷四）[①]

无独有偶，同样写于金陵的《朝中措》，虽说不上是上乘之作，但其忧国之情仍斑斑可见。现特录于下，可并参读：

---

① 朱庸斋：《分春馆词话》，广东人民出版社 1989 年版，第 120 页。

登临何处自销忧，直北看扬州。朱雀桥边晚市，石头城下新秋。　　昔人何在，悲凉故国，寂寞潮头。个是一场春梦，长江不住东流。

此后，词人继续在江南各地流浪。《水龙吟》写他流浪过程中忧国伤时的悲愤心情：

放船千里凌波去，略为吴山留顾。云屯水府，涛随神女，九江东注。北客翩然，壮心偏感，年华将暮。念伊嵩旧隐，巢由故友，南柯梦、遽如许。　　回首妖氛未扫，问人间、英雄何处。奇谋报国，可怜无用，尘昏白羽。铁锁横江，锦帆冲浪，孙郎良苦。但愁敲桂棹，悲吟梁父，泪流如雨。

就内容看，似写于舟行长江途中。上片忆旧，从“放船”起笔，表示出漂流无定的心境，但对“吴山”却略有留恋。“云屯”三句写水势。“北客翩然，壮心偏感，年华将暮”三句，写思想与情志的转变。意谓从北南逃作客他乡，翩然醒来，发现45岁以前的生活原是一场春梦。此时虽怀报国壮志，但已垂垂暮年。结四句，回忆洛阳隐居生活，再点“南柯”一梦。下片，换头三句承上片“壮心”发挥。“奇谋报国”以下六句照应开头“吴山”，用三国时东吴被西晋灭亡的史实，向南宋统治集团提出警告，忧国情怀跃然纸上。其中还含有报国无门之叹。结拍三句，以隐居南阳高吟《梁甫吟》的诸葛亮自许，然不在其位，对危险重重的现实无可奈何，只能泪落如雨。忧国伤时，沉痛迫烈，在继承苏轼词风方面，明显向现实生活、向情感深层次跨进一大步，也显示出词人的适应能力与创作潜力。

随后，词人流浪至江西。《采桑子·彭浪矶》便是这一时期的作品：

> 扁舟去作江南客，旅雁孤云。万里烟尘，回首中原泪满巾。　　碧山对晚汀洲冷，枫叶芦根。日落波平，愁损辞乡去国人。

词将情景打并成一片，大处着眼，小处落墨，概括性极强，但用笔深细，虚实错落，相得益彰。扁舟江南，何其宽广，但不放过用“旅雁孤云”从旁相衬。万里烟尘，中原板荡，但洒过去的却是闪光的泪花。如今避乱江南，远离战祸，面对“日落波平”的和平景象，心中并未感到任何安慰。词人面对老去的芦根，凋零的枫叶，身心瑟缩着对付冷空气南下的袭击。“愁损辞乡去国人”一句，不仅是自身多年流离的实际体验，同时也抒发出所有南逃难民的共同心声。

最后，词人又经江西流落岭南，留下了更为悲怆的歌词。如《雨中花·岭南作》：

> 故国当年得意，射麋上苑，走马长楸。对葱葱佳气，赤县神州。好景何曾虚过，胜友是处相留。向伊川雪夜，洛浦花朝，占断狂游。　　胡尘卷地，南走炎荒，曳裾强学应刘。空漫说、螭蟠龙卧，谁取封侯。塞雁年年北去、蛮江日日西流。此生老矣，除非春梦，

重到东周。

上片写当年“清都山水郎”的无限得意：射麋走马，胜友相留，伊川雪夜，洛浦花朝，均有他的吟踪游迹。“占断狂游”，是恰如其分的概括。下片，换头用“胡尘卷地”四字，将上片所写收拾净尽，词人也从空际跌到炎荒的岭南，做曳裾他人门下的难民“空漫说、螭蟠龙卧，谁取封侯”三句，实际是对南渡前45年名士风流浪子生涯的总结。词人说，“固辞还山”的目的，并不是韬光晦迹，或者以卧龙自居，或者为挂印封侯。“塞雁”两句用雁群北去、蛮江西流这两个带有动态性的客观形象，引发归思。所以结拍才慨叹说：“此生老矣，除非春梦，重到东周。”“东周”都洛阳，故以“东周”代指自己的故乡，同时还寓有故宫黍离之悲。所以，这首词并非一般思归之作，而是从统一中原的角度来反思早年的“狂游”，并由此而产生某种悔悟之情。词人南渡后之所以接受官职似与此觉醒有关。

这一时期，他还写有《采桑子》：

一番海角凄凉梦，却到长安。翠帐犀帘，依旧屏斜十二山。　　玉人为我调琴瑟，颦黛低鬟。云散香残，风雨蛮溪半夜寒。

首二句借“梦”字把词人流落南雄州（今广东南雄）与北宋京城联系起来。以下四句写梦中所见、所闻。最后二句写梦后的“凄凉”，烘托流落南国的凄怆。

从绍兴五年（1135）至绍兴十九年（1149）的15年时间里，

朱敦儒被召至临安为官，他的词也黯然失色了。但有的词却仍可看到他深沉的故国之思。如《临江仙》：

直自凤凰城破后，擘钗破镜分飞。天涯海角信音稀。梦回辽海北，魂断玉关西。　　月解重圆星解聚，如何不见人归。今春还听杜鹃啼。年年看塞雁，一十四番回。

如果从靖康二年（1127）算起，14年之后已是高宗绍兴十一年（1141）了。头两句直接叙述国亡家破、夫妻离散、各在东西的惨状。值得玩味的是“凤凰城破”“凤凰城”原指长安，在此代指汴京。但是当它与第二句“擘钗破镜分飞”中的“分飞”联系到一起时，“凤凰”的分飞，又象征夫妻离散了。“天涯海角”喻两地相隔遥远。“梦回辽海北，魂断玉关西”两句，其中含有更深的忧虑。虽然“辽海”“玉关”泛指极北边地，金人的后方在辽地，徽、钦二帝即被掳至五国城。在历次异族入侵，中原被洗劫一空时，“马边悬男头，马后载妇女”（蔡琰《悲愤诗》）就成为习以为常的现象。对此，词人实有隐忧，但只能用“辽海”之类词语轻轻带过。下片用三种不同客观事物衬托破镜重圆的殷切希望：一是月亮的重圆聚，二是杜鹃啼声“不如归去”，三是大雁的回归与雁足传书。因有以上内涵，词人所写已非个人、家庭、夫妻间的小事，其中有深刻的时代印痕。

绍兴十六年（1146），秦桧等人陷害李光等主战派，朱敦儒因“与李光交通”被罢官，绍兴十九年（1149）致仕。在嘉禾隐居。绍兴二十五年（1155），他以75岁高龄被秦桧起用为鸿胪少卿。但起用还不到一个月，秦桧突然死去。他第二天就被罢免致仕，为他一生的大污点。一个很有才华、很有作为的词人被当时与后人另眼相看，甚至因此影响到他的词的传播与客观评价。

据现有材料，朱敦儒很可能活到近百岁。那么他第二次被罢以后至少又活了15至20余年。这期间，他主要写隐居生活情趣，反映了他生活与思想的另一侧面。辞官后，他在嘉禾（今浙江嘉兴）城南放鹤洲筑别墅。厉鹗《宋诗纪事》引《澄怀录》："陆放翁云'朱希真居嘉禾，与朋侪谐之。闻笛声自烟波间起，顷之，棹小舟而至。则与俱归。室中悬琴、筑、阮咸之类。檐间有珍禽，皆目所未睹。室中篮缶贮果实脯醢，客至，挑取以奉客'。"① 可见其生活的恬淡潇洒。从他用《好事近》写的六首"渔父词"，可窥其思想境界之一斑：

> 摇首出红尘，醒醉更无时节。活计绿蓑青笠，惯披霜冲雪。　　晚来风定钓丝闲，上下是新月。千里水天一色，看孤鸿明灭。

在这样的心态下，词人似乎早已忘记南逃时曾作孤雁之泣了。

再看他经营小圃的生活情趣，如《感皇恩》：

> 一个小园儿，两三亩地。花竹随宜旋装缀。槿篱茅舍，便有山家风味。等闲池上饮，林间醉。　　都为自家，胸中无事。风景争来趁游戏，称心如意，剩

① 钱钟书《宋诗纪事补正》第6册，辽宁人民出版社、辽海出版社2003年版，第3214页。

活人间几岁。洞天谁道在，尘寰外。

信笔写来，活泼自然，口语白描，通俗浅近。词人把这种生活认作是人间天堂，似乎忘记了“中原乱。簪缨散”的惨痛历史，忘记了“妖氛未扫”的现实责任。他是否真正在田园山水中得到彻底的超越与解脱？未必。因为他企图借用其他方法的帮助来实现这种解脱。如《西江月》：

世事短如春梦，人情薄似秋云。不须计较苦劳心，万事原来有命。　　幸遇三杯酒好，况逢一朵花新。片时欢笑且相亲。明日阴晴未定。

命运、花酒，都可以帮助精神的解脱，哪怕是“片时欢笑”也可。从这方面看，他的精神境界远不如李纲、赵鼎、张元幹、胡铨这些南渡词人。他的软弱性从一开始便显示出来，贯穿他的一生。这种软弱的个性，决定了他后期词作的低沉与弱化。虽然这种低沉与弱化是那一时代偏安享乐风气造成的，但他个人性格与思想境界却是酿就自身悲剧的主要原因，因为并不是所有南渡词人尽皆如此。于是，朱敦儒只能成为名家，却无法成为大家。

作为名家，朱敦儒在文学史上自有其不可忽视的位置。他在苏轼与辛弃疾之间架起某种桥梁。南宋词人汪莘（1155—？）在其《方壶诗余自序》中说：“唐宋以来词人多矣，其词主乎淫，谓不淫非词也。余谓词何必淫？顾所寓何如耳。余于词所爱喜者三人焉。盖至东坡而一变，其豪妙之气隐隐然流出言外，天然绝世，不假振作。二变而为朱希真，多尘外之想，虽杂以微尘而其清气自不可没。三变而为辛稼轩，乃写其胸中事，尤好称渊明。此词之三变也。”[①] 汪莘讲朱敦儒之变，在“多尘外之想”，但似乎更应重视朱敦儒继承苏轼超旷飘逸，“变”在抒写国破家亡愤激悲怆这方面；重视他学习苏轼“无意不可入，无事不可言”[②]，“变”在内容的开拓与词境略有扩大这方面；重视他学习苏轼词“如万斛泉源，不择地皆可出”[③]，“变”在形式多样、艺术表现与语言的俚俗求新这方面。这样，或许更能了解朱敦儒在苏轼与辛弃疾之间的桥梁作用。

周紫芝（1082—1155），字少隐，号竹坡居士，宣城（今安徽宣城）人。早年两赴礼部试，不第。家贫，并日而炊，同里多笑之。后从吕本中、李之仪、张耒游，始得显达。绍兴中进士，绍兴十二年（1142）始得官，已年满花甲。历右迪功郎敕令所删定官、枢密院删定官、知兴国军。晚年屡以诗文谀颂秦桧、秦熺父子。著有《竹坡诗话》《竹坡词》，存词150首。

周紫芝词虽比一般南渡词人为多，但其题材面却较少开拓。北宋沦亡与南宋初建期的重大事件、生活经历与朝野普遍关注的和战之争等，在他词中均较少反映。因此《竹坡词》中的《临江仙·送光州曾使君》《潇湘夜雨·濡须对雪》《水调歌头·丙午登白鹭亭作》《水龙吟·须江望九华作》等，便是其中难得的亢爽豪宕的佳篇了。

《临江仙·送光州曾使君》不仅有时代气息，而且还有边地

① 施蛰存主编:《词籍序跋萃编》，中国社会科学出版社 1994 年版，第 270 页。

② ［清］刘熙载：《艺概》，上海古籍出版社 1978 年版，第 108 页。

③ ［宋］苏轼：《自评文》，孔凡礼点校《苏轼文集》第 5 册，中华书局 1986 年版，第 2069 页。

前沿的战斗氛围：

> 记得武陵相见日，六年往事堪惊。回头双鬓已星星。谁知江上酒，还与故人倾。　　铁马红旗寒日暮，使君犹寄边城。只愁飞诏下青冥。不应霜塞晚，横槊看诗成。

词写别情，但却刻画出曾使君抗金卫国不愿离开前沿的爱国斗士的英雄形象。上片写送别。开篇从六年前相见之日着笔，然后传虚作实，用惊心动魄的“惊”字概括六年间的往事，战乱、逃亡、仕途坎坷均涵括其中。然后再以星星双鬓来具体化，暗示国难当头，流离奔波，岁月空掷，年华已晚。如从南渡“武陵”（今湖南常德）“相见”算起，词人至少53岁左右了。此时尚未入仕（周61岁得官）。从“江上酒”来看，可能是江上行船，偶然重逢，来去匆匆。下片写人。“光州”（今河南潢川），地处淮河南侧，是南宋抗金边地重镇。过片“铁马红旗寒日暮”，便是边镇抗金特有战斗气氛的总体描画：战马嘶鸣，红旗猎猎，朔风萧萧，平沙落日，一派苍莽壮阔境地。大约从“相见”之日起，曾使君便坚守“边城”，故下句用“犹”字来加以强调。不独如此，他还生怕被调离前线，或被宣召入朝，他愁的是“飞诏下青冥”。因为一旦入朝，便不会再有霜寒日晚，横槊赋诗的豪兴了。曾使君何等眷恋抗金前线！这种精神状态，不知要比那些一闻鼙鼓便不战自溃直至望风而逃的鼠辈高出几多倍。在南宋畏敌如虎，妥协投降之声甚嚣尘上的时代，周紫芝这样的词章，更为难得。

《潇湘夜雨·濡须对雪》反映南逃的悲愤：

楼上寒深，江边雪满，楚台烟霭空濛。一天飞絮，零乱点孤篷。似我华颠雪领，浑无定、漂泊孤踪。空凄黯，江天又晚，风袖倚蒙茸。　　吾庐，犹记得，波横素练，玉做寒峰。更短坡烟竹，声碎玲珑。拟问山阴旧路，家何在、水远山重。渔蓑冷，扁舟梦断，灯暗小窗中。

“濡须”，水名，源出安徽巢湖，经无为县东南入长江。三国时孙权在濡须水口造坞修堤以抵拒曹操，为魏晋兵家必争之地。从词中看，词人正阻雪舟中。“浑无定、漂泊孤踪”，说明流离失所、无处安身、前途茫茫、暗淡无光。“空凄黯”，并非只写冻云暗淡与“烟霭空濛”，而是时代暗淡的反映。下片写故园之思。即使有雪，也是“玉做寒峰”；有水，则“波横素练”。更令人难忘的是家园的竹坡，雪中的景观：那坡上的竹林竟像是罩在摇荡不定的烟霭里，隐约朦胧；寒风袭来，落满积雪的枝叶，相互摩擦，竟然发出仙乐般悦耳声响。词人怎不归心似箭？须知，周紫芝自号“竹坡居士”，就是从这“短坡烟竹、声碎玲珑”的诗情画意中得来。他用这首词为自号做出了最好的解释。正因思归心切，词人全然忘记他逃难南下，阻雪舟中，竟然升起“雪夜访戴”的豪兴。晋王子猷居山阴，大雪夜眠觉，开室酌酒，四望皎然，因起彷徨，咏左思《咏史诗》，忽忆戴安道。时戴在剡溪，即便衣轻船就戴。经宿方至，既造门，不前便返。人问其故。王曰：“吾本乘兴而行，兴尽而返，何必见戴？”（见

《世说新语·任诞》）[①]后用此典形容思友、访友之放达情怀。咏雪及写雪夜也多用之。词中是暗用，只以“山阴旧路”四字拈出。但，此时所访，已不是“旧路”（过去曾有类似豪兴，故说“旧路”），而是归家：“家何在、水远山重。”这里的“家”，乃指汴京；汴京陷贼，无可回归，只有梦中重见。又因寒冷难耐，从梦中冻醒，面对小窗的暗淡孤灯。这首词不是直写故国之思，而是从情景交融的画面与心态的描述中逐步渗透出来，别具感人魅力。

与此相近的抚事兴悲、登临感怀之作，还有《水龙吟·须江望九华作》。其下片云：

> 堪笑此生如寄，信扁舟、朅来江表。望中愁眼，依稀犹认，数峰林杪。万里东南，跨江云梦，此情多少。问何时还我，千岩万壑，卧霜天晓。

在写漂流无依之情的同时，词人要求还他以“千岩万壑”。后面虽说有归隐之想，但就全词的整体倾向而言，则是要打回老家去，还我旧山河。只不过，蕴意深隐，徒具呼唤而已。阅读时不应略过其深潜层面的内涵，否则就与全词亢壮激越之情游离了。

在少数登临怀古词中，还表达了对亡国的隐忧。如《水调歌头·丙午登白鹭亭作》：

> 岁晚念行役，江阔渺风烟。六朝文物何在，回首更凄然。倚尽危楼杰观，暗想琼枝璧月，罗袜步承莲。

① ［南朝］刘义庆：《世说新语》，上海古籍出版社1993年版，第759页。

桃叶山前鹭，无语下寒滩。　潮寂寞，浸孤垒，涨平川。莫愁艇子何处，烟树杳无边。王谢堂前双燕，空绕乌衣门巷，斜日草连天。只有台城月，千古照婵娟。

“丙午”，即宋钦宗靖康元年（1126）。宋徽宗于上年十二月退位，钦宗即位。第二年正月改元靖康。按词首句所说“岁晚念行役”，那么这首词当作于靖康元年冬末，词人登金陵（今南京）白鹭亭所作。钦宗赵桓在这一年正月下诏亲征，李纲为兵部侍郎，亲征行营使。在李纲的积极准备、坚决抵抗下，金兵本已从汴京退走，但后来李纲被投降派排挤出朝，靖康元年八月金兵便再次大举南侵。十一月下旬，金兵已抵汴京。闰十一月初攻城，不久城破。闰十一月三十日，钦宗出城到金营投降。十二月初二，金兵放回钦宗，金兵随即入城。这首词即写于此时。按“岁晚”，当指十二月末，除夕之前；即使提前为十二月下旬，从钦宗出城投降算起，消息也该传到金陵了。这首词之所以借登临之机凭吊六朝遗迹，并非一般地抒发思古之幽情，而正是吊古伤今，哀悼北宋的灭亡。“六朝文物何在，回首更凄然。”“莫愁艇子何处，烟树杳无边。”心情何等沉痛。“王谢堂前双燕，空绕乌衣门巷，斜日草连天”，这样的词句，也并非刘禹锡诗句的一般化用，写的就是北宋所面临的现实。词中联及六朝灭亡，指出“倚尽危楼杰观，暗想琼枝璧月，罗袜步承莲”等淫靡腐朽现象，不也是北宋败亡的原因吗？人世有代谢，往来成古今。历史是无情的，正如结拍所写：“只有台城月，千古照婵娟。”但作为目睹国破家亡的词人来说，又岂能无动于衷？“桃叶山前鹭，无语下寒滩。”连白鹭洲上的白鹭也默默无言，似在为北宋的败亡表示哀悼，诗人的情感则可想而知。

此外，《卜算子·席上送王彦猷》：“君似孤云何处归，我似离群雁”，《汉宫春·己未中秋作》：“除尽把，平生怨感，一时分付离骚”等，均将个人身世飘零与感时抚事打并在一起。

竹坡词艺术成就较高的，多为个人生活感受之作，如放情山水、流连诗酒、念远伤离与秋愁春恨等类作品。这些词，主要继承二晏、欧阳修、秦观、周邦彦的传统。他在《鹧鸪天》（“楼上缃桃一萼红”）小序中说：“余少时酷喜小晏词，故其所作，时有似其体制者。”但晚年经过“靖康之变”与颠沛流离的折磨，词风与好尚已有很大不同。所以他又说：“晚年歌之，不甚如人意。”这种转变，除上述原因之外，也许和他早期作品在仿效前人时，尚未臻炉火纯青的境地有关。例如，《减字木兰花》中“春闲昼永。城下江深山倒影。净扫风埃。收拾烟光入句来。”《鹧鸪天》（“一点残红欲尽时”）：“梧桐叶上三更雨，叶叶声声是别离。”《生查子》：“春寒入翠帷，月淡云来去。”都使人想到晏几道、毛滂、李煜、张先等词人及其名作。当然，竹坡词中更多的是艺术上具有个人独创的作品。如《踏莎行》：

> 情似游丝，人如飞絮。泪珠阁定空相觑。一溪烟柳万丝垂，无因系得兰舟住。　雁过斜阳，草迷烟渚。如今已是愁无数。明朝且做莫思量，如何过得今宵去。

词写离愁别恨，开篇便将所见景物与人物内心活动巧妙地绾合在一起，比喻贴切自然。结拍简截了当，痴情敞显厚重，别饶韵致。

再看《醉落魄》：

江天云薄。江头雪似杨花落。寒灯不管人离索。照得人来，真个睡不著。　　归期已负梅花约。又还春动空飘泊。晓寒谁看伊梳掠。雪满西楼，人在阑干角。

口语白描，流畅自然，纯用赋体，但用情却宛曲峭折，人物心态也与常态有别。此词在传统婉约词中，当属创调。

王以宁（1083？—1146？[①]），字周士，湘潭（今湖南湘潭）人。徽宗大观、政和间入太学，宣和三年（1121）以成忠郎换文资从事郎，又任京畿提刑，从李纲救太原。南渡后为张浚所辟，以宣抚司参谋制置襄、邓，京西制置使，升直显谟阁，后落职降三官责监台州酒税。绍兴五年（1135）特许自便。绍兴十年（1140）复右朝议郎、知全州。有《王周士词》，存词32首。

王以宁以“知兵”名世，勇而有谋。其词极少风月流连侧艳之体。南渡后，词笔更加激壮豪宕，昂扬开阔。在北宋末年与南渡初期继承与弘扬苏轼豪放词风方面，表现最为突出。如北宋灭亡前夕所作《念奴娇·淮上雪》：

天公何意，碎琼瑶玉佩，书空千尺。箬笠蓑衫扁舟下，淮口烟林如织。飞观嶙峋，子亭突兀，影浸澄淮碧。纶巾鹤氅，是谁独笑携策。　　遥想易水燕山，有人方醉赏，六花如席。云重天低酣歌罢，胆壮乾坤

① 王兆鹏《王以宁其人及其词》，《词学》第7辑，华东师范大学出版社1989年版，第169—183页。

犹窄。射雉归来，铁鳞十万，踏碎千山白。紫箫声断，唤回春满南陌。

境界开阔，想象奇警，气势恢宏。在咏雪词中，与前周紫芝《潇湘夜雨·濡须对雪》相比较，则风格迥异。这首词当作于靖康元年，王以宁被征召从真州（今江苏仪征）回京途中。因已得悉金兵围京事，故下片有“胆壮乾坤犹窄”之句。他深信有击退金兵，“唤回春满南陌”的一天。

南渡后，又有《水调歌头·呈汉阳使君》等愤激之作：

大别我知友，突兀起西州。十年重见，依旧秀色照清眸。常记鲒碕狂客，邀我登楼雪霁，杖策拥羊裘。山吞月千仞，残夜水明楼。　黄粱梦，未觉枕，几经秋。与君邂逅，相逐飞步碧山头。举酒一觞今古，叹息英雄骨冷，清泪不能收。鹦鹉更谁赋，遗恨满芳洲。

这是王以宁写给汉阳友人的词。词题所说的“使君”（古代对州郡长官的敬称，乃是知府一类级别的官职。）据《宋史·地理志》载，荆湖北路南宋后有“府三”“州九”“军三：汉阳、荆门、寿昌。”[①]“军”，也是行政区划之一，设“知军”，其职权范围略同知府，故词题中的“汉阳使君”当为汉阳军的知军。“大别”，久别，含一别之后永难再见之意。据词中所写，这是阔别十年之后的重逢。其间，因经历北宋灭亡，金兵南下与宋金对峙的战斗，水火刀兵，地覆天翻，相见无望，然而却意外重逢，

① ［元］脱脱：《宋史》，第7册，中华书局，1977年版，第2192～2193页。

所以词中用“大别”二字以突出时代特点。“知友”，又说明二人友情的诚笃。“突兀起西州”，指十年阔别后，这位“知友”突然成为汉阳军的知军，其中还包括抗金战斗中的军事建树。“十年”两句，写“知友”秀色明眸，不减当年。“常记鲒碕狂客”以下五句，写十年前那次结伴共游时的豪情逸兴。“鲒碕”，山名，在今浙江奉化县东南。因“知友”出生于此，故称“鲒碕狂客”。在此同游过程中，词人特别拈出披裘赏雪的镜头加以描画。“山吞月千仞，残夜水明楼”两句，虽袭用杜甫《月》诗“四更山吐月，残夜水明楼”[①]，但用以状雪夜辉光，上下皎洁，清明澄澈，恰到好处。下片换头，“黄粱梦”三个短句，是上片首句“大别”的注脚。“与君邂逅”以下才转赋当前：“相逐飞步碧山头。”只此一句，便见出当今豪兴仍不亚十年前披裘赏雪。然而，十年后毕竟与十年前大不相同了。国难当头，国事堪忧，于是笔锋一转：“举酒一觞今古，叹息英雄骨冷，清泪不能收。”这两句极沉痛，并非一般吊古伤今，疑其必有具体所指。考绍兴四年（1134）五月，岳飞任镇南军承宣使、江南西路舒蕲州制置使兼黄复州汉阳军德安府制置使，在其兼职中就包括汉阳军在内。他先后多次屯兵鄂州（今武昌）。是年七月收复襄阳六郡后，岳飞又升任靖远军节度使、湖北路荆襄潭州制置使，统辖襄阳府路，不久又晋封武昌开国侯。但这位在抗金卫国战斗中立下过不朽功业的民族英雄，却被秦桧一伙投降派害死。“英雄骨冷，清泪不能收”，应是结合这一当地现实所抒发的悲悼之情。结拍两句再点东汉祢衡被黄祖所杀埋骨鹦鹉洲的故事。祢衡被杀前曾写《鹦鹉赋》，如今斯人永逝，再无人写此赋文了。对祢衡

① ［唐］杜甫：《杜工部诗集》下册，卷十五，中华书局1957年版，第20页。

怀感，也是用以补足对岳飞的缅怀，因岳飞在武昌黄鹤楼上曾高吟《满江红》，如今还有谁能写出这样的词篇呢？这首《水调歌头》忧国伤时与缅怀英烈的描写结合在一起，激越亢爽、豪迈悲壮、音节响亮，在王以宁词中堪称佳作。

似此作品尚多。如《水调歌头·裴公亭怀古》："孙郎前日，豪健颐指五都雄。起拥奇才剑客，十万银戈赤帻，歌舞壮军容。"《满庭芳·重午登霞楼》："笑问江头皓月，应曾照、今古英豪。"《满庭芳·邓州席上》："英姿豪气，耆旧笑谈中。"在中原板荡，南宋也岌岌可危的现实形势下，英雄豪气最为时代所需，所以他在词中反复抒写，并着力于英雄气势的渲染烘托。

另有《蓦山溪·和虞彦恭寄钱逊叔》《浣溪沙·舣舟洪江步下》及上引《满庭芳·重午登霞楼》等。王国维在《人间词话附录》引录阮元《四库全书未收目·王周士词提要》说："以凝词，句法精壮。""绝无南宋浮艳虚薄之习。其他作亦多类是也。"① 但除此类佳篇外，其存词中也有南渡初期粗浅荒率之弱点。

王以宁也是苏轼与辛弃疾之间的过渡性词人之一。

二、苏庠、向子諲、陈与义

苏庠（1065—1147），字养直，澧州（今湖北澧县）人。因眼疾，自称眚翁。后徙居丹阳后湖，更号后湖病翁。绍兴间，居庐山，与徐俯同被召，不赴。能诗词，其词曾得苏轼赏识。有《后湖词》，存词23首。

苏庠词沿北宋婉约余绪，多写风月留连与闲适情趣，而北宋灭亡与金兵南侵以及江浙平民百姓逃散流亡等时代氛围则很少入

① 唐圭璋编：《词话丛编》，第5册，中华书局1986年版，第4272页。

词。现存词中多有“醉眠篷底。不属人间世”(《点绛唇》),“瓮中春色,枕上华胥,便是长生”(《诉衷情》),“身到十洲三岛,心游万壑千岩”(《清平乐》)等语。所以,其《虞美人·次虞仲登韵》《菩萨蛮》(“年时忆著花前醉”“照溪梅雪和烟堕”)、《木兰花》《鹧鸪天》(“枫落河梁野水秋”)等,均属难能可贵了。《虞美人·次虞仲登韵》:

军书未息梅仍破。穿市溪流过。病来无处不关情。一夜鸣榔急雨、杂滩声。　　飘零无复还山梦。云屋春寒重。山连积水水连空。溪上青蒲短短、柳重重。

从“军书未息”一句,可以嗅到当时的战争气氛。正因如此,才“病来无处不关情”。但词人关情也无能为力,他所能听到的也不过是鸣榔声、急雨声与滩流声。从过片“飘零”二字,还可看出战乱使词人四处漂流,无处存身,加之时局紧张,再也难圆“还山”旧梦。特别是浓重的春寒,透过肌肤,不断向内心侵袭,那“云屋”,那“积水”,那“青蒲”都加重了时代的哀感。“悲落叶于劲秋,喜柔条于芳春。”(陆机《文赋》)[①] 如果一个词人连春天都感到无限忧愁,那么,秋天对他来说就更无欢乐可言了。

请看《鹧鸪天》所写的秋恨:

枫落河梁野水秋,澹烟衰草接郊丘。醉眠小坞黄茅店,梦倚高城赤叶楼。　　天杳杳,路悠悠,钿筝

① 郭绍虞主编:《历代文论选》第1册,上海古籍出版社1979年版,第170页。

歌扇等闲休。灞桥杨柳年年恨，鸳蒲芙蓉叶叶愁。

这类词篇，已不属寄情山水或一般的羁旅闲愁，而是深寓时代之感的悲歌。“野水”“衰草”“郊丘”，全是一派衰飒景象，更何况“枫落”点缀其间。于是，词人无暇他顾，只想借梦境回至故山。不止此也，连排遣忧愁的乐歌，词人也十分烦厌。何以如此？结拍两句以形象鲜明、对仗工稳的语言，道出乱离后欲归不得的凄苦情怀。杨慎评此词“黄茅店”“赤叶楼”二句为“鹧鸪天之佳句也”。(《词品》卷三)①

《菩萨蛮》对此作更多的补充，不妨参看：

年时忆著花前醉，而今花落人憔悴。麦浪卷晴川，杜鹃声可怜。　　有书无雁寄，初夏槐风细。家在落霞边，愁逢江月圆。

一起二句深含今昔之感，对早年“忆著花前醉”的浪漫生活，不再有留恋之情。词人面对“而今花落人憔悴”的现实，不仅能认真对待，而且在仔细品味。词人从麦浪的波动与杜鹃的哀鸣声中升起一片浓重的乡愁。一个孤独的飘泊者面对此情此景，内心有千言万语急于倾诉，但写成书信以后，又因战乱隔阻无法投递，当然也更难接到家书。在此无可奈何之际，只见轻微细柔的风丝在抚摸着槐树的枝叶，送来一阵幽香。于是，词人一直望着落霞从天边升起，但当落霞消失、明月倒映入江水之时，说不清的愁情又猛然袭上心头。这首词在描述别情愁绪时，多以景物

① 唐圭璋编：《词话丛编》，第1册，中华书局1986年版，第473页。

从旁烘托、陪衬，而且专用美景来衬托哀情，有倍增其哀的艺术功效。

《菩萨蛮·宜兴作》，有相近的特点：

> 北风振野云平屋，寒溪淅淅流冰谷。落日送归鸿，夕岚千万重。　　荒坡垂斗柄，直北乡山近。何必苦言归，石亭春满枝。

词人归心似箭，所见所闻无不增此思归的焦急之情。但欲归不得，结拍只能自我劝慰，而这劝勉只能更显其凄苦无告的心境。

张元幹评苏庠词说："吾友养直，平生得禅家自在三昧，片言只字，无一点尘埃。宇宙山川、云烟草木，千变万态，尽在笔端，何曾气索？"（《苏养直诗帖跋尾》）[①]这仅指其放情山水、陶写性情之作而言。苏庠深蕴时事感愤之词，则有不平之气行乎其间。虽山水花草也似有哀情鼓荡其中，非禅家"三昧"可包容得了。

向子諲（1085—1152），字伯恭，号芗林居士，河南开封人。[②]南渡后寓居临江（今江西清江）。哲宗元符时，以荫补官。徽宗宣和时，任淮南转运判官。南渡后，历徽猷阁直学士，知平江府。晚年因忤秦桧意，乃回乡隐居。向子諲词以南渡为限，分为两部分：一为南渡前作品，称《江北旧词》；一为南渡后作品，称《江南新词》。向子諲以"南渡"为界的概念是很清楚的。不仅如此，他在晚年结纂的《酒边集》中，竟然置"江北旧词"于后，进"江南新词"于前，表示他在词的创作上弃旧图新的价值

① ［宋］张元幹撰：《芦川归来集》，上海古籍出版社1978年版，第177页。

② 王兆鹏：《两宋词人年谱》，台湾文津出版社有限公司1994年版，第469页。

取向。一般而言，他早期词主要继承晏欧、秦柳及周张余绪，后期则明显继承苏轼旷达超逸词风。但直接抒写抗金复国、重整河山的作品很少，而多有抒写故国之思与寄情山水、飘然物外之作。存词176首。

抒写豪放情怀与爱国志意之作有《阮郎归》，词题曰："绍兴乙卯大雪行鄱阳道中"：

> 江南江北雪漫漫，遥知易水寒。同云深处望三关，断肠山又山。　　天可老，海能翻，消除此恨难。频闻遣使问平安，几时鸾辂还。

"绍兴乙卯"，即绍兴五年（1135），"鄱阳"，即今江西波阳县，位于鄱阳湖东岸。这首词即景抒怀，从"江南"大雪联想到"江北"，甚至联想到"易水""三关"。其实，词人联想到的是被掳北上的徽、钦二帝，所以，这是一首爱国抗金与反对屈辱投降的词篇。"易水"，在今河北。"三关"，指淤口关、益津关（二者均在今河北霸县）与瓦桥关（在今河北雄县）。五代时周世宗曾以此三关与契丹分界。在此，"易水""三关"均代指徽、钦二帝被拘囚之地。"断肠"与"消除此恨"亦即岳飞矢志要洗雪的"靖康耻"。"频闻遣使"二句表急切盼望二帝南归之情。其中"鸾辂"代指二帝车驾（"鸾"为马铃，"辂"为车上横木）。在词人写此词之前，南宋曾派使臣赴金"通问二帝"。实际徽宗已于写此词的同年四月死于"五国城"（今黑龙江依兰县），但凶信是两年后才传到江南的，所以词人仍在通过漫天大雪怅望极北之地，盼望二帝南归。南归虽已不可能，但词人爱国雪耻的情感却是十分可贵的。不仅如此，词人还含而不露地批判了南宋对金的妥协投降政策。词人写此词时，岳飞、韩世忠已屡败金兵及伪齐军队，形势有利于宋，但南宋统治集团却不思进取，致使坐失良机，造成南北长期分裂对峙的局面，使二帝南返的希望成为泡影。词中“断肠山又山”“消除此恨难”即写此。

与前首词情相近的还有《秦楼月》：

芳菲歇，故园目断伤心切。伤心切，无边烟水，无穷山色。　可堪更近乾龙节，眼中泪尽空啼血。空啼血，子规声外，晓风残月。

词写故国之思。“芳菲歇”，虽指暮春百花凋残，春意阑珊，但这里并非实景，而是作为暮春的象征。这里的春天又非简单的季节，而是象征宋朝曾经有过的美好时节（全盛之日）。这美好时节已去而不返，所以下面才直写“故园目断伤心切”。“故园”，非指故乡（因作者家在江西），而是泛指“北宋”与当年盛极一时的都城汴京。接下去，用“伤心切”三字反复唱叹，随之又用“烟水”迷离，“山色”隔阻，来抒写望而不见之悲。下片换头点明具体节日，使感情倾向具体化。据《宋史·礼志》，“乾龙节”是宋钦宗赵桓的生日，靖康元年（1126）四月十三日举行过庆祝仪式。由此可见，这首词当写于宋徽宗死讯传至江南以后的又一个春末夏初的四月。因被拘囚的二帝已先逝去一位，词人对剩下的钦宗是否能南归，就更为关切了。词的下片明确点出“乾龙节”，因之“伤心切”的“切”字，就不仅是极度悲伤，也含极度关切之意，二者交织在一起。正因如此，词人才“眼中泪尽空啼血”。词人的泣血悲啼感动了子规，使郊原上所有啼血的子规都杂入这一悲啼，直至晓风轻吹，残月西下，这啼声依旧此起彼伏，无止无休，是词人的悲啼，还是子规的悲啼？事实上已难分辨，也用不着分辨了。

回忆北宋的繁华全盛，可以联及很多内容，其中上元之夜给宋人的印象则是最深刻、最难忘的。所以南渡伊始的赵鼎写过，向子諲也写过。向子諲写的是《鹧鸪天》，词题是“有怀京师上元，与韩叔夏司谏、王复卿侍郎、曹仲谷少卿同赋”：

> 紫禁烟花一万重，鳌山宫阙倚晴空。玉皇端拱彤云上，人物嬉游陆海中。　星转斗，驾回龙，五侯池馆醉春风。而今白发三千丈，愁对寒灯数点红。

关于北宋上元节之盛，除《东京梦华录》有详细记载外，《大宋宣和遗事》有着更为形象、细致的描绘。其中虽杂有小说家言，但对鳌山的描写却极近现实，可以说是相当忠实的记录：“东京大内前，有五座门：曰东华门，曰西华门，曰景龙门、神徽门，曰宣德门。自冬至日，下手架造鳌山高灯，长一十六丈，阔二百六十五步，中间有两条鳌柱，长二十四丈；两下用金龙缠柱，每一个龙口里，点一盏灯，谓之‘双龙衔照’。中间着一个牌，长三丈六尺，阔二丈四尺，金书八个大字，写道：‘宣和彩山，与民同乐。’彩山极是华丽：那彩岭直趋禁阙春台，仰捧端门。”[1]这等描述真是壮观非凡。词人当年在汴京游历过，故印象

① 《新刊大宋宣和遗事》亨集，中国古典文学出版社 1954 年版，第 71—72 页。

最深。如今思之，犹历历在目。上片四句及下片头三句即写此盛景。但是好景不长："而今白发三千丈，愁对寒灯数点红。"数点"红灯"映着"白发"，回忆当年"鳌山"与"嬉游陆海"，岂不是一个地下、一个天上？词人未指出这"天上人间"的巨变原因，但读者亦可想而知矣。

此外，其《水调歌头》："谁知沧海成陆，萍迹落南州。忍问神京何在，幸有芗林秋露，芳气袭衣裘。"在回忆故国之时，更多一重幽隐之思。还有些词抒写归隐的乐趣，如《满江红》："老我来、懒更作渊明，闲情赋。"《水调歌头》："同醉入青州……谁似芗林老，无喜亦无忧。"这些情绪虽皆因南宋妥协投降、压制人才引发，其他南渡词人亦间或写及，但都不能过此。向子諲学东坡仅得其飘逸旷达，而未得其健举豪迈，更未得东坡"西北望、射天狼"的主导激情。胡寅在《题酒边词》中说："及眉山苏氏，一洗绮罗香泽之态，摆脱绸缪宛转之度，使人登高望远，举首高歌，而逸怀浩气。超然乎尘垢之外。"胡寅对苏轼的评价是允当的，但对向子諲的评价则未免有溢美之嫌。他说："芗林居士步趋苏堂而哜其胾者也。观其退江北所作于后，而进江南所作于前，以枯木之心，幻出葩华，酌元酒之尊，而弃醇味，非染而不色，安能及此？"[①] 这些话的确有所夸饰。向子諲学苏并未得苏之真魂。

陈与义（1090—1139），字去非，号简斋，洛阳人。政和三年（1113）进士，累迁太学博士。金兵陷汴，避乱襄湘。绍兴初至行在，为中书舍人，出知湖州，后拜翰林学士、知制诰，至参

① 施蛰存主编：《词籍序跋萃编》，中国社会科学出版社1994年版，第169页。

知政事，以病乞祠，提举洞霄宫。有《无住词》，存词18首。

陈与义是江西诗派三宗（黄庭坚、陈师道与陈与义）之一。他不仅工诗，词亦甚佳。其词虽不足20首，但正如黄升所说："词虽不多，语意超绝，识者谓其可摩坡仙也。"[①]胡薇元说得更明白："陈与义简斋《无住词》才18首，而首首可传。""其词吐言天拔，无蔬筍气。然山谷词利钝互见，后山则免强学步，迥非与义之敌。"（《岁寒居词话》）[②]意谓：江西诗派另两宗（黄庭坚、陈师道）写词都在陈与义之下。陈与义在词史上是以词少而被评价甚高的著名词人。《四库全书总目提要》在评价陈与义词时沿用了"吐言天拔"，同时又补充说："殆于首首可传，不能以篇帙之少而废之。"[③]

陈与义这18首词几乎多是提举洞霄宫以后所作，故多回忆早年生活。如其名篇《临江仙·夜登小阁忆洛中旧游》：

> 忆昔午桥桥上饮，坐中多是豪英。长沟流月去无声。杏花疏影里，吹笛到天明。　　二十余年如一梦，此身虽在堪惊。闲登小阁看新晴，古今多少事，渔唱起三更。

此词上片回忆20年前洛阳良朋雅集，下片抒写流落江南的感慨，前后形成鲜明对比。首句点雅集地点：午桥。午桥在洛阳南。唐时裴度为牛僧孺排挤，徙东都（洛阳）留守，加以朝廷宦

---

① ［宋］黄升：《中兴以来绝妙词选》，卷一，《花庵词选》，中华书局1958年版，第167页。

② 唐圭璋编：《词话丛编》，第5册，中华书局1986年版，第4030页。

③ ［清］永瑢等：《四库全书总目提要》下册，中华书局1965年版，第1813页。

官专权，不再有仕进之想，乃于东京治第，作别墅名绿野堂，与刘禹锡、白居易觞咏其中，甚得文人雅集之乐。午桥，即其绿野堂旧址。“坐中多是豪英”，“豪英”当是仿效刘、白，与陈与义诗酒流连的精英名家，故于此特别点出，以示人物之盛。风物之盛何在？“长沟流月去无声”，这就是词人直观印象中终生难忘的诗图画面：长长的溪水静静流淌，寂然无声，明月投入溪水的怀抱，默默地体味着溪水的温柔。此刻，所有世间万物都屏神静气地注视着这画面的变化、发展，只见月的颤动，水的抚慰，相互拥抱着缓缓向西流去……突然，从“杏花”的“疏影里”，传来悦耳的笛声：悠扬、清脆、低婉、绵长，这笛声一直延续到迎来第二天玫瑰色的黎明。这样的雅集，实在令人心醉神迷。难怪词人20年后的一个夜晚登阁，又回忆起洛中的少年豪情。这上片，用俊语快笔，精练地概括出当时的诗情画意与欢乐气氛。下片感今。虽心情沉重，含思婉折，但用笔轻灵，意余言外。过拍，“二十余年如一梦”七字，将战火纷飞、天翻地覆的巨变轻轻翻了过去，同时用“此身虽在堪惊”作画外音来加以唱叹。词人与读者皆从上片的梦中醒来：“闲登小阁看新晴。”通过这一句，将无穷悲感尽藏心底，以便更好地面对现实。但“新晴”并不能完全消除旧恨，于是词人又从更广阔的历史时空来观察这“二十余年”的变化：“古今多少事，渔唱起三更。”古往今来兴衰替废，从无终歇。只要太阳从东边出来，三更天的渔歌，便能按时在空中荡漾。词人所经历的“堪惊”的变化，一旦进入历史长河之中，就只不过是提供给后人的“渔樵闲话”而已。词人旷达情怀也由此凸现出来。这首词写得疏畅明快，自然浑成。既简洁，又丰富；虽沉痛，却超旷。前人对此评价甚高。胡仔评阙道："此数语奇丽，简斋集后载数词，惟此词为优。"[①] 张炎说："真是自然而然。"[②]这种自然，是经过百锻千炼之后复归为自然的艺术结晶，非率意偶然拾得者也。彭孙遹对此有详尽分析："词以自然为宗，但自然不从追琢中来，便率易无味。如所云绚烂之极，乃造平淡耳。若使语意淡远者，稍加刻画，镂金错绣者，渐近天然，则骎骎乎绝唱矣。若《无住词》之'杏花疏影里，吹笛到天明'，《石林词》之'美人不用敛蛾眉，我亦多情，无奈酒阑时'，自然而然者也。"(《金粟词话》)[③] 这首词的另一特点是佳句甚多，诗情画意，赏玩吟味，令人口齿留香。沈际飞说："意思超越，腕力排奡，可摩坡仙大垒。'流月无声'，巧语也；'吹笛到天明'，爽语也；'渔唱''三更'，冷语也。功业则歉，文章自优。"(《草堂诗余正集》) 词中"长沟流月去无声"，不仅是巧句，亦有来源，黄氏（石《蓼园词评》中说"长沟流月""月涌大江流"（即杜甫《旅夜书怀》）之意，"言自去滔滔，而兴会不歇"。[④]但细按词句与所引诗句，似并非同一境界。杜诗境界较宽宏开阔，陈词则主要是细腻传神。这首词里的"长沟流月"句，如可方比，当与白石"波心荡、冷月无声"相近。白石此句也正是来自此词。

从下面《虞美人》词中，也可探知陈与义对姜白石的影响：

扁舟三日秋塘路，平度荷花去。病夫因病得来游，

① 廖德明：《苕溪渔隐丛话后集》，卷三十四，人民文学出版社 1962 年版，第 265 页。

② ［宋］张炎：《词源》，卷下，唐圭璋编《词话丛编》，第 1 册，中华书局 1986 年版，第 265 页。

③ 唐圭璋编：《词话丛编》，第 1 册，中华书局 1986 年版，第 721 页。

④ 唐圭璋编：《词话丛编》，第 4 册，中华书局 1986 年版，第 3050 页。

更值满川微雨、洗新秋。　　去年长恨拏舟晚，空见残荷满。今年何以报君恩，一路繁花相送、过青墩。

小序说："余甲寅岁自春官出守湖州，秋杪，道中荷花无复存者。乙卯岁，自琐闼以病得请奉祠，卜居青墩。立秋后三日行，舟之前后如朝霞相映，望之不断也。以长短句记之。""甲寅"为绍兴四年（1134）。八月，词人自礼部侍郎（即"春官"）出知湖州，九月下旬到任。"乙卯"为第二年，二月被召入朝为给事中（"琐闼"）。六月，词人从朝廷托病辞职，以显谟阁直学士提举江州太平观，实领祠禄闲居青墩镇。镇于湖州之南，与湖州乌镇仅一水之隔。词写摆脱官场污浊气氛投身大自然后的心旷神怡与美感享受，表现出词人对祖国山川景物特别是对荷花的赏爱。词人正是以荷花来激励自己，最终从被投降派搞得乌烟瘴气的朝廷中退了出来，在大自然中寻求心理的平衡安定。正因有此情感基础，词人才视荷花为知己并赋予荷花以人的情感。上片写寻找荷花并投身于荷花的怀抱，在荷花丛中畅游三天："扁舟三日秋塘路，平度荷花去。""平度"，即平稳地航行，实亦心情恬淡平和的反映。"病夫因病得来游，更值满川微雨、洗新秋。"陈与义是以"病"为借口，才得奉祠休闲的，故说"病夫因病"。这里有两层意思：一是告诉荷花以"病"为借口才能来此；二是真"病"。句中出现两个"病"字，并非巧合，它反映了作者潜层的心理状态：他把自己的病已看得相当重了。写此词后还不到三年，陈与义就与世长辞了。所以词中透出来日无多的潜意识。在上片交代"三日行"之后，下片立即转入对去年的回忆："去年长恨拏舟晚，空见残荷满。""长恨"，即对去年失去一次赏荷佳期而无比惋惜。“长恨”，用的是高级形容词，足见词人对荷花的情感之深。“空见”，也有感情深度。而“残荷”二字，又不禁令人想起李商隐“留得残荷听雨声”这一名句。“去年”的失落心态，毕现无遗。也正因如此，今年对荷花的情感就更为深挚：“今年何以报君恩。一路繁花相送、过青墩。”这两句的正确理解，关键在“君”字的解释。或以为“君”即高宗赵构，因为皇帝的允准才能有此三日之行，但后句“一路繁花相送”，就未免与“君恩”不太扣题了。实际上，“君”字在词中应为第二人称指示代词，即您或你。这最后两句是用拟人手法代荷花立言的。词人对荷花如此一往情深，荷花有知，又怎能不生投桃报李之想？于是，在词人反复叙述他对荷花如何多情之后，荷花立即打断词人的娓娓絮语，并贴近词人的耳边悄声说：“今年用什么来报答你对我的一片深恩？看，我将用一路盛开的繁花殷勤地一直送你到青墩！”有什么比这更好的报答吗？没有。由此，我们一方面看到词人体物入神，深得其妙；另一方面又见出词人移情入景，物我两忘，以及与天地万物相往来的宏阔细腻的审美情感世界。荷花与词人便是物我两忘的友朋。正因后两句写物我两忘的友情，所以姜夔在他的《惜红衣》词序中，才不惜篇幅把这两句字不易地照引无误。于此也可见陈与义词的影响之处。

陈与义直接反映抗金主战的词很少，因此与南渡有关的词篇就显得特别珍贵了。但他这些词也非直白，而多是寄意题外。如《临江仙》：

高咏楚词酬午日，天涯节序匆匆。榴花不似舞裙红。无人知此意，歌罢满帘风。　　万事一身伤老矣，戎葵凝笑墙东。酒杯深浅去年同。试浇桥下水，今夕到湘中。

建炎三年（1129），陈与义避乱流寓湖南。这首词借端午节凭吊屈原以抒写爱国情怀，首句点明词旨。作为诗人，凭吊屈原的最好办法是高声吟咏《楚辞》，从中汲取精神力量。“天涯”点地，说明词人是在南奔途中，不知不觉端午节已匆匆过去，但是在节序匆匆更替的过程中，词人还经历了另外一种时序的变换：“榴花不似舞裙红。”词人从眼前湖南的榴花，联及当年汴京的歌舞，昔盛今衰的情感便油然而生。五月是石榴花盛开的季节：“五月榴花照眼明。”（朱熹《题榴花》）因石榴花色彩鲜艳，常用以比女裙：“芙蓉为带石榴裙”（梁元帝《乌栖曲》）、“开箱验取石榴裙”（武则天《如意娘》）。前后对比有今昔盛衰之感。词人高咏《楚辞》，正是要张扬其忠言直谏，导夫先路，至死无悔的精神，但对此却无人理解。过拍，慨叹“万事一身伤老矣”，是对“无人知此意”而发，也是对时代而发，对自身而发，内容十分复杂，故用“万事”二字概括。词人老而自伤不已，可墙东的葵花依然向阳凝笑。词人并不灰心，他举起往昔一样的杯酒，洒向桥下，叮嘱江水在端午这天夜里把杯酒送到屈原投水的汨罗江。情怀如火，感慨沉挚，一腔忠愤，难以尽言。一杯水酒，寄托着词人的赤心与希望。元好问早就指出“忆昔午桥桥上饮”与“高咏楚词酬午日”这样的词句含义极深。他说：“诗家谓之言外句，含咀之久，不传之妙，隐然眉睫间，惟具眼者，乃能赏之。”（见《自题乐府引》）[①]

这一特点，同样表现在陈与义其他许多作品中。如《虞美人》：

---

① 姚奠中主编，李正民增订：《元好问全集》（增订本）下册，山西古籍出版社2004年版，第972页。

张帆欲去仍搔首，更醉君家酒。吟诗日日待春风，及至桃花开后、却匆匆。　　歌声频为行人咽，记著尊前雪。明朝酒醒大江流，满载一船离恨、向衡州。

词题为“大光祖席，醉中赋长短句”。“大光”，是陈与义同乡席益的字。“靖康之变”，两人各自南渡，建炎三年（1129），又巧遇于衡山（今湖南衡山）。翌年正月，陈与义离衡山赴邵阳。在席大光送别宴上，陈与义写此词寄慨。

此词一起两句便写词人与大光的诚笃友情，所以船帆高挂又踟蹰“搔首”，欲罢不能。“吟诗日日待春风，及至桃花开后、却匆匆”，是词中秀句。这两句也是词人“搔首”迟疑的原因之一。因为与大光一起，日日吟诗，约定春天到来会有更多诗词共览，不料刚到正月就买船远行，对此怎能不深感遗憾？刘熙载在《艺概·词曲概》中说这两句的好处是：“此好在句中也。”[①]而《临江仙》中“杏花”两句，则与此不同。他说：“‘杏花疏影里，吹笛到天明。’此因仰承‘忆昔’，俯注‘一梦’，故此二句不觉豪酣转成怅惘，所谓好在句外者也。倘谓现在如此，则骙甚矣。”[②]可见，“吟诗”二句写的是眼前，与搔首流连不忍遽别绾合在一起，增大了情感与审美的内涵。下片从“酒”转写送别的歌声。歌女雪儿哽咽抽泣之状，从此也加入难忘的离恨之中。结拍“明朝酒醒大江流，满载一船离恨、向衡州”，写离别时曾经痛饮，扬帆启航时依旧酒醉难醒。及至明晨醒来，发现这艘在大江急流中航行的船，仍载满昨日的离情，

---

① ［清］刘熙载：《艺概》，上海古籍出版社 1978 年版，第 115 页。

② ［清］刘熙载《艺概》，上海古籍出版社 1978 年版，第 115 页。

不堪重负似的缓慢驶向上游120里之遥的衡州（即湖南衡阳）。患难之中的友情也由此显示出来。在这首词里，偶然的会面与骤然分手均与国破家亡联系在一起，杂有时代感怆，所以又不能以简单的友谊别情视之。

在陈与义的词里，有的词很近似他的诗，如《渔家傲·福建道中》：

> 今日山头云欲举，青蛟素凤移时舞。行到石桥闻细雨，听还住，风吹却过溪西去。　　我欲寻诗宽久旅，桃花落尽春无所。渺渺篮舆穿翠楚，悠然处，高林忽送黄鹂语。

此词在捕捉形象与提炼审美感受方面，与诗更为接近。

陈与义是宋代杰出诗人，存诗600余首。他的词不及诗的三十分之一，但几乎篇篇都是力作。他坚持诗言志，词言情，诗庄词媚的传统观念，只以余力为词。所以，他的诗多直抒爱国深情，感慨时事，在词里则以曲笔达之，或深隐而含茹不露。在填词时，他还适当运用为诗之法，使词境参差错落、疏密相间、起伏顿挫，饶有变化。上引五首词便都具此特色。方回说陈与义诗善于“两句景即两句情，两句丽即两句淡”。此外，还有“一句景对一句情者，妙不可言”。（见《桐江集》卷五）[①]钱钟书说陈与义的诗“尽管意思不深，可是词句明净，而且音调响亮，比江西派的讨人喜欢”。[②] 陈与义的词也是如此。

---

① 方回：《桐江集》（［清］阮元辑宛委别藏本），江苏古籍出版社1988年版，第318页。

② 钱钟书：《宋诗选注》，人民文学出版社1958年版，第146页。

陈廷焯说他的词“未臻高境”，但“笔意超旷”。（《白雨斋词话》卷一）[①]

以诗为词，是词的发展趋势之一，特别是在南渡词坛转型期。缪钺说：“将作诗的方法运用到填词中去，而又能保持词的情韵意味，那么，这些作品，虽然缺少许多词作中的那种隐约幽微、烟雨迷离之致，然而疏快明畅，也自有其可取之处。苏东坡在这方面的尝试是很有效的，其他诗人也是这样做的。陈与义就是一个。”（《论陈与义词》）[②] 陈与义在以诗为词这方面获得成功，还跟他只写小令而不写长调慢词有关。在这18首小令中，他承继两方面的诗歌传统：一是将晚唐的绵邈风神纳入令词的创作，如上引前三首词都不同程度具有这一特点；一是将他诗歌创作的经验特别是江西诗派的瘦硬之体吸收于形象的捕捉、句式的安排与语言的锤炼等方面来，如上引最后一首《渔家傲》。这两方面，在稍后姜夔的艺术追求中，均有所继承并有新的发展。陆游在以诗为词这方面注意到陈与义的成功，但他还未悟出陈与义为词时并非将为诗之法原样照搬，而是在最大程度上维护与诗有所不同的词心之审美感受，以保持有别于诗的隐约幽微与烟雨迷离之致。上面四首词都是以诗为词但又保持烟雨迷离这一词之特色的典型之作。陆游词因缺少这样的领悟，尽管作品比陈与义多出八九倍，名气更大，但就词之美质来说，陆游在以诗为词方面不及陈与义纯熟、精致，所以陆游的部分词章难免给读者以浅露、粗硬的感觉。

三、陈克、蔡伸、吕渭老、吕本中、黄公度

① 唐圭璋编写：《词话丛编》，第4册，中华书局1986年版，第3790页。

② 缪钺 叶嘉莹：《灵谿词说》，上海古籍出版社1987年版，第356页。

陈克（1081—？），字子高，自号赤城居士，临海（今浙江临海）人，寓居金陵。绍兴初为敕令所删定官。绍兴七年（1137）吕祉节制淮西兵马，辟陈为参谋，后骊琼兵变杀吕祉，陈克被送吏部为远小监当。有《赤城词》，存词55首（内孔凡礼《全宋词补辑》4首）。

前人对陈克词评价偏高。陈振孙《直斋书录解题》说："陈克词'词格颇高丽，晏、周之流亚也'。"[①] 周济《介存斋论词杂著》在论及陈克词时，说："昔人谓晏、周之流亚，晏氏父子俱非其敌；以方美成，则又拟不于伦。其温、韦高弟乎？比温则薄，比韦则悍，故当出入二氏之门。"[②]陈廷焯《白雨斋词话》（卷一）说："陈子高词，婉雅闲丽，暗合温、韦之旨。晁无咎、毛泽民、万俟雅言等，远不逮也。"[③]这些评语皆是就陈克继承温、韦以来"花间"传统而言。在北宋灭亡、宋室南渡的悲剧时代，陈克仍沿袭北宋词风而绝少变化，即形式也绝无长调慢词之作。其词学思想之保守，亦可想而知。因此，陈克词中有《临江仙》一首，便弥足珍贵了。词曰：

四海十年兵不解，胡尘直到江城。岁华销尽客心惊。疏髯浑似雪，衰涕欲生冰。　　送老齑盐何处是，我缘应在吴兴。故人相望若为情。别愁深夜雨，孤影小窗灯。

① ［宋］陈振孙撰，徐小蛮、顾美华点校：《直斋书录解题》，上海古籍出版社1987年版，第620页。

② 唐圭璋编：《词话丛编》，第2册，中华书局1986年版，第1632页。

③ 唐圭璋编：《词话丛编》，第4册，中华书局1986年版，第3790页。

词写绍兴四年（1134）金兵纠合刘豫伪齐政权合力南下，建康（今南京）正面临严重威胁，但词人却从十年前金兵南下起笔，其侧重面显然在叹息南宋政权的无能了。这种一战即溃的局面，不仅江北拱手让人，江南也难自保。“胡尘直到江城”，就是其必然结果。只是后来韩世忠于是年十月击败金兵，形势才得缓和，不过这是后事了。当时陈克只能哀时伤世：“衰涕欲生冰。”下片则想到应选个地方度此晚年。“齑盐”，即腌菜，是最起码的生活要求。继之，则又感到故友知交还值得留恋，于是赴吴兴的想法又多出一重负担。最后两句以景结情：窗下，如豆的灯光映照词人孤独的身影，耳边传来秋雨淅沥之声，别愁就像这连绵不断的雨丝一样，把自己罩在其中。

另首《临江仙·秋夜怀人》把这种孤独感与忧国伤时的情绪交并在一起。词曰：

老屋风悲脱叶，枯城月破浮烟。谁人惨惨把忧端。蛮歌犯星起，重觉在天边。　　秋色巧摧愁鬓，夜寒偏著诗肩。不知桂影为谁圆。何须照床里，终是一人眠。

杜甫《咏怀五百字》中的“忧端齐终南，澒洞不可掇”之所以成为名句，是因为他广阔无边难以形容的“忧端”来自对国家前途的忧虑。这首词里的“忧端”自然也与“蛮歌犯星起”所引起的广泛联想有关，只是因为篇幅短小，不能像杜甫那样把所有社会症结形象地纳入词内，而只能用“秋色巧摧残鬓”这样抒情词句来烘托渲染。“为谁圆”与结拍两句，虽是写离愁与孤独感，但国土破碎，南北分裂带来的恨憾不也与此相似吗?

前人评价最高的作品主要是那些描写离情相思与闺阁庭院的小令。如《菩萨蛮》：

绿芜墙绕青苔院，中庭日淡芭蕉卷。蝴蝶上阶飞，烘帘自在垂。　玉钩双语燕，宝甃杨花转。几处簸钱声，绿窗春睡轻。

词写“绿窗春睡”的深闺，但却是从极富动态的画面中使之逐渐呈现出来。全词八句，句句都有动态，依次是“绕”“卷”“飞”“垂”“语”“转”“簸”最后才牵出词中的重点“睡”字，缴足词意。在视觉形象之外，词中还涉及到触觉的体肤之感，如“烘”字。既是写“睡”，最怕音声，但词中偏用一些刺激听觉的字眼来渲染幽静的气氛，如“玉钩双语燕”“几处簸钱声”（“簸钱”为古代宫中的一种游戏，王建《宫词》有“暂向玉花阶上坐，簸钱赢得两三筹”）。词的最后，才用“绿窗春睡轻”来结束全篇。“语燕”“簸钱”之声，使这位少女似睡未睡，似醒未醒，但毕竟还是进入了梦乡，哪怕这梦极轻、极轻。陈廷焯所说的“婉雅闲丽”，正是指这类词而言的。

蔡伸（1088—1156），字伸道，号友古居士，莆田（今福建莆田）人，蔡襄之孙。政和五年（1115）进士，宣和中任太学辟雍博士，知潍州北海县，通判徐州。历知滁州、徐州、德安府、和州，任浙东安抚司参议官，秩满，提举台州崇道观。有《友古居士词》，存词177首。

蔡伸词中不乏感慨时事之作，如《水调歌头·时居莆田》：

亭皋木叶下，原隰菊花黄。凭高满眼秋意，时节近重阳。追想彭门往岁，千骑云屯平野，高宴古毬场。吊古论兴废，看剑引杯长。　　感流年，思往事，重凄凉。当时坐间英俊，强半已凋亡。慨念平生豪放，自笑如今霜鬓，漂泊水云乡。已矣功名志，此意付清觞。

此词作于晚年家居时。起拍写重阳所见风物，引出当年戎马生涯。宣和中，作者在徐州通判任上，曾率兵北援燕山。“彭门往岁”，即指此而言。“千骑”两句写军中豪风英气，酒酣耳热，谈古论今，顿时肝胆开张，并以“看剑引杯长”（杜甫《夜宴左氏庄》诗句）来表达杀敌卫国的决心。下片转为暮年的悲叹：一是当时“英俊”，如今强已半“凋亡”；二是“平生豪放”，如今却已两鬓如霜；最后以慨叹功名未立而自伤。造成这一后果的原因，当然是南宋以妥协求生存的错误政策。所以在蔡伸词中多次出现“醉击玉壶缺”（《水调歌头》）、“玉辇想回銮”（《蓦山溪》）、“男儿此志，肯向死前休”（《蓦山溪》）、“看尽旧时书，洒尽今生泪”（《生查子》）之类的词句，这些都是词人伤时忧国情怀的自然流露。

在蔡伸词中有两个现象颇值得一提。一是他的词在模仿民歌方面有新的进展，如《长相思》：

村姑儿，红袖衣。初发黄梅插稻时，双双女伴随。

长歌诗，短歌诗。歌里真情恨别离，休言伊不知。

通俗浅近，口语白描，于村女的装束心态反复咏叹，这在南渡词人中颇为少见。如另首《长相思》上片："我心坚，你心坚。各自心坚石也穿，谁言相见难。"这几乎就是采风得来的民间恋歌了。有的词，当时的口语味很浓，如《御街行》："算来各把，平生分付，也不是、恶著处。"《惜奴娇》："咫尺地、千山万水。眼眼相看，要说话、都无计。只是，唱曲儿、词中认意。"这些都是拣选当时口语入词的范例。

在吸收口语入词的同时，词人还喜欢袭用前人词语，加以融合，改造生新，使语言更为丰富。袭用前人词语，除已指出用杜诗"看剑引杯长"外，还有许多。如《婆罗门引》中的"谁适为容"，来自《诗经·卫风·伯兮》；《小重山》中的"千里暮云平"，来自王维《观猎》；《柳梢青》中的"数声鶗鴂"，来自张先《千秋岁》。对此，薛砺若在《宋词通论》中说："他好融诗句而未能浑化，其作品全模仿贺方回。如《七娘子》'凭高目断桃溪路，屏山楼外青无数。绿水红桥，琐窗朱户，如今总是销魂处'。以及《点绛唇》'水绕孤村，乱山深锁横江路。帆归别浦，冉冉兰皋暮'都系学方回而尚未变体之作。"①此评语指出蔡伸学习前人尚未融会贯通、化成自己血肉的缺憾。其实薛氏所指最后几句，不只学贺铸，实亦从周邦彦《兰陵王》"渐别浦萦回，津堠岑寂。斜阳冉冉春无极"取来意境。

蔡伸有首《苍梧谣》（又名《十六字令》）颇为流传，亦为其他词人所无。兹录于下，以备一格：

天，休使圆蟾照客眠。人何在，桂影自婵娟。

短短十六字中，通过民族文化心理积淀而成的大团圆意识，

---

① 薛砺若：《宋词通论》，上海书店1985年版，第195页。

月亮被作为一个象征意象，自古及今诱发出多少打动人心的诗句、词句，但作者在此最短词调中，却能出奇制胜，以怕见团圆明月，委婉曲折地抒发相思离恨之情。这首词同样具有民歌风味。

吕渭老，一作滨老，生卒年不详。字圣求，嘉兴（今浙江嘉兴）人。宣和间，以诗名。词风爽畅平易，亦有刻画工丽，婉媚深窈之作。有《圣求词》，存词134首。

写南渡后寥落情怀者，有《好事近》：

飞雪过江来，船在赤栏桥侧。惹报布帆无恙，著两行亲札。　　从今日日在南楼，鬓自此时白。一咏一觞谁共，负平生书册。

飞雪渡江，患难余生，对友人书报平安，亦一大欣慰。然而读书报国却了无机缘，只能在一觞一咏之中浪掷时光，这难道是当年的憧憬吗？对此，千言万语，无处可诉。自惭中杂有感时伤世的悲愤。

《薄幸》虽属传统题材，但于工致中见婉媚，允称佳作：

青楼春晚。昼寂寂、梳匀又懒。乍听得、鸦啼莺弄，惹起新愁无限。记年时、偷掷春心，花间隔雾遥相见。便角枕题诗，宝钗贳酒，共醉青苔深院。　　怎忘得、回廊下，携手处、花明月满。如今但暮雨，蜂愁蝶恨，小窗闲对芭蕉展。却谁拘管。尽无言、闲品秦筝，泪满参差雁。腰支渐小，心与杨花共远。

词写少女对游子的恋情与相思。上片写“偷掷春心”到“题诗”“贳酒”“共醉”的热恋过程。下片写眼前凄凉画面，与热恋成鲜明对照。情致婉转，曲折成文。在通过细节与动作烘托情感波动方面，匠心独运。赵师秀说：“圣求词，婉媚深窈，视美成、耆卿伯仲。”以上两首词与此评价较为接近。

吕本中（1084—1145），字居仁，号紫微，人称东莱先生，寿州（今安徽寿县）人。徽宗时任枢密编修官等职。南渡后任起居舍人、中书舍人等职，曾向赵构直陈恢复大计，触怒秦桧而被免职。为诗属江西派。作《江西诗社宗派图》。词以婉丽见长，天然浑成。有《紫微词》，存词27首。

《采桑子·别情》极富民歌风味：

恨君不似江楼月，南北东西。南北东西，只有相随无别离。　　恨君却似江楼月，暂满还亏。暂满还亏，待得团圆是几时。

词以“江楼月”作比，贯穿全篇。上片是赞词，虽然伊人远去，四处漂泊，而明月却随人所至，永不分离。在赞美月的同时，反衬出对“君”之恨。下片是恨词。同样以“月”作比，缺多圆少，意味着离多会少，难得团圆。同一个“月”字，在词中所比不同，构成多边。自然贴切，复叠回环，口语白描，清新畅爽，极富民歌情调。

《南歌子》虽非浅近民歌作法，但仍通俗爽朗，语近情遥：

驿路侵斜月，溪桥度晓霜。短篱残菊一枝黄，正是乱山深处过重阳。　　旅枕元无梦，寒更每自长。只言江左好风光，不道中原归思转凄凉。

词写旅途中过重阳节的复杂感受。“斜月”“晓霜”，暗用温庭筠“鸡声茅店月，人迹板桥霜”（《商山早行》）诗意，“残菊”点季节。结穴渲染时代气氛；虽身在江左，却无时不思念沦陷的中原。欲归无计，夜不成寐，倍增凄凉况味。

《踏莎行》，可与前《采桑子》参看：

雪似梅花，梅花似雪。似和不似都奇绝。恼人风味阿谁知，请君问取南楼月。　　记得旧时，探梅时节。老来旧事无人说。为谁醉倒为谁醒，到今犹恨轻离别。

上片伤今。以“似”与“不似”两极背反，比况雪、梅相映生辉的奇绝情景。想亦奇绝。“恼人”句一笔宕开，设问，确问而不答，把“伤”字裹在问号里踢给了“南楼月”。下片忆昔，以“梅”字上下绾合，卒章点题。胡仔说：“吕居仁诗，清驶可爱。”[①] 词亦如是。曾季狸说：“东莱晚年长短句，尤浑然天成，不减唐《花间》之作。”（《艇斋诗话》）[②] 这是从艺术技法方面说的，其思想内容确比之更具时代感。

① 廖德明：《苕溪渔隐丛话前集》，卷五十三，人民文学出版社 1962 年版，第 361 页。

② 吴文治主编：《宋诗话全编》，第 3 册，江苏古籍出版社 1998 年版，第 2642 页。

黄公度（1109—1156），字师宪，号知稼翁，莆田（今福建莆田）人。绍兴八年（1138）进士。签书平海军节度判官，受秦桧诬陷而罢归。桧死，复起，仕至尚书考功员外郎。有《知稼翁词》，存词15首。

陈廷焯对黄公度词评价很高，认为他的词“气和音雅，得味外味。人品既高，词理亦胜”。[①]对其《菩萨蛮》最为激赏。词曰：

高楼目断南来翼，玉人依旧无消息。愁绪促眉端，不随衣带宽。　　萋萋天外草，何处春归早。无语凭栏杆，竹声生暮寒。

据公度之子黄沃案语，这首词作于泉州幕府时期，“有怀汪彦章而作。以当路多忌，故托玉人以见意”。[②]在离泉州赴行在路上，又有《青玉案》：

邻鸡不管离怀苦，又还是、催人去。回首高城音信阻。霸桥月馆，水村烟市，总是思君处。　　裛残别袖燕支雨，谩留得、愁千缕。欲倩归鸿分付与。鸿飞不住，倚栏无语。独立长天暮。

黄沃案语说：“公之初登第也，赵丞相鼎延见款密，别后以书来往。秦益公（桧——作者注）闻而憾之。及泉幕任满，始以故事召赴行在，公虽知非当路意，而迫于君命，不敢俟驾。故寓

① 唐圭璋编：《词话丛编》，第4册，中华书局1986年版，第3795页。
② 唐圭璋编：《全宋词》，第2册，中华书局1999年版，第1718页。

意此词。”[①]因黄公度在主战与主和派斗争中始终站在主战派赵鼎一边，为秦桧所忌，此次赴召再次进入斗争漩涡，内心充满矛盾。词中所谓“离怀苦”，即难以言传之苦衷是也。因整首托意言外，不用正锋，所以陈廷焯说黄词“气和音雅，得味外味”，“洵《风》《雅》之正声，温、韦之真脉也”。[②]

又赴召过延平所写《卜算子》：

> 寒透小窗纱，漏断人初醒。翡翠屏间拾落钗，背立残釭影。　　欲去更踟蹰，离恨终难整。陇首流泉不忍闻，月落双溪冷。

案语说：“公赴召命，道过延平，郡宴有歌妓，追诵旧事，即席赋此。”[③]陈廷焯谓此词“远韵深情，无穷幽怨”。[④]

在受秦桧诬陷而被贬岭南时，作者表现了他的愤慨，但仍出之以委婉。如《眼儿媚·梅词二首和傅参议韵》：

> 一枝雪里冷光浮，空自许清流。如今憔悴，蛮烟瘴雨，谁肯寻搜。　　昔年曾共孤芳醉，争插玉钗头。天涯幸有，惜花人在，杯酒相酬。

词以傲雪凌霜、孤艳高洁的寒梅自比：即使处于蛮荒偏远之

---

① 唐圭璋编：《全宋词》，第2册，中华书局1999年版，第1719页。

② 唐圭璋编：《词话丛编》，第4册，中华书局1986年版，第3795页。

③ 唐圭璋编：《全宋词》，第2册，中华书局1999年版，第1719页。

④［清］陈廷焯：《白雨斋词话》，唐圭璋编《词话丛编》，第4册，中华书局1986年版，第3796页。

地，零落憔悴，无人珍惜，也决不略改初衷。故陈廷焯评曰：“情见乎词矣，而措语未尝不忠厚。”①

在南渡词人中，黄公度是用和婉之词抒写忠爱之深情的。与岳飞《小重山》等词合参，可以看出，婉约词向豪放词风倾斜并与之相互渗透这一历史现象，在南渡词一开始便清晰地表现出来了。

当然，高手云集的南渡词林除上述词人之外，还包括杰出女词人李清照。有了她，南渡词坛就更加绚丽多彩。

---

① 唐圭璋编：《词话丛编》，第 4 册，中华书局 1986 年版，第 3796 页。

第三节　杰出的南渡女词人李清照

一、南渡与词风的转变

李清照（1084—约1151），自号易安居士，齐州章丘（今山东章丘西北）人。

清照自幼颖悟，又生活在学术空气与文学空气十分浓厚的家庭环境之中，促进她文学才能快速地成长。18岁与赵明诚结婚，共同从事学术研究与诗词唱和，留下许多传世名篇，如《如梦令》（“常记溪亭日暮”）、《怨王孙》（“湖上风来波浩渺”）、《如梦令》（“昨夜雨疏风骤”）、《醉花阴》（“薄雾浓云愁永昼”）、《一剪梅》（“红藕香残玉簟秋”）等等。这些词即景生情，讴歌自然，多方面抒写了这一时期的幸福生活和女词人所特有的内心细腻感受。然而，好景不长，“靖康之变”打碎了她和谐美满的家庭生活。靖康二年（1127）三月，明诚载书十五车南下。八月青州兵变，后金人陷青州，明诚故第金石书册与住屋十余间俱化灰烬。清照于八月投入平民百姓逃难行列，仓皇南下，次年始抵建康与明诚会合。经此剧变，家国之痛耿然于心，对宋室君臣偷安南避，不图恢复，深为不满，乃作诗词以刺当时：“南来尚怯吴江冷，北狩应知易水寒”“南渡衣冠少王导，北来消息欠刘琨。”[①]建炎三年（1129）八月，明诚病逝。从此，李清照“漂流遂与流人伍”（李清照《上枢密韩公、兵部尚书胡公并序》）[②]，进入艰难而孤独的后半生。先是从池阳奔赴建康，后又因建康危急而从湖州奔洪州。同年十二月洪州失陷，又从洪州奔台州，又之剡州，走黄岩，奔行在，随朝廷由海道之温州，复之越州。建炎四年（1130）十二月之衢州，绍兴元年（1131）春三月又由衢州之越州。绍兴二年（1132）又由越州赴杭州。一个夫死家亡、为逃避金人侵扰而四处逃亡的孀妇，经历了人们难以想象的艰难困苦。不仅如此，经过长期的颠沛流离，李清照夫妇节衣缩食积累下的金石文物已丧失殆尽。据她《金石录后序》所写，“建炎丁未（1127）春三月”明诚“奔太夫人丧南来”，因携带不便，已“去书之重大印本者，又去画之多幅者，又去古器之无款识者，后又去书之监本者，画之平常者，器之重大者。”经过多次折腾减损，尚载十五车南下，可见赵明诚所藏文物的丰富。但南下后又几经折腾，“金人陷洪州，遂尽委弃。所谓连舻渡江之书，又散为云烟矣”。后又因有人诬陷她家暗中通敌，以玉壶赐金人，“余大惶怖”“尽将家中所有铜器等物，欲赴外庭投进”“岿然独存者，无虑十去五六矣。惟有书画砚墨可五、七簏，更不忍置他所，常在卧榻下”。但后来又被窃走，“穴壁负五簏去，余悲恸不得活”。后又重赏收购得“十八轴”“其余遂不可出”。“所谓岿然独存者，乃十去其七八。所有一二残零，不成部帙书册三数种，平平书帖，犹复爱惜如获头目，何愚也邪？”图书文物的损失，是李清照所受到的最为沉重的打击之一。正如她在此序最后所说：“悲夫！昔萧绎江陵陷没，不惜国亡而毁裂书画；杨广江

① ［宋］李清照：《李清照集》，中华书局上海编辑所1962年版，第68—69页。

② ［宋］李清照：《李清照集》，中华书局上海编辑所1962年版，第65页。

都倾覆，不悲身死而复取图书。岂人性之所著，死生不能忘之欤？或者天意以余菲薄，不足以享此尤物耶？抑亦死者有知，犹斤斤爱惜，不肯留在人间耶？何得之艰而失之易也。呜呼！余自少陆机作赋之二年，至过蘧瑗知非之两岁，三十四年之间，忧患得失，何其多也！”[①] 李清照的晚年正是在这接踵而来的忧患之中度过的。

作为女词人，李清照的生命是由四方面组成的。国破家亡，丈夫早死与文物丧尽，已使她失去生命支柱的四分之三，李清照晚年之所以能够存活，完全是靠词的创作这根生命支柱支撑着，才走完她人生的最后历程。她后期所写的词就是她生命的艺术再现。只有作如是观，才能对她后期作品有较为准确的把握和较为深刻的理解，也才能充分阐释其后期词风转变之缘由。

在中国文学史上，很少有女作家能像李清照这样经久而深切地承受时代的巨变、生活的坎坷和精神的磨难，即使男性作家，也很少有人走过她这样的苦难历程。李清照之所以成为中国文学史上杰出的女词人，再次证明“蚌病成珠”“不平则鸣”“诗穷而后工”这一文学艺术的普遍规律。如果没有南渡的磨难，她的生活只能限于闺阁庭院与离愁别恨这一狭小范围，学术研究的欣慰与婚姻爱情的甜蜜毕竟与社会平民百姓所遭受的苦难相去甚远。国破家亡、夫死书散，驱她进入逃难百姓的行列。她后期所抒写的忧愁烦恼，已不再是个人一己之悲辛，而是融入了家国之恨与社会的不公。李清照后期歌词创作之所以成为她一生的艺术高峰，千百年后仍能打动人心，就在于她广泛地展示了那整个时代的苦难在词人心中留下的印痕。她后期的创作，

① [宋]李清照：《李清照集》，中华书局上海编辑所1962年版，第72—75页。

是她个人的，也是那一时代的哀歌。

二、生命与时代的哀歌

李清照存词43首[1]，虽无准确编年，但据其题材内容、思想情绪、声情口吻，仍可大体区分南渡前后两个不同的历史时期。其中，南渡词又可分为感伤时事、悲今悼昔与咏物自伤三类。

先看其感伤时世之作。如《添字采桑子》：

> 窗前谁种芭蕉树，阴满中庭。阴满中庭。叶叶心心，舒卷有余情。　　伤心枕上三更雨，点滴霖霪。点滴霖霪。愁损北人，不惯起来听。

词写流亡者心态，大约作于初来建康与丈夫赵明诚会合时期。一个逃难渡江的“北人”，初来南方，惊魂甫定，望着窗外的芭蕉把浓荫撒满庭院，枝叶茁壮，富有生机。之所以如此，在于它把深根扎进南方的土地，又饱受阳光的抚爱和雨露的滋润。这对流落南方，居无定所并充满漂泊感的“北人”来说，无疑是一强烈反衬，更何况词人正面对金人准备渡江，建康十分危急这一现实。阳光照不到她身上，雨滴也无法滋润她惶怖的心田，这就更加使词人失去安全感。她的心又怎能像扎根南方土地的芭蕉那样，“叶叶心心，舒卷有余情”呢？所以，当词人三更半夜，辗转难眠，听到点滴细雨打在芭蕉叶上之时，便更增添失去故土的伤痛与复国无望的深愁。这首词写出了千千万万“北人”的故国之思，唱出了他们的苦难心声。

---

① 王学初：《李清照集校注》，人民文学出版社1979年版。

比这稍晚的《武陵春》，表达出更为深沉的伤痛与愁恨：

风住尘香花已尽，日晚倦梳头。物是人非事事休，欲语泪先流。　　闻说双溪春尚好，也拟泛轻舟。只恐双溪舴艋舟，载不动，许多愁。

此词写于金华避难时期。这中间，词人经历了丈夫病逝及“玉壶颁金”的诬陷，经历了将所有铜器等物投进外庭的巨大损失，经历了从洪州经越州、明州、台州、黄岩、衢州以及辗转回杭州流离逃乱的生活。宋高宗绍兴四年（1134）秋，金及伪齐合兵向刚稳住阵脚的南宋发动进攻，江、浙一带人心惶惶，人们纷纷出逃。李清照作为51岁的孀妇再次从杭州避乱金华。她在《打马图经自序》中记述此段经历说：“冬十月朔，闻淮上警报，江、浙之人，自东走西，自南走北，居山林者谋入城市，居城市者谋入山林，旁午络绎，莫知所之。易安居士自临安泝流，涉严滩之险，抵金华，卜居陈氏第。乍释舟楫而见轩窗，意颇适然。”①这一段话有助于理解这首词的写作背景。首先，在前首词写作之后五年之内，李清照又增加了亲人的丧故、文化财富的损失与精神的巨大打击，词中的“愁”，其内涵已远比此前更为深刻、丰富、沉重，已远远超过“愁损北人”这一范畴。其次，在深入理解词中“愁”字蕴含的同时，还应注意词中的两个“舟”字。“舟”，既与“愁”情之所以产生密切相关，又是“愁”情极度沉重的具体体现。让我们回头来看这首词。上片伤春伤逝，点季节与特殊情境。花销、风住、慵起（包括懒于梳洗），非只

① ［宋］李清照：《李清照集》，中华书局上海编辑所1962年版，第82页。

伤春，而是国破家亡、四处漂流、亲人永逝、文物损失等杂糅在一起的深悲巨痛。“物是人非事事休，欲语泪先流”是最好的注脚。下片，首二句笔锋一转，有通过“泛轻舟”之举以摆脱“泪先流”之想。“尚好”二字似乎给这首小词增添了乐观色彩。然而，最后两句再作波折，词情直转急下：作者通过“舴艋舟”与“许多愁”之间的矛盾对比，把国恨家愁，把“事事休”的内心活动与“泪先流”的具体动作提升到无尽无休、无法排遣的更高层次。“舟”字在此有两大作用。一是引起痛苦遭遇的联想。词人南奔与接续不断的逃难历程，大多是在船上渡过的。夫死奔丧、文物丧失也都与船有关。这次避难金华，也全走水路，并长期在船上经受“莫知所之”的折磨。所以当词人“乍释舟楫”，忽见“轩窗”，便油然有“适然”之感。“舟”在词人心中是失落与苦难的象征。二是“舟”字使抽象的“愁”情具体化、定量化。词人通过想象，将无法把握的“愁”情装上小船并使之难以荷载，于是抽象的“愁”情便使读者有可见、可触、可以衡量的具体感与立体感了，由此而增强了这首词的美感效应与社会价值。这首词反映了兵荒马乱中苦难大众的共有心绪。正如梁启超所说：“此盖感愤时事之作。”①

还有一首《临江仙》（“庭院深深深几许”），其中有“春归秣陵树，人老建康城”以及“感月吟风多少事，如今老去无成。谁怜憔悴更飘零”之句，这些都说明词中所写，已非一己之不幸。《蝶恋花》中“永夜恹恹欢意少。空梦长安，认取长安道”等句，更加明显地抒发感时伤世与故国之思，有强烈的爱国深情流注于字里行间。

---

① 梁令娴编，刘逸生校点：《艺蘅馆词选》，广东人民出版社 1981 年版，第 92 页。

第二类是悲今悼昔之作。最著名者为《永遇乐》与《声声慢》。先看《永遇乐》：

落日熔金，暮云合璧，人在何处。染柳烟浓，吹梅笛怨，春意知几许。元宵佳节，融和天气，次第岂无风雨。来相召、香车宝马，谢他酒朋诗侣。　　中州盛日，闺门多暇，记得偏重三五。铺翠冠儿，捻金雪柳，簇带争济楚。如今憔悴，风鬟霜鬓，怕见夜间出去。不如向、帘儿底下，听人笑语。

通首写悲今悼昔之情。张端义在《贵耳集》中说，李清照“南渡以来，常怀京、洛旧事。晚年赋元宵《永遇乐》词。”[①]可见此词是写晚年心境。上片描绘南宋偏安苟活的时代气氛。南宋平民虽以北宋灭亡为耻，有时也有避难之举，但却不曾有家破人亡与仓皇南逃的实感。统治集团为偏安苟活，也不向百姓进行国耻教育与抗金的组织动员，反而带头纵情享乐。南宋王朝虽危在旦夕，但“元夕”活动却不亚于北宋汴京，甚至有过之而无不及。周密《武林旧事》卷二“元夕”条对此有详细记载，并说南宋“大率效宣和盛际，愈加精妙”[②]。一些南渡臣民在颠沛流离之后也淡化了当年的伤痛，每到“元夕”，照例要参与盛会。对此，李清照深有感触，但用笔却极委婉。开篇二句把晚景写得富丽辉煌。词人已进入暮年，此时的心态与“落日熔金”的辉煌于不知不觉中产生了共振。这是久经磨难的生命在争得其存在价值

① ［清］永瑢、纪昀等：《文渊阁四库全书》，第 865 册，台湾商务印书馆 1986 年版，第 422 页。

② 傅林祥：《武林旧事》，《梦粱录》，山东友谊出版社 2001 年版，第 37 页。

之后所发出的光辉，是生命燃烧的有效释放，就像太阳将它所有的光辉毫无保留地撒布人间以后安然走向地平线一样。但是词人毕竟还活在人世，她不仅没有忘怀家愁国恨，也没有在壮观的自然景色中失去自我。因而要问：人在何处？这问的是自己，是丈夫，还是他人？是在向忘记国耻家仇的南宋小朝廷质疑吗？还是在直面人的存在这一哲学问题？不然语气为何这般庄重？为何在视觉、听觉上均有感触（“染柳烟浓，吹梅笛怨”）之后，又冷静提出：春意知几许？富丽辉煌与庄重冷静均为成熟的标志。是否因为关键性人物与成熟相距甚远，故词人在表面安闲祥和（“元宵佳节，融和天气”）之后，再一次指出：次第岂无风雨？这“风雨”是自然的风雨，抑或政治风雨？三次铺叙与三次与之相反的提问，使客观景物与内心活动形成巨大反差，最后终于逼出一句：“谢他酒朋诗侣。”“酒朋诗侣”和词人的思想境界又拉开了。谁了解词人的心曲？谁了解词人的悲悼？是词人自己吗？还是词人用自己的作品与读者沟通？词人终于跟自己对话，跟千百年后的读者对话了。她以平静的心情，安详的语气，通俗的语言，清除了历史长河中的一切阻碍，使今时的读者仍能通过她的描述进入当年“中州盛日”的元宵之夜，了解她如今只能在“帘儿底下，听人笑语”的苦衷。在这首词写成120年后，南宋末代爱国词人刘辰翁读之再读，心灵上受到极大震动，于是，他也写了一首《永遇乐》。他在词序中说：“余自乙亥（1275）上元诵李易安《永遇乐》，为之涕下。今三年矣，每闻此词，辄不自堪。遂依其声，又托之易安自喻。虽辞情不及，而悲苦过之。”李清照以自己的生命为词，其词自然也有永恒的生命，百年之后能使刘辰翁“为之涕下”，千年之后不仍可使人难以自堪吗？

如果说《永遇乐》在抒情方面还有一些内敛，那么，另一首《声声慢》则不免有些恣放了。其词如下：

> 寻寻觅觅，冷冷清清，凄凄惨惨戚戚。乍暖还寒时候，最难将息。三杯两盏淡酒，怎敌他、晚来风急。雁过也，正伤心，却是旧时相识。　　满地黄花堆积。憔悴损，如今有谁堪摘。守着窗儿，独自怎生得黑。梧桐更兼细雨，到黄昏、点点滴滴。这次第，怎一个、愁字了得！

这首词以抒情见长，兼具情景交融之妙。其特点是以情开篇，以情结响，中间以大量笔墨描绘深秋景象。这些景物又都染上了词人独特细腻的愁情。进入词中的一切，都是令人生愁、助愁、催愁、添愁的；词中所展开的乃是一个被“愁”笼罩、融涵的世界。因之，抒真情、说实话，写真感便成为这首词的主要特征。在这首词里，作者已摆落“温柔敦厚”之类诗教的束缚，“婉约”二字已很难涵盖此词内容与形式上的独创性。词中的坦荡与直率，与“乐府”中《上邪》、“敦煌曲子词”中的某些民歌在精神上极为相似。不同的是，这首词的分寸感把握得十分准确，增或减都将出现过犹不及的偏颇。陆昶在《历代名媛诗词》中评李清照说：“玩其笔力，本自矫拔，词家所有，庶几苏、辛之亚。”此语颇有见地。

层层铺叙，线索分明是《声声慢》另一个重要特点。词以铺叙手法将闺中日常接触的平凡事物集中起来进行高度艺术概括，层次清晰地展示出作者的内心活动。在情节的进展中，感情也伴随形象的描绘而逐次深化，最后终于形成感情的总爆发。词的上片写愁苦之状，起笔以十四叠字总括全词，极言内心悲伤，恍然若失，于是寻而又寻，觅而又觅，而寻觅的结果却是房栊俱寂，空无一人。“凄凄惨惨戚戚”是寻觅的结果，又是以下所见、所感、所伤的总提。从“乍暖还寒”到“点点滴滴”，悲伤逐层深化。“乍暖”二句，以寒暖不定的气候来烘托心情难以平静，一可伤；“三杯”二句，写秋风凄厉，酒难御寒，二可伤；“雁过”三句，触动旧情，三可伤；换头二句，写身心憔悴，四可伤；“守着窗儿”两句，写日长难耐，五可伤；“梧桐”两句，见心烦意乱，六可伤。最后，总括上述六可伤并与开篇十四字呼应，终于跌出一个毫不含糊的“愁”字，结束全篇。但因又附有“了得”二字，问题不仅未能解决，反而增加令人难以释解的悬念，这才是此词高出一筹之处。总之，此词感情有起有伏，结构有开有合，次第井然，一丝不苟。

语言的独创是《声声慢》另一特点。词中大量使用双声叠韵字与唇齿两声词字，使声情口吻与内在感情的律动浑然统一。起笔十四叠字以开径独创而备受赞扬。后人多有仿此，但绝少成功。关键有二：（一）是否能恰当表现词人内在情感节律并与心理发生共振；（二）是否能与全词整体形象相结合，使此十四字不是游离而是有大气包举、笼罩全篇、贯彻始终的作用。本篇在这方面已达天衣无缝、自然浑成的化境，而不是文字游戏，此之所以为高妙。罗大经《鹤林玉露》说：“以一妇人，乃能创意出奇如此。”[1] 还有人把此十四字比作“大珠小珠”。其实此十四字并非散在的碎珠，而是作者用寻求心灵寄托这一情感线索串接起

---

① ［宋］罗大经：《鹤林玉露》，中华书局1983年版，第227页。

来的闪光珠串。在语言独创性方面，李清照的确有推倒扶起，生擒活捉，压倒须眉的气概。此外，词中还巧妙运用57个舌齿两声字词，准确细腻地传达出叮咛的语气和悒郁惝恍的复杂心情。万树在他编著的《词律》(卷十)中说："从来此体皆收易安所作。盖此遒逸之气，如生龙活虎，非描塑可拟。其用字奇横而不妨音律，故卓绝千古。人若不及其才而故学其笔，则未免类狗矣。"① 可见，这首词在声律方面的奇妙天成，也是后人难以企及的。

属于悲今悼昔之类的作品，还有《南歌子》("天上星河转")、《菩萨蛮》("风柔日薄春犹早")等。

第三类是咏物自伤之作。蒋敦复说："词原于诗，即小小咏物，亦贵得风人比兴之旨。唐、五代、北宋人词不甚咏物，南渡诸公有之，皆有寄托。"(《芬陀利室词话》卷三)② 在李清照现存43首词中，咏物词有8首之多，约占全部作品的15%。其中，咏梅6首，咏白菊与咏桂花各1首。她的咏物词，风流蕴藉、俊雅精工、构思新颖、手法多变，充分反映出女词人的细腻情感与内心世界。咏物，在李清照来说，实亦自伤。先看她的咏梅词。《孤雁儿》词序充分反映了她卓尔不群的艺术观："世人作梅词，下笔便俗。予试作一篇，乃知前言不妄耳。"前两句针砭恶俗，一语中的；后两句甘苦自知，实亦自谦。她南渡后的咏梅词有《诉衷情》《孤雁儿》与《清平乐》3首。先看《诉衷情》：

夜来沉醉卸妆迟。梅萼插残枝。酒醒熏破春睡，
梦远不成归。　　人悄悄，月依依。翠帘垂。更挼残蕊，
更捻余香，更得些时。

① 万树辑：《词律》，第2册，中华书局1957年版，第534页。

② 唐圭璋编：《词话丛编》，第4册，中华书局1986年版，第3675页。

上片写梅萼枝残，实则写词人自己。“残”，是贯穿上、下片的主导激情。梅萼虽仅存残枝，但其清香透骨的本性却至死不易，在词人借酒入睡之际，它仍尽其所有地播散幽香，甚至因此将词人熏醒过来。可以想见，晚年的词人和梅萼残枝，异质同构，有着难以言传的共鸣。从梅萼残枝，可联想到词人始终坚持爱国情操，勤奋创作，把南渡后的真情实感艺术地再现出来，使千百年后的读者仍可沐其清芬。下片承“梦远不成归”，写对故国河山的永长忆念。换头连用三个短句，渲染月夜氛围，烘托起伏不已的心绪与难言的孤寂。继之又用三个“更”字叠句，层层深入，摇曳生姿，戛然终篇。“残蕊”，状形；“余香”，传神；“些时”，绘心。复加之以“挼”“捻”“得”等下意识的小动作，成功地传达出词人忧国怀乡之深情。

另首《清平乐》，通过咏梅写今昔之感：

> 年年雪里，常插梅花醉。挼尽梅花无好意，赢得满衣清泪。　　今年海角天涯，萧萧两鬓生华。看取晚来风势，故应难看梅花。

词人立足“今年”，用上片四句概括前此不同的赏梅心情。下片慨今，转写天涯漂泊，晚景萧疏，孤嫠一人，两鬓苍苍，虽仍以赏梅而自娱，但因天气作恶，梅花已难存身。梅花的命运，不也就是词人的命运吗？

《孤雁儿》一词虽也咏梅，但构思却与前两首大异其趣：

藤床纸帐朝眠起。说不尽、无佳思。沉香断续玉炉寒，伴我情怀如水。笛里三弄，梅心惊破，多少春情意。

小风疏雨萧萧地。又催下、千行泪。吹箫人去玉楼空，肠断与谁同倚。一枝折得，人间天上，没个人堪寄。

本篇通过咏梅，寄托哀思，表示对亡夫赵明诚的深切悼念。词调原为《御街行》，词人用其别名《孤雁儿》，以准确表达现实处境与心态。据周辉《清波杂志》卷八载：宋高宗建炎初年，赵明诚被起用为知江宁府（今江苏南京），李清照从青州来会。李清照“每值天大雪，即顶笠披蓑，循城远览以寻诗，得句必邀其夫赓和。”[①]但第二年八月赵明诚即病逝，李清照独自一人被抛在人地两生的江南，备受流离、诬陷、折磨之苦。此后每值雪后梅开，便不免回忆当年踏雪寻诗，邀夫赓和的情景。这首词便是在这种心态下写成的。上片，起拍二句诉寡居之苦，三、四句抒孤寂情怀，结三句写闻笛而引起当年清游之思。下片，过拍两句略加顿挫，写悲今悼昔凄苦之情致。“吹箫”两句用秦穆公女弄玉与其夫萧史的故事，暗喻夫逝楼空，无人同赏。结拍三句再起波澜，化用陆凯赠梅范晔的故事，表达沉重的哀思。本篇构思生新，主要表现为：把咏梅与悼亡绾合在一起，用梅花傲雪凌霜的骨格个性寄托词人的情怀；通过景物描绘与环境渲染来表达哀思；用典鲜活，以故为新，萧史弄玉、梅花三弄与折梅寄赠均用得恰够消息，恰到好处；语言通俗，流利自然，音节谐婉，亲切感人。词人的自我形象也从中自然凸显出来。

---

① ［宋］周煇撰，刘永翔校注：《清波杂志校注》，中华书局 1994 年版，第 333 页。

以上，即为李清照南渡后词篇的主要内容。还有一首《渔家傲》（“天接云涛连晓雾”），当前对这首词是早期还是晚期所写，看法并不一致。就其主要倾向而言，似写于南渡以后。此词主要倾向是要求突破现状，追求一种可以施展才能的雄奇阔大的境界，其针对性是指向南宋苟且偷安不求恢复的妥协投降政策的。但这首词艺术上与李清照晚年词风并不完全谐调，亦非其代表作品，是李清照凄恻沉着、苍凉悲婉向豪放词风倾斜的艺术体现。

南渡，对李清照来说是一极大不幸，但这不幸又促使她成为历史上最为杰出的女词人。王灼在《碧鸡漫志》中说：“若本朝妇人，当推（李清照）词采第一。”[①]朱彧《萍洲可谈》也说：“本朝女妇之有文者，李易安为首称。”杨慎在《词品》中则说：“宋人中填词，李易安亦称冠绝，使在衣冠，当与秦七、黄九争雄，不独雄于闺阁也。”[②]《四库全书总目题要》认为：“清照以一妇人，而词格乃抗轶周、柳……虽篇帙无多，固不能不宝而存之，为词家一大宗矣。”[③]李调元在《雨村词话》中评价说：“易安在宋诸媛中，自卓然一家，不在秦七、黄九之下。词，无一首不工，其炼处可夺梦窗之席，其丽处亦参片玉之班。盖不徒俯视巾帼，直欲压倒须眉。”[④] 沈曾植《菌阁琐谈》说：“易安倜傥有丈夫气，乃闺阁中之苏、辛，非秦、柳也。”[⑤]这说明，前人对李清照的评价是很高的。不仅如此，近40年的研究证明，读者

---

① 唐圭璋编：《词话丛编》，第 1 册，中华书局 1986 年版，第 88 页。

② 唐圭璋编：《词话丛编》，第 1 册，中华书局 1986 年版，第 450 页。

③ ［清］永瑢等：《四库全书总目》，下册，中华书局 1965 年版，第 1814 页。

④ 唐圭璋编：《词话丛编》，第 2 册，中华书局 1986 年版，第 1431 页。

⑤ 唐圭璋编：《词话丛编》，第 4 册，中华书局 1986 年版，第 3605 页。

与评家对易安词的赏爱并不亚于文学史上其他大诗人与大词人。从1949年到1989年间，已发表的有关李清照及其作品研究的论文，即已超过150余篇（不包括中国港台地区及国外研究在内），研究专集8种，整理与校勘作品集5种，其数量已超过40年来关于苏轼（论文近110篇）和辛弃疾（论文130余篇）这样一流大家的研究。问题在于李清照存词只有43首，而读者对她评价之高、兴趣之浓甚至远远超过有400首作品的词人，这的确是值得思考的问题。近来不断有人研究并认为某些存疑作品的著作权应属李清照。这种研究无疑是必要的、有价值的，今后仍需继续下去。但是，就历史与现实情况看，即使将所有存疑作品全都归为李清照所有，也不能在历史的天平上为李清照的价值增添多少砝码。应当说，她的价值已充分体现在被历史公认的那43首作品之中了。李清照就是以这43首作品而名垂千古的。一个仅有43首作品的词人，竟能取得比她多出10倍作品的词人相近的历史地位，这说明作品价值的高低在质而不在量。

三、“精妙”与“别是一家”词

李清照词作的质量表现在什么地方？简言之，则曰：“精妙”。“精”，即精粹、精致、精深、精细、精纯、精微、精到。“妙”，即美妙、奇妙、深妙、高妙、超妙、神妙，直至妙不可言、妙合无限。评家在研究李清照及其作品时，往往注意她的《词论》，这无疑是非常必要的。但是，却很少有人注意到她的另一篇奇文，即《打马图经自序》。表面看，这是一篇讲述有关博弈嬉戏之技的小文，研究的是不登大雅之堂的小事。其实，博弈嬉戏之技与学术研究、文艺创作甚至跟齐家治国平天下的大道理是一脉相通的。这篇序文开头部分所讲的道理就十分深刻而又透辟。不妨引出一读：

> 慧则通，通则无所不达；专则精，精则无所不妙。故庖丁解牛，郢人之运斤，师旷之听，离娄之视，大至于尧舜之仁，桀纣之恶；小至于掷豆起蝇，巾角拂棋，皆臻至理者何？妙而已。后世之人，不惟学圣人之道，不到圣处，虽嬉戏之事，亦不得其依稀仿佛而遂止者，多矣。夫博者，无他，争先术耳。故专者能之。予性喜博，凡所谓博者皆耽之，昼夜每忘寝食。且平生随多寡未尝不进者何？精而已。

这段话讲得清楚明白，深入浅出，可以触类旁通，举一反三，从中悟出许多道理。（一）文章开头就提出一个条件："慧"，也就是首先要有聪明智慧。因为聪明，有才智，才能把你所从事的那件事情搞清楚、整明白，甚至由此而无所不通。这可以说是"观其大略"。（二）光通不行，还要"专"，术有专攻才能臻精妙之极致。文章指出，自古以来各行各业之所以都能有自己的拔尖人物，其原因只在一个"妙"字。这可以说是要"务于精纯"。（三）文章指出，所谓博弈，也就是争先的技巧，或曰"争先术"。只有"专"，才能掌握"争先术"的诀窍。（四）坦率讲出自己喜欢博弈之类的游戏，并全身心沉浸其中，直至废寝忘食，只有如此才能体现出一个"精"字。

据作者自述，《打马图经自序》作于绍兴四年（1134）避乱金华期间。如果把这段话跟她在《金石录后序》所写，与丈夫赵明诚斗茶赌记忆争胜负，直至茶覆怀中之事联系起来，可以看出李清照在多方面都表现出其争强好胜的个性，说明她不论何事，即使偶有所为，也必达“精妙”之境不可。易安词之所以能以少胜多，是跟她对词的“慧、通、达”直至“专、精、妙”联系在一起的。当然，其他词人的优秀名篇，也是慧通精妙的产物，而李清照的“精妙”，在于她“别是一家”的“精妙”，即“易安体”的“精妙”。“易安体”式的“精妙”何在？简言之，即：（一）词学观念的“别是一家”；（二）审美体验的“别是一家”；（三）女性意识的“别是一家”；（四）艺术手段的“别是一家”。

首先是词学观念的“别是一家”。李清照前期在《词论》中提出的词“别是一家”说，与南渡后在《打马图经自序》中所倡导的“精妙”之说是上下联系、互为表里的。如果说，“别是一家”是强调并维护词之为体的自身特点与规律的话，那么“精妙”则是保证并体现词之有别于其他诗体形式的必要条件。不达“精妙”之至，则面目模糊，韵味寡淡，难以在词坛争先，更难自立于中国文学艺术之林。作者在《词论》中对词的历史与现状进行过科学总结，并对著名词家创作之失提出过尖锐批评，措词严苛，略无顾忌，充分显示出史家的宏阔目光，批评家的理论勇气，鉴赏家的细致体察。她于李璟、冯延巳、柳永、张先、宋祁、沈唐、元绛、晁端礼、晏殊、欧阳修、苏轼、王安石、曾巩、晏几道、贺铸、秦观、黄庭坚等前辈名家，均指名道姓予以适当针砭。虽然其所论不无偏颇，但其整体精神却在于维护词“别是一家”的根本面目。为此，她还从正面提出一些具体要求和主张，即：协音律，反尘下，有妙语并要讲求“铺叙”“典重”“情致”与“故实”等等。李清照这一独立见解和敢于从本体特征上来要求发扬词的优长，在当时历史条件下（尤其作为一个女词人）是十分不易的。联系《打马图经自序》所论，则可进一步体会上述批评针砭与具体要求，正是词自身生命的要求，是与其他诗体形式“争先术”的必要手段，也是达到“精妙”这一极致的必要内容。读者往往以为李清照之所以卓然自成一家乃在于她的天才，在于“慧则通”，而忽略了她“昼夜每忘寝食”专精的精神。一个对博弈能全力以赴甚至废寝忘食的人，当她面对极其郑重的歌词创作时，不也能更加舍生忘死将自己生命作整体投入么？万不可以为李清照的词活脱自然、亲切感人，到口即消，来之甚易。其实，李清照词（特别是她后期词）字字看来皆是血，句句篇篇都是生命投入的结晶。

其次是审美体验的“别是一家”。李清照所提出的“别是一家”，从根本上讲又是从词的审美体验与其他文学形式不同这方面提出来的。词之审美，自然有别于诗文。所以她既批评苏轼某些作品是“句读不葺之诗”，又批评王安石、曾巩“文章似西汉，若作一小歌词，则人必绝倒，不可读也”。表面看似乎是从形式、语言和音律方面区别词与诗文之不同，但其实质却是强调词的审美体验应与诗文有根本差别。这种差别主要体现在三个方面，即：听觉的审美、视觉的审美与综合性审美。所谓听觉的审美，即听觉的怡悦，表现在歌词创作要有音乐美，即协律动听。《词论》中所说：“歌罢，众皆咨嗟称赏。”；“及转喉发声，歌一曲，众皆泣下。”又如对柳永的肯定与批评：“变旧声作新声，出《乐章集》，大得声称于世，虽协音律，而词语尘下。”都是从歌词协音律这方面讲的。视觉的审美，即视觉的怡悦。李清照的要求是文雅、奇妙、典重、文彩鲜明。如批评黄庭坚“良玉有瑕”，就是从视觉在心理上所获得美感方面而言。所谓综合性审美，则指整体性心理情感方面的审美体验，是各种感官体验的综合。如对秦观的批评：“譬如贫家美女，虽极妍丽丰逸，而终乏富贵态。”[①]李清照的词就是按照她对词的“别是一家”的审美体验的要求来进行创作的。不仅如此，她还能在南渡词人为适应抗金复国的需要而大量创作爱国豪放词的时代风气下，坚持诗与词在内容题材上的严格区分。她坚持在诗歌创作中对南宋妥协投降、苟且偷安进行尖锐的批评谴责，主张出师北伐，收复失地，重整河山，甚至想亲身加入战斗。如《打马赋》最后赞辞所说：“佛狸定见卯年死，贵贱纷纷尚流徙。满眼骅骝杂騄駬，时危安得真致此。木兰横戈好女子，老矣谁能志千里？但愿相将过淮水。”[②]在《乌江》诗中说：“生当为人杰，死亦为鬼雄。至今思项羽，不肯过江东。”这些诗均写重大题材，爱憎鲜明、情辞慷慨、激愤昂扬，充分发扬诗歌传统的现实批判性与战斗性。但是在易安词里却与此不同。除《渔家傲》（“天接云涛连晓雾”）一首明显向豪放词风倾斜外，其余则将生遭离乱，去国怀土，夫死财丧，天涯迟暮之审美体验纳入前自己分析的南渡词中。生离死别、世事沧桑本为传统题材，但经过词人生命的体验与熔铸，再加之以创造性的艺术表现，终于达致新的审美升华，从而与时代社会有机融合，产生了广泛的“共振”效应。事实证明，词人在其作品中的生命投入是与作品的生命力成正比的。词人投入的愈多，其作品“别是一家”的特征就愈鲜明，生命力也就愈强大。反之亦是。“情有文不能达，诗不能道者，而独于长短句中，可

① ［宋］李清照：《李清照集》，中华书局上海编辑所1962年版，第78—79页。
② ［宋］李清照：《李清照集》，中华书局上海编辑所1962年版，第78页。

以委宛形容之。"（查礼《铜鼓书堂词话》）[①]"易安体"所写，即诗、文均无法表达的思想感情与审美体验。那些责备李清照词内容狭窄，或认为其内容可用诗文表达的人，不妨试着把"易安体"改成诗文，或者把李清照上面的诗句改成词体，其结果还会有"易安体"这"别是一家"的韵味吗？

第三是女性意识的"别是一家"。"易安体"的特色与成就还体现在与其他女词人作品面目风格截然不同这一重要方面。词这一新的诗体形式，一开始就以女性为主要题材，但在李清照、朱淑真出现以前，几乎全是"男子作闺音"，是男性视角与男性审美体验的产物，不论是外表形象与心灵世界，均有许多扭曲与不足。魏夫人生活于北宋，又是宰相曾布的夫人，生活安逸，其词虽也涉及离愁别恨与闺阁风情，但在女性意识方面远不如李清照鲜明自觉。朱淑真因婚姻失意，女性意识较强，但只局限于闺阁庭园、恋情相思以及抒写嫁非所爱的苦痛；她虽生活于南宋前期，但金兵南侵与朝廷和议之争在她的词中却不见反映。只有李清照经历了北宋灭亡与南宋的妥协投降所造成的颠沛流离之苦，还遭受丈夫遽死与玉壶颁金的诬陷以及所有文物尽遭损失的巨大打击。凡此都逐渐积淀成为她心灵深处有别于其他女词人的女性意识。应当说，从一开始她就是女性意识较强的女词人。她早期在爱情与闺阁情趣的抒写方面，已具有鲜明的女性特征了。如"人比黄花瘦""绿肥红瘦"诸句，不仅赵明诚"自愧不逮"，评家也认为"此语若非女子自写照，则无意致。"（王闿运《湘绮楼词选》）[②]南渡后的"寻寻觅觅""起解罗衣聊问夜何其""欲语泪先流""不如向、帘儿底下，听人笑语"等句，皆非男性词人

① 唐圭璋编：《词话丛编》，第2册，中华书局1986年版，第1481页。

② 唐圭璋编：《词话丛编》，第5册，中华书局1986年版，第4290页。

所能状得者。反之，如果她想在词的创作上与男性词人在政治题材与社会生活题材方面一较高低，她必然因闺阁生活的局限而失去优势。发挥女性词人优势的阵地不在诗界，而在词坛，对李清照来说尤其如此。因为善于表达要眇之情、凄迷之境的词体，与李清照轻灵、婉转、深挚、柔细的女性审美意识更为合拍。李清照之于词，如鱼得水，她可以通过词体形式尽情发挥，不加矫饰而又自然得体，并由此而完成女性词人自我形象的勾画。女性意识方面的独创性大约可归纳为以下四个方面：让最具体的感触一般化；把最个人的感情普泛化；使最浮面的感觉悠远化；将最深沉的感受白描化。这使“易安体”真正成为“别是一家”词。

最后是艺术手段的“别是一家”。“易安体”从“乐府声诗并著”[①] 出发，特别注意词的音乐性，使词变成有意味有生命的形式。音乐是人类高级生命的节奏，是人类情感变化的符号性体现。体现音乐节奏的词体之长短不齐的句式，是与人的情感变动相吻合的。音律的轻重起伏、长短错落与词人精神活动、心理活动是相对应的，因此词牌的选择对词人来说相当重要。李清照在这方面有着特殊的敏感性。《孤雁儿》《声声慢》从词牌名称到思想内容，再到双声叠字以及齿唇音的穿插运用，不知费尽李清照多少心血才能匀圆妥贴，达到自然高妙。此外，口语白描，体近人情；委婉曲折，层层深入；情致真挚，善于铺叙等，均为“易安体”的重要特征。张端义说李清照“以寻常语度入音律，炼句精巧则易，平淡入调者难”。（《贵耳集》卷上）[②]可见李清照词的

---

① ［宋］李清照：《李清照集》，中华书局上海编辑所 1962 年版，第 78 页。

② ［清］永瑢、纪昀等：《文渊阁四库全书》，第 865 册，台湾商务印书馆 1986 年版，第 422 页。

语言是十分丰富的。但不论“炼句精巧”，还是“平淡入调”，在“易安体”中，均能自然浑成，匀整妥贴，研炼至极，转趋平淡，不见痕迹，甚至连李清照自己也不知其所以然了。庄子《养生主》写庖丁解牛：“臣以神遇而不以目视，官知止而神欲行。”“以无厚入有间，恢恢乎其于游刃必有余地矣。”①《徐无鬼》写郢人“斫之，尽垩而鼻不伤，郢人立不失容”。② 前者是专精独诣的境界；后者讲巨匠良工业外余技之至美至乐之境。“易安体”便是这种专精独诣与至美至乐的产物，这与她在《打马图经自序》中所讲的“精妙”二字，精神上是完全一致的。

综上所述，李清照以其43首精妙的歌词登上婉约词大家的高峰地位，在当时及以后均产生过巨大影响。辛弃疾就曾以“博山道中效李易安体”为题写下了名篇《丑奴儿》。辛词中还可见化用易安词句的现象。如“有时三盏两盏，淡酒醉蒙鸿”（《水调歌头》），“一川落日熔金”（《西江月·渔父词》）。侯寘的《眼儿媚》也自注“效易安体”。在历史上，李清照历来被奉为词家正宗。王士祯《倚声前集序》认为词中婉约一派“至漱玉、淮海而极盛”。他在《花草蒙拾》中进一步强调“婉约以李易安为宗”。③ 清人还以李清照为“三李”之一。“男中李后主，女中李易安，极是当行本色。前此太白，故称词家三李。”（王又华《古今词论》引沈去矜语）④ 杨希闵于光绪年间还合编《三李词》刊本。凡此，均说明李清照在词史上的重要地位与影响。但是，由于李清照在《词论》中对苏轼等人带有片面性的批评以及过分强

---

① ［清］郭庆藩：《庄子集释》，第1册，第119页。

② ［清］郭庆藩：《庄子集释》，第4册，第843页。

③ 唐圭璋编：《词话丛编》，第1册，中华书局1986年版，第685页。

④ 唐圭璋编：《词话丛编》，第1册，中华书局1986年版，第605页。

调词的“别是一家”，加之她的创作内容与风格比较单一，在文学史特别是词的发展史上也产生过负面影响。周济在《介存斋论词杂著》中说：“闺秀词惟清照最优，究苦无骨。”[①] 朱庸斋说：“历来对清照词作之评，往往偏高溢美。其词清新流丽，自然中见曲折，然生活面狭隘，闺阁气重，不免近乎纤弱。”又说：“后世不少柔靡轻巧之作，与清照流风不无关系。”（《分春馆词话》卷五）[②]事实上，李清照词也并非“无一首不工”。唐圭璋认为：“在两宋词人中，李清照可称为‘名家’，但称不上‘大家’，不能与柳、周、秦相比。前人的评论，有一定见解，当细加揣摩。前一段对李清照评价偏低，但反过来说，也不能扬得太高，必须恰如其分。”[③]这些批评也有一定道理。

在北宋词坛崩解以后，几乎所有词人都带着不同的创痕纷纷南渡。以上四节，只不过是其中少数影响较大词人之简介。还有一些在当时颇负盛名的词人（包括作品较多的词人），因篇幅所限，不能一一介绍。仅从以上简介的“南渡词人”中即可看出：（一）南渡词人将北宋160余年间所积累的丰富经验全部移植到南宋这一狭小土地当中，使之扎根成长，为南宋词的进一步繁荣打下了坚实基础；（二）由于时代的迫切需要，由苏轼开创但后来难以为继的豪放词，在特定历史时期有了长足的发展，甚至形成时代主潮；（三）几乎所有南渡词人在经历时代巨变之后，词风也都随之而有程度不同的变化，其主要特征是向豪放词风倾斜或相互渗透，通过这种倾斜与相互渗透，使词史的审美视界开始

① 唐圭璋：《词话丛编》，第2册，中华书局1986年版，第1636页。

② 朱庸斋：《分春馆词话》，广东人民出版社1989年版，第152页。

③ 施议对：《李清照〈词论〉及其“易安体”》，《中国古典文学论丛》，第4辑，人民文学出版社1986年版。

向阳刚之美转换；(四)南渡词的主要特点，是走出闺阁庭园，杀向抗金卫国的前线，并积极参与同国家民族命运紧密联系在一起的和战之争，而且始终站在主战的立场上，成为反对妥协投降的新型重要武器之一；(五)正因为存在以上重要原因，婉约词在南宋词坛转型期已成为最弱声区，即使有某些发展变化，也都与抗金卫国这一时代精神无法张扬密切相关。啸傲山水、归隐林泉都与时代主潮有这样或那样的深层关涉。

南渡词人较好地完成了词坛的转型任务，为词史高峰期与词艺深化期的到来准备了充分条件，打下了坚实的基础。

词史的高峰期

“国家不幸诗家幸，赋到沧桑句便工。”（赵翼《题元遗山集》）从南宋词坛转型开始，词便从原来只是浅斟低唱、剪红刻翠的狭小范围，走向抒写国家沧桑巨变这一社会重大现实。词史审美视界的转换与北宋灭亡这一历史悲剧密切相关。“靖康之变”对北宋王朝来说，实在是太大的不幸了；然而对于宋词（主要是南宋词）、对于词人来说，又是不幸中之大幸。词人借助这沧桑巨变，将词推到抗金救国的前沿阵地，展现出词这一新的诗体形式的巨大生命力与战斗力，人们对词这一“艳科”“小道”开始刮目相看了。从南宋开始，词才真正争得了与传统诗歌分庭抗礼、并驾齐驱的位置，而这一位置的争得，又与伟大词人辛弃疾等的贡献、与词史高峰期的影响分不开。

当南渡词人辛勤营造南宋词坛的时候，一批在南渡以后出生的南宋词人也逐渐走上词坛，壮大了南渡词人的声势，继承了他们开创的爱国豪放词风，填补了南渡词人退出词坛以后的空白。这些词人虽然没有经历“靖康之变”与颠沛流离、四处逃窜的痛苦生活，但他们同样接受传统爱国思想的哺育，感受到祖国分裂的痛苦与屈膝事金的民族耻辱。所以，他们一登上词坛，便接过南渡词人沉重的历史使命，继续高举抗金复国、重整河山的旗帜。他们全面继承与发扬苏轼，特别是南渡后词坛日益高涨的爱国豪放词风，扬长避短，使思想与艺术渐趋完美结合。同时还着意于豪放、婉约二者间的相互渗透，使之互补共存。在豪放词质量提高的形势下，婉约词的创作也呈现出全新的面目。转型后的南宋词坛正向着词史的高峰起飞，这也是继南渡词人群出现的后南渡词人群（张孝祥、陆游等）所面临的历史任务。最终完成向词史高峰飞跃、冲刺并到达峰巅的词人，是在金人占领的北方起义反金并南渡的伟大词人辛弃疾。围绕辛弃疾并受辛词影响的词人也以自己的作品丰富了爱国豪放词的创作，并扩大了其影响。本章将围绕词史高峰期相关词人及重要问题展开论述。

第一节　张孝祥及其他豪放词人

一、“骏发踔厉”“迈往凌云”的张孝祥

张孝祥（1132—1169），字安国，号于湖居士，历阳乌江（今安徽和县）人。宋高宗绍兴二十四年（1154）状元及第，同年赴试的秦桧之子因此失去抢占头名的机会，秦桧对此怀恨在心，并将其父张祁诬陷下狱，秦桧死后才得出狱。张孝祥历任秘书正字、校书郎兼国史实录院校勘、起居舍人，经张浚推荐任中书舍人，直学士院兼都督府参赞军事，继又代张浚为建康留守。他极力赞助张浚北伐，反对“隆兴和议”，也因此受到投降派打击而被免职。后任荆南知州、荆湖北路（今湖北西南部与湖南北部一带）安抚使等职。

张孝祥与张元幹一样，明确继承苏轼词的传统，以抒写重大政治题材与反映爱国抗金思想而著称于世。有《于湖词》传世，存词224首。

苏轼开创豪放词风“一洗绮罗香泽之态”“使人登高望远，

举首高歌"[①]"指出向上一路，新天下耳目。"[②]影响可谓大矣。但细审北宋词史，当时实无一人能羽翼苏轼或继承光大其所开创的传统。即如位列"苏门四学士"的秦观，在词的创作上走的也仍是"花间"、南唐的老路，受柳永的影响十分明显，而与东坡词判然有别。苏轼以后，称霸词坛的是被推崇为"集大成"的周邦彦。李清照《词论》中批判锋芒的主要指向，便是写"句读不葺之诗"的苏轼。这一观点代表了当时词坛的主要倾向。"靖康之变"以后，大批词人仓皇南渡，在国破家亡、四处漂泊、无以为家的形势下，他们写下了许多爱国忧民的豪放词，体现出词风的转变，使豪放词风得到继承发扬。但是，直到张孝祥的出现，才是自觉地、有意识地发扬苏轼的传统。这在当时的一些资料中有充分的反映。如谢尧仁（张孝祥门下士）在《张于湖先生集序》中说："先生气吞百代，而中犹未慊，盖尚有凌轹坡仙之意。"序中叙述张孝祥帅长沙时曾自作《水车》诗，问谢尧仁："此诗可及何人？"谢答，此诗虽很像东坡，然尚有一二分之差距。序文最后说："是时，先生诗文与东坡相先后者已十之六七，而乐府之作，虽但得一时燕笑咳唾之顷，而先生之胸次笔力皆在焉。今人皆以为胜东坡，但先生当时意尚未能自肯。"又如叶绍翁《四朝闻见录》乙集《张于湖》条，说张孝祥"尝慕东坡，每作诗文，必问门人：'比东坡何如？'门人以过东坡称之。虽失

① 胡寅：《酒边集序》，施蛰存主编《词籍序跋萃编》，中国社会科学出版社1994年版，第169页。

② ［宋］王灼：《碧鸡漫志》，唐圭璋编《词话丛编》（第1册），中华书局1986年版，第85页。

太过，然亦天下奇男子也。”[1]这两则记载，不免使我们想到苏轼当年在玉堂问幕士“我词何如柳七”那段故事了。张孝祥天分极高，襟怀开旷又执意与东坡争胜，如果他不是38岁弃世，在词的创作方面一定会有新的开拓与超越。

张孝祥学习、继承并发扬苏词传统，成绩显著。其最为脍炙人口的一首便是《念奴娇·过洞庭》：

洞庭青草，近中秋、更无一点风色。玉鉴琼田三万顷，着我扁舟一叶。素月分辉，明河共影，表里俱澄澈。悠然心会，妙处难与君说。　应念岭海经年，孤光自照，肝胆皆冰雪。短发萧骚襟袖冷，稳泛沧浪空阔。尽挹西江，细斟北斗，万象为宾客。扣舷独啸[2]，不知今夕何夕。

宋孝宗乾道二年（1166），张孝祥为广南西路经略安抚使（治所在桂林），因受政敌谗害而被免职。他从桂林北归，途经洞庭湖，即景生情，写下这首名篇。这是一首寓情于景的抒怀之作，它以生动的笔墨，描绘中秋节前夕洞庭湖雄伟壮阔、晴明澄澈的幽远画面，抒发作者光明磊落、冰肝雪胆般纯洁高尚的情操。上片写湖上美景。开头三句点地域与节候特点：这是一个接近中秋的、风平浪静的洞庭湖（包括青草湖）之夜。“玉鉴琼

① ［宋］叶绍翁撰 沈锡麟 冯惠民：《四朝闻见录》，中华书局1989年版，第72页。

② “啸”《全宋词》作“笑”，胡云翼：《宋词选》，上海古籍出版社1978年版，第234页。

田三万顷，着我扁舟一叶”为词中妙句，它形象地概括出洞庭湖浩瀚无涯、优美而又平静的特点，衬托出作者泛舟湖上的乐趣，暗中逗引出词人以大自然之主人而自得的心境。“素月分辉，明河共影，表里俱澄澈”三句，既是湖上夜色的补充，又是词人高尚人格的写照，同时还深隐着作者对南宋小朝廷腐朽黑暗政治的不满。“悠然心会，妙处难与君说”，其中含有多少难言的苦衷，但却以虚带实，含而不露，似合而起，自然引出下片。下片以“应”字领起，似承而转，直抒坦荡豪爽情怀。作者回忆“岭海经年”的薄宦生涯，无论用什么尺度来衡量，终感问心无愧。“孤光自照，肝胆皆冰雪”，正是洁身自好、纯正无私的象征；这对谗害自己的政敌是一有力回击。在结构上又与上片“表里俱澄澈”上下呼应。“短发萧骚襟袖冷，稳泛沧浪空阔”二句承上，进一层抒发郁积于胸的堂堂正气：尽管屡遭谗害，险境环生，但自己依旧两袖清风，稳操航向，安坐舟中。不仅如此，词人还由此而产生另一种浪漫的幻想：“尽挹西江，细斟北斗，万象为宾客。”这是词中传神之笔，进一步展现了作者襟怀坦荡，识见超迈与乐观豪爽的性格，颇有居高临下，对投降派不屑一顾的磅礴气势。煞尾以“扣舷独啸，不知今夕何夕”收束全篇，更觉神余言外。全词悲而实壮，郁而超旷。

这首词画面开阔，意境优美，大气包举，具有鲜明的浪漫主义特色，并有很强的艺术感染力。其特点有三：一是精当的比喻。“玉鉴琼田”用以形容波平浪静、水晶般透明的湖水，反衬“扁舟一叶”中作者人格的纯洁高尚。“肝胆皆冰雪”又继此生发，写出词人的俯仰无愧。二是奇特的想象。词中幕天席地、友月交风的意境固然来自现实，但如无大胆想象，断不会写得如此生动感人。至于挹江酌斗、宾客万象等境界，则纯系作者自己的想象自由驰骋的结果了。正是由于作者把现实生活中不可能出现的事物写得惟妙惟肖、生动传神，才恰到好处地反映出作者的爱憎与对美的追求。作者正是通过想象这一心灵的眼睛去探察客观事物内部的奥秘，凭借想象这一心灵的翅膀向着审美理想的境界起飞。三是豪放的风格。古代描写洞庭湖的佳作层出不穷，如孟浩然《望洞庭湖赠张丞相》、杜甫《登岳阳楼》，还有范仲淹的《岳阳楼记》，都以其丰富内容与艺术魅力而流传千古。但描写平静的洞庭湖之夜，并把自己置身舟中来抒写豪情逸兴的诗文却不多见。同样，前人描写中秋之夜的诗词也所在多有（包括李白、苏轼咏月的诗词），但却很少有这首词中所刻画的开阔境界和丰富蕴含。这首词充分显示出作者艺术上的独创性。词中句句有人，笔笔含情，“情以物动，辞以情发”，在艺术上达到了内情与外景水乳交融的妙境。前人对此词评价甚高。魏了翁说：“洞庭所赋，在集中最为杰特。”（《鹤山集》，见引于《绝妙好词笺》卷一）[①]王闿运谓此词“飘飘有凌云之气，觉东坡《水调》有尘心”。（《湘绮楼词选》）[②]这首词继承和发扬苏轼超旷豪放的词风是有目共睹的，虽不能说一定是超越了苏轼中秋词，但至少是各有千秋。

另一首《水调歌头·金山观月》虽也为咏月名篇，但境界与前首又略有不同：

---

① ［宋］周密辑　查为仁　厉鹗笺点校：《绝妙好词笺》（上册），中华书局1957年版，第2页。

② 唐圭璋：《词话丛编》（第5册），中华书局1986年版，第4294页。

江山自雄丽，风露与高寒。寄声月姊，借我玉鉴此中看。幽壑鱼龙悲啸，倒影星辰摇动，海气夜漫漫。涌起白银阙，危驻紫金山。　表独立，飞霞珮，切云冠。漱冰濯雪，眇视万里一毫端。回首三山何处，闻道群仙笑我，要我欲俱还。挥手从此去，翳凤更骖鸾。

上片描绘长江雄阔夜景。首二句中的“雄丽”“高寒”，是全篇神骨。三四句以拟人手法，寄语月姊，借她一面宝镜把这月下长江看得更为清晰深透。接下来的三句展开想象，对“看”字层层补充、发挥。不仅“月姊”的“玉鉴”光照环宇，连词人的视力也由此得以增强，竟能穿透浩荡宽深的江水，看清“幽壑”中的“鱼龙”，听到他们的“悲啸”。虽然，词人置身金山之巅，却清晰地看见倒映水中的星辰摇动闪烁。大海一样宽阔的江面，升起夜雾，弥漫着、扩散着，无边无际，而词人却同样能将它穿透。于是词人又看到似乎是江水深处涌现出一座洁白如银的水晶宫（即金山寺），高高矗立在金山之上。下片承此写飞升的遐想。头三句，用屈赋词意，描绘自己超尘出世的神态。“表独立”，化用“表独立兮山之上”（《九歌·山鬼》）句意；“飞霞珮”，化用韩愈“乞君飞霞珮”诗意；“切云冠”，化用“冠切云之崔嵬”（《楚辞·涉江》）句意。短短三句，词人的自我形象便屹然耸立在高山之巅。继之，词人由表及里展示自我内心世界。“漱冰濯雪”即前首词里的“肝胆皆冰雪”和“表里俱澄澈”。正因为如此，这月下的一切，包括万里之外的细微事物，全都能看得一清二楚。“回首三山”三句，由“眇视万里一毫端”的豪情进入虚无缥缈的神仙世界。“三山”，即古代传说中的三神山（蓬莱、方丈、瀛洲）。此刻，词人仿佛听到不知从何处传来的仙人的话语笑声，竞相邀请他去那虚幻的世界遨游。结拍化用李白“挥手自兹去”（《送友人》）与韩愈“飞鸾不暇骖”（《送桂州严大夫》）诗意，表示告别这一现实世界，搭乘凤翼鸾车，向传说中的仙界飞升远游。

陈应行评张孝祥词说："读之泠然、洒然，真非烟火食人辞语。予虽不及识荆，然其潇散出尘之姿，自然如神之笔，迈往凌云之气，犹可以想见也。"（《于湖先生雅词序》）[①] 这首词大约即属“非烟火食人辞语”之列。词人之所以产生飞升游仙的遐想，是与他金山观月时所得的审美高峰体验密切联系在一起的。在《于湖词》里，因登高望远而产生的高峰体验中，往往有两种不同的审美境界，一是引发出对人生、历史乃至宇宙的哲理性感悟，另一种则表现为对现实的超越和对理想境界的追求。前首《念奴娇·过洞庭》，是由大自然的壮美引发出词人精神上的超越。这首《水调歌头·金山观月》，则是由现实中的“山”和“月”，引发出词人对理想境界的追求。在古代文化意识长期积淀过程中，“山”和“月”往往同“神山”“奔月”构成联想。尤其在月夜，更有效地增添了这种神秘色彩。面对雄丽的江山与高寒的月色，词人和美好的大自然相互渗透，融为一体，真不知自身所处是人间还是天上了，不期而然地进入一种飘飘欲仙的境界。这种发展是顺乎自然的。李白一登高山便说："愿乘泠风去，直出浮云间。"（《登太白峰》）苏轼也说“我欲乘风归去”。

① ［清］永瑢 纪昀：《文渊阁四库全书》（第1488册），台湾商务印书馆1986年版，第2页。

（《水调歌头》）从张孝祥这首词里似乎可以窥见李白和苏轼的某些影子。本篇写于张孝祥被罢职的第二年（1167）三月，即在他已经经历了宦海浮沉、仕途险恶之后。因之，词中所追求的另一世界，似乎可以看成是对南宋丑恶政治现实的鄙弃。这种情感在其他词篇中表现更为直接。如“此意忽翩翩。凭虚吾欲仙。”（《菩萨蛮·登浮玉亭》）“吹笛向何处，海上有三山。”（《水调歌头·为时传之寿》）

当然，并非所有描绘自然风光的词都如此“泠然、洒然”，超旷飘逸，有些词是写得自然亲切，别具感人韵味。如《西江月·题溧阳三塔寺》：

问讯湖边春色，重来又是三年。东风吹我过湖船。杨柳丝丝拂面。　　世路如今已惯，此心到处悠然。寒光亭下水如天。飞起沙鸥一片。

又如《西江月·黄陵庙》：

满载一船明月，平铺千里秋江。波神留我看斜阳，唤起鳞鳞细浪。　　明日风回更好，今朝露宿何妨。水晶宫里奏霓裳，准拟岳阳楼上。

上一首“世路如今已惯，此心到处悠然”二句内含人生曲折与历尽沧桑的感悟，但词人的心胸却仍然十分豁达：“寒光亭下水连天。飞起沙鸥一片。”以景结情，意余言外。后一首，从平静的千里秋江，幻想“明日风回”之后的景象；那时，露宿船中，听长风大浪的声响，美如仙乐《霓裳羽衣曲》，恍如置身水晶宫中。不仅如此，当船行经岳阳楼时，还要登楼远眺洞庭湖壮阔雄浑的自然风光。

在另外一些词里，张孝祥的审美体验则表现为面对现实人生的感悟，其中充满惆怅和忧伤，甚至带有某种悲剧色彩。

张孝祥的一生始终坚持抗金复国，但是由于南宋统治集团的妥协投降政策始终占主导地位，他的理想不仅难以实现，而且还常常因此遭受巨大挫折。宋孝宗即位之初颇有意于北伐，但廷臣态度不同。宰相中汤思退主和，而张浚主战。张孝祥登第出汤思退之门，汤也提拔孝祥。因张孝祥主张北伐，于是又深得张浚的赏识和推奖。张孝祥在孝宗召对时，极言国家委靡不振之弊端，认为“和战两言，遗无穷祸”。[①]建议汤、张二相同心协力，完成陛下恢复之志。当时有论者据此说张孝祥出入二相之门，“两持其说”，使他有苦难言。其实，张孝祥坚持抗金复国、统一中原的思想是十分明确的。他的词作中就多有这方面的作品，其中最著名的便是《六州歌头》：

长淮望断，关塞莽然平。征尘暗，霜风劲，悄边声。黯销凝。追想当年事，殆天数，非人力，洙泗上，弦歌地，亦膻腥。隔水毡乡，落日牛羊下，区脱纵横。看名王宵猎，骑火一川明。笳鼓悲鸣，遣人惊。　念腰间箭，匣中剑，空埃蠹，竟何成。时易失，心徒壮，岁将零。渺神京。干羽方怀远，静烽燧，且休兵。冠盖使，纷驰骛，若

① 《宋史》（第34册），中华书局1977年版，第11942页。

为情。闻道中原遗老，常南望、羽葆霓旌。使行人到此，忠愤气填膺。有泪如倾。

这首词是南宋爱国词中的杰作。上片描写江淮前线宋金对峙的严峻现实：大片中原沃土遭受异族铁蹄的践踏。下片抒写爱国壮志难酬：统治集团安于半壁河山的现状，中原百姓盼望的北伐已成空想，对此怎不令人义愤填膺！词人作此词是有很强的现实性和具体的针对性的。绍兴三十一年（1161）十一月，金主完颜亮举兵突破南宋淮河防线，直趋长江北岸。在向采石（今安徽马鞍山）渡江时，金兵被虞允文击败，完颜亮至扬州为部下所杀，金退兵淮河息战。宋孝宗隆兴元年（1163），主战派张浚任枢密使，出师江淮，收复宿州。这是南渡三十余年首次取得的振奋人心的战绩。孝宗慰劳张浚说："近日边报，中外鼓舞，十年来无此克捷。"[①]但因将领失和，宋军在符离溃败。孝宗态度动摇，朝廷之中和议又起。张浚虽抗疏反对，但宰相汤思退力主和议，孝宗也倾向和议。张孝祥对此极为愤慨，乃有此作。上片从沦陷区的现实着笔：原来的大好中原，如今腥膻满地、胡骑纵横、笳鼓悲鸣，令人胆颤心惊。这一切全都是宋王朝妥协退让的错误政策造成的，但作者却以"殆天数，非人力"二句含糊带过。下片从沦陷区百姓盼望北伐成功起笔，融入自己壮志难酬的感慨。同时又以委婉的笔墨揭露南宋王朝的苟且偷安。"干羽方怀远，静烽燧，且休兵。""干羽"是大禹时代的文舞之具，传说禹曾以舞干羽使有苗降服。干羽怀远，即不用武力而用显示善意的方法来

① 《宋史》（第32册），中华书局1977年版，第11308页。

招抚异族。这里指南宋放弃北伐而与金人媾和，讽刺意味十分明显。对此，几乎所有臣民，包括“中原遗老”“行人”以及“时易失，心徒壮”的词人和抗战派都深以为憾。词情慷慨，悲壮激昂，一气如注。词中多用短句和三字句，联绵而下，有效地增加了紧锣密鼓似的激壮声情。这首词一写成便产生了轰动效应。据《历代诗余》卷一百十七引《朝野遗记》说：“张孝祥紫微雅词，汤衡称其平昔未尝著稿，笔酣兴健，顷刻即成，却无一字无来处。一日，在建康留守席上作《六州歌头》，张魏公（张浚）读之，罢席而入。”[①] 刘熙载也说：“张孝祥安国于建康留守席上赋《六州歌头》，致感重臣罢席。然则词之兴、观、群、怨，岂下于诗哉！”（《艺概·词曲概》）[②] 陈廷焯说这样的词“淋漓痛快，笔饱墨酣，读之令人起舞”。（《白雨斋词话》卷六）[③]“骏发踔厉，寓以诗人句法者也。”（杨慎《词品》卷四）[④]

同样，在得到前线胜利消息时，词人也会由衷地欣喜，他的词也会展示出另一番天地。如《水调歌头·闻采石战胜》[⑤]：

雪洗虏尘静，风约楚云留。何人为写悲壮，吹角古城楼。湖海平生豪气，关塞如今风景，剪烛看吴钩。剩喜然犀处，骇浪与天浮。　忆当年，周与谢，富春秋。小乔初嫁，香囊未解，勋业故优游。赤壁矶头落照，

① ［清］沈辰垣：《历代诗余》（下册），上海书店 1985 年版，第 1384 页。

② ［清］刘熙载：《艺概》，上海古籍出版社 1978 年版，第 122 页。

③ 唐圭璋：《词话丛编》（第 4 册），中华书局 1986 年版，第 3912 页。

④ 唐圭璋：《词话丛编》（第 1 册），中华书局 1986 年版，第 489 页。

⑤ 此词《于湖居士文集》题作“和庞佑父”（见胡云翼：《宋词选》，中华书局 1962 年版，第 226 页），《全宋词》从之。

肥水桥边衰草，渺渺唤人愁。我欲乘风去，击楫誓中流。

绍兴三十一年（1161）十一月，“虞允文督建康诸军……以舟师拒金主（完颜）亮于东采石。战胜，却之。”（《宋史·高宗本纪》）[①] 这就是前面曾提及的虞允文大败完颜亮的重大军事业绩。这是宋室南渡后首次大捷，全国上下无不为之欢欣鼓舞。张孝祥当时虽身在宣城、芜湖间往来，而心却已飞到了鏖战得胜的现场。“风约楚云留”是身不由己，但城头传来的角声却抒发出激昂悲壮的战斗激情。自己像陈登一样，廓清天下的豪情由此更加昂扬。为了乘胜前进，在灯下抚看“吴钩”，随时准备投入战斗。上片最后的“剩喜然犀”两句，用晋温峤平苏峻叛乱至牛渚矶（即采石矶）燃犀照妖事典，既点明战场之所在，又刻画出雄奇的背景与画面。换头三个短句，借用周瑜和谢玄来赞美虞允文。接三句写虞从容不迫优游自得便获致全胜。“赤壁”三句，词人似乎已经飞到“赤壁矶头”与“肥水桥边”，并想高声呼唤，还有大片领土尚未“雪洗虏尘”。正因如此，词人便决心像宗悫那样“乘长风破万里浪”[②]；又决心像祖逖那样统兵北伐，船至中流击楫发誓：“祖逖不能清中原而复济者，有如大江！”[③]这首词抒发了胜利的喜悦，歌颂抗金取胜将领们的功勋，抒发了誓死报国的激情。词笔淋漓酣畅，气势雄豪奔放，声情激越振拔，有很强的感染力。

① 《宋史》（第2册），中华书局1977年版，第606页。

② 宗悫事见《宋书·宗悫传》，《宋书》（第7册），中华书局1974年版，第1971页。

③ 祖逖语：《晋书》（第6册），中华书局1974年版，第1695页。

符离兵败后，张浚被罢枢密使，主和派汤思退为相。隆兴二年（1164），"隆兴和议"成，宋向金称侄，从此北伐几乎成为泡影。但张孝祥却从未稍减其抗金复国的壮志。孝宗乾道四年（1168），张孝祥为荆南湖北路安抚使（治所荆州，今湖北江陵），八月到任后便积极准备抗敌。据《宣城张氏信谱传》[①]："荆州当虏骑之冲，自建炎以来，岁无宁日。公内修外攘，百废俱兴。虽羽檄旁午，民得休息。筑寸金堤以防水患，置万盈仓以储漕运，为国为民计也。"[②] 是年深秋写下他逝世前（当时37岁）最重要的一首爱国词《浣溪沙·荆州约马举先登城楼观塞》：

霜日明霄水蘸空。鸣鞘声里绣旗红。澹烟衰草有无中。　　万里中原烽火北，一尊浊酒戍楼东。酒阑挥泪向悲风。

尽管抗金的意志不减当年，可是抗金的大好形势已一去不返。自然季节与抗金形势似乎同步进入衰飒的秋季。对此，词人面向辽阔的"万里中原"，只能临风洒泪了。

张孝祥继承苏轼开创的词风，既有超旷飘逸之作，又有雄豪悲壮之声，在超旷与豪雄两方面为辛弃疾"稼轩体"的出现做好了准备。《于湖词》是东坡词和"稼轩体"之间的过渡和桥梁。千百年后读之，仍能动人情怀、摇人心旌。词为心声。陈廷焯

① 有研究者"对此传真伪产生怀疑，进而断定其系伪作。"见辛更儒：《张孝祥于湖先生年谱》，（台湾）五南图书出版股份有限公司2003年版，第286～297页。

② ［宋］张孝祥：《于湖居士文集》，上海古籍出版社1980年版，第410页。

说："张安国词，热肠郁思，可想见其为人。"（《白雨斋词话》卷一）[①]张孝祥的人品与词品是紧密结合在一起的。

二、"扫尽纤淫，超然拔俗"的陆游

陆游（1125—1210），字务观，号放翁，越州山阴（今浙江绍兴）人。祖父陆佃是王安石的学生，参与过变法革新。父陆宰曾任淮南计度转运副使。陆游在其父溯淮进京时，生于舟中。出生第二年，金兵大举攻宋，他随家南渡。北宋覆灭后，陆宰因不满秦桧等人的卖国投降政策而退隐家居。陆游受家庭影响，自幼便立志抗金。因他坚决主战，29岁参加礼部考试时，被秦桧除名。从此陆游归乡返里，通过诗歌创作表达爱国激情，同时钻研兵书，学习剑法，随时准备报国杀敌。秦桧死后，陆游以父荫得官。在他任镇江通判时，正值隆兴抗战，他积极参与。抗战失利，投降派上台。"隆兴和议"达成后，他被诬陷免官。45岁时，因生计困难而乞任夔州通判，后任四川制置司及成都府安抚署参议官等职，居蜀中九年，到过南郑前线。晚年被迫闲居山阴20年之久，中间曾一度兼修国史。最后，他怀着"但悲不见九州同"的憾恨，结束了作为诗人的一生。

陆游是南宋著名的大诗人，存诗9300余首。他的诗题材宽阔，内容丰富。当时政治生活中的重大事件、时代的剧变、百姓的苦难、个人的不幸以及细微的感情活动，无不被他写入诗中。抗金复国、爱国统一是他诗中的主旋律，是他诗中的最强音。

陆游也是南宋的重要词人。但是，他对词远不及对诗那么重

① 唐圭璋：《词话丛编》（第4册），中华书局，1986年版，第3795页。

视。对他来说，填词只不过是“余事”和“副业”而已。他的词同他的诗一样，始终饱含着昂扬激愤的政治热情。恢复失地的壮志与忧国忧民的怀抱，洋溢在他词篇的字里行间，具有一种俊爽流利、沉郁雄放的风格。著有《渭南文集》《剑南诗稿》。有《放翁词》，存词145首。

在词史上，词人之成就高低、贡献大小，是跟他的创作实践、跟他作品的价值成正比的。而一个词人作品价值的高下，除其他条件（如天赋、生活阅历、创作激情、艺术修养等）外，最重要的还跟他对词这一诗体形式的认知密切相关。陆游的词远不如诗的声名煊赫。陆游之所以以诗名世，而不以词彪炳千古，原因之一，就在于他对词的认知上有偏差，因而不可能在词的创作方面全面发挥他的天资与优势。

在词学观念方面，他恰恰和李清照的《词论》相左，甚至对词的性质产生隔膜与迷惘。词之初起，乃在民间，其所配音乐，为花前月下、舞席酒边之“燕乐”小调，故文人始作，便有“花间”“尊前”之称。之后北宋词人也多有用歌妓低俗口吻直写艳情者，与正统诗文之高雅尊严判然有别。因之，作者自谦、自惭、自悔之情时常有之，自毁之作者也不乏其人。陆游在《长短句序》(《渭南文集》卷十四）中说：“风、雅、颂之后为骚、为赋、为曲、为引、为行、为谣、为歌。千余年后，乃有倚声制辞，起于唐之季世。则其变愈薄，可胜叹哉！予少时汩于世俗，颇有所为，晚而悔之，然渔歌菱唱，犹不能止。今绝笔已数年，念旧作终不可掩，因书其首以识吾过。”[①]轻视词体，菲薄旧作，

① 《陆游集》(第5册)，中华书局1976年版，第2101页。

甚至悔之不及，凡此，都足以影响《放翁词》创作激情与才力的正常发挥。在另文《跋花间集》中，陆游对此说得更为清楚："《花间集》皆唐末五代时人作。方斯时，天下岌岌，生民救死不暇，士大夫乃流宕如此，可叹也哉！或者亦出于无聊故耶？"（《渭南文集》卷三十）[①]这两篇文字大约写于作者65岁。后来他的观点略有变化。如《跋后山居士长短句》说："唐末诗益卑，而乐府词高古工妙，庶几汉魏。"（《渭南文集》卷二十八）[②]"汉魏"在文学史上是被称之为最具"风骨"的历史时期，思想艺术成绩显著，影响深远。以将汉魏乐府比之唐五代词，显然是对其予以高度肯定。他在《跋东坡七夕词后》中说："昔人作七夕诗，率不免有珠栊绮疏惜别之意，唯东坡此篇，居然是星汉上语，歌之曲终，觉天风海雨逼人。学诗者当以是求之。"（《渭南文集》卷二十八）[③]所谓"东坡此篇"，当指《鹊桥仙·七夕》。其下片云："客槎曾犯，银河微浪，尚带天风海雨。相逢一醉是前缘，风雨散、飘然何处。"陆游认为"学诗者当以是求之"，显然是说这样的词，应是诗人从中悟取为诗之道了。他的第二篇《跋花间集》对词的态度比之从前有明显改变："唐自大中后，诗家日趣浅薄。其间杰出者，亦不复有前辈闳妙浑厚之作。久而自厌，然梏于俗尚，不能拔出。会有倚声作词者，本欲酒间易晓，颇摆落故态，适与六朝跌宕意气差近，此集所载是也。故历唐季、五代，诗愈卑，而倚声者辄简古可爱。盖天宝以后，诗人常恨文不迨；大中以后，诗衰而倚声作。使诸人以其所长，格力

① 《陆游集》(第5册)，中华书局1976年版，第2277～2278页。

② 《陆游集》(第5册)，中华书局1976年版，第2247页。

③ 《陆游集》(第5册)，中华书局1976年版，第2251页。

施于所短，则后世孰得而议？笔墨驰骋则一，能此不能彼，未易以理推也。”（《渭南文集》卷三十）[①]这篇跋文作于词人81岁高龄，与其第一篇跋文至少相距16年以上。陆游对《花间集》的态度有褒有贬，在赞佩唐五代词人才艺超群的同时，又为他们枉抛心力而惋惜。

从以上五则关于词的论述中，可以看出：（一）陆游的词学观并不像李清照那么清晰明白，而是处于一种困惑与迷惘状态，所以多有前后抵牾矛盾的论述；（二）前期保守偏激，晚年认识逐渐清晰，但对词的性质仍比较模糊、隔膜；（三）不能正确对待诗词之间的差别，而只用评诗的标准去衡估词的社会价值；（四）因为存在上述词学观念的偏颇，不仅认为前人“以其所长格力施于所短”，他本人在词的创作上也难免如此，甚至陷入“能此不能彼”的困境。

《放翁词》中最有价值的作品，首先是爱国统一、匡复河山与抒写雄心壮志的名篇。如《秋波媚·七月十六日晚登高兴亭望长安南山》：

> 秋到边城角声哀，烽火照高台。悲歌击筑，凭高酹酒，此兴悠哉。　　多情谁似南山月，特地暮云开。灞桥烟柳，曲江池馆，应待人来。

“七月十六日”，即在宋孝宗乾道八年（1172），当时陆游48岁，在南郑（今陕西汉中）任四川宣抚使司干办公事兼检

① 《陆游集》（第5册），中华书局1976年版，第2278页。

法官。高兴亭在南郑子城西北，正对南山（即西安市南之终南山）。陆游到蜀中任职以后，曾积极向宣抚使王炎献计献策。前方的有利形势以及军中的实际生活激发陆游收复长安的强烈愿望，他主张先攻取关中，再恢复中原（与辛弃疾主张出兵山东再图河洛不同）。他在《山南行》一诗中有“却用关中作本根”之句，他在《秋波媚》这首词里切盼收复长安，即与此战略思想密切相关。词中反映了作者关心战事进展、急于收复长安的热望与必胜信念。上片写登高酹酒。起笔两句描绘西北前线的秋光与紧张的战斗气氛：哀怨的角声与烽火的光烟映衬交织而起，渲染出一幅有声有色的边地前沿的雄浑画面，为登高酹酒提供了一个开阔的背景。“悲歌”三句，通过具有典型意义的动作展示词人对祖国的热爱和无比乐观的情怀：一是“击筑”，用荆轲刺秦王的故事，重申誓死夺取胜利的决心；二是“酹酒”，这里不只是奠祭为国捐躯的将士，更重要的是预祝收复长安，必获全胜。“特地暮云开”两句，以拟人手法，移情于景：天公为人作美，浓聚的暮云不知何时散去，露出十六日晚上分外团圞皎洁的明月，把遥望中的长安照耀得如同白昼一般。团圞不仅是一个美好的象征，而且为远望提供了良好条件。词人仿佛真实地看到长安城外、灞桥两岸的烟柳在迎风摇摆；长安城南的曲江，无数亭台楼馆都一齐敞开大门，正期待南宋军队早日归来。词人以形象的笔墨和饱满的激情，描画上至“明月”“暮云”，下至“烟柳”“池馆”，都在期待宋军收复失地、胜利归来的情景，具有明显的浪漫情调。大胆的想象加之以拟人化手法，增添了这首词的乐观情绪。南宋爱国词大都产自东南，本篇是西北前线战地生活的升华，很值得重视。

与此相近的《汉宫春·初自南郑来成都作》，也充分展现出词人乐观豪爽的艺术风格：

> 羽箭雕弓，忆呼鹰古垒，截虎平川。吹笳暮归，野帐雪压青毡。淋漓醉墨，看龙蛇、飞落蛮笺。人误许，诗情将略，一时才气超然。　何事又作南来，看重阳药市，元夕灯山。花时万人乐处，攲帽垂鞭。闻歌感旧，尚时时、流涕尊前。君记取，封侯事在，功名不信由天。

这首词是词人从南郑回到成都以后所写。时年49岁。词人从前线被调到后方任参议官闲职，这与他锐意进取、收复失地的壮志相去甚远，使他心中极为苦闷。但其信念坚定不移，字里行间注满了乐观的情调。开篇三句从南郑前线生活写起：开阔的河滩，峥嵘的古垒，臂擎雄鹰，手缚猛虎，英雄事业，痛快淋漓。“吹笳”以下五句，转写“暮归野帐”的另一种军旅生活：这时笳声四起，雪舞寒空，兴酣落墨，笔走龙蛇，于是一首首气壮山河的诗词顷刻写就，大声鞺鞳，何等风流！结拍以“诗情将略”结上起下，醒明本旨，转出别意，使下片与上片形成强烈对比。成都与南郑前线的生活截然不同。换头“何事又作南来”，问得含蓄，但沉痛之情溢于言表。“看重阳药市，元夕灯山”对此做了回答。这种生活与词人上片所写相距何止千万里！“药市”与“灯山”对举，但词中只写“灯山”，因词人从南郑归成都时已是乾道八年（1172）年底，写此词时已是乾道九年春了。虽然元夕灯山十分热闹，但词人对此却只能“流涕尊前”。然而，词人对未来并不悲观：“封侯事在，功名不信由天。”杀敌立功，收复失地，事在人为，并非由上天决定。信心何等坚定！词以对比手法概括前线与后方两种截然不同的生活画面。词人立足眼前，回忆过去，宾主分明。词中选取典型场景，烘托环境，渲染气氛，造成巨大反差以突出去取。上、下片结尾，均用反笔倾诉激愤之情，铿锵有力。值得指出的是全篇刚柔相济：上片境界阔大、气势雄浑、笔力豪纵；下片微具婉丽风情，使全篇别具风韵。

回到成都以后，陆游始终不忘重返前线。《夜游宫·记梦寄师伯浑》即表达这种心情：

> 雪晓清笳乱起。梦游处、不知何地。铁骑无声望似水。想关河，雁门西，青海际。　　睡觉寒灯里。漏声断、月斜窗纸。自许封侯在万里。有谁知，鬓虽残，心未死。

因为自身受官职拘束，不能实现上前线杀敌的夙愿，所以作者经常在梦中如愿以偿。他的许多“记梦”诗词就是这样产生的。此词上片全是梦境。开篇用“雪晓清笳”四字，把边地风光描绘得有声有色。继之插入疑问句，迷迷糊糊，像是在做梦，又不知梦到什么地方？只见披着铁甲的骑兵，衔枚疾走，这流水一般倾泻奔腾时铁流。于是词人联想到：这必然是遥远的边关，是

“雁门”或“青海”一带了。“雁门”“青海”代指广大失陷的国土。爱国豪情均蕴含在此九字之中。上片抒梦中之情，下片叙梦后之感，但先从周围景物写起：一灯如豆，斜月临窗，漏声渐断，冷落的现实愈加衬托出梦中的爱国激情。以班超封侯万里的壮志自许：虽然如今老去，但壮心未死。“有谁知”，实即对朝廷压制爱国抗金行动的有力指斥。

《诉衷情》表达了同样的心情：

当年万里觅封侯。匹马戍梁州。关河梦断何处，尘暗旧貂裘。　　胡未灭，鬓先秋。泪空流。此生谁料，心在天山，身老沧洲。

结拍两句，并非叹老，而是因权臣当道，报国无门而生的愤慨。这种愤慨几乎涵盖了词人的一生。这类豪雄奔放、感慨万千的作品还有许多。《水调歌头·登多景楼》便是慨古伤今，浑瀚苍茫的名作：

江左占形胜，最数古徐州。连山如画，佳处缥缈著危楼。鼓角临风悲壮，烽火连空明灭，往事忆孙刘。千里曜戈甲，万灶宿貔貅。　　露沾草，风落木，岁方秋。使君宏放，谈笑洗尽古今愁。不见襄阳登览，磨灭游人无数，遗恨黯难收。叔子独千载，名与汉江流。

这是陆游40岁时的作品，也是放翁编年词中最早的作品之一。此时陆游以枢密院编修官兼编类圣政所检讨官出为镇江府通判。时金兵踞掠淮北，虎视江南。镇江为江防要冲。多景楼在镇江北固山甘露寺内。北固山下临长江，三面环水，登楼远眺，淮南草木历历在目。是年秋，知镇江府方滋邀客游多景楼，陆游感而赋此。上片怀古，下片伤今，旨高意远，怆感深沉，忧国情怀洋溢纸上。起笔描绘江山形胜，空中起步，由大到小，由远而近，自古及今，以虚带实。“古徐州”与结拍“汉江流”三字遥相呼应，将时间与空间融为一体，有无限容涵。“连山”二句，实处落脚，在缥缈苍茫之中，著“危楼”二字点题并引出“鼓角”以下五句，使读者能“观古今于须臾”。三国时孙、刘联兵破曹的历史画面浮现眼前：烽火烛天，半明半灭；戈甲向日，金鳞耀眼；鼓寒霜重，角声悲咽；万灶密布，军幕星罗；杀气腾空，铺天盖地。五句中勾勒出的画面，真称得上是雄浑辽阔、气象万千、苍凉悲壮了。然而这豪壮雄放的一切早已成为历史陈迹，即使词人有卓越的刷色配音之绝技，历史也难重现。于是换头用三个三字句略加顿挫，唱叹出时代衰落的悲秋之歌：“露沾草，风落木，岁方秋。”写的是眼下深秋实景，但又不止此而已，其中还包含有词人心灵深处的时代没落之感。但此时词人刚刚踏入不惑之年，对知府方滋也抱有颇大希望，于是笔势一振：“使君宏放，谈笑洗尽古今愁。”“古今愁”三字，承上启下。“今愁”承上，时事可愁甚多，尽在不言之中。“古愁”启下，“不见襄阳登览”五句，用西晋羊祜（字叔子）事典。据《晋书·羊祜传》，羊祜志在灭吴，在镇守襄阳十余年中，广储军粮，积极训练。虽然他生时不克完成灭吴的宏愿，但他死后二年东吴果灭。“祜乐山水，每风景，必造岘山，置酒言咏，终日不倦。”他曾太息说：“自有宇宙，便有此山。由来贤达胜士，登此远望，如我与卿者多矣！皆湮灭无闻，使人悲伤。如百岁后有知，魂魄犹应登此山也。”后襄阳百姓于祜平生游憩之所立碑，望其碑者，莫不流涕。杜预因名之为“堕泪碑”。[①] 孟浩然“羊公碑尚在，读罢泪沾襟”（《与诸子登岘山》）即写此。陆游用此，乃在劝勉方滋能像羊祜那样，为北伐早做准备，一旦行动，便能奏万世之奇功：“名与汉江流。”这首词写千古兴亡，百年悲慨，寄意遥深。赋成寄词友毛幵，幵和词云：“登临无尽，须信诗眼不供愁。恨我相望千里，空想一时高唱，零落几人收。妙赏频回首，谁复继风流。”对陆游此词评价很高。后张孝祥又专写《题陆务观多景楼长句》一文，刻之于崖石，可见此词当时就有很大的轰动效应。毛幵《次韵陆务观陪太守方务德登多景楼》与赵善括《水调歌头·渡江》皆全用陆游词韵，应为和作。25年之后，陈亮又以《念奴娇》赋多景楼，前后辉映，为一时之盛。

第二类是闲适词。因陆游长期被迫家居，所以《放翁词》中还有为数不少的闲适之作。词人壮志难申，在无可奈何的情势下，只得寄情于山水之间，豪壮之气渐化而为平淡，非一心为此也。如《鹊桥仙》：

一竿风月，一蓑烟雨，家在钓台西住。卖鱼生怕近城门，况肯到、红尘深处。　　潮生理棹，潮平系缆，

① 《晋书》（第4册），中华书局1974年版，第1020页。

潮落浩歌归去。时人错把比严光，我自是、无名渔父。

词写渔父，实乃咏怀，抒写他的生活与心境。“钓台”，用严光不应汉光武征召，披裘独钓富春江故事，表示远离红尘追名逐利之场。下片用一“潮”字串起渔父的全部生活，“潮生”外出打鱼，“潮平”系缆，“潮落”归家，与大自然完全合拍的生活节律，此外无他奢求。这与世人的往来奔走、沽名钓誉、苦心钻营形成鲜明对照。最后两句笔锋陡转，对严光进行批判，使全词的思想境界上升到另一的高度：“时人错把比严光，我自是、无名渔父。”作者认为严光虽为隐士，但仍难免有求名之心，披羊裘垂钓就是明证，所以上片开篇便强调“一蓑烟雨”。因此，“无名渔父”自然比严光更高出一筹了。另首《鹊桥仙》中同样写“渔父”形象，但却完全是词人个人生活的写照了：

华灯纵博，雕鞍驰射，谁记当年豪举。酒徒一一取封侯，独去作、江边渔父。　　轻舟八尺，低篷三扇，占断苹洲烟雨。镜湖元自属闲人，又何必、君恩赐与。

在寄情山水，抒写闲情逸致的同时，明显透露出壮心不已的愤慨。这从词境的转折以及“谁记”“独去”“占断”“元自”“又何必”等感情色彩鲜明的词语的运用中，即可窥知其中消息。杨慎《词品》评曰：“放翁词，纤丽处似淮海，雄慨处似东坡，其感旧《鹊桥仙》一首，英气可掬，流落亦可惜矣。”[①]

① 唐圭璋：《词话丛编》（第1册），中华书局1986年版，第513页。

这种愤激之情在另首《鹧鸪天》中表现得最为显豁：

家住苍烟落照间。丝毫尘事不相关。斟残玉瀣行穿竹，卷罢黄庭卧看山。　　贪啸傲，任衰残。不妨随处一开颜。元知造物心肠别，老却英雄似等闲。

宋孝宗乾道二年（1166），陆游以“交结台谏，鼓唱是非，力说张浚用兵”的罪名被免去隆兴通判职务，卜筑镜湖三山。时年42岁，赋《鹧鸪天》三首，此为其中之一。前七句虽写闲居之景、闲居之情与闲居生活片断，但全词并非如词中所说“丝毫尘事不相关”，或“不妨随处一开颜”。相反，词人的心一刻也难平静，结末两句醒明词旨：“元知造物心肠别，老却英雄似等闲。”激愤昂扬，壮声慷慨，力透纸背。前文所写只不过是反衬，词人作意正是为了抒写“报国欲死无战场”的愤慨之情。

当然也有直抒闲适情怀之作，如另两首《鹧鸪天》：

插脚红尘已是颠。更求平地上青天。新来有个生涯别，买断烟波不用钱。　　沽酒市，采菱船。醉听风雨拥蓑眠。三山老子真堪笑，见事迟来四十年。

懒向青门学种瓜。只将渔钓送年华。双双新燕飞春岸，片片轻鸥落晚沙。　　歌缥缈，橹呕哑。酒如清露鲊如花。逢人问道归何处，笑指船儿此是家。

在大自然的怀抱里，词人那颗受到伤害的心，虽可获得某种安慰，但闲适生活并非本愿，所以字里行间仍难免流露出强做旷达的痕迹。

《放翁词》中也有少数消极出世之作，如《好事近》(“风露九霄寒”“挥袖别人间”“华表又千年”）以及《隔浦莲近拍》(“骑鲸云露倒景”）多写道教飞升，而非一般闲适之作了。

第三是艳情词。这类作品中有貌似闺情却实有寄托之作，如《清商怨·葭萌驿作》：

> 江头日暮痛饮。乍雪晴犹凛。山驿凄凉，灯昏人独寝。　鸳机新寄断锦。叹往事、不堪重省。梦破南楼，绿云堆一枕。

“葭萌驿”在四川昭化县南。细按全词，似为词人离南郑回成都经昭化所作。此次南归携家眷同行，并不可能出现“鸳机新寄断锦”的现实（“断锦”用前秦苏蕙织锦为回文旋图诗赠夫窦滔事），是乃假托闺情寄托政治心绪。当时他所在的南郑王炎幕府已被解散，南宋王朝已取消恢复大计。另首《夜游宫·宫词》与此近似：

> 独夜寒侵翠被。奈幽梦、不成还起。欲写新愁泪溅纸。忆承恩，叹余生，今至此。　蔌蔌灯花坠。问此际、报人何事。咫尺长门过万里。恨君心，似危栏，难久倚。

此词背景与上首同，自悼壮志难酬并慨叹王炎始受宋孝宗重用（面谕王炎北伐）最终又被弃置不用的现实。这类词都不能只作闺情词看待。

在艳情词中确有抒写恋情之作，其中最著名的莫过于《钗头凤》了。但经吴熊和考证（见其《陆游〈钗头凤〉本事质疑》一文）[①]，此词非为唐婉而作，盖蜀中冶游之词，论据充分。现虽仍有不同意见，已很难维持原有本事。不过因这首词流传甚广，并演为戏曲流播人口，故我们仍将其视为恋情词来对待。词中所写感情真挚，缠绵悱恻，具有浓厚的悲剧色彩，在封建社会真正爱情遭到普遍扼杀的现实形势下，这首词长时期引起普泛共鸣，乃理所当然。此词不仅在《放翁词》中是上上之作，在整个词史上也堪称佳品。全词如下：

> 红酥手，黄縢酒，满城春色宫墙柳。东风恶，欢情薄，一怀愁绪，几年离索。错错错。　　春如旧，人空瘦，泪痕红浥鲛绡透。桃花落，闲池阁，山盟虽在，锦书难托。莫莫莫。

此外，在《月照梨花》等以“闺思”为题的作品中，刻画了诸多女性形象和她们的心灵形态，虽不乏旖旎风流的描绘，但却并不流于低俗。

除爱国、闲适、艳情三类作品外，《放翁词》中还有咏物词，如《朝中措》《卜算子》等。其中以《卜算子·咏梅》最为

① 浙江省文学学会：《文学欣赏与评论》，浙江人民出版社 1982 年版，第 36~43 页。

后人推重：

> 驿外断桥边，寂寞开无主。已是黄昏独自愁，更著风和雨。　　无意苦争春，一任群芳妒。零落成泥碾作尘，只有香如故。

题曰“咏梅”，全词句句不离梅花，在梅花身上注入了词人的情感和追求，咏梅实亦写词人自身，写自身的理想品格。陆游爱梅是很有名的，他在诗里就多次歌咏梅花。如《落梅》：“雪虐风饕愈凛然，花中气节最高坚。过时自合飘零去，耻向东君更乞怜。”梅花的气节，不也正是词人气节的象征么？他爱梅甚至爱到自己想化作梅花：“何方可化身千亿，一树梅花一放翁。”这首词实际就是这种思想情感的另一形象化反映。作者以爱国获罪，屡遭打击，但他矢志不移，始终坚持抗金复国的远大理想，表现出崇高的民族气节。在放翁诗里，《示儿》诗是他临终的遗嘱；在《放翁词》中，我们则不妨将这首咏梅词看作他爱国一生之形象的定格。

虽然陆游对于词的性质缺乏深刻体认，并常以写诗的态度和手法来填词，使得他的词“有气而乏韵。”[①] 但是放翁天性纯正自然，感情真挚深厚，并非有意在词坛一争高下，所以攻诗之余，偶一为词，便也写出了一些纯赖天然和富有个性的佳篇。《放翁词》的成就与地位，前人评价出入甚大。刘克庄说：“放翁长短句，其激昂感慨者，稼轩不能过；飘逸高妙者，与

① 王国维：《人间词话》，唐圭璋编《词话丛编》（第5册），中华书局1986年版，第4249页。

陈简斋、朱希真相颉颃；流丽绵密者，欲出晏叔原、贺方回之上。”（《后村诗话续集》）[①] 冯煦说：“剑南屏除纤艳，独往独来，其逋峭沉郁之概，求之有宋诸家，无可方比。”（《宋六十一家词选·例言》）[②] 以上两则评价略显过高。但另外一些人又似评价过低，如刘熙载、王国维等。刘熙载说放翁词“乏超然之致，天然之韵，是以人得测其所至”。[③] 还有评家做了一些比较。杨慎说放翁词“纤丽处似淮海，雄慨处似东坡”。（《词品》）[④] 毛晋补充说：“超爽处更似稼轩耳。”（毛刊《〈放翁词〉跋》）[⑤]《四库全书总目提要》说：“平心而论，游之本意，盖欲驿骑于二家（苏轼、秦观——作者注）之间，故奄有其胜，而皆不能造其极。”[⑥] 这些评语都涉及到放翁词的渊源、价值、地位和风格，均有其合理因素。放翁词受苏轼、秦观影响是较为明显的，在放翁之前以诗为词的南渡词人（如陈与义）自然也不免要影响“放翁词”。然放翁以词为“余事”，并非全力以赴，加以词作远不及其诗为多，所以前人均难准确概括他的风格。放翁词的风格是多样化的。概而言之，其爱国词多豪迈奔放，闲适词多疏淡飘逸，艳情词则绮艳温馨。但整体上可以用俊爽流利、沉郁雄放来加以概括。因此，陆游在词史上是与辛弃疾最为接近的，他以自己的作品充实了“后南渡词人”的阵

---

① ［宋］刘克庄撰　王秀梅点校：《后村诗话》，中华书局 1983 年版，第 138—139 页。

② 唐圭璋：《词话丛编》（第 4 册），中华书局 1986 年版，第 3593 页。

③ ［清］刘熙载：《艺概》，上海古籍出版社 1978 年版，第 111 页。

④ 唐圭璋：《词话丛编》（第 1 册），中华书局 1986 年版，第 513 页。

⑤ 施蛰存：《词籍序跋萃编》，中国社会科学出版社 1994 年版，第 223 页。

⑥ ［清］永瑢：《四库全书总目》（下册），中华书局 1965 年版，第 1817 页。

容，扩大了爱国豪放词的影响。他的词虽然比不上他的诗，但仍占有相当重要的位置。

刘熙载说："放翁是有意要做诗人，东坡虽为诗，而仍有夷然不屑之意。"[①]有意当诗人便不免贪多务得而使意境构思缺少变化。"几乎自作应声之虫。"[②] 朱彝尊在《书剑南集后》说他"句法稠迭，读之终卷，令人生憎"[③]，并摘录陆游诗中自相蹈袭者140余联。这也许是有意做诗人与"六十年间万首诗"带来的弊端。值得庆幸的是陆游不想当词人，甚至有时瞧不起歌词创作，所以他的词自我抄袭就比较少见了。但由此而产生了另一问题，即因他不想做词人，加之他对词的体认不足，于是《放翁词》便不免有淡乎寡味的篇章杂入其中了。

三、袁去华、王质、毛开、赵善括

袁去华，字宣卿，豫章奉新（今江西奉新县）人。生卒年不详，约生于宋徽宗宣和初年。高宗绍兴十五年（1145）进士，任善化、石首知县。乾道三年（1167）间同张孝祥结识，其《水调歌头》（"雄跨洞庭野"）受张孝祥赞赏。乾道六年又与杨万里交游唱和，并荐为国子博士。有《袁宣卿词》一卷，存词98首。

《宣卿词》中多为伤春悲秋、登山临水、别绪离情、恋怀相思之作，感慨时事、怀才不遇等篇什也占一定数量。如《水调歌头·定王台》：

---

① ［清］刘熙载：《艺概》，上海古籍出版社1978年版，第67页。

② 钱钟书：《谈艺录》，中华书局1984年版，第127页。

③ ［清］永瑢 纪昀：《文渊阁四库全书》（第1318册），台湾商务印书馆1986年版，第236页。

雄跨洞庭野，楚望古湘州。何王台殿，危基百尺自西刘。尚想霓旌千骑，依约入云歌吹，屈指几经秋。叹息繁华地，兴废两悠悠。　登临处，乔木老，大江流。书生报国无地，空白九分头。一夜寒生关塞，万里云埋陵阙，耿耿恨难休。徙倚霜风里，落日伴人愁。

词写于袁去华任善化（在今长沙市内）县令期间。定王台在长沙市东，为汉景帝之子定王刘发所建，后登临歌咏者甚多。本篇从昔日繁华与今日冷落的对比写起，慨叹悠悠兴废，暗喻南宋委靡不振与自己报国无望："书生报国无地，空白九分头。"全词景物雄浑壮阔、音节慷慨苍凉。张孝祥引为同调是很自然的。稍后杨炎正《水调歌头·登多景楼》词中："可怜报国无路，空白一分头"，明显受此词影响。

《剑器近》在内容与形式方面均有独到特色写相思离情，别具风韵：

夜来雨，赖倩得、东风吹住。海棠正妖娆处，且留取。

悄庭户，试细听、莺啼燕语。分明共人愁绪，怕春去。

佳树，翠阴初转午。重帘未卷，乍睡起、寂寞看风絮。偷弹清泪寄烟波，见江头故人，为言憔悴如许。彩笺无数，去却寒暄，到了浑无定据。断肠落日千山暮。

全词共分三段。前两段为双曳头，即句式、声韵全同。这两段有如双马并辔，共同牵曳出第三段这辆轩昂华贵的马车来。

又如《玉团儿》：

吴江渺渺疑天接。独著我、扁舟一叶。步袜凌波，芙蓉仙子，绿盖红颊。　　登临正要诗弹压。叹老去、都忘句法。剧饮狂歌，清风明月，相应相答。

上片本已绘尽舟行所见，但却仍乞灵于诗兴，对第一自然给以超越和升华。“弹压”，语出《淮南子·本经》之“牢笼天地，弹压山川”，[①]状诗文之美足以笼罩并超越山川自然之美。但此刻词人却忘其所有，甚至文辞句法也都失灵了。“清风明月，相应相答”，自然音籁是最好的“弹压”。

王质（1127—1189），字景文，号雪山，先世郓州（今山东东平）人，徙居兴国（今湖北阳新）。宋高宗绍兴三十年（1160）进士。博通经史，才气纵横，著《朴论》50篇，纵言历代治乱兴衰。得主战派重臣张浚、虞允文推重，署为幕府，迁枢密院编修官。因耿直敢言，为内侍近臣所嫉，奉祠山居以终。有《雪山集》，存词75首。

《八声甘州·读诸葛武侯传》通过对诸葛亮的歌颂表达了他对北伐抗金的渴望：

过隆中、桑柘倚斜阳，禾黍战悲风。世若无徐庶，更无庞统，沉了英雄。本计东荆西益，观变取奇功。

① 何宁：《淮南子集释》（中册），中华书局1998年版，第582页。

转尽青天粟，无路能通。　　他日杂耕渭上，忽一星飞堕，万事成空。使一曹三马，云雨动蛟龙。看璀璨、出师一表，照乾坤、牛斗气常冲。千年后，锦城相吊，遇草堂翁。

词中通过诸葛亮与刘备的风云际会，突出诸葛亮的伟绩丰功，借以鞭挞忘记“靖康之耻”的南宋君臣。全词以叙事为主，结合议论抒情。组织得当，井然有序，首尾呼应，一脉相通。已开启陈亮以论为词之先声。

其《定风波·赠将》，别具苍凉悲慨况味：

问讯山东窦长卿。苍苍云外且垂纶。流水落花都莫问，等取，榆林沙月静边尘。　　江面不如杯面阔，卷起，五湖烟浪入清尊。醉倒投床君且睡，却怕，挑灯看剑忽伤神。

面对中原大地横遭敌人铁蹄践踏，东南半壁河山岌岌可危的现实，作为一个武将是多么盼望能施展抱负，“榆林沙月静边尘”！然而，等来的却是云外垂纶，浪入清尊，怕的是挑灯看剑、引爆怒火填膺。词体虽短，但老将的精神却写得活灵活现。“江面”“五湖”等句有藏须弥于芥子之气魄，雄奇健爽、逸响生悲。煞尾三句是南宋英雄豪杰的共同感受，于稼轩壮词中不断重现。

毛幵，生卒年不详，字平仲，信安（今浙江常山）人。礼部尚书毛友之子，仕至州倅。与尤袤友善，袤曾序其诗集。能词，有《樵隐诗余》，存词41首。

毛幵词以《水调歌头·次韵陆务观陪太守方务德登多景楼》为最著名。现特录如下，可与陆游原词参看：

> 襟带大江左，平望见三州。凿空遗迹，千古奇胜米公楼。太守中朝耆旧，别乘当今豪逸，人物眇应刘。此地一尊酒，歌吹拥貔貅。　楚山晓，淮月夜，海门秋。登临无尽，须信诗眼不供愁。恨我相望千里，空想一时高唱，零落几人收。妙赏频回首，谁复继风流。

此篇在陆游原词基础上，对当时登临盛会寄予向往之情，并通过“须信诗眼不供愁”，引为同调。“空想一时高唱，零落几人收”不啻写未能参与盛会的遗憾，实亦抗金复国的强音无人为继或广为应从的一种曲折反映，故煞尾有“妙赏频回首，谁复继风流”之叹。和词之作最难。胶着于原作，则束手束脚，难以发挥；如弃舍原作，又离题太远，不知所之。和词之妙乃在于恰当掌握似与不似与不即不离的分寸。这首词句句不离陆游所咏多景楼之盛会，但又远离这一盛会而生发出由此引起的情感，导实入虚，而又虚中有实。全篇结构匀称，发唱警挺，委婉回环，刚中有柔。和词并不亚于原韵。

赵善括，生卒年不详，字无咎，号应斋，太宗第四子商王元份六世孙，籍隶江西隆兴（今江西南昌）。孝宗朝登进士第。乾道七年（1171）知常州，八年通判平江府，又为润州通判。淳熙六年（1179）知鄂州，放罢。十年（1183）知廉州，又放罢。十六年（1189）差知常州，主管建宁府武夷山冲佑观。有《应斋词》，存词49首。

赵善括词风近似辛弃疾，有“和辛幼安韵”的《摸鱼儿》，结拍慨叹故国沦亡，词气纵横：“望故国江山，东风吹泪，渺渺在何处。”

其《水调歌头·渡江》，全用陆游“登多景楼”原韵，似是和作：

> 山险号北固，景胜冠南州。洪涛江上乱云，山里簇红楼。堪笑萍踪无定，拟泊叶舟何许，无计可依刘。金阙自帷幄，玉垒老貔貅。　　问兴亡，成底事，几春秋。六朝人物，五胡妖雾不胜愁。休学楚囚垂泪，须把祖鞭先著，一鼓版图收。惟有金焦石，不逐水漂流。

这首词当为作者任润州通判时所写。开篇从渡江着笔，通过所历所见，抒发爱国豪情。对欢歌曼舞的“红楼”，对养兵不用而逐渐老去的现状进行针砭。词人以六朝的史实作为借鉴：“休学楚囚垂泪，须把祖鞭先著，一鼓版图收。”词意鲜明显豁。最后两句鼓舞抗金志士做中流砥柱，“不逐水漂流”。词题曰“渡江”，通过全篇的抒写，实际上已经表明作者心中所想乃渡江北上，收复失地！“渡江”二字是非常富有联想性的词题，不宜草草略过。

此外，韩元吉的《水调歌头》（“明月照多景”）、《水龙吟》（“南风五月江波”）等，也均为豪放之作。

第二节　辛弃疾与词史的高峰

从“靖康之变”到辛弃疾登上词坛近40年。在此期间，经过大批南渡词人的创作实践，转变了词的功能与审美视界，促进了南北词风的融合，在变动与普及中为词史高峰期的到来做好了充分准备。正是在这一历史条件下，辛弃疾以其大量的词篇，鞺鞳的音响，雄豪的风格进一步弘扬抗金复国、重整河山的时代精神，把爱国豪放词推向词史的峰巅。辛弃疾正是站在这历史峰巅之上的伟大爱国词人。他不仅震动于当时，而且光照于后世，在历史上产生了巨大而深远的影响。

一、生命的高峰：英雄的一生与时代的主潮

辛弃疾（1140—1207），字幼安，号稼轩，山东历城（今济南市）人。在辛弃疾出生前13年，金兵攻陷汴京，北宋灭亡。当济南沦陷时，其祖父辛赞因家族拖累未及南迁，后被迫在金占区任亳州谯县（今安徽亳县）县令及其他官职等。但辛赞始终眷念故国，对金的残暴统治极为仇恨。辛弃疾父名辛文郁，在辛弃疾出世不久去世。辛弃疾自幼便在祖父抚育下成长，祖父暇时率辛弃疾弟兄游玩、登山，随时对他们进行抗金教育。金完颜亮正隆元年（1156）开始恢复科举考试。辛赞两次（1154与

1157）命辛弃疾随计吏到燕京参加考试，借以了解敌情，为反金复国做好准备。辛弃疾在《美芹十论》中叙述他从祖父那里受到的心灵影响："大父臣赞，以族众拙于脱身，被污虏官，留京师，历宿亳，涉沂海，非其志也。每退食，辄引臣辈登高望远，指画山河，思投衅而起，以纾君父所不共戴天之愤。尝令臣两随计吏抵燕山，谛观形势，谋未及遂，大父臣赞下世。"①祖父的教育与两次燕京之行，使爱国抗金的思想在辛弃疾的内心扎下了根。

宋绍兴三十一年（1161），完颜亮撕毁宋金"绍兴和议"，率60万金兵大举南侵，南宋平民百姓又遭蹂躏。金人的横行激起南北两地人民愤起反抗。山东农民起义领袖耿京趁金兵南侵之机，率部20万在山东、河南一带奋起抗金，刚满22岁的辛弃疾也在济南山区率领乡亲父老两千人高举抗金义旗。在敌强我弱的形势下，辛弃疾深知靠微小力量不能完成抗金复国大业，他审时度势，决定率部投归耿京，并被任为"掌书记"（负责起草全军书檄文告、掌管大印）。为了扩大抗金力量，辛弃疾说服领导着一千多义军的和尚义端来归。不久，义端窃印叛逃，耿京归罪于辛弃疾，并欲杀辛以抵罪。辛弃疾乃请宽限3天，让他追拿义端归案。辛弃疾判断义端窃印的目的是投金，于是迅速向通往金营方向追去。果然半路追上义端，杀之，并枭其首，夺回了大印。这一系列壮举充分显示出辛弃疾的智勇胆略，备受义军称赞，耿京对辛也更加信任。

宋高宗绍兴三十一年（1161）十一月，金主完颜亮在采石被宋将虞允文击败，退守瓜州并被部下合谋杀死。金兵遭此变乱，

---

① 徐汉明：《稼轩集》，长江文艺出版社1990年版，第320页。

纷纷向北溃退。义军得此消息，欢欣鼓舞。辛弃疾考虑此乃抗金复国的大好时机，便建议耿京“决策南向”[①]，争取朝廷对北方义军的支持，以便相互配合，全面反攻。耿京采纳辛弃疾的建议，决定派诸军都提领贾瑞为义军代表去同南宋接洽，辛弃疾同行。此外尚有刘震、孙肇等共11人。翌年（1162）正月十八日，贾瑞、辛弃疾等人抵建康（今江苏南京），受到13天前来建康的宋高宗赵构接见。他们呈上表章，并汇报沦陷区形势与义军战况。“上大喜，皆命以官。”（《三朝北盟会编》卷二九四，“炎兴下帙一百四十九”）[②]正月二十二日南宋朝廷授耿京天平节度使、知东平府兼节制京东河北路忠义军马；贾瑞特补敦武郎阁祗侯；辛弃疾特补右承务郎、权天平军节度掌书记；耿京、贾瑞二人并赐给金带。其余义军将吏补官者200余人。

当贾瑞、辛弃疾携带给耿京的官诰、节钺北返抵海州（今江苏东海县东北）时，才得知叛徒张安国已谋杀耿京降金，并被任为济州（今山东钜野）知州。他当即决定不惜一切代价，捉拿叛徒以伸张正义，并向京东招讨使李宝说明此行动计划。李宝对辛弃疾胆略智谋极为赞赏，决定派统制官王世隆与忠义军马全福等组织一个50人骑兵分队随辛弃疾完成虎穴擒敌重任。当辛弃疾到达济州时，张安国正与驻地金军将领酣饮。辛弃疾率50人闯入5万金军营地，将张安国绑缚上马，押出营门，一面高呼王师50万大军已经杀到。张安国手下原耿京万名义军立即反正，随辛弃疾冲出金营，一路上斩关夺路，昼夜兼程，返回建康。后将张安国押赴临安被斩首示众。

---

① 《宋史》（第35册），中华书局1977年版，第12161页。

② ［宋］徐梦莘：《三朝北盟会编》（丁册），大化书局（台北）1979年版，第539页。

辛弃疾自幼便关心国家民族命运，关键时刻便率众起义，又能审时度势采取果断措施，在抗金复国这一主潮中，始终站在第一线，充分显示出其文韬武略、智勇双全的英雄本色。这一段惊心动魄的经历，为他以后进行诗词创作奠定了坚实的思想基础与生活基础。

据现有资料，辛弃疾在南归以前便已经开始填词，遗憾的是这些词没有一首流传下来。（据陈模《怀古录》卷中载："蔡光工于词，靖康间陷于虏中。辛幼安常以诗词参请之。蔡曰：'子之诗则未也，他日当以词名家。'故稼轩归本朝，晚年词笔尤高。"①）这至少说明，辛弃疾自幼便受过严格的诗词训练，并显示出其填词的才能。

以上是辛弃疾生平的第一时期。

辛弃疾南归以后，实际并未得重用。南宋王朝先将辛弃疾统率南归的万余名义军解散，当作南下流民安置在淮南各州县。随后，任辛弃疾为江阴签判。绍兴三十二年（1162）六月，赵构传位于养子赵昚（孝宗）。孝宗即位之初主张抗金，收复失地，一面召回被秦桧贬黜流放外地的主战大臣胡铨、王十朋、辛次膺等，一面起用主战老将张浚，筹划北伐。孝宗隆兴元年（1163）夏，出师伐金。交战之初，宋军先后收复淮河以北若干失地，朝野为之鼓舞，但关键时刻另一主将邵宏按兵不动，导致使宋军在符离战役中失败。北伐受挫，投降派卷土重来，孝宗也一改支持北伐的态度。隆兴二年（1164）四月，张浚被解除兵权，秦桧余党汤思退出任宰相，宋与金达成屈辱的"隆兴和议"。从此南宋王朝又恢复了苟且偷安、含垢忍耻、万马齐喑的局面。辛弃疾南

① ［宋］陈模　郑必俊：《怀古录》，中华书局1993年版，第60页。

渡后的最初十年就是在这样一种政治局面下渡过的。他先后任江阴签判、建康通判、司农寺主簿等。虽然辛弃疾未得信用，官职低微，无权参与军国大计，但他仍一如既往地为抗金复国这一头等大事奔走呼号、献计献策，展现出他对国家民族的一片忠诚。他先后撰写了《美芹十论》《九议》《论阻江为险须藉两淮疏》《议练民兵守淮疏》等重要的政治军事论著，提出了一系列克敌制胜、反攻复国、实现统一的重大战略与策略设想。《美芹十论》[①] 又名《御戎十论》，全文共分“审势”“察情”“观衅”“自治”“守淮”“屯田”“致勇”“防微”“久任”“详战”十个部分，前有一简短序言，是向孝宗进奏的劄子。文中简要介绍了自己的家世、出身以及起义南归的经过，同时批评了朝廷以“持重”为“成谋”，实则畏敌如虎、坚持投降的政策。文中希望孝宗认清形势，下定决心，“不以小挫而沮吾大计”，立志“雪耻酬百王，除凶报千古”，完成复国统一之伟业。《十论》前三部分着重研究与分析敌情，“言虏之弊”，指出金国貌似强大，实则矛盾重重、危机四伏，政治、经济、军事诸方面均存在不可克服的致命弱点。文章结合亲身体验，揭露女真贵族奴隶主的民族高压政策使中原人民生活于水深火热之中，“怨已深，痛已巨，而怒已盈”。只要时机一到，便会揭竿而起。文章认为观察形势不应被表面现象所迷惑，而应看到事物的本质。只有如此，才不会“沮于形”“眩于势”，看到敌人可以战胜的依据，从而在战略上藐视敌方，树立坚定信心，战而胜之。《十论》后七部分陈述方略，“言朝廷之所当行”。针对南宋近40年妥协投降所造成的恶果，文中提出一系列关系国家民族命运的重大建议与切实可行

① 徐汉明：《稼轩集》，长江文艺出版社 1990 年版，第 320-341 页。

的措施。如在第四《自治》中批判了“南北有定势，吴楚之脆弱不足以争衡于中原”的亡国论，希望朝廷坚定信心，“以光复旧物而自期，不以六朝之势而自卑。”建议改变“待敌则恃欢好与金帛之间，立国则借形势于湖山之险”的错误方针。具体的办法是：“绝岁币”“都金陵”。有此两项措施，必然会大长自己的志气，灭敌人的威风。“天下有战形矣，然后三军有所怒而思奋，中原有所恃而思乱”，上下一致，军民一心，内外呼应，“则恢复之功可必其有成”。在其五《守淮》中，辛弃疾详细分析了两淮地区的重要战略价值。如放弃淮南，则长江天险便失去屏障，江南之地亦不可保。一定要吸取弃淮守江而遭致灭亡的历史教训，把两淮建成进可攻、退可守的坚强阵地。第六《屯田》与以后所写的《论阻江为险须藉两淮疏》《议练民兵守淮疏》[①]等，都是这一战略策略思想的补充、发挥与具体化。在之后的几章中，辛弃疾还谈到治军方略与提高军队素质和战斗力的问题、防奸保密以及持久抗金的领导班子建设等问题。《十论》的最后一章是《详战》，辛弃疾提出了切实可行的北伐复国的战略战术。既然战争已不可避免，那就应当“出兵以攻人”，不能“坐而待人之攻”，即变被动为主动，把战争引向金人统治区。他还认为应看到山东的战略地位，因为宋朝“兵出山东，则山东之民必叛虏以为我应”。“山东已下，则河朔必望风而震；河朔已震，则燕山者，臣将使之塞南门而守。”果如此，则恢复中原将指日可待。

《美芹十论》的提出，充分反映出辛弃疾具有政治家与军事家的才能智慧，并具有战略家的眼光和胆识。《十论》是经得起历史检验的珍贵历史文献，今天仍闪耀着真理的光芒。如当时南

① 此二文见徐汉明：《稼轩集》，长江文艺出版社 1990 年版，第 342 ~ 343 页。

宋统治集团能认真采纳并付诸实施，南宋的历史也许会被改写。遗憾的是，这部爱国抗敌的重大战略著作并未得到重视，也未能稍有施行。辛弃疾经多年积累、长期思考才提出的这一能改变南宋悲剧历史命运的苦口良方，竟成一纸空文，这真是莫大的悲哀！至此，南宋的灭亡已是必然的了。

乾道六年（1170），宋孝宗召对，辛弃疾与右丞相虞允文在场。辛弃疾借机详细论证抗金的有利条件与必胜的基础，提出了完整的作战方案，但“弃疾因论南北形势及三国、晋、汉人才，持论劲直，不为迎合”。(《宋史·辛弃疾传》)[①]之后，辛弃疾又把他的意见写成《九议》呈于虞允文，重述他在《美芹十论》中的正确主张，同时还补充了一些新的建议。他在《九议》前言中还提出保证：“苟从其说而不胜，与不从其说而胜，其请就诛殛，以谢天下之妄言者。”[②]这说明辛弃疾甘愿为国家、民族献出一切。这是他挽救南宋灭亡命运的第二次努力。然而，他的努力又落空了。和《十论》一样，《九议》也成了空文一纸。辛弃疾的失落与苦闷可想而知。在此期间，为了宣泄忠言见弃、报国无门的苦闷，他又开始了诗词创作。但对辛弃疾来说，诗词创作仍不外是政治这一大主潮之外的“余事”而已，他不会想到他后来竟能成为第一流的大词人。此时的作品跟他的政治军事论文一样，贯注着抗金复国的堂堂正气，旨在唤醒世人不要忘记失陷的大好中原。“要挽银河仙浪，西北洗胡沙。”（《水调歌头·寿赵漕介庵》）“袖里珍奇光五色，他年要补天西北。”（《满江红·建康史致道留守席上赋》）另一方面他也感到自己的正确主张很难被采纳，南宋国事堪忧：“虎踞龙蟠何处是，只有兴亡满目”“江

① 《宋史》（第35册），中华书局1977年版，第12162页。

② 徐汉明：《稼轩集》，长江文艺出版社1990年版，第345页。

头风怒，朝来波浪翻屋”（《念奴娇·登建康赏心亭呈史致道留守》）等词句充分反映他对南宋前途的关注。

乾道八年（1172）春，辛弃疾由司农主簿调任滁州知州，做了一系列兴利除弊的好事："宽征薄赋，招流散，教民兵，议屯田。"（《宋史·辛弃疾传》）[①] 他在任上贯彻并实践他在《十论》与《九议》中提出的主张，使滁州的面貌在短期发生显著变化。

淳熙元年（1174）春，辛弃疾被调往建康任江东安抚司参议官。秋，经丞相叶衡推荐，孝宗在临安再次召见辛弃疾，任为仓部郎官。翌年四月，湖北荆南爆发以赖文政为首的茶商军起义，所有进讨均接连失利。六月，经叶衡推荐，辛弃疾被任为江西提点刑狱，“节制诸军，讨捕茶寇”。（《宋史·辛弃疾传》）辛弃疾到任仅百天内即将震动南宋朝廷之茶商军起义全部平息。淳熙三年（1176）秋末冬初，辛弃疾调襄阳任京西路转运判官，次年春又调为江陵知府兼湖北安抚使。淳熙五年（1178）春任隆兴知府，三个月后又调临安任大理寺少卿。同年秋，又出为湖北转运副使，第二年春又改任湖南转运副使。在湖南任上两年间，辛弃疾除勤于政务外，又创建了“飞虎军”。这是他《十论》《九议》主张的又一次实践。“飞虎军”在捍卫边防以及后来同金兵作战中均发挥了积极作用。淳熙七年（1180）冬，辛又被调任江西隆兴（今江西南昌）知府兼江西安抚使，目的是让他救荒。次年冬被调任两浙西路提点刑狱公事。诏令公布不久，监察御史王蔺便对他进行弹劾，罪名是“用钱如泥沙，杀人如草芥”。（《宋史》

① 《宋史》（第35册），中华书局1977年版，第12162页。

本传）[①]同时反对他的人又罗织了许多罪名。当局既不查证核实，也不容辛弃疾分辩，便罢了他的官。以上便是辛弃疾南渡近20年的为官生涯。此后，他便开始了10年隐居生活的新的人生阶段。

在近20年的为官生涯中，辛弃疾始终利用各种时机向朝廷提出抗金复国的方略，从未妥协。在近20年内多次任职期间，他尽最大可能来贯彻并实现自己的主张。但另一方面，南宋妥协投降派却从自身利益出发，对辛弃疾的正确主张置之不理，并把他在地方上调来调去，从未委以重任，辛的文韬武略与伟大抱负均未得发挥和施展。对此，他一面坚持斗争，一面产生了退隐的想法。所以当他被罢官时，便欣然回带湖隐居去了。辛弃疾的罢官与退隐，说明贯穿南宋历史的“和”“战”之争，最后以主和派获胜而告终。

在近20年为官期间，辛弃疾写下了70余首词。这些词反映了他抗金复国、重整河山的豪情壮志，抒发了对妥协投降政策的义愤，表达了他对国家前途的忧虑，初步形成了他雄豪悲壮的词风。《菩萨蛮·书江西皂口壁》《水龙吟·登建康赏心亭》《摸鱼儿》（“更能消、几番风雨”）、《木兰花慢·席上呈张仲固帅兴元》与《祝英台近·晚春》等名篇，都是这一时期的产物。

以上是辛弃疾生平的第二时期。

从孝宗淳熙九年（1182）至光宗绍熙二年（1191），是辛弃疾被迫隐居的10年。在这10年间，他写下了170余首词。除继续抒写抗金复国、重整河山的爱国豪情外，辛弃疾还通过各种不同的题材抒发壮志难酬的悒郁和苦闷。讴歌自然山水、啸傲林泉成为这一阶段词中开拓的新领域。在这10年中有几件事情对他的思

① 《宋史》（第35册），中华书局1977年版，第12164页。

想与创作有较大影响。首先，是门人范开前来就学，时间约8年之久。范开收录辛弃疾49岁以前作品百余首，编成《稼轩词甲集》于淳熙十五年（1188）春刊行。范开还为之写了一篇《稼轩词序》，对稼轩“词之为体”进行充分的阐述与评价，是研究稼轩词最早的重要文献资料。[①] 第二，这一时期辛弃疾结交了少数知心朋友与部分地方官吏，如杨炎正、韩元吉、郑汝谐等，他们互有酬唱，留下了一些有助于研究辛弃疾思想生活的珍贵资料。第三件值得一提的，便是辛弃疾与陈亮的“鹅湖之会”。辛、陈最初结识于淳熙五年（1178）辛任大理寺少卿时期。二人由于志同道合，性格接近，成为莫逆之交。淳熙十年（1183）春，陈亮致书辛弃疾约定秋后到江西拜访，因故未能成行。次年又被诬“置药杀人”入狱两个多月，受尽摧残，直到淳熙十五年（1188）冬，才得以践约。陈亮原约朱熹共同到闽赣交界的紫溪与辛会面，但朱临时爽约，陈亮只好一人前往，在紫溪逗留10天。这10天中，辛、陈二人“憩鹅湖之清阴，酌瓢泉而共饮，长歌相答，极论时事”[②]，甚为相得。分别时，辛弃疾怅然若失，第二天又去追陈，至上饶东鹭鸶林时，因“雪深泥滑”[③]，难以前进，辛弃疾写了首《贺新郎》，表达对陈怀念的深情。5天后，陈亮托人捎来平安回到东阳的书信，要求辛弃疾赋词记述“鹅湖之会”。辛将已写《贺新郎》寄陈，陈也以同调相和。辛读陈和词后再用原韵赋词寄陈。“鹅湖之会”与之后的唱和往来，成为词

---

① 关于范开生平资料传世甚少，疑即《稼轩集》中提到的范廓之。《词学》（第6辑）载蛰庵发现的关于范开的新材料，可以参看《范开》，见《词学》（第6辑），华东师范大学出版社1988年版，第103页。

② 邓广铭 辛更儒:《辛稼轩诗文笺注》,上海古籍出版社1995年版,第123页。

③ 辛弃疾《贺新郎》（“把酒长亭说”）词序，唐圭璋编《全宋词》（第3册），中华书局1999年版，第2438页。

坛佳话。后陈亮再遭迫害被捕入狱，幸得辛弃疾竭力援救才幸免一死。为鼓励陈亮克服困难、坚持抗金，特写《破阵子·为陈同甫赋壮词以寄之》。后陈亮死时，辛弃疾又特写《祭陈同甫文》，表示深切悼念。

这一时期辛弃疾被迫投闲置散，但创作上却获得空前丰收，许多名篇都产于此时。如：《水调歌头·盟鸥》（“带湖吾甚爱”）、《水龙吟·为韩南涧尚书寿甲辰岁》（“岁渡江天马南来”）、《清平乐·独宿博山王氏庵》（“绕床饥鼠”）、《丑奴儿·书博山道中壁》（“少年不识愁滋味”）、《鹧鸪天·游鹅湖醉书酒家壁》（“春日平原荠菜花”）、《鹧鸪天·鹅湖归病起作》（“枕簟溪堂冷欲秋”）、《八声甘州》（“故将军、饮罢夜归来”）、《鹧鸪天·送人》（“唱彻阳关泪未干”）、《青玉案·元夕》（“东风夜放花千树”）、《清平乐》（“茅檐低小”）、《沁园春》（“老子平生”）、《贺新郎》（“把酒长亭说”“老大犹堪说”“细把君诗说”）、《西江月·夜行黄沙道中》（“明月别枝惊鹊”）、《水调歌头》（“相公倦台鼎”）、《念奴娇·用东坡赤壁韵》（“倘来轩冕”）、《千年调》（“卮酒向人时”）、《丑奴儿·博山道中效李易安体》（“千峰云起”）等等。

以上便是辛弃疾生平的第三时期。

淳熙十六年（1189）二月，孝宗传位其子赵惇（光宗），次年改元绍熙。绍熙二年（1191）冬，辛弃疾被起用为福建提点刑狱公事。辛在福建两次任职共约3年时间，他注意解决两个十分迫切的问题。一是土地赋税不均，二是官盐不便于民。绍熙四年（1193），他写了《论经界盐钞劄子》，向朝廷提出推行“经界”与改变盐法的建议。所谓“经界”，即丈量土地，清查土地所有权，据实有土地分担赋役。辛弃疾发现原来的盐法对离海较远地区的百姓剥削太重，极不合理，故请求批准实行“盐钞法”。可以看出辛弃疾为官时期对百姓苦难的关心。同年他还写了《论荆湘上流为东南重地劄子》上奏，体现了辛弃疾即使在外任也一贯关怀抗金复国这一大事的惓惓爱国之情。但辛弃疾远见卓识的建议并未得到施行，于是他又萌生了退隐之念；然而他“乞归”之请并未被允准。绍熙五年（1194）七月，左司谏黄艾诬奏辛弃疾“残酷贪饕，奸赃狼藉”(《宋会要·黜降官》，致其被罢去福州知州与福建安抚使。九月御史中丞谢深甫再次对辛弹劾，次年十月御史中丞三次弹劾。至此辛所有职务均已免除，第二次被投闲置散，归瓢泉隐居。在福建任职的3年间，辛弃疾作词30余首，其中著名的有《水调歌头》(“说与西湖客”)、《添字浣溪沙·三山戏作》(“记得瓢泉快活时”)、《水调歌头》(“长恨复长恨”)、《定风波》(“莫望中州叹黍离”)、《水龙吟·过南剑双溪楼》(“举头西北浮云”）等。

以上为辛弃疾生平的第四时期。

从宋光宗绍熙五年（1194）至宋宁宗嘉泰二年（1202）共8年多时间，是辛弃疾第二次被迫归隐。这次归隐与第一次归隐虽然都是被罢官时不得已的选择，但辛弃疾的心态却已有很大不同。第一次归隐时，词人正当壮年，并非甘老林泉，而是时刻准备实践他的誓言：“马革裹尸当自誓。”(《满江红》“汉水东流”）第二次隐居瓢泉，词人已55岁，进入暮年。不仅宏图伟志未得实现，而且接二连三地遭到诬陷打击，他的情志已由悲愤转成悲慨，对个人和国家前途已失去原有的自信与乐观。所以这一时期所写的170多首词里，主要是壮志难酬的悲慨、山水花鸟的慰藉、醉梦狂饮的解脱，和亲情友谊的抚慰。这一时期，他全身心投入山水的怀抱，自然界的微小变化似乎都能与他心灵沟通，他那颗被伤害的心在与自然山水、花鸟虫鱼的交往中得到复苏。“青山意气峥嵘。似为我归来妩媚生。解频教花鸟，前歌后舞，更催云水，暮送朝迎。”（《沁园春·再到期思卜筑》）山水花鸟在词人笔下也意态万千，获得了新的生命。“甚矣吾衰矣。怅平生、交游零落，只今余几。白发空垂三千丈，一笑人间万事。问何物、能令公喜。我见青山多妩媚，料青山、见我应如是。情与貌，略相似。”（《贺新郎》）这一时期，他的归隐心态带有狂放与浪漫情调，是他雄豪悲壮词风在新的人生阶段的发展。第一次归隐时期，酒词近90首；而这一时期的酒词竟达140余首（两次归隐期的词作总数是相近的）。“一饮动连宵，一醉长三日。”（《卜算子·饮酒不写书》）“细数从前，不堪余恨，岁月都将曲蘖埋。”“记醉眠陶令，终全至乐，独醒屈子，未免沉灾。”（《沁园春》“杯汝知乎”）借酒浇愁，实际并不能彻底解脱。“宿酒醒时，算只有、清愁而已。”（《满江红》“宿酒醒时”）所以他一再戒酒又一再嗜酒，心情十分痛苦。《沁园春》（“杯汝前来”）中所说“麾之即去，招亦须来”即这一矛盾心情的具体写照。庆元元年（1195），辛弃疾的带湖田庄被火，房屋尽毁，他迁居期思瓜山下新居。新居之“秋水观”，是用庄子《秋水》篇名以示愤世嫉俗；“停云堂”，是用陶渊明诗篇名以示效陶归耕自资。在此时期，他结识了不少当地名士，诗酒唱和（如赵昌父、赵晋臣、赵茂嘉、吴子似、徐斯远、付岩叟等），在友情中得到心灵的慰藉。庆元四年（1198），南宋小朝廷忽又恢复辛弃疾“集英殿修撰”职名，并授予其主管建宁府武夷山冲佑观的空衔。辛坚辞不受，并写《鹧鸪天·戊午拜复职奉祠之命》。但另一方面，却仍念念不忘“弓刀事业”（《破阵子·硖石道中有怀子似》），所以当有人跟他谈起“功名”事业时，他写下了《鹧鸪天》（“壮岁旌旗拥万夫”），对晚年“都将万字平戎策，换得东家种树书”的境遇表示愤慨不平。他对人才浪费、弃置不用大加挞伐：“不念英雄江左老，用之可以尊中国。叹诗书、万卷致君人，番（翻）沈陆。”（《满江红》“倦客新丰”）

在这一时期，辛弃疾与朱熹的友谊值得一提。当辛弃疾刚刚被迫回瓢泉隐居不久，右丞相赵汝愚与外戚枢密院承旨韩侂胄之间的斗争逐渐白热化。最后，韩侂胄得势，赵汝愚罢相，出知福州，十一月贬永州，庆元二年（1196）卒于衡州。而韩侂胄却加开封府仪同三司，兴“伪学党禁”（又称“庆元党禁”），网括赵汝愚、朱熹等59人为“逆党”，以朱熹为“伪学之魁”。当朱熹被迫出朝退居武夷山时，辛弃疾仍与他保持密切联系。庆元六年（1200）三月，朱熹病殁，南宋朝廷下令禁止“四方伪徒”前往送葬。辛弃疾写《感皇恩·读庄子有所思》（“案上数编书”）悼之，其下片云：“一壑一丘，轻衫短帽。白发多时故人少。子云何在，应有玄经遗草。江河流日夜，何时了。”不仅如此，辛弃疾还无视朝廷禁令，亲赴武夷山参加追悼活动并撰祭文表示哀悼。

这8年间，辛弃疾从政治领域的主潮中退了出来，但词的创作却进入高峰期。艺术成熟老辣，风格多样，佳作如林，开拓出艺术审美的新领域。名篇有：《沁园春》（“一水西来”“叠嶂西驰”“杯汝来前”）、《玉楼春·戏赋云山》（“何人半夜推山去”）、《贺新郎》（“甚矣吾衰矣”）、《六州歌头》（“晨来问疾”）、《水调歌头》（“我志在寥廓”）、《鹧鸪天》（“壮岁旌旗拥万夫”）、《粉蝶儿·和晋臣赋落花》（“昨日春如”）、《千年调》（“左手把青霓”）、《贺新郎》（“绿树听鹈鴂”）等。

以上是第五时期。

最后是第六时期。宋宁宗嘉泰三年（1203）夏，辛弃疾再度被起用为知绍兴府兼浙江安抚使。在辛弃疾被迫家居8年以后，他已是64岁的老人了。虽然他在瓢泉8年多的归隐时间里产生过消沉情绪，但骨子里仍盼着能有重出之日。“老骥思千里，饥鹰待一呼。”（杜甫《赠韦左丞丈济》）这一天终于来到了。他“不以久闲为念，不以家事为怀，单车就道，风采凛然，已足以折冲于千里之外。”（黄干《勉斋集·与辛稼轩侍郎书》）[①]这充分反映出词人赤子之心单纯的一面。他大约不曾料到后来的结果。到任以后，他一如既往地励精图治，根据他对绍兴府社会现实的了解，向朝廷上疏，指出州县官吏危害农民的六件大事。此六事中，现所知者有二：一是通过钱与粮的“折变”，抬高粮价勒索农民多交钱款；二是多要粮钱横征暴敛。这些问题的提出有利于社会安定与齐心北伐。除政绩之外，这一时期还有三件与文坛有关的大事值得一提。一是创建与歌咏“秋风亭”，与姜夔、张镃等词人相互唱和。辛弃疾在嘉泰三年六月到会稽赴任后，不久修秋风亭成。他在《汉宫春·会稽秋风亭观雨》一词中，借登临之机歌颂禹王及汉武的英雄业迹，对中原未得恢复深为慨叹。姜夔有两首《汉宫春》和词，一为“次韵稼轩”，一为“次韵稼轩蓬莱阁”，丘密、张镃也均有和词。第二是与刘过会晤。刘过爱国抗金，力主北伐，曾写《六州歌头》，对岳飞被害沉痛哀悼，对杀害岳飞的投降派表示极大愤慨。辛对刘早已知名并欣赏其豪

---

① ［宋］黄幹：《勉斋集》，［清］永瑢 纪昀等修纂《文渊阁四库全书》（第1168册），台湾商务印书馆1986年版，第53页。

放词风，曾派人请刘来绍兴。刘因事未来，但却写信并作“效辛体”之《沁园春》一首带给辛弃疾。辛弃疾读后非常高兴，终于把刘请来同游月余。临别赠金为购置田产之用（但刘却作为酒钱用光）。三是结识陆游。陆游比辛年长15岁，时陆游正被诬罢官，家居于绍兴鉴湖三山。两人相见如故，甚为投契。是年冬辛弃疾被召赴临安前，还特意到三山与陆游话别。陆游写了一首七古《送辛幼安殿撰造朝》，对辛弃疾评价甚高，对其被投闲置散深表同情，希望辛弃疾入朝后能施展平生抱负，完成北伐复国的大业。

嘉泰四年（1204）正月，宁宗赵扩召见辛弃疾。辛弃疾陈述“金国必乱必亡”的信心，同时也强调必须打有准备之仗。辛弃疾再次被起用，显然与韩侂胄有关。韩主张北伐，辛弃疾一生宏愿实现的时机，所以他支持韩北伐是很自然的事情。这年四月，辛被任为镇江知府，到任后便积极备战。这时他写下了《永遇乐》（“千古江山”）、《南乡子・登京口北固亭有怀》（“何处望神州”）、《生查子・题京口郡治尘表亭》（“悠悠万世功”）等名篇。但不久又有人诬陷辛弃疾，打击接踵而来。辛弃疾先是被调为隆兴知府，后又因谏官司弹劾而撤回。辛弃疾怀着满腔悲愤回到铅山。开禧二年（1206）五月，北伐战争开始，双方互有胜负，但宋军很快暴露出其腐败与准备不足。为挽回败局，韩侂胄又任辛弃疾为绍兴知府兼两浙东路安抚使，辛弃疾未予接受。十二月，再任辛弃疾为江陵知府并先赴临安奏事，奏事后留任兵部侍郎。辛弃疾因身心交瘁辞而不受，返回铅山。第二年（1207）九月十日，辛弃疾抱恨与世长辞，但临终时高呼“杀贼”数声，才停止了呼吸。

辛弃疾的一生是爱国的一生。他不仅是伟大的词人，也是一个兼具文才武略的英雄豪杰。他在抗金复国这一时代主潮中，始终站在浪峰上高举爱国旗帜，坚持正确主张，至死不渝。因此，他留下的600余首词也始终激荡着强烈的时代音响，并以思想与艺术的完美结合而登上词史的高峰。有《稼轩集》《稼轩词》《稼轩长短句》，存词626首，孔凡礼《全宋词补辑》3首。

二、视界的转换：于唐宋诸大家外别立一宗

“稼轩体”是辛弃疾词值得重视的一种称谓。这一称谓之所以特别值得重视，是因为它强调了这样一个事实，即辛弃疾40余岁以前的作品已被尊为“体”。“稼轩体”的提出，还为辛弃疾所喜。不仅如此，当我们今天从历史的角度对“稼轩体”进行新的审视时，还可发现其中有很多深刻的蕴含尚待发掘。

最早推尊“稼轩体”的是范开。范开编刊《稼轩词甲集》成书于淳熙十五年（1188）正月，时稼轩正被迫于上饶家居，年49岁（因编印刊行至少需一年以上时间，故暂定集中所收作品均作于48岁以前）。范开是稼轩门人，对稼轩词有深刻体会，他把自己学词所得与研究成果写入《稼轩词序》，这是研究稼轩词最早、最可靠的文献资料。《序》中详尽阐述稼轩词之为体的特点和成因。第二个推尊“稼轩体”的是晚辛14岁的刘过。刘在稼轩晚年被起用为知绍兴府时，曾以“效辛体”之《沁园春》（“斗酒彘肩”）相赠。“辛得之大喜，致餽数百千，竟邀之去，馆燕弥月”“赒之千缗。”[①]第三人是晚辛27岁的戴复古。戴在《望江南》中说：“诗律变成长庆体，歌词渐有稼轩风。”“风”即“体”，二者可以互易。第四人是稼轩去世67年后举进士的蒋捷。他在

① ［宋］岳珂：《桯史》，中华书局1983年版，第23页。

《水龙吟》题注中说："效稼轩体，招落梅之魂。"以上是见诸文字的南宋词人对"稼轩体"的推尊与体认。

同样，稼轩也推尊他人为"体"。在稼轩词中，自注效体之作约有六次（仅限于词体而言，效其他诗体者不在其内）。如"效白乐天体"（《玉楼春》）、"效花间体"（《唐河传》）、"效李易安体"（《丑奴儿》）、"效朱希真体"（《念奴娇·赋雨岩》）、"效介庵体"（《归朝欢》"山下千林花太俗"）、"效赵昌父体"（《蓦山溪》"饭疏饮水"）等。上述作品多出现于范序撰述的同时或稍后，如"效李易安体"与"效朱希真体"即写于1187年（稼轩词编年主要依邓广铭《稼轩词编年笺注》[1]）。这说明辛弃疾的创体意识是很强的，他尊重同好，善于学习，广采博收，丰富自己，为写出有艺术个性的作品，为攀登词史高峰做充分准备。这还说明，在推尊他体的同时，"稼轩体"也由此得以在相互比较中愈加突出。

什么是"稼轩体"？范开序文对此有生动的描述与分析：

> 虽然，公一世之豪，以气节自负，以功业自许，方将敛藏其用以事清旷，果何意于歌词哉，直陶写之具耳。故其词之为体，如张乐洞庭之野，无首无尾，不主故常；又如春云浮空，卷舒起灭，随所变态，无非可观。无他，意不在于作词，而其气之所充，蓄之所发，词自不能不尔也。其间固有清而丽、婉而妩媚，此又坡词之所无，而公词之所独也。[2]

① 邓广铭：《稼轩词编年笺注》（增订本），上海古籍出版社 1993 年版。

② 范开：《稼轩词序》，施蛰存主编《词籍序跋萃编》，中国社会科学出版社 1994 年版，第 199 页。

这一段话有三层意思。第一层论述“稼轩体”形成的原因，说明辛弃疾乃一世之英豪，他的人格与理想主要体现在爱国抗金的“气节”与重整河山的“功业”方面，本来无意于歌词的创作，只是因为壮志难酬，不得其用，才把词当成陶情写忧的一种手段。第二层是描述“稼轩体”的特点。第三层分析“稼轩体”风格之多样化。这段话，文笔简练，语言形象，科学分析中又注满了情感，内容十分丰富。这里，我们侧重的是“其词之为体，如张乐洞庭之野”一句。“张乐洞庭”乃文中关纽，语出《庄子·天运》：“北门成问于黄帝曰：‘帝张咸池之乐于洞庭之野’，帝曰：‘……其声能短能长，能柔能刚；变化齐一，不主故常。’”①《礼记·乐记》：“咸池，备矣。”郑玄注云：“黄帝所作乐名也，尧增修而用之。咸，皆也；池之言施也，言德之无不施也。”②范开正是用此典故来形容“稼轩体”的博大精深、思想超妙、刚柔兼具、众体皆备、变化无常、优美丰富。序文在阐释“稼轩体”之前，开篇就点出胸襟志意与歌词之间的关系，并作为这篇序文的逻辑起点：“器大者声必闳，志高者意必远。知夫声与意之本原，则知歌词之所自出。是盖不容有意于作为，而其发越著见于声音言意之表者，则亦随其所蓄之浅深，有不能不尔者存焉耳。”③序文在分析“稼轩体”风格多样化的同时，还指出“稼轩体”与东坡词之间的承传关系以及各自的特点，实已点

---

① ［清］郭庆藩：《庄子集释》（第2册），中华书局1961年版，第501—504页。

② 《汉魏古注十三经》（上册），《礼记》，中华书局1998年版，第135页。

③ 范开：《稼轩词序》，施蛰存主编《词籍序跋萃编》，中国社会科学出版社1994年版，第199页。

出“稼轩体”集歌词创作之大成的历史地位。虽然范开的序文仅据“稼轩体”前期作品得出上述结论，稼轩后期作品较前期更为丰富深刻，风格也有发展变化，但序中所论及之内容，仍可概括“稼轩体”的全貌。所以，辛弃疾同意了范开序言所作的分析与描述。

辛弃疾同意范序的描述，还可从稼轩词中多次出现“张乐洞庭”这一事典中看出端倪。在现存稼轩编年词中，最早出现“张乐洞庭，湘灵来去”之句的《水龙吟》，作于1187年，即《稼轩词甲集》刊成之前一年。《水龙吟》有一小序说：“题雨岩。岩类今所画观音补陀，岩中有泉飞出，如风雨声。”在这首词里，词人用“洞庭张乐”来形容难以言传的自然音籁以及生自内心的审美怡悦。是范序受此词影响，还是辛词据范序发挥？已难判断。但就辛、范二人关系而言，也许这两种可能性同时存在。10年以后，词人在另两首词中再用此典。一是《贺新郎·用韵题赵晋臣敷文积翠岩》有句：“对东风、洞庭张乐，满空箫勺”；一是《千年调·左手把青霓》有句：“钧天广乐，燕我瑶之席”。但是更值得注意的是另首《贺新郎》，作于范序刊行后之第二年（1189）春。这首词与前引诸词不同，因是以词论诗，故别饶韵味。全词如下：

细把君诗说。怅余音、钧天浩荡，洞庭胶葛。千丈阴崖尘不到，惟有层冰积雪。乍一见、寒生毛发。自昔佳人多薄命，对古来、一片伤心月。金屋冷，夜调瑟。　　去天尺五君家别。看乘空、鱼龙惨淡，风云开合。起望衣冠神州路，白日销残战骨。叹夷甫、诸人清绝。夜半狂歌悲风起，听铮铮、阵马檐间铁。南共北，正分裂。

这首词的词题是“用前韵送杜叔高”。“前韵”即前面辛弃疾生平中已提及的与陈亮唱和的《贺新郎》韵。继陈亮之后，杜叔高又来访辛弃疾，临别作此词以赠。“杜叔高”，名斿，浙江金华人。弟兄五人均博学能文，人称“金华五高”。陈亮在《复杜仲高书》中，评价叔高的诗：“如干戈森立，有吞虎食牛之气；而左右发春妍以辉映于其间。此非独一门之盛，盖亦可谓一时之豪矣。”（陈亮《龙川文集》卷十九）[①] 稼轩此词实际上就是对陈亮评语的补充、深化。这首词一开始便醒明题旨：“细把君诗说。”即仔细全面地评说杜叔高的诗。但起拍过后，并不直说，而是拷虚作实，把深刻的道理化作活泼生动的形象，使人如置身于可闻、可见、可感的艺术氛围之中。先说诵杜叔高诗就如同听一曲优美的仙乐，苍茫寥廓，余音浩荡；又说读其诗就像看一幅逼真的冰雪图，千丈阴崖，层冰积雪，使人毛发生寒；再说其诗如失意佳人，金屋冷落，对月调瑟，如泣如诉。下片从说杜诗转论“南共北，正分裂”的时代悲剧。当此风云开合之际，不仅杜叔高难以展翅高飞（自己也被长期投闲置散），甚至连“白日销残战骨”的现实也为清谈之辈视而不见，国家命运可想而知矣。于是悲从中来，禁不住引吭高歌，与飒飒悲风、铮铮铁马（悬于屋檐间的铁片）交织在一起，成为抗金复国，壮志难酬，气势雄浑的交响乐。

这是一篇形象化的诗论。在“稼轩体”出现之前极为罕见。

① 《陈亮集》（下册），中华书局1974年版，第269页。

这首词虽是论杜叔高的诗，颂其人、感其事，但也不妨看作是词人在申说自己的词学主张与审美倾向。说诗，也就是在说词，说“稼轩体”。

从范开所作词序，联系到稼轩以词论诗，可以看出，“稼轩体”确实是他人“之所无而为公之所独也”。[①] 然则，“稼轩体”的特色究竟表现为何呢？简而言之，即雄豪、博大、隽峭。当然，这六个字很难完全概括“稼轩体”的特色，因为其作品的丰富蕴含远比此六字能表达得复杂。但就“稼轩体”的主导方面而言，就其与众多词人不同的独创特色而言，这六个字似乎可以把“稼轩体”同其他词人明白无误地区别开来了。所谓“雄豪”，并非简单地作雄言豪语，而常常是寄雄豪于悲婉之中。所谓“博大”，也非一味地宏博浩大，而常常是展博大于精细之内。同样，所谓“隽峭”，即行隽峭于清丽之外。

雄豪，是说词人把天下大事、家国兴亡，以及一个“老兵”的爱憎和沙场争战的气度、胸襟、精神都纳入词的审美范畴，成为“稼轩体”的主旋律。“一切能永存的艺术作品，是用时代的本质铸成的。艺术不是独自一人进行创作。他在创作中反映他的同时代人的心情，整整一代人的痛苦、热情和梦想。”[②]“稼轩体”正是把词人极其复杂的体验与感受和同时代人的心情，“整整一代人的痛苦、热情和梦想”熔铸在一起：“莫望中州叹黍离。元和圣德要君诗。”“谁筑诗坛高十丈。直上。看君斩将更搴旗。”（《定风波》）在词人被剥夺统兵权之后，他所拥有的只有笔了：

---

① 范开：《稼轩词序》，施蛰存主编《词籍序跋萃编》，中国社会科学出版社 1994 年版，第 199 页。

② 罗大冈：《罗曼·罗兰这样说》，《读书》1990 年 3 期。原文见罗曼·罗兰著《母与子》法文版，第 914 页。

“须作猬毛磔，笔作剑锋长。”（《水调歌头·席上为叶仲洽赋》）但是，在词人生活的那个时代，美好的希望经常是和无情的毁灭交织在一起的。从辛弃疾的起用与归隐的几次反复，乃至最后以希望被彻底毁灭而告终的一生中，就可得到最好的说明。但是，辛弃疾从来没有放弃他的理想与信念，也从未放弃为实现理想而进行的斗争。他从不曾认真地承认自己的失败，即使在第二次归隐时期也是如此，这正是悲剧之所在。这就是“稼轩体”以及稼轩独特词风产生的根本原因。在“稼轩体”里，雄豪与悲婉并存，寓悲婉于雄豪，雄豪涵盖悲婉，这就形成了“稼轩体”雄豪悲壮的词风。这从“稼轩体”两种不同类型的作品中即可清晰地辨认出来。先看作为“壮词”的《破阵子》：

醉里挑灯看剑，梦回吹角连营。八百里分麾下炙，五十弦翻塞外声。沙场秋点兵。　马作的卢飞快，弓如霹雳弦惊。了却君王天下事，赢得生前身后名。可怜白发生。

词题为“为陈同甫（亮）赋壮词以寄之”。时间已不可详考，一般附于辛、陈《贺新郎》唱和之后。绍熙元年（1190）冬，陈亮再次遭迫害入狱，得辛多方挽救方幸免于死。这首词可能就是寄给陈亮以示鼓励的。正因如此，全词充满金石之音，风云之气。词以作者当年起义抗金的战斗生活为基础，描绘整军校阅、沙场驰突的战斗画面，气势雄浑，情辞慷慨。前九句写得何等雄伟、壮阔、美好！但结拍“可怜白发生”一句，却将美好希望击得粉碎，雄豪陡然化为悲凉。再看另首作为“婉词”的《摸鱼儿》：

> 更能消、几番风雨。匆匆春又归去。惜春长恨花开早，何况落红无数。春且住。见说道、天涯芳草迷归路。怨春不语。算只有殷勤，画檐蛛网，尽日惹飞絮。
>
> 长门事，准拟佳期又误。蛾眉曾有人妒。千金纵买相如赋，脉脉此情谁诉。君莫舞。君不见、玉环飞燕皆尘土。闲愁最苦。休去倚危栏[①]，斜阳正在，烟柳断肠处。

词序交代了写词的历史背景："淳熙己亥（1179），自湖北漕移湖南，同官王正之置酒小山亭，为赋。"这首词继承屈原《离骚》的传统，用男女之情来隐喻现实斗争，表达词人对时局的关切，抒发忠而见谗与爱国壮志难酬的愤懑之情。表面看，这首词写得幽约婉转、曲折尽致，实际上却外柔而内刚，字里行间流注着雄豪之气。陈廷焯评曰："词意殊怨。然姿态飞动，极沉郁顿挫之致。起处'更能消'三字，是从千回万转后倒折出来，真是有力如虎。"（《白雨斋词话》卷一）[②]正是这些词发出了山呼海啸、震地动天般的时代音响，撞击着西湖之滨乃至江南半壁河山的万户千门，使那些高踞于庙堂之位的达官，沉醉于温柔之乡的显贵，遁迹于山林之中的隐士，蛰居于象牙之塔的高人以及对中原战场的骸骨不屑一顾的人们大吃一惊。"词家争斗秾纤，而稼轩率多抚时感事之作，磊落英多，绝不做妮子态。"（毛晋《稼

① "栏"《全宋词》作"楼"，此处从邓广铭：《稼轩词编年笺注》，上海古籍出版社 1978 年版，第 55 页。

② 唐圭璋：《词话丛编》（第 4 册），中华书局 1986 年版，第 3793 页。

轩词跋》)[①]在“东南妩媚，雌了男儿”(陈人杰《沁园春》词序引友人词语)的时代氛围中，“稼轩体”的雄风豪气，多么难能可贵!

博大，指“稼轩体”生机洋溢，包罗万有。任何题材，一经其手便能生气远出，万花竞春。周济所说的“辛宽姜窄”[②]，即是在这方面对辛弃疾与姜夔作的比较。姜夔词有一定深度，但与博大则相去甚远。当然，稼轩词并不缺少深度与力度，所以周济又说：“稼轩勃郁，故情深。”[③] 辛弃疾晚年到镇江赴任，当地学者刘宰热诚欢迎并在《贺辛待制知镇江》中把他比作张良与诸葛亮，“敢因画戟之来，遂贺舆图之复”，并说他的词内容丰富，“驰骋百家，搜罗万象”。(刘宰《漫堂文集》卷十五)[④] 陈廷焯在《云韶集》中评价说：“词至稼轩，纵横博大，痛快淋漓，风雨纷飞，鱼龙百变，真词坛飞将军也。”[⑤]这已包含有博大与精细相结合之意。邓广铭说得更为具体：“其题材之广阔，体裁之多种多样，用以抒情，用以咏物，用以铺陈事实或讲说道理，有的‘委婉清丽’，有的‘秾纤绵密’，有的‘奋发邀越’，有的‘悲歌慷慨’，其丰富多彩也是两宋其他词人的作品所不能比

---

① 施蛰存：《词籍序跋萃编》，中国社会科学出版社 1994 年版，第 202 页。

② 周济：《宋四家词选目录序论》，见唐圭璋编《词话丛编》(第 2 册)，中华书局 1986 年版，第 1644 页。

③ 周济：《介存斋论词杂著》，见唐圭璋编《词话丛编》(第 2 册)，中华书局 1986 年版，第 1634 页。

④ [清]永瑢　纪昀：《文渊阁四库全书》(第 1170 册)，台湾商务印书馆 1986 年版，第 468 页。

⑤ [清]陈廷焯　屈兴国：《白雨斋词话足本校注》(上册)，注[二]，齐鲁书社 1983 年版，第 92 页。亦[清]陈廷焯撰，孙克强、杨传庆点校整理《〈云韶集〉辑评》(之一)，《中国韵文学刊》2010 年第 3 期。

拟的。"[①]这段话不仅讲到"稼轩体"题材、体裁的丰富多样，同时还论及稼轩词风的多样性。多样纷呈也就是博大，而这博大的一切又往往与微观的体察，细节的捕捉，动态的刻画，层次的精心安排结合在一起。正如谢章铤在《赌棋山庄词话》中所说的那样："学稼轩，要于豪迈中见精致。"[②]"稼轩虽接武东坡，而词之组织结构有极精者，则非纯任自然矣。"（蔡嵩云《柯亭论词》）[③]"以文为词者，直由兴酣落笔，恃才自放，及其遵敛入范，则精金美玉，毫无疵类可指矣。"（汪东《唐宋词选》评语）以上所说，即展博大于精细之内。在此，我们自然联想到李清照强调的"精妙"二字。不仅如此，"稼轩体"还做到了内容与形式的完美结合，体大而思精。通过《满江红》《念奴娇》《水龙吟》《贺新郎》《沁园春》《永遇乐》《水调歌头》《木兰花慢》这些长调词牌，有效地烘托出时代气氛，展现出"稼轩体"的特殊韵味，为后世提供了足资吸取的艺术经验。

隽峭，主要指语言、用典及意象而言。"隽"即隽永、隽逸、隽爽、隽谐、隽洁；"峭"即峭拔、峭丽（含俏丽）、峭瘦。这二者完美结合，既可烘托"钧天浩荡"，又能描摹"层冰积雪"，同时还可状"佳人薄命"。[④]"稼轩体"把东坡开创的语言风格推向新的高度。"词至东坡，倾荡磊落，如诗如文，如天地奇观，岂与群儿雌声学语较工拙；然犹未至用经用史，牵雅颂入

---

① 邓广铭：《稼轩词编年笺注》，《论辛稼轩及其词》，上海古籍出版社1978年版。

② 唐圭璋：《词话丛编》（第4册），中华书局1986年版，第3330页。

③ 唐圭璋：《词话丛编》（第5册），中华书局1986年版，第4902页。

④ 所引词句均见辛弃疾词《贺新郎》（细把君诗说），《全宋词》（第3册），中华书局1999年版，第2439页。

郑卫也。”（刘辰翁《稼轩词序》）[1]所谓“牵雅颂入郑卫”，即用《诗经》中《雅》诗、《颂》诗的语言同《国风》（特别是《郑风》《卫风》）的语言风格相融会，也就是我们所标举的“隽”与“峭”两个方面的交融贯通。刘辰翁还补充说：“及稼轩横竖烂漫，乃如禅宗棒唱，头头皆是；又如悲笳万鼓，平生不平事并卮酒，但觉宾主酣畅，谈不暇顾。词至此亦足矣。”[2]对此，吴衡照说得更为具体：“辛稼轩别开天地，横绝古今，《论》《孟》《诗小序》、左氏《春秋》《南华》《离骚》《史》《汉》《世说》《选》学、李杜诗，拉杂运用之，弥见其笔力之峭。”（《莲子居词话》）[3]仅“稼轩体”的语言，就有英雄语、妩媚语、闲适语、俳谐语、清丽语、悲凉语、俊语、理语、瘦语、大本领大作用人语之说。

其次，大量使用典故已成为“稼轩体”主要特征之一。这一点虽也招致“掉书袋”之讥，但总体上已达到“体认著题，融化不涩”的高水平。在“稼轩体”中，典故是传达作者是非感与爱憎感的信息符号，是表达词人独特审美具象的焦点，是扩宽艺术时空的放大镜，是增强意蕴辐射，以少胜多的浓缩剂，是音乐旋律中增高与延长以使人回味无穷的音符。于是，典故便可以使历史、现实、社会与读者在其意蕴逐次敞显的过程中产生共鸣。如其名篇《贺新郎》：

绿树听鹈鴂。更那堪、鹧鸪声住，杜鹃声切。啼到春归无寻处，苦恨芳菲都歇。算未抵、人间离别。

---

① 施蛰存：《词籍序跋萃编》，中国社会科学出版社 1994 年版，第 201 页。

② 施蛰存：《词籍序跋萃编》，中国社会科学出版社 1994 年版，第 201 页。

③ 唐圭璋：《词话丛编》（第 3 册），中华书局 1986 年版，第 2408 页。

马上琵琶关塞黑，更长门、翠辇辞金阙，看燕燕，送归妾。　将军百战身名裂。向河梁、回头万里，故人长绝。易水萧萧西风冷，满座衣冠似雪。正壮士、悲歌未彻。啼鸟还知如许恨，料不啼、清泪长啼血。谁共我，醉明月。

词序说："别茂嘉十二弟。鹈鴂、杜鹃实两种，见离骚补注。"茂嘉是辛弃疾族弟，因事被贬，写此赠之。这不是一般的送别词，而是提到生离死别这一高峰体验上来写的。篇中叠用四个典故，前两个是历史上薄命女子（昭君出塞与庄姜送归妾），后两个用失败的英雄（李陵送苏武与荆轲别燕丹）。这些典故都与家国兴亡密切相关，故此词所写已远远超出弟兄之情，而是织进了辛弃疾兄弟自身的悲剧意识与南宋当时日益弥漫开来的悲剧感。开篇用鹈鴂、杜鹃、鹧鸪的悲鸣渲染悲剧气氛，继之用"算未抵、人间离别"略作推宕，随即跌出四个与生离死别相关的悲剧性典故，从现实向历史时空拓展，使现实中啼鸟的悲鸣与历史回声中的琵琶声、击筑声、悲歌声、涕泣声交织在一起。最后用"啼鸟还知如许恨，料不啼、清泪长啼血"与开篇相照应，并以一"血"字将悲音提到无以复加的高度，其中还杂入词人的悲慨（包括结拍以景结情"谁共我，醉明月"）。于是这首词便成为历史、现实与大自然的和声共振，仿佛整个宇宙都在同声悲泣。所以，这首词不是用文字写成的，而是用历史的血泪与现实的血泪写成的。陈廷焯说："稼轩词自以《贺新郎·别茂嘉十二弟》一篇为冠。沉郁苍凉，跳跃动荡，古今无此笔力。"（《白雨斋词话》卷一）[1] 从这首词的艺术效果，可以看出“稼轩体”用典的特色及其成功的原因。虽然初学者未必一读此词便能全部明了四个典故所有的内涵，但是通过工具书与相关典籍的查检阅读加上反复涵咏，不仅典故的原始意义能昭然在目，甚至还能体味到进入词的整体网络中所产生的新的意蕴，使陈旧的典故具有无可估量的增殖效应。陈廷焯在《词坛丛话》中说：“‘稼轩体’运典虽多，而其气不掩，非放翁所及。”[2]这首词的四个典故蝉联而下，一气贯注，甚至完全消泯了上下片之间的自然分割，其自然流畅与一泻如注的气势，也为其他人的词所罕见。这就是“其气不掩”。

再次，是词汇与意象的使用已与传统婉约词有明显差别。稼轩词中出现的历史人物是婉约词中极为罕见的，即使在豪放词人当中也罕有其匹。如孙叔敖、廉颇、刘邦、韩信、张良、马援、李广、刘备、曹操、诸葛亮、孙权、陈登、辛毗、谢安。文学家有庄子、屈原、司马迁、司马相如、陶渊明、李白、杜甫、韩愈、苏轼等。稼轩词中的物象也随之有很大变化，婉约词中难得一见的长鲸、鹏翼、天马、长剑、刀、马、弓、弦、箭等反复出现。其中，仅“马”字就出现近50次。这些物象词语，在“稼轩体”中荷载和传递着特殊的情绪与特殊的信息，可以看成是“稼轩体”的“情结指示器”。例如，稼轩词中“马”字的反复出现，或许正是作者被废置不用而又无时不在企盼跃马杀敌这一“抗金情结”的自然流露。总之，“稼轩体”的语言在两宋词人中是最为丰赡多彩的，其主导风格是隽峭，但又能寓清丽于隽峭之中，或行隽峭于清丽之外，变化繁富。

---

① 唐圭璋：《词话丛编》（第4册），中华书局1986年版，第3791页。

② 唐圭璋：《词话丛编》（第4册），中华书局1986年版，第3724页。

要之，“稼轩体”很少有歌功颂德、粉饰太平、阿谀逢迎之作，却多写金戈铁马、虎帐谈兵、抚时感事、悲壮苍凉之慨；“稼轩体”也很少有秦楼楚馆、月媚花羞、嚼蕊吹香、搓酥滴粉的描绘，却大有吞吐八荒、胸罗万象、登高望远、别开天地之势；“稼轩体”很少有珠圆玉润与富艳精工的追求，却拥有雄深雅健、妩媚多姿、横竖烂漫、神骏风流的高韵。

“稼轩体”的出现，完成了词史上视界的转换，弥补了此前歌词创作之不足。这种转换与弥补主要体现在两个方面：从审美方面完成了从以阴柔为美的婉约词向以阳刚为美的豪放词的转换；从题材内容方面完成了向“言志”这一古老诗歌传统的复归。所谓“转换”，是说“稼轩体”继承与弘扬了东坡词与南渡词人的传统，开创了婉约词与豪放词长期并存的历史新格局；所谓“复归”，当然不是简单的重复，而是在审美感兴的高峰体验这一层次上，使“缘情”与“言志”水乳交融、美妙结合，既保有词体所独具的深美闳约、幽窈馨逸，又贯注了中华民族至大至刚的堂堂正气。“稼轩体”终于以“异军特起”之姿，“于唐宋诸大家外”“屹然别立一宗”。(《四库全书总目提子·稼轩词》与冯煦《宋六十一家词选·例言》)[①]人们之所以尊辛词为“稼轩体”(包括稼轩也同意这一称谓)，其本旨正在于此。

三、灵境的启示：审美最高水平的蓦然回首

体现与体验密切相关。先进的世界观并不等于创作方法，丰

---

① 分别［清］永瑢：《四库全书总目》（下册），中华书局1965年版，第1816～1817页；唐圭璋：《词话丛编》（第4册），中华书局1986年版，第3592页；［清］永瑢：《四库全书总目提要》（下册），中华书局1965年版，第1817页。

富的生活体验以及与时代主潮、与社会进步合拍的思想感情并不能直接转化为艺术形象，艺术创作还必须通过审美这一中介。对“稼轩体”来说，情形也是如此。“稼轩体”中雄豪、博大、隽峭三者和谐统一的高水平作品，并不是辛弃疾先进正确的政治军事思想的直接产物，而是与词人审美感兴的高峰体验联系在一起的。所谓高峰体验，简单说来就是审美感兴中的最高层次与最高境界。王国维说：“古今之成大事业、大学问者必经过三种之境界。‘昨夜西风凋碧树，独上高楼，望尽天涯路’，此第一境也。‘衣带渐宽终不悔，为伊消得人憔悴’，此第二境也。‘众里寻他千百度，蓦然回首，那人却在，灯火阑珊处’，此第三境也。”（《人间词话》）[①] 这里所讲，虽字面上只是成就事业与做学问的步骤，但却可以看作是论述审美感兴的三个层次，是王氏审美与艺术创作的有得之言。所以，王氏在上面那段话后面又强调说：“此等语皆非大词人不能道。”[②]“众里寻他”三句，正是辛弃疾《青玉案·元夕》词中“他人不能道”的名句。王氏用此词中语比喻三个境界的最高层次，意虽不在与前两层次所举之晏、柳词一比高下，但认定稼轩词在南宋词中境界最高，已无可怀疑。王氏鄙薄南宋词尽人皆知，唯对稼轩另眼相看，评价甚高：“其堪与北宋人颉颃者，唯一幼安耳。”“幼安之佳处，在有性情，有境界。即以气象论，亦有‘傍素波、干青云’之概，宁后世龌龊小生所可拟耶。”（《人间词话》）[③]

在论述审美感兴问题方面，江顺诒《词学集成》中也辑录过与王国维类似的观点：

---

① 唐圭璋：《词话丛编》（第 5 册），中华书局 1986 年版，第 4245 页。

② 唐圭璋：《词话丛编》（第 5 册），中华书局 1986 年版，第 4245 页。

③ 唐圭璋：《词话丛编》（第 5 册），中华书局 1986 年版，第 4249 页。

夫意以曲而善托，调以杳而弥深。始读之，则万萼春深，百色妖露，积雪纻地，余霞绮天，此一境也。再读之，则烟涛澒洞，霜飙飞摇，骏马下坡，泳鳞出水，又一境也。卒读之，而皎皎明月，仙仙白云，鸿雁高翔，坠叶如雨，不知其何以冲然而淡，翛然而远也。（《蔡小石拜石词序》见《词学集成》卷七）[①]

在引完这段话后，江顺诒加案语评之曰："始境，情胜也；又境，气胜也；终境，格胜也。"[②]宗白华对此又作进一步阐释，认为"始境"是"直观感相的模写"，"情胜"的"情"，是"心灵对于印象的直接反映"。"又境"则是"活跃生命的传达"，"气胜"的"气"，就是"'生气远出'的生命"。至于"终境"，则是"最高灵境的启示"，"格胜"的"格"，便是"映射着人格的高尚格调"。（宗白华《中国艺术意境之诞生》）[③]《拜石词序》从阅读鉴赏的审美着眼，与一般审美感兴过程相通，所以江、宗二氏才从审美特性与审美过程予以点评、发挥。细按《序》中之"始境"，虽然写得缤纷多彩，但整体处于静止状态，不外是客观形象的直观描摹，句里着情，但却很难说是"情胜"，似以"物境"名之始佳。这与叶嘉莹"兴发感动"的三层次论颇为接近。叶氏认为"兴发感动"的第一个层次是"美感的感知"，对所叙景物多作"客观的描摹"，只"属于官能的触

① 唐圭璋：《词话丛编》（第4册），中华书局1986年版，第3293页。
② 唐圭璋：《词话丛编》（第4册），中华书局1986年版，第3293页。
③ 宗白华：《艺境》，北京大学出版社1987年版，第155页。

引”。[①]“又境”气象飞动，有情感之流强烈贯注其间，确乎是活跃生命的传达，具审美意境之感兴，故以“情境”（或“意境”）称之较为准确。叶氏认为这第二层次是“情意之感动”“盖多属于主观之感情”，即所谓“感情的触动”。而“终境”乃境之极致，宏阔旷远，于冲淡和平中别具一番凄婉之思，隐然有生命、历史乃至宇宙哲理之神味蕴蓄其中，颇有可以意会而不可言传之幽情远韵。宗氏谓其为“最高灵境的启示”，即本书所说的审美感兴中的“高峰体验”。江氏名之曰“格胜”，其中自然反映出稼轩人格的高尚，但又非“格”所能完全包容。叶氏称第三层次为“感发之意趣”，是“在官能的感知及情意的感动以外，更别具一种属于心灵上的触引感发的力量”。这应当说就是审美的“终极层次”。所谓“终极层次”，也并非神秘莫测，它只不过是人类审美体验中所能达到的一种与生命、历史和宇宙相关的最高感悟而已。在人类文学艺术史上，那些出类拔萃的人物已经达到并创造出“非大词人不能道”的境界，也就是终极层次的高峰体验。如上节所引《贺新郎》（“绿树听鹈鴂”）中所达到的“历史、现实与大自然的和声共振”，便是这种审美高峰体验的艺术结晶。

在“稼轩体”中，词人的高峰体验种类繁多，极其丰富。但一般而言，约可分为三种类型，即常态型、偶发型与深求型。

在中国诗歌史上，常态型高峰体验往往同登高望远联系在一起。自身所处之高，才识怀抱之高，想象神驰之高往往与审美体验之高相互作用。所谓“升高必赋”“登高赋新诗”，就是从这一“升”一“登”中获得某种启示、某种升华、某种灵感、某种

---

① 缪钺 叶嘉莹：《灵谿词说》，上海古籍出版社 1987 年版；叶嘉莹：《迦陵论词丛稿》，上海古籍出版社 1980 年版。

超越，于是发为吟咏。荀子说："吾尝跂而望矣，不如登高之博见也。登高而招，臂非加长也，而见者远。"（《劝学》）讲的虽然是学习，但却与高峰体验的道理相通。诗词的雄豪博大原本与高峰体验密切相关。沈德潜说："予于登高时，每有今古茫茫之感。"（《唐诗别裁》卷五）[①]这是对陈子昂《登幽州台歌》的评语，是联系个人审美体验的有得之言。虽然《登幽州台歌》只有短短四句，但却涵盖了古今的变易，宇宙的苍茫，具有深刻的哲思，成为千古名篇。"登高壮观天地间，大江茫茫去不还。"（李白《庐山谣寄卢侍御虚舟》）"花近高楼伤客心，万方多难此登临。"（杜甫《登楼》）"城上高楼接大荒，海天愁思正茫茫。"（柳宗元《登柳州城楼》）"不畏浮云遮望眼，自缘身在最高层。"（王安石《登飞来峰》）这些名篇佳句，就都具灵境的启示，是高峰体验之所得。正如钱钟书所说："囊括古来众作，团词以蔽，不外乎登高望远，每足使有愁者添愁而无愁者生愁。"[②]这一概括，精彩而又准确。

但是，这类独具"古今茫茫之感"的体验，从词体初兴直至北宋前期几乎绝迹，只在李白、李璟、李煜、冯延巳、鹿虔扆、李珣、范仲淹、王安石、欧阳修的个别作品中保留有不同程度的遗响，至苏轼而有所光大。在南宋词坛初期，岳飞的《满江红》有进一步的发扬。至"稼轩体"的出现，才在"皎皎明月，仙仙白云，鸿雁高翔，坠叶如雨"这一境界之外，另拓一"大声鞺鞳，小声铿鍧，横绝六合，扫空万古，自有苍生以来所无"（刘克庄《辛稼轩集序》，《后村大全集》卷九十八）[③]的浑涵苍莽、雄豪悲

① 沈德潜：《唐诗别裁》，商务印书馆 1958 年版，第 31 页。

② 钱钟书：《管锥编》（第 3 册），中华书局 1979 年版，第 876 页。

③ 钱钟书：《管锥编》（第 3 册），中华书局 1979 年版，第 876 页。

壮的灵境。下面试举三首“稼轩体”中不同历史时期有关登临的作品加以说明。这三首词，内容各异，重点不同，但其体验却大体相近。先看第一首《念奴娇·登建康赏心亭呈史致道留守》：

我来吊古，上危楼、赢得闲愁千斛。虎踞龙盘何处是，只有兴亡满目。柳外斜阳，水边归鸟，陇上吹乔木。片帆西去，一声谁喷霜竹。　　却忆安石风流，东山岁晚，泪落哀筝曲。儿辈功名都付与，长日惟消棋局。宝镜难寻，碧云将暮，谁劝杯中绿。江头风怒，朝来波浪翻屋。

此为稼轩早期名作。宋孝宗淳熙五年（1178），主和派史致道[①]知建康府，辛为通判。此时，稼轩已南归七年之久，但身为下僚，只在地方任上调来调去，壮志难申，而统治集团的妥协退让却有增无已。隆兴二年（1164），“隆兴和议”成，宋向金称侄。稼轩针对时局进《美芹十论》，不纳。而今又在史属下为吏，观点难合，主张各异。形势紧迫，国事堪忧。词人登亭，得来的只是“闲愁千斛”。诸葛亮当年形容的“龙盘”“虎踞”早已不知去向，眼前的六朝遗迹破败不堪。西下的“斜阳”，寻巢的“归鸟”，田垄上高大的树木在风中摇晃。江上的孤帆向西行驶，笛声凄厉忧伤。下片，词人仿佛在笛声伴随下进入历史的隧道，似乎看见当年淝水之战的胜利者谢安，面对桓伊弹奏的哀筝而潸然泪下。他把功名事业交给孩子们，自己却在棋局对弈中消

① 史致道早年投机钻营于秦桧父子之门，又善观时以求进，反对北伐。前人多有误认史为抗战派者。参看佟基培《辛弃疾与史正志》，《文学遗产》1982年第4期。

磨时光。继之，词人从梦中醒来：天上没有月亮，地上暮色苍茫；即使有酒，谁能在此时劝你大醉一场？江头狂风怒吼，明晨，所有房屋都将被恶浪掀翻扫光。这首词里出现的已不再是《拜石词序》中那种清明澄澈、冲淡和平、“翛然而远”的画面，而是兴亡满目、慷慨悲凉、无限凄清的境界。色调，灰苍冷暗；气氛，肃杀凶险；意象，频闪荒幻；结构，起伏跌宕；情感，激愤沉郁。这一切，便是词人登亭之后所获得的与“赏心”二字截然相反的体验。“朝来波浪翻屋”一句，并非简单的推理，而是最高灵境的启示，是词人心灵体验在蓦然回首中的升华，是不期而然的一种预感。

再看《水龙吟·过南剑双溪楼》：

> 举头西北浮云，倚天万里须长剑。人言此地，夜深长见，斗牛光焰。我觉山高，潭空水冷，月明星淡。待燃犀下看，凭栏却怕，风雷怒，鱼龙惨。　　峡束沧江对起，过危楼、欲飞还敛。元龙老矣，不妨高卧，冰壶凉簟。千古兴亡，百年悲笑，一时登览。问何人又卸，片帆沙岸，系斜阳缆。

宋光宗绍熙三年（1192），稼轩被迫在带湖闲居近十年之后，再度被起用为福建安抚使。1194年，词人因受主和派诬陷而落职。当他途经南剑州时，免不了要登楼远眺。当他举头一瞥之际，从西北浮云与楼前有关宝剑落水传说的虚实之间，突地萌发一连串审美想象。于是，词人融古今虚实为一体，充分调动知觉心象、记忆心象和想象心象，并以想象心象为核心，完成了这首词极富创造性的构思。词人从“西北浮云”，想到需要扫清这阴霾的万里长剑。这“长剑”不就沉埋在楼下溪水之中吗？是唤醒宝剑的时候了，而且刻不容缓。由是，词人从宝剑的神光直射牛斗，再联及进入水中寻剑时的凶象及重重危殆。下片，峡束沧江，扼激流水，高卧乘凉。一时登览，还有斜阳落山、系帆沙岸等，不仅是现实斗争环境的幻化与活跃生命的传达，而且还辉映着作者高尚人格的光芒。这是最高灵境的敞显和反衬，而不能作浮面的理解，或一概视之为消极思想的流露。

第三首是《永遇乐·京口北固亭怀古》：

> 千古江山，英雄无觅，孙仲谋处。舞榭歌台，风流总被，雨打风吹去。斜阳草树，寻常巷陌，人道寄奴曾住。想当年，金戈铁马，气吞万里如虎。　　元嘉草草，封狼居胥，赢得仓皇北顾。四十三年，望中犹记，烽火扬州路。可堪回首，佛狸祠下，一片神鸦社鼓。凭谁问，廉颇老矣，尚能饭否。

宋宁宗开禧元年（1205），一个66岁的老人，最后一次被起用在知镇江府任上。针对当时宋金对峙的形势，词人有过深思熟虑的战略布局与军事策略构想，并据此而积极备战；但南宋小朝廷偏安日久，人们但知苟安，抗金意志早已消磨殆尽。此时，仓促北伐，不仅难奏事功，且易败坏大局，一切决定于是否有充分准备。韩侂胄之所以起用辛弃疾，是因为他意识到辛是北伐最积极的倡导者之一，但更多的却是借辛弃疾之名以自重。这样，韩能用其人而不能用其策，败局已露端倪。稼轩此时十分担忧，终于写下了这首被誉为“稼轩体”中“第一”（杨慎《升庵诗话》）的名篇。词中用典很多，如上片用孙权与刘裕等历史上的英雄人物，通过对他们的倾慕向往寄托抗金复国的决心。下片借南朝宋文帝刘义隆草率北伐而招致惨败的历史教训，提醒南宋朝廷引为鉴诫，以免重蹈“仓皇北顾”的覆辙。结拍以老将廉颇自喻：如今虽已年迈，一得其用，仍有杀敌报国之决心。用典虽多，但所有典故均与京口的地方特点及用兵北伐这一中心主题密切相关。所以，时地、史实、人物、心境均能浑融一体，在词人的高峰体验中重新敞显、化解、编组、整合成为大气包举、生气远出的审美灵境。全词含蓄深婉，沉郁激壮，不得不言又不能尽言，幽情苦绪，味之无极。

从以上三首词中可以看出，“稼轩体”的高峰体验，大体上是由“一点词心”“两大侧面”“三对矛盾”和“四种手法”完成的。有此四者便可空中起步，实处落脚，纵横排奡，绝处逢生。

所谓“一点词心”，即由抗金情结引发出的正义与邪恶、高尚与卑鄙等矛盾冲突中所获得的丰富体验。“两大侧面”，即虚与实，历史与现实。“三对矛盾”，即远近、大小、存在与虚无（在此仅择其要者而言，诸如奇正、抑扬、开合、工易、宽紧、疏密等艺术辩证关系均可包含其内）。“四种手法”，即抒情、写景、叙事与议论。其中，“一点词心”是统摄全局的核心与灵魂，它执一以驭万，通过审美高峰体验把全词整合成完美统一的艺术场，使最高灵境的启示变成活生生的艺术形象。前人所说的“意统”“神摄”“天启”，大约就是这个意思。“两大侧面”，构成了宏阔的时空框架。“三对矛盾”在时空的框架内进行对立两极的排斥、吸引、斗争、消长、转化，形成持久的张力，即前引《庄子·天运》所说“能短能长，能柔能刚，变化齐一，不主故常”。最后通过“四种手法”将高峰体验凝固成文字荷载的艺术实体。当然，这里是仅就辛词中与高峰体验密切相关的艺术特点作简单概括，不能说是涵盖了他所有不同词风的作品。

在体现“最高灵境启示”方面，《沁园春》（“灵山齐庵赋，时筑偃湖未成”）似更能说明问题。其词如下：

叠嶂西驰，万马回旋，众山欲东。正惊湍直下，跳珠倒溅，小桥横截，缺月初弓。老合投闲，天教多事，检校长身十万松。吾庐小，在龙蛇影外，风雨声中。

争先见面重重。看爽气朝来三数峰。似谢家子弟，衣冠磊落，相如庭户，车骑雍容。我觉其间，雄深雅健，如对文章太史公。新堤路，问偃湖何日，烟水濛濛。

比之前三首，本篇所写无非寻常所见，寻常所闻，是典型的平凡常态生活。然而，词人的审美体验与艺术表现却是多么地不同寻常而又出手不凡！篇中所有文字、意象、境界，全都活蹦乱跳、虎虎有生气。当你一口气读完后，回过头来品嚼，又很难说清哪里是景观，哪里是词人，哪里是古人或抽象的“磊落”“雍容”与“雄深雅健”了。这是一个心灵的境界，是永恒的和谐与完美，个体生命的意义与永恒存在的意义合为一体，进入一种绝对的升华与超脱。我们可以联系稼轩生平思想、性格品德、仕宦浮沉，甚至联系到他第二次被诬陷而回瓢泉隐居的事实，写成长篇分析文字，但这也未必能完全说透此词而进入“达诂”的境界，反而可能因字句落实而减损其浑然一体与无限增殖的韵味。刘熙载说："词之大要，不外厚而清。厚，包诸所有；清，空诸所有也。"[①]这首《沁园春》能代表"稼轩体"的诸多特色，故曰"厚"；但又不见痕迹，故曰"清"。"厚"与"清"的辩证统一也许是了解"稼轩体"的一把"钥匙"。

以上是高峰体验的常态型。下面再谈偶发型。

偶发型常常表现为"蓦然回首"和"陡然一惊"式的体验。这种体验，在前举《破阵子》中即有充分体现。其结拍一句"可怜白发生"，便抖落前九句的壮观与惬意。对此，不能只从填词的运笔和写作技巧方面去理解，而应从审美体验的突发性方面去体味。"陡然一惊，正是词中妙境。"（刘体仁《七颂堂词绎》）[②]这一"惊"，往往就是"灵境"的偶然发现。"文章最妙是此一刻被灵眼觑见，便于此一刻放灵手捉住。"（金圣叹《读第六才子书〈西厢记〉法》）[③]"当其有所触而兴起也，其意、其辞、其句，劈空而起，皆自无而有，随在取之于心，而出为情、为景、为事。"（叶燮《原诗·内篇》）[④]这种发现，在"稼轩体"中所在多有。

在繁星朗照、素月分辉的夏夜，词人徜徉于幽林曲径、田间小路，倾听蝉语蛙鸣，呼吸大自然的温馨，品尝丰收的气息。突然，洒下三两点雨滴，让词人的喜悦突然停顿。然而，在寻觅避雨处的焦灼中，突又获得偶发的惊喜。此见《西江月·夜行黄沙

① ［清］刘熙载：《艺概》，上海古籍出版社1978年版，第120页。

② 唐圭璋：《词话丛编》（第1册），中华书局1986年版，第623页。

③ ［元］王实甫原著［清］金圣叹批改 张国光校注：《金圣叹批本西厢记》，上海古籍出版社1986年版，第14页。

④ 霍松林 杜维沫：《原诗·一瓢诗话·说诗语》，人民文学出版社1979年版，第5页。

道中》：

明月别枝惊鹊，清风半夜鸣蝉。稻花香里说丰年。听取蛙声一片。　　七八个星天外，两三点雨山前。旧时茅店社林边。路转溪桥忽见。

“忽见”时的心情，实可想见。

又如《清平乐·书王德由主簿扇》：

溪回沙浅。红杏都开遍。鸂鶒不知春水暖。犹傍垂杨春岸。　　片帆千里轻船。行人想见欹眠。谁似先生高举，一行白鹭青天。

这是一首题画扇诗，扇上显然已有一幅“红杏春溪图”。根据稼轩词中所写，作画人可能就是王德由主簿。这首词就画面提供的意境进行审美再创造。前片绘景：清溪、红杏、鸂鶒、垂杨，泛泛写来，不过平面点染而已（“春水暖”句已开始深入）。过拍“片帆”两句，寂然而动，忽见情致。及至“谁似先生高举，一行白鹭青天”高情远韵，跃然纸上。原来画意未必如此，但经过词人这一偶发性的审美提高，境界便突有升华。

再看《鹧鸪天·黄沙道中》：

句里春风正剪裁，溪山一片画图开。轻鸥自趁虚船去，荒犬还迎野妇回。　　松菊竹，翠成堆。要擎残雪斗疏梅。乱鸦毕竟无才思，时把琼瑶蹴下来。

词人漫步黄沙道中，正凝神体味，创构新篇，推敲字句，偶一抬头，突然发现眼前展示出一幅锦山秀水的画面。于是词人将这画面中极富动感的部分纳入词中：轻鸥趁船，荒犬迎妇，松菊耸翠，丛竹成堆，它们正小心翼翼地擎着枝头残雪，要与疏梅一比傲雪凌霜的骨气。突然，那庸俗不堪的乱鸦竟把如玉似瑶的残雪踏了下来，诗情画意完全被这偶然的动作破坏了。然而，转念一思，这一破坏又给原已写好的诗情画意增添了一种价值与美感。辛弃疾抗金复国的理想时遭挫折，不也与此处所写有些近似吗？

最后看《生查子·独游西岩》：

> 青山非不佳，未解留侬住。赤脚踏层冰，为爱清溪故。　　朝来山鸟啼，劝上山高处。我意不关渠，自要寻诗去。

习惯于登高望远的词人，如今在赤脚踏冰之际，也能意外地获得美感，获得灵境的启示与无尽的诗情。

以上是偶发型高峰体验。

下面谈深求型。这种高峰体验，以《木兰花慢》最为典型：

> 可怜今夕月，向何处、去悠悠。是别有人间，那边才见，光影东头。是天外，空汗漫，但长风、浩浩送中秋。飞镜无根谁系，嫦娥不嫁谁留。　　谓经海底问无由。恍惚使人愁。怕万里长鲸，纵横触破，玉

殿琼楼。虾蟆故堪浴水，问云何、玉兔解沉浮。若道都齐无恙，云何渐渐如钩。

本篇词序说："中秋饮酒，将旦，客谓前人诗词有赋待月无送月者，因用天问体赋。"可见这首词是仿效屈原的《天问》，围绕与月亮有关的难题，一连提出九问。其中，有的提问本身就含有对问题的回答，如"是别有人间，那边才见，光影东头"。王国维说："词人想象，直悟月轮绕地之理，与科学家密合，可谓神悟。"(《人间词话》)①在这里，"神悟"即最高灵境的启示。此外，《念奴娇·用东坡赤壁韵》("倘来轩冕")与《贺新郎》("凤尾龙香拨")等，皆具深求型高峰体验的特点。

以上说明，"稼轩体"中许多优秀篇章都是词人审美高峰体验的艺术结晶。"稼轩体"不仅以其雄豪、博大、隽峭的词篇于"翦红刻翠"之外"别立一宗"②，而且更以其词之丰富多彩的审美高峰体验而雄踞于两宋词坛的高峰之巅。陈廷焯在《云韶集》(卷二)中说："南宋而后，稼轩如健鹘摩天，为词坛第一开辟手。"在《云韶集》(卷五)中又说："稼轩词上掩东坡，下括刘、陆，独往独来，旁若无人。""词有格，稼轩词若无格；词有律，稼轩词若无律；细按之，格律丝毫不紊。总由才大如海，只信手挥洒，电掣风驰，飞沙走石，直词坛第一开辟手。"③以上两段话，实际上就是他在《白雨斋词话》中所说"辛稼轩，词中之

① 唐圭璋：《词话丛编》(第5册)，中华书局1986年版，第4250页。

② [清]永瑢：《四库全书总目提要》(下册)，中华书局1965年版，第1816页。

③ 转引自[清]陈廷焯 屈兴国：《白雨斋词话足本校注》(上册)，注[二]，齐鲁书社1983年版，第98页。

龙也”[①]一语的根本所在，亦可视作对此语的补充发挥。所谓“第一开辟手”“词中之龙”，就是辛弃疾在词的创作上完全掌握并驾驭了它的内在规律，掌握了主动权，从必然走向了自由。

在前一节中，我们分析了“稼轩体”雄豪、博大、隽峭的特点，还着重指出：寄雄豪于悲婉之中，展博大于精细之内，行隽峭于清丽之外。从前一节的分析到本节分析稼轩词中的“高峰体验”及其三种类型、四项构成要素，都在说明“稼轩体”及其作品的极端丰富性与复杂性。辛弃疾的作品，尤其是他的名篇，绝不能用一个标准、一个尺度或一种色调去作简单化的概括。他的“高峰体验”往往融合有忧、喜、悲、怒、惊等不同感情成分与苦、辣、酸、甜、咸等不同人生况味，而且这些内质色调在作品中交糅互渗，转化整合，从而体现为某一极的优势，呈现于读者面前。对稼轩词用单纯的“豪放”或单纯的“婉约”来概括均难免以偏概全。辛弃疾词是一粒熟透了的鲜红鲜红的五味子。“稼轩体”的审美体验与情感色调是极为丰富也极为复杂的。“我们在艺术中所感受到的不是哪种单纯的或单一的情感性质，而是生命本身的动态过程，是在相反的两极——欢乐与悲伤、希望与恐惧、狂喜与绝望之间的持续摆动过程。”“在每一首伟大的诗篇中——莎士比亚的戏剧，但丁的《神曲》，歌德的《浮士德》……我们确实都一定要经历人类情感的全域。”[②]辛弃疾的作品自然也是如此。下面我们将论述“稼轩体”是怎样通过“生命本身的动态过程”而融入“人类情感的全域”的。

---

① 唐圭璋：《词话丛编》（第 4 册），中华书局 1986 年版，第 3791 页。

② 恩斯特·卡西尔著，甘阳译：《人论》，上海世纪出版集团译文出版社 2003 年版，第 234 页。

四、巅峰的晕圈：震动于当时并光照于后世

有人说，任何独具创造性并值得吾人重视的作家，或广义上称得上诗人的作家都是牺牲者——被某种困惑迷缠着的人。辛弃疾的一生，无疑就是如此。但是，迷缠他的并不是一般性的困惑与追求（如生存、安全、归属和爱以及尊重需求等等），而是时代、民族、国家与自我实现融汇在一起的困惑与追求。

“辛稼轩是一个兼具文才武略的英雄豪杰，如果只把他当作一个杰出的爱国词人看待，那是不够全面的。”邓广铭在详细分析稼轩“军事韬略”后，进一步指出，假如南宋王朝能把他安排在重要的军事决策岗位上，使其发挥长才，这不仅不会影响他的创作，而且“通过这样一些战斗的实践，反倒会使他的歌词内容更充满了高昂激起的情调，对后来广大读者会更富于感染力和鼓舞作用的。”①表面看，这段话不过是一种推断，但其中却蕴含了深刻的道理，是从实际出发的。首先，在评论稼轩词时必须注意稼轩文才武略的结合。他能运筹帷幄，统率千军万马冲锋陷阵，这种韬略与勇气，同样能驰骋文坛，驱遣诸子百家、文臣武将以及世间各种物象、语词在笔下往来奔走，在短小的词体内安营扎寨，且各就各位，各司其职。其雄豪悲壮的词风跟他雄心勃勃的军事策划，跟山东“老兵”生机勃勃的价值取向也有这样或那样的关涉。其次，在体认稼轩被投闲置散后不得不全力从事歌词创作时，还必须强调其从事创作乃是他生命的追求与自我实现的继续，有没有投闲置散都是一样的。被剥夺统兵作战之权的辛弃疾，不正是把词坛看作是他着意开辟的第二战场吗？应当说，他是把抗金复国的需求、审美的需求同自我实现的需求迷缠在一起

① 分别见《辛弃疾词鉴赏》序言，齐鲁书社 1986 年版，第 2 页，第 15 页。

了。

“稼轩体”的成功，又是跟他生活的时代、环境、遭遇以及个人才情、修养、襟抱密切相关的。在成为一代大词人，攀登词史高峰方面，他比同时代其他词人更具优越条件。“单靠心血来潮并不济事……单靠存心要创作的意愿也召唤不出灵感来。谁要是胸中本来还没有什么内容在活跃鼓动……不管他有多大才能，也决不能单凭这种意愿就可以抓住一个美好的意思或是产生一部有价值的作品。”①“稼轩不仅雄才大略，文思敏捷，而遭际经历，尤迥异于常人，是以其词文采与内容极其丰实。”（朱庸斋《分春馆词话》卷四）②就整体而言，“稼轩体”之所以能雄踞于两宋词坛的峰巅，又是跟他人生追求的高峰形态、创作生命的高峰形态以及诗词自身发展的高峰形态分不开的。下面试分论之。

没有人生追求的高峰形态就没有“稼轩体”。

正是为了更好地说清这个问题，我们才在这一节的第一部分用很多篇幅介绍辛弃疾生平的六个不同时期。有人问美国作家海明威：“一个作家最好的早期训练是什么？”他回答说：“不愉快的童年。”③指出了作家早期的经历对其创作的影响。辛弃疾的童年远远超过了“不愉快”，研究“稼轩体”也必须从辛弃疾青少年时期谈起。事实上这一时期还可分为两个阶段：一是少年时期的理想追求；二是青年时期的抗金斗争。

先说少年阶段。这一阶段他完成了两方面的自我塑造，即：国土沦丧引发民族尊严的自我强化；传统教育促进了自我理想的

① 黑格尔著 朱光潜译：《美学》（第1卷），人民文学出版社1958年版，第354页。

② 朱庸斋：《分春馆词话》，广东人民出版社1989年版，第122页。

③ 宇清 信德：《外国名作家谈写作》北京出版社1980年版，第413页。

生成。辛弃疾在山东历城（今济南）出生时（1140），金人吞灭北宋已13年之久，他自幼便备尝异民族统治下的屈辱和痛苦。他出生的第二年（1141），宋金“绍兴和议”成，宋向金称臣。岳飞遇害后，沦陷区人民却不断地奋起反抗。在此特殊环境影响下，辛弃疾的独立意志与民族自尊心同步增长。在沦陷区所目睹与亲身感受到的一切，成为他的初始记忆心象，影响了他的心理气质与人格理想。在抗金复国、重整河山这一关系国家民族生死存亡的重大问题上，辛弃疾比某些非沦陷区出身的人有着更为直接和具体的感受，有着更为强烈的屈辱感、紧迫感与责任感，并由此而强化成为他一生追求的目标。但是，只有民族尊严的强化还未必能导致理想的实现，目标意识形成后，还必须具备动力特质与能力特质。辛弃疾的家庭正是按照这些特质的要求，按照文韬武略这一目标来培养他的。他自述祖父辛赞“每退食，辄引臣辈登高望远，指画山河，思投衅而起，以纾君父不共戴天之愤。尝令臣两随计吏抵燕山，谛观形势”。辛弃疾之所以在登高望远时最易获得高峰体验，同他幼时祖父对他的训练教育密切相关。此外，他还借赴燕京应考之机深入内地，观察动静，了解敌情，为日后抗金的军事策划做准备。“忠义之心与事功之志，对于辛弃疾而言，实在可以说是自其青春少年时代便与他的生命一同成长起来的。”（叶嘉莹《论辛弃疾词》）①稼轩之所以能“以气节自负，以功业自许”②，是因为他一头扎进民族传统文化之中，另一头又扎深根于灾难深重的中华沃土之上。民族自尊心的强化与自我理想的生成，是爱国行动与诗词创作的必要准备和积累。

从心理与审美角度分析，辛弃疾的少年阶段还有两点应特别

① 缪钺 叶嘉莹：《灵谿词说》，上海古籍出版社 1987 年版，第 407~408 页。

② 施蛰存：《词籍序跋萃编》，中国社会科学出版社 1994 年版，第 199 页。

引起注意。第一，祖国分裂与民族对立的政治形势，在词人心理上造成整体的破损与完美的匮乏。这同传统美学中的中和之美，同强调完整、均齐、对称以及“大团圆”是相违背的，与强调“和顺积中”“尽善尽美”“温柔敦厚”“平和简静”也大相径庭。因之，追求统一，追求完美便是稼轩一生的主导动机和主要激情所在。可以说，抗金复国、重整河山成了他一生不曾释解的情结。这是“稼轩体”中的主旋律与最高音。“稼轩体”中经常出现“正分裂”“补天裂”“整顿乾坤”“西北洗胡沙”等语句，就是这一主导激情的自然反映，而并非简单的时代政治口号，即使那些“妩媚”与“闲适”之作，也无不潜沉着这一情结所带来的欢悦与苦痛。第二，这一时期词人从传统文化与登高望远所获得的高峰体验，在以后日常生活中经常被激活，成为此后歌词创作与实际行动的高起点。传统经典著作与古代文献中的爱国志士和他们的英雄行为最易点燃青少年心中的激情，这种情绪记忆与情感积累在登高望远时更能得到进一步的张扬与提升。“思投衅而起，以纾君父不共戴天之愤”，正是由此而引发的。这一点，前已论及的三首登临词便是明证。

从理想情结进入抗金复国的实际行动，这是稼轩人生追求的第二阶段。这一阶段虽不足两年（1161—1163），但对辛弃疾来说，却是他一生最重要、最关键、自我表现最突出、最成功，也是其人生体验最为丰富的时期。这一阶段至少有以下几方面的实际作为是其他词人难以企及的：（一）审时度势，相机行动，聚众两千人高举抗金义旗；（二）团结抗金力量，以大局为重，率部投归耿京，自己则甘居人下；（三）扶正驱邪，大义凛然，追杀窃印叛逃的义端；（四）深谋远虑，劝耿归宋并奉表南下，共图大计；（五）率五十骑于敌营五万众中生擒杀耿降金的叛徒张安国，并号召万人共同南归，献俘建康。这一系列非同寻常的英勇行动，竟是一个22岁的青年在不足两年的时间内完成的，这无疑是他同时代乃至文学史上其他诗人、词人都难以达致的生命高峰。难怪在当时就产生了极大的“晕圈效应”，给朝野以极大震动：“壮声英概，懦士为之兴起，圣天子一见三叹息。”（洪迈《稼轩记》）[①]另方面这一系列壮举又锻炼和丰富了稼轩自己。其中有舍生忘死，力挽狂澜，聚众起义，以及毁家以纾国难的体验；有与叛徒拼搏以伸张正义的体验；有身处劣势，背水一战，以少胜众，死里求生的体验；有跋涉千里，昼夜兼程，纵马渡江，献俘行在的体验。难怪四十年后，词人还以欢快笔调“追思少年时事”，写出当年的“壮声英概”：“壮岁旌旗拥万夫。锦襜突骑渡江初。燕兵夜娖银胡䩮，汉箭朝飞金仆姑。”（《鹧鸪天》）在不足两年的时间内，词人的心象记忆与丰富体验，成为他以后45年中取之不尽、用之不竭的精神力量与创作泉源，也是他词心永驻并与其他词人风格截然不同的根本原因。

没有创作生命的高峰形态也不会有“稼轩体”。

对稼轩而言，创作生命的高峰形态实际是他生命高峰形态的继续。他南渡后，因受阻挠而不能在战场上完成的心愿，需要在歌词创作中付诸实现；抗金有理但却又报国无门的困惑，需要在创作中予以摆脱和超越。如果把南归前的生活与斗争看作是他创作的准备期与播种期，那么南归后便是他诗词（还有政论文）的创获期。这一阶段包括他南归后直到去世（1162—1207）的45年时间。在这漫长的45年内，辛弃疾始终坚持爱国抗金，反对屈辱

① 吴熊和：《唐宋词汇评》之两宋卷第3册（沈松勤分册主编），浙江教育出版社2004年版，第2369页。

求和与妥协投降，这从根本上触动了投降派的利益。所以，南宋小朝廷既想利用他，从骨子里又对他颇有疑忌，表面不得不重视他，实际却对他百般排斥，以致他长期在地方官任上被调来调去，并不断遭到诬陷打击，以致前后被迫家居近20年之久。尽管如此，他仍始终保持一个政治家、军事家与思想家的高峰地位，站在时代的先列。《美芹十论》《九议》等，至今仍闪烁着真理的光芒。“飞虎军”的创建，显示出他军事家的宏阔目光。629首（含孔凡礼《全宋词补辑》3首）歌词的创作，几乎把他所有生活内容与斗争的实际体验都气韵生动地抒写出来了。所谓“稼轩体”，说明白了，也就是“稼轩”人格精神整体性的艺术“体”现。通过“稼轩体”，可以发现他对理想的执著、目标的坚定以及人生追求的锲而不舍。他热爱祖国，热爱生活，热爱他人，热爱大自然。不论身处顺境还是逆境，他都能保持人格的独立与道德的自我完善，能经得起任何沉重的打击，经得起快乐、忧伤与极度悲愤的磨难。他将艺术的触须敏感地伸向生活的各个角落，对平常事物也能像对旭日东升或夕阳西下那样保持极大兴趣，能谛听大自然的低语，也能嗅到花草树木播散的幽芳。他能跟少数人保持真正的友谊，助人为乐又嫉恶如仇。这就是稼轩的品格。“读苏、辛词，知词中有人，词中有品。”（谢章铤《赌棋山庄词话》）[①]这同前引江顺诒所说“终境，格胜也”，以及宗白华所说“‘格’便是‘映射着人格的高尚格调’”是一致的。“词品喻诸诗，东坡、稼轩，李、杜也。”（刘熙载《艺概·词曲概》）[②]刘熙载之所以把稼轩比作杜甫，是因为稼轩同杜甫一样，有其不可企及之处。“杜诗高、大、深俱不可及。吐弃到人所不能吐弃，

① 唐圭璋：《词话丛编》（第4册），中华书局1986年版，第3444页。

② ［清］刘熙载：《艺概》，上海古籍出版社1978年版，第113页。

为高；涵茹到人所不能涵茹，为大；曲折到人所不能曲折，为深。”（刘熙载《艺概·诗概》）[①]所谓“吐弃”“涵茹”“曲折”，就是审美体验与艺术加工的“高”“大”“深”。这虽是评价杜甫时说的，却也可以用来评价辛词。这就是辛弃疾赖以获得高峰体验的永不衰竭的内在生命，是他永葆创作青春的词心，是他之所以能在创作领域继续发挥其早期生命追求过程中所产生的“晕圈效应”的根本原因。同样拥有稼轩的某种经历或某种思想品格的人，他们能否写出高水平的作品，关键在于是否有审美体验，特别是高峰体验。稼轩的成功，就在于他始终保有审美的高峰体验、非凡的创作热情与超常的创作能力。

诗词自身发展的高峰形态影响并孕育了“稼轩体”。

任何新事物的出现，都不可避免地要植根于已有的传统之中。“稼轩体”之所以能“异军特起”而“屹然别立一宗”，是跟他能全面吸纳与融会古典文学的优秀传统分不开的。前人说他善于驱遣经、史、《庄》《骚》入词，并非仅指其笔力技巧，而主要是吸纳前人的思想与艺术精华，是吸纳前人作品之“文心”“赋心”“诗心”与“词心”所展示出的文学的内在品格。“稼轩体”的“晕圈效应”是借助了文学史上伟大作家的光焰而耀眼生辉的。他继承了屈原的目标坚定、上下求索、忠爱缠绵、导夫先路、注重道德修养与自我完善，吸取了庄子通达透脱、旷逸空灵、心理上的自我调整与精神上的自我超越。他的作品集中了陶渊明人品与诗品的真纯莹澈，集中了杜甫情感与功力的精深博大以及驾驭语言的举重若轻。总之，他善于吸取那些站在中国文学史巅峰上的作家的巅峰经验以充实自己。此其一。

① ［清］刘熙载：《艺概》，上海古籍出版社 1978 年版，第 59 页。

其次，“稼轩体”的成功，还在于作者对词本身的优秀传统的全面继承，并在此基础上完成了南北词风的融合。首先是对婉约词艺术传统的涵融吸收。邹祇谟在《远志斋词衷》中说：“稼轩词‘中调、短令亦间作妩媚语，观其得意处，真有压倒古人之意’。”[①] 刘克庄在《辛稼轩集序》中，除着重指出“稼轩体”之“大声鞺鞳”而外，又指出：“其秾纤绵密者，亦不在小晏、秦郎之下。”[②] 现存稼轩词中那些具有婉约风格的作品，以及豪放作品中同时含有深婉曲折的特点，便都与这种承继、吸纳、发扬、创造密切相关。稼轩是在南渡词人营造南宋词坛30余年后才登上词坛，接替第一代南渡词人而成为词坛领袖与霸主的。他很自然地继承了他们成功的经验，发扬其雄壮豪迈的风格，同时也认真吸取了他们因时间紧迫而缺少推敲，致使作品艺术感染力不足的教训，从而认真担负起融合南北词风的历史使命。稼轩生于山东，22岁起义，身为两千义军领袖并曾往来拼杀，在词作中也自称山东“老兵”。在进入以婉媚侧艳为传统的词体时，他这些刚性气质和迫切盼望出兵北伐的心态，以及他那与政治远见、军事策略紧密联系在一起的高峰体验都必然要有一个适应与融合的过程。况周颐在《蕙风词话》中说：“南人得江山之秀，北人以冰霜为清。南或失之绮靡，近于雕文刻镂之技。北或失之荒率，无解深裘大马之讥。”[③] 稼轩小心翼翼地避开了初期南渡词人的“荒率”，又认真地淡化南方词人的“绮靡”，从而使爱国豪放词在南北词风融合的基础上发扬光大，并由此而攀上词史的高峰。“千尺阴崖尘不到”（《贺新郎·用前韵送杜叔高》），即为北地

① 唐圭璋：《词话丛编》（第1册），中华书局1986年版，第652页。

② 施蛰存：《词籍序跋萃编》，中国社会科学出版社1994年版，第200页。

③ 唐圭璋：《词话丛编》（第5册），中华书局1986年版，第4456页。

风光，也是词人的气质与品德，体现了“以冰雪为清”的审美情趣。《沁园春》(“叠嶂西驰”）中的“万马回旋”“雄深雅健”也均与婉约词迥不相侔。“辛幼安跌荡磊落，犹有中原豪杰之气。”（赵文《青山集》）[①] 一个在北地生长并经过马上厮杀的豪杰，其本性是无法改变的，但在词的创作上诚实而又巧妙吸收南方词人的艺术经验却是完全可以做到的。正如况周颐所说：“稼轩‘先在北，何尝不可南’。”(《蕙风词话》)[②]稼轩集中,《祝英台近·晚春》《粉蝶儿·和晋臣赋落花》等词皆温柔婉曲，旖旎缠绵，即使杂入婉约名篇之列，也属上乘。《汉宫春·立春日》《行香子·福州作》等，虽属婉约之作，但已明显有稼轩的个性特征。《丑奴儿近千峰云起》自注“效李易安体”，虽尽得李清照之神骏，但仍不失稼轩本色，能入能出，辗转飞腾，举重若轻，自是大家气概。下面请看一首并非其名作的《临江仙》：

金谷无烟宫树绿，嫩寒生怕春风。博山微透暖薰笼。小楼春色里，幽梦雨声中。　　别浦鲤鱼何日到，锦书封恨重重。海棠花下去年逢。也应随分瘦，忍泪觅残红。

词写传统闺情，寄情离恨相思。上结一联“小楼春色里，幽梦雨声中”，其隽美并不在小晏名句“落花人独立，微雨燕双飞”之下，更何况小晏取之于翁宏，而稼轩则纯系自创呢！至于这首词通体完整，顿挫伸缩，均自然雅畅。所以陈廷焯在《白

① 吴熊和：《唐宋词汇评》之两宋卷（第 2 册）陶然分册主编，浙江教育出版社 2004 年版，第 874 页。

② 唐圭璋：《词话丛编》第 5 册，中华书局 1986 年版，第 4456 页。

雨斋词话》中评此词后半阕云："婉雅芊丽，稼轩亦能为此种笔路，真令人心折。"[①]同时他还列举《满江红·暮春》中的"尺书如今何处也，绿云依旧无踪迹"（与《满江红·敲碎离愁》中的"芳草不迷行客路，垂杨只碍离人目"等，谓其最为"婉妙""然可作无题，亦不定是绮言也。"[②] 至其豪放之作，能放能收，刚柔兼济，更是南北词风融合之所得。评家所说"摧刚为柔"（陈匪石《声执》）、"潜气内转"（谭献《复堂词话》）、"变温婉成悲凉"（陈洵《海绡说词》）[③]，以及"清而丽，婉而妩媚"（范开《稼轩词序》）[④] 等等，也均是就"稼轩体"中南北词风相融合而言的。"词之为体，要眇宜修。能言诗之所不能言，而不能尽言诗之所能言。诗之境阔，词之言长。"（王国维《人间词话删稿》）[⑤]"稼轩体"的创作实践表明,700年前的辛弃疾早已深谙此中奥秘，故能避词之所短，扬词体之所长，在充分发挥词体深美闳约、要眇宜修这一特质的先决条件下，尽力融入诗之所能言。这就把那些只从形式与外观上而不是从其内质、从其审美高峰体验上来效仿"稼轩体"的词人，从根本上与"稼轩体"区别开来。"后人以粗豪学稼轩，非徒无其才，并无其情。稼轩固是才大，然情至处，后人万不能及。"（周济《介存斋论词杂著》）[⑥]周济强调稼轩的"才"，但更强调其"情"，如果没有稼轩那种极纯、极真、极厚的情感，是很难学"稼轩体"的。陈廷焯对此说

---

① 唐圭璋：《词话丛编》第 4 册，中华书局 1986 年版，第 3792 页。

② 唐圭璋：《词话丛编》第 4 册，中华书局 1986 年版，第 3793 页。

③ 分别见唐圭璋：《词话丛编》（第 5 册，第 4 册，第 5 册），中华书局 1986 年版，第 4950 页，第 3994 页，第 4838 页。

④ 施蛰存：《词籍序跋萃编》，中国社会科学出版社 1994 年版，第 199 页。

⑤ 唐圭璋：《词话丛编》（第 5 册），中华书局 1986 年版，第 4258 页。

⑥ 唐圭璋：《词话丛编》（第 2 册），中华书局 1986 年版，第 1633 ~ 1634 页。

得更为全面："大抵稼轩一体，后人不易学步。无稼轩才力，无稼轩胸襟，又不处稼轩境地，欲于粗莽中见沉郁，其可得乎？"（《白雨斋词话》）[①]这段话比较充分地说明了"稼轩体""不易学步"的主要原因。王国维在分析《贺新郎·绿树听鹈鴂》一词后明确指出"后人不能学也"。(《人间词话删稿》)[②] 又说："东坡之词旷，稼轩之词豪。无二人之胸襟而学其词，犹东施之效捧心也。"(《人间词话》)[③] 稼轩之所以在继承传统和融合南北词风方面获得成功，在于他把词看成是一个开放系统，没有丝毫的固步自封。正因如此，他才能广采博收，大而能化，做到所有精华均为他用。

第三，所谓诗词自身发展的高峰还有另一层涵义，即"稼轩体"的出现，标志着词史的发展已达到它自身发展的高峰期。在国土沦丧，南宋也岌岌可危的形势下，"稼轩体"以其高尚的灵魂、巨大的勇气、雄壮的声音振奋了人心，产生了巨大的"晕圈效应"。辛弃疾还团结了一批在当时乃至整个历史上均可称之为优秀人物的词人，由此而形成了一个永不衰竭的流派。他们同稼轩讨论局势，研治词学，联手进行豪放词创作，不断扩大"稼轩体"的"晕圈效应"。每当民族生死存亡的紧急关头，这种效应就愈加明显、强烈。虽然，由于各种原因（如上所说"才力""胸襟""境地"等），他们会写出一些徒具叫嚷口号或只是豪言壮语的词作，但其主流倾向的价值是不能抹杀的。直至当代，我们从那些气势磅礴、壮志凌云的优秀词篇中，似乎仍可听到"稼轩体""洞庭张乐"的余音，感受到其"层冰积雪"的森寒，从而

① 唐圭璋：《词话丛编》（第 4 册），中华书局 1986 年版，第 3796 页。
② 唐圭璋：《词话丛编》（第 5 册），中华书局 1986 年版，第 4528 页。
③ 唐圭璋：《词话丛编》（第 5 册），中华书局 1986 年版，第 4250 页。

看到“稼轩体”“晕圈效应”的余辉。

第四，“稼轩体”的“晕圈效应”还影响到当时整个南宋词坛。婉约词在当时已不能再重踏“花间”以来的老路了。“复雅”也好，“清空”也好，就是面对“稼轩体”的庞大存在与“晕圈效应”而选择的一条改革求新之路。“就是抗拒这个风气的人也受到它负面的支配，因为他不得不另出手眼来逃避或矫正他所厌恶的风气。正像列许登堡所说：“模仿有正有负，亦步亦趋是模仿，‘反其道以行也是模仿’。”；圣佩韦也说：“尽管一个人要推开自己所处的时代，仍然免不了和它接触，而且接触得很着实。”（钱钟书《中国诗与中国画》）[①]姜夔、周密、王沂孙、张炎这些非辛派词人情形便大体如此。姜夔就或明或暗地仿效“稼轩体”：“白石脱胎稼轩，变雄健为清刚，变驰骤为疏宕。”（周济《宋四家词选目录序论》）[②]刘熙载对此说得更为具体：“张玉田盛称白石，而不甚许稼轩，耳食者遂于两家有轩轾意。不知稼轩之体，白石尝效之矣。集中如《永遇乐》《汉宫春》诸阕，均次稼轩韵，其吐属气味，皆若秘响相通，何后人过分门户耶？”（《艺概·词曲概》）[③]即以明确贬抑“稼轩体”的张炎而言，其作品中也有明显向稼轩体倾斜者，对此下文将有论及。这说明，“稼轩体”在词史上的影响是极其深远的。事实证明，在“稼轩体”出现之后，几乎所有风格、所有流派的词都不可避免地要在不同程度上向“稼轩体”倾斜或与之互相渗透。陈洵在《海绡说词》中说：“南宋诸家，鲜不为稼轩牢笼者。”[④]事实还说明，在

① 钱钟书：《旧文四篇》，上海古籍出版社 1979 年版，第 1 页。

② 唐圭璋：《词话丛编》（第 2 册），第 1644 页，中华书局 1986 年版。

③ ［清］刘熙载：《艺概》，上海古籍出版社 1978 年版，第 110 页。

④ 唐圭璋：《词话丛编》（第 5 册），中华书局 1986 年版，第 4838 页。

“稼轩体”出现后的词史发展过程中，虽也出现过不少一流词人与一流作品，但在整体上能与“稼轩体”抗衡者，却迄无一人。“稼轩体”在词史上的高峰地位及其“晕圈效应”是无法否认的。全面深入地研究“稼轩体”的审美体验及其思想艺术内涵与特征，不仅对稼轩词、对词史的研究十分必要，而且对当代诗歌的发展也很有启发，很有借鉴价值。

稼轩去世前两年，在知镇江府的官所里写过一首《生查子》：

悠悠万世功，矻矻当年苦。鱼自入深渊，人自居平土。　红日又西沉，白浪长东去。不是望金山，我自思量禹。

大禹治水，孜孜矻矻，终于使鱼入深渊，人居平土，树悠悠万世之功。今日，红日西沉，白浪东去，仍是大禹当年情景，然而治水有功的大禹呢？与此相类，稼轩个人呢？一个66岁的老人，早年为完成抗金复国，重整河山这一与使“鱼自入深渊，人自居平土”同样重大的时代任务，他曾“马革裹尸当自誓”。（《满江红·汉水东流”》而今已奋斗一生，目标仍无限渺茫。迷缠他一生的抗金有理但报国无门的困惑一直未得解决。目标在前，任重道远。“思量禹”，也就是在思量“红日”“白浪”无休止重现的永恒，其中含有“君子不恤年之将衰，而忧志之有倦”（徐干《中论·修本》）[①] 之意。前引《永遇乐》中的“廉颇老矣”，就是这种精神的具体体现。“禹”，就是“稼轩体”中的原型意象，原始母题，是稼轩自我鼓舞与效仿的榜样。人的精神愈是趋向于无限和永恒，其精神境界便愈高尚，作为词人来说，其

① ［汉］徐干著　徐湘霖：《中论校注》，巴蜀书社2000年版，第42页。

所得的审美体验也就愈高、愈深、愈广。稼轩这首词里写的就是关于有限和无限的哲理思考。

作为政治家和军事家的辛弃疾，他的宏愿最终未能实现，迷缠他一生的困惑也始终未能解除。从这方面讲，他的一生是一个悲剧，所以直到临终时，他还被抗金情结迷缠着而不断高呼“杀贼！”(《康熙济南府志·稼轩小传》)但是，作为词人，作为文学家的辛弃疾却获得了巨大的成功。他在短短40余年的时间里，充分发挥了自己生命的健旺活力，完成了心灵历程的自我创造。不论他肩负的历史使命多么沉重，也不论目标的终点是否达到，这始终不懈的目标意识和直奔终点的拼搏本身，就足以振奋人的精神，充实人的心灵。从这方面看，稼轩是幸福的、成功的。“稼轩体”的庞大存在及其在审美体验中所达到的高峰形态，已经超越客观时空的限制，他用自己有限的作品赢得了无限和永恒。

第三节　后南渡词人群

在辛弃疾以其“大声鞺鞳”的“稼轩体”攀登词史高峰之际，与他志同道合的陈亮、刘过等，又以其充分表达“平生经济之怀”（叶适《书龙川集后》）①与“足以自成一家”（刘熙载《艺概·词曲概》）②的词作，扩大了爱国豪放词的声势。在抒发爱国激情、促进词体充分反映时代变化的时代大合唱中，他们既是配合第一歌手的第二高音，又是自成风格、独具艺术个性的重要词人。对这一批词人，本书称之为后南渡词人或辛派词人群。

一、“豪气纵横”“疏宕有致”的陈亮

陈亮（1143—1194），字同甫，一作同父，号龙川，婺州永康（今浙江永康）人。是南宋著名思想家和词人，持有朴素唯物思想与历史进化观点。他曾多次上书，申论时政，强调富国强兵，反对妥协投降，为抗金救国呼号奔走。他的激愤言论和爱国行动招致主和派的嫉恨，曾多次被捕下狱，几乎丧失生命，被人视为“狂怪”。51岁时中进士第一名，52岁授官未至即病卒。有

① 刘公纯　王孝鱼　李哲夫：《叶适集》（第2册），中华书局1961年版，第597页。

② ［清］刘熙载：《艺概》，上海古籍出版社1978年版，第111页。

《龙川词》，存词74首。

陈亮是辛弃疾志同道合的战友，词风也有相似之处。他的词大都以抗金救国为题材，高倡反攻复国，批判妥协投降，还于词中分析敌我形势，陈述方略主张。在他手里，词这一诗体形式已经成为进行政治斗争的武器。这与他的词学主张密切联系在一起。

陈亮出生在只有半壁河山的南宋，国土分裂，金人继续南侵。人民的苦难，宋室臣民所遭受的侮辱，中原历史文化受到的摧残，以及社会政治经济遭受的重大破坏，这一切都激发着陈亮的爱国之心。他“自少有驱驰四方之志”。(《宋史·陈亮传》)[①]这一方面体现在他的实际行动上，如两讥时相无能，六达帝廷上书，因此被诬为“狂怪”，虽多次被下狱而不悔；另一方面，他又以诗、词、文的写作配合实际行动，制造声势。他说：“亮闻古人之于文也，犹其为仕也。仕将以行其道也，文将以载其道也。”(《复吴叔异》)[②] 对陈亮来说，为仕、为文二者皆统一于“道”。这里所说的“文”自然也包括词。他对文中的义理与文字之间的关系，也有深刻的见解。他说：“大凡论不必作好语言，意与理胜，则文字自然超众。故大手之文，不为诡异之体，而自然宏富；不为险怪之辞，而自然典丽。奇寓于纯粹之中；巧藏于和易之内。”(《书作论法后》)[③] 这些论述并不意味陈亮只片面强调作品的思想价值与社会效果而忽视其艺术审美价值。他在《复杜仲高书》中就充分表达了进步的思想内容应与完美的艺术形式相结合的观点：“伯高之赋如奔风逸足，而鸣以和鸾，俯仰于节奏之间；叔高之诗如干戈森立，有吞虎食牛之气；而左右发

① 《宋史》(第37册)，中华书局，1977年版，第12938页。

② 《陈亮集》（下册），中华书局1974年版，第335页。

③ 《陈亮集》（上册），中华书局1974年版，第203页。

春妍以辉映于其间。”[①]“干戈森立”“吞虎食牛之气”与“春妍”相“辉映”，这无疑是诗中妙境，也是词中妙境。前论辛词《贺新郎·用前韵送杜叔高》时，就征引过陈亮这段话。从辛弃疾用赠陈亮词的“前韵”来赠杜叔高，再揆以词的内容，可以推知辛弃疾在评杜叔高诗时，也会兼顾对陈亮这段文字及其词的肯定。辛弃疾赞颂叔高诗，实际也可看成是对陈亮词的赞美。陈亮对自己的词也有所论及：“本之以方言俚语，杂之以街谭巷歌，抟搦义理，劫剥经传，而卒归之曲子之律。”（《与郑景元提幹》）[②] 应当说，他是自觉地兼顾内容、形式和艺术手法的，至其最终效果如何，尚可别论。

《龙川集》中的爱国豪壮词就是他上述文学主张的具体实践。先看他的名篇《水调歌头·送章德茂大卿使虏》：

不见南师久，谩说北群空。当场只手，毕竟还我万夫雄。自笑堂堂汉使，得似洋洋河水，依旧只流东。且复穹庐拜，会向藁街逢。　尧之都，舜之壤，禹之封。于中应有，一个半个耻臣戎。万里腥膻如许，千古英灵安在，磅礴几时通。胡运何须问，赫日自当中。

这首词为送章德茂出使金国而作。章德茂（名森）于孝宗淳熙十一年（1184）两度出使金国。大卿，是尚书的代称。章原职是大理少卿，出使时任“试户部尚书”（“试”即借给之意）。由于在宋金“隆兴和议”中南宋皇帝尊金主为叔父，所以每逢过年或金主生辰（称“万春节”），南宋皇帝便要派使臣去金国表示

① 《陈亮集》（下册），中华书局1974年版，第269页。

② 《陈亮集》（下册），中华书局1974年版，第329页。

祝贺。据《宋史·孝宗纪》载，章德茂曾两度奉遣使金。第一次是淳熙十一年（1184）“八月庚申，遣章森使金贺正旦”，但章奉遣不久，即得金牒止贺一年，所以这第一次并未正式赴金。因此之故，第二年十一月“壬辰，遣章森等贺金主生辰（即金世宗完颜雍万春节——作者注）。”[①] 从词的内容看，本篇当作于章森第二次出使时，即淳熙十二年十一月至十二月之间（“万春节”在次年三月），此时，距南宋同金签订屈辱的“隆兴和议”已有20余年之久。在这一漫长的时期内，南宋王朝置广大中原沦陷区人民于不顾，却年复一年派遣使臣去朝拜女真奴隶主贵族政权。“使虏”并不是什么光荣使命，而是国家的耻辱。面对敌人的嚣张气焰，南宋投降派人士胆小如鼠，他们视“使虏”为畏途。有的人在“使虏”过程中卖国求荣，苟全性命，干下许多可耻的勾当。针对这一现实，章德茂挺身而出，勇敢担当起这一特殊而又艰巨的使命，对此，陈亮深为叹服。词中对章德茂表示热烈称赞并寄予殷切期望，相信他能出色地完成这一严正的使命，甚至由此而大长中华儿女的威风。词中还对南宋王朝的软弱无能和屈辱投降进行了嘲讽，充分表达了作者渴望报仇雪耻与统一祖国的强烈愿望。

上片写由“使虏”而引起的感慨。首二句讥讽南宋小朝廷偏安江左，不图恢复进取的错误政策，从正面申明堂堂南宋不是没有人才，而是人才备受压抑，不得重用，致使妥协投降势力占据统治地位，才出现了“不见南师久”这一令人难堪的局面。这两句在精神上为章德茂出使做好铺垫。“当场只手”五句，写章德茂面对艰危，挺身而出，仗义出使，独当一面，重振雄风，高扬民族气节。接着，便赞美章德茂像滔滔黄河，奔流到海，肯定会

① 分别见《宋史》（第3册），中华书局1977年版，第682页，第684页。

不辱君命而大长自己的志气，灭敌人的威风。末两句本意对“使虏”的屈辱行为进行嘲讽，但却突转笔锋，以擒获敌酋到京城藁街示众来结束上片。下片对南宋王朝屈辱投降政策进行嘲讽。但换头五句先从祖国的光荣历史写起，然后落实到“一个半个耻臣戎”，对丧失土地屈辱求和的现实进行批判。为了改变这种麻木不仁的政治局面，作者大声疾呼：“万里腥膻如许，千古英灵安在，磅礴几时通？”他号召爱国的有识之士，奋起抗敌，伸正气于天地之间，以无愧于先哲先烈。最后，通过浪漫想象，展示出光辉美好的前景：“胡运何须问，赫日自当中。”表明其坚信统一大业必将胜利完成。

这是一首政治抒情词，与一般的送别酬唱绝然不同。题是“送章德茂大卿使虏”，实际却是借此抒发爱国统一的壮志与国耻深仇必将洗雪的坚定信念。全篇虽是要直抒感情，但写法却委婉曲折。这是因为“使虏”是一个有损国格的使命，作者在词中既要指出这一性质，又要鼓励章德茂不失尊严地完成这一使命。因此，要想写好这首词是很不容易的。词中有褒有贬，而以褒扬为主；词中有嘲讽也有鼓励，而以鼓励为主，嘲讽正是为了鼓励。对此，词中作了精心安排。第一，从章德茂的个人品质和才能方面来赞美他；第二，从祖国的光荣历史和优秀传统方面来启发他；第三，从“耻臣戎”与现实要求方面来激励他；第四，从光辉前途与胜利远景方面来鼓舞他。有了上述几点，这首词才写得气势磅礴、情辞慷慨、痛快淋漓，有警顽立懦之效。这首词是《龙川词》中具有代表性的作品之一。

陈亮对祖国前途的关注，以天下为己任的抱负，乃至上书直陈方略的胆识，在他的词里也有充分的反映。如《念奴娇·登多景楼》：

危楼还望，叹此意、今古几人曾会。鬼设神施，浑认作、天限南疆北界。一水横陈，连岗三面，做出争雄势。六朝何事，只成门户私计。　因笑王谢诸人，登高怀远，也学英雄涕。凭却长江，管不到，河洛腥膻无际。正好长驱，不须反顾，寻取中流誓。小儿破贼，势成宁问疆埸。

多景楼在京口（今江苏镇江）北固山上甘露寺内，其地北面长江，登之可以极目远望。这首词写的就是词人登楼时的所见所感。淳熙十五年（1188），陈亮为驳斥投降派所谓“江南不易保”的谬论，亲自到京口、建康等地观察地形。他根据实际调查得出结论，向孝宗皇帝上书，提出了一系列经营南方、进取中原、统一国土的具体建议。这首《念奴娇》实际就是他这一系列政治主张的情感化、形象化的表达。他在《戊申再上孝宗皇帝书》中写道：“故尝一到京口、建业，登高四望，深识天地设险之意，而古今之论为未尽也。京口连冈三面，而大江横陈，江傍极目千里，其势大略如虎之出穴，而非若穴之藏虎也。”①词中以形象化的语言，概括了他对京口地形的分析，嘲笑历史上无所作为的六朝统治集团，提出了进兵中原的积极主张，表现了作者卓越的政治见解和统一祖国的坚定立场。

词的上片对京口的有利地形作了形象的描绘，揭露并批判了把长江看作是“天限南疆北界”的错误，指出“一水横陈，连岗

① 《陈亮集》（上册），中华书局1974年版，第16页。

三面”正是进兵中原的依据和有利形势。作者还借用历史教训，痛诛南宋王朝把北伐大业当成“门户私计”。下片前五句揭露投降派及上层统治集团假爱国真投降的虚伪面目，以及由此给广大中原人民带来的深重灾难。为了改变南宋苟且偷安的消沉局面，后五句还以祖逖中流击楫和淝水之战以少胜多的史实来说服南宋当权者，要他们坚定信心，不要顾虑重重，不要惧怕敌人表面上的强大；只要坚持抗金，必然稳操胜券：“小儿破贼，势成宁问疆埸。”

这是一首批判现实、鼓舞斗志的抒情词，目的在于使南宋统治集团认清形势，振作精神。为此，不仅要晓之以理，重要的乃在动之以情。所以词中侧重于从两个不同方面作形象对比。一是自然条件方面的对比。词中描绘了长江天险的地理形势，形象地说明，这种有利地形并非“若穴之藏虎”，而是“做出争雄势”；不是据守，而是进攻，是“虎之出穴”。遗憾的是，虽然大自然为进取中原、收复失地提供了有利的条件，但把持朝政的投降派跟六朝时让国家大事“只成门户私计”的庸人一样，只会“登高怀远，也学英雄涕”。他们白白据有这“鬼设神施”的天险，却“管不到，河洛腥膻无际”。“管不到”实际是不想管。二是用历史经验来进行对比。作者将立誓北伐的祖逖和打败苻坚的谢玄等人作为正面英雄来加以赞美，让南宋王朝从这些人身上汲取力量，以医治自己政治上的软骨病和恐金症。

宋词中写北固山、多景楼的作品为数不少，但却很少从战略进攻这一侧面来进行艺术构思。赵善括的《水调歌头·渡江》明确表示“休学楚囚垂泪，须把祖鞭先著，一鼓版图收。”陆游的《水调歌头·多景楼》与本篇同题，时光虽已过25年，但面临的任务却丝毫没有改变，北伐统一的要求比之过去更为迫切，所以陈亮以感慨激愤的语言，热火升腾般的豪情，痛快淋漓地陈述自己的见解和主张。陆词感慨抑郁，意境沉绵，情景相生。借用近人陈匪石在《声执》中提出的“气之舒”“气之敛”的著名论断来评说陈亮、陆游这两首词，陆游之词“气敛”，故能“潜气内转，千回百折”；而陈亮此词“气舒”，所以“劲气直达，大开大阖”。[①]二者风格迥异。陈亮此词立意超拔，构思新颖，气宇轩昂，有雄视百代的气概。词中自始至终洋溢着乐观进取的精神。“进取”是时代精神的制高点，也是统治集团极端缺乏的政治信念。反复强调这一点（“争雄”“长驱”“不须反顾”），的确可以大长自己的威风。词中用典虽多，但针对性强，有助于表达词人的爱憎。

陈亮因多次上书申明恢复大计而不得其用，内心极为苦闷。在淳熙十五年（1188），即完成《戊申再上孝宗皇帝书》和《念奴娇·登多景楼》写作那年的冬天，陈亮约朱熹前往紫溪，与他钦佩的爱国词人辛弃疾相会。陈亮先至上饶，访辛弃疾于带湖、瓢泉，并如期同往紫溪；而朱熹却负约不至。亮与弃疾相聚甚欢，盘桓十日而别。别后，弃疾作《贺新郎》一首寄亮，亮和之；弃疾用其韵再赓一首，亮又复之。今存亮词三首，辛词亦存二首。这就是南宋词坛上盛传的佳话“鹅湖之会”。从此，两人交谊更加深笃。直到陈亮逝世，辛弃疾在祭文里还提到“鹅湖之会”给他留下的美好印象：“而今而后，欲与同父憩鹅湖之清阴，酌瓢泉而共饮，长歌相答，极论时事，可复得耶！”

陈亮答辛弃疾的《贺新郎》两首如下。第一首的词题是“寄

① 唐圭璋：《词话丛编》（第5册），中华书局1986年版，第4950页。

辛幼安和见怀韵”：

老去凭谁说？看几番、神奇臭腐，夏裘冬葛。父老长安今余几？后死无仇可雪。犹未燥、当时生发。二十五弦多少恨，算世间、那有平分月。胡妇弄，汉宫瑟。

树犹如此堪重别。只使君、从来与我，话头多合。行矣置之无足问，谁换妍皮痴骨。但莫使、伯牙弦绝。九转丹砂牢拾取，管精金、只是寻常铁。龙共虎，应声裂。

上片纵论天下大事，但开篇却先写年华老去，知音难得，连找一个可以倾谈天下大事的友人也十分不易。接三句说世事颠倒错乱，夏日着皮裘，冬日穿麻葛，一切都乱了套，有的人连香臭都区分不开了。接着说，沦陷区的父老过了几十年亡国奴生活，如今剩下的已经寥寥无几；活着的，亡国时还是乳臭未干的婴儿。长此以往，他们甚至会忘记国耻家仇。最后，词人用五十弦被破分为二十五弦的典故，象征国土的分裂，同时还巧妙地寄寓着亡国破家的哀怨，与“胡妇弄，汉宫瑟”相吻合，使词情起伏连贯，含蓄深宛。下片承开篇一句，直抒与辛弃疾之间的知己深情。换头用“木犹如此，人何以堪”① 语典，写不堪重别的离情（事实上，陈亮此一去，便成永诀，因为六年之后陈亮便病逝了）。然而在这个世界上，只有辛弃疾与自己志同道合，话语投机（辛弃疾又何尝不是如此。他在寄陈亮《贺新郎》词序中说：“既别之明日，余意中殊恋恋，复欲追路。至鹭鸶林，则雪深泥滑，不得前矣。独饮方村，怅然久之，颇恨挽留之不遂也。”这也许是一种对永别的预感，“恋恋”“怅然”，追而不得，都成预

①《晋书·桓温传》，《晋书》（第8册），中华书局1974年版，第2572页。

兆。陈亮词中的“行矣置之无足问”，就是对辛弃疾上述感情的回答和安慰。尽管自己被世人目为“妍皮痴骨”，但有辛弃疾这样的知音，不管什么力量都不会改变自己的初衷了。“但莫使、伯牙弦绝”就是这种情感的升华。而接三句又用“炼铁成金”来比喻他们共同奋斗的友谊与决心。结穴用“龙共虎，应声裂”刻画得胜之势，不可阻挡。

第二首《贺新郎》的词题是“酬辛幼安再用韵见寄”：

离乱从头说。爱吾民、金缯不爱，蔓藤累葛。壮气尽消人脆好，冠盖阴山观雪。亏杀我、一星星发。涕出女吴成倒转，问鲁为齐弱何年月。丘也幸，由之瑟。

斩新换出旗麾别。把当时、一桩大义，拆开收合。据地一呼吾往矣，万里摇肢动骨。这话霸、又成痴绝。天地洪炉谁扇鞴，算于中、安得长坚铁。淝水破，关东裂。

本篇约作于淳熙十五年（1188）冬或翌年春。与前不同的是，篇中不再申叙友情，而集中于议论时事，指出朝廷长期用民众血汗钱帛向敌人进贡以换取短暂安定，结果使边备空虚，士气消磨，河洛失尽，至今尚不图恢复。相反，珠冠华盖的堂堂汉使不知被派出多少次，到金廷求和。这样的求和毫无结果，只不过陪伴金主出猎金山，赏玩北国雪景。有志之士等白了头发，等来的却是奇耻大辱。继之，用齐景公因畏惧南夷吴国，洒泪送女和亲故事，讥讽南宋小朝廷的懦怯无能。“丘也幸，由之瑟”分别用《论语》中的两句话：“丘也幸，苟有过，人必知之”（《述而》)[①]与"由之瑟奚为于丘之门"(《先进》)[②]，说当今幸有你我这样的志士，虽举国以北伐为过，而我们至今坚持不懈。下片转写拟想中的抗金救国方略与行动，表达了他们共同的心愿。

第三首《贺新郎》题为"怀辛幼安用前韵"：

话杀浑闲说。不成教、齐民也解，为伊为葛。樽酒相逢成二老，却忆去年风雪。新著了、几茎华发。百世寻人犹接踵，叹只今、两地三人月。写旧恨，向谁瑟。　　男儿何用伤离别。况古来、几番际会，风从云合。千里情亲长晤对，妙体本心次骨。卧百尺、高楼斗绝。天下适安耕且老，看买犁卖剑平家铁。壮士泪，肺肝裂。

正如词题所说，这首词是陈亮怀念辛弃疾而写。因为辛弃疾在给陈亮的词里曾称赞他"风流酷似，卧龙诸葛"，而他感到自身始终是布衣，不在其位，无法完成伊尹、诸葛的事业。词中把友谊与国家大事交织在一起，充分反映了他的博大襟怀与崇高情感。

以上三首词使事用典较多，后两首更甚。用典虽可增加词的内涵和容量，但因有时取其一端，引申发挥，甚至转成别意，容易产生隔膜，只有通读全篇才能了解其真实蕴含，得其微旨。在通俗浅近、形象鲜明方面不如辛弃疾词。

陈亮还有为数不少的即景、抒情、咏物之作，表现出另一种风格。如《水龙吟·春恨》：

---

① 杨伯峻：《论语译注》，中华书局1958年版，第80页。

② 杨伯峻：《论语译注》，中华书局1958年版，第121页。

闹花深处层楼，画帘半卷东风软。春归翠陌，平沙茸嫩，垂杨金浅。迟日催花，淡云阁雨，轻寒轻暖。恨芳菲世界，游人未赏，都付与、莺和燕。　寂寞凭高念远。向南楼、一声归雁。金钗斗草，青丝勒马，风流云散。罗绶分香，翠绡分泪，几多幽怨。正销魂，又是疏烟淡月，子规声断。

词写“春恨”。所“恨”者何？上片恨似这般姹紫嫣红开遍，而游人却未得真赏，都付与莺莺燕燕；下片恨金钗斗草、青丝勒马的往事去而不返，留下的只是翠绡拭泪，无穷幽怨。起拍用“闹”字总摄上片新春之神魂，其境界远在“红杏”之外，“画帘”“东风”“翠陌”“平沙”“垂杨”“迟日”“淡云”“阁雨”“轻寒”“轻暖”尽在其中，于是便构成此“芳菲世界”。歇拍三句从空际跌落，写尽无人赏游的憾恨。下片从此时的寂寞追念往年胜游的细节，进一步烘托开篇的“闹”字。“罗绶”三句再作转跌，倾诉离情相思；结拍以“子规声断”绾合伤春伤别，让啼血的哀鸣作空中传恨。这首词用事合题，收纵绵密，层层转进，曲折深沉，自是词家的当行本色。毛晋说读《龙川词》“读至卷终，不作一妖语、媚语”，后又读此词便不得不纠正自己的观点。[①] 徐釚《词苑丛谈》云：“陈同父开拓万古之心胸，推倒一世之豪杰，而作词乃复幽秀。”（《历代诗余》引《词苑》语）[②]“幽秀”是陈亮词的另一种风格。刘熙载说上片歇拍四句“言近旨

① 施蛰存：《词籍序跋萃编》，中国社会科学出版社 1994 年版，第 254 页。
② ［清］沈辰垣：《历代诗余》（下册），上海书店 1985 年版，第 1389 页。

远，直有宗留守大呼渡河之意”。(《艺概·词曲概》)[①]他似乎是把“芳菲世界”当作沦陷的北方领土来看待，于是“念远”便成为对沦陷区父老的怀念。于是，陈廷焯所说“此词‘念远’二字是主，故目中一片春光，触我愁肠，都成泪眼。”(《云韶集》)[②]似乎都可作如是观了。但这一解释似太牵强，只可参考，不足尽信。

此类“幽秀”之作，陈亮词中还有一些，如《虞美人·春愁》：

东风荡飏轻云缕。时送萧萧雨。水边台榭燕新归。一口香泥湿带、落花飞。　　海棠糁径铺香绣。依旧成春瘦。黄昏庭院柳啼鸦。记得那人和月、折梨花。

《词林纪事》卷十一录此词，下引周密评语：“龙川好谈天下大略，以气节自居，而词亦疏宕有致。”[③]上面两首就具有幽秀婉丽，疏宕有致的特点。另外一些词，虽貌似幽秀，但其中却不乏时代的感怆。如《一丛花·溪堂玩月作》：

冰轮斜辗镜天长。江练隐寒光。危阑醉倚人如画，隔烟村、何处鸣榔。乌鹊倦栖，鱼龙惊起，星斗挂垂杨。

芦花千顷水微茫。秋色满江乡。楼台恍似游仙梦，又疑是、洛浦潇湘。风露浩然，山河影转，今古照凄凉。

---

① ［清］刘熙载：《艺概》，上海古籍出版社1978年版，第111页。

② ［清］陈廷焯　孙克强　杨传庆：《〈云韶集〉辑评》（之一），《中国韵文学刊》2010年第3期。

③ ［清］张宗橚　杨宝霖：《词林纪事·词林纪事补正合编》（下册），上海古籍出版社1998年版，第719页。

本是玩月，结拍忽从平地荡起，风露浩然，引出千古凄凉情境，这就不难看出其中含有家国与时世之感了。

陈亮和辛弃疾一样，始终力主抗金复国、重整河山，与妥协投降、苟且偷安之辈坚持抗争，因而在不断遭受诬陷打击之下，以布衣终了一生。他和辛弃疾志同道合，引为知交，词风均属豪放一派，但二人却又略有不同。辛词雄豪、博大、隽峭，寄雄豪于悲婉之中，展博大于精细之内，行隽峭于清丽之外，当之无愧地成为豪放词家的领袖，也无愧于雄踞词史的高峰之巅。近几十年对辛之评价居高不下，对陈亮的评价却一直偏低。陈亮词斩截痛快、横放恣肆、语出肺腑，绝少矫饰，自成一家；其缺欠乃在以文为词、以论为词的同时，未能更多保留词之“要眇宜修”的特点，有的词篇有气而乏韵，或过于浅露、率直，有的章句甚至因缺乏严密的推敲，竟导致词意相反。如《水调歌头·送章德茂大卿使虏》结拍“胡运何须问，赫日自当中”，按“赫日”直接“胡运”，而作者在此突作反接，翻转失当，其意则相反矣。

词至陈亮，其主导倾向已不再重视幽约柔婉、妩媚风流和女性美的创造了。豪放词的创作已趋向与政论结合，其特点体现为：抒情说理的直截性，问题提出的尖锐性，具体事实的针对性。在艺术上，则表现为：寓理于情的心灵之美，寓理于形的河山之美，寓理于人物形象勾勒对比之中的英雄之美。

力主抗金的陈亮奋斗一生，但屡遭打击。他胸有“经济之怀”，但始终未得一申，遂郁结于心，发而为词。毛晋在《龙川词跋》中云：“《龙川词》一卷，读至卷终，不作一妖语、媚语，殆所称不受人怜者欤？”[①]张德瀛也说："陈同甫有国士之目。孝宗淳熙五年，诣阙上书，于古今沿革、政治得失，指事直陈，如龟之灼。然挥霍自恣，识者或以夸大少之。其发而为词，乃若天衣飞扬，满壁风动。惜其每有成议，辄招妒口，故肮脏不平之气，辄寓于长短句中。读其词，益悲其人之不遇已。"（《词征》）[②]陈亮在同投降派的对抗中以悲剧结局，为后人所同情。陈亮词"豪气纵横"，但"合者寥寥"（陈廷焯语）[③]，亦可悲矣。今天，除同情之外，重要的是对《龙川词》做出科学的分析与中肯的历史评价。

二、"狂逸之中，自饶俊致"的刘过

刘过（1154—1206），字改之，自号龙洲道人，吉州太和（今江西太和县）人。刘过出身贫寒，但自幼好学，饮酒谈兵，睥睨古今，以诗著名于江西。他自幼便怀有抗金复国的壮志，并希望通过科考得到重用，但却屡试不第。上书直陈恢复方略也石沉大海，只能长期在江湖漫游，寄人篱下。晚年为辛弃疾所赏识。有《龙洲词》，存词80首。

在《龙洲词》里，最值得重视的首先是那些充满抗金复国热情的豪放词作，那些词里充溢着必胜信念和报国热情。如《六州歌头·题岳鄂王庙》：

中兴诸将，谁是万人英。身草莽，人虽死，气填膺。

---

① 施蛰存：《词籍序跋萃编》，中国社会科学出版社1994年版，第254页。
② 唐圭璋：《词话丛编》（第5册），中华书局1986年版，第4163页。
③ 唐圭璋：《词话丛编》（第4册），中华书局1986年版，第3794页。

尚如生。年少起河朔，弓两石，剑三尺，定襄汉，开虢洛，洗洞庭。北望帝京。狡兔依然在，良犬先烹。过旧时营垒，荆鄂有遗民。忆故将军。泪如倾。　说当年事，知恨苦，不奉诏，伪耶真。臣有罪，陛下圣，可鉴临。一片心。万古分茅土，终不到，旧奸臣。人世夜，白日照，忽开明。衮佩冕圭百拜，九泉下、荣感君恩。看年年三月，满地野花春。卤簿迎神。

这是最早用词这一形式直接悼念爱国英雄岳飞的作品。岳飞20岁投军作战，卫国抗金，功勋显赫，令敌人闻风丧胆，但却被秦桧所害。孝宗时才得昭雪，建庙于鄂（今武昌）。宁宗嘉泰四年（1204）被追封为鄂王。这首词为词人游岳庙（即鄂王庙）时有感而作，因是词人逝世前两年的作品，所以词中织进了词人近50年患难余生的感慨，对岳飞被害表示深切怀念和由衷的哀悼。悼念抗金英雄，目的是激励抗金将士的士气。在宁宗嘉泰四年（1204）正月，韩侂胄定议伐金。这一决定就其总体上来说，代表了南宋抗战派、南宋广大人民和沦陷区百姓的抗金要求，获得了绝大多数人的支持。“北伐之举，宗社安危所系也。雷同相从，如出一口，而争之者不数人。”（真德秀《上殿奏劄》）[①]当时辛弃疾被起用为知绍兴府，他于年前招刘过来会，同时还与80高龄的老诗人陆游结识。他们均对北伐表示由衷支持。这首词热情赞颂岳飞爱国抗金的堂堂正气，对其被害表示由衷的哀悼。前半部慷慨悲歌，怆然泪下；后半部寄希望于宁宗北伐，语气中带有鼓舞激励之情。最后三句则春光明媚，野花遍地，人们将以胜利

① ［宋］真德秀：《真西山先生集》（第一册），商务印书馆1937年版，第2页。

和喜悦之情，告慰英雄在天之灵。这种乐观情趣，在当时爱国豪放词中是极为罕见的。

这种乐观豪迈的热情，也表现在另首《沁园春》中：

万马不嘶，一声寒角，令行柳营。见秋原如掌，枪刀突出，星驰铁骑，阵势纵横。人在油幢，戎韬总制，羽扇从容裘带轻。君知否，是山西将种，曾系诗盟。

龙蛇纸上飞腾。看落笔四筵风雨惊。便尘沙出塞，封侯万里；印金如斗，未惬平生。拂拭腰间，吹毛剑在，不斩楼兰心不平。归来晚，听随军鼓吹，已带边声。

词题是“张路分秋阅”，显然是为张路分秋季阅兵而写。但“张”为何人？已难考知。“路分”即路分都监，为宋代路一级军事长官。通过阅兵场面的描写和人物性格的刻画，可以看出张路分是作者心目中值得赞扬的军事领袖，在他身上寄托着作者的理想和国家的希望，也显示出作者本人的某些气质和特征。词中的英雄人物始终把消灭入侵之敌和维护国家统一当作自己的神圣天职：“不斩楼兰心不平。”另一方面又藐视个人的功名利禄，显示出崇高的精神境界：“便尘沙出塞，封侯万里；印金如斗，未惬平生。”可见这位将领把国家安危看得高于一切。正因为如此，他才把自己的精力全部用于士兵的训练上去。阅兵中出现的场面，就是在展示他训练军队取得的优异成绩。他的军队训练有素，人强马健，军容整肃，纪律严明，令行禁止，战斗力强，堪称周亚夫再世。另一方面，这位将领还酷爱诗词，文韬武略，色色齐全：“龙蛇纸上飞腾。看落笔四筵风雨惊。”不难看出，作者在创造这一人物时，注入了自己的理想和激情，具有鲜明的浪漫主义成分。为了突出这一带有理想成分的形象，作者精心提炼出具有典型意义的细节入词：一是注意选择最能反映人物生活情趣的细节；二是注意选择最能突出其将帅之才的细节。因之，词里始终洋溢着浓厚的生活气息和乐观情调。在宋词中，集中描绘军事场面与刻画军事将领形象的成功之作并不多见。这首词的可贵之处，正在这里。

刘过为施展抱负，除上书直陈恢复方略以外，还屡次应举，但均未能如愿。于是便浪迹江湖，希望能得到某些达官的赏识擢拔以便有所作为，但结果仍不免令其大失所望。怀着这种失落感登高临远，常使他泣下沾襟。《贺新郎》一词便是这种复杂心情的反映：

弹铗西来路。记匆匆、经行数日，几番风雨。梦里寻秋秋不见，秋在平芜远渚。想雁信家山何处？万里西风吹客鬓，把菱花、自笑人憔悴。留不住，少年去。

男儿事业无凭据。记当年、击筑悲歌，酒酣箕踞。腰下光芒三尺剑，时解挑灯夜语，更忍对灯花弹泪。唤起杜陵风雨手，写江东渭北相思句。歌此恨，慰羁旅。

刘过在以杭州为中心的漫游之后，还从金陵溯江西上，经采石、池洲、九江、武昌，直至当时抗金的前线重镇襄阳，并往来于襄阳与武昌之间，历尽艰辛并遍尝羁旅深愁。这首词发端便用冯谖寄居孟尝君的故事，写寄食他人篱下并匆促奔波的苦况。下片回忆当年“击筑悲歌”，与眼下“对灯花弹泪”形成比照。最后用杜甫及李白有关事典慨叹时运不济、友谊难寻、知音难求。理想的失落与友谊的失落交织在一起，谱写出词人流落漂泊的悲歌。

《唐多令·重过武昌》是《龙洲词》中的名篇，写于词人西游的后期：

> 芦叶满汀洲，寒沙带浅流。二十年、重过南楼。柳下系舟犹未稳，能几日、又中秋。　　黄鹤断矶头。故人今在不。旧江山、浑是新愁。欲买桂花同载酒，终不是、少年游。

词题下有一小序，叙述写词经过："安远楼小集，侑觞歌板之姬黄其姓者，乞词于龙洲道人，为赋此唐多令。同柳阜之、刘去非、石民瞻、周嘉仲、陈孟参、孟容，时八月五日也。"安远楼，又名南楼，在武昌（今湖北武汉市）黄鹤山上。此楼建于淳熙十三年（1186），姜夔《翠楼吟·月冷龙沙"》词题中说："淳熙丙午冬，武昌安远楼成。"刘过此词感慨时事，抒写昔是今非和怀才不遇的思想感情。武昌位于长江中部，扼南北水陆交通之咽喉。宋室南逃，武昌暴露于敌人面前，成为宋金对峙与争夺的前方。20年前，作者曾与"故人"在此作"少年游"。转瞬之间，20年岁月匆匆过去，国家日益衰落，个人又一事无成。"武昌系与敌分争之地，重过能无今昔之感？"（见《蓼园词选》）① 上片写景。起拍用"芦叶""寒沙"渲染秋景，烘托气氛。"重过南楼"点时地，概括家国与个人之变化。"柳下系舟犹未稳"三句在写季节景物之外，又象征南宋（包括词人自己）已进入中秋时分，晚景无多了。下片抒情，就上片"二十年"一句略加发挥，极写物是人非，今非昔比。"旧江山、浑是新愁"是全词主旨。

① ［清］黄氏：《蓼园词评》，见唐圭璋编《词话丛编》（第4册），中华书局1986年版，第3053页。

李攀龙说："追忆'故人'不在，遂举目有江上之感，词意何等凄怆！又云'系舟未稳''旧江山都是新愁'，读之下泪。"(《草堂诗余隽》)[①]"欲买桂花同载酒"，紧扣中秋饮桂花酒，表面是今日之所想，实是当年与"故人"同游情事。但今日已非昔日，今人已非故我。于是，此想便因"终不是、少年游"而作罢。实际上，这两句也是借口，归根结底，都是由"旧江山、浑是新愁"引起的。

凡登楼之作，均喜用今昔对比手法，本篇也不例外。不同的是，本篇感慨时事，具有强烈的现实内容，并非泛泛的咏叹。其特点是杂今昔对比于景物描绘和情感抒写之中。上片绘景，形象鲜明，气氛浓郁。"能几日"二句，貌似佳日难得，盛时难再，然而过片笔锋顿转，怀旧伤今，新愁无限，终因游兴锐减，含恨而罢。刘过爱国佳篇，深得稼轩神髓，多为豪爽奔放、淋漓痛快之作，但这首《唐多令》却温婉含蓄，耐人咀嚼，尽合"要眇宜修"的本色，故而流传甚广。此词一出，"楚中歌者竞唱之"。(徐釚《词苑丛谈》)[②]刘辰翁在临安失陷后，曾步此词原韵作词达7首之多。周密则因词中有"重过南楼"句，为《唐多令》更名为《南楼令》。可见此词在宋代影响之广。

刘过和辛弃疾的友谊也是南宋词坛的佳话，与辛弃疾有关的词也流传颇广。其最著名的一首便是《沁园春》：

斗酒彘肩，风雨渡江，岂不快哉。被香山居士，约林和靖，与东坡老，驾勒吾回。坡谓西湖，正如西子，

① 引于上彊村民重编，唐圭璋笺注：《宋词三百首笺注》，上海古籍出版社1979年版，第185页。

② ［清］徐釚 唐圭璋：《词苑丛谈》，上海古籍出版社1981年版，第56页。

浓抹淡妆临镜台。二公者，皆掉头不顾，只管衔杯。

白云天竺飞来。图画里、峥嵘楼观开。爱东西双涧，纵横水绕，两峰南北，高下云堆。逋曰不然，暗香浮动，争似孤山先探梅。须晴去，访稼轩未晚，且此徘徊。

宋宁宗嘉泰三年（1203），南宋王朝起用辛弃疾知绍兴府兼浙东安抚使。据岳珂《桯史》所载，辛弃疾对刘过曾“闻其名，遣介招之。适以事不及行。作书归辂者，因效辛体《沁园春》一词，并缄往，下笔便逼真”。① 所以词题说：“寄辛承旨。时承旨招，不赴。”词为推迟行期而作，但词人却发奇想，借三位不同时代的大诗人的盛情挽留，当作不能及时赴招的理由。起拍三句用樊哙鸿门宴上见项王，项王赐斗酒彘肩（猪蹄膀）事，表示过江与辛弃疾相见一定是豪爽痛快、令人十分高兴的事。但天不从人愿，刘过正要过江时，却被白居易、林逋和苏轼给留住了：“驾勒吾回。”苏轼邀他欣赏“淡妆浓抹总相宜”的西湖美景，白居易邀他游赏东、西二涧和南、北高峰，林逋则邀他先去孤山访梅。词中分别化用三位诗人的名篇佳句，使全词妙趣横生，声情毕现，充分显示出刘过艺术上的独创性。此词打破了上下片之间的承接关系，全词一气呵成。结拍与起句又上下呼应，勾锁绵密；中间穿插三人对话，起落转折，井然有序。俞文豹说：“此词虽粗刺而局段高。与三贤游，固可睨视稼轩。视林、白之清致，则东坡所谓淡妆浓抹已不足道。稼轩富贵，焉能浼我哉。”（《吹剑录》）② 这是从词人襟抱上对刘过的推许。因词中把三位诗人写得活灵活现，加之以调侃语气，所以岳珂在《桯史》中说

① ［宋］岳珂：《桯史》，中华书局1983年版，第23页。

② ［宋］俞文豹　张宗祥：《吹剑录全编》，古典文学出版社1958年版，第35页。

这首词“白日见鬼”。又说辛弃疾读之大喜，“致馈数百千”，并招之至幕府“馆燕弥月”，待为上宾。临别又“赒之千缗”。[①]可见，辛弃疾对刘过这种词风是十分欣赏的。细按全词，还可看出刘过这类词很近似稼轩《沁园春·杯汝来前》的风格、语气乃至结构安排。在用前人诗语而不留痕迹，旷放飘逸又含无穷韵味方面，二者均极为接近。所以李调元才说这首词“颇有稼轩气味”。(《雨村词话》)[②]

还有一首《沁园春》是歌颂辛弃疾的，词题为“寄辛稼轩”：

古岂无人，可以似吾，稼轩者谁。拥七州都督，虽然陶侃，机明神鉴，未必能诗。常衮何如，羊公聊尔，千骑东方侯会稽。中原事，纵匈奴未灭，毕竟男儿。

平生出处天知。算整顿乾坤终有时。问湖南宾客，侵寻老矣，江西户口，流落何之。尽日楼台，四边屏幛，目断江山魂欲飞。长安道，奈世无刘表，王粲畴依。

这是刘过已应招到辛弃疾绍兴幕馆时所作。刘过认为，纵观历史，英雄辈出，不可计数，但却很少有人能与辛稼轩相比。继之，词中列举三个人物。一是东晋名将陶侃，官至侍中太尉，加都督交（广东）、广（广西）、宁（云南）七州军事，拜大将军。虽然他官高位崇，神机妙算，但却缺少诗才。二是唐代名相常衮，代宗时官门下侍郎、同平章事，封河内郡公。他堵塞卖官鬻爵的途径，提倡教育，重用文人。三是西晋羊祜，镇守襄阳，任职十年，轻裘缓带，身不着甲，一派风流儒将之风。但比起稼

① ［宋］岳珂：《桯史》，中华书局1983年版，第23页。

② 唐圭璋：《词话丛编》（第2册），中华书局1986年版，第1420页。

轩，不过尔尔，怎能像“辛老子”那样，千骑雍容来镇守会稽（绍兴），一派豪气雄风？“中原事”三句，赞美辛弃疾一生坚持抗金复国、重整河山，纵然“匈奴未灭”，国土未能收复，但毕竟是亘古堂堂一血性男儿。下片对未来的胜利充满希望，认为“整顿乾坤”，统一国家，只不过是时间问题而已。同时又抒写“目断江山魂欲飞”的苦痛焦灼和“侵寻老矣”“流落何之”的悲感，把国家和自己前途都寄托在辛弃疾身上。

还有一首《念奴娇·留别辛稼轩》，是临别时留赠辛弃疾的：

知音者少，算乾坤许大，著身何处。直待功成方肯退，何日可寻归路。多景楼前，垂虹亭下，一枕眠秋雨。虚名相误，十年枉费辛苦。　　不是奏赋明光，上书北阙，无惊人之语。我自匆忙天未许，赢得衣裾尘土。白璧追欢，黄金买笑，付与君为主。莼鲈江上，浩然明日归去。

据郭霄凤《江湖纪闻》载，刘过客稼轩处，因母病告归，囊橐萧然。稼轩为其筹资万缗，买船送归。刘过感稼轩知遇之恩，因自述生平，赋此词留别。其时约为宋宁宗嘉泰三年（1203）。作为“天下奇男子”的刘过，为实现其抗金复国大志，曾“上皇帝之书，客诸侯之门”，东上会稽，南窥衡湘，西登岷峨，北游荆扬，却不但未得朝廷重视，甚至连真正赏识他的才华，肯于奖掖提携的人，也极为罕见。此词开篇便直抒这种寥落漂泊、孑然一身的苦况：“知音者少，算乾坤许大，著身何处？”这三句从反面着笔，正面称赞辛稼轩为知音以及对他作上宾般的款待。

四、五两句貌似平常，其实内心极其沉痛，因为此时刘过已到知命之年，却一无官职，二无成就，哪里有什么“功成身退”可言？“多景楼前”三句状退身归隐者的自在消遥。然而，虚名累身，不仅难得“一枕眠秋雨”，而且十年之间，往来奔波，历尽人间辛苦。歇拍两句与下片“赢得衣裾尘土”针线连绵。下片，转写当年上书时的希冀与憧憬，只因皇帝不能采纳（“天未许”），才弄得四处奔波，一身“尘土”。“白璧”之句写稼轩慷慨大度，对刘过挥金如土，使他终于得到人生最相知、最快乐的一段美好生活。古人云：“相识满天下，知心能几人？”这首词写的便是这种心情。尽管“归去”之后很难说何时重聚（事实上这次分手后不到三年刘过便去世了，辛弃疾不到四年也告别人间），但他却很难忘却这难得的“知音”。即使他能有“莼鲈江上”的生活，又怎能忘却“白璧追欢”的雅趣呢！煞尾三句，既是“留别”，又与开篇三句相绾合，曲终奏雅，戛然终篇。

黄升说：“改之为‘稼轩之客’。”“其词多壮语，盖学稼轩者也。”（《中兴以来绝词选》卷五）①《龙洲词》中接近稼轩词风或明显受稼轩词影响的作品的确不在少数，但又只是接近，并不失自家面目，如《贺新郎》：

老去相如倦。向文君说似，而今怎生消遣。衣袂京尘曾染处，空有香红尚软。料彼此、魂销肠断。一枕新凉眠客舍，听梧桐、疏雨秋声颤。灯晕冷，记初见。

楼低不放珠帘卷。晚妆残、翠钿狼藉，泪痕凝面。人道愁来须殢酒，无奈愁深酒浅。但寄兴、焦琴纨扇。

① ［宋］黄升：《花庵词选》，中华书局1958年版，第258页。

莫鼓琵琶江上曲，怕荻花、枫叶俱凄怨。云万叠，寸心远。

张世南《游宦纪闻》载刘过跋此词云："壬子（1192）秋，予求牒四明，尝赋《贺新郎》与一老娼，至今天下与禁中皆歌之。"① 这说明，本篇为其早年赴考落第时所写。词中把失意落第之悲同歌女天涯沦落之悲打并在一起，相互映衬，悱恻缠绵，哀感无端，别饶清醇俊爽之韵致。

《龙洲词》中还有一些纤秀、通俗、浅近，口语白描之作。如《醉太平》（又作《四字令》）："情深意真。眉长鬓青。小楼明月调筝。写春风数声。"又如《天仙子·初赴省别妾》："别酒醺醺容易醉。回过头来三十里。马儿只管去如飞，牵一会，坐一会，断送杀人山共水。"毛晋说稼轩词里也少有"此纤秀语"。② 贺裳说此词是"不可无一，不可有二"之作（《皱水轩词筌》）。③

此外刘过还写过一些讽喻权贵弄权误国以及酬唱题赠和咏物的词篇。其游宴、赠妓之作，特别是那些"咏美人指甲""咏美人足"之类作品，则纯属低级庸俗了。陈廷焯谓此类词"即以艳体论，亦是下品"。（《白雨斋词话》）④ 这一评价是正确的。但张炎却说此"二词亦自工丽"。（《词源》卷下）⑤ 陶宗仪亦谓其"纤丽可爱"。⑥ 由于他们的吹捧，自元代开始，历代均有续作。元沈

---

① ［宋］张世南　李心传：《游宦纪闻·旧闻证误》，《游宦纪闻》，中华书局 1981 年版，第 5 页。

② 施蛰存：《词籍序跋萃编》，中国社会科学出版社 1994 年版，第 254 页。

③ 唐圭璋：《词话丛编》（第 1 册），中华书局 1986 年版，第 701 页。

④ 唐圭璋：《词话丛编》（第 4 册），中华书局 1986 年版，第 3794 页。

⑤ ［宋］张炎：《词源》，唐圭璋编《词话丛编》（第 1 册），中华书局 1986 年版，第 262 页。

⑥ ［元］陶宗仪：《南村辍耕录》，中华书局 1959 年版，第 183 页。

景高便有和刘过咏指甲词，邵亨贞从指甲、足推演开来，转写美人目、美人眉，明、清之际的徐石麒竟写了28首美人词。凡此，均与刘过这类词的不良影响有关。

《龙洲词》中的成功之作有两类，一是凭借对英雄人物的刻画赞美表现社会理想之作；二是深入抒写个人流落寂寞之悲，宣泄精神苦闷之作。前者如对岳飞、张路分和辛弃疾的歌颂。正如邓广铭所说："辛稼轩是一个兼具文才武略的英雄豪杰，如果只把他当作一个杰出的爱国词人看待，那是不够全面的。"（《辛弃疾词鉴赏》序言）[①]而刘过在780余年前对辛弃疾就是这么看的。他笔下出现的英雄人物正是他理想的化身，在他自己身上失落的东西却在他刻画的英雄人物身上得到了补偿。同样，他也毫不隐讳地抒写自己的失意之悲，使千百年之后的读者更多地感受到当时的时代氛围和词人的精神力量。

刘过并不像陈亮那样在词里论政，直陈恢复方略，所以他的词风也与陈亮的横放恣肆有明显不同。刘过的词风主要是狂逸俊致。刘熙载在《艺概》中说："刘改之词，狂逸之中自饶俊致，虽沉著不及稼轩，足以自成一家。"[②]他的狂逸俊致在前举诸词中均有充分的反映，即使被刘熙载认为"又当别论"的《沁园春·斗酒彘肩》也并未轶出这个范围，只不过其"效辛体"更为突出而已。

张炎对刘过词评价甚低。他说："辛稼轩、刘改之作豪气词，非雅词也。于文章余暇，戏弄笔墨，为长短句之诗耳。"（《词源》卷下）[③]张炎的这种批评，无疑是脱离了中国词史发展

① 《辛弃疾词鉴赏》序言，齐鲁书社1986年版，第2页。

② ［清］刘熙载：《艺概》，上海古籍出版社1978年版，第111页。

③ 唐圭璋：《词话丛编》（第1册），中华书局1986年版，第267页。

的实际，是一种放映个人好恶的门户之见。首先，他对时代的要求视而不见。“靖康之变”造成大宋王朝的崩解，使得当时的词坛再难维持“太平无事，君臣宴乐，黎民欢醉”（万俟咏《醉蓬莱》）的旧传统，而必须以“大声鞺鞳”之声来振奋人们的精神，投入血与火的拼搏。其次，他不了解大批南渡词人在词的创作上投入了自己的心血和生命。他们所写，并非字斟句酌的无病呻吟，而有着生命的飞跃与审美的高峰体验。在评骘中，张炎将辛稼轩与刘改之相提并论，对二者皆讥为“文章余暇，戏弄笔墨”，则更加失当。第三，他不了解词的诗化乃历史之必然。翻开唐五代及北宋词籍，所谓“长短句之诗”，早已所在多有，并非仅稼轩、改之为然耳。问题在于“长短句之诗”是否仍能保留词之“要眇宜修”的音乐味。稼轩与改之的成功之作，恰恰既有诗的功能又保有“词之言长”的韵味。当然，辛、刘都有个别有失高雅的词作，但任何风格类型的作品，都有雅有俗；即使在张炎所推崇的雅词中也可以毫不费力地拈出几首令人感到俗不可耐的作品。不过，冯煦说的“龙洲自是稼轩附庸，然得其豪放，未得其宛转”。（《宋六十一家词选·例言》）[①]就整体而言，还是有道理的。所谓“宛转”，就是保留词的特质，保留其“深美闳约”与“要眇宜修”的特色。正因《龙洲词》在这方面远不及稼轩词，所以刘过只能是稼轩的羽翼。然而，他虽不是“别立一宗”的大家，但如刘熙载所说，仍可“足以自成一家”。

三、杨炎正、刘仙伦、程珌、戴复古、岳珂、黄机、刘学箕、王埜、曹豳、葛长庚

① 唐圭璋：《词话丛编》（第 4 册），中华书局 1986 年版，第 3592 页。

还有几位与辛弃疾同时，或关系密切，或词风相近的词人，也在此一并简单介绍，以便考察豪放词在当时的整体风貌。

杨炎正（1145—1216？），字济翁，杨万里族弟，庐陵（今江西吉安）人，52岁始中进士，曾任大理司直，出知藤州、琼州。词近稼轩，屏绝纤秾，自抒清俊。有《西樵语业》一卷，存词38首。其《水调歌头》将报国之心与归田之志并作一处，清警奇矫：

把酒对斜日，无语问西风。胭脂何事，都做颜色染芙蓉。放眼暮江千顷，中有离愁万斛，无处落征鸿。天在阑干角，人倚醉醒中。　千万里，江南北，浙西东。吾生如寄，尚想三径菊花丛。谁是中州豪杰，借我五湖舟楫，去作钓鱼翁。故国且回首，此意莫匆匆。

杨炎正力主抗金，壮志难酬。词中自伤身世，寄慨遥深。陈廷焯评曰："悲壮而沉郁，忽纵忽擒，摆脱一切。"（《词则·放歌集》）[1]。《水调歌头·登多景楼》表达同一情感：

寒眼乱空阔，客意不胜秋。强呼斗酒，发兴特上最高楼。舒卷江山图画，应答龙鱼悲啸，不暇顾诗愁。风露巧欺客，分冷入衣裘。　忽醒然，成感慨，望神州。可怜报国无路，空白一分头。都把平生意气，只做如今憔悴，岁晚若为谋。此意仗江月，分付与沙鸥。

---

① ［清］陈廷焯：《词则》，上海古籍出版社1984年版，第346页。

此词吐语俊拔，大气包举。“报国无路”两句，如见肝胆，于高朗中倍见沉痛。袁去华《水调歌头·定王台》中的“书生报国无地，空白九分头”于此重现。然“九分”为基本全白，“一分”则尚存九分希望，沉痛中仍容有希望之曙光。“岁晚若为谋”，不正是在做行动的思考吗？“沙鸥”句令人想起辛弃疾“拍手笑沙鸥。一身都是愁”。（《菩萨蛮·赏心亭为叶丞相赋》）杨炎正还有一首《蝶恋花·别范南伯》，写得深致婉曲，别绪依依：

> 离恨做成春夜雨。添得春江，划地东流去。弱柳系船都不住。为君愁绝听鸣橹。　　君到南徐芳草渡。想得寻春，依旧当年路。后夜独怜回首处。乱山遮隔无重数。

从上引诸作，可以看出杨炎正词与“稼轩体”近似的特点。毛晋说他的词“不做妖艳情态”“俊逸可喜”。[①]

刘仙伦，生卒年不详，一名儗，字叔儗，号招山，庐陵（今江西吉安）人。与刘过齐名，时称庐陵二士。毕生不仕，以布衣终。有《招山乐章》，存词29首。

刘仙伦词多感慨时事，昂扬激越，同时也有自然清畅之作。如《贺新郎·题吴江》：

> 重唤松江渡。叹垂虹亭下，销磨几番今古。依旧

① 施蛰存：《词籍序跋萃编》，中国社会科学出版社1994年版，第253页。

四桥风景在，为问坡仙甚处。但遗爱、沙边鸥鹭。水天相连苍茫外，更碧云、去尽山无数。潮正落，日还暮。

十年到此长凝伫。恨无人、与共秋风，鲙丝莼缕。小转朱弦弹九奏，拟致湘妃伴侣。俄皓月、飞来烟渚。恍若乘槎河汉上，怕客星、犯斗蛟龙怒。歌欸乃，过江去。

吴江，即吴淞江，亦名松江，源出太湖，经吴江、吴县、青浦、松江、嘉定，合黄浦江入海。此词起拍用苏轼句振起全篇，将有关轶事组织入词，增大容量，浓化诗意，发人联想。传苏轼任职杭州时，曾到过吴江并写有《青玉案》："三年枕上吴中路。遣黄犬、随君去。若到松江呼小渡。莫惊鸥鹭，四桥尽是，老子经行处。"但是，当今朝有人重新唤渡之时，虽依稀当年渡口，却早已物是人非。于是历史苍茫之感勃然而生，"销磨几番今古""四桥风景""坡仙甚处"便都有了具体内涵，令人涵泳无尽。由此铺垫再咏叹水天苍茫、碧云归去、潮平日暮，即事即景，绘景生情，余音袅袅。下片从惆怅寂寥的孤独感过渡到怀人忆旧。"秋风"句用张翰思归事典，烘托名利淡泊之怀。"朱弦""湘妃"又化实为虚，空中荡漾，将所见、所历、所感一并化作虚无缥缈的仙境，做灵魂的升腾与畅游。然而，这一切不过是短暂的幻境，现实中的松江一水横陈，唤来的渡船，棹声欸乃。水是要一桨一桨划过去的。结响与起拍上呼下应，自然紧凑，一笔不懈。细玩"恨无人"与"蛟龙怒"等句，这首词似含现实寓意。

《招山乐章》中现实性较强的作品是《念奴娇》：

吴山青处，恨长安路断，黄尘如雾。荆楚西来行堑远，北过淮堧严扈。九塞貔貅，三关虎豹，空作陪京固。天高难叫，若为得诉忠语。　　追念江左英雄，中兴事业，枉被奸臣误。不见翠华移跸处，枉负吾皇神武。击楫凭谁，问筹无计，何日宽忧顾。倚筇长叹，满怀清泪如雨。

词题为“感怀呈洪守”。词中主要写痛感国土沦丧，权奸误国，爱国志士无法击楫中流，渡江北伐。对此虽不免“清泪如雨”，但仍有共勉之思。

招山词中写相思离别传统歌词中不时有情致深婉之作，如《菩萨蛮》二首：

吹箫人去行云杳。香篝翠被都闲了。叠损缕金衣。是他浑不知。　　冷烟寒食夜。淡月梨花下。犹自软心肠。为他烧夜香。

东风去了秦楼畔。一川烟草无人管。芳树雨初晴。黄鹂三两声。　　海棠花已谢。春事无多也。只有牡丹时。知他归不归。

“冷烟”“淡月”“芳树”“黄鹂”诸句，均为词中妙境，语淡情浓，秀而有骨，实从苦心琢练中得来。

程珌（1164—1242），字怀古，休宁（今安徽休宁）人。宋光宗绍熙四年（1193）进士。曾任翰林学士知制诰，知福州，兼福建安抚使，封新安郡侯。有《洺水词》，存词43首。

跟陈亮一样，程珌也有“登甘露寺多景楼望淮有感”而发的《水调歌头》：

天地本无际，南北竟谁分。楼前多景，中原一恨杳难论。却似长江万里，忽有孤山两点，点破水晶盆。为借鞭霆力，驱去附昆仑。　望淮阴，兵冶处，俨然存。看来天意，止欠士雅与刘琨。三拊当时顽石，唤醒隆中一老，细与酌芳尊。孟夏正须雨，一洗北尘昏。

陈亮咏多景楼《念奴娇》，就地理形势纵谈出兵北伐的战略思想。程珌此词不在议论，而是针对朝廷腐朽无能，强调应起用仁人志士，以鞭击雷霆之力，去收复失地。这两首词的现实针对性是一致的。但陈亮词肆放，而此词却恰当运用比兴手法（“水晶盆”“鞭霆力”“昆仑”等），使肆放疏畅与委婉含蓄相互融合，词风与稼轩较为接近。

以“读《史记》有感”为题的《沁园春》，不仅在《洺水词》里别开生面，在两宋词里也可以说是自立规模。全词如下：

试课阳坡，春后添栽，多少杉松。正桃坞昼浓，云溪风软，从容延叩，太史丞公。底事越人，见垣一壁，比过秦关遽失瞳。江神吏，灵能脱罟，不发卫平蒙。

休言唐举无功。更休笑、丘轲自阨穷。算汨罗醒处，元来醉里，真教假孟，毕竟谁封。太史亡言，床头酿熟，人在晴岚杳霭中。新堤路，喜樛枝鳞角，夭矫苍龙。

读此词，首先使人想到辛弃疾效《天问》体的《木兰花慢》。在那首词里，辛弃疾一共提出了九个问题。程珌此词也提出了四个问题。不同的是，辛词提出的是以月球为中心的有关宇宙与大自然的问题，而程词所提则主要是《史记》中的有关记载，是人物与史实的问题。第一问是“底事越人，见垣一壁”？战国时的名医秦越人服了长桑君的灵丹妙药后，竟能隔墙见人，有透视病人内脏的特异功能。但他到秦国后，竟被妒嫉他的太医令李醯派人刺死。为什么越人有透视人体的特异功能却未发现李醯有害他之心：“比过潼关遽失瞳”？（典见《扁鹊仓公列传》）[①]第二问是“江神吏，灵能脱罟，不发卫平蒙”？《龟策列传》说，长江神龟出使黄河，途中被宋国渔人捕获。龟托梦宋元王求救。王遣使得渔人龟，欲放其生。宋博士卫平说此龟天下之宝，宋元王乃剥龟甲作占卜之具。[②] 既然神龟托梦宋王，为何不同样使卫平大开放生之门？第三问是蔡泽面丑，善相面的唐举戏而笑之，但蔡泽并不因此沮丧，而是四处游说，终得秦昭王拜相。这一结局并不能评定唐举所有相术全都失灵（事见《蔡泽列传》）[③]。同样，孔丘、孟轲周游列国虽以失败而归，但却不能因此就笑他们到处碰壁，愚腐无能。第四问是屈原忠而见疑，被楚王放逐，自谓“众人皆醉而我独醒”，其实不正说明他自始至终在醉梦之中吗？（见《屈原列传》）[④] 又如优孟假扮孙叔敖，楚王信以为真，欲以为相，但优孟拒绝了。（见《滑稽列传》）[⑤] 这最后一问，尖

---

① 《史记》（第 9 册），中华书局 1959 年版，第 2785 ~ 2794 页。

② 《史记》（第 10 册），中华书局 1959 年版，第 3229 ~ 3236 页。

③ 《史记》（第 7 册），中华书局 1959 年版，第 2418 ~ 2425 页。

④ 《史记》（第 8 册），中华书局 1959 年版，第 2486 页。

⑤ 《史记》（第 10 册），中华书局 1959 年版，第 3201 ~ 3202 页。

锐、深刻，触及到封建政治的黑暗腐败：是非不分，真假莫辨。联及南宋小朝廷以妥协求苟活的政治现实，词人的提问不正是满腔义愤的另一种发抒吗？值得指出的是，词人把问题的尖锐性放到田野清和、百花争妍、万木葱茏的大自然中来加以展示，更加衬托出读书无用，不如归田栽松树李了。这可以说是章法别特，用笔灵活，别饶韵致。

程珌是辛弃疾的忘年挚友（程晚辛24岁），为词也多受辛影响。他在《六州歌头·送辛稼轩》词中，把稼轩词中的某些佳句巧妙地组织起来，突出了范开《稼轩词序》中所说的那种个性特征："天鸢阔，渊鱼静""把行藏、尽付鸿蒙。"一个指挥过千军万马的爱国英雄如今也只能"且从头检校，想见迎公。湖上千松"。

戴复古（1167—？），字式之，自号石屏，天台黄岩（今浙江黄岩）人。终生仕途失意，浪迹江湖，晚年于家乡隐居，终年80余岁。他是江湖派前辈，诗学贾岛、姚合，颇有盛名。他的词跟他的诗一样，具有较强的现实性，气势奔放，但也不乏工整自然之作。有《石屏集》，存词46首。

《石屏集》中气势雄放的爱国词篇为数不少。如以"题李季允侍郎鄂州吞云楼"为题的《水调歌头》：

轮奂半天上，胜概压南楼。筹边独坐，岂欲登览快双眸。浪说胸吞云梦，直把气吞残虏，西北望神州。百载一机会，人事恨悠悠。　骑黄鹤，赋鹦鹉，谩风流。岳王祠畔，杨柳烟锁古今愁。整顿乾坤手段，指授英雄方略。雅志若为酬。杯酒不在手，双鬓恐惊秋。

上片绘吞云楼“气吞残虏”的胜概，但又写到渡江已近百年（此词约作于1221年），却不见有人抓住“百载一机会”，去收复失地。下片缅怀先烈岳飞等民族英雄，寄希望于李季允（时任沿江制置使），紧扣词题并以“杯酒”“惊秋”结束全篇。“吞云楼”在词人眼里已变成“吞虏楼”。

另首《贺新郎·寄丰真州》，同样寄托了这种情感：

忆把金罍酒。叹别来、光阴荏苒，江湖宿留。世事不堪频着眼，赢得两眉长皱。但东望、故人翘首。木落山空天远大，送飞鸿、北去伤怀久。天下事，公知否。　　钱塘风月西湖柳。渡江来、百年机会，从前未有。唤起东山丘壑梦，莫惜风霜老手。要整顿、封疆如旧。早晚枢庭开幕府，是英雄、尽为公奔走。看金印，大如斗。

词人虽身为布衣，“江湖宿留”地到处漂泊，但却始终关怀着祖国的统一大业。不仅如此，他还关心丰真州，要他发挥才干，不要隐居，以完成“整顿、封疆”的重任。戴复古词很善于把抒情、写景与叙事、议论结合一起，诗意浓郁，时有佳句。如其袭用黄庭坚《登快阁》“落木千山天远大”句，给“飞鸿北去”提供了广阔天地，这不正是象征北上出征，大有作为吗？又如“钱塘风月西湖柳”，意境多清幽、迷人！但比之“木落”句，则显得与时代很不合拍了。许多达官显贵，不正是在这风月湖柳之中消磨了意志，“直把杭州作汴州”吗？上述词句既清新，又隽永，耐人咀嚼，并提高了词的品位。

小令《柳梢青·岳阳楼》同样具有丰富内涵：

> 袖剑飞吟。洞庭青草，秋水深深。万顷波光，岳阳楼上，一快披襟。　　不须携酒登临。问有酒、何人共斟。变尽人间，君山一点，自古如今。

戴复古一生潦倒，浪游四方，足迹所至，常有吟咏。因远离官场，精神超脱，用不着绞尽脑汁去巴结逢迎或步步防范，所以他内心有更大空间来容纳祖国的奇山异水，又能时刻关心抗金复国的大业。于是每当登临之际，便自然激活了他的爱国豪情。这首词开篇便不同凡响：“袖剑飞吟。”这与“浅斟低唱”相比，其境界相差何止千里万里！不仅如此，换头再补足“不须携酒登临”一句，以增强逼人之势，奔放雄豪之气扑面而来。戴复古在《望江南》词中说：“诗律变成长庆体，歌词渐有稼轩风。”可见他有意学稼轩，并以渐有其词风而私衷甚喜。值得指出的是，这种学习不是简单的模仿，而是从类似的审美高峰体验中获得的。戴复古没有辛弃疾起义抗金、追杀叛徒、纵马渡江、献俘行在的体验，因他比辛晚了27年。但他却有身在草野与历尽沧桑的甘苦，同下层百姓的情感更为接近，对抗金复国的要求也特别强烈。这一切都促使他在审美感兴体验方面向稼轩靠拢，经常爆发为今古茫茫的感慨。“变尽人间，君山一点，自古如今”“杨柳烟锁古今愁”“木落山空天远大”等句，都是审美灵境的自然敞显，而不是生吞活剥的模仿照搬。

戴复古在诗词创作上是有明确的主张与效法目标的。除上引《望江南》讲到他有意学白居易、辛稼轩外，另首《望江南》还有更多发挥：

石屏老，家住海东云。本是寻常田舍子，如何呼唤作诗人。无益费精神。　　千首富，不救一生贫。贾岛形模元自瘦，杜陵言语不妨村。谁解学西昆。

词前小序说："仆既为宋壶山说其自说未尽处，壶山必有答语，仆自嘲三解。"宋壶山名自逊，字谦父，号壶山。工词，有《渔樵笛谱》，已失传。这首词是宋谦父寄戴新刊雅词后，戴读其自说生平《壶山好》后所写。词中充分肯定贾岛与杜甫的诗歌，对讥讽杜甫为"村夫子"的西昆体主要诗人提出了批评，认为杜甫以俗语、俚语入诗是一大优长。以词论诗，极为罕见。戴复古继承辛弃疾《贺新郎》论杜叔高诗的传统，颇为可贵。况周颐在《蕙风词话续编》（卷一）中说："石屏词往往作豪放语，绵丽是其本色。"并以其《满江红·赤壁怀古》为例来加以说明，谓其"歇拍云云，是本色流露处"。[①]

岳珂（1183—1240），字肃之，号亦斋、倦翁、东儿。岳飞之孙。曾知嘉兴，历官户部侍郎，淮东总领。著述颇丰，有《棠湖诗稿》《玉楮集》《愧剡录》《桯史》《金陀粹编》《读史备忘》等。存词8首。

在《桯史》中，岳珂提及在镇江时与辛弃疾的交往以及有关

① 唐圭璋：《词话丛编》（第5册），中华书局1986年版，第4531～4532页。

词作的本事。内云："稼轩有词名，每燕必命侍妓歌其所作。""既而又作一《永遇乐》，序北府事。"同时还谈到这首词的文字修改"累月犹未竟"。[①] 岳珂也有两首《祝英台近》，现一并录下。《祝英台近·登多景楼》：

瓮城高，盘径近。十里笋舆稳。欲驾还休，风雨苦无准。古来多少英雄，平沙遗恨。又总被、长江流尽。

倩谁问。因甚衣带中分，吾家自畦畛。落日潮头，慢写属镂愤。断肠烟树扬州，兴亡休论。正愁尽、河山双鬓。

又一首是《祝英台近·北固亭》：

澹烟横，层雾敛。胜概分雄占。月下鸣榔，风急怒涛飐。关河无限清愁，不堪临鉴。正霜鬓、秋风尘染。

漫登览。极目万里沙场，事业频看剑。古往今来，南北限天堑。倚楼谁弄新声，重城正掩。历历数、西州更点。

前一首感慨万端。后一首由万里沙场激起强烈的报国豪情，词意不减乃祖遗风。但在审美视界、高峰体验与艺术手法方面，却有明显距离。杨慎在《词品》中说后一首"与辛幼安'千古江山'一词相伯仲"。[②] 未免过誉。

---

① ［宋］岳珂：《桯史》，中华书局 1983 年版，分别第 38 页，第 38 页，第 39 页。

② 唐圭璋：《词话丛编》（第 1 册），中华书局 1986 年版，第 518 页。

在现存岳珂8首词中，亦有婉约之作。今录《满江红》一首，以窥一斑：

小院深深，悄镇日、阴晴无据。春未足，闺愁难寄，琴心谁与。曲径穿花寻蛱蝶，虚栏傍日教鹦鹉。笑十三、杨柳女儿腰，东风舞。　云外月，风前絮。情与恨，长如许。想绮窗今夜，为谁凝伫。洛浦梦回留珮客，秦楼声断吹箫侣。正黄昏时候杏花寒，廉纤雨。

黄机，生卒年不详，字几仲，一云字几叔，东阳（今浙江东阳）人。生当宁宗（12世纪末与13世纪初）时代，尝任州县小官并浪迹江湖。曾与岳珂填《六州歌头》唱和，并写《乳燕飞》词寄辛弃疾。有《竹斋诗余》一卷，存词96首。

《满江红·万灶貔貅》抒爱国壮志：

万灶貔貅，便直欲、扫清关洛。长淮路、夜亭警燧，晓营吹角。绿鬓将军思饮马，黄头奴子惊闻鹤。想中原、父老已心知，今非昨。　狂鲵剪，於菟缚。单于命，春冰薄。政人人自勇，翘关还槊。旗帜倚风飞电影，戈铤射月明霜锷。且莫令、榆柳塞门秋，悲摇落。

南宋于1233年与元军合围蔡州（今河南汝南），次年城陷，金亡。此词约写于此时。这正是敌人势力削弱，南宋北伐的大好时机，因此词人满怀希望，乐观情绪洋溢于笔末毫端。结末三句，是预感，也是警告。最终，宋室臣民未能逃脱这“摇落”之

"悲"。

《霜天晓角》写"仪真江上夜泊"之所感：

> 寒江夜宿。长啸江之曲。水底鱼龙惊动，风卷地、浪翻屋。　诗情吟未足。酒兴断还续。草草兴亡休问，功名泪、欲盈掬。

此词借江上夜景，写仕途坎坷、壮志难酬的郁愤。慨叹家国兴亡是词骨，贯穿始终。词人在与岳珂唱和的《六州歌头》中说："将军何日，去筑受降城。""百年事，心示语，泪先倾。""偏安久、大义谁明。倚危栏欲遍，江水亦吞声。"这首词里的"功名泪、欲盈掬"可与之相互发明。"浪翻屋"句，使人想起稼轩《念奴娇·登建康赏心亭呈史致道留守》结拍之"江头风怒，朝来波浪翻屋"。黄机在这里再次提出南宋有巢倾卵覆的危险结局。

《忆秦娥》写羁旅离愁，织入时代悲戚，并通过写秋景萧疏，烘托漂泊失落之感：

> 秋萧索。梧桐落尽西风恶。西风恶。数声新雁，数声残角。　离愁不管人飘泊。年年孤负黄花约。黄花约。几重庭院，几重帘幕。

掩深情于风物萧瑟之中，令人倍加神伤，艺术个性亦较突出。

《清平乐·江上重九》写客里悲秋，可与上阕参读：

西风猎猎，又是登高节。一片情怀无处说。秋满江头红叶。　　谁怜鬓影凄凉。新来更点吴霜。孤负萸囊菊琖，年年客里重阳。

此词同样近于稼轩风格，但又不掩个人情致，是效而能化，自出机杼。

《乳燕飞》题为“次徐斯远韵寄稼轩”，对稼轩的英雄失路寄予深切同情：“满袖斑斑功名泪，百岁风吹急雨。”赞美他“绣帽轻裘真男子，正何须、纸上分今古。”在黄机眼中，稼轩并不仅仅是一代词家，而主要是出类拔萃的民族英雄，无须后人在纸墨上去论证，现实行动早已做出结论。

刘学箕，生卒年不详，字习之，自号种春子，崇安（今福建崇安）人，理学家刘子翚（1101—1147）之孙，隐居不仕。有《方是闲居士小稿》，存词39首。

刘学箕以口语入词相当成功。他明显学稼轩为词，甚至步稼轩词原韵写作。如《贺新郎》：

往事何堪说。念人生、消磨寒暑，漫营裘葛。少日功名频看镜，绿鬓鬅鬙未雪。渐老矣、愁生华发。国耻家仇何年报，痛伤神、遥望关河月。悲愤积，付湘瑟。　　人生未可随时别。守忠诚、不替天意，自能符合。误国诸人今何在，回首怨深次骨。叹南北、久成离绝。中夜闻鸡狂起舞，袖青蛇、戛击光磨铁。三太息，眦空裂。

词前有一长序说明填词原委，有助于了解全词，其序如下：“近闻北虏衰乱，诸公未有劝上修饬内治以待外攘者。书生感愤不能自已，用辛稼轩金缕词韵述怀。此词盖鹭鸶林寄陈同甫者，韵险甚。稼轩自和凡三篇，语意俱到。捧心效颦，辄不自揆，同志毋以其迂而废其言。”词从“国耻家仇何年报”这一中心出发，既察觉到敌人势力大衰，又深感南宋王朝苟且偷安，不图进取，失去天赐良机。作者愤怒指斥“误国诸人今何在，回首怨深次骨”极度愤慨的心情。词人选择了最能表达激扬悲壮情感的词牌，并有意步辛词原韵。辛词用韵甚险，步其韵亦甚难。在征服这一系列困难的过程中，作者遭受极大压抑的情感得到宣泄，艺术上也取得了成功。辛弃疾爱国豪放词对南宋词人创作的影响，由此得到进一步证明。

王埜（？-1260），字子文，号潜斋，金华（今浙江金华）人。任两浙转运判官时，曾以察访使名义巡视江防，增修兵船。后任代理镇江知府、沿江制置使、江东安抚使等。理宗宝祐二年（1254）拜端明殿学士、签书枢密院事。不久被劾，移官主洞霄宫。存词3首。

现录其《西河》一首：

天下事，问天怎忍如此。陵图谁把献君王，结愁未已。少豪气概总成尘，空余白骨黄苇。　　千古恨，吾老矣。东游曾吊淮水。绣春台上一回登，一回揾泪。醉归抚剑倚西风，江涛犹壮人意。　　只今袖手野色里。

望长淮、犹二千里。纵有英心谁寄。近新来、又报胡尘起。
绝域张骞归来未。

此词写成后，曹豳很快“和王潜斋”《西河》一首：

今日事，何人弄得如此。漫漫白骨蔽川原，恨何
日已。关河万里寂无烟，月明空照芦苇。　　谩哀痛，
无及矣。无情莫问江水。西风落日惨新亭，几人堕泪。
战和何者是良筹，扶危但看天意。　　只今寂寞薮泽里。
岂无人、高卧闾里。试问安危谁寄。定相将、有诏催公起。
须信前书言犹未。

前首王埜所作，抒发了他因被劾罢官后的抑郁不平，对前人未能恢复中原深表遗憾。又写当年巡江固防记忆犹新，虽身遭贬谪但壮志不消。曹豳和词对南宋小王朝的投降妥协极度愤慨，他寄希望于王埜，并预言有朝一日他仍会奉诏而东山再起，实现祖国统一的宏愿。王词感慨深沉，一唱三叹，遒劲苍凉。曹词与王词格调配合得体，一呼一应；而曹词又有所发挥，全词贴切自然。这两首词既表现出他们二人思想情感的契合一致，又反映出他们词风接近并有很高素养，扩大了爱国豪放词的声势。

曹豳（1170-1249），字西士，一字潜夫，号东亩，一作东畎，温州瑞安（今浙江瑞安）人。宁宗嘉泰二年（1202）进士，历任安吉州教授、秘书丞兼仓都郎官、左司谏等官。因直言敢谏被称之为“嘉熙四谏”之一。卒谥文恭，存词2首。

葛长庚，生卒年不详，又名白玉蟾，字白叟，号海蟾、海琼子。于其籍贯诸家之说也多有出入。一说闽（今福建）人，一说琼州（今广东琼山）人。7岁能诗，曾获罪而亡命海上。后为道士，居武夷山。宁宗嘉定（1208—1224）年间征召赴杭，封紫清明道真人。有《海璚集》词二卷，存词140首。陈廷焯在《白雨斋词话》中对他的词评价颇高，认为："葛长庚词，一片热肠，不作闲散语，转见其高。其贺新郎诸阕，意极缠绵，语极俊爽，可以步武稼轩，远出竹山之右。"①意思是说，葛长庚词与辛弃疾词十分接近，远比宋末蒋捷为强。现特录一首于下：

且尽杯中酒。问平生、湖海心期，更如君否。渭树江云多少恨，离合古今非偶。更风雨、十常八九。长铗歌弹明月堕，对萧萧、客鬓闲携手。还怕折，渡头柳。　　小楼夜久微凉透。倚危阑、一池倒影，半空星斗。此会明年知何处，蘋末秋风未久。漫输与、鹭朋鸥友。已办扁舟松江去，与鲈鱼、莼菜论交旧。因念此，重回首。

作者并非一开始就是空无一切的道教徒，他也曾为实现人生价值而奔走豪门，寄人篱下。"鹭朋鸥友""鲈鱼""莼菜"，其实是不得已的选择。放达豪气流注字里行间，确实与东坡、稼轩词风为近。

再看《水调歌头》：

① 唐圭璋：《词话丛编》（第4册），中华书局1986年版，第3818页。

江上春山远，山下暮云长。相留相送，时见双燕语风樯。满目飞花万点，回首故人千里，把酒沃愁肠。回雁峰前路，烟树正苍苍。　漏声残，灯焰短，马蹄香。浮云飞絮，一身将影向潇湘。多少风前月下，迤逦天涯海角，魂梦亦凄凉。又是春将暮，无语对斜阳。

此词感情沉挚，离愁郁结，很难想象是方外道士所作。陈廷焯的“意极缠绵，语极俊爽”允是的评。在选择独具特征的景物渲染情绪、烘托愁情以及气脉贯通、造语工整等方面，可称上乘佳构。

葛长庚还写下为数不少的与道教徒生活密切相关的作品。兹录一首如《行香子·题罗浮》：

满洞苔钱，买断风烟。笑桃花流落晴川。石楼高处，夜夜啼猿。看二更云，三更月，四更天。　细草如毡，独枕空拳。与山麋、野鹿同眠。残霞未散，淡雾沉绵。是晋时人，唐时洞，汉时仙。

一个斩断名缰利锁的词人，在创作时思想解放，很少顾虑，所以其词中自然贯注着一种真纯的清气，由此而形成自家的风格。

《水龙吟·采药径》反映了道教徒追求的另一种生活，另一种神奇的境界：

云屏漫锁空山，寒猿啼断松枝翠。芝英安在，术苗已老，徒劳屐齿。应记洞中，凤箫锦瑟，镇常歌吹。怅苍苔路杳，石门信断，无人问、溪头事。　　回首暝烟无际，但纷纷、落花如泪。多情易老，青鸾何处，书成难寄。欲问双娥，翠蝉金凤，向谁娇媚。想分香旧恨，刘郎去后，一溪流水。

“后南渡词人”继续发扬“南渡词人”在重建南宋词坛过程中已经取得的成就，陆续大量创作爱国豪放词，并使词的内容与题材向纵深方向发展，时代气息更浓，现实针对性更强，风格豪迈奔放，情感激昂悲壮，手法丰富多样，终于形成一个声势浩大的创作群体，成为文学史上影响深远的流派，产生了无愧为历史上第一流文学家、大词人辛弃疾。回顾“靖康之变”到辛弃疾这一段词的发展历史，至少可以说明以下几个问题。

首先，进一步证明适应时代需要而发展起来的豪放词具有强大艺术生命力。在中原失陷，东南半壁河山摇摇欲坠，宋室臣民面临何去何从的历史关头，词这一诗体形式摆脱了“词为艳科”的传统束缚，以“大声鞳鞈”慷慨悲歌，倾诉爱国激情。在充满和战之争的漫长历史时期，词这一诗体形式始终在为抗敌必胜、和议必亡的信念进行抗争。其壮声英概，确实足以警顽立懦，激励人心，千百载之后读之，仍可感其金石之音与风云之气，使人心为之一振。词这一诗体形式，通过豪放词的创作，又重新发现了自己，重新塑造了自己，改变了传统的认识，有效地证明了其艺术生命的不朽价值。

其次，通过豪放词的创作实践，使词争得了与诗歌平起平坐、共同发展的位置。在此之前，词之创作主要是应歌而写的“歌辞之词”，内容主要以恋情相思、离愁别恨为主。因之，与诗歌创作内容上有着明确分工，被视之为不登大雅之堂的“小道”，是女性文学。在传统诗教占统治地位的社会背景下，在以大男子主义为核心的当时社会，词的伦理地位与艺术地位都是无法与诗相颉颃。但是爱国豪放词的创作实践证明，诗歌所有的社会功效与艺术功效，词也同样具备，甚至在某些方面更为人所喜爱。词不只反映女性阴柔之美，同时还能更生动地体现阳刚之美。甚至任何带有偏见的人也无法轻视或抹杀词已争得的历史地位与艺术价值。

第三，在创作实践中，豪放词也拓宽了审美视界，丰富了艺术表现手法，积累了创作经验，形成了豪放词的悠久传统。每当处于民族生死存亡与政治斗争的重大关头，这一传统便会得到进一步的弘扬。

第四，南宋时期豪放词的发展还刺激与促进了婉约词的更新与发展。面对爱国豪放词巨大的社会效应，婉约词再也不能步“花间”与北宋婉约词的老路子。南宋婉约派的“复雅”也好，“清空”也好，都是面对“南渡词”与“稼轩体”的庞大存在与“晕圈效应”而选择的一条改革求新之路。婉约词艺术上的深化，有其自身的规律与需求，也有豪放词创作高峰的刺激与推动。

第五，正是在豪放词创作的长期积累与经久不衰的巨大声势中，才出现了集大成的“稼轩体”，出现了攀登到词史高峰的伟大词人辛弃疾。历史证明，只有擅长婉约词而又同时创作有特色的爱国豪放词的词人，才能攀上词史的高峰，成为伟大的词人；只写婉约词的词人可能在艺术上做出巨大贡献，但终难成为文学史上的伟大人物。

虽然“南渡词”和“爱国豪放词”是我们这一章充分描述的历史主潮，但这绝不意味着当时词的创作就应该一花独放。对词人个体来说是这样，对创作群体来说也是这样，就南宋词林整体而言，则更是这样了。这正是下一章我们要展开的内容。

南宋词史（下）

陶尔夫 刘敬圻 著

北方文艺出版社

词艺的深化期

这一时期，实际上是词史高峰期的继续。

南渡词人与后南渡词人在大量而持久地进行爱国豪放词创作的同时，并没有放弃婉约词的创作。婉约词在他们全部作品中仍占有相当数量或较大数量。与此同时，还有些南渡词人自始至终坚持婉约词创作，只是在词风、情感与艺术手法等方面自觉不自觉地表现出向豪放词风的倾斜或相互渗透。他们始终坚持“别是一家”的传统观念，如李清照以及在本书第一章第二节最后介绍的一些词人。当南渡词人逐渐退出南宋词坛以后，在南宋出生的词人相继走上词坛。其中一部分词人继承南渡词人开创的爱国豪放词传统，用主要精力从事爱国豪放词的创作，成为前文已论及的后南渡词人或辛派词人。另一部分词人则专注于婉约词的创作。虽然他们作品中也并非绝无豪放之作，但就其审美趋向而言却是以婉约词创作为主，而且在向豪放词风倾斜与相互渗透的过程中，维护了婉约词的特质，丰富了婉约词的审美面貌。通过词艺的深化，南宋婉约词表现出勃勃生机与新的感人魅力，既征服了当时的读者，也受到后代读者的欢迎。他们同样对宋词的高峰期做出了自己的贡献，发展并充实了高峰期的丰富性与持续性。其中姜夔与吴文英是继辛弃疾之后登上词史高峰的另两位大词人，他们在词艺的深化方面做出了独创性的贡献，从而形成了辛、姜、吴三足鼎立于南宋词坛的历史格局，影响了宋以后词史的发展进程。

下面将对词艺的深化期展开论述，并将用较大的篇幅论述姜夔与吴文英在词艺深化方面的贡献及其独创性成就。需要说明的是，为了叙述的简捷方便，我们统将与豪放词风不同的南宋词人及其作品称之为婉约词人及婉约词，不再另立名目。随着研究的深入，目前对南宋婉约词的称谓甚多，很难在短期内取得一致。如果书中名称概念过杂，深恐治丝益棼，徒乱人意。事实上，不论南宋豪放词以外有多少不同风格，归根结底，都不过是婉约词在南宋这一特定的历史时期的发展与深化而已。至于其发展演变以及风格特色有何不同，则主要靠分析阐释来加以比较研究。

第一节　婉约词的进展与深化

一、范成大、杨万里、朱熹

在爱国豪放词的创作形成巨大声势并持续掀起高潮，且长期不衰的同时，传统的婉约词仍在继续发展、开拓和创新。婉约词的艺术实绩并未被豪放词所掩盖，相反，婉约派词人众多，词作丰富，在新的历史时期又取得了新的进展。一是许多诗人也兼用词体形式抒怀，由于诗词题材分工这一传统的拘限，往往是以诗言志，以词言情（特别是他们恋情）；二是有些词人虽以豪放词为主，但并不放弃婉约词的创作；三是专业词人（包括有些兼擅诗、文却以词名世者）毕生从事婉约词的创作，他们对祖国的深情沉潜于细腻多样的词作之中。第一种如杨万里、范成大，第二种情况如辛弃疾、陈亮、刘过等，第三种如姜夔、史达祖、吴文英。正因如此，南宋的婉约词同样也进入了词史上的创作高峰。当我们全部了解此段历史的具体走向之后，问题自然就会十分清楚了。

让我们先从姜、史、吴以前的词人、词作谈起。

范成大（1126—1193），字致能，号石湖居士，吴县（今江苏苏州）人。绍兴二十四年（1154）进士。历任知静江府兼广西南路安抚使、四川制置使、参知政事等职。乾道六年（1170）出使金国。晚年退居石湖。范成大是南宋著名诗人，在四川曾与陆游唱和。使金纪行绝句72首，反映沦陷区百姓仇恨民族压迫、切盼早日恢复河山的焦灼心情。晚年退居石湖所写《四时田园杂兴》反映当时农民的苦痛与农村优美秀丽的风光。有《石湖词》，存词113首。

由于诗词题材传统分工的影响，石湖词所涉及的题材远不及诗歌广阔，但他仍用《水调歌头》记录了出使金国的具体感受。词题为“燕山九日作”：

万里汉家使，双节照清秋。旧京行遍，中夜呼禹济黄流。寥落桑榆西北，无限太行紫翠，相伴过芦沟。岁晚客多病，风露冷貂裘。　对重九，须烂醉，莫牢愁。黄花为我，一笑不管鬓霜羞。袖里天书咫尺，眼底关河百二，歌罢此生浮。惟有平安信，随雁到南州。

这首词写于宋孝宗乾道六年（1170），范成大出使金国，于重阳节抵达金都汴京时有感而作。一起两句交代身份与季节。“万里汉家使”，这一句极为重要。因为在此前六年，张浚北伐兵败符离，汤思退主和，遂有“隆兴和议”，宋向金称侄。这对宋室臣民来说无疑大损国格，是民族一大耻辱。对此，范成大内心是不承认的。所以他明确以“汉家使”自居。这三个字挺直了民族脊梁，伸张了民族正气。“汉家”代表中华民族最辉煌强大的历史时期，故后代历朝均以“汉”自居。唐诗中就多以“汉”喻唐（如“汉皇重色思倾国”“闻道汉家天子使”）。范成大承此传统，但比唐人更具现实针对性，包含更多深意。“旧京行遍”更不应轻易放过。“遍”，在此说明词人走遍了汴京的大街小巷，凭吊故国神京。其心如何？可想而知。范成大正是有明确的“汉家使”意识，才会“旧京行遍”。可故国沦亡、京城失陷的沉痛体验！所以这次出使，他据理力争，不仅更改了南宋皇帝向金使跪拜受书的极具侮辱性的礼仪，同时还使金国不得不同意交还河南宋皇室“陵寝”，表现出南宋使臣不畏强暴的凛然气节，并在外交上取得了巨大胜利。这首词便自始至终洋溢着这种乐观与必胜的情绪。词中没有直接描绘敌人侵吞后的破坏，没有抒写百姓的痛苦，也正是出自这种考虑。他在使金过程所写72首绝句以及《揽辔录》中，对此已有详尽的叙写。“袖里天书咫尺，眼底关河百二，歌罢此生浮。”心意之高，眼界之宽，诗情之广，完全是一个胜利者的姿态。面对敌酋，谈笑风生，吟咏自如。原因在于“天书”，力量来自眼界，豪情产自泱泱诗国的传统。至此，还有什么危殆之可言？于是诗人便招手南飞的雁群，让它们传达胜利的喜讯。结尾不仅极富诗情，而且与开篇两句结合紧密，既突出了季节特点，又渲染了作者心境，与范仲淹“衡阳雁去无留意”（《渔家傲》）的境界迥然异趣。再对照本书前引赵佶《燕山亭·北行见杏花》，那么，这首词中的民族气节和乐观精神，就更加鲜明了。

《满江红》写船过清江时所感，词题曰“清江风帆甚快，作此与客剧饮歌之”：

千古东流，声卷地、云涛如屋。横浩渺、樯竿十丈，不胜帆腹。夜雨翻江春浦涨，船头鼓急风初熟。似当年、呼禹乱黄川，飞梭速。　　击楫誓，空惊俗。休拊髀，都生肉。任炎天冰海，一杯相属。荻笋蒌牙新入馔，鹍弦凤吹能翻曲。

笑人间、何处似尊前，添银烛。

乾道八年（1172），范成大因反对近侍张说执政，被外放静江府（今广西桂林）。船行清江（地当袁、赣二水合流）时，因风帆甚速，乃有所感。前五句通过水声、云涛、风疾、帆满，状船行如飞。“夜雨”“船头”两句，交代水涨风疾是船速的原因，化用苏轼“夜半潮来风又熟”（《金山梦中作》）句意。歇拍“似当年”二句，回忆使金过河时的壮举，即上引《水调歌头》“中夜呼禹济黄流”。意谓：今天这船很像当年使金半夜祈灵大禹祐我渡过黄河时，那样顺利，那样迅疾，简直如飞梭一般。换头承上，回忆当年“济黄”时的决心：“击楫誓，空惊俗。”原来使金渡黄河时，范成大就曾暗下决心，要像东晋祖逖那样，中流击楫而誓：“不能清中原而复济者，有如大江！”[①]作者当年之所以能惊世骇俗，舌战群虏，取得外交胜利，正因了有此斗志与胆识。然而使金时节的壮举英声已过去三年，理想并未兑现。“空”，即指此而言。“休拊髀，都生肉。”用刘备在荆州久不骑射叹息“髀里生肉”事，慨叹自已老之将至，一事无成。“入馔”“翻曲”以及“尊前”添烛，均为由此而发的激愤之词，不能简单视为消极心态。

《鹧鸪天》写观舞时的感受，同样具有深层涵蕴：

休舞银貂小契丹。满堂宾客尽关山。从今袅袅盈盈处，谁复端端正正看。　　模泪易，写愁难。潇湘江上竹枝斑。碧云日暮无书寄，寥落烟中一雁寒。

“休舞”，是感情极强的字眼，带有命令语气。为什么？

---

① 《晋书》（第6册），中华书局1974年版，第1695页。

因为舞台上演出的是“银貂小契丹”。“银貂”，即身着银白貂皮衣；“小契丹”，是当时少数民族的一种歌舞。作者《次韵宗伟阅番乐》诗云：“绣靴画鼓留花住，剩舞春风小契丹。”“契丹”是古代居住西辽河上游（今内蒙巴林右旗一带）的少数民族，曾建立辽朝，北宋宣和七年（1125）为金所灭。感物斯应，联类无穷。作者从“小契丹”联想到契丹的灭亡，再从契丹的灭亡联想到北宋的灭亡，“休舞”之情便蓦然而生。不仅如此，在座的又有谁不跟自己的感情一样呢？“满堂宾客尽关山”，讲的就是这种共同的心态。“关山”，边防的关塞。“袅袅盈盈”形容舞姿的美好迷人，但从此却不会有人仔细欣赏，不会“端端正正看”了。换头二句向深层开掘，“模泪易，写愁难”，表演流泪容易办到，写尽深愁就太困难了。谁能像舜的两个妃子，闻舜死向苍梧而哭，洒泪竹上尽成斑痕呢？这对那些表面谈抗金复国而无实际行动的人是一讽刺，对那些乐而忘忧的人也是一个震动。作者深感关心国家命运的人太少，所以尾句才慨叹知音难得，有书难寄：“碧云日暮无书寄，寥落烟中一雁寒。”忧国忧民的情怀只有压抑在心头。此诗约作于词人从桂林调往四川时。

再看写于四川任内的另一首《水调歌头》，时间与前两首相去不远：

> 万里筹边处，形胜压坤维。恍然旧观重见，鸳瓦拂参旗。夜夜东山衔月，日日西山横雪，白羽弄空晖。人语半霄碧，惊倒路旁儿。　分弓了，看剑罢，倚阑时。苍茫平楚无际，千古锁烟霏。野旷岷嶓江动，天阔崤函云拥，太白暝中低。老矣汉都护，却望玉关归。

淳熙元年（1174），范成大由广西经略安抚使调任四川制置使，二年春离桂林赴成都。虽然他在入川前就已萌生归田之想：“明朝重上归田奏，更放岷江万里船。”（《画工李友直为余作〈冰天〉〈桂海〉二图》）在入川途中也不断产生这种念头：“早晚北窗寻噩梦，故应含笑老榆枌。”（《判命坡》）“从此蜀川平似掌，更无高处望东吴。”（《望乡台》）但是，他在四川任职的两年时间，还是做了许多筹边备战的事。这首词表面看来，似乎是描绘蜀中山川形胜，其实，所有描绘都与作者在任两年中的政绩联系在一起。筹边楼、分弓亭都是范成大为巩固边防、加强反攻能力而建的。陆游曾为此写下《筹边楼记》（见《渭南文集》卷十八）①，而范谟也写有《分弓亭记》②，详细记载和歌颂了范成大筹边复国的大志及其具体行动。但最后因受制于朝廷，备而不用，故此词结尾处词人产生了久戍思归的感叹。“老矣汉都护，却望玉关归”二句，用蔡挺《喜迁莺》句意：“谁念玉关人老。太平也，且欢娱，不惜金尊频倒。”相传宋神宗读到蔡挺此词后便批了十六个字：“玉关人老，朕甚念之。枢管有缺，留以待汝。”③范成大并不一定要象蔡挺那样调回朝廷当枢密副使，而主要是他念念不忘的“归田”。

果然，淳熙三年（1176），范成大辞去了四川制置使的职务，第二年五月离成都东下，八月十四日至鄂州（今湖北武昌），十五日晚赴知州刘邦翰设于黄鹤山上的南楼赏月宴。词人登楼，怅触万端，于是写下了另一首十分著名的《水调歌头》：

细数十年事，十处过中秋。今年新梦，忽到黄鹤旧山头。

---

① 《陆游集》（第 5 册），中华书局 1976 年版，第 2138 页。

② ［明］周复俊：《全蜀艺文志》（卷三十四），［清］永瑢 纪昀等修纂《文渊阁四库全书》（第 1381 册），台湾商务印书馆 1986 年版，第 395 页。

③ ［明］周复俊：《全蜀艺文志》（卷三十四），［清］永瑢 纪昀等修纂《文渊阁四库全书》（第 1381 册），台湾商务印书馆 1986 年版，第 395 页。

老子个中不浅，此会天教重见，今古一南楼。星汉淡无色，玉镜独空浮。　　敛秦烟，收楚雾，熨江流。关河离合、南北依旧照清愁。想见姮娥冷眼，应笑归来霜鬓，空敝黑貂裘。酾酒问蟾兔，肯去伴沧洲？

据作者《吴船录》载，南楼赏月这一天的月色十分美好："天无纤云，月色甚奇，江面如练，空水吞吐，平生所遇中秋佳月，似此夕亦有数。况复修南楼故事，老子于此兴复不浅也。"又说："作乐府一篇，俾鄂人传之。"[①] 当即指此词而言。起拍"细数十年事，十处过中秋。""十年"，约数，其实已十二年了。他在《吴船录》中确曾"细数"十处过中秋的具体地点，目的是为了强调今夜中秋与往昔之不同。"新梦""忽到"，正是突出这非同寻常的感受。"黄鹤"点地，暗寓崔颢黄鹤楼诗意。作者在《鄂州南楼》有类似诗句："谁将玉笛弄中秋，黄鹤飞来识旧游。""今古一南楼"句，平空提起，加大时空与历史跨度，让读者去充填。东晋庾亮镇鄂，于秋夜登南楼与僚属吟咏谈笑，曾说："老子于此处兴复不浅！"（《世说新语·容止》）[②] 作者于此以庾亮自况，仿佛就是身在九百年前那场盛会。所以他在《吴船录》中也说："老子于此兴复不浅也。"[③] 当然，词中关键并不在中秋夜月的描绘（虽然"星汉""玉镜""熨江流"已写得很有特色），而在"关河离合"以下诸句，此这才是登楼赏月时的审美高峰体验。词人忽然想到北半部中原大地仍然被敌

---

① ［明］周复俊：《全蜀艺文志》（卷三十四），［清］永瑢　纪昀等修纂《文渊阁四库全书》（第 1381 册），台湾商务印书馆 1986 年版，第 395 页。

② 余嘉锡：《世说新语》，上海古籍出版社 1993 年版，第 616 页。

③ ［清］永瑢 纪昀：《文渊阁四库全书》（第 460 册），台湾商务印书馆 1986 年版，第 869 页。

人侵吞，南北分裂，尚未统一，月亮辉光之所及，哪里有什么欢乐？继此，词人想到，月姊也一定对自己一事无成而“冷眼”相待。“空敝黑貂裘”用苏秦说秦王“书十上而说不行，黑貂之裘敝”，终无成而归的事典（见《战国策·秦策》）[①]。结拍两句“酾酒问蟾兔，肯去伴沧洲？”“蟾兔”指月。此用李白《月下独酌》“举杯邀明月”诗意。“沧洲”，滨水之地，古代隐士所居。可以看出，此词开篇结尾照应十分紧密。通过赏月，不仅串接“十年事”，而且把南北分裂的空间与词人老去无成的感叹都巧妙地编织在一起，极大地丰富了词的容量。虽然全词归结为对归田隐居的向往，但词的情调高旷超逸，潇洒豪迈，在继承李白与苏轼的传统方面相当成功。

不久，范成大真的辞官归隐，在苏州石湖安度最后十年（1183—1193）的幽闲岁月。他在创作60首《四时田园杂兴》的同时，也写了一些刻画农村风情的词篇。如《蝶恋花》：

春涨一篙添水面。芳草鹅儿，绿满微风岸。画舫夷犹湾百转，横塘塔近依前远。　江国多寒农事晚。村北村南，谷雨才耕遍。秀麦连冈桑叶贱。看看尝面收新茧。

刻画农村风情的词在唐五代直至北宋词中为数甚少。苏轼《浣溪沙》与辛弃疾《清平乐》等开拓性地描写了农村的田园风光，给词坛吹进了一股清新空气。范成大进一步扩大了农村词的创作范围，呈现出一种全新的审美情趣。如《浣溪沙·江村所见》：

十里西畴熟稻香。槿花篱落竹丝长。垂垂山果挂青黄。

---

① 《战国策》（上册），上海古籍出版社1985年版，第85页。

浓雾知秋晨气润，薄云遮日午阴凉。不须飞盖护戎装。

前一首写江南春耕、秀麦连冈的农村画面，此首绘出了一幅江村秋丰图。作者先从嗅觉起笔，即稻香薰人，于是丰收的喜悦便自始至终充溢全篇。次写槿花盛开。槿是落叶灌木，花有红、白、紫等不同颜色。在此，词人未具体着色，却给人丰富的想象空间。这空间又因槿花与“竹丝长”交互错杂而增强了立体感。接着，又以山果累累来衬托丰收景象，以“青黄”二字点出秋的亮色。上片将画面展开之后，下片才开始交代时间的流程，说明作者从早晨出来以后，始终在这绝美的江村秋丰图中流连忘返，直到正午时光。结拍“不须飞盖护戎装”一句十分重要。这一句不能简单理解为因秋色满眼，观赏不尽而舍车骑马。其实，这一句远比表面含义要丰富、深刻许多。词人说的是，在这一片丰收喜悦的“江村”里，做长官既不须要坐在车子里，飞一般地走，更不须有着军装的人来护送。这是因为：（一）有了“飞盖”与“戎装”便不会沉下心来仔细欣赏眼前的江村丰收图；（二）因为江村丰收，生活安定，用不到什么戎装；（三）敌人正在践踏北方中原的沃土，戎装应当开赴前线而用不着防范后方百姓。至此，我们在秋丰图中看到词人没有正面写出的另一深刻蕴含，那就是：绘景近，托心远。

在大自然中欣然获得某种美感，或同时抒写闲适情怀的词，在《石湖集》中所在多有。如《鹧鸪天》：

嫩绿重重看得成。曲阑幽槛小红英。酴醾架上蜂儿闹，杨柳行间燕子轻。　春婉娩，客飘零。残花浅酒片时清。一杯且买明朝事，送了斜阳月又生。

词写阳春烟景，从朝至晚。在歌赞的同时，还杂有客子飘零、青春老去的喟叹。上片四句颇类仄起首句入韵七绝，平仄尽合；后两句对仗亦极工整，与作者《四时田园杂兴》相近。不同的是，作者舍弃了绝句融风景画与风俗画于一炉的手法，而侧重于描绘自然风光，形成独具特色的风景画。因此，词中特别着重敷色构图。“嫩绿”为全词敷设基本色调，以增强春的意象，唤醒春的情感。“重重”，嫩叶重叠葳蕤，已有绿渐成荫的趋向（“得”一本作“渐”）。当然，光有首句还不成其为画，因其仅提供了一种底色。“曲阑幽槛小红英”一句，则境界全出。其作用有三：构成风景画整体框架；增强了色彩的对比；有了一定的景深和层次感。“小红英”三字，不仅增强了色彩的对比和反差，而且照亮了全篇，照亮了画面各个角落。正可谓“一字妥贴，使全篇增色”。“小”字在词中有大作用。“浓绿万枝红一点，动人春色不须多。”此王安石《咏石榴花》词所写即为此境。“酴醾”又作“荼蘼”，俗称佛儿草，落叶灌木。开到荼蘼花事了，丝丝天棘出莓墙“蜂儿闹”，说明酴醾已临花开季节，春色将尽，蜜蜂儿争抢着竞采新蜜。“杨柳行间燕子轻”，极富动感。“蜂儿闹”是点上的特写；“燕子轻”，是线上的追踪。词人对所写的画面投入很深的情感，也反映了他的审美情趣与创作意识。但，盛时难再，好景不长，春天即将结束。下片转写伤春与自伤之情。换头两个三字句充分表达了情感的变化：“春婉娩”，春天虽然美好，但已近迟暮，这是指客观季节而言。“客飘零”，写自己一生仕宦迁徙，萍踪不定。范成大为官三十载，改官达八、九次之多。因此，自己的青春也像春天一样片刻之间老去了。“残花”，其实不就是词人自己的象征么？当此之时，哪里还有什么“纵使花前常病酒”的少年情怀？所以只略饮几杯“浅酒”而已，即使稍有酒意也不过“片时”之间的事情。“清”，词人的神志始终是清醒的。正是在清醒之中，词人才明白地意识到，关心时事（“明朝事”）是毫无意义的，还不如在一杯“浅酒”之间，面对“残花”，送走斜阳，迎来皓月东升。联系作者一生，似不能简单将结尾两句视之为颓废之情的宣泄；其中正反映着作者壮志难伸的激愤。至于“人世会少离多，都来名利，似蝇头蝉翼”（《念奴娇·水乡霜落》）；“奔名逐利，乱帆谁在天表”（《念奴娇·和徐蔚游石湖》）等，则又当别论。

《石湖词》中也不乏写恋情相思之作。如《秦楼月》（又作《忆秦娥》）（5首）《南柯子》《鹊桥仙》等。其中《秦楼月》5首应是组诗，均写春闺怀人。前4首分别写朝昼暮夜四时心境，最后补之以惊蛰日的情思。其流行最广者为第四首：

楼阴缺。阑干影卧东厢月。东厢月。一天风露，杏花如雪。

隔烟催漏金虬咽。罗帏暗淡灯花结。灯花结。片时春梦，江南天阔。

这首词虽写春闺怀远，但用笔却幽雅素淡，用情又高华凝炼，绝去陈腐俗艳的脂粉气与富贵气。整个画面与情感都似经过皎洁月光的筛选，纯净透明，水晶般莹澈，人物却在这画境中若隐若现，似有似无，仿佛是一个美丽的梦。最令人感到宁静的是那有节奏的铜壶滴漏之声，最使人感到欣慰的是绽爆的“灯花”，这“灯花”不是在预报远人将至之喜么？然而，这一切都像是一个虚妄的梦。女主人真的在做梦了：“片时春梦，江南天阔。”郑文焯说：“范石湖《忆秦娥》‘片时春梦，江南天阔。’乃用岑嘉州‘枕上片时春梦中，行尽江南数千里’诗意。”（《绝妙好词校录》）[①]但词人化用极其自然近情。全篇摆落故常，独辟蹊径，颇具创获。

又如《鹊桥仙·七夕》，用传统牛郎织女故事，叙写人间情爱：

双星良夜，耕慵织懒，应被群仙相妒。娟娟月姊满眉颦，更无奈、风姨吹雨。　相逢草草，争如休见，重搅别离心绪。新欢不抵旧愁多，倒添了、新愁归去。

宋词中咏牛郎织女者甚多，如欧阳修、张先、晏几道、苏轼、秦观、陈师道、周紫芝均有佳什；而咏《鹊桥仙》词牌者，就有柳永、欧阳修、秦观诸大家。柳永《鹊桥仙》词中所写乃现实中的恋人别情，可以不计。欧阳修所写，词旨为“多应天意不教长”；秦观强调“两情若是久长时，又岂在、朝朝暮暮”；石湖此词则强调这一年一度的短暂欢晤“倒添了、新愁归去”，与秦词又截然不同。秦词注重会晤的精神质量，而石湖则强调难以弥合的悲剧效应。各有侧重，也各尽其妙。可见同一题材的吟咏也不是就只能陈陈相因。有独创性的作者，往往能推陈出新。石湖此篇，即是明证。

此外，还有咏笙乐、咏梅之作，也均可一读，特录于下。《醉落魄》：

栖乌飞绝，绛河绿雾星明灭。烧香曳簟眠清樾。花影吹笙，

① 见引于上彊村民 唐圭璋：《宋词三百首笺注》，上海古籍出版社1979年版，第149页。

满地淡黄月。　　好风翠竹声如雪，昭华三弄临风咽。鬓丝撩乱纶巾折。凉满北窗，休共软红说。

词写夏夜听笙时的艺术感受。开篇三句写夏夜清景，曳席卧清荫之下。忽有笙乐从花影中传来，月亮似乎也被感染而偷偷升起，将幽光洒满大地。下片状笙乐之优美动人：先是像一阵好风吹来，摇动万竿碎竹；忽又似片片雪花漫天飞舞，炎暑顿消。“声如雪”是耳之所闻，又转为体肤之感，实为词中灵境。宋翔凤说：“‘好风翠竹声如雪’，写笙声也。‘昭华三弄临风咽’，吹已止也。”[①] 结拍三句写情态与内心的感动，这一切是凡夫俗子们难以理解的。词以悠闲消暑起笔，以壮志难酬终篇。再看《霜天晓角·梅》：

晚晴风歇，一夜春威折。脉脉花疏天淡，云来去、数枝雪。　　胜绝，愁亦绝，此情谁共说？惟有两行低雁，知人倚、画楼月。

词写梅花的孤高雅洁，即是词人超尘绝俗的化身。梅与赏梅人在词中相映生辉，互为衬托，句句有词人品格在。比之林逋同调咏梅之作，更侧重于人的精神面貌的烘托摹写。可与下一节的姜夔咏梅词比照参看。

上述石湖词的内容与艺术特点已清楚说明石湖并非只是写“闲适的生活”，也并不“缺少社会意义”，艺术上并不是只“温软无力”，或只跟“婉约派一脉相通”。石湖词虽然没有像他的诗那样揭露残酷的剥夺（如《催租行》《后催租行》），或

① 唐圭璋：《词话丛编》（第 3 册），中华书局 1986 年版，第 2501 ~ 2502 页。

写沦陷区人民的血泪（如《州桥》），或写田园风光中咬人的狗（见钱钟书《宋诗选注》“范成大”介绍）[1]，但他的许多词篇是和他的诗相互渗透的。在词的创作实践中，已经突破诗词题材分工这一传统的局限。不仅如此，还可以看出词人的创作已开始向豪放词倾斜和靠近。这种倾斜，除《水调歌头》咏使金、咏筹边政绩、咏月等篇章以外，其他所引词篇也都不同程度地含有壮志难酬与抑郁垒块之愤懑，使那些被目为婉约之作多了重时代的豪情。这就使石湖的婉约词与传统婉约词的面目有所不同了。石湖词的清旷超逸源于苏轼，秀婉雅正则导于秦观。其成功之处，乃在于他善于把秀婉雅正与清旷超逸二者完美结合。所以石湖得苏轼之清旷而去其粗豪，得秦观之秀婉而力避其柔弱。他的词在抒写壮思豪情时，往往能使抒情写景融为一体，于苍凉中见明快，在飞扬处寄深沉，浅露的直抒与单纯的议论颇为少见。其清淡秀婉之作亦复如此，常常含刚健于婀娜之中，不落软媚一路。陈廷焯所说：“石湖词音节最婉转，读稼轩词后读石湖词，令人心平气和。”（《白雨斋词话》）讲的就是这个意思。

在婉约词向豪放词风倾斜渗透，以及婉约词艺术上的发展深化过程中，视范成大为开风气、拓境宇、启山林的词人，似也不为过言。

杨万里（1127—1206），字廷秀，吉水（今江西吉水）人，绍兴二十四年（1154）与范成大、张孝祥同榜进士。他在永州任零陵县丞时，得见谪居于此的主战派张浚，张浚勉之以“正心诚意”之学，因自号诚斋。历官太常博士、太子侍读。光宗朝召为秘书监，又出为江东转运副使，改知赣州。黄升《花庵词选》称他

① 钱钟书：《宋诗选注》，人民文学出版社1958年版，第194页。

“以道德风节，映照一世”，因为他宁肯弃官也不肯为韩侂胄写《南园记》。杨万里是南宋前期著名诗人。“不特诗有别才，即词亦有奇致。”（《历代诗余·词话》引《续清言》）[①] 有《诚斋乐府》，风格清新，活泼自然，虽存词仅 8 首，但却别具一格。

《诚斋乐府》的名篇是《好事近》：

月未到诚斋，先到万花川谷。不是诚斋无月，隔一林修竹。　　如今才是十三夜，月色已如玉。未是秋光奇绝，看十五十六。

词题为“七月十三日夜登万花川谷望月作”。万花川谷在作者故乡家中，自名其花圃，地方并不大，名称却不小，因花种繁多。这首词主要歌咏秋月，所以开篇见“月”，起笔扣题。“诚斋”，作者吉水家中书室名。据《宋史》本传，杨万里“调永州零陵丞。时张浚谪永，杜门谢客，万里三往不得见，以书力请始见之。浚勉以正心诚意之学，万里服其教终身，乃名读书之室曰‘诚斋’。”[②] 此词起笔便奇，既为赏月，却先说：“月未到诚斋”，是何缘故？词中并未立即回答，而是说“先到万花川谷”，也没有交代原因。这两句在读者心中划一大问号。三、四句说“不是诚斋无月”，而是被满园高大茂密的竹林遮蔽了，所以月的清辉无法进入室内。“万花川谷”自然成为望月最好处所了。换头交代时间：七月十三的夜晚，月未满盈，但月色却已皎美如玉。应当说，望月的愿望已得到满足。但歇拍又补两句：这并非是奇绝的秋月之辉光，要达到这一目的，十五、十六再来观

① ［清］沈辰垣：《历代诗余》（下册），上海书店 1985 年版，第 1385 页。
② 《宋史》（第 37 册），中华书局 1977 年版，第 12863 页。

看。未来的月色，比之当今的月色美好许多。满足之中又引出更新的追求。全词45字，一气呵成，口语白描，句法灵动，透脱自然，立意新颖，摆落故常，自出机杼，与传统写景抒情、情景交融大不相类。“诚斋体”中的“活”“快”“新”“奇”“趣”，在此短小词中均有程度不同的体现。“活”，便是构思灵活，层次曲折，诗境迭宕多变。本来月光普照天下万物，却偏说有照不到之处，然后再交代照不到的因由。本来月色不是最美又偏说它最美，然后再说过三两天月色会更加“奇绝”。如此等等，便充分体现出“活”来。陈衍在《宋诗精华录》中说：“语未了便转，诚斋秘诀。”①又说：“他人诗只一摺，不过一曲折而已；诚斋则至少两曲折。”②这首词里上下片便均用欲扬先抑手法委曲致意，其简洁痛“快”，出语“新”，设想“奇”，读之有一种迥异于其他词篇的佳“趣”。这些均可不言而喻。

《昭君怨·咏荷上雨》：

午梦扁舟花底。香满西湖烟水。急雨打篷声。梦初惊。
却是池荷跳雨。散了真珠还聚。聚作水银窝。泻清波。

这首词在构思方面仍体现出“活”的特点。词旨是“咏荷上雨”，却不从“荷”“雨”写起，而是先从虚无缥缈的“午梦”下笔。词人仿佛驾一叶扁舟，荡悠在西湖十里荷花丛中，于是满湖的清香扑鼻而来，词人飘飘然进入烟水迷离之境。忽然，急雨袭来，雨滴打在船篷之上，词人从梦中被惊醒。下片，才从“荷上雨”的虚写进入现实“拍摄”：打在荷花上的雨滴，跳起来飞

---

① 钱仲联：《陈衍诗论合集》（上册），福建人民出版社1999年版，第822页。
② 黄曾樾：《陈石遗先生谈艺录》，中华书局1931年版，第1页。

散了，又晶莹似真珠般重新聚合在一起，在花瓣深处聚成一窝亮晶晶的水银，又匆匆地泻入湖心。钱钟书曾将陆游与杨万里的诗做过比较："人所曾言，我善言之，放翁之与古为新也。人所未言，我能言之，诚斋之化生为熟也。放翁善写景，而诚斋擅写生。放翁如图画之工笔；诚斋则如摄影之快镜，兔起鹘落，鸢飞鱼跃，稍纵即逝而及其未逝，转瞬即改而当其未改，眼明手捷，踪矢蹑风，此诚斋之所独也。"[①]词的下片，恰好体现了"踪矢蹑风"的"快镜"。不过，这"快镜"并非信手拈来，而是经过作者审美感兴的过滤与艺术匠心的安排，活泼自然而不失真趣。至其前虚后实，以及下片"跳""散""还聚""聚""泻"诸动词的连续使用，不仅增强了全词的动态与活劲儿，而且还使全词层次曲折，婉转多姿。

再看另首《昭君怨》，词序是"赋松上鸥。晚饮诚斋，忽有一鸥来泊松上，已而复去，感而赋之"：

偶听松梢扑鹿。知是沙鸥来宿。稚子莫喧哗。恐惊他。
俄顷忽然飞去。飞去不知何处。我已乞归休。报沙鸥。

这首词是杨万里辞官归隐家乡吉水时所写。据杨氏本传："宁宗嗣位，召赴行在，辞。升焕章阁待制、提举兴国宫。引年乞休致，进宝文阁待制，致仕。"[②]词咏沙鸥，似有寄托。《列子·黄帝篇》载，海上有人喜与鸥鸟游，后其父命他去捕捉，已

① 钱钟书：《谈艺录》，中华书局1984年版，第118页。
② 《宋史》（第37册），中华书局1977年版，第12869页。

被鸥鸟得知。“明旦之海上，鸥鸟舞而不下。”[①]意谓人无机心，才能感动鸥鸟。黄庭坚《登快阁》诗：“万里归船弄长笛，此心吾与白鸥盟。”这首词即由此生发。开篇用朴素的口语拟声，是从听觉感受写起的，因此“知是沙鸥来宿”。为了不要惊走沙鸥，词人一再叮嘱“稚子莫喧哗”。因为一般情况下，孩子们见鸥鸟飞来，肯定会惊喜高呼，甚至有捕捉的机心。下片果见鸥鸟飞去，令人失望不已。因此，最后两句迫不及待地捧出一片赤心，告知鸥鸟，自身已辞官归田，毫无机心，愿鸥鸟深信不疑，快速归来，慰我孤寂情怀。作者在《次日醉归》诗中说：“机心久已尽，犹有不下鸥。田父亦外我，我老谁与游？”词中所写即“机心久已尽，犹有不下鸥”这一内心与现实的矛盾。词人以诚待鸥，但却无法解决鸥鸟对人类的猜忌。这里实际寓托着赤诚之心无法为当时社会容纳的矛盾，揭露了官场尔虞我诈、勾心斗角、令人生畏的黑暗现实。可悲的是，只要你在官场混过，即使告老归乡，心存淡泊，也难使人相信仕途官场沾染的那些害人的机心是否能完全清除。作者用笔灵活，情感朴素，真诚，但却抑制不住一种失望的悲哀。这类词已不是一般的风景“快镜”，而含有对社会现实一针见血的针砭了。

杨万里存词仅只8首，其中《归去来兮引》隐括陶渊明《归去来辞》，篇幅甚长（万树《词律》等书概不收入），可不计算在内；其余几首风格与上引诸词大体相近。杨万里存词甚少，但却篇篇都有独创性，在传统婉约词的艺术深化过程中独具一格，的确是白话絮语，满纸性灵，是纯净的“尽弃诸家之体，自出机

① ［清］永瑢 纪昀等：《文渊阁四库全书》（第1055册），台湾商务印书馆1986年，第592页。

杼”的产物（见胡明《杨万里散论》）[①]。杨万里在“诚斋体”中表现出的创新意识已活用到词的创作中来了，只是因他的词量少，未能产生更大影响以左右风气，但他仍应在词史上占一席之地，而不该忽略。

朱熹（1130—1200），字元晦，一字仲晦，号晦庵、晦翁，别号紫阳，徽州婺源（今江西）人。父朱松宦游建阳（今福建）秀亭，即家于此。绍兴十八年（1148）中进士，历高、孝、光、宁四朝，累官转运副使、焕章阁待制、宝文阁待制、秘阁修撰。庆元二年（1196），伪学禁起，落职奉祠。卒谥文，宋理宗绍定时追封徽国公，理宗淳祐时从祠孔庙。朱熹平生从事著述讲学，是南宋著名理学家，著述甚丰，有《四书章句集注》《周易本义》《诗集传》《楚辞集注》《通鉴纲目》等，亦能词，有《晦庵词》，存词19首。

《水调歌头·隐括杜牧之齐山诗》是晦庵词中的名篇：

> 江水浸云影，鸿雁欲南飞。携壶结客，何处空翠渺烟霏。尘世难逢一笑，况有紫萸黄菊，堪插满头归。风景今朝是，身世昔人非。　酬佳节，须酩酊，莫相违。人生如寄，何事辛苦怨斜晖。无尽今来古往，多少春花秋月，那更有危机。与问牛山客，何必独沾衣。

这首词隐括杜牧《九日齐山登高》一诗，即把原来的诗体改写成词体。表面看，这首词用了杜牧的某些原句或句意，不过是诗体形式的变化而已。但细读全词，却可发现，词人已经改变了

① 胡明：《杨万里散论》，《文学评论》1986年第6期，第114～127页。

原来诗中世事无常自古而然的伤感，抒写的是一种乐观精神，“何必独沾衣”等句，就是对人生无常这一感伤情绪的扫荡。“风景今朝是，身世昔人非”二句，是词人的生发，含有宇宙人生的哲理意味，是原诗立意与境界之所无，是作者的补充和发展。《历代词话》卷七引《读书续录》对这首词的评语说：“气骨豪迈，则俯视辛、苏，音韵谐和，则仆命秦、柳，洗尽千古头巾俗态。”[①]这一评价未免有些偏高。陈廷焯说这首词“虽非高作，却不沉闷，固知不是腐儒。”（《白雨斋词话足本校注》卷八）[②]词中雄快风格的形成，与效仿苏轼《八声甘州》“有情风万里卷潮来”词意并用其韵密切相关。

晦庵词中小令亦有可读者，如《鹧鸪天·江槛》二首：

> 暮雨朝云不自怜。放教春涨绿浮天。只令画阁临无地，宿昔新诗满系船。　青鸟外，白鸥前。几生香火旧因缘。酒阑山月移雕槛，歌罢江风拂玳筵。
>
> 已分江湖寄此生。长蓑短笠任阴晴。鸣桡细雨沧洲远，系舸斜阳画阁明。　奇绝处，未忘情。几时还得去寻盟。江妃定许捐双珮，渔父何劳笑独醒。

情随景生，情景交炼，有生动的画面，甚至可分出色彩的浓淡，显示出作者对景物观察的细腻与敏感，如“鸣桡细雨沧洲远，系舸斜阳画阁明”。但这两首词都不以写景如画取胜，而在于抒写其独到的感受与深蕴的哲理诗情。

朱熹存词 19 首，约有三分之一可视之为雄快豪迈之作，即

① 唐圭璋：《词话丛编》（第 2 册），中华书局 1986 年版，第 1229 页。

② 屈兴国：《白雨斋词话足本校注》（下册），齐鲁书社 1983 年版，第 648 页。

使婉约词中也经常出现激荡的硬笔。但这不过是两种不同词风之间的相互渗透。所以我们未将他归为辛派词人，而放在婉约词的深化与发展中加以评介，似乎比较恰当。

二、朱淑真、严蕊、戴复古妻、吴淑姬、淮上女

朱淑真，生卒年不详，自号幽栖居士。钱塘（今浙江杭州）人，一说海宁人。她大约生于南宋前期，北宋之说不可靠。[①]幼聪慧，擅绘画，通音律，能诗词。但婚嫁不幸，抑郁一生。传《断肠集》，有诗337首、词32首。

现存朱淑真生平资料甚少，为研究朱淑真增加了难度。朱淑真逝世后，为其编辑诗词的宛陵人魏仲恭所写《朱淑真断肠诗词集序》，是当前所见最早的记载。魏序做于淳熙九年（1182），李清照去世后40年左右。为便于理解《断肠词》，现将其序文主要部分摘录于下：

> 尝闻摛辞丽句固非女子之事，间有天姿秀发，性灵钟慧，出言吐句有奇男子之所不如，虽欲掩其名，不可得耳。如蜀之花蕊夫人，近时之李易安，尤显著名者，各有宫词、乐府行于世，然所谓脍炙者，可一二数，岂能皆佳也。比往武陵，见旅邸中好事者往往传诵朱淑真词，每窃听之，清新婉丽，蓄思含情，能道人意中事，岂泛泛者所能及？未尝不一唱而三叹也。早岁不幸，父母失审，不能择伉俪，乃嫁为市井民家妻。一生抑郁不得志，故诗中多有忧愁怨恨之语。每临风对月，触目伤怀，皆寓于诗，以写其胸中

① 缪钺：《论朱淑真生活年代及其〈断肠词〉》，四川大学学报（哲学社会科学版）1991年第3期，第55～66页。

不平之气。竟无知音，悒悒抱恨而终。自古佳人多命薄，岂止颜色如花命如叶耶？观其诗，想其人。风韵如此，乃下配一庸夫，固负此生矣。其死也，不能葬骨于地下，如青冢之可吊，并其诗为父母一火焚之。今所传者，百不一存，是重不幸也。[①]

从这一序文中可以看出：（一）朱淑真天资秀发，不仅超过奇男子，且不在花蕊夫人与李清照之下；（二）朱淑真是封建包办婚姻的受害者；（三）所作诗词多忧愁怨恨之语；（四）生为封建婚姻所害，死后仍不得宽恕（“不能葬骨于地下”“其诗为父母一火焚之”）。这几点，已经把朱淑真的不幸与创作动机突显出来了。《断肠集》实际上就是一个生活在封建社会、有很高文化素养并且有较强斗争精神的女性的心灵自白书与控拆书，是一部出自女性之手的真正意义上的女性文学著作。她的词虽然只是她的诗的十分之一，但因词的“要眇宜修”与“深美闳约”的特质，反而更多地反映了她的心曲。

作为封建社会的闺中女子，除遭受政权、族权、神权的支配以外，还遭受到夫权的桎梏。这四条绳索，紧紧捆缚着当时的广大妇女，朱淑真也不例外。她曾经试图挣脱，但随之而来的却是勒紧再勒紧，最终被这勒紧的四条绳索夺去了生命。她的诗词就是在勒紧与挣脱、挣脱与勒紧这一抗争过程中暴发出的生命哀歌。她不仅没有男子的仕宦之途与广泛社交的自由，也没有魏夫人生活的美满安适，或李清照的伉俪情深与晚年的颠沛流离。她生活于闭锁的闺阁庭园之中，其间虽然曾经随家远游，也目睹过

① ［宋］魏仲恭：《断肠诗集序》，［宋］朱淑真撰 张璋 黄畬校注《朱淑真集》，上海古籍出版社 1986 年版，第 303 页。

名山大川，但时间甚短，范围有限，生活内容整体上不曾有何改变。所以，对待朱淑真的诗词，特别是她的词，既不能完全用对待男性诗人、词人的尺子来衡量她，又不能以李清照所达到的标准来要求她。客观公允的态度应当是：在内容上，不要求她在前人的基础上向生活水平面的宽广方向拓展，而要看她沿着女性内心情感垂直线向纵深层次开掘的情况；在艺术上，不要求她比前人有如何多的创造、更新与发展，而要着眼于她在开掘女性心灵空间方面的独特审美情趣、细腻的表现手法以及有别于男性作品的口吻声情。只有这样，才能正确评估朱淑真诗词的艺术价值和历史价值。处在时代的疾风暴雨中的文学家，有机会将自己全部身心和整个生命投入到斗争的旋涡中，谱写出一曲曲气壮山河、光照后世的辉煌歌词；同样，在日常生活的涓涓细流之中，如果一个文学家也能以全部生命和心血做整体投入，辨其甘苦，明其爱憎，生死不渝，即使他写出的作品远不能气壮山河，但也能感人至深。只要在生命和心血投入方面大体相同，那他所写出的作品，不论是气壮山河，还是感人至深，在人格力量和文化品位的本质方面，其价值至少是大体接近的。对朱淑真的诗词就应做如是观。

因为生活环境相对闭锁，朱淑真在其诗词中很少反映当时社会的重大事件与政治上的矛盾冲突。所以《断肠集》中的作品多写自然风光与恋情相思。在描写自然风光的作品里，她也不可能像男性词人那样登泰岱，观沧海，放眼神州，或是飞天揽月。她接触最多的，不外是花木树石，闺阁庭园，曲径流水，鸂鶒鸳鸯。任何诗人都不可能完全脱离他周边的现实生活而纯任主观随心所欲地虚构，即使那些自命不凡玩弄文学的里手，也不可能只靠想入非非而获得轰动效应。以最寻常的星辰日月来说吧，它朝升夕落或暮现晨隐，但仍是万代常新、歌咏不尽的题材。好诗并未被前人写尽。朱淑真诗词就是这样，她投身于大自然的怀抱，同大自然做心灵、情感的沟通。如《断肠集》中的第一首词《忆秦娥》：

弯弯曲。新年新月钩寒玉。钩寒玉。凤鞋儿小，翠眉儿蹙。　　闹蛾雪柳添妆束。烛龙火树争驰逐。争驰逐。元宵三五，不如初六。

这首词使用对比手法咏初六弯月。李煜有“无言独上西楼，月如钩。寂寞梧桐深院锁清秋”之句（见《乌夜啼》）。这首词与李煜词构思不同，重点强调“新年新月”中的两个“新”字。虽然弯曲如一钩寒玉，如小小凤鞋，如颦蹙的翠眉，但毕竟是刚刚出现的“新月”，有着美好的未来。在词人眼中，“元宵三五（正月十五）”热闹非凡：妇女们艳装浓抹，插戴齐全外出看灯；小伙子们“烛龙火树争驰逐”，把龙灯火把舞得天翻地覆。但那热闹场面，只不过短暂的一瞬，很快便“暂满还缺”。对此，作者止不住直陈之曰：“不如初六。”

也许“元宵三五”之夜，词人有过心灵上的伤痛，所以才极力回避，或加以贬斥，以免重触旧时的伤痕？如《生查子·元夕》：

去年元夜时，花市灯如昼。月到柳梢头，人约黄昏后。
今年元夜时，月与灯依旧。不见去年人，泪满春衫袖。

这首词最早被周必大编入《欧阳文忠公集》（卷一三一）。《续草堂诗余》（卷上）又作秦观词。方回《瀛奎律髓》（卷十六）又作李清照词。[①]明代杨慎在《词品》（卷二）中认定为

① ［元］方回撰：《瀛奎律髓》，上海古籍出版社1993年版，第169页。

朱淑真作，并说：“词则佳矣，岂良人家妇所宜邪？又其《元夜三首》其三诗云：‘火烛银花触目红，揭天鼓吹闹春风。新欢入手愁忙里，旧事惊心忆梦中。但愿暂成人缱绻，不妨常任月朦胧。赏灯那得工夫醉，未必明年此会同。’与其词意相合；则其行可知矣。”[①] 杨慎从维护封建礼教出发而痛斥作者另觅“新欢”。但通过诗词相互比照，反而使人确认“元夕”词是朱淑真所作了。张宗橚就因考虑到诗词相互印证发明而选为朱词，并说：“未知信否，俟更考之。”（《词林纪事》卷十九）[②] 当代词家也多认为此词的作者是欧阳修。但因朱淑真既已写出情感裸露直白的《元夜》诗，自然也可写风流畅爽的《元夕》词。故引录如上，供读者辨析赏鉴，体会在月的圆缺之中，寄寓着作者不同的审美感受，表现出截然不同的价值取向与心灵形态。

在《断肠词》里，还分别歌咏春、夏、秋、冬四季，其中以春季题材为最多。如前所述，“新年新月”虽然充满希望，但春天毕竟是短暂的，终将被盛夏所代替。所以朱淑真笔下出现许多伤春、送春、惜春的词篇。如《蝶恋花·送春》：

楼外垂杨千万缕。欲系青春，少住春还去。犹自风前飘柳絮。随春却看归何处。　　绿满山川闻杜宇。便做无情，莫也愁人苦。把酒送春春不语。黄昏却下潇潇雨。

题为“送春”，实乃留春，惜春，系春；留之不住，乃不得不送之耳。全词将春拟人，前三句极富诗情。春是作者闺中朝夕

① 唐圭璋：《词话丛编》（第 1 册），中华书局 1986 年版，第 451 页。

② ［清］张宗　杨宝霖：《词林纪事·词林纪事补正合编》（下册），上海古籍出版社 1998 年版，第 993 页。

相处的友伴，在即将分别的时刻，作者忽发奇想：那千条万条柔丝般的嫩柳，不正可以当作绒绳把春姑娘牢牢系住么？但春姑娘只作短暂的逗留便又匆匆地溜走了。这是一层。忽然作者又发第二奇想：春姑娘走了，但柳絮却仍在风前起舞，这无根无蒂的柳絮不正可派作跟踪的角色，让它跟随春姑娘的脚步，看她到底去向何方？上片从“垂杨”“柳絮”的想象之中，均可充分反映词人用情的细腻与用笔的婉转。其实，后两句又何尝不可解作词人自己化作柳絮跟随春的脚步而远去天边呢？下片三句再作起伏，转用杜鹃的哀鸣来烘托惜春送春之情。结拍以酒送春，但春却黯然无语，直到黄昏时刻，暮雨潇潇，这是春姑娘的回答，还是作者的泪水？这就都留给读者去填充和发挥了。笔意跌宕，情思起伏，感受细腻，想象新奇。全词共用五个“春”字，反复唱叹，却使人浑然不觉。

同样歌咏春天，也有含思深婉，流丽自然之作，如《眼儿媚》：

迟迟春日弄轻柔。花径暗香流。清明过了，不堪回首，云锁朱楼。　　午窗睡起莺声巧，何处唤春愁。绿杨影里，海棠亭畔，红杏梢头。

上片从“云锁朱楼”的阴霾季节，回忆早春弄柔流香的美好时光。下片从午睡后的莺声写起，但此刻听之，再也不是“自在娇莺恰恰啼”（杜甫《江畔独步寻花七绝句》），而是在唤起人们春愁之情。黄莺在何处？春愁又在何方？突发设问，极为颖慧。从容应答，工巧宽闲。词人一连用了三种不同的事物来对此做出回答。这既像是烘托“春愁”，又似在交代“莺声”传来的处所：一是“绿杨影里”；二是“海棠亭畔”；三是“红杏梢头”。从修辞方面讲，这三者是比喻的重复，是“博喻”。从上句设问（“何处唤春愁”）来看，这三句又是对所问“何处”的回答，仿佛银幕上接连出现三个叠印镜头。这很自然地使人联想到贺铸词名句：“若问闲情都几许。一川烟草，满城风絮。梅子黄时雨。”（《横塘路》）二者无疑有异曲同工之妙。但朱淑真于此并非简单地模仿照搬，而是有明显的发挥和创造。首先是变单项设问为复合设问。在贺词里只问人的“闲情都几许”，而在朱词里，问的是莺声，又是在问“春愁”。设问的多项内容，使答句增加了丰富内涵。其次，变物象的特写为画面的虚境。在贺词里，“烟草”“飞絮”“雨”，都是实景，既可大画面“广角拍摄”，又可作特写追踪。在朱词里则不然，她用实物修饰虚有的方位：在绿杨影里，在海棠亭畔，在红杏梢头；“影里”“亭畔”“梢头”都是虚的。也许有人会说这三句不过是修辞的倒装，把前半后半颠倒过来就是了。其实，如真的颠倒过来，这首词就因句句坐实而索然无味了。这结末三句是不能颠倒的，因为这三个短句，每句都含有深刻的内涵与虚用事典：“绿杨影里”，实是欧阳修“绿杨楼外出秋千”（《浣溪沙》）的化用。“楼”改用“影”，既是平仄的要求，又是词中意境所规定的，是在暗写荡秋千的游戏。如今“云锁朱楼”，那美好的时刻已成陈迹，如何不令人生愁？“海棠亭畔”，也非指亭畔之海棠，其中寓有美人赏花醉酒的故事。据说唐明皇李隆基曾登沉香亭召杨贵妃，而杨贵妃醉酒未醒，钗横鬓乱，不胜娇怯。明皇笑曰：“是岂妃子醉？真海棠睡未足耳。”（《冷斋夜话》引《太真外传》）[①] 如仅理解为海

---

① 《日本五山版冷斋夜话》（卷一），张伯伟编校《稀见本宋人诗话四种》，江苏古籍出版社2002年版，第11页。亦参见［清］永瑢、纪昀等修纂《文渊阁四库全书》（第863册），台湾商务印书馆1986年版，第240页。“是岂”，《四库全书》本作“岂是”。

棠，岂不减兴？作者在《春日感怀》诗中便有类似的描写："不奈莺声碎，那堪蝶梦空。海棠方睡足，帘影日融融。""红杏梢头"，用宋祁"红杏枝头春意闹"（《玉楼春》）句意，但此刻早已送走"清明"，迎来"谷雨"了。"红杏"也因"闹"得疲倦而休闲下来。词中只不过虚提当时热闹景象而已，并非确指。第三，似无却有。在贺铸词里，"梅子黄时雨"，是真的在下雨，并且以"雨"终篇，无尽无休。在这首词里，本也有雨，但其妙处在化有为无。"清明时节雨纷纷"。（杜牧《清明》）一般而言，清明之后多雨，"谷雨"，即此之谓也。西子湖滨也不例外。"清明过了，不堪回首，云锁朱楼"三句，写的就是这个意思。但"云锁"雨罩者，非只一"朱楼"也，"绿杨""海棠""红杏"又怎能不在其锁罩之中？正因如此，词人才被"莺声""唤"回了浓重的"春愁"。这"春愁"如丝，如网，如云，如雨，紧锁在心头，难以排遣，真可谓意在词外，风韵独绝。魏仲恭说朱淑真"出言吐句有奇男子之所不如"①，此言不虚。通过上述分析，可以看出，此词"清新婉丽，蓄思含情"②，在构思谋篇与女性词人审美感兴与细腻表达诸方面，均有自家独到之处。即以结末三句而言，其用事合题，含思深婉，曲折深沉，节短韵长，字过音留等，比之于贺铸词似也不在其下，只是前人对此发掘弘扬不足而已。

如果说上一首惜春词是以深婉曲折见长的话，那么，另首《谒金门》则是以出口直寻取胜：

① ［宋］魏仲恭：《断肠诗集序》，［宋］朱淑真撰 张璋 黄畬校注《朱淑真集》，上海古籍出版社 1986 年版，第 303 页。

② ［宋］魏仲恭：《断肠诗集序》，［宋］朱淑真撰 张璋 黄畬校注《朱淑真集》，上海古籍出版社 1986 年版，第 303 页。

春已半。触目此情无限。十二阑干闲倚遍。愁来天不管。

好是风和日暖。输与莺莺燕燕。满院落花帘不卷。断肠芳草远。

词题曰“春半”。春天刚刚过去一半，本来还有另半美好春光，但词人却已感到另一半也要在瞬间消失了。所以起拍便直呼：“春已半。”是在提醒别人吗？不，主要是慨叹自身。春天，总是和人的青春联系在一起的，这对一个整日整年被闭锁在闺阁庭园之中的女词人来说尤其如此。大自然的每一细微变化，每一轻微的律动，都会在词人内心引起回应和共振。“触目此情无限”，就是目之所见的集中强烈的反馈。只有“无限”二字，才能准确表达词人的分寸感。辛弃疾说：“闲愁最苦。休去倚危栏，斜阳正在，烟柳断肠处。”（《摸鱼儿·更能消几番风雨》）而朱淑真却偏要去“倚危栏”。不仅如此，“十二阑干闲倚遍”，这不是自讨苦吃么？爱之愈深，思之愈切；压抑愈久，爆发愈烈。经过“十二（非确数，只言其多也）阑干”的“闲倚”，不仅没有消“愁”，反而让其愈蓄愈多（“飞红万点愁如海”），最后终于迸出一句：“愁来天不管。”这一句有如火山爆发一般，在全词，甚至在词史上久久回响着。愁语，怨语，恨语，打总儿升华到最高极限。“母也天只，不谅人只！”（《诗经·鄘风·柏舟》）“上邪，我欲与君相知，长命无绝衰。”（《汉乐府·上邪》）[①] 此词均与之一脉相联。作为封建社会中的弱女子，不到愁极、怨极、恨极的程度，焉能发此震天动地的呼号？下片写景，即景生情，均为“倚栏”之所见。“好是风和日暖。输与莺莺燕燕。”语浅而涵义实深。

① ［宋］郭茂倩：《乐府诗集》（第1册），中华书局1979年版，第231页。

“风”“日”“莺”“燕”各行其是，各得其所，各享其乐，对作者漫不经心，也与作者毫不相干。这不恰好是“愁来天不管”的具体表现么？“风”“日”不睬人，人又怎能不“输与”无知的“莺”“燕”？因为“莺”“燕”可以成双成对地来往奔忙，愉快地歌唱，纵情享受大自然所赋予的生活乐趣，而词人却孤零零地，仿佛被春天遗弃了。于是，满院落花，无人清扫；帘幕垂地，无人卷起。这一切并非由于人的慵惫，而是因伤离念远使人过于悲哀所造成的。正如结拍所说：“断肠芳草远。”作者另有《恨春》诗，可与此词相印证：“一瞬芳菲尔许时，苦无佳句纪相思。春光正好须风雨，恩爱方深奈别离。泪眼谢他花缴抱，愁怀惟赖酒扶持。莺莺燕燕休相笑，试与单栖各自知。”虽然这首词以出口直寻见长，但也非一泻无余。同《恨春》相比，其“要眇宜修”与“深美闳约”的特点均较为充分。贯穿全篇的念远之情，是通过卒章点题才最后表现出来的。

《清平乐》同是咏春，但因只剩下春光的最后一刻，情感焦灼，节奏紧迫：

> **风光紧急。三月俄三十。拟欲留连计无极。绿野烟愁露泣。　倩谁寄语春宵。城头画鼓轻敲。缱绻临歧嘱付，来春早到梅梢。**

在恋春、留春而不可得的情势下，只能饯之，送之。临别又殷勤寄语：明春在梅树的枝梢最先看到你回归的信息。这首词跟贾岛《三月晦日赠刘评事》诗意大体接近：“三月正当三十日，风光别我苦吟身。劝君今夜不须睡，未到晓钟犹是春。”但朱词比之贾诗更多了一层起伏顿挫、跌宕回环之妙。作者将春拟人，甚至连“绿野”，包括“烟”“露”“画鼓”，都有了人的情感；还有“缱绻临歧嘱付”等等，都体现出女词人艺术感受的细腻绵长，具有女词人独特的口吻。在这几方面，与贾岛诗大不相同。

词人爱梅，“早到梅梢”，已初透个中消息。《断肠集》中，咏梅词竟达7首之多。先看春天的脚步是怎样通过梅花而逐步降临人间的，如《绛都春·梅花》[①]：

寒阴渐晓。报驿使探春，南枝开早。粉蕊弄香，芳脸凝酥琼枝小。雪天分外精神好。向白玉堂前应到。化工不管，朱门闭也，暗传音耗。　　轻渺。盈盈笑靥，称娇面、爱学宫妆新巧。几度醉吟，独倚栏干黄昏后，月笼疏影横斜照。更莫待、单于吹老。便须折取归来，胆瓶插了。

这首词从梅枝含苞待放，一直写到折枝插瓶，尽述词人对梅的赏爱与珍惜，其中还穿有插梅的形状、神色、香气的描绘。“胆瓶插了”，虽不如姜夔“已入小窗横幅”（《疏影》）更具艺术美的升华，但却也表现了词人那一片怜爱而又不知所措的心情。女词人的特殊观照，或可从这些细节上看出某些痕迹。而在另一些作品中，梅与人则更为贴近。如《菩萨蛮·咏梅》：

湿云不渡溪桥冷。娥寒初破东风影。溪下水声长。一枝

① 此词不见于《断肠集》。《全宋词》将其列为朱淑真的存目词，注出处为《草堂诗余》后集卷下。《草堂诗余》录此词而未著作者（见［宋］阙名编《草堂诗余》，中华书局1958年版，第109页）。龙榆生《唐宋词格律》于《绛都春》格律举此词为例，标为朱淑真作（见龙榆生《唐宋词格律》，上海古籍出版社1978年版，第122～123页），文字与《草堂诗余》小异。此处所引词文字基本根据《草堂诗余》，唯末句《草堂诗余》作“胆瓶顿了”，此按《唐宋词格律》作“胆瓶插了”。

和月香。　　人怜花似旧，花不知人瘦。独自倚阑干，夜深花正寒。

“一枝和月香”“花不知人瘦”“夜深花正寒”诸句，都充分体现了词人以“梅”为友，或以梅为“影”的眷眷词心。词人同“梅”之间的距离愈写愈近，已很难分清作品是在“咏梅”，还是在咏词人自身了。

忠实出自内心的情爱，从旧礼教的束缚中做舍生忘死的挣脱，这是《断肠词》中另一重要内容。在歌咏大自然的作品里，词人伤春伤别之作已与恋情相思结合在一起，但整体上却仍以咏自然风光为主。在抒写情爱的词篇里，虽也有景物，但却已退居次要地位。如《生查子》：

年年玉镜台，梅蕊宫妆困。今岁未还家，怕见江南信。酒从别后疏，泪向愁中尽。遥想楚云深，人远天涯近。

词中始终贯穿梅的形象和相关事典，但梅不是主体，而只是陪衬，是在烘托词人的恋情相思。虽然梅花可以传递游子归来的信息，但词人反而“怕见江南信”，怕再度失望。下片四句，凝炼而又极为警策，不愧为词中佳句。

《江城子》跟《生查子》的写法大体近似，但抒情已近直言坦露。词题“赏春”：

斜风细雨作春寒。对尊前。忆前欢。曾把梨花，寂寞泪阑干。芳草断烟南浦路，和别泪，看青山。　　昨宵结得梦因缘。水云间。悄无言。争奈醒来，愁恨又依然。展转衾裯空懊恼，天易见，见伊难。

上片“赏春”，实际是在品味和春天扭结在一起的恋情相思。“忆前欢”已把话说得十分明显了，后面“梨花”“芳草”“青山”诸句对此又再加生发。下片记梦，结构与苏轼《江城子》（“十年生死两茫茫”）下片近似。“梦因缘”虽十分美满，但毕竟要化为虚无。“争奈醒来，愁恨又依然”，是十分自然的。当作者面对空空的衾裯，懊恼之情愈积愈浓而无法排遣之时，终于发出“天易见，见伊难”的慨叹。

另首《减字木兰花·春怨》，与前首大体相同，可相互参读：

独行独坐。独倡独酬还独卧。伫立伤神。无奈轻寒著摸人。

此情谁见。泪洗残妆无一半。愁病相仍。剔尽寒灯梦不成。

起拍两句接连用了5个“独”字，颇有李清照《声声慢》连用7组叠字的韵味，孤独的情怀已和盘托出。结尾两句先用直抒（“愁病相仍”），后用动作（“剔尽寒灯”），烘托出潜意识的心理活动。

在《断肠集》诗词中，写得大胆而又毫无顾忌的作品，当以《清平乐·夏日游湖》为最。全词如下：

恼烟撩露。留我须臾住。携手藕花湖上路。一霎黄梅细雨。

娇痴不怕人猜。和衣睡倒人怀。最是分携时候，归来懒傍妆台。

该词描写游临安（今杭州）西湖与情人欢会的主要过程，

并把主要细节公开在世人面前。对一个闺中少妇来讲，这是何等大胆的举动！当她“和衣睡倒人怀”之时，也就是在情感上、行动上挣脱了四条绳索的捆缚，是向封建礼教的公开挑战。不仅如此，词中还描写了依依难舍的别情与“归来懒傍妆台”的细微表现，从而在更深的层次上反映出女主人公复杂的内心活动。这样赤裸而毫无顾忌的词篇，充分反映了作者对情爱的渴望与勇敢的抗争精神。这类爱情词在精神上是健康而又纯正的，它与那些庸俗低级甚至带有某种色情趣味的作品截然不同。对这一类词，前人解释多有斟酌。有的将最赤裸的一句改为“随群暂遣愁怀”。但仔细读来，与上下文语气、声情、口吻极不相合。再参之以《元夜三首》“新欢入手愁忙里”诸句，则“和衣”句，是写得出来的。还有人认为此词是朱淑真同丈夫离婚后另有情人时所写，如此，“和衣”一句，则不必遭受道德审判了。但这一分析还缺少确证。问题的要害在朱淑真对待爱情的观念和态度上。她的婚姻是家庭包办，婚后既无感情，又无共同语言，更谈不上心心相印的交流与沟通了。她与丈夫在当时是合法婚姻，但却与情理不合。为了忠于爱情，即使在没有离异的情势下，另有感情寄托，甚至“宁可抱香枝上老，不随黄叶舞秋风。”（《黄花》）对此，又怎能站在封建礼教的立场而对之进行苛责呢？相反，朱淑真的挣脱，应当说是对千百年桎梏妇女的封建宗法礼教的勇敢一击。她在精神上、道义上胜利了，但付出的代价却极为惨重。魏仲恭序中所说：“其死也，不能葬骨于地下，如青冢之可吊。”[①] 因此有人认为朱淑真死于水。又因其有过封建礼法所不容的行为，她死后所遗诗词也被父母一火焚之。这后果实在够悲惨了。

① ［宋］魏仲恭：《断肠诗集序》，［宋］朱淑真撰 张璋 黄畬校注《朱淑真集》，上海古籍出版社 1986 年版，第 303 页。

“真字是词骨。情真，景真，所作为佳。”（况周颐《蕙风词话》）[①] 朱淑真的《断肠词》，其特点就在这一“真”字上。爱、憎、愁、恨、喜、怒、悲、怜，皆出自肺腑，绝不矫饰，更不作无病呻吟。她能以生命殉情，就同样能以生命为诗，为词。她忠实地反映了她能体验到的周边事物，她忠实地录下了她丰富的审美感受，清空婉约，但又能白描直寻，手法多样。比之李清照，除了缺少直接反映抗金复国与重大时事政治题材的诗歌外，其诗词整体已超过了李清照诗词所涉及的范围。李、朱二人，各有千秋，她们同是中国文学史上朗朗星群中的璀璨明星，并且是一双子星座。在中国女性文学史上，视李清照与朱淑真为第一流的女诗人与女词人，当之无愧。

在朱淑真同时或稍后，还有几位女词人值得一提。

严蕊，生卒年不详，字幼芳，天台（今浙江天台）营妓（地方官妓，因聚居于乐营教习歌舞，故又称“营妓”）。

周密《齐东野语》有较详记载，说她“善琴弈、歌舞、丝竹、书画，色艺冠一时。间作诗词，有新语。颇通古今，善逢迎。四方闻其名，有不远千里而登门者。唐与正守台日，酒边尝命赋‘红白桃花’，即成《如梦令》。”[②] 其词如下：

道是梨花不是。道是杏花不是。白白与红红，别是东风情味。曾记。曾记。人在武陵微醉。

“红白桃花”，即一树花分二色之桃花，又称“二色桃”。

---

① 唐圭璋：《词话丛编》（第5册），中华书局1986年版，4408页。

② ［宋］周密：《齐东野语》，中华书局1983年，第374～375页。

北宋邵雍有《二色桃》诗："施朱施粉色俱好，倾国倾城艳不同。疑是蕊宫双姊妹，一时俱肯嫁东风。"这首词开篇便用"梨花""杏花"两种不同颜色的春花将"二色桃"突现出来。三、四句再正面渲染花色，归结为同样的东风吹拂，却培育出与众不同的情调风味。继之用叠句"曾记"唤起，并以陶渊明《桃花源记》的美好境界结束全篇。这一句还形象地说明严蕊身陷风尘而心自高洁的品质。咏花也即咏自身之人品。构思新奇，联想丰富，耐人品味。

另首《卜算子》可作此词的补充：

不是爱风尘，似被前身误。花落花开自有时，总是东君主。
去也终须去。住也如何住。若得山花插满头，莫问奴归处。

在严蕊完成唐与正命赋红白桃花《如梦令》后，唐赏严细绢两匹。唐与正后被同官高文虎所谮。当时，朱熹任提举两浙东路常平茶监公事，行至台州，告唐与正者纷至沓来，朱熹便以"催税紧急，户口流移"等多种罪名六次弹劾唐与正，并指唐与严有私情。宋时规定"阃帅、郡守等官，虽得以官妓歌舞佐酒，然不得私侍枕席。"（《古今图书集成·娼妓部》引《委巷丛谈》）[①] 如若查实，官、妓两方均受处罚。为此严蕊被下狱月余，虽备受酷刑但无一语承招。后将严蕊从天台狱转至绍兴（两浙东路治所）狱，狱吏以好言诱供，严答曰："身为贱妓，纵是与太守有滥，料亦不至死罪。然是非真伪，岂可妄言以污士大夫，虽死不可诬也。"严再受酷刑，几至于死，终不肯招，声名由此大振。

① ［清］陈梦雷：［清］蒋廷锡重辑《古今图书集成》（第488册），中华书局1934年版，第63页。

不久，朱熹改官。岳霖任浙东提点刑狱公事，怜其病瘁，命严作词自陈。严略不构思，即口占上述《卜算子》。在这首词里，首先申说身落风尘，实非己愿，乃命运不佳造成的恶果。三、四句点出自己无法掌握生死，全由掌握生杀之权的“东君”支配，暗示岳霖有权给她以生路。下片承此写去留前途：以色事人，毕竟有老去之时，而现在就迫切希望能早日脱离苦海，还其自由之身。结拍就“去”字发挥想象，如果当真能回返大自然之中，那时候将自己插满山花，投身于山野之中，不要过多地设想与追问去向何方。其实，有了这份自由就心满意足了。口占此词之后，岳霖当即判令出狱，脱籍从良。这首词充分反映出严蕊正直无私、气骨刚强以及人格的高尚。同时还透露出她的聪明与智慧。

戴复古妻，生卒年不详。据陶宗仪《南村辍耕录》卷四载：“戴石屏先生复古未遇时，流寓江右武宁，有富家翁爱其才，以女妻之。居二、三年，忽欲作归计。妻问其故，告以曾娶。妻白之父，父怒，妻宛曲解释，尽以奁具赠夫，仍饯以词云（词略，见下——作者注）。夫既别，遂赴水死。可谓贤烈也已！”[①]现将其词《祝英台近》录下：

惜多才，怜薄命，无计可留汝。揉碎花笺，忍写断肠句。道傍杨柳依依，千丝万缕，抵不住、一分愁绪。　如何诉。便教缘尽今生，此身已轻许。捉月盟言，不是梦中语。后回君若重来，不相忘处，把杯酒、浇奴坟土。

① ［元］陶宗仪：《南村辍耕录》，中华书局 1959 年版，第 51 ~ 52 页。

这是封建社会中比较常见的爱情悲剧。戴复古隐瞒了家中娶妻的实情，而富家翁又因爱戴之才将女许之，婚后两人之间产生了真正的爱情，女方尤其炽烈。所以，当事过三年之后，戴如实告以真情并不得不舍妻归乡之时，其妻不仅婉言劝父，且以所有装奁赠夫并以身殉情。戴停妻再娶，骗嫁重婚，祸及弱女，其心可诛；戴妻之父不查究竟，徒爱戴才，许非其人，其愚可恨；戴妻忠于所爱，从一而终，以身殉情，其死可哀！但这首词并不直接指责造成这一悲剧的两个男性当事人，也不揭示悲剧产生的根本原因，而只是倾诉悲剧造成的内心悲痛，以及对丈夫的一往情深。篇中的那一点小小要求，读之更加使人悲痛欲绝。词中描述当年海誓山盟："捉月盟言，不是梦中语。"言简情长，寓意深刻。意思说：当年你曾说，只要我喜欢，连天上的月亮你都能轻易摘下来，这可不是在说梦话。然而，无情的现实却颠覆了这女子的生命之舟。但她仍把爱情寄托在戴复古身上："后回君若重来，不相忘处，把杯酒、浇奴坟土。"这是多可怜的要求啊！客观地说，这是强烈的控诉！

据说十年之后，戴复古果真旧地重游。并为此写下了一首《木兰花慢》：

莺啼啼不尽，任燕语、语难通。这一点闲愁，十年不断，恼乱春风。重来故人不见，但依然、杨柳小楼东。记得同题粉壁，而今壁破无踪。　　兰皋新涨绿溶溶。流恨落花红。念著破春衫，当时送别，灯下裁缝。相思谩然自苦，算云烟、过眼总成空。落日楚天无际，凭栏目送飞鸿。

据《四库全书总目提要·石屏词》："《木兰花慢》怀旧

词，前阕有‘重来故人不见’云云，与江右女子词‘君若重来，不相忘处’，语意若相酬答，疑即为其妻而作，然不可考矣。”[①]如果再加上这首词里的“但依然、杨柳小楼东”，与戴妻词中“道傍杨柳依依，千丝万缕”境界十分相似，那么，这首词很可能是真正的悼亡之作了。其中不仅可以体会到戴复古的悔恨与惋惜之情，同时还可进一步窥知这位殉情而死的弱女子的真实面目。首先是她有很高的文化素养，能吟诗赋词：“记得同题粉壁，而今壁破无踪。”据此，则其自作《祝英台近》亦无需怀疑了。其次是：“念著破春衫，当时送别，灯下裁缝。”本来已下决心，在戴复古归家之后便从此永诀，但分别时却忍着诀别的血泪把自己的全部情爱缝进戴的衣裳。这从另一方面反映出她爱情的真纯，刻画出与严蕊不同的另一种女性形象。

吴淑姬，生卒年不详。黄升《花庵词选》谓其为“女流中黠慧者，有词五卷名阳春白雪，佳处不减李易安也。”[②]其《小重山》写闺中女子对远行游子的怀念：

谢了荼蘼春事休。无多花片子，缀枝头。庭槐影碎被风揉。莺虽老，声尚带娇羞。　独自倚妆楼。一川烟草浪，衬云浮。不如归去下帘钩。心儿小，难著许多愁。

上片从庭院之所见写起，通过残花、槐影、莺声暗示青春将逝，引出伤离念远之情。下片写登楼远眺，但望极之所得不过是

---

① ［清］永瑢：《四库全书总目提要》（下册），中华书局1965年版，第1821页。

② ［宋］黄升：《唐宋诸贤绝妙词选》（卷十），［宋］黄升《花庵词选》，中华书局1958年版，第151页。

草浪无边，浮云远去。失落之愁已超过负荷的最大限度，于是只好垂帘归去，默默咀嚼那份难以承受的离恨别愁。“心儿小，难著许多愁”两句，在古代咏“愁”诗词中，最饶女性特点。

淮上女，姓名及生平不详。宋宁宗嘉定间（1220年左右），金国北面遭受日益强大的元军队的进攻，并被迫将首都南迁至开封，国力已日渐衰弱。面对这一困境，金国贵族统治者反而连年攻打软弱可欺的南宋小王朝，并以从南宋抢掳来的土地财物作为补偿。在金兵进犯或退却之际，许多百姓遭其杀戮掳掠。淮上女就是当时众多不幸者中的一个。她用词这一形式记录了她的不幸遭遇和对祖国的依恋之情。《减字木兰花》：

> 淮山隐隐。千里云峰千里恨。淮水悠悠。万顷烟波万顷愁。
> 山长水远。遮住行人东望眼。恨旧愁新。有泪无言对晚春。

据《续夷坚志》卷四《泗州题壁词》：“兴定末（金宣宗年号——作者注），四都尉南征，军士掠淮上良家女北归。有题《木兰花》词逆旅间。”[①] 上片写被掳北去时告别故土的沉痛心情。下片写对故乡的眷恋以及对敌人的仇恨。

从以上几位女性作者的作品可以看出，词这一诗体形式已经成为她们抒写新愁旧恨、维护自身尊严和向压迫者进行抗争的重要武器。这是南宋词面向社会、面向现实的又一重要拓展。

---

① ［金］元好问 无名氏：《续夷坚志·湖海新闻夷坚续志》之《续夷坚志》，中华书局1986年版，第79页。

三、程垓、张镃、俞国宝

程垓，生卒年不详，字正伯，眉山（今四川眉山）人。杨慎《词品》以程垓为苏轼的“中表”之戚。[①]毛子晋更以之为苏轼的“中表兄弟”（《书舟词跋》）[②]，《四库全书总目提要》亦沿其误[③]。程垓南宋绍熙（1190—1195）年间尚健在，距苏轼去世（1101）近百年之久，很难成中表弟兄。苏轼诗中有《送表弟程六之楚州》一首。施元之注云：“东坡母成国太夫人程氏，眉山著姓。其侄之才，字正辅，第二；之元，字德孺，第六，即楚州；之邵，字懿叔，第七。”[④]程垓字正伯，与懿叔约略近似，正伯与苏轼中表之说，殆即由此附会而来（详见况周颐《蕙风词话》卷四）[⑤]。有《书舟词》，存词158首。

程垓词凄婉绵丽，但不乏家国兴亡与身世飘零的慨叹。如《凤栖梧·九月江南烟雨里：“断雁西边家万里。料得秋来，笑我归无计。剑在床头书在几。未甘分付黄花泪。”在另首《凤栖梧·门外飞花风约住》中说得更为直白：“忧国丹心曾独许，纵吐长虹，不奈斜阳暮。”作者徒有爱国丹心与远大抱负，无奈势单力薄，难以挽狂澜于既倒。他再三叹息：“江左风流今有几。逢春不要人憔悴。”（《蝶恋花·自东江乘晴过蓦颐渚园小饮》）

在程垓词中，更多的是歌咏徜徉山水的隐逸思想。他有斋曰“书舟”，词集称《书舟词》。顾名思义，他热中于读书，热爱自然山水，长期放浪江湖。他在《望江南》词后自注云：“家

① 唐圭璋：《词话丛编》（第1册），中华书局1986年版，第473页。

② 施蛰存：《词籍序跋萃编》，中国社会科学出版社1994年版，第278页。

③［清］永瑢：《四库全书总目提要》（下册），中华书局1965年版，第1809页。

④《苏轼诗集》（第5册），中华书局1982年版，第1433页。

⑤ 唐圭璋：《词话丛编》（第5册），中华书局1986年版，第4500～4501页。

有拟舫名书舟。”“拟舫”，可能是把自己的书斋修筑成湖中画舫的形状，暗示自己江湖漂泊，不为世用，只能在山水间读书闲居，以消磨时光。《望江南》词题是“夜泊龙桥滩前遇雨作”：

> 篷上雨，篷底有人愁。身在汉江东畔去，不知家在锦江头。烟水两悠悠。　　吾老矣，心事几时休。沉水熨香年似日，薄云垂帐夏如秋。安得小书舟。

尾注“家有拟舫名书舟”。即行船遇雨被阻，回忆“书舟”中的快活生涯。他在词里还多次歌咏与描绘“书舟”中的具体生活：“新画阁、小书舟，篆烟熏得晚香留。只因贪伴开炉酒，恼得红儿一夜讴。”（《鹧鸪天·木落江空又一秋》）《蓦山溪》对“书舟”中的生活有全面交代：

> 老来风味，是事都无可。只爱小书舟，剩围着、琅玕几个。
> 呼风约月，随分乐生涯，不羡富，不忧贫，不怕乌蟾堕。
> 三杯径醉，转觉乾坤大。醉后百篇诗，尽从他、龙吟鹤和。
> 升沉万事，还与本来天，青云上，白云间，一任安排我。

从“剑在床头书在几”到“是事都无可”，是一极大转变。南宋小朝廷不图恢复，只求偏安，消磨多少年轻人报国斗志！程垓思想情感的变化正好说明这一问题。“呼风约月”与“龙吟鹤和”的生活实是不甘寂寞的另一种表现，其情怀襟抱是与少年时期一脉相承的。另首《满江红·葺屋为舟》）对此有细腻的补充：“葺屋为舟，身便是、烟波钓客。况人间元似，泛家浮宅。”他认为把自己的居室筑成小舟一样，虽身在陆地，但也就跟张志和那种“烟波钓徒”的隐逸生活差不多了。更何况这患难人生，茫茫人海，原本就跟把全家老小、房屋居室放在船上四处漂泊一模一样。程垓对“书舟”的情感是很深的。

因为程垓对生活充满情感，审美体验也较丰富细腻，所以《书舟词》不仅独具艺术特色，并有很强的感染力与穿透力。传统婉约词上行下效，千部一腔、千人一面的现象是比较明显的。平庸肤浅、应付了事的作品所在多有，读多了使人麻木生腻。程垓的词与此不同。他的《书舟词》往往能就俗生新，化朽腐为神奇。即使老掉牙的题材，到他手里，经过抟揉改造，便会别具风味。如传统的“喜秋行乐”：

> 月在衣裳风在袖，冰生枕簟香生幕。算四时、佳处是清秋，须行乐。（《满江红·水远山明》）

又如“伤春伤别”：

> 缃裙罗袜桃花岸，薄衫轻扇杏花楼。几番行，几番醉，几番留。……天易老，恨难酬。蜂儿不解知人苦，燕儿不解说人愁。旧情怀，消不尽，几时休。（《最高楼·旧时心事》）

再看“相思离情”：

> 娟娟霜月又侵门。对黄昏。怯黄昏。愁把梅花，独自泛清尊。酒又难禁花又恼，漏声远，一更更、总断魂。　断魂。断魂。不堪闻。被半温。香半熏。睡也睡也，睡不稳、谁与温存。只有床前，红烛伴啼痕。一夜无眠连晓角，人瘦也，比梅花、

瘦几分。(《摊破江城子》)

词以梅花自比，借“霜月”“漏声”“红烛”“晓角”等意象烘托令人断魂的离情相思。“人瘦也，比梅花、瘦几分”，虽未及李清照“人比黄花瘦”流布人口，但也有异曲同工之妙。

还有“怜春惜春”，如《四代好》：

翠幕东风早。兰窗梦，又被莺声惊觉。起来空对，平阶弱絮，满庭芳草。厌厌未忺怀抱。记柳外、人家曾到。凭画阑、那更春好花好，酒好人好。　　春好尚恐阑珊，花好又怕，飘零难保。直饶酒好□渑，未抵意中人好。相逢尽拚醉倒。况人与、才情未老。又岂关、春去春来，花愁花恼。

上片写翠幕东风，莺声惊梦，唤起对远行游子的惓惓之思。“春好花好，酒好人好”是全词主脑，而“人好”却是中心词眼。下片就此“四好”逐句分说，最后将“人好”高高抬起：“未抵意中人好。”全篇以直抒见长，共用八个“好”字，反复唱叹，看似分写“春”“花”“酒”“人”，实则八个“好”字只在宣扬一个“人”字而已。句法活泼，文字浅近，在南宋词中堪称别具一格。

从上举诸词亦可看出，《书舟词》喜用叠字叠句，回环往复，以表达情感之波澜起伏。类似词作、词句甚多。如《水龙吟》：“算好春长在，好花长见，元只是、人憔悴。”又如《折红英》：“桃花暖。杨花乱……惜、惜、惜……忆、忆、忆。”《上平西·惜春》：“爱春归，忧春去，为春忙。”还有《小桃红》：“不恨残花妥。不恨残春破。只恨流光，一年一度，又催新火。”《眼儿媚》：“相思月底，相思竹外。”《酷相思》：“欲住也、留无计。欲去也、来无计。”“春到也、须频寄。人到也、须频寄。”等等。

《书舟词》在艺术上的另一特点便是口语白描，通俗浅近。这在南宋婉约词普遍趋向复雅的思潮中显得特别突出。如《芭蕉雨》：“须写个帖儿、丁宁说。试问道、肯来么，今夜小院无人，重楼有月。”《孤雁儿》：“在家不觉穷冬好。向客里、方知道。”《雨中花令》：“卷地芳春都过了。花不语、对人含笑。花与人期，人怜花病，瘦似人多少。”《凤栖梧·南窗偶题》：“人爱人嫌都莫问。絮自沾泥，不怕东风紧。只有诗狂消不尽。夜来题破窗花影。”

以上所举大都为通俗浅近、到口即消的词篇。但在通俗白描中，也时有雅意高情词语，如“夜深题破窗花影”之句。这类词语在《书舟词》中亦俯拾即是，如“空山子规叫，月破黄昏冷”（《瑶阶草》）；“柳弱眠初醒，梅残舞尚痴”（《望秦川》）“竹粉翻新箨，荷花拭靓妆”“碧藕丝丝嫩，红榴叶叶双”“曲沼通诗梦，幽窗净俗尘。”（《南歌子》）在此基础上，作者把通俗浅近与雅意高情作恰当结合，形成《书舟词》独特韵味。如《卜算子》：

独自上层楼，楼外青山远。望到斜阳欲尽时，不见西飞雁。
独自下层楼，楼下蛩声怨。待到黄昏月上时，依旧柔肠断。

信笔写来，略无雕饰，看似漫不经心，自然天成。天成者，如天生花草，非人工剪裁点缀所能仿佛者也。不过，程垓的自然天成，一半是艺术个性，一半是苦心琢炼。

程垓词受柳永的影响较为明显，主要是柳永的俚俗。同时也有秦观、黄庭坚的影响。毛晋在《书舟词跋》中说：“正伯与子瞻，中表兄弟也，故集中多溷苏作。……其《酷相思》……诸阕，词家皆极欣赏，谓秦七、黄九莫及也。”[①]冯煦《宋六十一家词选·例言》中说：“程正伯凄婉绵丽，与草窗所录《绝妙好词》家法相近，故是正锋；虽与子瞻为中表昆弟，而门径绝不相入。”[②]后面这话说的绝对了些。其词中的旷放之情，实亦有苏轼的影响在。

张镃（1153—1211），字功父，号约斋，先世凤翔府成纪（今甘肃天水）人，徙居临安（今浙江杭州），为宋将张俊曾孙。历官大理司直、直秘阁、婺州通判、司农少卿等。开禧三年（1207），坐事追两官，送广德军居住。嘉宝四年（1211），坐罪除名，贬象州编管，卒于贬所。有《玉照堂词》（又名《南湖诗余》），存词86首。

张镃是南渡功臣张俊之后，性豪纵，广交游，湖山歌舞，尽奢极侈，与杨万里、陆游、辛弃疾、姜夔等名家均有交游唱和。周密《齐东野语》谓张约斋“能诗，一时名士大夫莫不交游。其园池、声妓、服玩之丽甲天下。尝于南湖园作驾霄亭于四古松间，以巨铁絙悬之空半，而羁之松身。当风月清夜，与客梯登之，飘摇云表，真有挟飞仙溯紫清之意。”书中还说，张镃每春则尝举行牡丹花会。命十姬轮番奏歌侑觞，皆艳盛服，杂饰花

① 施蛰存：《词籍序跋萃编》，中国社会科学出版社1994年版，第278页。

② 唐圭璋：《词话丛编》（第4册）《蒿庵论词》，中华书局1986年版，第3587页。《词话丛编》之《蒿庵论词》是将《宋六十一家词选·例言》分出段落，各立标题而成。此处引文原文见冯煦《宋六十一家词选·例言》第2页，扫叶山房，宣统二年（1910）。

彩，且每番必易其服色妆饰，“烛光香雾，歌吹杂作，客皆恍然如仙游也。”[①]处在这一生活环境中的词人，其作品自然以日游湖山，夜泛园池，持酒听歌，依翠偎红为主要内容。其集中多有题为“泛池”“月夜放船”“园池夜泛”“中秋南湖赏月”“夏夜观月”“九月末南湖对菊”“灯夕玉照堂梅花正开”等等，不一而足。如以“园池夜泛”为题的《昭君怨》：

月在碧虚中住。人向乱荷中去。花气杂风凉。满船香。
云被歌声摇动。酒被诗情掇送。醉里卧花心。拥红衾。

这一题材，在唐宋诗词中本是具有民歌风味的作品，如王昌龄的《采莲曲》：“荷叶罗裙一色裁，芙蓉向脸两边开。乱入池中看不见，闻歌始觉有人来。”欧阳修的《渔家傲》：“花底忽闻敲两桨。逡巡女伴来寻访。酒盏旋将荷叶当。莲舟荡。时时盏里生红浪。花气酒香清厮酿。花腮酒面红相向。醉倚绿荫眠一饷。惊起望。船头阁在沙滩上。”两相比较，张镃的《昭君怨》已洗去了民歌风味，并且把白昼的采莲活动变成了“园池夜泛”，把大自然中的泛舟变成了“园池”内的摇舫。原来唐诗与北宋词中的女主人公变成了庭园中的侍姬；原来所具有的天然野趣，变成了醉里“诗情”。而“醉倚绿荫眠一饷”与“醉里卧花心，拥红衾”，这二者的境界又何等不同！读这首《昭君怨》，似乎是把大自然中尽情欢乐的鸟雀捉来放在金笼里欣赏一样，使人感到压抑。不过，值得指出的是，张镃这类小词毕竟脱胎于民歌，遣词造句清疏淡雅，既不雕饰，也不秾艳，仍可一读。因为张镃在填词过程中是很注意捕捉画意“诗情”的，尽管他的生活

① ［宋］周密：《齐东野语》，中华书局 1983 年版，第 374 页。

追求离平民百姓，还有离抗金复国、收复河山这一严肃目标都相去甚远。

在《南湖诗余》中，作者多次提到“诗情”“词”。这可看作追求诗意的生活是他为词的指导思想。除前首词中的“酒被诗情掇送”外，还有“文笺舒卷处，似索题诗句”（《菩萨蛮·芭蕉》）“揭天箫鼓要诗成”（《折丹桂·中秋南湖赏月》）“飞下湖边红蓼岸，有诗方许看”（《谒金门·秋兴》）“只把新词林下去，一春休著雨”（《谒金门·赏梅即席和洪内翰韵》）“一望清溪，两堤翠荫，半纸新诗”（《柳梢·适和轩青》）“诗人那识风流品”（《眼儿媚·水晶葡萄》）、“诗眼看青天”（《感皇恩·驾霄亭观月》）“新词奇句，便做有，怎道得”（《兰陵王》“蓼汀侧”）“文章事业，从来不在诗书。”（《汉宫春·城畔芙蓉》）等等。在80多首词里，提到“诗”“词”竟有13次之多，可见他对“诗意”的追求。这种追求使得他所描绘的南湖园林增添了许多生气，即在日常生活中，在平凡的事物上发现了美，并且通过这些细小的事物联系到较为广阔的生活层面。如以“芭蕉”为题的《菩萨蛮》：

风流不把花为主。多情管定烟和雨。潇洒绿衣长。满身无限凉。　　文笺舒卷处。似索题诗句。莫凭小阑干。月明生夜寒。

起二句便揭示芭蕉“风流”的与众不同：“不把花为主”。芭蕉的特点在叶不在花，但是却不直说其叶，而先说其“多情”的穗状花序在“烟和雨”中愈益葱绿、挺拔、精神焕发，而以色彩斑斓为主的各品名花，此刻却黯然失色了。三、四句以拟人手法使芭蕉挺立起来，在烟雨之中落落大方，神情潇洒，仪态万方，即使在炎炎盛夏，它也会向周边撒出一片清凉。不仅如此，芭蕉之与众不同，还在于它有宽大的叶子，可做诗笺供诗人题咏。《清异录》说，怀素居零陵，庵东郊治芭蕉亘带几数万，取叶代纸而书，号其所居曰“绿天庵”。[①] 又钱珝《未展芭蕉》有句：“一缄书札藏何事？会被东风暗拆看。”但是，词人并未濡墨题诗，而将词笔一转，设想在此静夜，月华如水，以芭蕉清瘦的体态、薄薄的“绿衣”，怎能忍受这难耐的寒凉？两结用“凉”“寒”二字，拓出一片意远神清、耐人咀嚼的诗境。短词中，有无限容量！集中《虞美人·咏水荭花》《眼儿媚·水晶葡萄》均有类似的特点。但张镃的咏物词却是以《满庭芳·促织儿》为最有名：

月洗高梧，露溥幽草，宝钗楼外秋深。土花沿翠，萤火坠墙阴。静听寒声断续，微韵转、凄咽悲沉。争求侣，殷勤劝织，促破晓机心。　　儿时，曾记得，呼灯灌穴，敛步随音。任满身花影，犹自追寻。携向华堂戏斗，亭台小、笼巧妆金。今休说，从渠床下，凉夜伴孤吟。

这首词之所以有名，是因它与姜夔《齐天乐》咏蟋蟀一词联系在一起而促成的。姜夔《齐天乐》小序中说，张镃这首《满庭芳》是庆元二年（1196）与姜同在张达可家会饮时所写，并即席交歌女演唱。郑文焯校《白石道人歌曲》批曰：“功父《满庭芳》词咏促织儿，清隽幽美，实擅词家能事，有‘观止’之叹。

① ［宋］陶穀撰：《清异录》，［清］永瑢 纪昀等修纂《文渊阁四库全书》（第1047册），台湾商务印书馆1986年版，第856～857页。

白石别构一格，下阕托寄遥深，亦足千古矣。”上片前五句渲染环境，以萤火之光引出蟋蟀的鸣声。这是第一层。接六句写蟋蟀鸣声和闻者引起的反响，强化两个内容：求侣与促织。此为第二层。下片追忆少年时事，通过捕蟋蟀与斗蟋蟀的童趣，反衬今时老大孤独。过片以下五句为全词高潮，“呼灯灌穴，敛步随音”，把儿时捉蟋蟀的动作写得惟妙惟肖，神形毕现，为第三层。“携向华堂戏斗”三句，写斗蟋蟀，是第四层。“今休说”三句是第五层，写老去之后，情味索然，童心童趣，俱皆消泯，任凭蟋蟀在床下悲吟，伴此孤独老境。这类咏物词既能使所咏之物形神兼备，又能将去职闲居的失落感同作品意象融合在一起，增强了词的蕴含。不愧为《南湖诗余》中有代表性的名篇。

张镃的作品并非完全远离当时的现实生活。他对南宋的安危经常系念于心。《江城子·凯旋》就明确反映出他抗金复国的豪情：

春风旗鼓石头城。急麾兵。斩长鲸。缓带轻裘，乘胜讨蛮荆。蚁聚蜂屯三十万，军面缚，赴行营。　　舳舻千里大江横。凯歌声。犬羊惊。尊俎风流，谈笑酒徐倾。北望旄头今已灭，河汉淡，两台星。

这类豪壮昂扬的词作，与辛弃疾、陈亮的词风是相近的。在现存的《南湖诗余》中，还保留有3首赠辛弃疾的长调（《汉宫春》《贺新郎》与《八声甘州》）。张镃是同辛弃疾唱和最多的词人之一。他对辛始终坚持抗金报国的英雄气概给以很高评价：“江南久无豪气，看规恢意概，当代谁如。乾坤尽归妙用，何处非予。骑鲸浪海，更那须、采菊思鲈。”（《汉宫春·城畔芙蓉》）其《八声甘州》表达了作者对辛弃疾的深厚友情：

> 领千岩万壑岂无人，惟欠稼轩来。正松梧秋到，旌旗风动，楼观雄开。俯槛何劳一笑，瀚海荡纤埃。余事了凫鹭，闲命尊瓈。
>
> 江左风流旧话，想登临浩叹，白骨苍苔。把龙韬藏去，游戏且蓬莱。念乡关、偏怜霜鬓，爱盛名、何以展真才。怀公处，夜深凝望，云汉星回。

上引两首词均写于辛弃疾任职浙东期间。宋宁宗嘉泰三年（1203）南宋王朝准备伐金，起用年已64岁的辛弃疾知绍兴府兼浙东安抚使。《汉宫春》即次辛词原韵咏辛建“秋风亭”事。在这两首词里，对辛被投闲置散家居近20年后出山，寄予很大期望，并盼他能胜利归来。

张镃本以歌咏湖山胜景，写赏心乐事为主，但其作品又大都能洗尽繁缛，趋向清疏淡远。当其笔锋触及时事，或与辛弃疾唱和时，却立即带有豪放风味。这两点都说明婉约词在南宋已不可避免地要向豪放词风倾斜。

俞国宝，生卒年不详，临川（今江西抚州市）人，孝宗淳熙时为太学生。有《醒庵遗珠集》，今已不传。存词5首，《全宋词补辑》补8首。

据周密《武林旧事》卷三载，俞国宝为太学生时，曾在西湖一家酒楼屏风上题《风入松》一首，被已是太上皇的宋高宗偶然发现，“称赏久之”，赞曰：“甚好！”并将其结拍“明日再携残醉”一句改为“明日重扶残醉”。[1]俞国宝也因此得到即日解褐受官的优待。其词如下：

一春长费买花钱。日日醉花边。玉骢惯识西湖路，骄嘶过、沽酒垆前。红杏香中箫鼓，绿杨影里秋千。　暖风十里丽人天。花压鬓云偏。画船载取春归去，余情寄、湖水湖烟。明日重扶残醉，来寻陌上花钿。

这是一幅南宋王朝所特有的“西湖寻春游乐图”。在南宋小朝廷与金达成妥协投降的“隆兴和议”以后，约有30年间双方未发生重大战事。南宋一面向金人纳贡朝拜，一面在西湖边上寻欢逐乐，完全忘记了中原大半国土与处于水深火热之中的黎民百姓。这首词所写就是这一表面上的升平与上行下效的可耻享乐。宋高宗的赞赏和修改，正反映了他的思想倾向：让黎民忘记国耻深仇，进入醉生梦死的境界，以便能使小王朝坐稳那半壁江山。应当说，这首词和同林升的《题临安邸》是一样的倾向，只是写法上更加含而不露，令人思而得之。林诗的全文是：“山外青山楼外楼，西湖歌舞几时休。暖风熏得游人醉，直把杭州作汴州。”

---

① 傅林祥：《梦梁录　武林旧事》之《武林旧事》，山东友谊出版社2001年版，第46页。

第二节 “野云孤飞，去留无迹”的姜夔

一、平凡的一生与非凡的艺术追求

姜夔（1155[①]？—1221？），字尧章，号白石道人，饶州鄱阳（今江西波阳）人。父噩知湖北汉阳，姜夔自幼随父居沔鄂。14岁父殁，姜夔遂寄居湖北汉川姊家约十七八年之久。孝宗淳熙十三年（1186）冬，应著名诗人千岩老人萧德藻之邀赴浙。姜夔早年游苏州有诗云：“行人怅望苏台柳，曾与吴王扫落花。”（《姑苏怀古》）此诗深得杨万里赞赏。萧尤爱其才，因以侄女妻之。友人张镃有诗：“应是冰清逢玉润，只因佳句不因媒。”从此居湖州萧家约十年之久。光宗绍熙二年（1191）冬，白石往苏州见另一大诗人范成大，于范村共赏梅花，并应范成大之请，自度新腔新词名《暗香》《疏影》，交范成大家中歌女传习演唱。其词音节谐婉，范赞赏不已，留白石月余。临别，范将歌女小红赠白石。当白石偕小红返湖州，船过垂虹桥时恰值除夕，白石作《过垂虹》七绝一首：“自作新词韵最娇，小红低唱我吹箫。曲终过尽松陵路，回首烟波十四桥。”后萧德藻因贫病随子

① 谢桃坊考定为1159，见《姜夔事迹考辨》，《词学》（第8辑），华东师范大学出版社1990年版，第126～138页。此文亦见谢桃坊《词学辨》，上海古籍出版社2007年版，第398～410页。

离湖州，白石于宁宗庆元三年（1197）移居杭州，依挚友张鉴、张镃等人为生。同年，向朝廷献《大乐议》与《琴瑟考古图》，论当时乐器、乐曲、歌诗之失，但未予奏议。越二年，再上《圣宋饶歌十二章》，幸得下诏免解，与试进士于礼部，未中。从此失意于政治。张鉴死后，他贫无所依，旅食浙东、嘉兴与金陵之间，晚年结识辛弃疾。约于宁宗嘉定十四年（1221）卒与杭州，贫不能殡，在吴潜等人资助下，葬于杭州钱塘门外西马塍，境况凄凉。苏泂在《到马塍哭尧章》诗中说："除却乐书谁殉葬？一琴一剑一兰亭。""赖是小红渠已嫁，不然啼碎马塍花。"①

白石为人恬淡寡欲，不媚时趋势，气貌若不胜衣，望之如神仙中人，一生未任官职。家居不问生产，但图书古董，摆满几榻。虽无隔夜之储，但每饭未尝无食客。50岁后，杭州家舍被火毁，加以亲友凋零，生计无着，不得不以鬻文卖字为生。白石一生虽过的是依赖他人的清客生活，但却清高而又珍视个人人品，受人敬重，与仰人鼻息的食客迥不相同。他一生的遭遇与个人品格，深深地影响到他的词风。

白石是文学史上的著名诗人。杨万里称赞他的诗有"裁云缝雾之妙思（"缝雾"一作"缝月"——作者注），敲金戛玉之奇声。"（《白石诗词集·除夜自石湖归苕溪》自注）②开始学黄庭坚（"三薰三沐师黄太史氏"），下很大工夫。中年"始大悟学即病，顾不若无所学之为得，虽黄诗亦偃然高阁矣。"（《白石道人诗集自叙》）③在杨万里的鼓励下，白石开始以陆龟蒙诗修改江西派，并从江西脱出而走向唐人，出入于江西、晚唐之间

① 夏承焘：《白石诗词集》，人民文学出版社1959年版，第183页。

② 夏承焘：《白石诗词集》，人民文学出版社1959年版，第41页。

③ 夏承焘：《白石诗词集》，人民文学出版社1959年版，第1页。

而能自立规模，有清雅高秀之风，与其词风相互影响。《白石诗说》是他为诗的甘苦之言，也是中国文学史上最早的诗话之一。在 30 则短小的诗话中，涉及辨体、立意、布局、措词、说理、使事、体物与写景等许多方面，既强调“沉着痛快”，又强调“自然与学到”[①]，尤其注重以“精思独造”[②]为宗。这种见解直接影响到他的词的创作。

白石是毕生从事词创作的专业词人，存《白石道人歌曲》，有词仅 87 首。词虽不多，但其成就却远远超过他的诗。他留下的词几乎都是严肃认真与精雕细刻的力作。正如他在《白石诗说》中所说：“诗之不工，只是不精思耳。不思而作，虽多亦奚为？”[③]正因为如此，他字字推敲，句句讲求，有时一首词要经过旬月涂稿，反复改动；有时要经歌妓试唱，音节谐婉，才能定稿。所以，白石词用字精微深细，几乎字字敲打得响；造句圆美淳雅，时时溢出新意。不仅言有尽而意无穷，且能达到“自然高妙”之化境。

白石还是著名的音乐家和书法家。除考论乐器、乐曲之外，他还精通音律，是自创新曲的天才。现存白石自度曲 17 首，旁注工尺，是唯一保存至今的珍贵音乐史料。白石词之所以音律谐婉，叮当悦耳，与他对词与音乐二者兼擅密切相关。如能从音乐家与作曲家的角度去理解他的某些词篇，也许可能把白石词的研究推向一个新的台阶。白石又是书法家，并有著述，亦有助于了解他的诗词。

---

①《六一诗话·白石诗说·滹南诗话》，人民文学出版社 1962 年版，第 32–28 页。

②［清］永瑢：《四库全书总目》（下册），中华书局 1965 年版，第 1818 页。

③《六一诗话·白石诗说·滹南诗话》，人民文学出版社 1962 年版，第 32–28 页。

二、时代的悲慨与以冷为美

白石生当南宋高宗、孝宗、光宗、宁宗四朝，政治上失意，终老布衣，生活困顿，羁旅天涯，过的是清客文人、江湖诗人的生活。他同其他进步知识分子一样，面对南宋朝廷偏安江南，苟且偷安，不图恢复，置广大沦陷地区百姓死活于不顾的现实，内心愤恨不平。但他身在江湖，不涉政坛，不能为国家民族尽其才力而愁苦难言，加之以性格、气质的不同，不能像陈亮那样以布衣之身多次向朝廷陈述恢复方略，而只能通过诗词创作抒写他的悲痛与隐忧。在白石现存80余首词中，直接感慨时事的作品抒发了鲜明的爱国思想，另一些作品则杂家国兴亡之感于今昔强烈对比之中，含蓄深沉，并不一泻无余。他在《诗说》里所讲的“沉着痛快”，在词里就体现在以冷为美的审美观照与艺术特征了。如他的名篇《扬州慢》：

> 淮左名都，竹西佳处，解鞍少驻初程。过春风十里，尽荠麦青青。自胡马窥江去后，废池乔木，犹厌言兵。渐黄昏，清角吹寒，都在空城。　杜郎俊赏，算而今、重到须惊。纵豆蔻词工，青楼梦好，难赋深情。二十四桥仍在，波心荡、冷月无声。念桥边红药，年年知为谁生。

这首词前有一篇小序，是了解这首词很好的参考。全文如下：“淳熙丙申（1176）至日，予过维扬，夜雪初霁，荠麦弥望。入其城，则四顾萧条，寒水自碧，暮色渐起，戍角悲吟。予怀怆然，感慨今昔，因自度此曲。千岩老人以为有黍离之悲也。”小序说明，这首词写于宋孝宗淳熙三年冬至，姜夔当时还不满22岁（若据谢桃坊考定的生年则仅17岁），正少年翩翩，然而忧国忧民的情怀已使词人对现实感到悲观失望。这是现存白石编年词中最早的作品，从这篇处女作开始，冷峻的时代感与忧思伤感的情调几乎贯穿他的一生。一个刚刚跨过20岁门槛的青年之所以有如此多的愁情与冷感，完全是时代造成的。扬州城的残破给词人上了一堂很好的政治时事课。扬州是历史名城，南北水陆交通之枢纽，也是对外的重要商埠，唐代达到其极盛期。“扬一益二”“十里长街市井连”“天下三分明月夜，二分无赖是扬州”（［唐］徐凝《忆扬州》），这些都是对其繁华兴盛而言的。唐代著名诗人杜牧曾写下许多歌咏扬州的名篇，给后人留下很深印象。宋代早期也基本保持其固有面貌。但南渡后，金人多次南侵，扬州终至残破不堪。南宋词中有不少作品是反映扬州盛衰变化的，如刘克庄《沁园春·维扬作》、李好古的《八声甘州·扬州》，还有赵希迈的《八声甘州·竹西怀古》等。这些词虽也写出了扬州城的今昔变化或残败凋零，但均不如姜夔《扬州慢》写得深沉悲怆，令人百读不厌。这首词描绘了古城扬州的荒凉景象，指出了破败的因由，抒发了作者的故国之思和对祖国未来的深切关怀。

上片写扬州残破凋零的景色。起首三句以“名都”“佳处”唤起，点明扬州往日名满国中的繁华景象，反映出作者对扬州历史的深情向往。但是，当作者解鞍驻马之后，映入眼底的现实却与作者原来的想象截然不同，词笔也因之陡然逆转，终于写下“过春风十里，尽荠麦青青”这样概括性与形象性都很强的词句。在词人脑海里，原来只是美好诗句：“十里长街市井连”（［唐］张祜《纵游淮南》），“春风十里扬州路，卷上珠帘总不如”（杜牧《赠别》）。如今，亲临其地，目睹其境，“市井”“珠帘”已荡然无存，映入眼帘的只是野草丛生：荠麦（荠菜与野生麦）弥望，跟杜甫“城春草木深”的境界毫无二致。对此，作者又怎能不痛感“黍离之悲”呢！“自胡马窥江”三句承此，点明这灾难性后果完全是金兵南侵所造成的。敌人入侵，不仅城池颓圮堙塞，房屋荡然无存，在人们心灵上也留下难以磨灭的创痕：“废池乔木，犹厌言兵。”这既是对金兵入侵的无言的痛恨，也包括对南宋王朝懦怯无能的极度不满。“渐黄昏”两句，通过角声进一步烘托出扬州城的空旷荒凉，萧寥落寞，与开篇“佳处”形成强烈反差。陈廷焯评以上五句说：“数语写兵燹后情景逼真。‘犹厌言兵’四字，包括无限伤乱语。他人累千百言，亦无此韵味。”（《白雨斋词话》卷二）[①] 下片写哀时伤乱、怀昔感今的情怀。换头两句承上启下，有穿针引线、裁云缝月之妙。作者连用杜牧诗意，以“俊赏”直承开篇，是作者对扬州怀有美好印象的主要依据。本是怀昔，写今昔对比之感，但作者却推给了故地重游的“杜郎”，并通过料想中“杜郎”的“重到须惊”，与上片“过春风”诸句上下呼应。“纵豆蔻”三句继此再翻进一层，昔日之风流繁华与今日之荒凉残败尽在此数句之中。“二十四桥”两句转作景语，景中寓情。二十四桥虽偶然幸存，但只剩下天上的“冷月”。这两句是全篇的名句，体现出词人以冷为美的独特审美心理。无此，则下片会索然无味，甚至全篇也要为之减色。面对波心“冷月”，诗人不由得联想到扬州著名的芍药花，于是问道：你每年都按时开放，到底为谁绽出笑容呢？伤国忧时的悲痛之情，表现得含蓄、深刻、有力。从这首《扬州慢》开始，白石便进入了以冷为美的艺术追求和创造。

他的另首《凄凉犯》表达了同《扬州慢》相类似的思想情感

① 唐圭璋：《词话丛编》（第4册），中华书局1986年版，第3798页。

和以冷为美的艺术境界：

> 绿杨巷陌。秋风起、边城一片离索。马嘶渐远，人归甚处，戍楼吹角。情怀正恶。更衰草寒烟淡薄。似当时、将军部曲，迤逦度沙漠。　　追念西湖上，小舫携歌，晚花行乐。旧游在否，想如今、翠凋红落。漫写羊裙，等新雁来时系著。怕匆匆、不肯寄与，误后约。

此词作于宋光宗绍熙二年（1191），作者寓居合肥（今安徽合肥）。小序交代了作词的缘起："合肥巷陌皆种柳，秋风夕起骚骚然。予客居阖户，时闻马嘶。出城四顾，则荒烟野草，不胜凄黯，乃著此解。琴有凄凉调，假以为名。凡曲言犯者，谓以宫犯商、商犯宫之类。如道调宫上字住，双调亦上字住。所住字同，故道调曲中犯双调，或于双调曲中犯道调，其他准此。唐人乐书云：'犯有正、旁、偏、侧。宫犯宫为正，宫犯商为旁，宫犯角为偏，宫犯羽为侧。'此说非也。十二宫所住字各不同，不容相犯。十二宫特可犯商、角、羽耳。予归行都，以此曲示国工田正德，使以哑觱栗角吹之，其韵极美，亦曰瑞鹤仙影。"读这200余字的长序，有两点与理解词意密切相关：一是"不胜凄黯"之前所写的感受，集中一点便是时代的冷峻凄凉，故以"凄凉"二字为标题；二是序文中论述什么是"犯"，以便创制出"其韵极美"的"犯"调来演唱这首凄凉的歌词，故也标明"犯"字。此为本篇的曲名，亦即全词所咏之主旨。黄升在《唐宋诸贤绝妙词选》（卷一）李珣《巫山一段云》二词下注云："唐词多缘题，所赋《临江仙》则言仙事，《女冠子》则述道情，《河渎神》则咏祠庙，大概不失本题之意。尔后渐变，去题远矣。”[①] 姜夔的自度曲，有意恢复词曲“缘题”的传统。引申开来，实际上又是对杜甫、白居易“新乐府”和“即事名篇，无复依傍”的现实主义传统的发扬。从《扬州慢》《凄凉犯》及下面要讲的《惜红衣》等，均可看出白石恢复“乐府”诗歌传统与贴近现实生活的良苦用心。

既然这首词写的是“凄凉”的冷境，那么，开篇便先从“悲哉秋之为气也”的秋声、秋景写起：“绿杨巷陌秋风起，边城一片离索。”合肥本是内地，而作者却偏说是“边城”，合肥柳树甚多并正葱绿碧翠，秋风初起便立即使人感到“一片离索”。这一切不过是时代局势在词人心灵中敏感的反映而已。中华民族的版图远在长城以北，即使北宋，也不曾退缩河套以南。如今淮河以南、巢湖以北的合肥，竟然成了“边城”。这不明明在揭露南宋小朝廷的妥协退让，说明这是一大国耻么？“离索”不正是在揭示金人破坏摧残合肥之后的凄凉么？南宋初王之道曾描绘合肥的凄凉情景：“断垣甃石新修垒，折戟埋沙旧战场。阛阓凋零煨烬里，春风生草没牛羊。”（《出合肥北门二首》）诗中所写，可为本词注脚。“马嘶渐远”三句，烘托边地边声。李陵在《答苏武书》中说：“凉秋九月，塞外草衰，夜不能寐，侧耳远听，胡笳互动，牧马悲鸣，吟啸成群，边声四起。”想不到塞下秋声如今迁移到淮南地区来了。“情怀正恶”四字，直抒其情；凡是血肉之躯，对此谁能有良好情怀？“衰草寒烟”再作烘托，随又以比兴手法，点出如今的名城合肥，就像当年出塞的军士行进在杳无人烟的荒漠之上。下片通过“追念”二字，将“凄凉”至极的画面撤掉，转写当时南宋都城临安的西湖，与合肥这“边城”

① ［宋］黄升：《唐宋诸贤绝妙词选》（卷一），《花庵词选》，中华书局1958年版，第32页。

形成极大反差，“凄凉”变成了“行乐”：“西湖上，小舫携歌，晚花行乐。”在此强烈反差与鲜明对比之下，上面所写已不再是向往而是暗含批判讥刺之深意了。“翠凋红落”是季节交替中的自然变化，又何尝不可解作好景不常呢？“漫写羊裙”（南朝宋羊欣最喜王献之的字，有一天羊欣昼寝，王献之在他裙上写字，羊醒后珍藏[①]），实即把上片所感到的“凄凉”填成词寄给西湖“行乐”诸公，但又怕大雁行色匆匆，不肯传递。所以词还是没有寄走。表面把责任推给大雁，实际乃恐“行乐”诸公无法理解其“凄凉”的感受，无法在“情怀正恶”上达到共识。

同样，即使在内地的消闲生活中，词人也经常挂念着“边城”“故国”，如《惜红衣》：

> 簟枕邀凉，琴书换日，睡余无力。细洒冰泉，并刀破甘碧。墙头唤酒，谁问讯、城南诗客。岑寂。高柳晚蝉，说西风消息。
>
> 虹梁水陌。鱼浪吹香，红衣半狼藉。维舟试望故国。眇天北。可惜渚边沙外，不共美人游历。问甚时同赋，三十六陂秋色。

这首词同《扬州慢》一样，也有一篇小序，叙述写词的经过：“吴兴号水晶宫，荷花盛丽。陈简斋云‘今年何以报君恩。一路荷花相送到青墩。’亦可见矣。丁未之夏，予游千岩，数往来红香中。自度此曲，以无射宫歌之。”白石自度此曲，题为《惜红衣》，意思是惋惜荷花的凋落，实则也是自伤，篇中还融进了家国身世之感。王国维评论李璟“菡萏香销翠叶残，西风愁起绿波间”时说：“大有众芳芜秽，美人迟暮之感。”

① 《宋书》（第6册），中华书局1974年版，第1661页。

（《人间词话》）[①]。《惜红衣》与李璟《浣溪沙》的意境大体相类，只不过姜词比李词写得更为复杂细腻而已。上片写孤寂的闲居生活，可分两层来看。从“簟枕邀凉”至“冰刀破甘碧”，刻画闲居消夏的某些生活细节。一个有多方面艺术才能的士子竟然布衣终身，不得仕用，反而被弃置林下，在湖光山色中过着“琴书换日”的孤寂生活。这从一个侧面揭露了当时社会的黑暗腐败。从“墙头唤酒”到“说西风消息”是第二层，写作者被人世冷落的清贫处境和怀才不遇的感慨。“高柳晚蝉，说西风消息”是白石词中名句，既写出冷僻幽独的个人心境，又有独到的艺术特色。与“西风愁起绿波间”相比，二者意境相近而写法上却相去甚远。下片写众芳芜秽与怀乡思旧之情，仍分两层。从“虹梁水陌”到“眇天北”，紧扣词题，描绘红衣狼藉、众芳摇落引起的深长慨叹。作者在《昔游诗》中说：“徘徊望神州，沉叹英雄寡。”二者相近，其中含有中原沦陷敌手而个人却无能为力的隐痛。亦即辛词《菩萨蛮》“西北望长安。可怜无数山”之意也。从“可惜柳边沙外”到篇终是最后一层，转写对“美人”（理想境界与理想人物）的追慕与思念，进一步烘托无所作为的孤寂与凄凉索寞的心境。这是一首情景交融，虚实兼到的词篇，其中“岑寂”二字是贯穿全篇的主线。词从不同侧面、不同角度并用不同手法渲染，使人感到无比压抑的“岑寂”。有心灵的“岑寂”（如第一层）；有人世的“岑寂”（如第二层）；有时事的“岑寂”（如第三层）；有环境的“岑寂”（如最后一层）。正是通过上述步步深入的描写刻画，才烘托出众芳芜秽、衰飒冷峻的环境气氛，突出作者与世隔绝、孤独无依的凄凉处境。这首词从更深层次上反映

① 《宋书》（第6册），中华书局1974年版，第1661页。

了南宋小朝廷置国耻于不顾，而只图短暂安逸的社会现实。本篇意到语工，字炼句烹。如“邀”“说”“吹”“香”等字的运用，准确而又十分生动。全词章法谨严，上下呼应，意脉不断，回环曲折，富有波澜。同样是抒写时代岑寂与孤独悲怆的作品，陈子昂的《登幽州台歌》是感情的直抒，李璟《浣溪沙》是比兴寄托，而白石这首《惜红衣》则是把细节刻画、环境烘托、心理描写和比拟寄托融于一炉。

还有一首直接抒写时事、歌咏爱国抗金思想的名篇《永遇乐》：

云鬲迷楼，苔封很石，人向何处。数骑秋烟，一篙寒汐，千古空来去。使君心在，苍崖绿嶂，苦被北门留住。有尊中酒差可饮，大旗尽绣熊虎。　　前身诸葛，来游此地，数语便酬三顾。楼外冥冥，江皋隐隐，认得征西路。中原生聚，神京耆老，南望长淮金鼓。问当时、依依种柳，至今在否。

词题为“次稼轩北固楼词韵”。辛弃疾为了完成毕生追求的抗金复国、重整河山的伟大抱负，在被迫投闲置散二十年后，又重新出山。当他以知镇江府的身份站在北固楼上写出那首“气吞万里如虎”的《永遇乐》时，已经是66岁的老人了（宁宗开禧元年）。词中充分表达了老词人收复中原、统一祖国的一贯主张，并以廉颇自喻，表现出一种忠愤填膺的英雄气概。姜夔“次韵”，即按辛词的韵脚唱和。不同的是，姜词不再议论时事，而侧重于通过对辛的赞扬来表达他心系天下安危与拥护北伐大业的爱国豪情。开篇三句写江山依旧而往日英雄不可见，为赞美辛弃疾作好铺垫。“迷楼”，指江对岸的扬州。隋炀帝在扬州建新宫，落成后游览时说：“使真仙游此，亦当自迷。”“鬲”，即隔。远望扬州，被云障雾隔，隐约难见，是从空间着眼。“很石”，即狠石，在北固山甘露寺内。相传孙权与刘备当年在此石上共谋伐曹大业。“苔封”，是时间的见证。在此时空中出场的历史人物已不知去向何方，如今能见到的只是“数骑秋烟，一篙寒汐”，但这一切也都同过往的历史一样“千古空来去”。慨叹江山寂寞，时事消沉，但以虚笔出之，转见空灵。正是在此历史与现实环境中，引出词中主人辛弃疾：“使君心在，苍崖绿嶂，苦被北门留住。”意思是说辛弃疾在被迫闲居山水田园之时也始终不忘北伐，这一天终于来镇守北伐的重要门户镇江了。末二句写辛的风流儒雅，治军有方，军威整肃。下片：以诸葛亮比辛弃疾，是第一层；以桓温比辛是第二层；“中原生聚，神京耆老，南望长淮金鼓”，是第三层，充分反映出北方沦陷区父老热切盼望南宋出师北伐，收复失地，统一祖国的焦急热盼之情，与范成大《州桥》有异曲同工之妙。（范诗说：“州桥南北是天街，父老年年等驾回。忍泪失声问使者：几时真有六军来？”）末二句是第四层，再用桓温“木犹如此，人何以堪”事典，抒写辛弃疾想到：在故乡济南种植的柳树如今是否依然健在，并长得挺拔壮观？在突出辛弃疾爱国怀乡深情同时，也寄托了词人自己盼望早日统一的迫切心愿。这首次韵稼轩词，学稼轩雄豪博大而又不失自家本色。

此外，姜夔还有两首《汉宫春》。其一为“次韵稼轩”，和的是辛弃疾“会稽秋风亭怀古”韵；另一为“次韵稼轩蓬莱阁”。刘熙载在《艺概》中说：“张玉田盛称白石，而不甚许稼轩，耳食者遂于两家有轩轾意。不知稼轩之体白石尝效之矣。集中如《永遇乐》《汉宫春》诸阕，均次稼轩韵，其吐属气味，皆若秘响相通，何后人过分门户耶？”[①]周济在《宋四家词选》中

① ［清］刘熙载：《艺概》，上海古籍出版社1978年版，第110页。

标举周邦彦、辛弃疾、王沂孙、吴文英为四大家，且以姜夔为辛附庸："白石脱胎稼轩，变雄健为清刚，变驰骤为疏宕。"① 其实，白石独标一格，自成面目，正如刘熙载所说："白石，才子之词；稼轩，豪杰之词。才子豪杰，各从其类爱之，强论得失，皆偏辞也。"（《艺概》卷四）②

在正面歌赞辛弃疾这位时代迫切需要的英雄豪杰之时，白石还讽刺了当时由上至下文恬武嬉的黑暗现实。白石的去取是很鲜明的。如《翠楼吟》：

月冷龙沙，尘清虎落，今年汉酺初赐。新翻胡部曲，听毡幕、元戎歌吹。层楼高峙。看槛曲萦红，檐牙飞翠。人姝丽。粉香吹下，夜寒风细。　　此地。宜有词仙，拥素云黄鹤，与君游戏。玉梯凝望久，叹芳草、萋萋千里。天涯情味。仗酒祓清愁，花销英气。西山外。晚来还卷，一帘秋霁。

词前小序说："淳熙丙午冬，武昌安远楼成，与刘去非诸友落之，度曲见志。予去武昌十年，故人有泊舟鹦鹉洲者，闻小姬歌此词，问之，颇能道其事，还吴为予言之。兴怀昔游，且伤今之离索也。"从内容看，词序是后来补写的。它交代了词的写作与词序的写作相隔约十年时间。淳熙十三年丙午（1186）秋，姜夔正寄居汉川，入冬，闻武昌黄鹤山上新建安远楼，遂偕友人刘去非前往参加落成典礼并自度此曲。十年以后，友人在汉阳江边还听到年轻歌女演唱此词。同时姜夔正在吴地，得知这首词流传的情况，深有感触，便补写了这篇词序。

---

① 唐圭璋：《词话丛编》（第2册），中华书局1986年版，第1643～1644页。
② ［清］刘熙载：《艺概》，上海古籍出版社1978年版，第110页。

这首词之所以长期传唱，除了音节谐婉的因素以外，主要在于它有寄意遥深的思想内涵。首先，跟前引《扬州慢》《凄凉犯》一样，这是白石的自度曲。所谓“翠楼”，即指“安远”楼而言。但实际上南宋王朝除了有一两次试探性的“安远”，并立即遭到挫败以外，从来不曾真正有过使侵占中原大片领土的金人退回到遥远的塞外去的壮举。“安远”与现实相去甚远，故以“翠楼”名之，即词所写其楼之高大华美：“层楼高峙。看槛曲萦红，檐牙飞翠。”“翠”，既概括楼观的华美又涵盖了其寻欢逐乐的用途。“吟”，乃是悲歌。白石在《诗说》中说：“悲如蛩螿曰吟。”[①]所以《翠楼吟》意即“翠楼的悲歌”。第二，所谓“安远”，实即永远安于现状。杨万里在《初入淮河》诗中说：“何必桑乾方是远，中流以北即天涯。”南宋把淮河以北全都割让金人，“安远楼”往北不用很远就是金人侵吞的大宋土地，但南宋却已同金相安无事，临时边界上一点战争的气氛也没有，南宋人用“月冷龙沙，尘清虎落”来加以形容。第三，不仅如此，南宋统治集团还在军中寻欢逐乐，为庆高宗八十寿辰，“内外诸军犒赐共一百六十万缗”（《宋史·孝宗本纪》）[②]，“新翻胡部曲，听毡幕元戎歌吹”，以及“人姝丽。粉香吹下，夜寒风细”，写的就是用这笔钱买来的欢乐，而不是操练，更不是北伐。第四，既叹人杰地灵，应出人才（“此地，宜有词仙”），又感人才意志的消磨（“酒祓清愁，花销英气”）。可见，这首词的讽刺意义是很深的，只是用笔委婉曲折，微露锋芒而已。陈廷焯评此词后半说：“一纵一操，笔如游龙，意味深厚，是白石最高之作。此词应有所刺，特不敢穿凿求之。”

---

① 《六一诗话·白石诗说·滹南诗话》，人民文学出版社1962年版，第30页。

② 《宋史》（第3册），中华书局1977年版，第684页。

（《白雨斋词话》卷二）[①] 周济评下片曰："此地宜得人才，而人才不可得。"（《宋四家词选》眉批）。[②]

此外，白石还有登"定王台"所写之《一萼红》，其中"南去北来何事，荡湘云楚水，目极伤心"诸句，并非一般沿用王粲《登楼赋》，而是针对南宋现实有感而发。与前引袁去华《水调歌头·定王台》"兴废两悠悠""书生报国无地，空白九分头"在写法上相去甚远，但其沉抑勃郁之情却极为接近。又如《八归》："最可惜、一片江山，总付与啼鴂。"《虞美人》"沉香亭北又青苔。唯有当时蝴蝶、自飞来"等，都是触目伤怀，感慨时事，寄托遥深的名句。我们之所以用较多的文字征引白石反映"黍离之悲"的作品，目的在于消除过去认为白石"回避现实斗争"的误会；同时，还要证明，即使像白石这样风流独占、不类时流的大家，在民族矛盾极其尖锐的现实面前也不可避免地要与爱国豪放词风相互渗透，并向爱国统一这一大目标、大方向倾斜。只是写法上不是热情奔放、奋笔直抒，而是冷隽深沉，峭雅疏淡罢了。

白石词另一重要内容，是怀才不遇和自伤身世的咏叹。跟当时广大士子一样，白石也有仕进的要求，但却未能如愿。他向朝廷上《圣宋铙歌鼓吹》，"进乐书免解，不第而卒。词亦工。"[③] 张鉴念其困顿，想替他出资买官，被他拒绝。参知政事张严欲辟白石为属官，亦辞谢不就。就这样，白石以布衣终其一生。虽然他平生交游多为达官名流，并深受他们赏识，但却无法填平政治

---

① 唐圭璋：《词话丛编》（第 4 册），中华书局 1986 年版，第 3799 页。

② ［清］周济：《宋四家词选》，古典文学出版社 1958 年版，第 42 页。

③［宋］陈振孙 徐小蛮 顾美华：《直斋书录解题》，上海古籍出版社 1987 年版，第 606 页。

失意这一心灵空白。所以白石词多有自伤身世的咏叹。被视为白石“清空”词风之代表作《点绛唇》，表面看这首词很短，实际既包诸所有，又空诸所有，内涵极为丰富，确实代表了白石以冷为美的艺术风格：

燕雁无心，太湖西畔随云去。数峰清苦。商略黄昏雨。
第四桥边，拟共天随住。今何许。凭阑怀古。残柳参差舞。

词题作“丁未冬过吴松作”。“丁未”，即宋孝宗淳熙十四年（1187）。“吴松”，即吴淞江，俗称苏州河，又名笠泽。白石当时已从湖北随萧德藻往浙江湖州居住，经杨万里介绍前往苏州石湖会晤范成大，路过吴松有感而写此词。白石之所以有感，是针对唐末诗人陆龟蒙而发的。陆当时雄怀大志，但屡举不第，无法施展抱负，不得不隐居江湖。吴松的甫里，即陆隐居故地。白石过其故里，联系自身，写词抒感。

“燕雁无心，太湖西畔随云去”写目之所见，但却关联词人钦羡的陆龟蒙，又象征自己流落江湖无所依归。时节虽已严冬，但北（燕，即北方之意）雁仍在南飞。“无心”，即无机心，纯任天然。正因如此，它伴随着洁白的冬云飞走了。首二句多合陆龟蒙诗意。如《归雁》：“北走南征象我曹，天涯迢递翼应劳。”《秋赋有期因寄袭美》：“云似无心水似闲。”“燕雁”、龟蒙、白石三者交织在一起，通过“无心”的“云”与“太湖”，描画出素淡开阔、孤高旷远的境界，胸无点尘，笔无杂滓。正如陈郁所说：白石“襟期洒落，如晋、宋间人。意到语工，不期于高远而自高远。”[①]三、四

① ［宋］陈郁：《藏一话腴》（内编卷下），［清］永瑢 纪昀《文渊阁四库全书》（第865册），台湾商务印书馆1986年版，第548页。

句在开阔高远的大背景下，作者以心知的口吻写山与雨势欲来的冬日黄昏："数峰清苦。商略黄昏雨。""清苦"本用以形容诸人的贫寒，如今用以状"峰"，则被冬寒剥去翠绿光彩的颓峰，其贫瘠清寒之状亦可知矣。不仅如此，词人还用"商略"二字把"数峰"写活，让它们在不可逾越的空间里互通信息、商议如何对付伴随黄昏而来的寒风冷雨。卓人月《词统》评曰："'商略'二字诞妙。"[①]而朱生豪却说："'数峰清苦。商略黄昏雨'，白石词格似之。"实际正是白石人品在词中的反映。白石词之峭拔不也正像那清苦的、历历可数的山峰么？这孤云野雁，来去无迹，这清苦的山峰，勇敢抵御着黄昏欲落的冬雨；这一切在词人心中引起了诗情与美的感受，当年陆龟蒙不就在此度过他那令人向往的长期隐居生活么？"第四桥边，拟共天随住。"这两句表达的就是这个意思。"第四桥"，即吴江城外之"甘泉桥"，因泉品居第四位，故名。"天随"，即天随子，陆龟蒙自号，即是说，精神上的动念均与天然顺遂合宜之意。"共"，是穿越横亘古今的界限，与三百年前的陆龟蒙作精神上的沟通。杨万里称白石："文无不工，甚似陆天随。"[②]白石也经常以陆龟蒙自比："三生定是陆天随，又向吴松定客归。""沉思只羡天随子，蓑笠寒江过一生。"[③]尾句："凭阑怀古。残柳参差舞。""残柳"，正严冬景象，但生命犹在，通过"舞"字，表示其不甘寂寞的生机。结穴，语虽苍凉，但仍健劲。可与辛弃疾《摸鱼儿》尾句"休去倚危栏，斜阳正在，烟柳断肠处"同参。

---

① 卓人月 徐士俊：《古今词统》（卷四），见《续修四库全书》集部（第1728册），上海古籍出版社2011年版，第523页。

② 夏承焘：《姜白石词编年笺校·辑传》，中华书局1958年版，第1页。

③ 姜夔：《除夜自石湖归苕溪》、《三高祠》诗，夏承焘辑校《白石诗词集》，人民文学出版社1959年版，第41–45页。

《玲珑四犯·越中岁暮闻箫鼓感怀》：

叠鼓夜寒，垂灯春浅，匆匆时事如许。倦游欢意少，俯仰悲今古。江淹又吟恨赋。记当时、送君南浦。万里乾坤，百年身世，唯有此情苦。　　扬州柳，垂官路。有轻盈换马，端正窥户。酒醒明月下，梦逐潮声去。文章信美知何用，漫赢得、天涯羁旅。教说与。春来要寻、花伴侣。

宋光宗绍熙四年（1193）作者旅居浙江绍兴，每当岁暮来临便有箫鼓演奏，以迎新春。一年即将过去，回首往事，岁月匆匆。词人他乡作客，往来奔忙，一事无成，故有“匆匆时事如许”之叹。更加令人难以忍受的乃是伤今怀古之悲。绍兴有夏禹之陵，且有越王句践十年生聚，十年教训，卧薪尝胆终于灭吴雪耻的故事。今日，百姓黎民虽仍保持当年箫鼓迎春和祭祀夏禹的活动，但在朝中还有谁能效法夏禹这一中华民族的原始形象，或者像勾践那样卧薪尝胆不忘北宋灭亡的国耻深仇呢？“万里乾坤，百年身世，唯有此情苦”三句就涵盖有空间的失落与历史的追寻，个人“欢意少”与“此情苦”，是与家国兴亡紧密交织在一起的，只是因为白石为词委婉曲折，含吐不露，并不像辛弃疾那样正面抒发而已。如与上面引述辛词《生查子·题京口郡治尘表亭》（“悠悠万世功”）比照参看，两人作品的不同特点就十分鲜明了。下面，白石对自已的诗词受到称赞进行深刻反思，认识到即使文章写得十分美好，但换来的仍是倦客他乡，天涯羁旅，于已于世毫无补益。词人的感慨，悲怆深沉。

此外，《探春慢》“谁念漂零久，漫赢得、幽怀难写”，《蓦山溪》“才因老尽，秀句君休觅”，《杏花天影》“算潮水、知人最苦”“满汀芳草不成归”《忆王孙》中的“零落江南不自由”等，均寓写身世飘零之感。其“毁舍后作”之《念奴娇》，尤写尽晚岁的凄凉。

爱情词在白石词中也占显著位置，并有与传统题材迥然不同的风貌。颖秀端华，深情绵邈，含蓄婉转，绝无庸俗低级的摹写，反映出词人审美情趣与精神境界的健雅充实。

据夏承焘《姜白石词编年笺校·合肥词事》[①]考证，白石22岁（婚前约十年）以后，在合肥（属淮南路）曾有一段情遇，所恋对象大约是善弹筝琶的年轻歌女。多次往来合肥，直到绍熙二年（1191）冬才最终离别，合肥女远去他乡，从此再未谋面。据夏氏统计，白石与合肥女恋情有关作品竟达22首（包括存疑3首）之多，占现存白石词四分之一，这是一个很大的数量。这些词的艺术质量也多为白石词中之上品。先看《浣溪沙·辛亥正月二十四日发合肥》：

钗燕笼云晚不忺。拟将裙带系郎船。别离滋味又今年。
杨柳夜寒犹自舞，鸳鸯风急不成眠。些儿闲事莫萦牵。

上片从女方着笔，下片就自身落墨。上结抒惜别之情，下结话安慰之语。虽说此别是“闲事”一段，但不料从此却成永诀。口语直抒，备见性情，与其他隐约其辞、词旨难明的恋情词有明显不同。裙系郎船，夜寒犹舞，鸳鸯风急诸句，兼有比兴联想，在烘托心曲方面别饶韵致。词题明确交代分别时、地，也是本词一大特点，它增加了这首词的透明度。

① 夏承焘：《姜白石词编年笺校》，上海古籍出版社1981年版，第269～282页。

另首《长亭怨慢》约作于上首之后不久。词前小序云："予颇喜自制曲，初率意为长短句，然后协以律，故前后阕多不同。桓大司马云：昔年种柳，依依汉南。今看摇落，凄怆江潭。树犹如此，人何以堪。此语予深爱之。"序中似未涉及合肥恋情，但因合肥多柳，且每以咏柳为恋词起兴，本篇同此。序中所引"种柳"云云，实即《鹧鸪天》所写"当初不合种相思"之意也。自度曲曰《长亭怨慢》，意即离情别怨之谓也。李白《菩萨蛮》："何处是回程。长亭接短亭。"白石词题涵义十分鲜明。全词如下：

渐吹尽、枝头香絮。是处人家，绿深门户。远浦萦回，暮帆零乱向何许。阅人多矣，谁得似、长亭树。树若有情时，不会得、青青如此。　　日暮。望高城不见，只见乱山无数。韦郎去也，怎忘得、玉环分付。第一是、早早归来，怕红萼、无人为主。算空有并刀，难翦离愁千缕。

上片咏柳，并以柳起兴，转抒离情。词人将柳拟人，并发奇想，借柳之无情（"树若有情时，不会得、青青如此"），从侧面烘托作者为离情所苦。陈廷焯谓"白石诸词，惟此数语最沉痛迫烈。"（《白雨斋词话》）[①]下片，正面写双方惜别之情。结拍再用"难翦离愁千缕"与开篇绾结，进一步强调"剪不断，理还乱，是离愁，别是一般滋味在心头。"恋情相思本是传统题材，词家早已写得俗滥，而白石却能以故为新，别开生面，扩大审美境界。这首词洗净铅华，淡彩枯墨，以侧为正，侧击旁敲，烘云托月，借物寄兴，更多一重转折奥峭，跌宕回环之妙，与前首迥异其趣。陈廷焯评曰："哀怨无端，无中生有，海枯石烂之

① 唐圭璋：《词话丛编》（第4册），中华书局1986年版，第3966页。

情。”（《词则·大雅集》卷三）[①] 允是的评。

《江梅引》序曰“丙辰之冬，予留梁溪，将诣淮而不得，因梦思以述志。”“丙辰”，即宁宗庆元二年（1196）冬，时白石住无锡张鉴庄园，值蜡梅竞放，忽忆当年与恋人共赏江梅情景：

> 人间离别易多时。见梅枝。忽相思。几度小窗，幽梦手同携。今夜梦中无觅处，漫徘徊。寒侵被、尚未知。　湿红恨墨浅封题。宝筝空、无雁飞。俊游巷陌，算空有、古木斜晖。旧约扁舟，心事已成非。歌罢淮南春草赋，又萋萋。漂零客、泪满衣。

上片前四句，写因见梅花而想到五年前离开合肥时依依惜别的情景。之后，也因相思难禁而多次梦见携手共游的场面。后四句又寄希望于今夜之梦，但却心中无数。下片写书信寄意，但却没有递信的雁群。“空”“无”，说对方已不知去向，“宝筝”已经绝响。而当年一起“俊游”之处，也空寥无人，只剩下“古木斜晖”了。虽然当时曾“旧约扁舟”，表示肯定会再次面晤重聚，但这种愿望实际已不复存在了。结拍用《楚辞》淮南小山《招隐士》赋春草之句“春草生兮萋萋”，说明即使到那时，恐怕也不能如愿了，故泪下难禁。一往情深，见之于笔末毫端，令人涵泳无尽。

直至词人 40 余岁，距合肥恋人邂逅初遇已二十年左右，其恋情仍不减当年。《鹧鸪天·元夕有所梦》写的就是这种情感：

> 淝水东流无尽期。当初不合种相思。梦中未比丹青见，

① 陈廷焯：《词则》（大雅集卷三），上海古籍出版社 1984 年版，第 3 页。

暗里忽惊山鸟啼。　　春未绿，鬓先丝。人间别久不成悲。谁教岁岁红莲夜，两处沉吟各自知。

这是庆元三年（1197）元夕之夜，词人梦见二十年前合肥恋人，醒后有感而作。“淝水东流无尽期”，实即词人相思之情永无绝期的比拟。这是巨大的精神折磨，故有“不合种相思”之悔恨。悔恨，又意味着心甘情愿。“未比丹青见”，不正说明有强烈重晤的要求么？因这要求未得满足，山鸟的啼声将词人从梦中唤醒，就实在令人遗憾了。“忽惊”正表现了这种情绪。换头，将春天和青春比并着写：春天来了，还未见绿意，而自己的鬓发却如丝般变白了。联系开篇“种相思”句细加吟味，词人的“合肥情事”似刚刚播下爱情的种子，还未见发芽绽绿，人却已衰老。“人间别久不成悲”是富有生活真理的概括性词句。有道是被离情别恨折磨已久，心也会磨成蚕子。话虽如此，但词人的心似乎还未磨到这个份儿上，否则他就不会说“梦中未比丹青见”了。所以结拍才说：“谁教岁岁红莲夜，两处沉吟各自知。”“红莲夜”，元宵灯节之夜，古代多设莲花灯。“剪红莲满城开放。”（《欧阳修《蓦山溪·元夕》）“露浥红莲，灯市光相射。”（《周邦彦《解语花·元宵》）“剪红莲、满城开遍。”（《欧阳修《蓦山溪·元夕》），周邦彦《解语花·元宵》亦有“露浥红莲[①]，灯市光相射”。可见，词人与合肥女在元夕似有共赏花灯的趣事，故词中与元夕有关的词作也都或明或暗与合肥情事密切相关。

纵观传统恋情词写作，乃以狎昵风流，软媚秾艳者居多。所谓“艳词”，即指此而言。但白石的情词，却能从整体上一反近

① 此处《全宋词》作“露浥烘炉，花市光相射”。今从胡云翼：《宋词选》，中华书局1962年版，第135页。

400年之余绪，而专以骚雅峭拔的词笔出之。许多篇章均具这一特点，如《踏莎行》：

燕燕轻盈，莺莺娇软。分明又向华胥见。夜长争得薄情知，春初早被相思染。　　别后书辞，别时针线。离魂暗逐郎行远。淮南皓月冷千山，冥冥归去无人管。

开篇两句似嫌华艳，其实不过梦中所见而已，实中有虚；末二句为闺中梦后想象恋人归去情景，虚中有实。全篇亦虚亦实，抟虚作实，不过是梦境的记叙耳。正如词序所言：“自沔东来，丁未元日至金陵，江上感梦而作。”王国维对白石多有微辞，但他却推崇这首《踏莎行》。他说：“白石之词，余所最爱者，亦仅二语，曰‘淮南皓月冷千山，冥冥归去无人管’。”（《人间词话删稿》）[①]热烈的情爱，仍以“冷”语出之。

咏物是白石词中另一重要内容。因为这些咏物词写得空灵含蓄，意蕴丰富，理解上多有不同，但其主导倾向或整体上是以歌咏客观物象为主，所以还是可以区别开来的。其中的寄托与寓意则可通过分析显示出来。白石咏物词以咏梅之《暗香》《疏影》为最著名。此外，如咏蟋蟀的《齐天乐》，咏茉莉的《好事近》，咏牡丹的《虞美人》，咏红梅的《小重山令》，咏芍药的《侧犯》，咏荷花的《念奴娇》以及咏柳的《蓦山溪》皆为名作，先看《暗香》：

旧时月色。算几番照我梅边吹笛。唤起玉人，不管清寒与攀摘。何逊而今渐老，都忘却、春风词笔。但怪得、竹外疏花，

---

① 唐圭璋：《词话丛编》（第5册），中华书局1986年版，第4255页。

香冷入瑶席。　　江国。正寂寂。叹寄与路遥，夜雪初积。翠尊易泣。红萼无言耿相忆。长记曾携手处，千树压、西湖寒碧。又片片、吹尽也，几时见得。

词前小序交代了写词与修改的经过："辛亥之冬，予载雪诣石湖。止既月，授简索句，且徵新声，作此两曲。石湖把玩不已，使工妓隶习之，音节谐婉，乃名之曰《暗香》《疏影》。"

这首词以梅花为线索，通过回忆对比，抒写今昔之变与盛衰之感。上片开篇五句是第一层，从月下"梅边吹笛"引起对往事的回忆。"何逊而今渐老"两句是第二层，写年华已逝，诗情锐减，面对红梅再无当年之春风词笔了。从"但怪得"到上片结尾是第三层，写花木无知，多情依旧，将其冷香撒布室内。下片承此写身世之感。从"江国"到"耿相忆"是第四层。先拟折梅投赠，却又怕水远山遥，风雪隔阻难以寄到；次想借酒浇愁，但面对盈盈翠盏，反而"酒未到，先成泪。"最后欲从窗外红梅寻求寄托，以排除胸中别恨，但却引起更加难忘的回忆。"长记曾携手处"两句是第五层，冷峻之中透出热烈气氛，是前"忆"字的具体补充，然而这不过是烟云过眼，已成陈迹了。结尾两句顿作跌落，终于又出现万花纷谢的肃杀景象。"几时见得"，余音袅袅，埋伏下许多情思和悬念。

古代咏梅诗词很多。但是，正如张炎在《词源》中所说："诗之赋梅，惟和靖（林逋——作者注）一联（指《山园小梅》之'疏影横斜水清浅，暗香浮动月黄昏'——作者注）而已。世非无诗，不能与之齐驱耳。词之赋梅，惟姜白石《暗香》《疏影》二曲，前无古人，后无来者，自立新意，真为绝唱。”[①]其实，这两首词并不一定有什么重大的社会价值，但它却能从现实的官感中引发诗兴，摘林逋名句作词牌，适当提炼和化用某些与梅花有关的典故，并由此生发开去，完成他以冷为美的审美独创。因梅花傲雪凌寒，最宜表现以冷为美的审美感受与傲岸不屈的性格。这首词首先是立意超拔，另创新机。词意虽与林逋《山园小梅》有关，但其境界却远胜林诗，与陆游《卜算子·咏梅》也不相类。林诗“曲尽梅之体态”（见司马光《温公续诗话》）[②]，陆词借梅喻诗人品德，白石此词却织进个人品格与身世盛衰之感，写法上“不即不离”，似咏梅而实非完全咏梅，非咏梅却又句句与梅密切相关。正如张炎所说：“所咏了然在目，且不留滞于物。”[③]白石词的“清空”也正表现在这里。其次是对比照应，似纵旋收。词人将今昔盛衰之情捏在一起，在对比中交替描写，给人以极深印象。如第一层写昔盛，第二层接写今衰；第五层昔盛，第六层今衰。“章法自清真《六丑》得来”[④]。第三是抒情写意，曲折传神。词写内心情感的起伏变化，表达极为灵活，如第四层短短六句却有三次转折，情感之波澜回荡被写得淋漓尽致。最后是音节谐婉，字句精工。《暗香》《疏影》与前引《扬州慢》等均属前无古人的自创新曲，并且经过歌妓演唱，反复修改而成；词人也满意其“音节谐婉”。当时歌法，今已难传，但读起来仍能丁当成韵，抑扬阏耳。词之用字精当准确，词句秀美，“香冷入瑶席”“千树压、西湖寒碧”均为警句。

---

① 张炎：《词源》，唐圭璋编《词话丛编》（第1册），中华书局1986年版，第266页。何文焕：《历代诗话》（上册），中华书局1981年版，第275页。

② 何文焕：《历代诗话》（上册），中华书局1981年版，第275页。

③ 张炎：《词源》，唐圭璋编《词话丛编》（第1册），中华书局1986年版，第262页。

④ 唐圭璋：《唐宋词简释》，上海古籍出版社1981年版，第194页。

再看《疏影》：

苔枝缀玉。有翠禽小小，枝上同宿。客里相逢，篱角黄昏，无言自倚修竹。昭君不惯胡沙远，但暗忆、江南江北。想佩环、月夜归来，化作此花幽独。　　犹记深宫旧事，那人正睡里，飞近蛾绿。莫似春风，不管盈盈，早与安排金屋。还教一片随波去，又却怨、玉龙哀曲。等恁时、重觅幽香，已入小窗横幅。

《暗香》《疏影》同咏一题，是不可分割的姊妹篇。《暗香》以梅花为线索，通过回忆对比，抒写今昔盛衰之感。关于《疏影》的题旨，前人解释，纷纭歧异，差别很大。一说感徽、钦二帝被掳，寄慨偏安；一说为范成大而作；一说怀念合肥旧欢。其中以第一说流传最广。张惠言在《词选》中说："更以二帝之愤发之。"[①] 郑文焯在其所校《白石道人歌曲》中说："此盖伤二帝蒙尘，诸后妃北辕，沦落胡地，故以昭君托喻，发言哀断。考王建《塞上咏梅》诗曰：'天山路边一枝梅，年年花发黄云下；昭君已没汉使回，前后征人谁系马。'白石词意当本此。"刘永济在《词论》中进一步指出："白石《暗香》《疏影》，则通首取神题外，不规模于咏梅。'昭君'句用徽宗在北所作《眼儿媚》词'花城人去今萧索，春梦绕胡沙。家山何处？忍听羌笛，吹彻梅花'也。"[②] 第二说也始自张惠言，他在《词选》卷二中说《暗香》"此为石湖作也。时石湖盖有隐遁之志，故作此二词以沮之。"[③] 第三说见夏承焘《姜白石词编年笺校》：

① 唐圭璋：《词话丛编》（第 2 册），中华书局 1986 年版，第 1615 页。
② 刘永济：《词论》，上海古籍出版社 1981 年版，第 97 页。
③ 唐圭璋：《词话丛编》（第 2 册），中华书局 1986 年版，第 1615 页。

“予谓白石此词亦与合肥别情有关。”[①] 诸说内容大体如上。但细按全词，觉以上诸说均似牵强。与《暗香》合看，《疏影》仍含个人身世飘零与今昔盛衰之感。《暗香》重点是对往昔的追忆，而《疏影》则集中描绘梅花幽独孤高的形象，寄托了作者对青春、对美好事物的怜爱之情。

上片写梅花形神兼美，下片写对梅的怜爱。全词自始至终把梅花当成有灵魂有个性的人来写。开篇三句，表面看不过写的是缀满枝头、莹洁如玉的梅花而已，但是，当读者联想到赵师雄梦花神的故事以后，那梅花便变成红粉佳人，那“翠禽”便变成能歌善舞的绿衣神童。“客里相逢”“无言自倚修竹”，不就是杜甫《佳人》诗中那端庄、清淳的女性形象么？“昭君”出塞，凝聚着女性对祖国的爱与对民族和好的愿望。“那人”二句，包容了寿阳公主额上落梅花以及“金屋藏娇”等故事，无一不与美女佳人密切相关。所以，词中的梅花不仅有开有落，而且还有生有死。于是，当梅花凋谢“随波”而去之际，人们便免不了要吹奏哀怨的曲调来表示悼念之情，甚至还要将剩下的残花折下，插入瓶中，供在窗前；或者通过“横幅”描下梅花使人永难忘怀的仪容，让瞬间变成永恒。篇中用事甚多，但运气空灵，时时杂用虚词，如“犹记”“莫似”“早与”“还教”“又却”“等恁时”，周济则近一步指出这首词乃是“以‘相逢’‘化作’‘莫似’六字作骨。”（《宋四家词选》眉批）[②] 有了这些字，不仅使拟人化的手法曲折传神，而且笔墨飞舞，寄慨遥深。

白石另一咏物视点是对荷花的歌咏。除《惜红衣》外，尚有《念奴娇》可为代表：

---

① 夏承焘：《姜白石词编年笺校》，中华书局上海编辑所1958年版，第49页。

② 周济：《宋四家词选》，古典文学出版社1958年版，第42页。

闹红一舸，记来时、尝与鸳鸯为侣。三十六陂人未到，水佩风裳无数。翠叶吹凉，玉容销酒，更洒菰蒲雨。嫣然摇动，冷香飞上诗句。　　日暮。青盖亭亭，情人不见，争忍凌波去。只恐舞衣寒易落，愁入西风南浦。高柳垂阴，老鱼吹浪，留我花间住。田田多少，几回沙际归路。

小序叙述了词人对荷花的赏爱："予客武陵，湖北宪治在焉。古城野水，乔木参天。予与二三友日荡舟其间，薄荷花而饮。意象幽闲，不类人境。秋水且涸，荷叶出地寻丈，因列坐其下。上不见日，清风徐来，绿云自动。间于疏处窥见游人画船，亦一乐也。朅来吴兴，数得相羊荷花中。又夜泛西湖，光景奇绝。故以此句写之。"小序说明词人在武陵时所获得的审美感受，如今寄居湖州，面对满湖荷花，又再次沉浸在美的享受之中。所以这首与其他咏物诸作略有不同，它表现了作者对生活、对大自然的由衷热爱之情，同时还以优美精炼的笔触描绘出荷花的风神及其个性。词中所写之荷，非仅一时一地，而是作者把所见过的全部最美的荷花与池塘概括到一起，融会成这首词的主题和形象，所以这首词的第一个特点便是以少总多。作者在小序中说有三个地方的荷花给他以最美好的印象：武陵、吴兴、西湖。作者把此三地的荷花巧妙组织在一起，创造出全新的意境：池中有小船，船行有鸳鸯相伴，船儿驶入人迹罕到的池塘深处，这里有美如仙女的荷花使人神清气爽，醉意顿消，在飒飒雨声之中，播散着阵阵冷香，这冷香竟然凝成迷人的诗句。直到日暮时分，诗人尚不忍离去，怕的是西风频吹，红花凋谢。还有高柳、老鱼都在把作者深情挽留。特点之二是词中有人。这不光指作者，同时包括人化的自然。"记来时、尝与鸳鸯为侣""高柳垂阴，老鱼吹浪"，然而真正人化了的却是荷花。有娇艳妩媚的打扮："水佩风裳无数"；暑热时她为你"翠叶吹凉"；微醉时她对你笑脸醒酒："玉容销酒"；不管是日晒雨淋，她始终为你高擎雨伞："青盖亭亭"；她的微笑、舞姿以及由此散发出的冷香，按词人的意志霎时便转化成诗句。词中有人，正是诗意之所在。特点之三是句中有味。作者在《白石诗说》中强调："句中有余味，篇中有余意，善之善者也。"[①] 如上所述，全篇的诗味已相当浓郁，作者还要画龙点睛："冷香飞上诗句。"于是全词便充溢着这幽韵冷香了。这"冷香"甚至遍及所有白石词作，成为白石词整体词风。

三、幽韵冷香与骚雅峭拔的词风

白石词独具特色。当他在世的时候，对他的词风便已有论及。杨万里认为白石诗歌的特点是有"裁云缝雾之妙思，敲金戛玉之奇声。"[②] 在《送姜夔尧章谒石湖先生》一诗中又说：白石诗"吐作春风百种花，吹散濒湖数峰雪"。虽均为评诗，但也不妨看作是评词；特别是后两句，准确而又形象地概括了白石的词风。稍后张炎提出"清空"之说，实际是受这两句诗的启发并略加提炼而成。范成大形容白石："新诗如美人。""以为翰墨人品皆似晋宋之雅士。"[③] 萧德藻感叹地说："四十年作诗始得此友。"[④] 连辛弃疾也"深服其长短句。"[⑤] 周密对此感叹说："呜呼！尧章一布衣耳，乃得盛名于天壤间若此，则轩冕钟鼎真可敝

---

① 《六一诗话·白石诗说·滹南诗话》，人民文学出版社 1962 年版，第 31 页。

② 陈振孙：《直斋书录解题》，上海古籍出版社 1987 年版，第 606 页。

③ 夏承焘：《白石诗词集》，人民文学出版社 1959 年版，第 159 页。

④ 夏承焘：《姜白石词编年笺校·辑传》，中华书局上海编辑所 1958 年版，第 1 页。

⑤ ［宋］周密撰，张茂鹏点校《齐东野语》，中华书局 1983 年版，第 211 页。

屣矣。”（《齐东野语》卷十二）[①]

白石去世后，最早评论白石词风的是张炎。他在《词源》中说：“词要清空，不要质实。清空则古雅峭拔，质实则凝涩晦昧。姜白石词如野云孤飞，去留无迹。吴梦窗词如七宝楼台，眩人眼目，碎拆下来，不成片段。”他在列举苏轼的《水调歌头》《洞仙歌》和王安石的《桂枝香》与白石的《暗香》《疏影》作品全文之后，又说：“此数词皆清空中有意趣，无笔力未易到。”[②]从上引两段话中，可以看出，“清空”二字乃泛指宋词中的一种词风，并非一人所独有，苏轼、王安石等也均有“清空”之作。张炎之所以在第一段引文中标举姜白石与吴梦窗的名字，只是因为他们最能代表“清空”与“质实”之不同词风而已。正因“清空”“质实”有泛指性质，所以后人很少用这四字概括白石、梦窗的词风。在《姜白石词编年笺校》所附《辑评》（38 人之评论）中，只有两人言及“清空”，且又有不同意见。其一是周济，他在《介存斋论词杂著》中说：“叔夏（张炎字）晚出，既与碧山同时，又与梦窗别派，是以过尊白石，但主清空。后人不能细研词中曲折深浅之故，群聚而和之。”[③]其二是陈洵在《海绡说词》中重引周济上述评语。[④]张炎以外 37 人，对白石词风的概括，则多用“清劲知音”（沈义父）[⑤]、“骚雅”（陆辅之）[⑥]、“雅”（朱彝尊）[⑦]、

① 周密：《齐东野语》，中华书局 1983 年版，第 212 页。

② 张炎：《词源》，唐圭璋编《词话丛编》（第 1 册），中华书局 1986 年版，第 259，260 ~ 261 页。

③ 唐圭璋：《词话丛编》（第 2 册），中华书局 1986 年版，第 1629 ~ 1630 页。

④ 唐圭璋：《词话丛编》（第 5 册），中华书局 1986 年版，第 4838 页。

⑤ 唐圭璋：《词话丛编》（第 1 册），中华书局 1986 年版，第 278 页。

⑥ 唐圭璋：《词话丛编》（第 1 册），中华书局 1986 年版，第 301 页。

⑦ 朱彝尊 汪森：《词综发凡》，《词综》，上海古籍出版社 1978 年版，第 14 页。

“醇雅”（汪森）[①]、“清婉窈眇”（王昶）[②]、“生硬”（许昂霄）[③]、“独标清绮”（郭麐）[④]、“放旷”“清刚”“疏宕”（周济）[⑤]、“灵动”“隐秀”“生香真色”（先著）[⑥]、“俗处能雅，滑处能涩”（冯煦）[⑦]、“幽韵冷香”（刘熙载）[⑧]、“清虚骚雅”（陈廷焯）[⑨]、“涩”（谭献）[⑩]、“淡远”（张文虎）[⑪]、“疏宕”（张祥龄）[⑫]、“淡隽”（况周颐）[⑬]等词语。可见七百年间众说纷纭，从未取得一致。

如果我们像王国维那样，“于词句中求”白石词风，则“冷香飞上诗句”似更为恰切。正如刘熙载在《艺概》卷四中所说：“姜白石词幽韵冷香，令人挹之无尽。拟诸形容，在乐则琴，在

---

① 朱彝尊 汪森 李庆甲：《序》，《词综》，上海古籍出版社 1978 年版，第 1 页。

② 夏承焘：《姜白石词编年笺校》，中华书局上海编辑所 1958 年版，第 140 页。

③ 许昂霄：《词综偶评》，唐圭璋编《词话丛编》（第 2 册），中华书局 1986 年版，第 1576 页。

④ 郭麐：《灵芬馆词话》，唐圭璋编《词话丛编》（第 2 册），中华书局 1986 年版，第 1503 页。

⑤ 周济：《介存斋论词杂著》，唐圭璋编《词话丛编》（第 2 册），中华书局 1986 年版，第 1634 页；周济：《宋四家词选目录序论》，唐圭璋编《词话丛编》（第 2 册），中华书局 1986 年版，第 1644 页。

⑥ 先著：《词洁》，唐圭璋编《词话丛编》（第 2 册），中华书局 1986 年版，第 1362，1362，1348 页。

⑦ 冯煦：《蒿庵论词》，唐圭璋编《词话丛编》（第 4 册），中华书局 1986 年版，第 3594 页。

⑧ 刘熙载：《艺概》，上海古籍出版社 1978 年版，第 110 页。

⑨ 唐圭璋：《词话丛编》（第 4 册），中华书局 1986 年版，第 3797 页。

⑩ 谭献：《箧中词》，夏承焘笺校辑著《姜白石词编年笺校》，中华书局上海编辑所 1958 年版，第 152 页。

⑪ 张文虎：《舒艺室杂著剩稿・绿梅龛词序》，夏承焘笺校辑著《姜白石词编年笺校》，中华书局 1958 年版，第 152 页。

⑫ 张祥龄：《词论》，唐圭璋编《词话丛编》（第 5 册），中华书局 1986 年版，第 4211 页。

⑬ 唐圭璋：《词话丛编》（第 5 册），中华书局 1986 年版，第 4437 页。

花则梅也。”[①]在白石词中，“冷香”出现次数不多，如“冷香飞上诗句”“冷香下携手多时”“香冷入瑶度”3处），而且前人词中（毛滂《临江仙》“小屏风畔冷香凝”）也已用过。但“冷香”二字却最能代表白石词整体风格与独创的情韵。“冷”字在白石词中出现12次，除“冷香”外，还有“冷云”“冷红”“冷月”等。“香”字出现26次，与“冷香”相关或最为接近的有“寒香”“幽香”“暗香”等。白石喜用“吹”字，共出现22次，有时一首词中连用两次，如《暗香》与《念奴娇》等。“吹”字可以散播词中特有的“冷香”。“冷香”出自词人本体内在生命的律动，来自与众不同的以冷为美的审美体验，也发自词中着意捕捉与塑造的艺术形象。

白石词之所以具有这种“挹之无尽”的“幽韵冷香”，又与其“骚雅”“峭拔”[②]密切相关。正如张炎所说：“清空则古雅峭拔”“不惟清空，又且骚雅，读之使人神观飞越。”[③]他还说周邦彦词“惜乎意趣却不高远，所以出奇之语，以白石骚雅句法润色之，真天机云锦也。”[④]在张炎眼里，“清空”与“骚雅峭拔”是合二而一的。因为有了“骚雅峭拔”便可使“清空”四脚落地，使作品在深层次上贴近现实，富有寄托，并由此矫正传统婉约词的软媚，使作品意趣高远，在“清空”之中别饶浑成刚硬的气魄。

---

① 刘熙载：《艺概》，上海古籍出版社1978年版，第110页。

② 张炎：《词源》，唐圭璋编《词话丛编》（第1册），中华书局1986年版，第259页。

③ 张炎：《词源》，唐圭璋编《词话丛编》（第1册），中华书局1986年版，第259页。

④ 张炎：《词源》，唐圭璋编《词话丛编》（第1册），中华书局1986年版，第259页。

白石幽韵冷香、骚雅峭拔的词风，是通过独创的审美感兴和丰富的艺术手段表现出来的。概而言之，大约表现在以下五个方面：自立新意，词约韵远；清虚疏快，遗貌取神；用事合题，避实就虚；波澜开阖，首尾匀停；淡而隽雅，瘦而实腴。下面再稍作分论。

自立新意，词约韵远。白石词中的特殊韵味，首先决定于他“特立清新之意，删削靡曼之词”（张炎《词源》）[①]，有“裁云缝月之妙思（“月”又作“雾”——作者注）”[②]。他自己就说过：“诗之不工，只是不精思耳。不思而作，虽多亦奚为？”又说：“意格欲高，句法欲响，只求工于句字，亦末矣。故始于意格，成于句字。”（《白石诗说》）[③]“意”是为诗的先决条件，然后才能顾及其他。在“精思”“立意”之时，最主要的是要有自家的冷隽特色：“一家之语，自有一家之风味。如乐之二十四调，各有韵声，乃是归宿处。模仿者语虽似之，韵亦无矣。”[④]白石同稼轩一样，具有深沉的爱国抗金、重整山河的思想。但比他年长约15岁的辛稼轩，已经用“壮声英概”的豪放词震动了朝野，加以白石自身经历与审美体验远不如稼轩，所以他不可能亦步亦趋地学习稼轩而是另辟蹊径，在保留传统婉约词深美闳约、要眇宜修这一特色的同时，融入黍离之悲与家国兴亡之叹，体现出自己的幽韵冷香，以发挥《离骚》与《诗经》的传统。正如王昶所说：白石“以高贤志士，放迹江湖，其旨远，其词文，托物比兴，因时伤事，即酒席游戏，无不有黍离周道之

① 张炎：《词源》，唐圭璋编《词话丛编》（第1册），中华书局1986年版，第255页。

② 陈振孙：《直斋书录解题》，上海古籍出版社1987年版，第606页。

③《六一诗话·白石诗说·滹南诗话》，人民文学出版社1962年版，第28，32页。

④ 见《六一诗话·白石诗说·滹南诗话》，人民文学出版社1962年版，第33页。

感。”（《春融堂集·词雅序》）[①]连贬抑白石的周济也说“《暗香》《疏影》二词，寄意题外，包蕴无穷，可与稼轩伯仲。”（《介存斋论词著》）[②]白石的恋情词也是这样，很少有脂腻粉浓的描写或嚼蕊吹香的刻画，而常常通过景物与环境气氛的烘托寄寓冷隽而又深婉的情思。登临、酬唱、咏物诸作，亦无不如此，与寻常之作，迥不相类。正因白石词“所以意趣为主，要不蹈袭前人语意”[③]，所以才能“精思独造，自拔于宋人之外”（夏承焘《辑传》）。[④]

清虚疏快，遗貌取神。白石浪迹江湖，常年以大自然为友，幕天席地，友月交风，客观景物成为他词中主要的讴歌对象。但在词人同大自然做感情交流时，从未忽略自己的人品与个性；相反，正是词人的人品与个性使客观景物具有了人的情感与灵魂。白石词并不侧重对客观景物的形态进行实际摹写，而是从空际取其神理，将以冷为美的审美体验融入其中。正如他自己所说：“三百篇美刺箴怨皆无迹，当以心会心。”[⑤]词人把他所吟咏的客观事物当成同自身一样是有生命的活的机体，不仅能以心会心，甚至能神与物游。感情的倾向性、针对性与现实性，在白石的美学观中是不必特意说出的。所以张炎才说：“情景交炼，得

① 夏承焘：《姜白石词编年笺校》，中华书局上海编辑所1958年版，第140页。

② 唐圭璋：《词话丛编》（第2册），中华书局1986年版，第1634页。

③ 张炎：《词源》，唐圭璋编《词话丛编》（第1册），中华书局1986年版，第260页。

④ 夏承焘：《姜白石词编年笺校·辑传》，中华书局上海编辑所1958年版，第2页。

⑤ 姜夔：《白石诗说》，《六一诗话·白石诗说·滹南诗话》，人民文学出版社1962年版，第30页。

言外意。”[①]陈廷焯在分析白石《暗香》《疏影》“发二帝之幽愤”以后说：“特感慨全在虚处，无迹可寻，人自不察耳。感慨时事，发为诗歌，便已力据上游，特不宜说破，只可用比兴体。即比兴中，亦须含蓄不露，斯为沉郁，斯为忠厚。”[②]这也就是白石所追求的“含蓄”“言有尽而意无穷”“句中有余味，篇中有余意”。[③]冷香就是这样散播出来的。而这类作品在白石词中又多为咏物之作，在艺术处理上又多一层难度。“诗难于咏物，词为尤难。体认稍真，则拘而不畅。模写差远，则晦而不明。”[④]咏物词的分寸掌握是十分困难的。成功的咏物之作，往往恰到好处，恰够消息，“不即不离”“似花还似非花”[⑤]。张炎认为《暗香》《疏影》与《齐天乐》“全章精粹，所咏了然在目，且不留滞于物。”因为这类词常常是“赋水不当仅言水，而言水之前后左右”[⑥]，清虚疏隽，幽韵冷香，别具神味。

用事合题，避实就虚。同稼轩一样，白石词（特别是慢词）喜用事典，有时一首词里甚至连用几个典故。用典准确、生动、恰当，往往能丰富作品的容涵，强化思想倾向并兼有以少胜多的艺术功效。白石词中使事用典成功之作极多，这与他强调“精思”与反复修改密切相关。通过“精思”使所选典故与内容结合

---

① 张炎：《词源》，唐圭璋编《词话丛编》（第 1 册），中华书局 1986 年版，第 264 页。

② 唐圭璋：《词话丛编》（第 4 册），中华书局 1986 年版，第 3797 页。

③ 《六一诗话·白石诗说·滹南诗话》，人民文学出版社 1962 年版，第 30 ~ 31 页。

④ 张炎：《词源》（卷下），唐圭璋编《词话丛编》（第 1 册），中华书局 1986 年版，第 261 页。

⑤ ［宋］苏轼《水龙吟·次韵章质夫杨花词》。

⑥ 张炎：《词源》，唐圭璋编《词话丛编》（第 1 册），中华书局 1986 年版，第 262 页。

恰当，做到“用事合题”。如张炎所说：“词用事最难，要体认著题，融化不涩。”并列举《疏影》词中两处使事的成功，认为“此皆用事不为事所使”。[①]即活引活用，变被动为主动，并由此而形成新的美感。张炎所举第一例是“犹记深宫旧事，那人正睡里，飞近蛾绿。”此“用寿阳事”。相传南朝宋武帝之女寿阳公主卧于含章殿下，忽有梅花落在她的额上（“蛾绿”，形容女子眉峰细长颜色深绿），成五出花，拂之不去，宫女争相仿效，名梅花妆（见《太平御览》卷三十“时序部”引《杂五行书》）[②]。第二例是“昭君不惯胡沙远，但暗忆江南江北。想佩环月夜归来，化作此花幽独。”此“用少陵诗”[③]。杜甫《咏怀古迹五首》之三咏王昭君，诗中两联曰：“一去紫台连朔漠，独留青冢向黄昏。画图省识春风面，环佩空归夜月魂。”寿阳公主梅花妆本是宫女们的发挥创造，借梅来妆饰自己。但在词人心中，那飘落之梅花却是活的。八百年之后，那梅花仍清晰地记起含章殿上的旧事：趁睡梦之际飞近公主们的眉边额头，印下五出花瓣，鲜艳而又持久。同样，词里的昭君也是有生命的，作者认为傲雪凌霜的梅花就是昭君的幽魂所化，因过不惯辽远塞北的沙漠生活，暗暗把祖国的江南和沦为敌人侵占的江北永远铭记心头。而且她早已戴好玉佩钗环，趁月明之夜回归故土，变成这孤独的梅花，无限清幽。杜诗原意是昭君出塞，死于匈奴，遗恨无穷，即使其魂魄归来，也全都是空无。白石与此不同，他异想天开地把昭君与南北分裂、与折梅寄江北的故事联系起来，竟让昭

① 张炎：《词源》，唐圭璋编《词话丛编》（第1册），中华书局1986年版，第261页。

② 李昉：《太平御览》（影印）（第1册），中华书局1960年版，第140页。

③ 张炎：《词源》，唐圭璋编《词话丛编》（第1册），中华书局1986年版，第261页。

君幻化成清劲孤傲的梅花，赋昭君事典以新的美感和新的含蕴。所谓“死典活用”“僻事实用，熟事虚用”“避实就虚”“用事不为事所使”等，即指此而言。白石词在使事用典上发挥出巨大的创造性，为后世提供无限法门。

波澜开阖，首尾匀停。这主要就结构与布局而言。在北宋以小令为主要形式的历史时期，人们欣赏与追求的是一气贯注与自然浑成的韵味。周邦彦出现以后，特别是南宋白石登上词坛以后，于自然浑成之外，又多了一重思索安排之功力。所谓“精思”，已不只是意格的提炼，同时也包括了谋篇布局与结构的最佳安排。白石词在篇章层次与整体结构安排方面是非常考究的，他既强调上下呼应，意脉不断，又能做到回环曲折，富有波澜。他在《白石诗说》中对此说得很清楚：“小诗精深，短章蕴藉，大篇有开阖，乃妙。”又说“作大篇尤当布置：首尾匀停，腰腹肥满。多见人前面有余，后面不足；前面极工，后面草草。不可不知也。”[①]可见他对全章的思索安排已有深入的研究体会。他说：“波澜开阖，如在江湖中，一波未平，一波已作。如兵家之阵，方以为正，又复是奇；方以为奇，忽复是正。出入变化，不可纪极，而法度不可乱。”[②]这些体会几乎全都用于词的创作之中而并非纸上谈兵。所以张炎在《词源》里多次列举白石词，总结经验，指导后学。如“要须收纵联密，用事合题，一段意思，全在结句，斯为绝妙。”“最是过片，不要断了曲意，须要承上接下。如姜白石词云‘曲曲屏山，夜凉独自甚情绪。’于过片则

---

①《六一诗话·白石诗说·滹南诗话》，人民文学出版社1962年版，第28，29页。

②《六一诗话·白石诗说·滹南诗话》，人民文学出版社1962年版，第31～32页。

云‘西窗又吹暗雨。’此则曲之意脉不断矣。”[①]

淡而隽雅，瘦而实腴。白石词幽韵冷香、骚雅峭拔的韵味，除了意趣之外，还借独特的语言表达出来。白石词现存只 87 首，几乎都是严肃认真与精雕细刻的力作。他字字推敲，句句讲求，一首词往往要经过旬月涂稿，反复改动，有时还要经过声妓试唱之后才能定稿。正因为他刻意求工，所以他的词用字精微深细，几乎字字敲打得响，造句清婉醇雅，时时跌出新意。白石词中，常常因一字妥贴使全篇皆活。前人标举其警句，如“波心荡、冷月无声”“千树压、西湖寒碧”“无奈苕溪月，又唤我扁舟东下”“高树晚蝉，说西风消息”“冷香飞上诗句”“中流容与，画桡不点清镜”以及“数峰清苦，商略黄昏雨”等，在全句措意妥贴，刷色匀停的基础上，往往因一字生动而使全篇破壁飞去。如上述诸句中的“荡”“压”“唤”“说”“飞”“点”以及“商略”等字，均不同程度有此作用。因白石以冷为美，追求的是素淡、高雅、隽峭、冷香，所以其词中多用冷色、冷语，如“清”“空”“寒”“凉”等词语的使用，给白石词造成一种冷色的调子，罩上时代逐渐走向没落的一层阴影。有时，素淡清雅的色调之中，也会出现些小亮点，但那也是为了表现其以冷为美的基调的。如先著在《词洁》中评《暗香》时说：“咏梅嫌纯是素色，故用‘红萼’字，此谓之破色笔。又恐突然，故先出‘翠尊’字配之。说来甚浅，然大家亦不外此。用意之妙，总使人不觉，则烹锻之工也。”[②]白石在词句上的锤炼终于使其词独具自家风味。郭麐《灵芬馆词话》中说白石“一洗华靡，独标清绮，

---

① 张炎：《词源》，唐圭璋编《词话丛编》（第 1 册），中华书局 1986 年版，第 261 页、第 258 页。

② 唐圭璋：《词话丛编》（第 2 册），中华书局 1986 年版，第 1359 页。

如瘦石孤花，清笙幽磬。”[①] 这恰好证明白石“以江西诗瘦硬之笔救周邦彦一派的软媚，又以晚唐诗的绵邈风神救苏、辛派粗犷的流弊。”（夏承焘《论姜白石的词风》）[②] 但白石瘦硬的词不仅能获得“通神”的功效，往往还能以少胜多，瘦而实腴。他在《诗说》中评陶渊明时说陶诗“散而庄，淡而腴，断不容作邯郸步也。”[③] 白石词的语言也是如此。杨万里所说“吐作春风百种花，吹散瀕湖数峰雪”[④]，就已经包括“散而庄，淡而腴”这两方面的内容，只不过他讲的更为生动形象而已，且从根本上抓住了以冷为美的特征。

四、音乐艺术与词艺的结合

除了上述五个方面构成白石“幽韵冷香”艺术风格的主要因素以外，还有一点，那就是作为能自度新曲的音乐家，白石也将音乐家的艺术思维和艺术手段引入歌词的创作之中，做到诗中有乐，乐中有诗，在声情并茂、音节谐婉这两方面达到了前所未有的新水平。在引进音乐艺术思维与艺术手段填词时，往往有两种不同情况：一是选择传统词调，只在歌词创作上运用音乐的艺术思维与艺术手法；二是自琢新词，同时又自制新曲，二者相得益彰。

下面先看选择传统词调，只另撰新词者，如《齐天乐》：

庾郎先自吟愁赋。凄凄更闻私语。露湿铜铺，苔侵石井，

① 唐圭璋：《词话丛编》（第 2 册），中华书局 1986 年版，第 1503 页。

② 夏承焘：《姜白石词编年笺校·论姜白石的词风》，中华书局上海编辑所 1958 年版，第 13 页。

③《六一诗话·白石诗说·滹南诗话》，人民文学出版社 1962 年版，第 30 页。

④ 杨万里：《送姜夔尧章谒石湖先生》。

都是曾听伊处。哀音似诉。正思妇无眠，起寻机杼。曲曲屏山，夜凉独自甚情绪。　　西窗又吹暗雨。为谁频断续，相和砧杵。候馆迎秋，离宫吊月，别有伤心无数。豳诗漫与。笑篱落呼灯，世间儿女。写入琴丝，一声声更苦。

词前小序交代写词经过说："丙辰岁（1196），与张功父（张镃）会饮张达可之堂，闻屋壁间蟋蟀有声，功父约予同赋，以授歌者。功父先成，辞甚美。予裴回茉莉花间，仰见秋月，顿起幽思，寻亦得此。蟋蟀，中都呼为促织，善斗。好事者或以三、二十万钱致一枚，镂象齿为楼观以贮之。"通过全词与小序，可以了解这是一首咏物词。词中以蟋蟀的鸣声为线索，把诗人、思妇、客子、被幽囚的皇帝和捉蟋蟀的儿童等巧妙地组织到这一字数有限的篇幅中来，并层次鲜明地展示出较为广阔的生活画面。其中，不仅有自伤身世的喟叹，而且曲折地揭示出北宋灭亡与南宋王朝苟且偷安、醉心于暂时安乐的可悲现实。"离宫吊月"等句所寄寓的家国兴亡之叹是显而易见的。

此词的艺术特点体现在两个方面：一是富有音乐性；二是富有层次性与节奏感。所谓富有音乐性，即读者读过全词与小序后，除通过文字进入词的意境以外，还可以像听了一阕美妙的乐曲一般，获得音乐上的美感享受。这是因为，作者一开始就是从蟋蟀的哀鸣声中获得灵感，同时也决定了这首乐曲的节奏、力度和表情风格。根据蟋蟀鸣声的特点，决定了这一乐曲不可能是壮板或快板，而只能是缓慢而宁静的柔板或慢板。从力度方面看，它也不可能是强有力的或非常响亮的，而只能是轻微的、细弱的。在表情风格方面当然不会是欢快的或热烈的，而只能是悲痛的、冷峻的。对蟋蟀鸣声的感情态度，白石已早有界定，即认为是凄苦哀怨的："我如切切秋虫语，自诡平生用心苦"（《送项平甫倅池阳》）；又是感伤悲怆的："悲如蛩螿曰吟。"（《白石诗说》）① "音乐是通过乐音的选择与结合来表现或激起内心的情感和情调的艺术。"（梯乐希语）这首词正是从音乐乐曲这一角度展开想象，通过巧妙的艺术构思，把蟋蟀的哀鸣声、诗人的吟诵声、思妇的机杼声、捣衣的砧杵声、被囚者的哀叹声、儿女们的欢笑声以及哀苦的琴声等有机地结合在一起。在短短102个字里，几乎可以使读者听到或联想到夜里所能听到的一切声响，并用哀怨和悲痛这一感情基调来过滤、选择、提炼、加工与重新组合，形成新的音乐艺术场。所以词中出现的种种音响，已不是对客观事物简单地拟声或机械地再现，而是融入了词人的感情律动与审美体验，并通过诗歌这一形式创造出的一种音乐形象。从音响和乐曲这一角度进行艺术构思的指导思想，在序文中已交代清楚："闻屋壁间蟋蟀有声""予裴回茉莉花间，仰见秋月，顿起幽思，寻亦得此。"因为夜间只闻蟋蟀之声而无法见其形状，所以从音"声"这一角度来构思全篇，不仅是自然的，也是十分新颖并具独创性的。还有，结拍两句的琴声与开篇的吟诵声，首击尾应，寸拊尺接，使通体完整一笔不懈。这一点与前已讲到的张镃的《满庭芳·促织》相互参看，就可以体味到。张词是按一般为词的规律进行构思（只有"静听"以下与"从渠床下"两处写鸣声），而姜词是把所有音响都纳入词中，谱成乐曲，由琴弦弹奏出来："写入琴丝，一声声更苦。"白石精通音律，善于谱曲，至今仍保留他17首自注工尺旁谱的词。遗憾的是，因为没有板眼符号，所以虽已有人译成今谱，但仍不能恢复到宋时歌唱的真相。但是，我们却从这首《齐天乐》里，感受到

① 《六一诗话·白石诗说·滹南诗话》，人民文学出版社1962年版，第30页。

了他用音乐家的耳朵听到的、并用词人的优美文字记录下来的种种音响和优美旋律。概而言之，这首《齐天乐》实际上就是一曲由单一形象的变奏曲发展成为当时社会总悲吟的交响乐。关于这首词的第二个特色，即层次性与节奏感，也应从发展音乐主题的全曲结构来分析。因篇幅所限，这里从略（可参看拙著《宋词百首译释》[①]关于这首词的“说明”）。

如前所述，音乐表现的感情内容是多种多样的，但从表达方式与手段上看，基本可分为两类。一类是在感情活动的全过程中持续地从客观事物中获得感受，并随所获得的客观事物的感性印象的变化而发生变化。这一类可归结为客观性的感情活动。表现这种音乐感情的作品属于描绘性、叙事性的一类。如琵琶曲《十面埋伏》、二胡独奏曲《空山鸟语》以及俄国作曲家穆索尔斯基的《图画展览会》等。另一类是主观性的感情活动。虽然，从根本上讲，人的感情活动都是由于人对客观事物有所感受而引起的，但是，当感情发生之后，这种感情之流就不再和客观具体事物发生联系，而只是在人的主观世界中潺潺流淌或者咆哮奔腾。古琴曲《梅花三弄》、二胡独奏曲《二泉映月》、贝多芬的《第五交响曲》以及柴可夫斯基的《第六交响乐》就属这一类。在音乐作品的具体创作方面，可以分成上述两类。

同样，在运用音乐艺术思维和艺术手段进行歌词创作时，在情感表达方式上也可分为客观性与主观性两种不同类型。例如上面讲过的《齐天乐》，其主导倾向是客观性的感情活动，技法上带有明显的描绘性与叙事性。在白石运用音乐艺术思维与艺术手段写成的词中，也有只表现主观感情的作品，在这类作品中已完全脱离对客观事物音声的模拟、提炼、加工与综合，而升

① 陶尔夫：《宋词百首译释》，黑龙江人民出版社 1984 年版。

华为抽象感情层次中的旋律与节奏的流程，甚至是只可意会，不可言传，“非奇非怪，剥落文采，知其妙而不知其所以妙，曰自然高妙。”（《白石诗说》）① 以上，是第一类情况，即选择传统词调，另撰新词者。

第二类是自琢新词并自制新曲。这类作品的主导倾向是表现词人主观性感情活动的。白石词中 17 首自注工尺旁谱的“自制曲”或“自度曲”，就多属此类。他在《长亭怨慢》小序中说：“余颇喜自制曲，初率意为长短句，然后协以律，故前后阕多不同。”这说明，他的“自制曲”一般都是先有了诗兴的感发和以冷为美的丰富体验，并在形成长短句的词体以后，才根据思想内容与字句长短谱成乐曲。这与传统习惯的按谱填词已完全不同。按谱填词是因乐造文，因文造情。白石的“自制曲”恰好颠倒过来，而变成因情造词，因词制曲。这样一来，不仅词人的思想感情不受拘束能得到自由发挥，而且乐曲也必然与词的内容、词的感情发展密切结合，达到声情并茂、音节谐婉、流美动听的高水准。白石诗中所说：“自作新词韵最娇，小红低唱我吹箫。”（姜夔《过垂虹》）其实就是对词与音乐完美结合的自我评价与自我欣赏。但这“娇”字与传统婉约词的侧艳、浮华、软媚已完全不同，“娇”来自白石词所特有的“冷香”之中。沈祥龙说：“‘自制新词韵最娇。’‘娇’者，如出水芙蓉，亭亭可爱也。徒以嫣媚为娇，则其韵近俗矣。试观白石词，何尝有一语涉于嫣媚？”（《论词随笔》）② 在从音乐乐曲创作艺术方面理解白石词风时，这“娇”字所体现的“幽韵冷香”与“骚雅峭拔”是应同时兼顾的。白石自制曲虽有工尺旁谱，但并未注板眼符号，因

---

① 《六一诗话·白石诗说·滹南诗话》，人民文学出版社 1962 年版，第 33 页。

② 唐圭璋：《词话丛编》（第 5 册），中华书局 1986 年版，第 4056 页。

此很难把握其节拍的长短与节奏的迟速，但据夏承焘《白石十七谱译稿》[①]，特别是杨荫浏的今乐译谱[②]，还是可窥见白石“自制曲”的旋律变化的。结合词的句逗顿住，对词本身所独具的节奏韵味以及全词起承转合的安排调度，也可有进一步的体味与理解。如《扬州慢》，由 32 节组成，大体可分为 4 段，每段 8 节，这种安排是与词的内容和思想感情的变化完全吻合的。

从词的内容看，第一节写词人到扬州前的思想感情。因第一次来扬州，虽对扬州的破坏已早有听闻，但对词人来说，仍是个未知数。而记忆里的扬州又尽是杜牧所写的美丽诗句。所以第一节里所唱的五句歌词，便融入杜牧“谁知竹西路，歌吹是扬州”（《题扬州禅智寺》）和“春风十里扬州路，卷上珠帘总不如”（《赠别》）等美好诗意。因此这一段乐曲的处理，在感情上是平静而又充满期待，节奏也较缓慢而柔和，几乎全是四分之一节拍而少变化，显示出词人对扬州的热烈向往。第二节的六句，立即有了变化。词人所见与想象中的扬州完全不同：城里是“废池乔木”，老百姓“犹厌言兵”；黄昏逐渐走近，进入耳际的是“清角吹寒，都在空城”。而这一切全是“胡马窥江”造成的。失望、悲伤、激愤、感慨，多种复杂情感一齐涌上心头，与第一节形成巨大反差。所以第二节的乐曲旋律也有了明显变化。感情由热变冷，由激动不安转为哀怨悲怆，速度加快，力度增强，音区升高。四分之一的拍子遭到细碎的分割，加大了旋律的起伏变化，充分体现出词人悲愤难抑的情感的律动。下片换头进入第三节，词笔紧扣开篇，从杜牧诗句转写当年在此

---

① 夏承焘：《夏承焘集》（第 2 册），浙江古籍出版社 | 浙江教育出版社 1997 年版，第 112 ~ 155 页。

② 杨荫浏 阴法鲁：《宋姜白石创作歌曲研究》，人民音乐出版社 1979 年版，第 39 ~ 54 页。

"俊赏"的杜牧本人，写他"重到"此地之后的巨大震惊：纵然他当年"豆蔻梢头"写得秀美精工，"青楼薄幸"描绘过青春好梦，但这样的词笔，又怎能表达今天这忧国伤时的深情呢？因此这一段中的乐曲又转为回忆对比与唱叹抒情。在匀称的节奏中交叉有相应的快板。舒徐的柔板与紧缩的中板交替进行，把忧伤哀痛之情注入每一音符之中。第四节中之"二十四桥仍在，波心荡、冷月无声"是词中警句，也是乐曲华彩乐段之所在，旋律在此高下起伏，抑扬顿挫，极尽变化发展之能事，优美的旋律与哀怨的抒情完美结合，结拍与上片尾声在同一旋律与同一音位上缓缓收住。因为这首词里用了一些恰当的领字（如"过""自""渐""算""纵""念"），使歌唱时多了一些转折与唤起的机会，为声情完美结合，提供了宽阔的空间。仔细品音乐乐曲的变化、安排，更有助于加深对词的"幽韵冷香"的理解。《长亭怨慢》《淡黄柳》《暗香》《疏影》《石湖仙》均属这第二种类型，兹不赘言。

对于其他词人，不论是否能自制曲谱，几乎都不需要也不可能从音乐乐曲方面去分析他的作品。但是，对待姜夔，则必须有这方面的分析才好，因为他有 17 首自注工尺旁谱的"自度曲"，而其名篇，其音节谐婉的作品又多出自这 17 首词中。所以对这 17 首词的词乐结合方面的研究是十分必要的，只是我们还做得不够而已。

五、白石词的渊源与词史之位置

白石词的渊源与继承关系，前人论述较多。他虽也作诗，但却以词成就最高、影响最大。诗、词、音乐、书法等各门艺术在白石创作中是相互融合、相互贯通的。同历史上成就显著的大诗人、大词人一样，他也最善于继承前人的优秀传统并为自己所用。白石早年以诗名世，受知于当时大诗人萧德藻、杨万里、范成大。他在《白石道人诗集自序》中自述学诗从江西派，取法黄庭坚，亦步亦趋，“一语噤不敢吐”。中年“始大悟学即病，顾不若无所学之为得。”[①] 开始摆脱黄诗，力求独造，乃上窥唐诗，倾心陆龟蒙等人，终于形成自己的风格：气格清奇，意境隽淡，韵致深美。他的诗风直接影响到他的词，他以江西诗派的诗法入词，用瘦硬刚健的笔法纠正“花间”以来“婉媚”与“侧艳”的流习。沈义父在《乐府指迷》中所说“白石词清劲知音，亦未免有生硬处。”[②] 即指此而言。至于白石诗出入晚唐，深得陆龟蒙等人的绵邈风神，这对白石“清空”“幽韵冷香”风格的形成，更有直接影响。

前人认为白石精通音律，其词之深细工美、结构谨严、词语醇雅，与周邦彦最为接近，受周邦彦的影响也深而明显。厉鹗认为词与中国画派一样，也有北宗、南宗之分：“稼轩、后村诸人，词之北宗也；清真、白石诸人，词之南宗也。”（《张今涪红螺词序》）[③] 先著《词洁》说清真与白石“渊源相沿，固是一祖一祢也。”[④] 但同时也认识到他们二人之间的差别。陈廷焯说：“美成、白石，各有至处，不必过为轩轾。顿挫之妙，理法之精，千古词宗，自属美成。而气体之超妙，则白石独有千古，美成亦不能至。”（《白雨斋词话》卷二）[⑤] 这与前已讲过张炎认

① 夏承焘：《白石诗词集·白石道人诗集自叙》，人民文学出版社 1959 年版，第 1 页。

② 唐圭璋：《词话丛编》（第 1 册），中华书局 1986 年版，第 278 页。

③ 厉鹗：《樊榭山房集》（中册），上海古籍出版社 1992 年版，第 753 ~ 754 页。

④ 唐圭璋：《词话丛编》（第 2 册），中华书局 1986 年版，第 1360 页。

⑤ 唐圭璋：《词话丛编》（第 4 册），中华书局 1986 年版，第 3798 页。

为美成“意趣却不高远”并主张“以白石骚雅之句润色之”的见解是一致的。张文虎认为：“白石何尝不自清真出，特变其秾丽为淡远耳。”（《绿梅龛词序》）[①] 缪钺对此说得更为清楚而形象：“然周词华艳，姜词隽澹；周词丰腴，姜词瘦劲；周词如春圃繁英，姜词如秋林疏叶。姜词清峻劲折，格澹神寒，为周词所无。”[②] 并认为黄升所说白石“词极精妙，不减清真乐府，其间高处有美成所不能及”（《绝妙词选》卷六）[③] 也就是指这些不同特点。要之，白石词吸收了周词的优长，而在清劲与骚雅方面又有新的发展。

在“意趣”与“清空”方面，张炎认为白石词与苏轼、王安石有渊源关系。苏轼的《水调歌头》，王安石的《桂枝香》与白石的《暗香》《疏影》“皆清空中有意趣”者。[④] 但“东坡之旷在神，白石之旷在貌。”（王国维《人间词话删稿》）[⑤] 其实，苏轼词中之“空灵”对白石词确有深层影响，白石咏物诸作亦得苏之沾溉。朱祖谋在《重刻东坡乐府序》中说：“东坡刚亦不吐，柔亦不茹，缠绵芳悱，树秦、柳之前旃；空灵动荡，导姜、张之大辂，唯其所之，皆为绝唱。”[⑥]

在前代词人中，柳永、张先对白石也有一定影响。谭献认为

---

① 张文虎：《舒艺室杂著剩稿·绿梅龛词序》，夏承焘笺校辑著《姜白石词编年笺校》，中华书局 1958 年版，第 152 页。

② 缪钺 叶嘉莹：《灵谿词说》，上海古籍出版社 1987 年版，第 456 页。

③ 黄升：《中兴以来绝妙词选》（卷六），《花庵词选》，中华书局 1958 年版，第 279 页。

④ 张炎：《词源》，唐圭璋编《词话丛编》（第 1 册），中华书局 1986 年版，第 260 ~ 261 页。

⑤ 唐圭璋：《词话丛编》（第 5 册），中华书局 1986 年版，第 4266 页。

⑥ 朱孝臧 夏敬观：《彊村丛书》（第 2 册），上海古籍出版社 1989 年版，第 808 页。

“白石嚶求稼轩，脱胎耆卿。”（《复堂词话》）[①] 先著认为“子野雅淡处，便疑是后来姜尧章出蓝之助。”“白描高手，为姜白石之前驱。”“美成如杜，白石兼王、孟、韦、柳之长。”（均见《词洁》评语）[②]

还有以陶渊明、杜甫、柳宗元比之白石者，陈锐在《褱碧斋词话》中说：“词如诗，可模拟得也。”他在比拟南唐、柳永、辛弃疾与周邦彦之后说“白石得渊明之性情。”[③] 这也和辛弃疾一样，主要学习陶渊明人品与诗品的真纯莹澈。在《白石诗说》仅有的 30 则中还特辟一条申说陶渊明“天资既高，趣诣又远，故其诗散而庄，淡而腴，断不容作邯郸步也。”[④] 白石词的幽韵冷香、骚雅峭拔，还得力于陶渊明诗中这种辩证统一、相辅相成的艺术经验。因白石关心家国兴亡，常用比兴手法寄托时事感慨，故有人又以杜甫和姜白石作比。宋翔凤说“词家之有姜石帚，犹诗家之有杜少陵。继往开来，文中关键。其流落江湖，不忘君国，皆借托比兴于长短句寄之。”其所举词例未必尽如所说，但“意愈切则辞愈微”却道出了白石词的特点，其骚雅峭拔不能说与此无关。所以他在最后颇有感叹地说：“屈宋之心，谁能见之？乃长短句中复有白石道人也。”（均见《乐府余论》）[⑤]

白石词中的“不忘君国”，除了他个人自身因素外，还与当时整个南宋的文学风气，特别是与辛弃疾的出现密切相关。如前所说：“‘稼轩体’的‘晕圈效应’还影响到当时南宋整个

---

① 唐圭璋：《词话丛编》（第 4 册），中华书局 1986 年版，第 3992 页。

② 唐圭璋：《词话丛编》（第 2 册），中华书局 1986 年版，第 1346，1352，1367 页。

③ 唐圭璋：《词话丛编》（第 5 册），中华书局 1986 年版，第 4196 页。

④ 唐圭璋：《词话丛编》（第 5 册），中华书局 1986 年版，第 4196 页。

⑤ 唐圭璋：《词话丛编》（第 3 册），中华书局 1986 年版，第 2503 页。

词坛。婉约词在当时已不能再重踏‘花间’以来的老路了。‘复雅’也好，‘清空’也好，就是面对‘稼轩体’的庞大存在与‘晕圈效应’而选择的一条改革求新之路。”也就是说婉约词在向豪放词风倾斜，二者之间正相互渗透。这种倾斜与渗透是时代的要求，又是词人的自觉行动，这并非屈从于什么压力，也非时髦的跟风，而是审美趣味的转移与自然流露。前人论稼轩与白石之间的关系甚多，而且大体趋于一致。首先是白石词受稼轩词影响并向稼轩词倾斜靠近：“稼轩之体，白石尝效之矣。集中如《永遇乐》《汉宫春》诸阕，均次稼轩韵，其吐属气味，皆若秘响相通。”（刘熙载《艺概》卷四）[①]“白石脱胎稼轩，变雄健为清刚，变驰骤为疏宕。”（周济《宋四家词选目录序论》）[②]虽然白石受稼轩影响，但白石毕竟是有创造性的词人，只是对时事、对创作、对词艺“皆极热中，故气味吻合。”他们二人的气质、性格、经历、趣味毕竟多有不同，所以周济又说：“辛宽姜窄，宽故容葳，窄故斗硬。”（均见周济《宋四家词选目录序论》）[③]谭献《复堂词话》说：“白石、稼轩，同音笙磬，但清脆与镗鞳异响，此事自关性分。”[④]这的确是知音之言，“大声鞺鞳，小声铿鍧”与“幽韵冷香，骚雅峭拔”，不论是速度、力度还是感情、风格，均有明显差别，难以混同，所以陈锐在《褒碧斋词话》中说：“白石拟稼轩之豪快，而结体于虚。”[⑤]“虚”，即“清虚”“清空”。即使白石着意学习稼轩的雄豪悲壮、博大隽峭，哪怕是步稼轩原韵的作品，也不会失去自己固有的清虚与

① 刘熙载：《艺概》，上海古籍出版社1978年版，第110页。
② 唐圭璋：《词话丛编》（第2册），中华书局1986年版，第1644页。
③ 唐圭璋：《词话丛编》（第2册），中华书局1986年版，第1644页。
④ 唐圭璋：《词话丛编》（第4册），中华书局1986年版，第3994页。
⑤ 唐圭璋：《词话丛编》（第5册），中华书局1986年版，第4200页。

空灵。所以，即使说白石词，甚至整个南宋词都在不知不觉间向稼轩词、向豪放词倾斜或相互渗透，这并不意味着白石词或南宋婉约词失去自己的艺术个性或整个特色。也正因为如此，白石才成为南宋词林中的大家。

关于白石在南宋词或整个宋词中的地位，前人也多有论及。《四库全书总目提要》说白石“诗格高秀”“词亦精深华妙，尤善自度新腔，故音节文采，并冠绝一时。”[①] 朱彝尊说：“世人言词，必称北宋，然词至南宋始极其工，至宋季而始极其变。姜尧章氏最为杰出。”（《词综发凡》）[②] 谢章铤认为“白石道人为词中大宗，论定久矣。”（《赌棋山庄词话》）[③] 先著认为白石“于词家另开宗派。”（《词洁》）[④] 冯煦说：“白石为南渡一人，千秋论定，无俟扬榷。”（《蒿庵论词》）[⑤] 陈廷焯认为：“姜尧章词，清虚骚雅。每于伊郁中饶蕴藉，清真之劲敌，南宋一大家也。梦窗、玉田诸人，未易接武。”（《白雨斋词话》卷二）[⑥]

白石只存词 80 余首，却能有上述评价，甚至取得仅次于有 600 余首词的辛弃疾的地位，这的确是非常值得思考与研究的问题。就评论来讲，其中虽也杂有推尊词体，强调词之“要眇宜修”，力主“清空”等原因，甚至带有某种程度的偏见，但整体评价是大体不差的。就白石词本身来讲，如果没有其自身的鲜明特点，拔高与溢美之辞也是难以出现的。“稼轩辛公深服其

① 永瑢：《四库全书总目提要》（下册），中华书局 1965 年版，第 1818 页。
② 朱彝尊 汪森：《词综发凡》，《词综》，上海古籍出版社 1978 年版，第 10 页。
③ 唐圭璋：《词话丛编》（第 4 册），中华书局 1986 年版，第 3478 页。
④ 唐圭璋：《词话丛编》（第 10 册），中华书局 1986 年版，第 1360 页。
⑤ 唐圭璋：《词话丛编》（第 4 册），中华书局 1986 年版，第 3594 页。
⑥ 唐圭璋：《词话丛编》（第 4 册），中华书局 1986 年版，第 3797 页。

长短句"[1]，当是实有其言而非虚誉。这一切，简单说来，都与白石既能适应时代要求，向稼轩豪放词倾斜，同时又保持自家特色。"意到语工，不期于高远而自高远。"（陈郁《藏一话腴》）[2]"一家之语，自有一家之风味。"[3]这就是白石艺术生命之所在，是"得活法"的关键。所谓文学史，也就是文学发展创造的历史，而不是亦步亦趋的模仿史。后人学习白石词，得此活法，便能自立于词坛，否则将被历史淘汰而湮没无闻。朱彝尊在《黑蝶斋诗余序》中说："词莫善于姜夔，宗之者张辑、卢祖皋、史达祖、吴文英、蒋捷、王沂孙、张炎、周密、陈允平、张翥、杨基，皆具夔之一体。基之后，得其门者寡矣。"（《曝书亭集》卷四十）[4]汪森在《词综序》里也有类似的议论："鄱阳姜夔出，句琢字炼，归于醇雅。于是史达祖、高观国羽翼之。张辑、吴文英师之于前，赵以夫、蒋捷、周密、陈允衡、王沂孙、张炎、张翥效之于后。譬之于乐，舞箾至于九变，而词之能事毕矣。"[5]虽然其中有些词人并不完全师从白石，但却从中可以看到白石影响的深远与广泛。吴文英戛戛独造，自出机杼，并非学白石而得，但亦并非与姜无涉。上述一长串名单中受白石影响最大而成就又很高者，首推周密、王沂孙与张炎。周密咏物、写景、抒怀诸作，深得白石"骚雅"而出之以清丽深沉。王沂孙得白石"峭拔"而出之以沉郁高旷。张炎得其清空、连及峭拔骚

① ［宋］周密撰，张茂鹏点校《齐东野语》，中华书局 1983 年版，第 211 页。

② 永瑢、纪昀：《文渊阁四库全书》（第 865 册），台湾商务印书馆 1986 年版，第 548 页。

③《六一诗话·白石诗说·滹南诗话》，人民文学出版社 1962 年版，第 33 页。

④ 永瑢、纪昀：《文渊阁四库全书》（第 1318 册），台湾商务印书馆 1986 年版，第 105 页。

⑤ 朱彝尊 汪森 李庆甲：《序》，《词综》，上海古籍出版社 1978 年版，第 1 页。

雅，“庶几全体具矣。”（杜诏《曹刻山中白云词序》）[①]陈廷焯甚至认为“玉田词亦是取法白石，而风度高远，襟期旷达，不独入白石之室，几欲与之颉颃。”（《云韶集》卷九）[②]

由上可以看出，白石在两宋词坛婉约之外，又屹然别立一宗。夏承焘在《论姜白石的词风》中说：“白石在婉约和豪放两派之外，另树‘清刚’一帜，以江西诗的瘦硬之笔救周邦彦一派的软媚，又以晚唐诗的绵邈风神救苏、辛派粗犷的流弊。”又说：“白石于柳、周和苏、辛两派之外，在当时实另成为一个派系，这并不是故为强调的话。”[③]朱庸斋在《分春馆词话》中说：“白石词以清逸幽艳之笔调，写一己身世之情，在豪放与婉约外，宜以‘幽劲’称之。予以为词至白石遂不能总括为婉约与豪放两派耳。”[④]实际上，词发展到姜夔，婉约词已不能再走原来的老路，姜夔把婉约与豪放两种词风成功地加以融合，从而成为“清劲骚雅”的新体，在词史上掀开了新的一页，对后代词的发展产生了深远影响。应当说姜夔是继辛弃疾之后，攀登到第二高峰的大词人。

白石词经过宋、元之交的周密、王沂孙、张炎等人的继承发扬，形成巨大的创作声势，为两宋词坛增添了一抹灿烂辉煌的斜阳晚照，为祖国诗歌的艺术宝库增添了丰收的硕果。这晚照的辉光与丰收的硕果为清代词学的复起中兴，照亮了前途，增加了无穷的力量。清初至清中叶朱彝尊、厉鹗等浙派词人推尊姜、张，甚至

① 吴则虞：《山中白云词》，中华书局1983年版，第170页。

② 转引自［清］陈廷焯著，屈兴国校注《白雨斋词话足本校注》上册，齐鲁书社1983年版，第199页注［三］。

③ 夏承焘:《姜白石词编年笺校》,中华书局上海编辑所1958年版,第13,14页。

④ 朱庸斋：《分春馆词话》，广东人民出版社1989年版，第124页。

出现了“家白石而户玉田”[①]的盛况。整理与刊行白石词集也是当时推尊的重要内容之一，仅清代出刊的白石词集即多达十余种。

虽然白石词在文学史上开宗立派，有不可磨灭的历史贡献，但其缺欠与不足也是相当明显的。首先，是内容与题材过于狭窄，反映生活不够深刻。在苏轼开拓题材范围，特别是在辛弃疾已经成功地将诗歌所反映的内容全部纳入词的创作领域之后，白石词又回到婉约词传统的狭窄内容之中，对当时重大历史事件，对和议之争几乎很少涉及。白石因生活奔波，对下层百姓的生活以及他们的要求愿望有所了解，但却很少反映。所以周济才说“辛宽姜窄”（《宋四家词选目录序论》）[②]。又说稼轩“情深”，白石“情浅”，稼轩“才大”，白石“才小”。[③]其次，是词风过于单调。在白石以前出现的词人大多不是单一风格的作家，他们的风格往往是多样化的，甚至连李清照这样的词人由于生活的变化，其前期与后期词风也有明显差异，而白石却几乎看不到词风的变化。即使与辛弃疾关系十分密切的那几首词，风格也未有明显之不同。再次，白石词缺乏自然浑成与意蕴丰融之妙。多“无言外之味，弦外之响。”（王国维《人间词话》）[④]最后，对生活化的语言提炼不足。

---

① 朱彝尊：《静惕堂词序》，施蛰存编《词籍序跋萃编》，中国社会科学出版社 1994 年版，第 543 页。

② 唐圭璋：《词话丛编》（第 2 册），中华书局 1986 年版，第 1644 页。

③ 唐圭璋：《词话丛编》（第 2 册），中华书局 1986 年版，第 1634 页。

④ 唐圭璋：《词话丛编》（第 5 册），中华书局 1986 年版，第 4249 页。

第三节　史达祖与高观国

一、“环奇警迈，清新闲婉”的史达祖

史达祖（生卒年不详），字邦卿，号梅溪，汴（今河南开封）人，久居杭州。史达祖生活清贫，屡举不第，政治抱负不得施展。其抗金主张与文字才能为太师韩侂胄所赏识，乃招为堂吏，公文文告皆出其手。开禧北伐失败后，韩侂胄被诛，史达祖也坐受黥刑，死于贬所。有《梅溪词》，存词112首。

因屡举不第，史达祖无法施展其抱负，当其受韩侂胄赏识并被召为堂吏以后，自然要借此发挥其才干，却不料因牵连而惨遭刑罚与贬斥。韩侂胄力主北伐，收复失地，重整河山，其总体倾向是符合百姓愿望的，与秦桧、贾似道等卖国投降人物有根本不同。为了北伐，韩侂胄起用辛弃疾等爱国志士，解除“伪学”之禁，委叶适等道学中人以重任，壮大了抗金复国的力量。北伐初期也曾旗开得胜，江州、光州、镇江等地捷报频传，韩借此“乃议降诏趣诸将进兵。”在此关键时刻，因用人失当，四川吴曦叛变，两淮战事受挫，内部又有人挑拨倾轧，致使抗战将领被逐被杀，敌方得喘息之机，北伐终于失败。可见，史达祖应召为韩堂吏并无可厚非。但现有记载却多有不公。叶绍翁《四朝见闻录》说：“韩为平章，事无决，专倚省吏史邦卿，奉行文字，拟帖撰

旨，俱出其手。权炙缙绅，侍从简札至用申呈。”[①] 周密《浩然斋雅谈》也说：“史达祖邦卿，开禧堂吏也。当平原（韩侂胄曾封平原郡王——作者注）用事时，尽握三省权，一时士大夫无廉耻者皆趋其门，呼为梅溪先生。韩败，达祖亦贬死。”[②] 对比，并不能完全相信，更不应由此而怀疑史之为人并否定其文学方面的成就。正如缪钺所分析的：“韩侂胄因排斥宰相赵汝愚，而当时以朱熹为首的道学家多是拥护赵汝愚的，韩于是称道学为‘伪学’，兴伪学之禁，打击朱熹等人。理宗以后，道学盛行，于是对韩更深加贬议。”[③] 这才是比较符合实际的见解。至于史达祖一时得势，“不免藉以弄权”，并因韩败而“牵连得罪”，这也是不足怪的。（见《灵谿词说·论史达祖词》）[④] 千百年来，中国对文人的评价已有固定模式，即最讲“知人论世”。人品与学品、诗品、词品总是有某种联系的。如果一个诗人的人品很糟，甚至在水平线以下，即使他写出某些好作品，也不能评价过高，因为其作品的真实性已大受怀疑。史达祖的人品据野史记载虽也有某些不足，但非关大节，因此，似不会影响对其诗词的正常评价。

史达祖早年与姜夔、张镃有较多交往，他们对史达祖的词评价颇高。据称，姜夔曾为史达祖词集作序，惜其序文已散轶不见。黄升《中兴以来绝妙词选》卷七中说：“史邦卿，名达祖，号梅溪，有词100余首。张功父、姜尧章为序。尧章称其词：‘奇秀清逸，有李长吉之韵，盖能融情景于一家，会句意于两

---

① 叶绍翁 沈锡麟 冯惠民：《四朝闻见录》，中华书局1989年版，第183页。

② 周密：《浩然斋雅谈》，《浩然斋雅谈·志雅堂杂钞·云烟过眼录·澄怀录》，辽宁教育出版社2000年版，第12页。

③ 缪钺 叶嘉莹：《灵谿词说》，上海古籍出版社1987年版，第468页。

④ 缪钺 叶嘉莹：《灵谿词说》，上海古籍出版社1987年版，第469页。

得’。”[①]而张镃的序文却得幸存，其中不仅有对梅溪词的评价，还保留了一些珍贵的史料。张序中说：“余扫轨林扃，草长门径。一日，闻剥啄声。园丁持谒入，视之，汴人史生邦卿也。迎坐竹阴下，郁然而秀整。俄起谓余曰：‘某自冠时，闻约斋之号，今亦既有年矣。君身益湮晦，某以是来见，无他求。’袖出词一编，余惊笑而不答。”（张镃《梅溪词序》）[②]序写于嘉泰（辛酉）元年（1201），张镃48岁，张称史为“史生邦卿”，最后又说：“余老矣，生须发未白。”可见史达祖的年岁比张小许多。序中记史“起谓余曰‘某自冠时闻约斋之号，今亦既有年矣’”。如此自称与描述，则访张时，史达祖当在20至30岁之间，或30岁左右。比姜、张约小十几岁。韩侂胄开禧三年（1207）被杀，史牵连获罪在40岁左右。但其生年仍难估定，尚欠其他材料为证。

张镃在序中对史达祖词倍加赞扬：“生去始取读之。大凡如行帝苑仙瀛，辉华绚丽，欣眄骇接。因掩卷而叹曰：‘有是哉，能事之无遗恨也。’盖生之作，辞情俱到，织绡泉底，去尘眼中，妥贴轻圆，特其余事。至于夺苕艳于春景，起悲音于商素，有环奇警迈、清新闲婉之长，而无訑荡污淫之失。端可以分镳清真，平睨方回，而纷纷三变行辈几不足比数。”（张镃《梅溪词序》）[③]史达祖的词友高观国在《东风第一枝》中也说他“似妙句、何逊扬州，最惜细吟清峭。”

后世最推崇史达祖的咏物词。其实梅溪词中反映的内容相当丰富，诸如家国兴亡、身世之感、爱情悼亡等类型的作品。

---

① 黄升：《中兴以来绝妙词选》（卷七），《花庵词选》，中华书局1958年版，第294页。

② 王鹏运：《四印斋所刻词》，上海古籍出版社1989年版，第375页。

③ 王鹏运：《四印斋所刻词》，上海古籍出版社1989年版，第375页。

在史达祖为韩侂胄堂吏期间，曾随使臣出使金国，这次出使是史达祖一生中的大事，故词中也多有反映。宁宗嘉泰四年（1204），韩侂胄欲谋伐金，先遣张嗣古为贺金主生辰正使，入金观察虚实，然张返报不得要领。次年（开禧元年，1205）再遣李壁使金，命史达祖“随行觇国”。（见叶绍翁《四朝闻见录》及《四库全书总目提要》）[①] 金章宗完颜璟生辰在九月一日，南宋于六月遣使，七月启行，闰八月抵金中都（今北京市），事毕返程，于九月中经北宋汴京（今河南开封）。他在往返途中，多有题咏。《梅溪词》中之《龙吟曲·陪节欲行留别社友》《鹧鸪天·卫县道中有怀其人》《齐天乐·中秋宿真定驿》《惜黄花·九月七日定兴道中》与《满江红·九月二十一日出京怀古》均为使金过程中所作。

《龙吟曲》题为“陪节欲行，留别社友”，说明是启程之前告别词友们的作品。词中说：

> 道人越布单衣，兴高爱学苏门啸。有时也伴，四佳公子，五陵年少。歌里眠香，酒酣喝月，壮怀无挠。楚江南，每为神州未复，阑干静、慵登眺。　　今日征夫在道。敢辞劳、风沙短帽。休吟稷穗，休寻乔木，独怜遗老。同社诗囊，小窗针线，断肠秋早。看归来，几许吴霜染鬓，验愁多少。

这首词虽然远不及梅溪名篇奇秀清逸，富有感染力，但知人论世，却可借以了解梅溪生平。上片回忆受知于韩侂胄以前的

① 叶绍翁 沈锡麟 冯惠民：《四朝闻见录》，中华书局1989年版，第196～197页；永瑢：《四库全书总目提要》（下册），中华书局1965年版，第1821页。

生活面貌，约有三方面内容。一是啸傲林泉，追求隐逸；二是不时与贵家子弟为伍，狎妓饮酒，倜傥风流；三是，流落江南，壮怀难申，但仍常常因为担忧神州沦陷而登高望远。前两者是铺垫，是流落不偶的无聊，是“壮怀无挠”的逆反心态；而“神州未复”才是正题，是词骨，并为过渡到下片写奉命使金“随行觇国”这一轰轰烈烈的人生大事做好准备。下片承此写四方面内容：一是为恢复神州，告别绿水青山的南方，长途跋涉，甘冒风沙侵袭而不辞劳苦；二是此去失陷的北国，并非只是吟哦黍离之悲，或寻我归家乔木，最牵肠挂肚的是盼望王师北伐的沦陷区的父老；三是因这一壮行暂时隔断了诗友们的情谊和与家人的欢聚；四是盼望此行顺利，按时归来，用鬓发的斑白来检验此行的辛劳与回报诗友的别情。《词林纪事》（卷十三）引楼敬思评语曰：“史达祖，南渡名士，不得进士出身，以彼文采，岂无论荐？乃甘作权相堂吏。”“然集中又有留别社友《龙吟曲》。‘楚江南，每为神州未复，阑干静、慵登眺。’新亭之泣，未必不胜于兰亭之集也。乃以词客终其身，史臣亦不屑道其姓氏。科目之困人如此，不禁三叹。”[①]楼敬思对这首词的爱国思想的把握至为准确，对其屡举不第和悲剧结局寄予了深切的同情。

史达祖随使节赴金，八月中秋始抵真定（今河北正定）。月到中秋分外明，何人不起故园情？史达祖身在异邦，而双足却踏在北国的故土之上，对此怎不感慨万千？以“中秋宿真定驿”为题的《齐天乐》写的就是这种复杂情感：

西风来劝凉云去，天东放开金镜。照野霜凝，入河桂湿，

① 张宗 杨宝霖：《词林纪事·词林纪事补正合编》（下册），上海古籍出版社 1998 年版，第 796 页。

一一冰壶相映。殊方路永。更分破秋光，尽成悲境。有客踌躇，古庭空自吊孤影。　　江南朋旧在许，也能怜天际，诗思谁领。梦断刀头，书开虿尾，别有相思随定。忧心耿耿。对风鹊残枝，露蛬荒井。斟酌姮娥，九秋宫殿冷。

上片写云去月来的中秋之夜，可分两层。从开篇到“冰壶相映”是第一层，写月来云去后，词人望中之所见。从“殊方路永”到上片结尾是第二层，写望中之所感。同一中秋之月，普照天下，而如今这脚下的故土却成为“殊方”异域，连月下秋日的辉光也似乎破成了两半，目之所见，全是悲惨的绝境。难道这一切都是因天上的月亮（“金镜”）本身破碎成两半而造成的？对此特大问号，词人没有做正面回答，而只描绘当时情态：“有客踌躇，古庭空自吊孤影。”“踌躇”，徘徊，犹豫，得不出肯定的回答。“吊”，伤痛。作者忧虑家国兴亡，无人理解，只能“形影相吊”，聊慰孤寂情怀。下片承此，转写江南诗友对自己的理解，但谁能理解沦陷区人民对南宋王朝的热切盼望？他们盼望早日统一山河，甚至在梦里都希望能破镜重圆。“梦断刀头”一句，用“刀环示归”典（《汉书·李广苏建传》）：李陵降匈奴后“昭帝立，大将军霍光、左将军上官桀辅政，素与（李）陵善，遣陵故人陇西任立政等三人俱至匈奴招陵。立政等至，单于置酒赐汉使者，李陵、卫律皆侍坐。立政等见陵，未得私语，即目视陵，而数数自循其刀环，握其足，阴谕之，言可还归汉也。”[1]《玉台新咏》卷十《古绝句四首》之一：“藁砧今何在？山上复有山。何当大刀头，破镜飞上天。”许顗《彦周诗话》解曰：“‘藁砧何在’，言夫也。‘山上复有山’，言出也。‘何

① 班固：《汉书》（第 8 册），中华书局 1962 年版，第 2458 页。

当大刀头，破镜飞上天’，言月半当还也。”[1]后用此典形容女子思念丈夫或情人，盼其早归，或形容思念友人，望其归来。张元幹《水调歌头·和芗林居士中秋》：“别离久，今古恨，大刀头。老来长是清梦，宛在旧神州。”可见，词中用“刀头”典，并非只指个人思乡情切，联系上片“金镜”“分破秋光”诸语，实亦含有沦陷区人民盼望遣使前来，进而热盼全国统一之深意在。“别有相思”云云，亦即张元幹“清梦”“旧神州”意也。但“梦断”即梦醒之后，现实依然是破碎的河山。对此，词人怎能不“忧心耿耿”！最后“忧心耿耿”五句，即抒写此凄苦情怀。意思是说，刺目的“风鹊残枝，露蛬荒井”等残破景象，不仅揪人心肺，甚至连天上的嫦娥见了，也不免要感到秋冷心寒。词人将忧国伤时与羁旅之愁打并在一起，烘托出沦陷区的衰飒萧条。这首词与前已述及的张孝祥《念奴娇·过洞庭》以及范成大《水调歌头·细数十年事》，虽均咏中秋，但情韵却有很大差异。

作为家国兴亡与感叹身世凋零的作品，在《满江红·九月二十一日出京怀古》中表现最为突出。全词如下：

缓辔西风，叹三宿、迟迟行客。桑梓外，锄耰渐入，柳坊花陌。双阙远腾龙凤影，九门空锁鸳鸯翼。更无人、擪笛傍宫墙，苔花碧。　　天相汉，民怀国。天厌虏，臣离德。趁建瓴一举，并收鳌极。老子岂无经世术，诗人不预平戎策。办一襟、风月看升平，吟春色。

①吴兆宜 程琰 穆克宏：《玉台新咏笺注》（下册），中华书局1985年版，第469页。

史达祖随同使团完成贺金章宗完颜璟九月一日生辰的使命后，旋即南归，九月下旬经北宋都城汴京（今河南开封）。南宋人为了不忘故国，仍称汴京为“京”。当九月二十一日离开汴京时，史达祖写下这首词。汴京是史达祖的故乡，他在南宋一直称自己是汴人。一个出生在江南，从未到过自己祖籍的词人，对汴京长期失陷，对其所遭受的严重破坏，自然感到格外痛心。开篇三句化用“孟子离齐”与“孔子去鲁”典故，写词人的恋栈心情。《孟子·公孙丑下》载，孟子离开齐国时“三宿而后出昼”[①]，即在齐都临淄西南昼县住三宿才离去。《孟子·万章下》又载，孔子去鲁也一直不愿启程，并说：“迟迟吾行也，去父母国之道也。”[②]离乡与归乡的心情大不相同。“缓辔”“三宿”已将不舍表现得很充分，但词人又加一“叹”字，并以“迟迟”二字再作形容。次三句是对故乡的依恋。“桑梓”，乡里的代称。“锄耰”，种田的农具。这三句说，自己的故乡，本来有柳的街坊和有花的巷陌，如今却变成耕犁锄地的田野。暗喻词人的故居已不存在了。“双阙”以下四句写对故宫的依恋，足见词人注目重点之所在。这四句说，回头遥望皇城，远远看见宫殿雕刻的龙凤仍在腾云破雾，而深闭的九重宫门，锁的不过是“鸳鸾”（宫殿名）的翅翼而已。人，早已不知去向。连元稹《连昌宫词》里所写“李謩擪笛傍宫墙”的现象，如今也不存在了，只剩下一片苔花。北宋灭亡后的凄凉破败，远远超过前朝历代。下片，换头用四个短句，以判定的语气说明敌我形势发生了有利于我的巨大变化。吉人天相，老百姓始终怀念故国；而金人却已被天厌弃，其臣民已离心离德。据历史记载，当时金北部为新兴的

① 杨伯峻：《孟子译注》（上册），中华书局1960年版，第107页。

② 杨伯峻：《孟子译注》（上册），中华书局1960年版，第232页。

蒙古所困挠，兵连祸接，生灵涂炭，府藏空乏，国势日弱，且饥馑连年，民不聊生。正是在此现实形势下，韩侂胄才决定兴兵北伐的。词人对北伐的信心从“趁建瓴一举，并收鳌极”诸句可明显看出。在此形势有利于我的北伐用兵过程中，史达祖意欲有所作为并且自视甚高，故词中作壮语：“老子岂无经世术。”“经世”，即经世济民、治理国家的才干。但是，尽管你才比管乐，却无法施展：“诗人不预平戎策。”史达祖屡举不第，一生未任官职，只不过是一个“才子词人”，暂被任为堂吏，根本没有资格参与讨平敌人的军事决策。这是现实，又不免含有牢骚。对此，史达祖能做到的，只是“办一襟、风月看升平，吟春色”：徜徉在风花雪月之中，体验和平统一的生活，写一些吟咏万象回春的诗篇而已。这首词表现出词人深沉的爱国思想与施展抱负的强烈愿望，并将个人失意与国家兴亡交织在一起，拓宽了词的内涵，并有较强的艺术感染力。

还有一些自伤身世之作。如《满江红·书怀》，写出了词人内心复杂的感受，道出了一生未得仕用的苦辣酸甜。其词如下：

> 好领青衫，全不向、诗书中得。还也费、区区造物，许多心力。未暇买田清颍尾，尚须索米长安陌。有当时、黄卷满前头，多惭德。　　思往事，嗟儿剧。怜牛后，怀鸡肋。奈棱棱虎豹，九重九隔。三径就荒秋自好，一钱不直贫相逼。对黄花、常待不吟诗，诗成癖。

一起三句写自己身为堂吏，着一领当时品级最低的“青衫”，但这也来之不易。“好”字带有反讽口吻，因这领“青衫”并非通过十载寒窗、一举中第得来，所以接三句便说，为此区区造物，费尽许多心力。身世潦倒，仕路坎坷，生活艰辛，满腹牢骚终于如开闸的潮水般喷涌而出。自嘲、自惭、激愤、不平等复杂情感一股脑儿发泄出来。以上是第一层，交代身着“青衫”的实大不易。“未暇”以下至上片结尾是第二层，转写除此之外已别无选择。走隐居不仕之路？学巢父、许由的清高？既无时间（未暇）准备，又无起码条件（买田）。为了糊口还得向权贵“索米”。面对满床诗书，自惭屡举不第，是走错“学而优则仕”的通途？还是自惭庸劣无能？下片承此，婉转予以回答。换头以回忆手法，交代浪掷光阴，举措失当以及世路艰危，困难重重。“嗟儿剧”，指把一些重大事情当儿戏对待，失去了大好良机，到头来只落得“怜牛后、怀鸡肋”的可悲下场。《史记·苏秦传》引当时谚语说：“宁为鸡口，无为牛后。”[①]张守节《正义》解释说：“鸡口虽小，犹进食；牛后虽大，乃出粪也。”[②]这句形容身为堂吏的屈辱。但对这屈辱的一领“青衫”，还不得不十分珍惜，故曰“怀鸡肋”，谓其食之无肉，弃之可惜也。“奈棱棱虎豹，九重九隔”两句，实乃继“牛后”“鸡肋”而言，说身为堂吏本已十分屈辱，更何况在通往禁中天子的路上，不仅“九重九隔”，而且路上尽是狰狞可怖的拦路“虎豹”。这实际是在批驳诬陷自己“弄权”之说，是在为自己解释开脱。自身为品级极低的堂吏，不仅与“九重”相去遥远，即使跟韩侂胄也并非如人们所说的那样十分亲信。“三径就荒秋自好”四句，用陶渊明《归去来辞》句意，写从此过隐居归田生活最为适意，但却远不如陶渊明那样辞官归隐以后尚有“方宅十余亩，草屋八九间。”（《归园田居》五首之一）陶渊明可以赖此“方

---

① 司马迁：《史记》（第7册），中华书局1959年版，第2253页。

② 司马迁：《史记》（第7册），中华书局1959年版，第2253页。

宅”“草屋”过清贫生活，而自己却“一钱不直贫相逼。”“一钱不直”，即一文钱也没有，其贫困境况可想而知。即使如此，但作诗的兴致却丝毫不低于陶渊明，如果秋高气爽，东篱菊黄，哪怕饿着肚皮，不想写诗，也免不了要吟上两句的。这已成为老病，终生难改了。

词写怀才不遇的愤懑，写寄人篱下的屈辱，写世人的误解和贫困的折磨。所有这一切，都是在为自己辩诬，是不折不扣的自我辩护词。通过自我辩护，洗清了喷洒在身上的血污，还原自己应有的正常形象。由此可见，这首词应是他遭受黥刑并被贬逐以后所写。词情激愤昂扬、气势凌厉、机锋锐敏，他已不再顾忌传统婉约词的审美规范，不再讲求“温柔敦厚”“深美闳约”与“要眇宜修”了，与梅溪词“妥贴轻圆”“清新闲婉”的一贯词风大有不同。与此风格相近的，还有另首《满江红·中秋夜潮》：

> 万水归阴，故潮信、盈虚因月。偏只到、凉秋半破，斗成双绝。有物揩磨金镜净，何人拏攫银河决。想子胥、今夜见嫦娥，沉冤雪。　光直下，蛟龙穴。声直上，蟾蜍窟。对望中天地，洞然如刷。激气已能驱粉黛，举杯便可吞吴越。待明朝、说似与儿曹，心应折。

这首词虽然写中秋节钱塘江怒潮，但其立意又不仅在写潮，而是在书写他的壮怀。联系“想子胥、今夜见嫦娥，沉冤雪”诸句观之，很明显，词中还深有寓意。宋词中最早歌咏钱塘潮水的名篇是潘阆的《酒泉子》：“长忆观潮，满郭人争江上望。来疑沧海尽成空，万面鼓声中。弄潮儿向涛头立，手把红旗旗不湿。别来几向梦中看，梦觉尚心寒。”此词通体写潮。通过回忆手法

（即“审美回味”），表现出观潮的全部过程。既描绘钱江潮的雄伟壮观，又讴歌了“弄潮儿”英勇善泅的无畏气概。而史达祖这首词却有所不同，他用笔的重点不在江潮，而在于为伍子胥洗尽“沉冤”。本来伍子胥辅吴王夫差，有功于国，而夫差却轻信谗言，令伍子胥自刎，并将其尸沉于江中。《太平广记》卷二百九十一《伍子胥》中说：伍子胥“临终，戒其子曰：‘悬吾首于南门，以观越兵来。以鮧鱼皮裹吾尸，投于江中。吾当朝暮乘潮，以观吴之败。’自是自海门山，潮头汹高数百尺，越钱塘渔浦，方渐低小。朝暮再来，其声震怒，雷奔电走百余里。时有见子胥乘素车白马在潮头之中。”[①]这段传说，就是词中的主题。词的开头说，潮水的涨落本来与月亮的盈虚密切联系在一起，但为什么偏偏要到中秋时分（“凉秋半破”），才把两种绝美的事物拼合（“斗成”）在一起呢？“双绝”，指天上的月亮（“有物揩磨金镜净”）与江中的怒潮（“何人挈攫银河决”）。“想”，即词人大胆设想：想必是为了伍子胥今天夜里能够见到月中的嫦娥，倾诉他的不幸，洗尽他的沉冤吧。下片就此发挥诗的想象：月光皎洁，可以穿透水面，直射蛟龙的穴窟；潮水的怒吼，其声如雷，可直达月宫，诉说子胥的冤屈。此时此刻，所有能看见的事物都如同被月光雪洗了一般莹澈透明，洞然如见。怒潮激荡，豪情奔涌，此情此景，“雌了男儿”的“粉黛”气一定会被驱除干净，使人增添气吞仇敌的英雄气概。“吞吴越”，似从孟浩然《望洞庭湖上张丞相》之“气蒸云梦泽”与杜甫《登岳阳楼》“吴楚东南坼”等句化来，并点明地域性特点。仔细玩味，其中尚含有对参与迫害伍子胥的西施的强烈不满，“驱粉黛”似即与此相关。不仅如此，词人在结尾时再加强调，等到明

① 《太平广记》（第6册），中华书局1961年版，第2315页。

天把我所见到的一切“说似与儿曹”，听见的人也一定会“心折骨惊”、神摇魄动。宋词中有关钱塘江潮的作品，为数甚多。除前举最早潘阆的《酒泉子》以外，赵鼎的《望海潮·八月十五钱塘观潮》与辛弃疾的《摸鱼儿·观潮上叶丞相》也均为名篇，而且后两首亦均提到与夫差、子胥有关的典故；但比较起来，均不如史达祖这首词里那么集中、突出、完整。因此这首词很可能是在为自己无端受刑而鸣冤，其中甚至包括了韩侂胄的死在内。正因如此，这首词也同样具有豪壮气势，写得慷慨激昂。

同样作于晚年的《秋霁》，在风格上与前者又有不同：

江水苍苍，望倦柳愁荷，共感秋色。废阁先凉，古帘空暮，雁程最嫌风力。故园信息，爱渠入眼南山碧。念上国。谁是、脍鲈江汉未归客。　还又岁晚，瘦骨临风，夜闻秋声，吹动岑寂。露蛩悲、清灯冷屋，翻书愁上鬓毛白。年少俊游浑断得。但可怜处，无奈苒苒魂惊，采香南浦，翦梅烟驿。

与上首相比较，这首词已消失了激愤不平，而是在被贬的江汉寓所咀嚼身世之不幸。但词人仍眷恋着“故园”与“上国”，企盼着“雁程”能传递美好的“信息”，甚至还幻想能够东归。然而回答他的却只是“清灯冷屋”“夜闻秋声，吹动岑寂”。这对一个“瘦骨临风”“苒苒魂惊”的词人来说，无疑是最难堪的后果了。但他仍抱一丝希望，在这最易引起乡愁的“岁晚”，准备“翦梅烟驿”，向友人们赠送梅花，表达一份情意。缕缕乡情，回环往复，一唱三叹，沉郁苍凉。俞陛云评曰：“‘废阁’‘古帘’，写景极苍凉之思。”（《宋词选释》）[1]陈匪石

---

① 俞陛云：《唐五代两宋词选释》，上海古籍出版社1985年版，第444页。

说："露蛬悲"之句"寥寥十四字，可抵一篇《秋声赋》读。"（《宋词举》）[1]这类自伤身世之作，还有《湘江静·三年梦冷》与《临江仙·倦客如今老矣》等。

恋情词与悼亡词在梅溪词中占相当篇幅。恋情词如《临江仙·闺思》：

> 愁与西风应有约，年年同赴清秋。旧游帘幕记扬州。一灯人著梦，双燕月当楼。　罗带鸳鸯尘暗澹，更须整顿风流。天涯万一见温柔。瘦应因此瘦，羞亦为郎羞。

上片写词人与愁结伴进入清秋季节。一结两句对月入梦，引出下片。下片从对方着笔，写别后相思，衣容慵整，是梦中情景。

《解佩令》着意刻画被相思之情困绕着的少女，别具情韵：

> 人行花坞。衣沾香雾。有新词、逢春分付。屡欲传情，奈燕子、不曾飞去。倚珠帘、咏郎秀句。　相思一度。秾愁一度。最难忘、遮灯私语。澹月梨花，借梦来、花边廊庑。指春衫、泪曾溅处。

一起二句写旧游之地。因有所感，意寄"新词"，但燕子却不想为少女"传情"。当此无可奈何之际，只能回得楼来，却下"珠帘""咏郎秀句"。"传情"者，此"秀句"也，回赠者，亦"秀句"也。下片写人静更深，相思难禁，而那灯又偏偏挑起往日"遮灯私语"情事。她盼望的是：意中人趁"澹月梨花"之夜进入梦中，在"花边廊庑"并肩漫步，指给他看那泪湿春衫之

---

① 陈匪石 钟振振：《宋词举》（外三种），江苏古籍出版社2002年版，第67页。

处。词情秀婉，蕴藉多姿，洗净脂腻粉浓的俗艳气息。俞陛云评“澹月梨花”三句说：“此三语情辞俱到，张功甫称其‘织绡泉底，去尘眼中……夺苕艳于春景’者也。”（《宋词选释》）[①]

悼亡词在梅溪词中虽数量不多，但却写得感情真挚，极富特色。如《寿楼春》：

> 裁春衫寻芳。记金刀素手，同在晴窗。几度因风飞絮，照花斜阳。谁念我，今无裳。自少年、消磨疏狂。但听雨挑灯，攲床病酒，多梦睡时妆。　　飞花去，良宵长。有丝阑旧曲，金谱新腔。最恨湘云人散，楚兰魂伤。身是客，愁为乡。算玉箫、犹逢韦郎。近寒食人家，相思未忘蘋藻香。

这首词题为“寻春服感念”，即在寻找和替换春装的时候，感触极深，想念起亡妻。一起“裁春衫寻芳”五字，连用五个平声，打破了传统诗歌两平两仄交替互换的固定格律。平仄的反常失调，形成拗峭的音节，借以反映词人心中的巨痛深悲。继之用一“记”字领起两句，回忆当年“晴窗”下，看爱妻“金刀素手”裁剪“春衫”时的美好画面。“几度因风飞絮，照花斜阳”二句，用借代手法暗示妻子能诗（有谢道蕴咏絮之才）。“谁念我，今无裳”与开篇呼应并醒明题旨，进入回忆。作者从年少时便浪掷光阴，疏狂成性，但却有妻子可以做精神寄托，有时因酒醉归来，攲床而卧，妻子就在身旁，耳边雨声淅沥，眼里灯焰不断被缝衣的妻子挑亮，那情景就如同梦境一样永难遗忘。换头二句转入当前：“飞花去”象征妻子永诀；“良宵长”写过往幸福已去而不返，剩下的只是生离死别的伤痛。尤其面对亡妻的遗

① 俞陛云：《唐五代两宋词选释》，上海古籍出版社1985年版，第438页。

物："丝阑旧曲，金谱新腔"。"丝阑"，以墨线为格的卷册（包括乌丝织成格的缣帛），抄写曲谱。"金谱"，用金字写成的曲谱。"新""旧"互文见义，意思说"旧谱""新腔"积累甚多，从侧面交代亡妻能歌善舞。"最恨"领起"湘云人散，楚兰魂伤。""湘云"指亡妻，"楚兰"为自指。这两句完成一桩短暂而幸福的婚姻，所以后来《红楼梦》第五回对史湘云的"题咏"就有"展眼吊斜晖，湘江水逝楚云飞"[①]之句。而词中之"照花斜阳"似也与此相应。"身是客，愁为乡"，写人生如寄，"愁"却是个人的归宿。但作者仍寄希望于两世姻缘："算玉箫、犹逢韦郎。"据《云溪友议》载：唐韦皋游江夏与玉箫有情，相约七年来会，留玉指环。八年，不至，玉箫绝食而死。后韦得一女，真如玉箫，中指肉隆如玉环。[②]结拍两句转写"近寒食人家"，为了祭悼死者，以"蘋藻"为祭品，又引发作者无尽的哀思。

史达祖与亡妻的情感笃厚深长。词中通过生活细节逐步展开，勾勒出亡妻的形象并融入今日之深悲巨痛，在悼亡诗词中堪称佳构，并可与此前潘岳的《悼亡诗》、元稹的《遣悲怀》、苏轼的《江城子》及稍后吴文英的《莺啼序》相媲美。这是词人的"自度曲"，在声情交融、声调谐美方面进行了成功的探索。他打破了一句之中"一声不许四用"的常规，而大胆采用四平与五平声的句式，这是前无古人的创造。如"消磨疏狂""犹逢韦郎"两句都是平声，而开篇"裁春衫寻芳"竟连用五个平声。甚至连"照花斜阳""楚兰魂伤"（以上是仄平平平）"今无裳""愁为乡"（均为三平）都不合两平两仄交替互换的固定格

① 曹雪芹：《红楼梦》（第五回），人民文学出版社1982年版，第79页。

② 范摅：《云溪友议》，永瑢 纪昀编《文渊阁四库全书》（第1035册），台湾商务印书馆1986年版，第580～581页。

律，而成为拗句。全词101字，其中平声字64个，仄声37个。龙榆生说："整句中用平声字过多，因而构成凄调的，以史达祖《寿楼春》最为突出。这是表达生离死别的感伤情绪，所以音节十分低沉。有人用作寿词，是十分错误的。"（见《词曲概论》）① 况周颐拈出前段"因风飞絮，照花斜阳"与后段"湘云人散，楚兰魂伤"分析说："风、飞，花、斜，云、人，兰、魂，并用双声叠韵字，是声律极细处。"（《蕙风词话》卷二）② 可见史达祖在这一自度曲里充分发挥了他精通音律的才能。

《三姝媚》也是悼亡词，就内容看，是与年轻歌妓相恋，后因事暂别，待重返故地再寻芳踪时，已不幸亡故。此词所写即这一段悲欢离合故事。全词如下：

> 烟光摇缥瓦。望晴檐多风，柳花如洒。锦瑟横床，想泪痕尘影，凤弦常下。倦出犀帷，频梦见、王孙骄马。讳道相思，偷理绡裙，自惊腰衩。　　惆怅南楼遥夜。记翠箔张灯，枕肩歌罢。又入铜驼。遍旧家门巷，首询声价。可惜东风，将恨与、闲花俱谢。记取崔徽模样，归来暗写。

上片首三句交代归来的时间，接三句写物是人非、人琴俱亡。以下六句写这一悲剧，全都由轻易离别所酝成。换头以"惆怅"二字引出当年"翠箔张灯，枕肩歌罢"的热恋场景。"又入铜驼"三句，暗示词人在临安访遍"旧家门巷"，但最终是"可惜东风，将恨与、闲花俱谢。"结拍用元稹《崔徽歌序》里歌妓崔徽临死留下肖像送裴敬中事，但却改为"记取"心上人"模

---

① 龙榆生：《词曲概论》，上海古籍出版社1980年版，第116页。

② 唐圭璋：《词话丛编》（第5册），中华书局1986年版，第4441页。

样”。“归来暗写”，进一层衬托词人的悲悼深情。

梅溪词中影响最大与传播最广的是咏物词，有20首左右。其中以《咏春雨》与《咏燕》两首最为著名。先看《绮罗香·咏春雨》：

> 做冷欺花，将烟困柳，千里偷催春暮。尽日冥迷，愁里欲飞还住。惊粉重、蝶宿西园，喜泥润、燕归南浦。最妨它、佳约风流，钿车不到杜陵路。　沉沉江上望极，还被春潮晚急，难寻官渡。隐约遥峰，和泪谢娘眉妩。临断岸、新绿生时，是落红、带愁流处。记当日、门掩梨花，翦灯深夜语。

词写江南春雨，极为工细。篇中无一“雨”字，但却处处写雨，句句写雨。上片可分三层，从“做冷欺花”至“欲飞还住”，写雨前及细雨纷飞的迷冥景色，渲染料峭寒风和欲飞还住的蒙蒙雨态。“惊粉重”至“燕归南浦”是第二层，通过“蝶”“燕”写春雨。“蝶”因花粉遭雨淋，变得沉重，而难以起飞，所以不免吃“惊”，并不得不在西园里延长栖宿时间，静候雨止天晴。紫燕与蝴蝶的感受不同：因春雨淋湿了泥土，正好衔泥筑巢，所以欣“喜”，并及时回返南浦。歇拍两句为第三层，写人：因雨水隔阻，不能如期赴约，情绪难免懊恼。下片继此写春雨阻隔难以赴约的种种焦躁。换头三句用韦应物《滁州西涧》诗意，写雨中江景、日晚潮生、官渡难寻，此是第一层。从“临断岸”至“带愁流处”是第二层，用两个对句构成深美闳约的意境，实即“花谢水流红，闲愁万种”之意。“记当日、门掩梨花，翦灯深夜语”为第三层，用李商隐《夜雨寄北》（“何当共剪西窗烛，却话巴山夜雨时”）与李重元《忆王孙》（“欲黄昏。雨打梨花深闭门”）句意作结。这首词的特点是善用拟人手法，多层次的结构与反复渲染，用事贴切，词语工巧。

另一首是《双双燕·咏燕》：

> 过春社了，度帘幕中间，去年尘冷。差池欲住，试入旧巢相并。还相雕梁藻井。又软语、商量不定。飘然快拂花梢，翠尾分开红影。　芳径。芹泥雨润。爱贴地争飞，竞夸轻俊。红楼归晚，看足柳昏花暝。应自栖香正稳，便忘了、天涯芳信。愁损翠黛双蛾，日日画阑独凭。

张炎在《词源》中指出咏物词最易出现两种不良倾向：一是不能展开，即“拘而不畅”；二是不知所云，即“晦而不明”。[①]史达祖这两首咏物词没有上述毛病。《双双燕》一词的成功之处，在于刻画春燕体态，神形毕肖，活灵活现，栩栩如生。卓人月在《词统》中说，这首词“不写形而写神，不取事而取意。”（《古今词统》卷十三）[②]对“神”“意”二字的强调，是颇有见地的。上片写双燕归来，重返旧居。首三句写双燕归来的时间、地点，并将去来之间的时间跨度以及在帘幕中间飞来飞去的情态摹写得真切活泼。“差池欲住”至“商量不定”为第二层，写燕子进入旧巢前的试探、准备，均极逼真。双燕到南方过冬，至少半年左右。此番归来，对旧巢是否安全，持有高度警惕，所以先要在帘幕之间“度”来“度”去，而且要经过“欲住”“试入”的过程。经过侦察性与试探性的飞行之后，便双双进入“旧

① 张炎：《词源》，唐圭璋编《词话丛编》（第1册），中华书局1986年版，第261页。

② 卓人月 徐士俊：《古今词统》（二）（卷十三），《续修四库全书》（集部第1729册），上海古籍出版社2011年版，第71页。

巢相并”，然后，把“雕梁藻井”仔细相看一番，接着便用温柔的话语商量许久，似乎拿不定主意。最后，经过协商取得共识，便下定决心住下去，于是立即动工衔泥筑巢。“飘然”二字，写双燕以轻松的动作，为培育后代开始紧张而繁忙的新生活。下片写双燕的日常劳动与旧巢双栖。换头二句写为更新旧居而甘苦经营。继二句写它们燕飞的轻盈迅捷，衬托生活的快乐安定。“红楼”四句写归燕饱览了一天春色，傍晚归来，双栖双息，但却忘记为远在天涯的游子向闺中人传递音信。末二句笔锋顿转，点出人事，写离妇的寂寞孤独，与双燕的美满形成强烈对照，词境由此深化。

这首词与前《绮罗香》虽均为咏物词，但因所咏的对象不同，手法也略有差异。前一首写的是静物，咏春雨；后者写的是生物，咏双燕。春雨是无生命的，需要从许多方面来烘托春雨带来的影响；双燕是有生命的，可以从它们活动的过程与范围来刻画它们的性格与情态。因此，描绘春雨，要全面取网，采用多线索、多层次手法，逐步深入，交叉进行。而刻画双燕，则比较适宜于采用明快的线条，单线直寻，沿迹追踪。《双双燕》就是采用这后一种手法写成的。词中有一条明显的发展线索，还有一系列贯穿的动作。就线索讲，从春社归来到“红楼归晚”，直到“栖香正稳”，有正常发展的时间序列，在此时间序列中，作者只写双燕并无旁涉，层次简单，线索清晰。就动作讲，从“度帘幕中间”“差池欲住”“试入旧巢”“还相雕梁”“软语商量”“快拂花梢“贴地争飞”直至“归晚”“栖香”；双燕整日的飞行与生活环节均被组织到一起，形成系列贯穿动作，给读者留下完整的印象。这是二者不同之处。这两首词相同之处，是拟人手法的运用和语言的锤炼与推敲。作者对春雨和双燕都注入了自己的情感，而且下片（特别是全词结尾）都由物及人。《绮罗香》结尾是“门掩梨花，翦灯深夜语”。本篇结尾颇为相似，在双燕活动之后出现了“画阑独凭”的闺中人。人与燕形成对比，似别有寓意。姜夔评史达祖词时所说的“融情景于一家，会句意于两得”[①]，也许就是这个意思。黄升说：姜夔“极称其‘柳昏花暝’之句。”（《中兴以来绝妙词选》卷七）[②]王国维认为这首词在文学史上是咏物词中仅次于苏轼《水龙吟》的佳作。[③]

此外，史达祖还歌咏过春雪、梨花、梅花、荷花、桃花、蔷薇花、茉莉花、玉蕊花等等。其“咏春雪”的《东风第一枝》也颇得词家好评：

> 巧沁兰心，偷黏草甲，东风欲障新暖。谩凝碧瓦难留，信知暮寒轻浅。行天入镜，做弄出、轻松纤软。料故园、不卷重帘，误了乍来双燕。　　青未了、柳回白眼。红欲断、杏开素面。旧游忆著山阴，厚盟遂妨上苑。寒炉重暖，便放慢春衫针线。恐凤靴、挑菜归来，万一灞桥相见。

全词句句咏雪，但全篇不见一“雪”字，纯用细腻笔触，正面立题，侧面渲染，淡墨一点，四围皆到。史达祖既刻画其形态，更摄取其神魂，不仅突出了春雪的特点，也写尽了春雪中客观景物的百态千姿。陈廷焯评此词曰：“精妙处，竟是清真高境。张玉田云：‘不独措词精粹，又且见时节风物之感。’乃深

① 黄升：《中兴以来绝妙词选》（卷七），《花庵词选》，中华书局1958年版，第294页。

② 黄升：《花庵词选》，中华书局1958年版，第297页。

③ 唐圭璋：《词话丛编》（第5册），中华书局1986年版，第4248页。

知梅溪者。”（《白雨斋词话》卷二）[①] 所谓“取神题外，设境意中”，就是指这种艺术效果。这首词跟前首《绮罗香》（“千里偷催春暮”）一样，也用了“偷”（“偷黏草甲”）字，其实这两个“偷”字都用得极其工巧。前一个“偷”字实际上是化用杜甫《春夜喜雨》诗意。词人将杜诗“随风潜入夜，润物细无声”变成了一个似乎有伤大雅的“偷”字。但此一“偷”字却准确地刻画出细雨霏微与它那无声的脚步，偷偷地把暮色带来，又无声无息地把春天送走。此一“偷”字，把可以意会不可言传的情境恰如其分地表现出来，深得春雨之真魂。本篇中“巧沁兰心，偷黏草甲”，二句对举。“巧”有赞美意，“偷”也自然相同，即不声不语地给刚刚萌生的春草披上一层防护春寒的银甲，也深得春雪之神髓。“偷”字既突出了“雨”“雪”无知无觉的无生命性特征，又兼有了拟人化的特点，使其形神兼备。梅溪词的琢词炼字和用语尖新工巧，正体现在这样的地方。而周济却在《介存斋论词杂著》中说：“梅溪词中喜用‘偷’字，足以定其品格矣。”[②] 这实属因人废言的一种偏激之见，是“知人论世”走向极端的一大谬误。今天，即使史达祖的人品不能完全现其庐山真面目，也不宜因此而沿用前人谬误的见解了。

以上我们罗列了史达祖词共五类 13 首，目的在于说明，现存 112 首词的史达祖，并非如前人所说，只是以咏物词而著称于词史。他的平戎报国之怀，贫士失志之悲，在词里都有较为充分的体现，至其恋情相思与悲今悼昔的词篇也均极富个性，与前人以及他同时代人迥不相类。

梅溪词的渊流传统是相当多样的。他虽受周邦彦的影响，被

① 唐圭璋：《词话丛编》（第 4 册），中华书局 1986 年版，第 3800 页。

② 唐圭璋：《词话丛编》（第 2 册），中华书局 1986 年版，第 1632 页。

称为“清真之附庸”（戈载《宋七家词选》）[1]，但题材却比周邦彦更为丰富，更具时代特色，感慨也比周词更加深沉。虽然同以清雅之笔抒写爱情，但梅溪较清真更少脂腻粉秾的涂饰。不仅如此，他还在很多方面继承和发展了周邦彦的艺术传统，讲求谋篇布局，曲折回环，首击尾应，融化古人句法如同己出，在锻句炼字方面更为严整、工巧，时有出蓝之妙。朱庸斋说：“史从清真出，然周之舒徐、浑厚处，史所不及，故前人谓周之胜史，全在一‘浑’字。通体浑成，史确实不如周，但就寻章摘句而论，史则较周更多警策处。”（《分春馆词话》卷四）[2]

对史达祖影响更为明显的词人，是比他略早几年的姜夔，这从他们的词内容题材十分相近以及艺术上皆追求骚雅清空两方面即可知。所以，姜夔才为史达祖词作序，并以“奇秀清逸”概括史达祖的词风。虽然史达祖的词风是多样化的，但“奇秀清逸”四字的确可以代表梅溪词的整体风格。如再扩大开来，张镃序文所说的“环奇警迈，清新闲婉”八字，就更准确全面概括了史达祖的词风。

因时代的影响与个人的特殊经历，史达祖又明显受到辛弃疾的影响。特别在韩侂胄北伐时，又起用了年过花甲的辛弃疾，他们曾共同为北伐大业献计献力，这就使他们在抗金复国这一政治方向上有了某些一致性。所以史达祖在词风上向辛弃疾的豪放词倾斜已成必然之势。梅溪词中那些家国兴亡之叹与身世飘零之感的作品所表现出的豪迈奔放的风格，即是由此产生的，只是其数量与质量远不及稼轩所作而已。

---

① 吴熊和：《唐宋词汇评》（两宋卷第4册），浙江教育出版社2004年版，第2917页。

② 朱庸斋：《分春馆词话》，广东人民出版社1989年版，第123页。

史达祖是一个有独创性的词人，他在接受前人影响时，并不曾迷失自己，这正是他能在词史上占有一席之地的主要原因之一。他的这种创造性也同姜夔一样，表现在精通音律与自度新曲这一方面。梅溪词中的《绮罗香》《双双燕》《三姝媚》《寿楼春》《忆瑶姬》《月当厅》《玉簟凉》《换巢鸾凤》均属自创，而不见有前人之作。

史达祖在词史上是获得很高评价的词人。与他同时代的张镃、姜夔为其词集所写序言便是明证。稍后的张炎在《词源》中认为史达祖的咏物词最合张炎自己提出的咏物词的标准，并接连举他的《东风第一枝》《绮罗香》和《双双燕》3首为例，加以赞扬。元代陆辅之《词旨》特别肯定“史梅溪之句法”，并摘九处对句、警句与词眼为例。[①]明代杨慎在《词品》中摘其精句曰：“语精字炼，岂易及耶？”[②]毛晋《梅溪词跋》说：“余幼读《双双燕》词，便心醉梅溪。”[③]至清则评价愈高，甚至过当。王士祯《花草蒙拾》说：梅溪词等“令人有观止之叹。”[④]彭孙遹《金粟词话》说：“南宋词人如白石、梅溪、竹屋、梦窗、竹山诸家之中，当以史邦卿为第一。”[⑤]至于谢章铤《赌棋山庄词话》所说：雍正、乾隆间学词者几乎“家白石而户梅溪”，更属夸大之词了，但从中可看到梅溪词在词史上曾有的显著地位。至清末以及现当代，对史达祖的评价才出现越来越低的趋势。

平心而论，史达祖确实是南宋词人中有独创性建树的重要作家，是姜夔至吴文英之间的过度人物。他以奇秀清逸的词风，把

---

① 唐圭璋：《词话丛编》（第1册），中华书局1986年版，第301～338页。
② 唐圭璋：《词话丛编》（第1册），中华书局1986年版，第490页。
③ 施蛰存：《词籍序跋萃编》，中国社会科学出版社1994年版，第264页。
④ 唐圭璋：《词话丛编》（第1册），中华书局1986年版，第682页。
⑤ 唐圭璋：《词话丛编》（第1册），中华书局1986年版，第722页。

咏物与艳情之作推向了一个新水平。他接受苏轼、辛弃疾词风的影响，在力所能及的范围内反映了家国兴亡与个人失志之悲感，艺术技法上也有所拓宽与创造，他对词的发展有一定影响，在词史上应占有一席之地。就整体而言，对史达祖扬之太高（如清代），固然不当，但抑之太下，恐亦非是。

二、“工而入逸，婉而多风”的高观国

高观国，生卒年不详，字宾王，山阴（今浙江绍兴）人。生平事迹可知者甚少。《四库全书总目》说他与史达祖相友善，常相唱和，“旗鼓俱足相当”。[①]高观国在当时就已有词名。黄升《中兴以来绝妙词选》卷六“高观国”条下引当时诗人陈造曰：“陈造为序，称其与史邦卿皆秦、周之词，所作要是不经人道语，其妙处少游、美成，若唐诸公亦未及也。”[②]稍后，张炎将他与白石、吴文英、史达祖并称，说：“此数家格调不侔，句法挺异，俱能特立清新之意，删削靡曼之词，自成一家，各名于世。”（《词源》卷下）[③]有《竹屋痴语》，存词108首。

如果说，对姜夔的历史评价随时代的发展日益增高，那么，对高观国的评价却越来越向低调下滑。清代词评家几乎都认为过去对高观国的称誉失当。周济说：“竹屋得名甚盛，而其词一无可观，当由社中标榜而成耳。然较之西麓，尚少厌气。”（《介存斋论词杂著》）[④]又说：“竹屋、蒲江（卢祖皋），并有盛名。蒲江窘促，等诸自郐；竹屋硁硁，亦凡响耳。”（《宋四家词选

① 永瑢：《四库全书总目提要》（下册），中华书局1965年版，第1820页。

② 黄升：《花庵词选》，中华书局1958年版，第288页。

③ 张炎：《词源》，唐圭璋编《词话丛编》（第1册），中华书局1986年版，第255页。

④ 唐圭璋：《词话丛编》（第2册），中华书局1986年版，第1635页。

目录序论》）[1]冯煦驳斥陈造对高的评价，并说："平心论之，竹屋精实有余，超逸不足，以梅溪较之，究未能旗鼓相当。今若求其同调，则惟卢蒲江差足肩随耳。"（《宋六十一家词选·例言》）[2]陈廷焯认为陈造序言对高的评价出入太大，"此论殊谬"。他认为"梅溪求为少游、美成而不足者，竹屋则去之愈远，乌得谓周、秦所不及。"又说："竹屋、梅溪并称，竹屋不及梅溪远矣。"他把批评的锋芒直接指向张炎，同时还说明其不及梅溪的原因是："梅溪全祖清真，高者几于具体而微。论其骨韵，犹出梦窗之右。"陈廷焯并未完全否定高观国，而且对他的词也有相当客观的评价。认为"竹屋词最隽快，然亦有含蓄处。抗行梅溪则不可，要非竹山（蒋捷）所及。"（以上均见《白雨斋词话》卷二）[3]"隽快""含蓄"确为竹屋词之特点，至于是否为竹山所及，则又当别论。

虽然竹屋不及梅溪，但其词所涉及的生活面仍较宽阔。有些作品，还寓有吊古伤今或借古讽今的深意，用笔委婉含蓄。如《酹江月·灵岩吊古》：

万岩灵秀，拱崇台飞观，凭陵千尺。清磬一声帘幕冷，无复宫娃消息。响屧廊空，采香径古，尘土成遗迹。石闲松老，断云空锁愁寂。　　专宠谁比轻颦，楚腰吴艳，一笑无颜色。风月荒凉罗绮梦，输与扁舟归客。舞阕歌残，国倾人去，青草埋香骨。五湖波淼，远空依旧涵碧。

① 唐圭璋：《词话丛编》（第2册），中华书局1986年版，第1644页。
② 唐圭璋：《词话丛编》（第4册），中华书局1986年版，第3595页。
③ 唐圭璋：《词话丛编》（第4册），中华书局1986年版，第3800～3801页。

灵岩山在苏州城西 25 里，山上有吴王夫差为西施修建的馆娃宫、响屧廊等遗址，附近关于西施的传说甚多。宋代在旧宫遗址上建有灵岩寺。这首词上片所写即词人登山之所见、所闻、所感。“清磬一声帘幕冷，无复宫娃消息”二句，写的就是当年在这里的西施及所有宫娃，早已一去无消息（西施的下落不明），只有灵岩寺佛堂里清磬之音传来耳际。不仅如此，当年寻欢作乐的“响屧廊”与“采香径”已成陈迹，并被历史的尘土掩埋，剩下的只是无知的巨石、古老的松杉、层云紧锁着难以荡尽的万古悲愁和那难耐的岑寂。下片就此，针对当时形势大发感慨。作者认为吴国的灭亡与范蠡施用美人计密切相关：夫差专宠西施，消磨了意志，使句践得以灭吴。过片“专宠”三句写的就是这个意思。传说，吴王死后，西施与范蠡偕入五湖：“风月荒凉罗绮梦，输与扁舟归客。舞阕歌残，国倾人去，青草埋香骨。”词题是“吊古”，但感慨却完全针对当时而发。南宋小朝廷只知偏安寻乐，不图恢复，与夫差同样做的是“罗绮梦”，其结果必然要“输与扁舟归客，”弄得“国倾人去”。

在其他一些词篇里，高观国仍不断表达这种对国事的关心。如以“题太真出浴图”为题的《思佳客》就是如此。在此词中，作者从《太真出浴图》看到的不只是唐代的“安史之乱”，而也有南宋岌岌可危的现实。“天宝梦，马嵬尘。断魂无复到华清。恰如伫立东风里，犹听霓裳羯鼓声。”正是这“霓裳羯鼓”，引来了使大唐王朝中道衰落、元气丧尽的“渔阳鼙鼓”。北宋的灭亡与南宋可悲的偏安不都与此密切相关么？只是词人引而不发，用笔十分含蓄而已。

另外，在高观国与史达祖唱和或与之有关的词作中，同样表达了他对国家前途的关怀。如《雨中花》：

旆拂西风，客应星汉，行参玉节征鞍。缓带轻裘，争看盛世衣冠。吟倦西湖风月，去看北塞关山。过离宫禾黍，故垒烟尘，有泪应弹。　　文章俊伟，颖露囊锥，名动万里呼韩。知素有、平戎手段，小试何难。情寄吴梅香冷，梦随陇雁霜寒。立勋未晚，归来依旧，酒社诗坛。

词无题序，但从内容看似为送友人陪节北行而作。虽然在高观国生活那一历史时期，每年差不多都有奉旨使金或陪节北行的宋室臣民，但其中与高观国过从甚密并有唱和的词人却不多见。就现有材料而言，只有史达祖一人与高观国互有唱和。细按此词再联系史达祖以“陪节欲行留别社友”为题的《龙吟曲》，那么，我们就可以看出，这首《雨中花》实际就是为史达祖陪节北上时送行的作品，只是没有用词题标明罢了。在《龙吟曲》里，史达祖因欲突出使金的壮举，在上片里反省自己未遇韩侂胄之前，曾经羡慕隐士孙登的“苏门啸”，并且还有一段“歌里眠香，酒酣喝月”的浪漫生活。尽管如此，词人却始终因“神州未复”而“壮怀无挠”。这首《雨中花》一开始就突出了史达祖陪节使金，“随行觇国”的壮举，说他们这支队伍如何雄壮，代表着南宋的“盛世衣冠”，吸引着过往行人来看这风流文采。“吟倦西湖风月”交代了史达祖的词人身份与出发地点，与史达祖《龙吟曲》“留别社友”四字合题并与这首词末句“酒社诗坛”相呼应。“去看北塞关山”，与上句对仗十分工整，交代出使目的，把艰难的出使任务写得极其轻松。一结三句顿作转折：“离宫禾黍，故垒烟尘，有泪应弹。”作者设想史达祖的桑梓垄亩、故居乔木，就在北宋汴京。这次，当他经过汴京时，一定会为故都的残破荒凉而泪落难禁（史词中有“休吟稷穗，休寻乔木，独怜遗老”之句，重点放在对沦陷区老百姓的关怀上）。下片赞美史达祖诗笔文章脱颖而出，名扬天下，匈奴呼韩邪单于见到史达祖的到来必定深感震惊。“知素有、平戎手段，小试何难”，对史的政治才能更是倍加赞扬；认为这次史达祖小试身手便能排除困难取得成功。所以，结拍以乐观情调表示，“酒社诗坛”的朋友将因他“立勋未晚”而隆重地庆贺他的归来。

此外，还有词题明确表示怀念史达祖的作品，如《齐天乐·中秋夜怀梅溪》《八归·重阳前二日怀梅溪》等。这两首词均为史达祖使金时所作。先看《齐天乐》：

> 晚云知有关山念，澄霄卷开清霁。素景分中，冰盘正溢，何啻婵娟千里。危阑静倚。正玉管吹凉，翠觞留醉。记约清吟，锦袍初唤醉魂起。　孤光天地共影，浩歌谁与舞，凄凉风味。古驿烟寒，幽垣梦冷，应念秦楼十二。归心对此。想斗插天南，雁横辽水。试问姮娥，有谁能为寄。

据上片“记约清吟”句，可以猜想高与史在分别时就已约定中秋夜在不同地方赏月并谱新词。所以开篇便写天公作美，连晚云也知晓今夜我怀念关山难越的友人而敞开晴空，让冰盘似的圆月爬上中天，使我与友人能千里共婵娟。词人静静地倚凭着栏杆。这与史达祖以“中秋宿真定驿”为题的《齐天乐》不仅词调相同，内容相同，意境也相近似，就好像在不同的地点，于同一时间，相互唱和，此起彼应。高词开篇为“晚云知有吴山念，澄霄卷开清霁。”史词是“西风来劝凉云去，天东放开金镜。”下面，高词是“素景分中，冰盘正溢，何啻婵娟千里。”史词是“照影霜凝，入河桂湿，一一冰壶相映。”再下面，高词写自己一方“危阑静倚。正玉管吹凉，翠觞留醉。”史词写自己“殊方路永。更分破秋光，尽成悲境。”上片结句，高词是“记约清吟，锦袍初唤醉魂起。”史词是“有客踌躇，古庭空自吊孤影。”下片换头，从对方写起，两人构思也大体相同。高词设想史达祖“孤光天地共影，浩歌谁与舞，凄凉风味。古驿烟寒，幽垣梦冷，应念秦楼十二。”史词却是“江南朋旧在许，也能怜天际，诗思谁领。梦断刀头，书开虿尾，别有相思随定。”后三句又转写自身，突出沦陷区人民对宋王朝的殷切怀恋。下面，高词仍以写史达祖贯穿终篇，而煞尾两句几乎与史词（“斟酌姮娥，九秋宫殿冷”）相同：“试问姮娥，有谁能为寄。”这两首词都深蕴家国兴亡与黍离之悲，同时也表现出高观国对史达祖的深厚情谊。

二十二天以后，以登高为特征的九月九日即将来临，高观国在重九前两天，又深深怀念起正在归途之中的史达祖，于是又有《八归·重阳前二日怀梅溪》之作：

> 楚峰翠冷，吴波烟远，吹袂万里西风。关河迥隔新愁外，遥怜倦客音尘，未见征鸿。雨帽风巾归梦杳，想吟思、吹入飞蓬。料恨满、幽苑离宫。正愁黯文通。　　秋浓。新霜初试，重阳催近，醉红偷染江枫。瘦筇相伴，旧游回首，吹帽知与谁同。想萸囊酒琖，暂时冷落菊花丛。两凝伫，壮怀立尽，微云斜照中。

这首词同样把故国黍离之悲与真挚的友情融在一起，设想史达祖在出使与回归途中一定会有更多的佳作（“想吟思、吹入飞蓬”），而且这些作品还肯定会有极深沉的爱国思想（“料恨满、幽苑离宫”）。无独有偶果然不出高观国所料，九月二十一日史达祖便写下了“出京怀古”的名篇《满江红》。是行前约定，还是有心灵感应？史、高之间的此呼彼应在词史上极为罕见。上面这些词，在高观国现存词集中很少有人提到，只有况周颐提到《齐天乐·中秋夜怀梅溪》中“古驿烟寒”三句，并认为“此等句勾勒太露，便失之薄。”（《蕙风词话》卷二）[①]但就整体来讲，这些词隔着空间，相互呼应，立意清新，情思真挚，构思完密，句法匀整，丝毫不亚于史达祖有关诸作。由此词还可看出，高观国锐意学习姜夔，“冷香”及“吹”字的运用均为明显痕迹。

还有一些作品反映了高观国功名失意、身世凋零的情怀。如《玉蝴蝶》：“楚客悲残，谁解此意登临”“倦看青镜，既迟勋业，可负烟林”“信沉沉。故园归计，休更侵寻”；《凤栖梧》：“岩室归来非待聘。……朝市不闻心耳静。一声长啸烟霞冷”；《喜迁莺》：“鬓华晚，念庾郎情在，风流谁与”；《浪淘沙》：“明月满窗纱，倦客思家，故宫春事与愁赊。冉冉断魂招不得，翠冷红斜”。还有一些感时伤事之作，前人评之曰“不着力而自胜”。如《菩萨蛮》：

> 春风吹绿湖边草。春光依旧湖边道。玉勒锦障泥，少年游冶时。　　烟明花似绣，且醉旗亭酒。斜日照花西，归鸦花外啼。

陈廷焯认为这首词“纯用比意，为集中最纯正最深婉之作。”（《白雨斋词话》卷二）[②]他在《云韶集》中评“斜日”

① 唐圭璋：《词话丛编》（第5册），中华书局1986年版，第4440页。

② 唐圭璋：《词话丛编》（第4册），中华书局1986年版，第3801页。

二句有“神味”“不着力而自胜。”[①]又如另首《菩萨蛮》：

何须急管吹云暝。高寒滟滟开金饼。今夕不登楼。一年空过秋。　　桂花香雾冷。梧叶西风影。客醉倚河桥。清光愁玉箫。

词写中秋。一起反用王琪中秋阴晦劝晏殊用管弦催散阴云诗意：“只在浮云最深处，试凭管弦一吹开。”（叶梦得《石林诗话》）[②]“今夕不登楼，一年空过秋”两句，不仅写出仲秋的价值，同时也表达出对大自然、对生活的热爱，情深意挚，出口直寻，全赖天然，是词中少见之佳句。缺点是，全词其他句与之不甚相称（谭莹在《论词绝句》中认为“‘和天也瘦’语真痴，词未经人竹屋词。端恐梅溪无此语：‘为春瘦却怕春知’。”[③]“为春瘦、却怕春知”出自高观国《金人捧露盘》，是全词的尾句，同样是词中俊语，层深而自然，但仍与全篇不甚调偕）。细按全词，上片多用姜夔咏梅《暗香》《疏影》已用熟的事典，只有这最后一句可当得“语未经人”。在竹屋词中，通体完密之作虽不在少数，但有句无篇者也时时可见。袁枚说：“少年之诗往往有句无篇。”（《随园诗话补遗》卷四）[④]填词也大体如此，当是艺术不够纯熟的表现。吴梅《词学通论》在“南宋词坛领袖”七家之外，更列“其著者”14人，其中便有高观国，并说“宾王与

① 转引自［清］陈廷焯著，屈兴国校注：《白雨斋词话足本校注》上册，齐鲁书社1983年版，第143页注［二］。

② 何文焕：《历代诗话》（上册），中华书局1981年版，第405页。

③ 谭莹：《论词绝句一百首》（七五），孙克强《清代词学批评史论》，上海古籍出版社2008年版，第448页。

④ 袁枚著，卞坎校点:《随园诗话》下册，人民文学出版社1960年版，第668页。

梅溪交谊颇挚，词亦各有长处。”他还列举高观国《贺新郎·赋梅》等五首词，认为这些词“皆情意悱恻，得少游之意。”[①]《古今词话》所说“工而入逸，婉而多风”的特点在这些词里均有较多体现。

高观国有同史达祖抗衡之作，也有“未经人道”的审美创造，但整体上其成就略逊于史达祖。

三、卢祖皋、张辑

卢祖皋，生卒年不详，字申之，又字次夔，号蒲江，永嘉（今浙江温州）人。宁宗庆元五年（1199）进士，累官至权直学士院。卢祖皋为楼钥之甥，赵紫芝、翁灵舒之诗友，与永嘉四灵以诗相唱和，然诗集不传。亦以词名，有《蒲江词稿》，存词96首。

周济评卢祖皋词说：“蒲江小令时有佳处，长篇则枯寂无味。”（《介存斋论词杂著》）[②]此就一般状况而言，集中长篇实亦不乏佳作。如《贺新郎》：

> 挽住风前柳。问鸱夷、当日扁舟，近曾来否。月落潮生无限事，零落茶烟未久。漫留得、莼鲈依旧。可是从来功名误，抚荒祠、谁继风流后。今古恨，一搔首。　江涵雁影梅花瘦。四无尘、雪飞风起，夜窗如昼。万里乾坤清绝处，付与渔翁钓叟。又恰是、题诗时候。猛拍阑干呼鸥鹭，道他年、我亦垂纶手。飞过我，共尊酒。

词前小序说：“彭传师于吴江三高堂之前作钓雪亭，盖擅渔

① 吴梅：《词学通论》，商务印书馆1934年版，第99～104页。

② 唐圭璋：《词话丛编》（第2册），中华书局1986年版，第1635页。

人之窟宅，以供诗境也。赵子野约余赋之。”“三高堂”，即三高祠，在江苏吴江，建于宋初，祀春秋越国范蠡、西晋张翰、唐陆龟蒙三位高士。“钓雪亭”，作者同时人彭传师所建。词的上片分别咏此三位高士。首三句写范蠡，接二句写陆龟蒙，“莼鲈”句写张翰。“可是从来功名误”以下直抒古今一贯的“感士不遇”之怅恨，是对“三高祠”与“钓雪亭”的引申发挥。下片就“钓雪亭”加以展开，借柳宗元因“八司马”事件被贬后所写《江雪》《渔翁》等诗加以生发，联及时代与个人的遭际，深化“感士不遇”这一主题。词中的“渔翁钓叟”来自柳诗，“钓雪亭”更明显来自“独钓寒江雪”句。但词所写却是南宋王朝压制与打击主战派人士，使许多有志抗金的文臣武将被弃置林下，成为江湖隐遁闲人这一现实。这首词特别值得肯定的，是结拍仍深含乐观情调。就“垂纶手”表层意义看，虽指垂钓隐士并与上片“谁继风流”相应，但其深层却用的是吕尚未遇文王时在渭水磻溪垂钓的故事。李白《梁甫吟》：“君不见朝歌屠叟辞棘津，八十西来钓渭滨。”因为这种感情是通过与鸥鹭相约表现出来的，所以更加含而不露。其隽快豪爽之风，在蒲江词中也是弥足珍贵的。

《木兰花慢·别西湖两诗僧》从另一侧面反映“感士不遇”与向往林泉的思想情感：

嫩寒催客棹，载酒去、载诗归。正红叶漫山，清泉漱石，多少心期。三生溪桥话别，怅薜萝、犹惹翠云衣。不似今番醉梦，帝城几度斜晖。　鸿飞，烟水瀰瀰。回首处，只君知。念吴江鹭忆，孤山鹤怨，依旧东西。高峰梦醒云起，是瘦吟、窗底忆君时。何日还寻后约，为余先寄梅枝。

细按全篇，这首词不仅是告别西山两位诗僧，而且是告别杭州，告别“帝都”，既写出了诗友情怀，又反映对宦途的厌倦。“高峰梦醒云起，是瘦吟、窗底忆君时”二句，神色意趣，最富情韵。

《江城子》写年华老去，壮志难酬的憾恨：

画楼帘幕卷新晴。掩银屏。晓寒轻。坠粉飘香，日日唤愁生。暗数十年湖上路，能几度，著娉婷。　　年华空自感飘零。拥春酲。对谁醒。天阔云闲，无处觅箫声。载酒买花年少事，浑不似，旧心情。

上片总括“十年湖上路”之所见所感，当年风流“娉婷”的少年情事，毕竟是些少的“几度”，如今得到的只是“日日唤愁生”。过片以唱叹句唤起全篇，用“载酒买花”补足上片，点物是人非，情逝境迁。况周颐认为这首词后片“与刘龙洲词‘欲买桂花重载酒，终不似、少年游。’可称异曲同工。然终不如少陵之‘诗酒尚堪驱使在，未须料理白头人。’为倔强可喜。”（《蕙风词话》卷二）[①]

宦途失意的直接抒写，在蒲江词中也较为明显，如《水龙吟·淮西重午》：

会昌湖上扁舟，几年不醉西山路。流光又是，宫衣初试，安榴半吐。千里江山，满川烟草，薰风淮楚。念离骚恨远，独醒人去，阑干外，谁怀古。　　亦有鱼龙戏舞。艳晴川、绮罗歌鼓。乡情节意，尊前同是，天涯羁旅。涨渌池塘，翠阴庭

① 唐圭璋：《词话丛编》（第5册），中华书局1986年版，第4440页。

院，归期无据。问明年此夜，一眉新月，照人何处。

词以忧国忧民的屈原与只顾暂时欢乐的“鱼龙戏舞”之辈相比照，词人的忧思亦可想见了。“阑干外，谁怀古”与“一眉新月，照人何处”两结之感慨极其深沉隽永，令人兴叹。在蒲江词中堪称佳制。

在蒲江词中，小词之作清隽细腻、淡雅秀美、情韵兼胜。如《菩萨蛮》：

翠楼十二阑干曲。雨痕新染蒲桃绿。时节又黄昏。东风深闭门。　　玉箫吹未彻。窗影梅花月。无语只低眉。闲拈双荔枝。

又如《乌夜啼》：

柳色津头泫绿，桃花渡口啼红。一春又负西湖醉，离恨雨声中。　　客袂迢迢西塞，余寒翦翦东风。谁家拂水飞来燕，惆怅小楼东。

再如《谒金门》：

闲院宇。独自行来行去。花片无声帘外雨。峭寒生碧树。

做弄清明时序。料理春酲情绪。忆得归时停棹处。画桥看落絮。

风不定。移去移来帘影。一雨林塘新绿净。杏梁归燕并。

翠袖玉屏金镜。日薄绮疏人静。心事一春疑酒病。鸟啼花满径。

周济说："蒲江小令时有佳趣。"（《介存斋论词杂著》）[①]大抵即指这类作品而言。"小词纤雅"（张端义《贵耳集》）[②]这一特点体现也较充分。黄升称其词"乐章甚工，字字可入律吕，浙人皆唱之。"（《中兴以来绝妙词选》）[③]

张辑，生卒年不详，字宗瑞，号东泽，履信之子鄱阳（今江西）人。约宋宁宗嘉定前后在世，布衣终老。学诗法于姜夔，作《白石小传》。朱湛卢序其词，谓"东泽得诗法于姜尧章，世所传《欸乃集》，皆以为采石月下，谪仙复作，不知其又能词也。其词皆以篇末之语立新名。"杨慎《词品》说："张宗瑞，……词一卷，……其词皆倚旧腔而别立新名，亦好奇之过也。《草堂词》选其《疏帘淡月》一篇，……余爱其《垂杨碧》一篇。"[④]有《东泽绮语债》，存词44首。

先看其《疏帘淡月（寓《桂枝香》）·秋思》：

梧桐雨细。渐滴作秋声，被风惊碎。润逼衣篝，线袅蕙炉沉水。悠悠岁月天涯醉。一分秋、一分憔悴。紫箫吟断，素笺恨切，夜寒鸿起。　又何苦、凄凉客里。负草堂春绿，竹溪空翠。落叶西风，吹老几番尘世。从前谙尽江湖味。听商歌、归兴千里。露侵宿酒，疏帘淡月，照人无寐。

① 唐圭璋：《词话丛编》（第2册），中华书局1986年版，第1635页。

② 永瑢 纪昀：《文渊阁四库全书》（第865册），台湾商务印书馆1986年版，第425页。

③ 黄升：《中兴以来绝妙词选》（卷八），《花庵词选》，中华书局1958年版，第324页。

④ 唐圭璋：《词话丛编》（第1册），中华书局1986年版，第512页。

张辑好以篇末之语另立新题，从北宋贺铸《东山寓声乐府》来。贺铸“用旧调谱词，即摘取本词中语，易以新名。后《东泽绮语债》略同此例。”（吴梅《词学通论》）[①] 这首词摘结拍“疏帘淡月”为题，是经过精心选择的，因为这四个字比较准确地概括了这首词的词风，特别是其中的“疏”“淡”二字。词中融景入情，清疏淡远，仿佛被淡淡的秋月清洗一过，淡雅而不秾艳。又好像被稀疏的竹帘梳理过，清疏而又朦胧，似有若无，似无却有，别是一番境界。具白石之清空幽韵，却摆落其清刚峭拔，有自家风味。

以“南徐多景楼作”为题的《月上瓜州（寓乌夜啼）》，风格又自不同：

江头又见新秋。几多愁。塞草连天何处、是神州。
英雄恨，古今泪，水东流。惟有渔竿明月、上瓜州。

“多景楼”是南宋词人最喜歌咏的题材之一，每当作者登楼便使得爱国激情油然而生，名篇佳作所在多有，如前面讲到陆游、杨炎正、程珌的《水调歌头》、陈亮的《念奴娇》、岳珂的《祝英台近》等。他们所作多为长调，而张辑却在短短 36 字内抒发了爱国统一的壮志豪情，苍凉悲壮，这与辛派词人风格为近。

还有些作品是明显学习豪放词风的，如“乙未冬别冯可久”为题的《貂裘换酒（寓贺新郎）》：

笛唤春风起。向湖边、腊前折柳，问君何意。孤负梅花立晴昼，一舸凄凉雪底。但小阁、琴棋而已。佳客清朝留不住，

① 吴梅：《词学通论》，商务印书馆 1934 年版，第 75 页。

为康庐、只在家窗里。湓浦去，两程耳。　　草堂旧日谈经地。更从容、南山北水，庾楼重倚。万卷心胸几今古，牛斗多年紫气。正江上、风寒如此。且趁霜天鲈鱼好，把貂裘、换酒长安市。明夜去，月千里。

词写壮志难伸，报国无门之叹。“万卷心胸几今古，牛斗多年紫气”，从文武皆无所用一直到南宋王朝的文恬武嬉，词人的感慨深沉悲怆。“江上风寒”已不只是季节的寒凉，而是把时代的风寒和个人心理上的风寒交织到一起去了。此词雄奇健劲、俊爽豪逸，与东泽婉约之作大不相同。张辑词虽不多，但风格并不单调。似此之作尚有《淮甸春（寓念奴娇）·丙申岁游高沙访淮海事迹》《如此江山（寓齐天乐）》以及《满江红·题马蹄山壁》等。《沁园春》一首，实际是自我画像，有助于了解作者的个性。长序叙述了“十年之间”“江湖之号凡四迁”的过程，是研究张辑词的重要资料。

第四节　“绝幽抉潜，开径自行”的吴文英

一、吴文英与辛、姜三足鼎立

吴文英，约生于1212年，卒于1272~1276年之间[①]，字君特，号梦窗，又号觉翁，四明（今浙江宁波）人。本为翁姓子，后过继为吴氏后嗣。一生未任官职，20岁左右游浙江德清，30岁左右在苏州为仓台幕僚，从此长期寓居苏州、杭州一带，行踪未出江浙二省。晚年困顿而死，卒年约60岁。他平生交游颇众，除文人词客外，多为苏杭两地僚属及当时显贵。与之有词作酬赠往来者至少60余人。现存词341首，是南宋词坛上存词最多的词人之一，有《梦窗甲乙丙丁稿》。

吴文英是一专业词人，是南宋具有独创成就的词人之一。他的词运意深远、构思绵密、用笔幽邃，并在超逸之中时有沉郁之思，显示出迥异于其他词人的独特的了艺术风格。吴文英去世十年左右，南宋就灭亡了。实际上，他是发展了宋词传统，使宋词在辛弃疾、姜夔之后进一步产生新变，使南宋词创作进入第三

① 关于吴文英的生卒年，因资料缺乏，极难考定。据现有资料推测，共有五说：（1）1200 ~ 1260（夏承焘）；（2）生于1205 ~ 1207，卒于1276（杨铁夫）；（3）1205 ~ 1270（陆侃如、冯沅君）；（4）生于1212，卒于1272 ~ 1276（陈邦炎）；（5）1207 ~ 1269（谢桃坊）。本文暂从（4）说。

个高潮并由此攀上第三座高峰的大词人。吴文英的出现，形成了辛、姜、吴三足鼎立的历史局面，他为南宋词坛甚至为整个词史增添了光彩。对待这样的一位词人，本应给予公正评价，然而在漫长的历史时期中，他的词始终未得到真正的理解，也未得到应有的重视。时或评价过高，时或评价极低。某些词评家根本不懂梦窗词在词史上的创新价值及其应有的历史地位，他们往往摭拾张炎“吴梦窗词如七宝楼台，眩人眼目，碎拆下来，不成片段”[①]这一评语，对吴文英简单加以否定，这是很不公正的。

《梦窗词》，多为恋情相思、登临酬唱与咏物分韵之作。但其中不少作品深蕴着一种勃郁不平之气，寄托着身世飘零、家国兴亡的感慨。至于那些抚时感事，吊古慨今或借古鉴今的作品，其爱国思想表现得就更为明显了。不过，就一位流传有 341 首作品的词人来讲，其内容依然显得有些单薄而褊狭。读梦窗词，虽也时见高远的境界，使人心情振奋，但更多的时候却使人感到低沉压抑，产生迷惘之思，甚至进入虚无缥缈的梦幻之境。

梦窗词的成就主要表现在艺术技巧方面。吴文英出生于辛弃疾和姜夔之后，要想超越这两大词史的高峰，就梦窗的才、学、识以及个人的位置与经历来说，几乎是不可能的了。他既不可能沿着辛弃疾雄豪、博大、隽峭的词风继续爬升，又不能沿着姜夔的幽韵冷香亦步亦趋。所以，吴文英虽然跟姜夔一样，脱胎于周邦彦，但却只能同姜夔分镳并驱，在幽韵冷香、骚雅峭拔之外，开辟出一个超逸沉博、密丽深涩的艺术新天地。叶嘉莹在《拆碎七宝楼台》一文中说梦窗词是“遗弃传统而近于现代化。”[②]这

---

① 张炎：《词源》，唐圭璋编《词话丛编》（第 1 册），中华书局 1986 年版，第 259 页。

② 叶嘉莹：《迦陵论词丛稿》，上海古籍出版社 1980 年版，第 144 页。

一论断是颇有见地的。要而言之，梦窗词在艺术上能够突破时间与空间的拘限，发挥丰富的艺术想象，虚构出许多离奇虚幻的审美境界。在表现手法上，他敢于打破陈规旧习，成功地使用象征手法，常常通过比拟、借代、暗示、象征与意象叠加等艺术技巧，使用经过研炼、色彩浓丽和感情丰富的语言来表现自己独特的艺术感受。他的词重视创新而少模仿，反陈述而重联想。白描景物与直抒胸臆的传统手法在他的词里并非主流，偶一用之，也带有新的色彩。这就使得他的词呈现出一种与前人迥然异趣的鲜明特点。前人说他的词“如唐贤诗家之李贺”（郑文焯《校梦窗词跋》）①“词家之有文英，亦如诗家之有李商隐也”（《四库全书总目提要·梦窗词》）②，是有一定道理的。但是，因为他的词跳跃性太强、来去无端，加之用典过密、藻绘过甚，所以他的词难免失之于堆垛与晦涩。说他部分词篇“不成片断”，或说他部分词作如雾里看花、终隔一层，也是有根据的。但或许这也是他的艺术追求。

文学史上的作品，有的是为他生活的那个时代所写，有的是既为当时又为后代写的，而另外一些则是为后代写的，只有后代人才能逐渐挖掘、整理、发扬光大。

梦窗词的艺术独创，在常规性批评中往往招致误解。正如夏承焘所说：“宋词以梦窗为最难治。其才秀入微，行事不彰，一也；隐辞幽思，陈喻多歧，二也。”（《吴梦窗词笺释序》）③在漫长的历史时空中，贬抑者有之，推崇者亦有之，但始终难以很客观、很准确地把握其历史定位。

---

① 唐圭璋：《词话丛编》（第5册），中华书局1986年版，第4335页。

② 永瑢：《四库全书总目提要》（下册），中华书局1965年版，第1819页。

③ 杨铁夫：《夏序》，《吴梦窗词笺释》，广东人民出版社1992年版，第1页。

某些词评家不甚理解梦窗词开径自行的追求，受个人兴趣爱好或时代文化氛围的影响，对梦窗词给予了过多指斥或否定。与梦窗同时的沈义父说："梦窗深得清真之妙。其失在用事下语太晦处，人不可晓。"（《乐府指迷》）[①]稍后的张炎说："吴梦窗如七宝楼台，眩人眼目，碎拆下来，不成片段。"（《词源》卷下）[②]王国维说："梦窗诸家写景之病，皆在一'隔'字。"（《人间词话》）[③]

也有一些词评家，对梦窗推崇备至，清末甚至一度研治、效仿梦窗词蔚然成风。陈廷焯说："梦窗在南宋，自推大家，惟千古论梦窗者，多失之诬。""其实梦窗才情超逸，何尝沉晦？"（《白雨斋词话》）[④]王鹏远说："梦窗以空灵奇幻之笔，运沉博绝丽之才，几如韩文、杜诗，无一字无来历。"（《校本梦窗甲乙丙丁稿跋》）[⑤]况周颐说："梦窗密处能令无数丽字一一生动飞舞，如万花为春。""梦窗密处易学，厚处难学。"（《蕙风词话》卷二）[⑥]

在历代评家中，周济为客观公允之代表。他一面赞叹"梦窗每于空际转身，非具大神力不能""况其佳者，天光云影，摇荡绿波，抚玩无斁，追寻已远"；一面又指出"梦窗非无生涩处""而寄情闲散，使人不易测其中之所有"。（《介存斋论词杂著》）[⑦]

---

① 见唐圭璋：《词话丛编》（第1册），中华书局1986年版，第278页。
② 唐圭璋：《词话丛编》（第1册），中华书局1986年版，第259页。
③ 唐圭璋：《词话丛编》（第5册），中华书局1986年版，第4248页。
④ 唐圭璋：《词话丛编》（第4册），中华书局1986年版，第3802页。
⑤ 孙克强：《唐宋人词话》，河南文艺出版社1999年版，第802页。
⑥ 唐圭璋：《词话丛编》（第5册），中华书局1986年版，第4447页。
⑦ 唐圭璋：《词话丛编》（第2册），中华书局1986年版，第1633页。

跟姜夔一样，吴文英也是一个音乐家。他精通乐理，能自度新曲（集中还保有10余首之多）。作为专业词人，精通乐理并能自度新曲者，往往艺术上有独到与过人之处，北宋的柳永、周邦彦，南宋的姜夔、吴文英都是如此。这是词史上的一个普遍现象，其中或许有某些规律性的东西可以寻绎。

下面拟对梦窗词的思想内涵、艺术特质以及有关问题分别加以论述。

二、“孤怀耿耿”“运意深远”的内涵

在梦窗词中，并不缺少感时伤世的爱国词篇，他的这些词虽不如辛派词人那般豪爽隽快、大声鞺鞳，却也有沉郁之思、旷逸之怀，令人品嚼回味。如《八声甘州·陪庾幕诸公游灵岩》《高阳台·过种山》《齐天乐·与冯深居登禹陵》和《金缕歌·陪履斋先生沧浪看梅》等，前两首从历史的回音之中，对南宋王朝偏安一隅，荒淫误国，妄杀忠良提出鉴戒；后者通过对抗金英雄的凭吊，指斥压制抗金志士、坚持妥协投降的错误政策。在抗金复国、重整河山这一时代大方向上与爱国豪放词是一致的。先看《八声甘州》：

> 渺空烟四远，是何年、青天坠长星。幻苍厓云树，名娃金屋，残霸宫城。箭径酸风射眼，腻水染花腥。时靸双鸳响，廊叶秋声。　　宫里吴王沉醉，倩五湖倦客，独钓醒醒。问苍波无语，华发奈山青。水涵空、阑干高处，送乱鸦、斜日落渔汀。连呼酒，上琴台去，秋与云平。

这是一首登临之作。它集中描绘登灵岩山之所见，凭吊了

与吴王夫差有关的历史遗迹，抒发了吊古伤今的哀思。据夏承焘《吴梦窗系年》，梦窗30岁左右曾在苏州为仓台幕僚，居吴地达十年之久（《惜秋华·八日飞翼楼登高》词云：“十载寄吴苑”），对吴地的历史掌故极为稔熟。这一时期，他写下许多作品（如《木兰花慢·虎丘陪仓幕游》《声声慢·陪幕中饯孙无怀……》《祝英台近·饯陈少逸被仓台檄行部》等），其中以这首《八声甘州》的讽喻性与现实性为最强。

吴文英生于南宋末期，其生年上距北宋灭亡约80年，其卒年下距南宋灭亡约10年。他在世的60余年间，外有强敌压境，内有权臣误国，南宋的统治阶层从上到下安于享乐。面对这一现实，作者触目伤怀、抚事兴悲。所以，在苏州所写的登临之作，都不同程度地流露出悲今悼昔的哀思。这首词中，借古讽今的锋芒较其他同期作品表现最为明显，这是因为灵岩山上集中了吴王夫差相关的历史遗迹。全词由六个部分组成。开篇两句自成一段，描述灵岩山的环境特点：山麓四周浩渺空阔，一望无际，灵岩山却拔地而起，仿佛是一颗巨大的彗星从天而降。第二段以一“幻”字领起三句。因为“长星”是从天外飞来，所以它就幻化出一段梦境般的远古历史：那“苍厓云树”和“名娃金屋”，只不过是称霸一时的吴王留下的遗迹而已。从“箭径酸风射眼”至上片结尾是第三段。“箭径”，即山下之采香径。《吴郡志·古迹》载：“采香径，在香山之傍，小溪也。吴王种香于香山，使美人泛舟于溪以采香。今自灵岩山望之，一水直如矢，故俗又名箭泾。”[①]“箭径”“腻水”本是当年吴王时的事物，如今仍清晰展现于眼前，而其中又揉进了作者的感觉、感慨与丰富联想，故曰“酸风”。下片换头三句是第四段。作者把历史上相对立的

① 范成大：《吴郡志》，江苏古籍出版社1986年版，第105页。

两件事物放在一起对比着加以描写：一是“宫里吴王沉醉”；一是范蠡“独钓醒醒”。前者迷恋西施的美貌，沉醉于寻欢逐乐，终于国破家亡；后者清醒地估计到跟越王句践“可与共患难，不可与共乐”的未来，功成身退，泛舟五湖之上，得以完身。“问苍天”两句是第五段，指出高山湖水岂非旧态，而人世无常、变化莫测，寄托了无法挽回危局的喟叹。“水涵空”至篇终是第六段，融情入景，以景结情，意余言外。“秋”，实即“愁”也。作者《唐多令》有云：“何处合成愁？离人心上秋。”作者拟赴琴台（山顶西施弹琴处）以酒浇愁，而愁已与高空秋云连成一片，塞满了整个空间。此与杜甫《自京赴奉先县咏怀五百字》尾句“忧端齐终南，澒洞不可掇”实乃异曲同工。

前人评梦窗词多讥其晦涩难懂，或谓其“不成片断”，而本篇却无上述缺点。这首词不仅立意超拔、波澜壮阔、笔力奇横；即从结构来讲，也是脉络清晰，布置停匀。“问苍波”以下五句突然为空际转身，别开异境、排荡婉转，但仍一气浑成、无懈可击，而且结响遒劲、高唱入云。这首词不独是梦窗词中的上品，在整个宋词中也堪称佳作。

与此相关，作者在《高阳台·过种山》一词中表达对文种被杀的同情。越国原来是楚的属国，后吴国得晋国帮助，对楚国构成巨大的威胁，于是楚国也采取同样的方法，帮助越国与吴抗衡。为此楚国特派文种和范蠡到越，助越攻吴。当越国灭吴以后，范蠡深知越王勾践不会信任楚人，“不可与共乐”[①]，功成身退；而文种自以为有功于越国，不肯逃走，终于被勾践杀死。文种死后被葬绍兴北，名曰种山。词人过此，想到文种有功于越

① 司马迁：《史记·越王句践世家》，《史记》（第5册），中华书局1959年版，第1746页。

国却不免遇害，便联想到南宋王朝对抗金有功的岳飞等人不也同样如此么！《高阳台·过种山》写的就是这种复杂的感受：

帆落回潮，人归故国，山椒感慨重游。弓折霜寒，机心已堕沙鸥。灯前宝剑清风断，正五湖、雨笠扁舟。最无情，岩上闲花，腥染春愁。　　当时白石苍松路，解勒回玉辇，雾掩山羞。木客歌阑，青春一梦荒丘。年年古苑西风到，雁怨啼、绿水蘋秋。莫登临，几树残烟，西北高楼。

这首词的特点是入手擒题，把时代氛围、个人感慨和文种的不幸交织在一起，使个人感慨、古与今、情与景杂糅在一起。开篇三句交代题中的“过”字。“故国”，指古越地，作者故乡。“山椒”，山顶，种山之顶。此三句实是苏轼《念奴娇·赤壁怀古》中“故国神游”句的生发，同时也可看作是文种“神游故国”。“弓折霜寒”以下，均可视为“重游”的“感慨”。“弓折”两句虽可解作词人“重游”的时间季节性特点，并象征时代的没落危殆，同时也可解作文种当年被杀的象征。范蠡隐去后，在齐国曾给文种一封信，其中引用谚语云：“蜚鸟尽，良弓藏；狡兔死，走狗烹。”同时还明确告诫文种说：“越王为人长颈鸟喙，可与共患难，不可与共乐。”[①]文种不听，自恃有功，结果被害。本来沙鸥能觉察人的机心，舞而不下。越王勾践怀有诛杀功臣之机心，可文种却不曾察觉，结果遭殃（“鸥鹭忘机”典出《列子·黄帝

① 司马迁：《史记·越王句践世家》，《史记》（第5册），中华书局1959年版，第1746页。

篇》）[①]。“灯前宝剑清风断，正五湖、雨笠扁舟”二句写两种不同的遭遇。前句写文种的可悲下场，“断”与“折”二字前后呼映；下句写范蠡扁舟五湖，终得完身。文种之死是越王赐剑命其自杀的，所以“宝剑”二字令人触目惊心。歇拍三句，从虚境转为实境，实中有虚。作者认为草木无情，但是面对这一悲惨的结局，也止不住用当年沾染的血迹向路人和凭吊者抒发春日的深愁。下片紧扣“种山”，写“当时”的殡葬过程。对文种的被害，连无知的大自然也感到难以忍受：“雾掩山羞”。“木客”，即“山精”。在空寂无人的岁月里，只有“木客”以歌为文种鸣不平，歌唱他当年的青春梦想如今只剩下一垄荒丘。年年春去秋来，鸿雁北去南飞，古老林苑里春水碧绿，秋有红蓼花开。而文种的悲剧，在历史舞台上也不断地重演。面对这一现实，词人透过“几树残烟”，向西北望去，吊古伤今与忧国伤时的感慨油然而生。“西北”，正是广大沦陷国土，也象征着战争的威胁。从苏轼的“西北望，射天狼”（《江城子·密州出猎》）到辛弃疾“举头西北浮云，倚天万里须长剑”（《水龙吟·过南剑双溪楼》），爱国词人总是关注着西北敌人的侵凌。吴文英生活的时代，先是金的威胁，随后又是蒙古取代金人的更为强大的威胁。对此，词人在“过种山”时，便想到国家应当重用栋梁之才，而现实却相反，前有岳飞的遇害，后有抗战派遭到的摧残。“莫登临”，正是对此而发，登临凭吊又有何补益呢？可以看出，这首词柔中有刚，明显吸收了苏、辛词风的优长。

再看《齐天乐·与冯深居登禹陵》：

---

① 永瑢 纪昀：《文渊阁四库全书》（第1055册），台湾商务印书馆1986年版，第592页。

三千年事残鸦外，无言倦凭秋树。逝水移川，高陵变谷，那识当时神禹。幽云怪雨。翠萍湿空梁，夜深飞去。雁起青天，数行书似旧藏处。　　寂寥西窗久坐，故人悭会遇，同翦灯语。积藓残碑，零圭断壁，重拂人间尘土。霜红罢舞。漫山色青青，雾朝烟暮。岸锁春船。画旗喧赛鼓。

《八声甘州》讽刺吴王荒淫误国，《高阳台》凭吊贤臣遇害，这首《齐天乐》则是讴歌“忧民治水”的圣君。吴文英生活在宁宗、理宗（度宗朝可能只沾了点边儿）两朝。其间发生成吉思汗攻金，金南侵受挫，宁宗病死，史弥远拥立理宗，1233 年史病死，宋与蒙军合兵攻金，1234 年金哀宗在蔡州自杀，金亡。金亡后，元军进攻襄、樊和四川，南宋危亡在即，而理宗君臣却陶醉于灭金的胜利，不仅不图进攻恢复，连抗敌自救的布置也不加考虑。在强敌面前，宋理宗不时重复其先人对待金人的办法向蒙古求和，另一方面则沉溺声色，大造寺观园林。朝廷如此腐败，加速了南宋的灭亡。吴文英这首《齐天乐》，就是针对这一现实，有感而发。对夏禹的讴歌，即是对宋理宗等昏庸腐朽的亡国之君的痛斥。夏禹是“忧民治水”，给平民百姓创造幸福的帝王，是后世仰慕的圣君和推崇与效法的榜样，在作者心中是最值得赞颂的英雄。但是，即使像大禹这样创建了不可磨灭的历史功绩的伟大人物，在他死后也仍然出现了“逝水移川，高陵变谷”的巨大变化，假如夏禹再生，也会为此沧桑巨变而感到震惊。上片开篇五句，实即写此。“无言倦凭秋树”“那识当时神禹”，体现作者有许多难言之隐。吴文英生活的南宋末世，不仅大禹死而有知会极度不满，甚至连禹庙里的梅梁[1]也会在“幽云怪雨”之中腾空而起，飞入镜湖与凶龙搏斗，以期改变“幽云怪雨”的现状。吴文英来禹庙时，目睹梅梁身上还沾带着镜湖里的萍藻，犹自滴水未干。不仅如此，夏禹藏在石匮山中的12卷宝书，后人不曾读到。作者幻想那宝书也不甘心久埋地下无所作为，于是通过雁行，把书中文字写上青天，让世人瞻仰，以便从中获得治理国家的某种启示。下片扣题，写与冯深居重逢，“西窗久坐”“同翦灯语”，将个人的离合之悲融入三千年历史的沧桑巨变。“残碑”“断壁”引起家国兴亡之痛，作者与冯深居都想能用自己的微薄之力去扫除历史的尘埃，使中华民族的历史精华得以重放辉光（“重拂人间尘土”）。对此，作者怀有信心，深信“霜红”会有落尽之时，“山色青青”却是万古不易的，不管“雾朝”还是“烟暮”。因此，作者以“岸锁春船，画旗喧赛鼓”这一想象中有声有色的热闹场面结束全篇。这一结尾给全词增加了乐观的色调。辛弃疾晚年在被起用以后，曾经写过“我自思量禹”的《生查子·题京口郡治尘表亭》，一方面表示希望能有禹那样的圣君出现，同时又在鞭策自己老当益壮，应当像大禹那样吃尽“矻矻当年苦”，以树立“悠悠万世功”。这两首词的写法虽有不同，但其精神却是相通的。

还有一首《金缕歌·陪履斋先生沧浪看梅》，“履斋”，吴

---

① “梅梁”指会稽（今浙江绍兴）大禹庙中的大梁。［汉］应劭《风俗通》曰：“夏禹庙中有梅梁，忽一春生枝叶。”（《太平御览》卷970引，［宋］李昉等编《太平御览》（影印）第4册，中华书局1960，第4299页）后来禹庙梅梁便成为一个典故，诗人词人多有咏及。清代钱泳以梅树屈曲且难长成拱抱之木，不宜为栋梁而疑之，而加以考证，谓：“偶閲《説文》‘梅’字注曰：‘楠也，莫杯切。’乃知此梁是楠木也。”（《履园丛话·考索·梅梁》，［清］钱泳《履园丛话》（上），中华书局1979年版，第77页）。

潜的号。吴潜当时知平江（今苏州），与吴文英相友善。“沧浪”即沧浪亭，苏州名园，原为五代吴越广陵王钱元璙花园，北宋诗人苏舜钦在园内建沧浪亭，故名，后曾为南宋抗金的中兴名将韩世忠的别墅。“看梅”，即通过看梅凭吊韩世忠。全词如下：

乔木生云气。访中兴、英雄陈迹，暗追前事。战舰东风悭借便，梦断神州故里。旋小筑、吴宫闲地。华表月明归夜鹤，叹当时、花竹今如此。枝上露，溅清泪。　遨头小簇行春队。步苍苔、寻幽别坞，问梅开未。重唱梅边新度曲，催发寒梢冻蕊。此心与、东君同意。后不如今今非昔，两无言、相对沧浪水。怀此恨，寄残醉。

词以“乔木生云气”这一开阔高大形象开篇，含有“先言他物以引起所咏之词”的意味。“乔木”者，大树也，是词人入园前之所见，又暗比韩世忠（《后汉书·冯异传》：“诸将并坐论功，异常独屏树下，军中号曰‘大树将军’。”）①。还可联及“出自幽谷，迁于乔木。”（《诗经·小雅·伐木》）暗示韩世忠在官场受排挤打击被迫迁居沧浪亭。“访中兴、英雄陈迹，暗追前事”交代看梅的目的以及对英雄的景仰。继之，则拈出韩世忠惊天动地的伟大业绩来加以抒写：“战舰东风悭借便，梦断神州故里。”这两句写黄天荡之捷，并抒发词人的感慨。韩世忠在黄天荡以八千兵力拦击金兀术（完颜宗弼）的十万大军，坚持 48 日。黄天荡之役虽使兀术“不敢再言渡江”，但韩世忠也因遭受火攻而退回镇江。史载：兀术“刑白马以祭天。及天霁风止，兀术以小舟出江，世忠绝流击之。海舟无风不能动，兀术令

① 范晔：《后汉书》（第 3 册），中华书局 1965 年版，第 642 页。

善射者乘轻舟，以火箭射之，烟焰蔽天，师遂大溃，焚溺死者不可胜数，世忠仅以身免，奔还镇江。”[①]作者对此深以为憾，故词中表示，如果东风劲吹，毫不吝惜地给韩世忠以一臂之助，那么失去的神州故里（韩世忠为陕西绥德人）就可能得以恢复，用不着梦里回乡，醒来后徒增惆怅了。“旋小筑、吴宫闲地”二句，承上写韩被剥夺兵权后，到沧浪亭过上“不再言兵”的隐居生活。黄天荡战役之后，韩又在扬州西北之大仪大破金与伪齐联军。两年后任京东淮东路宣抚处置使，力图恢复。秦桧主和，他多次上疏反对。后朝廷将其召至临安，授枢密使，解除兵权。他上书反对和议，又以岳飞冤狱面诘秦桧。所言既不采纳，乃自请解职，闭门谢客，一个大有作为的抗金英雄就这样被投闲置散。从“华表月明”至上片结尾，用丁令威化鹤归辽东的故事，说韩世忠如果能魂返旧地，也会为物是人非而慨叹不已。枝上的露珠，仿佛就是因心伤而溅出的泪滴。下片紧扣词题对看梅过程加以梳理，点出吴潜当时的身份。“步苍苔”点“梅”，至“重唱梅边新度曲，催发寒梢冻蕊”，把意境提高到爱国统一这一思想高度上来。“寒梢冻蕊”是南宋王朝怯懦无能、苟且偷安、不图进取这一形势的写照；“催发”，含改变现状、力图有所作为的积极意义在内。“重唱梅边新度曲”，实际是呼唤春天的到来，呼唤国家的振兴。在这主要几点上，作者与吴潜是“人同此心，心同此理”的。吴文英与吴潜的知己之情，在此已和盘托出。然而，现实是无情的，即使他们“此心与、东君同意”，而无情的现实却是“后不如今今非昔”，形势并不乐观：不仅世无韩世忠，而且连黄天荡那样振奋人心的战役也不可能出现了。对此又无可如何，作者与吴潜只能“两无言、相对沧浪水。怀此恨，寄

① 陈邦瞻：《宋史纪事本末》（第2册），中华书局1977年版，第661页。

残醉”了。陈洵在《海绡说词》中说：“‘此心与、东君同意’能将履斋忠款道出。是时边事日亟，将无韩、岳，国脉微弱，又非昔时。履斋意主和守，而屡疏不省，卒致败亡。则所谓‘后不如今……’也。言外寄慨。”[①]词中的悲愤实是有感而发，而且“慷慨纵横”“悲壮激烈”，与辛弃疾豪迈奔放之作极为相近。所以陈洵才说：“清真、稼轩、梦窗三家，实为一家。”[②]但梦窗毕竟不是稼轩，即使有些近似，仍有明显差别。一是描写巨大场景与历史事件时往往与某些清幽之境或较小的生活细节结合，直陈中带有明显的象征性。二是主观抒情与客观描绘相结合，以实为虚或化实为虚。近似稼轩却又保有梦窗词自身的艺术个性与特点。所以陈洵又说：“清真、稼轩、梦窗，各有神采……莫不有一己之性情境地。”[③]

以上从吊古伤今与悲今悼昔方面，反映了作者对时局的关心。批判荒淫误国，妄杀忠良的主和派君臣，提出历史鉴借，歌颂与呼唤圣君贤相的出现，以期挽回南宋败亡的颓势。这样的思想感情，在梦窗其他登临酬唱之作中，也有较多的透露。如《高阳台·丰乐楼分韵得如字》。据《淳祐临安志》载，丰乐楼是涌金门外一座酒楼，“据西湖之会，千峰连环，一碧万顷，柳汀花坞，历历栏槛间，而游桡画鹢，棹讴堤唱，往往会合于楼下，为游览最。”[④]淳祐九年（1249），临安府尹赵与篡竺弓已以旧楼

① 唐圭璋：《词话丛编》（第5册），中华书局1986年版，第4852页。

② 吴熊和主编沈松勤分册主编：《唐宋词汇评》之两宋卷第3册，浙江教育出版社2004年版，第2373页。

③ 吴熊和主编沈松勤分册主编《唐宋词汇评》之两宋卷第3册，浙江教育出版社2004年版，第2373页。

④ 施谔：《淳祐临安志》（卷六“楼观”之“丰乐楼”条），《南宋临安两志》，浙江人民出版社1983年版，第104～105页。

卑小，撤去重建，雄丽冠西湖。吴文英淳祐十一年春曾作《莺啼序·丰乐楼节斋新建》，大书楼壁，为人传诵。而此词是重游所作，与写前词时心情已明显不同。全词如下：

> 修竹凝妆，垂杨驻马，凭阑浅画成图。山色谁题，楼前有雁斜书。东风紧送斜阳下，弄旧寒、晚酒醒余。自销凝，能几花前，顿老相如。　　伤春不在高楼上，在灯前欹枕，雨外熏炉。怕舣游船，临流可奈清臞。飞红若到西湖底，搅翠澜、总是愁鱼。莫重来，吹尽香绵，泪满平芜。

在《莺啼序》里，因丰乐楼刚刚落成，所有观者、游者、饮者以及吟者，都怀有喜庆之情。吴文英也不例外，他在那首词里对楼的建成，也极尽描绘夸张之能事（如对楼的描写："彩翼曳、扶摇宛转，雩龙降尾交新霁。近玉虚高处，天风笑语吹坠。"楼上所见之景："面屏障、一一莺花，薜萝浮动金翠。惯朝昏、晴光雨色，燕泥动、红香流水。"写建楼人："以役为功，落成奇事。明良庆会，赓歌熙载，隆都观国多闲暇，遣丹青、雅饰繁华地。"词中一片升平景象。几乎没有什么时代色彩）。大约作者也深深感到《莺啼序》徒具表面文章，所以借重游之机又写了这首《高阳台》。一是时过境迁，国势更加危殆，故有斯感；二是写一首超逸沉博、密丽深涩的登临之作，以补《莺啼序》之不足。虽然词的上片前五句已将登楼过程和所见的美景摹绘如画，但从第六句"东风紧送斜阳下"开始，时代气氛通过紧迫的时光与紧缩压抑的内心感受异样地呈现出来，与"丰乐"二字形成巨大的反差。"紧送""斜阳""旧寒""晚酒"，加之以"能几花前，顿老相如"，大好春光已所剩不多了。换头以“伤春”二字束上启下，收纵联密，转折无痕。“不在高楼”，而“在灯前欹枕，雨外熏炉。”再现梦窗“空际转身，非大神力不能”的特点。但词之转身并不限于“空际”，而是出人意外地进入湖水中去了：“飞红若到西湖底，搅翠澜、总是愁鱼。”结拍以“莫重来”的感叹收束全词，因不拟看那“吹尽香绵”而使人“泪满平芜”的情形。陈洵在《海绡说词》中解释说：“‘浅画成图’，半壁偏安也。‘山色谁题’，无与托国者。‘东风紧送’，则危急极矣。……‘愁鱼’，殃及池鱼之意。‘泪满平芜’，则城邑丘墟，高楼何有焉。故曰‘伤春不在高楼上’，是吴词之极沉痛者。”[①]陈洵认为句句皆有寓意，实在是过于深求，陷于穿凿附会。但其“伤春”不在高楼之上，而在感时伤世则是没有问题的。旧地重游，山色依旧，而国事日非，词人的感慨便截然不同了，这一点在其他词作中也有充分反映。

在论述辛弃疾及其作品时，我们曾经说过：“体现与体验密切相关。……雄豪、博大、隽峭和谐统一的高水平作品……是与词人审美感兴的高峰体验联系在一起的。”吴文英也是这样。他在上述作品中所反映出的那种吊古伤时、感今哀世的思想感情也是他审美感兴的高峰体验。只是因为辛弃疾生活在南宋前期，尽管豺狼当道——主和势力占统治地位，但其抗金复国、重整河山之志毫不衰歇，对祖国前途怀有乐观的信念。而吴文英却与此不同，他生活在南宋灭亡前夕，杨铁夫甚至认为他及见宋亡，《瑞龙吟·蓬莱阁》《古香慢·赋沧浪看桂》《三姝媚·过都城旧居有感》与《绕佛阁·赠郭季隐》等4首词是在宋亡之后，吴文英

① 唐圭璋：《词话丛编》（第5册），中华书局1986年版，第4851页。

亲见元兵攻入临安有感而作（见杨铁夫《吴梦窗事迹考》）。[①]这一点虽不能说已是定论，但梦窗已能痛感南宋灭亡在即则是不用置疑的。所以，梦窗前后期作品比之稼轩更有明显不同。此外，梦窗缺少稼轩那种人生追求的高峰体验，缺少稼轩的“文才武略”，又没有稼轩“金戈铁马”的实战体验，再加上审美主体的趣味差异与性格等因素，使梦窗不可能写出雄豪悲壮之作，而只能通过超逸沉博、密丽深涩的词风，体现他对祖国的忠诚和对其面临危亡的哀思。刘熙载说：“白石，才子之词；稼轩，豪杰之词。才子豪杰，各从其类爱之。”（《艺概》卷四）[②]此语实亦可用来概括稼轩与梦窗之不同。他还说：“词品喻诸诗，东坡、稼轩，李、杜也；耆卿，香山也；梦窗，义山也；白石、玉田，大历十子也。”[③]按刘氏的比喻，梦窗和稼轩的区别类乎李商隐和杜甫之别，梦窗和姜夔的差别类乎李商隐和“大历十才子”之别。

梦窗词中数量最多的是恋情词，按杨铁夫所说，这类词约占梦窗全部作品（341首）的四分之一。[④]因梦窗生平资料甚少，其恋情本事已无法详考。据夏承焘《吴梦窗系年》考证，这些恋情词所写的主要对象是与梦窗感情极深的两位姬妾，“其时夏秋，其地苏州者，殆皆忆苏州遗妾；其时春，其地杭者，则悼杭州亡妾。”[⑤]据梦窗这些恋情词所写的内容分析比照，还可以看出，这

---

① 杨铁夫：《吴梦窗事迹考》，《吴梦窗词笺释》，广东人民出版社1992年版，第33～35页。

② 刘熙载：《艺概》，上海古籍出版社1978年版，第110、113页。

③ 刘熙载：《艺概》，上海古籍出版社1978年版，第110、113页。

④ 杨铁夫：《吴梦窗词笺释》，广东人民出版社1992年版，第3页。

⑤ 夏承焘：《夏承焘集》（第1册），浙江古籍出版社，浙江教育出版社1997年版，第467页。

两位姬妾原来都是能歌善舞、妙解琴曲乐理的歌女。梦窗这些词，跟北宋词人晏几道所写恋情词一样，是同歌女热恋的情歌。他同她们之间有过美好的共同生活的经历，但后来终于以悲剧告终。这在词人心灵上造成了难以弥补的创痕。据词中所写，这两位歌女年轻貌美、聪敏过人，有绝代的歌舞技艺。但她们的地位低下，是封建社会中的受侮辱与受损害者。吴文英作为词人，经常和她们接触，为她们填写歌词。她们的美貌、风韵、歌喉、舞姿是那样久久拨动词人的心弦。“体态的美丽、亲密的交往、融洽的旨趣等等”[①]促使词人从表层的愉悦、吸引进而转为灵魂深处的倾心相爱，最后终于有了美满的结合。正如恩格斯所说，在封建社会里，真正的爱情有时并不存在于“父母包办，当事人则安心顺从”的夫妻之间，而往往同“官方社会以外的妇女——艺妓”产生真实的恋情。[②]晏几道是这样，吴文英也是这样。但这种恋情往往为封建礼法所不容，所以一开始便注定了它的悲剧结局。吴文英同苏州歌女结合，后来终于不得已而离去。之后，在杭州又热恋一歌女并有过刘晨、阮肇“入仙溪”般的美好姻缘，但分别后恋人却不幸死去。吴文英的恋情词正是这两大悲剧结局的挽歌。这些词写得缠绵悱恻、极其沉痛，反映了词人丰富的内心世界。

先看《琐窗寒·玉兰》。杨铁夫认为这首词“于姬之来踪去迹，详载无遗，可作一篇琴客小传读。”[③]全词如下：

绀缕堆云，清腮润玉，汜人初见。蛮腥未洗，海客一怀凄惋。

① [德]恩格斯：《家庭、私有制和国家的起源》，《马克思恩格斯选集》（第四卷），人民出版社1972年版，第72页。

② [德]恩格斯：《家庭、私有制和国家的起源》，《马克思恩格斯选集》（第四卷），人民出版社1972年版，第72、73页。

③ 杨铁夫：《吴梦窗词笺释》，广东人民出版社1992年版，第3页。

渺征槎、去乘阆风，占香上国幽心展。□遗芳掩色，真姿凝澹，返魂骚畹。　　一盼。千金换。又笑伴鸱夷，共归吴苑。离烟恨水，梦杳南天秋晚。比来时、瘦肌更销，冷薰沁骨悲乡远。最伤情、送客咸阳，佩结西风怨。

这首词表面歌咏玉兰花，实际却是通过玉兰来抒写苏州热恋的歌女。一起三句写“初见”时最深的印象。一是浓黑的秀发：“绀缕堆云”；二是俊美的容颜：“清腮润玉”。“汜人”，乃唐人沈亚之小说《湘中怨解》中“湘中蛟宫”的神女，因故被谪而与郑生结合，经岁别去。[①] 词人用“汜人”二字状其姬之貌美如仙并引出诀别事，牵出以下相思情怀：“蛮腥未洗，海客一怀凄惋。”“渺征槎”以下五句将“玉兰”比作“兰”，作者从其乘槎远去，联想到这玉兰的开放，就像去姬“占香上国幽心展”一般模样。歇拍“真姿凝澹，返魂骚畹”用屈原《离骚》中“余既滋兰之九畹兮”句意，咏花咏人，相得益彰。下片直写其人：“一盼。千金换”，写其顾盼神飞，倾城倾国，价值千金。“又笑伴鸱夷”二句，用范蠡与西施泛舟五湖故事，暗示与词人的结合。从“离烟恨水”开始，词笔顿转，写词人与爱姬相聚不多骤成别离。“比来时”二句，状别时的消瘦难禁与刺骨寒心的伤痛。结拍“最伤情”三句，以直接的唱叹并化用李贺“衰兰送客咸阳道，天若有情天亦老”（《金铜仙人辞汉歌》）诗句，再次扣紧词题中的“兰”字，以无限伤情与叹惋作结。

《瑞鹤仙》对同苏州遗妾的相逢与两地相思，有进一步的交代：

---

① 汪辟疆：《唐人小说》，古典文学出版社 1955 年版，第 157 ~ 158 页。

晴丝牵绪乱。对沧江斜日，花飞人远。垂杨暗吴苑。正旗亭烟冷，河桥风暖。兰情蕙盼。惹相思、春根酒畔。又争知、吟骨萦销，渐把旧衫重翦。　　凄断。流红千浪，缺月孤楼，总难留燕。歌尘凝扇。待凭信，拌分钿。试挑灯欲写，还依不忍，笺幅偷和泪卷。寄残云、剩雨蓬莱，也应梦见。

词写两地相思。上片写词人自己并回忆当时一见钟情的过程。“晴丝牵绪乱”中的“晴丝”，字面上是晴空中飘动柔丝，但此处又以谐音隐指“情思”。一开头，词人便借“晴丝”叙写心头纷乱的情感。“对沧江斜日，花飞人远”二句，交代情思纷乱的原因。“垂杨”一句即景叙情，而“旗亭烟冷”二句则从目之所见引出过去的一段艳情：“兰情蕙盼。惹相思、春根酒畔。”此三句写当年歌女眉目传情、顾盼神飞，才惹出如今这一段相思之情。一结三句，写词人饱受相思之苦，由于消瘦，过去爱姬给自己所剪裁的春衫已经显得十分肥大，需要重新剪得瘦些才能合体。下片从去姬着笔，写她的孤独境遇，连飞燕似乎都不肯与她相栖为伴。“歌尘凝扇”进一步交代她的身份，说明她早已停歌罢舞，完全忠实于自己同词人定情的誓言，并用白居易“钗留一股合一扇，钗擘黄金合分钿”（《长恨歌》）的句意，表示“但教心似金钿坚，天上人间会相见。”尽管如此，仍不能消失相思情怀，所以“挑灯欲写”三句，对相思之情再做补充：“笺幅偷和泪卷。”结拍二句，再作推宕，说的是这位歌女把会面的希望寄托在虚无缥缈的梦境之中。

《夜合花》词题是“自鹤江入京，泊葑门外有感”，词中对苏州那一段恋情又有新的补充：

柳暝河桥，莺晴台苑，短策频惹春香。当时夜泊，温柔便入深乡。词韵窄，酒杯长。翦蜡花、壶箭催忙。共追游处，凌波翠陌，连棹横塘。　　十年一梦凄凉。似西湖燕去，吴馆巢荒。重来万感，依前唤酒银罂。溪雨急，岸花狂。趁残鸦、飞过苍茫。故人楼上，凭谁指与，芳草斜阳。

这首词开篇便写过去的热恋。首三句通过“柳暝”“莺晴”烘托美好的阳春烟景，暗示初恋的欢快心情。“河桥”“台苑”是当时游乐之地，极富苏州地域性特点。“短策频惹春香”，束上起下。“春香”虽为春之总括，实亦有惹人怜爱之意在内。“当时夜泊，温柔便入深乡”二句，写当年欢合之所在，与今泊舟葑门十分近似。“词韵窄”以下四句，写“温柔乡”中另一侧面。由于情感充实、内容丰富，连最擅填词的词人自己也感到语言的贫乏，音韵的单调。总之，已无法表达这幸福的一切了。但时间却毫不容情：“翦蜡花，壶箭催忙。”幸福的时光飞快消失，迎来的却又是白日的嬉游：“共追游处，凌波翠陌，连棹横塘。”他们在花草缤纷的原野上漫步，在横塘（苏州胥门外九里）附近的河塘里荡舟。然而，这美好的生活对词人来说，早已是短暂的梦境。换头“十年一梦凄凉”，即写此万分凄凉的处境。面对“燕去”“巢荒”的现实，重游旧地的词人竟同过往一样“唤酒银罂”，以求一醉。然而自然界的风景却令词人惊心动魄：“溪雨急，岸花狂。”疾风暴雨，鞭打着岸边的春花，春花发狂似地摇摆。此刻似已近黄昏时分，残鸦也仓促地从头上飞过，消失在暮色苍茫的远方。在自然的风暴中词人想到当时伊人共居的旧楼，再也不会有人为他指点芳草斜阳、那平和安祥的黄昏景色了。

如果说，从以上所写会对苏州相恋的歌女印象模糊，那么

《踏莎行》的描摹则比较具体鲜明了。请看：

> 润玉笼绡，檀樱倚扇。绣围犹带脂香浅。榴心空叠舞裙红，艾枝应压愁鬟乱。　　午梦千山，窗阴一箭。香瘢新褪红丝腕。隔江人在雨声中，晚风菰叶生秋怨。

上片写梦中之所见，但却不予说破。首三句从肌肤、樱唇、绣围、脂香等几方面着笔刷色，同时衬之以纱衣、罗扇、绣饰，烘托其人之美。过片，“午梦”点出以上所写不过梦中情景而已。但“香瘢”一句又回到梦境，而且是全词极细微关键之处，故醒后再特为拈出。“香瘢”者，“守宫朱”也。古代女孩自幼便在手腕上用银针刺破一处，涂上一种特地用七斤硃砂喂得通体尽赤的守宫（即壁虎，又名蝘蜓）血，让刺破之处留下一个痣粒一般的红瘢点，它可以和贞操一起永葆晶莹鲜艳，直到婚嫁“破身”后才消失。（见张华《博物志》）[①] 李贺《宫娃歌》云：“蜡光高悬照纱空，花房夜捣红守宫。”所以词中之“香瘢新褪”乃暗示新婚不久。“红丝腕”点出端午节的时令风习，因为古代妇女端午节时习惯于将五彩丝线系于手腕。因“香瘢新褪红丝腕”在词人心中印象极其深刻，所以词中不断出现此一特写镜头（《满江红·甲辰岁盘门外寓居过重午》：“合欢缕，双条脱。自香消红臂，旧情都别。”《隔浦莲近拍·泊长桥过重午》：“榴花依旧照眼。愁褪红丝腕。”《澡兰香·淮安重午》：“盘丝系腕，巧篆垂簪，玉隐绀纱睡觉”）。在《杏花天·重午》一词中，还交代了初欢与诀别：“幽欢一梦成炊黍。”“知绿暗、

---

① 张华：《博物志》（卷四），永瑢 纪昀编《文渊阁四库全书》（第 1047 册），台湾商务印书馆 1986 年版，第 590 页。

汀菰几度。竹西歌断芳尘去。”联系《满江红·甲辰岁盘门外寓居过重午》中“湘水离魂菰叶怨，扬州无梦铜华阙”诸句，可知词人有过“十年一觉扬州梦”一般的生活，又可能在扬州与其爱姬不幸分手。合参其他四首“重午”词的意境及共有之“丝腕”“榴裙”“一梦”“菰叶”（或“汀菰”“菖蒲”）等意象，可以肯定，这五首词都是写同一情事。所以，当词人梦醒之后，“香瘢新褪红丝腕”这一特写镜头，长期在眼前浮动。梦境变成了现实，现实反而化成梦境。“隔江人在雨声中”二句：耳边的雨声、人声仿佛远隔在江水对面，缥缈而模糊；虽时在端午，但晚风吹动菰叶，词人误以为是分别的秋季，离愁油然而生。

梦窗词中写杭州所恋歌妓者，较苏州歌妓更多，内容写得更丰富，感情也更深沉悲痛。在《莺啼序·残寒正欺病酒》与《定风波·密约偷香□踏青》等词里交代了他们相恋的过程以及最后的悲剧结局。《莺啼序》里写到邂逅相逢与热恋的经过：“溯红渐、招入仙溪，锦儿偷寄幽素。倚银屏、春宽梦窄，断红湿、歌纨金缕。”同时也交代了这位歌女别后的亡殁：“别后访、六桥无信，事往花委，瘗玉埋香，几番风雨。”《定风波》以坦率的笔墨写他们密约的过程，较“锦儿偷寄幽素”更为具体：

密约偷香□踏青。小车随马过南屏。回首东风销鬓影。重省。十年心事夜船灯。　离骨渐尘桥下水，到头难灭景中情。两岸落花残酒醒。烟冷。人家垂柳未清明。

开篇所说的“密约偷香”，不类妻妾，很像是与歌儿舞女的热恋。《齐天乐·烟波桃叶西陵路》对此还有补充：“华堂烛暗送客，眼波回盼处，芳艳流水。素骨凝冰，柔葱蘸雪，犹忆分瓜深意。”细节烘托的不过是一见钟情而已，主要是年轻美貌，相互吸引。当然，杭州歌女打动词人之心的还有多才多艺和与词人艺术上的相知。《霜叶飞·重九》中说：“记醉踏南屏，彩扇咽、寒蝉倦梦，不知蛮素。”这说明杭州所恋歌女不仅能歌善舞，其身份又大约是白居易身边樊素与小蛮一样的人物，与普通歌妓不同，因此才为当时社会所不容。然而，愈是为封建礼法所不容，便愈是增大了这一恋情的思想内涵，同时也增加了情感的深度。这一恋情终因别后杭姬不明不白地死去而增重了其悲剧性，并由此而造成词人终生难以消泯的深长创痛。“痛苦是诗歌的源泉。只有将一件有限事物的损失看成一种无限的损失的人，才具有抒情的热情。只有回忆不复存在的事物时的惨痛，他才是人类的第一个艺术家和第一个理想家。”①在梦窗词里，他所歌咏的恋情并不是正在发生、发展的情感，而是对失落的惋惜和追忆，他的这种追忆表现为彻骨萦心的惨痛，而且永世难以释怀。季节的变化、事物的再现、旧地重游，都能引起词人悲今悼昔的伤惋。如《风入松》：

听风听雨过清明。愁草瘗花铭。楼前暗绿分携路，一丝柳、一寸柔情。料峭春寒中酒，交加晓梦啼莺。　西园日日扫林亭。依旧赏新晴。黄蜂频扑秋千索，有当时、纤手香凝。惆怅双鸳不到，幽阶一夜苔生。

多愁善感的词人，在清明时节对大自然的变化十分敏感。正

① ［德］路德维希·费尔巴哈：《费尔巴哈哲学著作选集》（上卷），商务印书馆1984年版，第106页。

如夏承焘《吴梦窗系年》所说“其时春，其地杭者，则悼杭州亡妾。”[①] 所以春季来临之后，词人始终沉浸在回忆过往与亡姬共同生活的惨痛激情之中。春天来了，他不愿也不敢游目骋怀，而只是醉卧家中，任春天的脚步在窗外走过。虽然词人视而不见，但春天的一切却难以充耳可闻。从风雨声中，词人清醒地意识到春天已在消逝，百花业已凋零。正如孟浩然《春晓》诗中所说：“夜来风雨声，花落知多少。”为了表示对落花以及对春天的惋惜，词人准备写一篇瘗花铭（即《葬花词》）。表面看，是在起草葬花的挽词，实际却是在写悼亡的诗词，因为“花”即是亡姬。《莺啼序·残寒正欺病酒》中有“事往花委，瘗玉埋香”二句可证。当风雨声中送走清明以后，词人满以为绿肥红瘦的深春与初夏来临了，于是走出室外。突然，楼前分手的小路又进入眼帘，那路边摇荡的丝丝垂柳，绾结的不就是他们分别时的寸寸柔情么？不仅如此，词人还步入雨后新晴的西园。蓦地又发现当时爱姬游荡的秋千。伊人永逝，那秋千已闲置多时了，可是黄蜂儿却一而再再而三地向秋千的绳索频频扑去，莫不是爱姬当时纤手留下了难以消失的异香，怎会至今仍吸引黄蜂粉蝶远道而来呢？“黄蜂”两句，充分发挥词人丰富而又奇特的想象，通过联想的四次转化（蜂—索—香—人），给读者提供了想象和再创造的广阔空间。虽然作者在这首词里没有交代他与亡姬热恋的细节，但从她手上的香泽仍凝聚在“秋千索”上，虽经风吹雨淋而历久不消这一点上，可以想见当年他们在西园的欢乐场面以及她的音容笑貌。这种写法在梦窗词中比较常见，如“记琅玕、新诗细掐，早陈迹、香痕纤指。”（《莺啼序·荷和赵修全韵》）“燕归

① 夏承焘：《夏承焘集》（第 1 册），浙江古籍出版社，浙江教育出版社 1997 年版，第 467 页。

来，问彩绳纤手，如今何许。”（《西子妆慢》）这些都是通过一个细节，发展成为多重联想与多种感受相互转化的名句。

有时，词人还因旧地重游而联及今昔境遇的对比，如《三姝媚·过都城旧居有感》：

湖山经醉惯。渍春衫、啼痕酒痕无限。又客长安，叹断襟零袂，涴尘谁浣。紫曲门荒，沿败井、风摇青蔓。对语东邻，犹是曾巢，谢堂双燕。　春梦人间须断。但怪得、当年梦缘能短。绣屋秦筝，傍海棠偏爱，夜深开宴。舞歇歌沉，花未减、红颜先变。伫久河桥欲去，斜阳泪满。

上片写今日“又客长安”孤寂索寞，下片回忆当年旧居中的歌舞欢乐。结拍以景结情，字过音留，益见沉痛。

有时突然发现现实生活中有人貌似亡姬者，也会引起无限的伤感。如词序为“燕亡久矣，京口适见似人，怅怨有感”的《绛都春》：

南楼坠燕。又灯晕夜凉，疏帘空卷。叶吹暮喧，花露晨秋光短。当时明月娉婷伴。怅客路、幽扃俱远。雾鬟依约，除非照影，镜空不见。　别馆。秋娘乍识，似人处、最在双波凝盼。旧色旧香，闲雨闲云情终浅。丹青谁画真真面。便只作、梅花频看。更愁花变梨霙，又随梦散。

这首词全由一貌似亡姬的歌女引起。上片写对亡姬的思念，是幸遇歌女联想亡姬的基础；下片写由此产生的联想，点出“似人处、最在双波凝盼”。作者之所以“便只作、梅花频看”，原因也正在这里。

梦窗词中最多见的还有咏物之作。据不完全统计，词题直接点明咏物者近60首。其中有咏梅，咏桂花、芍药、牡丹、海棠、芙蓉、玉兰、白莲、水仙、菊，此外还有咏扇、咏雪、咏汤、咏薰衣香，直至咏“半面女髑髅”。这些词的特点，是往往与时代的没落以及个人爱情的失意等联系在一起，很少就物咏物不见寄托者。例如前引《金缕歌·陪履斋先生沧浪看梅》是通过看梅、咏梅而歌咏抗金英雄韩世忠，《琐窗寒》通过对“玉兰”的歌咏而写遗妾。其他咏物词虽不如这类作品那么明显，但其寄托仍依约可见。如《宴清都·连理海棠》：

绣幄鸳鸯柱。红情密，腻云低护秦树。芳根兼倚，花梢钿合，锦屏人妒。东风睡足交枝，正梦枕、瑶钗燕股。障滟蜡、满照欢丛，嫠蟾冷落羞度。　人间万感幽单，华清惯浴，春盎风露。连鬟并暖，同心共结，向承恩处。凭谁为歌长恨，暗殿锁、秋灯夜语。叙旧期、不负春盟，红朝翠暮。

这首词在梦窗词中是具有代表性的作品。作者把咏物与咏人、咏事联系在一起，不仅增大了咏物而不凝滞于物的美感范围，同时也深化了作品的思想深度。上片写连理海棠，借杨贵妃被唐明皇比作“海棠春睡”及与之有关的情事为线索逐步展开，下片叙李杨情事但又句句关合所咏题面，亦人亦花，让花与人事难解难分。所谓“连理海棠”，乃是根株相连的海棠，是爱情的象征。在爱情与海棠相关的历史掌故与趣闻轶事中，以李隆基与杨玉环的情事最为著称了。据《明皇杂录太真外传》，一次唐玄宗李隆基登沉香亭召杨贵妃，杨贵妃酒醉未醒，高力士命人扶之而至，玄宗笑曰："岂是妃子醉耶？真海棠睡未足也。"（见引于《冷斋夜话》）[1] 据此，苏轼《海棠》诗有"只恐夜深花睡去"之句。而这首词却从"海棠春睡"正面着笔，写其"睡足交枝"情态。一起三句，写连理海棠生存的优越环境。"鸳鸯"二字，指出海棠根株相连、成双成对的特点，并暗示李杨的爱情关系。"红情"状花，"腻云"写叶，"秦树"点其产出地点，暗合李杨情事。接三句从"芳根"一直写到"花梢"，绘其连理双成，极为形象。"花梢钿合"句，想象奇警，出人意外。这三句说，下面花根交相倚并，还可以看得清楚，但上面两枝花梢，纠结在一起，真是花团锦簇，难以分辨谁是哪枝根株上的花儿了，就像"钿合"一样，严丝合缝地扣紧在一起。因《长恨歌》中有以"金钿"作定情物和"但教心似金钿坚，天上人间会相见"的诗句，所以由物及人，内涵极为丰富。闺中人对此十分羡妒，也是当然的了。"东风"二句写海棠睡态，"障滟蜡"二句用苏轼《海棠》诗意，写惜花人秉烛赏花；而孤单的嫦娥，却在月宫里因此而自惭。换头，"人间万感幽单"，一句唤醒，将花与李杨情事交织在一处。"华清惯浴""连鬟"等句，写其恩爱缠绵。"凭谁为歌长恨"一句，又空际转身，陡作转折，从欢乐的峰巅跌入极度悲惨的深渊。"长恨"二字，用白居易《长恨歌》名，点"安史之乱"，包括杨妃死于马嵬的悲剧结局。"暗殿""秋灯"是《长恨歌》中"夕殿萤飞思悄然，孤灯挑尽未成眠。迟迟钟鼓初长夜，耿耿星河欲曙天"等诗句的凝缩。结拍化白诗，紧扣"连理"二字："七月七日长生殿，夜半无人私语时。在天愿作比翼鸟，在地愿为连理枝。天长地久有时尽，此恨绵绵无绝

① 张伯伟：《日本五山版冷斋夜话》（卷一），《稀见本宋人诗话四种》，江苏古籍出版社 2002 年版。

期。”“旧期”，即“七月七日”。“春盟”，指永世为夫妻的誓愿。这首词虽然把咏花与咏李杨爱情交织在一起，但却把感情的侧重面投向海棠一方。李杨有“愿为连理枝”的誓言，但毕竟未能实现。而“连理海棠”却与此相反，它们没有什么密誓，却年年“芳根兼倚，花梢钿合”“睡足交枝，正梦枕、瑶钗燕股”。这样，“人间万感幽单”说的就是人不如花，更难成“连理”。其中有词人自身的悔恨与感叹，也包括对世间负心人的谴责。联系南宋生存空间的日益缩小，亡国的威胁逐渐迫近，其中也含有以李杨悲剧为鉴戒的深意在内。

再看《高阳台·落梅》，作者从“落”字着眼展开联想，寄托丰富的情感：

> 宫粉雕痕，仙云堕影，无人野水荒湾。古石埋香，金沙锁骨连环。南楼不恨吹横笛，恨晓风、千里关山。半飘零，庭上黄昏，月冷阑干。　　寿阳空理愁鸾。问谁调玉髓，暗补香瘢。细雨归鸿，孤山无限春寒。离魂难倩招清些，梦缟衣、解佩溪边。最愁人，啼鸟晴明，叶底青圆。

开篇两句的“雕痕”“堕影”，即词题所说的“落”字；“宫粉”“仙云”则为题中之“梅”。“无人野水荒湾”，即梅之生死难离的故土。梅耶、人耶？写梅实亦词人自况。梅于无人野水荒湾自开自落，无人赏见，岂不辜负此“宫粉”之色，“仙云”之姿？词人满腹诗书，终生未第，壮志难酬，不也如此梅之自开自落乎？开篇三句紧扣词题，用笔不苟，且为词境的大开大合作好了铺垫。“古石”两句向深处掘进一层。千古巨石埋此落梅之幽韵冷香；此梅之冷香幽韵又埋此巨石于千古。于是，那古石浸透了梅的幽香，那梅又与古石之沙砾的最细微的分子钩锁连环在一起。年年严冬来临，便又凌风冒雪，傲然开放，显示出中华民族所叹赏的硬骨头精神。这精神来自“古石”“金沙”，也来自梅的哺育与滋养。既不畏惧严冬，也不因无人赏识而自惭。梅的个性与人的性格由此而得到充分显现。“南楼”两句向空间再拓展一层。这两句虽然用的是李白《与李郎中钦听黄鹤楼上吹笛》中的诗意（“黄鹤楼中吹玉笛，江城五月落梅花”），并暗逗其“落”字，但其内涵却远比李诗蕴含的更广、更深，因为词人的着眼点已不是个人一己的遭际（如个人的迁谪等），而是千里边防与战事的前沿。“恨”，即关山隔阻，国土难全之怅恨。这与一般《梅花落》所抒情怀，已大有不同。这首词的思想高度与美学价值也由此得以张扬。一株在“无人野水荒湾”中自生自灭的梅树，它那小小花心却始终萦系于祖国的千里关山。这就不只是词人的一己之情，而是整个民族特性的概括了。陈洵认为“南楼”七字“空际转身，是觉翁神力独运处。”（见《海绡说词》）[①]“半飘零”三句融林逋《山园小梅》诗意，通过“冷”字传达出时代的氛围。换头从寿阳公主的“梅花妆”写起，做纵向的历史开掘。“细雨”二句再与上片结拍绾合。陈洵说此二句“空中渲染，传神阿堵”。[②]“寒”与“冷”上下呼应，贯穿全篇。“离魂”二句，用郑交甫遇江妃二女故事。结尾三句，写梅花落尽子满枝的季节变化，对“落梅”做最后的哀挽。陈廷焯认为这首词“字字凄恻，自是一篇绝妙吊梅花文。他人有此凄恻，无此笔力。”（《云韶集》）[③]又说：这首词“既幽怨，又清虚，

① 唐圭璋：《词话丛编》（第5册），中华书局1986年版，第4863页。

② 唐圭璋：《词话丛编》（第5册），中华书局1986年版，第4863页。

③ 陈廷焯 屈兴国：《白雨斋词话足本校注》（上册），齐鲁书社1983年版，第151页注［一］。

几欲突过中仙咏物诸篇，是集中最高之作。”（《白雨斋词话》卷二）①

《思佳客》在梦窗咏物词乃至全部梦窗词中都是极为特殊的。词题曰“赋半面女髑髅”，从半面女髑髅骨引起一段丰富的联想，因而感赋此篇：

钗燕拢云睡起时。隔墙折得杏花枝。青春半面妆如画，细雨三更花又飞。　　轻爱别，旧相知。断肠青冢几斜晖。断红一任风吹起，结习空时不点衣。

面对半面枯骨，词人感受到的不是丑陋、憎恶、恐怖，而是青春的美感。词人通过丰富的想象还髑髅以少女的青春。半具枯骨，在词人眼里逐渐幻化为当年少女的丰采：玉钗轻轻拢起蓬松的秀发，她睡眼惺松刚刚从梦中醒来。此刻，她已走出香闺步入庭院，旋又被隔墙开放的红杏所吸引，她疾步走过去隔着园墙折下盛开的花枝。花与人交相辉映，即使那半面青春，也淡妆匀抹、轻盈如画。直至夜半三更，细雨纷飞，摧折了枝头的残花。这一切仿佛是那少女生前一般。下片，转写从幻觉中醒来时的慨叹：当年，你轻易地结束了自己的生命，与相爱的情人永别，但你是否知道，那苟活于人世的人只与你最为相知？这样肠断的永别怎不令人朝思暮念？又怎能不使人长期在你坟边流连忘返，无数次送走夕阳晚照的斜晖！虽然现实生活中的情感难得平静，但我已修炼到《维摩诘经》中所说的“结习已尽，花不著也”。（《维摩诘所说经·观众生品第七》）② 词人借此表达对杭州亡

① 唐圭璋：《词话丛编》（第4册），中华书局1986年版，第3802页。

② 李森、郭俊峰：《佛经精华》（上卷），时代文艺出版社1998年版，第490页。

姬的无限钟情。在词人心中，那“半面女髑髅”就是他朝思暮恋的亡姬。恋物，也就是在恋人。北宋苏轼有《髑髅赞》（“黄沙枯髑髅，本是桃李面。而今不忍看，当时恨不见。业风相鼓转，巧色美倩盼。无师无眼禅，看便成一片。”）[①] 南宋径山宗杲禅师又作《半面女髑髅赞》（“十分春色，谁人不爱。视此三分，可以为戒。”）（《浩然斋雅谈》卷中）[②] 他们都从色空观念出发，对世人进行劝诫。吴文英却与此不同，他由髑髅而联及自己所爱之人，在感情极为激动的情势下，几乎进入了超感官知觉的后知情境，仿佛看到髑髅生前的生活片断。梦窗词的这种艺术手法已远远超过艺术的常规想象，是极为特殊的。这在前引诸词中也有程度不同的反映。

此外，梦窗词中还有迎送酬答、节令时序之作，同样表现了他丰富的思想情感。如《沁园春·送翁宾旸游鄂渚》：

> 情如之何，暮涂为客，忍堪送君。便江湖天远，中宵同月，关河秋近，何日清尘。玉麈生风，貂裘明雪，幕府英雄今几人。行须早，料刚肠肯？？，泪眼离颦。　　平生秀句清尊。到帐动风开自有神。听夜鸣黄鹤，楼高百尺，朝驰白马，笔扫千军。贾傅才高，岳家军在，好勒燕然石上文。松江上，念故人老矣，甘卧闲云。

宋理宗开庆元年（1259），元兵大举进犯荆、湖、川，贾似道督汉阳以援鄂，友人翁宾旸入幕随行。词人对此抱很大期

① 孔凡礼：《苏轼文集》（第2册），中华书局1986年版，第602页。

② 周密：《浩然斋雅谈》（卷中），《文录 浩然斋雅谈》，商务印书馆1936年版，第19页。

望，所以词中多鼓励语：“秀句清尊”“帐动风开”“勒燕然石”，诸句颇具气势，与辛词十分接近。这类健笔在梦窗词中所在多有，如：“云起南峰未雨，云敛北峰初霁，健笔写青天。”（《水调歌头·赋魏方泉望湖楼》）“几番时事重论，座中共惜斜阳下。今朝翦柳，东风送客，功名近也。”（《水龙吟·送万信州》）“千古兴亡旧恨，半丘残日孤云。”“问几曾夜宿，月明起看，剑水星纹。”（《木兰花慢·虎丘陪仓幕游》）“惊翰。带云去杳，任红尘、一片落人间。”（《木兰花慢·重游虎丘》）这些词句都可以说明梦窗词风格的多样化。但最能代表梦窗词不同风格的是《唐多令》：

何处合成愁。离人心上秋。纵芭蕉、不语也飕飕。都道晚凉天气好，有明月、怕登楼。　年事梦中休。花空烟水流。燕辞归、客尚淹流。垂柳不萦裙带住，漫长是、系行舟。

词写羁旅怀人之情。起笔别致新颖，是审美灵境的细腻感受。全篇自然浑成，与密丽险涩之作截然不同，所以一开始便受到张炎的推崇。张炎说：“此词疏快，却不质实。如是者集中尚有，惜不多耳。”[①]周尔墉说：“词固佳，但非梦窗平生杰构。玉田心赏，特以近自家手笔故也。”又说：“玉田赏之，是矣，然是极研炼出之者。看似俊快，其实深美。”（《周批绝妙好词》卷四）[②]“深美”，便是这首词的成功所在。

以上便是梦窗词的主要内容。今日重读其词，吟其韵味，品

① 张炎：《词源》，唐圭璋编《词话丛编》（第1册），中华书局1986年版，第259页。

② 吴熊和：《唐宋词汇评》（两宋卷第4册）（吴熊和分册主编），浙江教育出版社2004年版，第3474页。

其词翰，仍然感受到其忧世拯民、奋进求成但又无法施展抱负的正直文人的深长创痛。他在黑夜里向往着晨曦，在孤寂中冀求知音，向死亡呼唤着永生。他不是对思想观念作直陈的描述，而是力争对事物的本质有自己独特的感觉，探索人生百态与宇宙万物的变化，寻求生与死之间的关系以及人的情感和精神方面所展示的人的本性。尽管他有难以超越的局限，但他耿耿孤怀，诚实地做了，因而今天读他的词仍能感受到那一份毫不掩饰的真实。

三、梦幻之窗与意识流结构方式

梦窗词之所以扑朔迷离、与众不同，主要表现在他不是一般地、直接去描写或反映客观现实，也不是一般地、直接地去抒写自己的思想感情，而是善于通过梦境或幻境来反映他的内在情思和审美体验，并由此构成迥异于其他词人的词风。如果我们要开启梦窗词这一“七宝楼台”，探寻其中奥秘，必须通过梦窗词的“梦幻之窗”。梦幻，是开启梦窗心扉的一把钥匙。

（一）梦幻境界的艺术创造

这是梦窗词艺术上最显著的特点之一。王国维说：“梦窗之词，余得其词中之一语以评之，曰‘映梦窗，零乱碧’。”（《人间词话》）[①] 谓其“零乱”，带了一种贬斥。但是，如果能剔除主观好恶与个人感情色彩，用比较客观的态度对梦窗词进行新的审视，那么，这一评语不仅生动形象，而且完全符合梦窗词的创作实际，且概括十分精确。精确的是这一评语反映了吴文英善于摹写梦幻并用梦幻来反映现实这一特点。王国维的鉴赏能力与概括能力的确非同凡响，而吴文英之所以自号“梦窗”也绝非偶然了。由是，读者的注意力便不应只投向“七宝楼台”的外

① 唐圭璋：《词话丛编》（第5册），中华书局1986年版，第4251页。

部结构及其眩目的异彩，而应注目于“七宝楼台”上面的无数窗口。在这些窗口里闪动着五光十色的画面，仿佛屏幕一般，变换着数不清的场景与镜头，其中出现的众多人物，往往还呈现出这些人物在难以窥测的内心世界。词人把梦幻之境展示到屏幕上来，把“人不可晓”的潜意识展现到屏幕上来，这不就是“映梦窗”么？梦幻世界是来无踪去无迹的，“零乱碧”不正是梦幻世界波谲云诡、腾天潜渊的跳跃性与神秘性的具体反映么？据统计，在现存 341 首梦窗词中，仅“梦”字就出现 176 次（不包括虽写梦境但却无‘梦’字的作品）。在古代诗人、词人中，除晏几道以外，很少有像吴文英这样全神贯注地创造梦幻之境的作者了。从这一点讲，吴文英也可称之为梦幻词人。他的词写的就是没完没了的难圆的梦。

梦窗词的梦幻世界是丰富多彩的。他的向往和追求，追忆与悔恨，叹息与悲伤，均通过梦幻的窗口喷射出来。其中，多数是梦境的闪现，如前引《思佳客·赋半面女髑髅》《高阳台·过种山》《八声甘州·陪庾幕诸公游灵岩》《踏莎行》《绛都春·南楼坠燕》《宴清都·连理海棠》以及《高阳台·落梅》等，均有明显的梦境或幻境。此外，还有一首《夜游宫》，写的是入梦前后的全过程：

窗外捎溪雨响。映窗里、嚼花灯冷。浑似潇湘系孤艇。见幽仙,步凌波,月边影。　　香苦欺寒劲。牵梦绕、沧涛千顷。梦觉新愁旧风景。绀云欹，玉搔斜，酒初醒。

词前有一小序，交代了这首词的创作过程：“竹窗听雨，坐久隐几就睡，既觉，见水仙娟娟于灯影中。”开篇第一句写

"竹窗听雨"。从室内听到窗外雨打竹梢，仿佛洒在溪水中一般沙沙作响。窗里一灯如豆，像樱唇细嚼的红茸（李煜《一斛珠》"烂嚼红茸，笑向檀郎唾"），此刻，在风雨声中却逐渐暗淡，给人以阴冷的感觉。听着听着，这居室竟像是系在潇湘江边的孤艇一般，轻轻摇晃起来；又仿佛看见湘水中有位仙女若隐若现，踏着凌波微步，月光映射出她苗条的身影。下片换头以"香苦欺寒劲"稍作推宕，虽仍是梦境，但却转视觉为嗅觉与内心感受的抒写。"梦觉新愁"一句承上启下，但依然处于似醒未醒之中，那仙女仿佛已进入"孤艇"。结拍"绀云敧，玉搔斜，酒初醒"三句，写人？写梦？还是写水仙？已很难得出确切的结论了。这种朦胧、模糊与神秘感，正是梦窗词所追求并极力创造的艺术氛围。沈义父谓其"人不可晓"，周济谓其"使人不能测其中之所有"（《介存斋论词杂著》）[①]，以及王国维所说的梦窗词的"隔"，都与此追求有关。梦窗词的迷人与耐人咀嚼，也正表现在这里。这首词还有一个鲜明的特点，即连用两个"窗"字与两个"梦"字。通过这四个字，把"窗里""窗外""梦绕""梦觉"联成一片。词篇虽短，却反映了入梦的全过程，并且把梦写得活脱生动，极富艺术魅力。是有意还是无意？梦窗把自己的名字，把自己的生命融入这 57 字之中。本篇在梦境的创造方面是颇具代表性的。

还有些词，本来是晴天朗日，与灯前月下有很大不同，但词人仍能进入梦境，确实是在写"白日梦"了。如《齐天乐·齐云楼》：

凌朝一片阳台影，飞来太空不去，栋宇参横，帘钩斗曲，

① 唐圭璋：《词话丛编》（第 2 册），中华书局 1986 年版，第 1633 页。

西北城高几许。天声似语。便阊阖轻排，虹河平溯。和阴晴，霸吴平地漫今古。　西山横黛瞰碧，眼明应不到，烟际沈鹭。卧笛长吟，层霾乍裂，寒月溟濛千里。凭虚醉舞。梦凝白阑干，化为飞雾。净洗青红，骤飞沧海雨。

词写苏州齐云楼，取《古诗十九首》“西北有高楼，上与浮云齐”[①]句意。“阳台”，用《高唐赋序》“朝朝暮暮，阳台之下”[②]句意。“天声似语”“卧笛长吟”，在画面变幻跳跃的同时，传来难以想象的画外音，是天声还是人语？是笛奏还是“层霾乍裂”，石破天惊？这些都难以分辨，从而渗透出浓重的神秘色调。杨铁夫针对“梦凝白阑干，化为飞雾”等句说：“用一‘梦’字幻出一片化境。‘梦’承‘醉’来，‘醉’由题目上暗藏之‘宴’字来。”又说结拍“转出‘雨’字一境，大有将上文所布‘寒月溟濛’‘飞雾’‘凝白’诸境一扫而空之象。梦窗常用此法，不止另出一境已也。”（《梦窗词选笺释》）[③]全词画面重叠、镜头跳跃，一忽儿人境，一忽儿仙境，一忽儿实境，一忽儿梦境。这诸种境界的重叠交叉，相互映衬，使人很难分清哪里是梦境，哪里是仙境，哪里是齐云楼了。读此词未必能对齐云楼有什么具体的体认，但能感到齐云楼气势非凡、不类人世。这一艺术效果，虽然从词人情绪的感染而来，但也同词中所创造的神秘莫测的梦境、幻境密切相关。这种梦幻性很强又带有某种神秘色彩的词篇，在梦窗词中几乎俯拾皆是。如《浣溪沙》：

---

① 余冠英：《汉魏六朝诗选》，人民文学出版社 1958 年版，第 63 页。

② 朱碧莲：《宋玉辞赋译解》，中国社会科学出版社 1987 年版，第 73 页。

③ 杨铁夫：《梦窗词选笺释》，上海人文印书馆 1932 年版，第 30 页。

门隔花深梦旧游。夕阳无语燕归愁。玉纤香动小帘钩。
落絮无声春堕泪，行云有影月含羞。东风临夜冷于秋。

根据夏承焘“其时春，其地杭者，则悼杭州亡妾”[①]之说，这首词当是悼念其死去的杭州爱姬之作。经过长时期分别之后，词人重返杭州之时，其爱妾“离骨渐尘桥下水”（《定风波·密约偷香□蹋青》），“燕亡久矣”（《绛都春·南楼坠燕》），但他仍不免要追忆过往同游的遗踪，以寻求心灵的安慰。这首词便是凭吊旧居时有感而作。深锁的门户，深密的花丛，仿佛一道无情的铁幕把词人与爱姬永远隔开了。但这铁幕却隔不断词人的记忆与梦想。词人久久徘徊在门外，孤独地任回忆啮噬他那滴血的心。夕阳悄无声息地走下地平线，只有燕子在诉说归来的忧伤。此刻，是梦境，还是现实？反正奇迹出现了：词人久久凝望的那扇窗子上，突然小小银钩在夕阳下晃动、闪闪发光。窗帘被挂起来了，无形的铁幕被掀开了：是熟悉的面孔出现了吗，不然为什么会飘来一阵幽香？词人久久在门外徘徊，只有柳絮在无声地坠落：是春天在默默哭泣，还是自己的眼泪在流淌？行云把自己的身影投向大地，那躲在行云背后的，是月亮，还是她含羞的面庞？词人忘记了一切，就像是在梦中一样，久久地徘徊，把东风吹拂的春夜错当成寒冷的深秋时光。“玉纤香动小帘钩”写的是一种错觉、一种幻境，极富神秘感，甚至带有一种“鬼”气。“夜”与“冷”更加重了这种神秘莫测的气氛。词人对这一境界注入了真实的情爱，虽然，读之森森然，但却并不使人感到恐怖，而只见其诗境之美。这样的作

① 夏承焘：《夏承焘集》（第1册），浙江古籍出版社、浙江教育出版社1997年版，第467页。

品和梦境，在梦窗词中还可举出许多，如：

梦仙到、吹笙路杳，度巘云滑。溪谷冰绡未裂。金铺昼锁乍掣。见竹静、梅深春海阔。有新燕、帘底说。念汉履无声跨鲸远，年年谢桥月。

（《浪淘沙慢·赋李尚书山园》）

惨澹西湖柳底。摇荡秋魂，夜月归环佩。画图重展，惊认旧梳洗。去来双翡翠。难传眼恨眉意。梦断琼娘，仙云深路杳，城影蘸流水。

（《梦芙蓉·西风摇步绮》）

梦醒芙蓉。风檐近、浑凝佩玉丁东。翠微流水，都是惜别行踪。

（《新雁过妆楼·梦醒芙蓉》）

记行云梦影，步凌波、仙衣翦芙蓉。

（《八声甘州·和梅津》）

旧尊俎。玉纤曾擘黄柑，柔香系幽素。归梦湖边，还迷镜中路。可怜千点吴霜，寒销不尽，又相对、落梅如雨。

（《祝英台近·除夜立春》）

可以看出，梦窗词中的梦幻之境是千变万化、丰富多彩的，有时是仙骨珊珊，有时又鬼气森森。这“七宝楼台”的梦幻之窗，闪映着眩人眼目的梦境。

这里有“醉梦”：“醉梦孤云晓色，笙歌一派秋空。”（《风入松·麓翁园堂宴客》）

这里有“清梦”：“清梦重游天上，古香吹下云头。”（《西江月·登蓬莱阁看桂》）“尽是当时，少年清梦，臂约痕深，帕绡红皱。”（《醉蓬莱·七夕和方南山》）“三十六矶重到，清梦冷云南北。”（《惜红衣·鹭老秋丝》）

词里有“幽梦”：“算江湖幽梦，频绕残钟。”（《江南好·行锦归来》）“和醉重寻幽梦，残衾已断熏香。”（《风入松·桂》）“湘佩寒、幽梦小窗春足。”（《蕙兰芳引·赋藏一家吴郡王画兰》）

还有“旧梦”：“二十年旧梦，轻鸥素约，霜丝乱、朱颜变。”（《水龙吟·惠山酌泉》）

“昨梦”：“昨梦西湖，老扁舟身世。”（《拜星月慢·绛雪生凉》）“昨梦顿醒，依约旧时眉翠。”（《惜秋华·木芙蓉》）

“新梦”：“明朝新梦付啼鸦。歌阑月未斜。”（《醉桃源·荷塘小隐赋烛影》）

“春梦”：“心事孤山春梦在，到思量、犹断诗魂。”（《极相思·题陈藏一水月梅扇》）“春梦笙歌里。”（《点绛唇·试灯夜初晴》）

“秋梦”：“伴鸳鸯秋梦，酒醒月斜轻帐。”（《法曲献仙音·秋晚红白莲》）“阿香秋梦起娇啼。”（《烛影彩红·越上霖雨应祷》）

于是，这屏幕上交替出现“晓梦”“午梦”“晚梦”“倦梦”“残梦”“客梦”“寻梦”“冷梦”“孤梦”“续梦”“断梦”“寒梦”“飞梦”“别梦”等等，不一而足。

梦的种类多彩多姿，梦的形态与运作过程更是变化莫测。其中有“梦远”“梦杳”“梦长”“梦短”“梦惊”“梦觉”“梦回”“梦断”“梦冷”“梦隔”“梦轻”“梦云”“梦雨”“梦影”“梦醒”，还有“香衾梦”“三秋梦”“归家梦”“长安梦”“新岁梦”“桃花梦”“花蝶梦”“五更梦”“城下梦”“双头梦”……于是“梦”便无限扩散开来，弥漫在梦窗词所勾勒出的广阔时空之中。可见，他对梦境的追求与塑造是自觉的。

他在词中还多次把“梦”与“窗”这两个字联系到一起，除“映梦窗，零乱碧”（《秋思·荷塘为括苍名姝求赋其听雨小阁》）以外，还有“湘佩寒、幽梦小窗春足。”（《蕙兰芳引·赋藏一家吴郡王画兰》）“为语梦窗憔悴。”（《荔枝香近·为语梦窗憔悴》）“燕子重来，明朝传梦西窗。”（《高阳台·寿毛荷塘》）“西窗夜深翦烛，梦频生、不放云收。”（《声声慢、旋移轻鹢》）“欢事小蛮窗。梅花正结双头梦。”（《风入松·为友人放琴客赋》）“临水开窗。和醉重寻幽梦”（《风入松·桂》）等，这是“梦”“窗”二字结合较紧密者。另外，还有同一首词中出现这两个字，但结合较远者，如《塞垣春·丙午岁旦》：“□绿窗”“梦惊回”；《宴清都·万里关河眼》：“梦销香断”“寒雨灯窗”。又如《宴清都·柳色春阴重》：“吟窗乱雪”“千载云梦”；《法曲献仙音·落叶霞翻》：“败窗风咽”“梦里隔花时见”；《花犯·谢黄复庵除夜寄古梅枝》：“小窗春到”“行云梦中”；《诉衷情·片云载雨过江鸥》：“半窗灯晕，几叶芭蕉，客梦床头”；《澡兰香·淮安重午》：“彩箑云窗”“黍梦光阴渐老”；《烛影摇红·飞盖西园》：“秋星入梦隔明朝”“正西窗灯花报喜”；又《烛影摇红·碧澹山姿》：“楚梦留情未散”“晓窗移枕”；《喜迁莺·吴江与闲堂王臞庵家》：“孤梦到，海上玑宫，玉冷深窗户”；《声声慢·清漪衔苑》：“碧窗宿雾濛濛”“春夜梦中”；《点绛唇·和吴见山韵》：“梦长难晓”“窗黏了。翠池春小”；《鹧鸪天·化度寺作》："乡梦窄，水天宽，小窗愁黛澹秋山"，等等。以上我们不厌其烦地罗列同一首词中出现"梦""窗"二字者，以及这两个字结合的疏密关系，目的在于说明"梦""窗"这两个字在词人心中的重要位置，包括词人自号"梦窗"的深刻蕴含。

梦窗词中出现的 176 个"梦"字（包括同一首词中重复出现的"梦"以及"梦""窗"在词中的复杂组合）绝非偶然，这至少可以说明以下几个问题：

①梦幻境界的创造，丰富了词的艺术画廊。梦幻之窗是通向词人心灵深处的窗口。词人通过这扇梦幻之窗，把心底最潜隐的思想情感投射到屏幕之上，使平凡的小事变得更加瑰伟。因此，这又是同读者对话的窗口，使读者看到并了解人类情感的丰富性与奇特的艺术创造性。有了梦窗词，宋词的艺术画廊就更为丰富、充实、深邃而多样。

②扩大了艺术表现的自由。梦是人唯一自由的国度，在那里可以摆脱物质世界的喧嚣，摆脱礼法、伦理和舆论的羁绊，回到真实的自我。尽管在艺术创作过程中把一些难见天日的东西过滤并筛选掉了，或者做改头换面的矫饰，但梦境的描述毕竟比描绘社会现实有着更多的自由。正是这一份自由，拓展了词人的心理时空，使人类灵魂的活动有了更多的表现机会。

③随之而来的便是艺术上的朦胧性、浓缩性、突变性与象征性。由此构成梦窗词重要的艺术特征（对此下文另有论及）。

作者对"梦窗"的留恋，正是留恋他缤纷多彩的梦。这梦境直到晚年才逐渐消失。为此，他改号为"觉翁"。从"梦窗"到"觉翁"，意味着人生观与艺术观的转换。既然觉醒已经到来，梦境便一去不复返了。但他觉醒得毕竟晚了些，他没有留下更多醒后的词篇便匆匆告别人世，使我们今天仍为"七宝楼台"的

“梦幻之窗”而眩目惊心。

（二）意识流的结构方式

梦窗词中的跳跃性十分突出，这是跟他善于通过梦幻来反映生活与抒写思想情感是联系在一起的。梦境的朦胧性、突变性、浓缩性与无间隔性在结构层次上的反映便是来无由去无踪的跳跃性。这种跳跃性很近似于西方意识流的艺术手法，也就是说他采用了近似意识流的结构方式。人们或许会问：“意识流”兴起于18、19世纪之交的西方世界，而吴文英却是13世纪中叶的一位中国词人，这二者风马牛不相及，又怎能联系在一起呢？这里之所以用“意识流”这个术语，只不过觉得这一术语用起来比较方便贴切，并非要把吴文英归之为“意识流”派词人之意。这是第一。第二，“意识流”这种提法，只不过是对人的“思想之流，意识之流，或者主观生活之流”① 这样一种心理活动过程和艺术构思过程的某种概括而已。在没有“意识流”这个术语以前，并不等于人类没有这种“意识流”的心理活动与思维活动存在，也不可能没有“意识流”式的文艺创作出现，只是没有那么明确、自觉并形成流派而已。②

这种“意识流”的结构方式在梦窗词中主要体现在何处？一

---

① [美]威廉·詹姆斯：《心理学原理》（第一卷）（田平译），中国城市出版社2003年版，第335页。

② “意识流”这个名称首先见于美国心理学家威廉·詹姆士（William James, 1842 ~ 1910）的论文《论内省心理学所忽略的几个问题》，后又在《心理学原理》中予以发挥。他认为人类的思维活动是一种斩不断的“流”，因而被称之为“思想流”“意识流”或“主观生活之流”。他还认为这种“意识流”往往具有变化多端和错综复杂的特点。“意识流”已经是西方现代许多文艺部门（包括小说、电影）广泛运用的一种写作技巧。吴文英的词在创作上与传统的写法有很大不同，我们认为可以借用“意识流”这一术语来概括他的词的艺术特点。对于“意识流”的理解，可参看袁可嘉：《意识流是什么》，《光明日报》1980年4月2日。

般而言，主要体现在以下两方面：（一）按意识的流程把写景、叙事与内心活动三者交织在一起；（二）通过自由联想使现在、过去（有时还加上未来）相互渗透。还要指出的是，以上两点贯穿于词的前后各片之中，而非仅是在各片的局部作片断的衔接。现以梦窗词中最长的《莺啼序》之一为例，来说明这一问题。全词如下：

残寒正欺病酒，掩沉香绣户。燕来晚、飞入西城，似说春事迟暮。画船载、清明过却，晴烟冉冉吴宫树。念羁情游荡，随风化为轻絮。　　十载西湖，傍柳系马，趁娇尘软雾。溯红渐、招入仙溪，锦儿偷寄幽素。倚银屏、春宽梦窄，断红湿，歌纨金缕。暝堤空，轻把斜阳，总还鸥鹭。　　幽兰旋老，杜若还生，水乡尚寄旅。别后访、六桥无信，事往花委，瘗玉埋香，几番风雨。长波妒盼，遥山羞黛，渔灯分影春江宿，记当时、短楫桃根渡。青楼仿佛，临分败壁题诗，泪墨惨澹尘土。　　危亭望极，草色天涯，叹鬓侵半苎。暗点检、离痕欢唾，尚染鲛绡，亸凤迷归，破鸾慵舞。殷勤待写，书中长恨，蓝霞辽海沉过雁，漫相思、弹入哀筝柱。伤心千里江南，怨曲重招，断魂在否。

《莺啼序》是词中最长的词调，全文 240 字。这一长调始见于《梦窗词》集及赵闻礼《阳春白雪》所载徐宝之词，当为梦窗之首创。这首词在《宋六十名家词》中又题作“春晚感怀”。所谓“感怀”，意即怀旧悼亡之意。据夏承焘“其时春，其地杭州者，则悼杭州亡妾”①之说，这首《莺啼序》就是悼念亡妾诸

① 夏承焘：《夏承焘集》（第 1 册），浙江古籍出版社，浙江教育出版社 1997 年版，第 467 页。

作中篇幅最长、最完整、最能反映词人与亡妾爱情关系的一篇力作。它不仅形象地交代了词人同亡妾的邂逅相逢及生离死别，而且字里行间还透露出这一爱情悲剧是某种社会原因酿成的。这首词感情真挚，笔触细腻，寄慨深曲，非寻常悼亡诗词之可比。作者之所以创制这最长的词调，也绝非偶然。他是想借此来尽情倾泻那积郁于胸的深悲巨痛，并非像某些论者所说，是想借此“炫学逞才”“难中见巧”。

全词共分四段。第一段从伤春起笔。“残寒”两句点时，渲染环境气氛，烘托词人心境。“残寒”乃是清明前后冷空气控制下的一段较长的天气过程。“欺”字不仅道出其中消息，而且在此字之前复加一“正”字，这充分显示出“残寒”肆虐，正处高潮。此之谓“欺”人者，一也。又恰值词人“病酒”之际，此之谓“欺”人者，二也。不仅如此，“掩沉香绣户”一句，也是“残寒”逼出来的，此之谓“欺”人者，三也。有此三者，“残寒”的势头便被写得活灵活现。一起两句，借畏寒与病酒烘托词人伤逝悼亡之情，使全篇笼罩在寒气逼人的气氛之中。“燕来晚”三句承上，说明作者长期足不出户，春天的信息是从飞燕口中得知的。实际上，并不是“燕来晚”，而是词人见之“晚”，听之“晚”，感之“晚”也。这几句揭示出词人有意逃避与亡妾密切相关的西湖之春。所以，前句中之“掩”字，表面“掩”的是“沉香绣户”，实际“掩”的却是词人那早已失去平衡、充满悲今悼昔之情的心扉。“画船”两句写作者从飞燕口中得知“春事迟暮”的消息，于是他再也顾不得什么“残寒”“病酒”，决心冲出“绣户”做湖上游。然而，词人之所见已与往日大异。湖面上的画船已将清明前后西湖的热闹场面载走，剩下的只是吴国的宫殿与绿树的倒影在水中荡漾，一片冉冉“晴烟”从湖面升起。“念羁情”两句缘情入景，直贯以下三片。“羁情”表面写的是旅情，实则含有生离死别与家国兴亡之叹。

第二段怀旧，由上段伤春引起。“十载”以下，全是倒叙。作者立足“残寒”“病酒”之今日，将十年旧事平空提起，跌落到“傍柳系马”这一细节之上，引出词人与亡妾邂逅相逢的富有诗意的恋情生活：“溯红渐、招入仙溪，锦儿偷寄幽素。”“倚银屏”两句，写仙境般的热恋生活转眼成空，接踵而来的是忍痛洒泪相别。“暝堤空”三句，写作者与亡妾的恋情遭到社会摧残，只好忍痛割爱、远避他乡，把大好的西湖风光交给无知的鸥鹭去尽情占有了。人，竟不如禽鸟。此三句极沉痛，与第一段结尾有异曲同工之妙。

第三段伤别。过片三句写别后旅况。“别后”四句，写旧地重游，物是人非；逝者难寻，往事成空。句中“花”“玉”“香”均指亡妾。“委”“瘗”“埋”，指亡妾之死与殡葬。“几番风雨”，是死后惨状。“长波”三句，词笔提转，引出往日欢会与伤别场面，补充永难忘怀的根由。这几句是词中最富画意诗情之所在。“记当时”以下四句，写当年分别之惨痛情景。结尾用“泪墨惨澹尘土”，与前“别后访、六桥无信”相接，构成完整的回忆过程，凄恻已极。

第四段悼亡。“危亭”三句，望远怀人，并以“鬓侵半苎”状相思的折磨与身心交瘁。“暗点检”四句，睹物思人，本为寻求慰藉，却反增伤痛。词人自比于受到伤害的鸾凤：形只影单、踽踽独行，失去生活的一切欢趣。“殷勤待写”四句，情感极其复杂。本拟把心中话语写成书信，寄给亡人；可是，广阔的蓝天，无边的沙海，却不见传书大雁的踪影。于是，作者不得不把心中极度悲伤与悼亡之情谱成乐曲，借哀筝的一弦一柱来予以表达。因亡妾已不知去向，即使这琴弦能充分传达自己的心声，最终还是枉然徒劳。所以词中用了一个“漫”字来表达这种矛盾心情。最后，词人借用《楚辞·招魂》中的诗句（“目极千里兮伤春心，魂兮归来哀江南”）来寄托自己的悼念之情。但是，亡者之魂是否能够听到呢？所以在词的结尾以怀疑的语气做结，在读者的心里画了一个难以解答的大问号。

通过以上简单的分析，可以看出，词中“眩人眼目”的一句句、一片片、一段段，不仅有其各自的独立性，而且相互之间还有着难以割断的联系。这首词很像一幢设计新颖的高层建筑，不论是哪一个部位，几乎暗地里都嵌进了型号不同的钢筋铁网，它们盘根错节，无往而不在。正是有这种外表难以发现的钢筋铁网，才把这“七宝楼台”的高层建筑支撑起来。它是那样严密、完整、牢固，难以动摇，而并非如张炎所说：“碎拆下来不成片段。”也不像胡适所说：“一分析，便成了砖头灰屑。”（《国语文学史》）[①] 那么，这遍布全词的钢筋铁网是怎样编织并扭结成为统一整体的呢？如前所提示的那样，它是按照词人的意识流动过程组织起来的，采用的是意识流的结构方式。作者按自己意识的流动过程把写景、叙事与内心活动三者交织在一起，并通过自由联想使现在、过去与未来相互渗透。

《莺啼序》是词中的长篇，它提供了足够的篇幅任作者驰骋想象和施展铺叙才能，也提供了表现意识流动的广阔天地。表面看，这首词不仅运用了即景抒情与情景交融的传统手法，同时，因词是“感怀”，是悼亡，所以词中还带有明显的叙事成分。因之，在一般情况下，人们会很自然地认为这首词具有抒情、叙事、写景三者密切结合的特点。如此说来，这首词岂不成了一般

① 欧阳哲生：《胡适文集》（第8册），北京大学出版社1998年版，第111页。

的叙事长诗了吗？但事实并非如此。因为词中所涉及的“事”，并不像《孔雀东南飞》《木兰辞》或《长恨歌》那样，有一个完整的事件发展过程和清晰的故事情节可寻。即使以《莺啼序》跟其他著名悼亡诗词相比较，也可看出二者之间的明显区别。以往的悼亡名作，不论是睹物思人，如潘岳《悼亡诗》：“望庐思其人，入室想所历。帏屏无仿佛，翰墨有余迹。流芳未及歇，遗挂犹在壁。”还是回忆恩爱，如元稹《遣悲怀》：“顾我无衣搜荩箧，泥他沽酒拔金钗。”抑或是梦中相会，如苏轼《江城子》：“小轩窗。正梳妆。相顾无言，惟有泪千行。”一般说来，均有一个清晰的脉络或者具体的事件与细节，事件的因果关系与感情发展过程都十分明确自然，让人读后一目了然。《莺啼序》则不同。它既未交代事件的起因、经过，也未刻画细节，而是把完整的事件发展过程打乱，根据意识活动的需要，从中拈出孤立的一段，插入到词中任何一个部位中去。直到读完全篇，人们仍很难理解作者悼念的对象是何许人也，既不详其姓字，亦不解其为何分离又为何早夭。风景描写方面也是如此。词中有不少描绘西湖风光的佳句，但是，即使像“渔灯分影春江宿”这样的名句，也大都是片断的，并不像白居易《钱塘湖春行》与柳永《望海潮》那样，把西湖写得形象鲜明，画面集中，基调明朗而又统一。吴文英迥异于其他诗人词人的特点之所以产生，除文学思想、美学观念这样一些不同因素外，主要区别还在于构思方式与结构方式之不同。一般诗人或者直抒胸臆，或者陈述事件，或者描写风景，采取多种手法来再现客观现实。这诸种写法都有明显的脉络可寻。吴文英则与之判然有别。他考虑的不是事件产生发展的连续性，不是情节发展的完整性，也不是风景画面的和谐与统一。为了含蓄地、曲折地表现内在感情的活动过程，他笔下出现的人物、事件与风景本身已不再有什么独立意义，而只是做为反映复杂内心活动与意识流动过程的一种工具、一个媒介而已。因此，词中出现的人、事、景、物均呈现出突现、多变并带有跳跃性的特点。如第一段，作者正“掩沉香绣户”，畏寒病酒，忽又出现“画船载、清明过却”的场面，接着又出现了“念羁情游荡，随风化为轻絮”的意识活动。在第四段中，这种意识活动的多变性表现更为突出，计算起来，至少有五六次转折、跳跃和起伏。很明显，这首词是按意识的流动过程把叙事、写景和表现内心活动三者交织在一起的，目的是让叙事、写景更好地为表现内心活动服务。此为其一。

其二，在时间的处理上，这首词也与以时间先后为序的传统手法有所不同。《莺啼序》这类作品是采取过去、现在（有时还包括未来）相互交叉、相互渗透，甚至采取颠来倒去的手法来处理的。因为作者的目的不在于展示这一悲剧的时间过程，而是着眼于这一悲剧对生命的影响，以及这一悲剧在内心深处所造成的无法弥补的创伤。在写作过程中，作者并不顾及事件发生发展的先后，也不顾及景物与季节的时序变化，而是按照意识流动过程，在时间这一无尽无休的长河之中，随意拣选出整个事件之中的任何一个环节，忽而向前飞跃，忽而向后回缩。在空间位置的处理上，亦是如此。词人身在甲地，忽又跳至乙地、丙地，很难寻绎出场景变化的因果关系和发展脉络。如第三段，起笔写“水乡尚寄旅”，忽又回到西湖“别后访、六桥无信”。词人正痛悼亡妾“事往花委，瘗玉埋香”，忽又插入江上的欢乐之夜：“渔灯分影春江宿”。继之，又跳到“青楼”之上去“败壁题诗”，复又忆起“短楫桃根渡”的别离。这里有空间的交错，时间的杂糅，也有时空二者之间的相互渗透。这种时空的交错与杂糅，表面看似乎如某些论者所说“前后意思不连贯”，但其实它的内在的连续性是非常清楚的。这众多的交错与杂糅，完全是通过作者的自由联想把它们有机地串接起来的。这种自由联想，是一种向心的意识活动，它可以超越时间与空间的限制，可以打破事物之间的固有联系，甚至改变事物原有的某些特性，给意识流动的表现以极大的自由。具有“意识流”这一特点的诗人与词人，他们创作中所遵循的时间观念并不是物质存在的一种客观形式，即由过去、现在、未来三者构成连绵不断的系统。他们在创作中所遵循（不论有意无意、自觉或不自觉地遵循）的是“心理时间”。所谓“心理时间”，就是“各个时刻的相互渗透”。这就是说，意识流式的文艺作品，可以打破表现物质运动变化之持续性的正常规律，而根据主题（在梦窗词中特别是梦幻境界的创造）的需要，通过自由联想，使过去、现在、未来三者相互颠倒与相互渗透。

意识流式的结构方式在梦窗其他作品中也多有表现，如前引诸词，特别是《琐窗寒·玉兰》一首。这首词将对爱姬的怀念和对玉兰花的抒写合并为一体。写花就是在写人，写人也就是在写花。在空间方面，一忽儿在吴苑，一忽儿又去咸阳；在时间上，一忽儿过去，一忽儿眼前。有评家说：“你看他忽然说蛮腥，忽然说上国，忽然用《楚辞》，忽然说西施，忽然说吴苑，忽然又飞到咸阳去了。”（胡适《国语文学史》）[①] 这些现象正是词人意识流结构方式的反映，表现出任何事物均可跳越时空范围而异乎寻常地发生联系，若按正常的逻辑推理去要求，自然免不了要认为这是“堆砌成的东西，禁不起分析；一分析，便成为砖头灰屑了。”（胡适《国语文学史》）[②]

---

① 欧阳哲生：《胡适文集》（第8册），北京大学出版社1998年版，第111页。

② 欧阳哲生：《胡适文集》（第8册），北京大学出版社1998年版，第111页。

应当指出的是，梦窗词与近代“意识流”作品还有一个显著的不同，那就是作者始终在“词”这一有极严的字数与格律限制的诗体形式中发挥他的艺术才能。他比西方“意识流”作家遇到更多一层的难以想象的障碍和困难。所以，梦窗词不仅充分体现出他的创新精神，同时也体现了鲜明的民族特色。

（三）象征性的表现手法

由于梦窗词在注意表现客观外部世界的同时又特别致力于内心梦幻世界的创造，再加之以意识流的结构方式，所以梦窗词便不可避免地要更多地运用象征性的表现手法，在词的象征性艺术技巧方面有着更多的发挥与创造。我们这里所说的象征性手法，乃是指作者打破了陈述事件、白描景物以及直抒胸臆这些惯见习知的传统手法而言。作者善于撷取有声有色的客观形象来表现内心的微妙活动，赋予抽象的意识、情感以具体可感的形象。象征性手法往往以一当十、以少胜多，作者往往借助一个或一组生动形象，就能暗示出一种深刻思想，或暗示出事物的本质特征，使读者有更多的领悟空间。就梦窗词而言，其象征性手法主要表现在以下三个方面：比拟、借代、用典。

（一）比拟手法。作者通过联想，使抽象的意识活动与具体形象相结合，并通过形象充分表达出来。仍以《莺啼序》为例。《莺啼序》的副题是“春晚感怀”。宋词中描写“春晚”的作品俯拾皆是。归纳起来，其手法不外是直抒、白描或情景交融。例如，有的作品先点出“春晚”，然后直抒胸臆，如吕渭老《薄幸》：“青楼春晚。昼寂寂……鸦啼莺弄，惹起新愁无限。”有的先描绘晚春景物，然后点题，如贺铸《望湘人·春思》：“厌莺声到枕，花气动帘，醉魂愁梦相伴。……几许伤春春晚。”有的则只通过形象来展现晚春图景，如蔡伸《柳梢青》：“满院东风，海棠铺绣，梨花飘雪。”《莺啼序》中所写的“春晚”则与此不同。其“春晚”的内容贯穿全词四段之中。比较起来，第一段用笔最为集中。作者在第一段里三次着墨，逐步深化，而主要用的是比拟手法：一是燕子，二是画船，三是轻絮。作者赋予燕子以人的情感，让它以惋惜的口吻去诉“说”“春事迟暮”；作者赋予“画船”以神奇的魔力，让它“载”着湖上的繁华热闹以及美好的“清明”季节，在时间的长河中消失；作者使“轻絮”知觉化，让它化作“羁情”，游荡随风，漫天飞舞。表面看这三件事似无必然联系，但作者经过自由联想，把它们巧妙地串接起来，不仅使西湖晚春形象化，重要的还在于通过这三件事物烘托出词人内心情感的起伏。

（二）借代手法。通过暗示使复杂的意识活动知觉化。《莺啼序》的主题是悼亡，但作者并未在词题中予以标出，而且有关亡姬的身世、遭遇，甚至某些关键性细节也一概略去。这些省略掉的内涵，主要是依靠暗示来表现的。这与前面提到的其他几首悼亡诗词在表现手法上有明显不同。同样是通过回忆来描写妻子或爱妾的亡殁，潘岳是“之子归穷泉，重壤永幽隔。”苏轼是“十年生死两茫茫。……千里孤坟，无处话凄凉。”贺铸在《鹧鸪天》（亦名《半死桐》）里则说：“重过阊门万事非，同来何事不同归。”而梦窗词却不用直陈，而是用借代手法来暗示。如：“别后访、六桥无信，事往花委，瘗玉埋香，几番风雨。”同样是回忆过往的生活细节，潘岳是“翰墨有余迹”“遗挂犹在壁。”元稹是“顾我无衣搜荩箧，泥他沽酒拔金钗。野蔬充膳甘长藿，落叶添薪仰古槐。”贺铸是“谁复挑灯夜补衣。”上述诸作中的生活细节，均清晰可辨。而梦窗词中则是通过物象、场景暗示出来的。如“歌纨金缕”暗示相遇之初的欢乐；“暝堤空，轻把斜阳，总还鸥鹭”暗示欢乐结束和分别的到来；“春宽梦窄”暗示美满爱情遭受到社会的阻挠与摧残。其他词中，如“弓折霜寒，机心已堕沙鸥”中的“弓”“沙鸥”；“总难留燕”“西湖燕去”“南楼坠燕”中的“燕”字；“香瘢新褪红丝腕”中的“香瘢”均为借代用法，有暗示性意义。

（三）适当用典，通过典故的象征意义来展示内心活动与潜隐的含义。吴文英是南宋词人中最喜欢用典的词人之一。在《莺啼序》里，词人只用了少数几个典故。这些典故以精炼的语言、鲜明的形象与丰富的内涵，展示人物之间的关系以及复杂的内心活动，并有一定的象征性。例如，“溯红渐、招入仙溪，”用的是刘晨、阮肇入天台山逢仙女的故事，说明作者与亡姬有过一段奇缘，暗示爱情的美满。又如“亸凤迷归，破鸾慵舞”，用的是罽宾王获鸾鸟的故事，写的是鸾镜，是亡姬遗物，同时又象征自己形只影单的孤独处境，极富象征性。

当然，比拟、借代乃至用典皆非梦窗词之所独有。但是，梦窗词中这些修辞手法不仅使用极其频繁，而且有着与他人不同的艺术效果。其一，是梦窗词中往往使用僻典并富于变化；其二，是这些手法的使用往往与联想、暗示、象征紧紧结合在一起；其三，是这些手法比较集中地用于词中关键之所在。其结果便使梦窗词呈现出与其他词人判然有别的艺术面貌。本来一见便知的形象和一说便懂的思想感情，在梦窗这里表现出来，会反而使人感到迷离惝恍、委曲含蓄，如罩在“娇尘软雾”之中，需要读者探幽发微才能逐渐显露其绰约多姿的面目。这既是梦窗词独创性的艺术特点，同时也成为被后人訾议的缺点。

（四）感性的造句与修辞

在梦窗词里，虽也不乏理性的思考与深刻的领悟，但却很少有直接的叙写，词中的理性往往带有感性的情态或在感性的抒写中蕴含深沉的哲思。即使像“天上、未比人间更情苦”（《荔枝香近·七夕》）这样的句子，也都注入了词人“超生死，忘物我，通真幻”①的真实情感。又如“后不如今今非昔”本是理性的概括，但后句立即又跟入“两无言、相对沧浪水。怀此恨，寄残醉”这类感情深沉的词句。“送人犹未苦，苦送春、随人去天涯”（《忆旧游》）；“天际笛声起，尘世夜漫漫”（《水调歌头》）；“柔怀难托。老天如水人情薄”（《醉落魄》）；“千古兴亡旧恨，半丘残日孤云”（《木兰花慢》）；“闲里暗牵经岁恨，街头多认旧年人”（《浣溪沙》）；“何处合成愁。离人心上秋”（《唐多令》）；“看高鸿、飞上碧云中，秋一声”（《满江红·饯方蕙岩赴阙》），这些词语都具有鲜明的感性色彩，是从感性的阅历中概括提炼出来的。即使像“昏朝醉暮”“感红怨翠”“醉玉吟香”“离烟恨水”“酒朋花伴”这样的词句，也不能只从技巧方面作简单理解，谓其为“拼字法”，因为其中仍有感情的线索可寻。此外，词人还善于抓住独具特征的物象作感情的烘托，如“暗点检、离痕欢唾，尚染鲛绡”（《莺啼序》）；“走马断桥，玉台妆榭，罗帕香遗”（《采桑子慢》）；“莫愁金钿无人拾。算遗踪、犹有枕囊留，相思物”（《满江红》）；“翠阴曾摘梅枝嗅。还忆秋千玉葱手”（《青玉案》）；“燕子不知春事改，时立秋千”（《浪淘沙》）；“黄蜂频扑秋千索，有当时、纤手香凝”（《风入松》）。爱物及人，恋人恋物，物象牵引出生死与虚无。梦窗词的感性修辞，最突出的是将一己的特殊感受投注到所描绘的客观事物上，使无

① 吴梅：《四梦跋》，毛效同编《汤显祖研究资料汇编》，上海古籍出版社1986年版，第711页。

知的万物也分明具有了词人的敏锐感觉。如“飞红若到西湖底，搅翠澜、总是愁鱼。”又如“箭径酸风射眼，腻水染花腥”，“岩上闲花，腥染春愁”与“蛮腥未洗”中的三个“腥”字，读来刺目惊心，颇不合正常之理性。但仔细品味，此三字均有其特殊蕴含在内。第一个“腥”字正是为烘托当年灵岩山馆娃宫美人所弃“腻水”之浓重；第二个“腥”字，用岩上“闲花”之无知烘托文种之死；第三个“腥”字则为写人。作者以“汜人”喻爱姬，因其“初见”，故有“蛮腥未洗”之想，“湘中”的特色也由此得以实现。由于梦窗词追求语言的出新与独创，不免又出现另一种倾向，即部分作品语言“凝涩晦昧”。如“檀栾金碧，婀娜蓬莱”“蓝尾怀单，胶牙饧澹”“梦凝白阑干”“绣幄鸳鸯柱”等等，均使人感到凝涩或难以解读。

四、超逸沉博与密丽深涩的艺术风格

吴文英有自己的词学主张与美学追求。沈义父在《乐府指迷》中记录了他关于词的一段重要谈话：

> 盖音律欲其协，不协则成长短之诗；下字欲其雅，不雅则近乎缠令之体；用字不可太露，露则直突而无深长之味；发意不可太高，高则狂怪而失柔婉之意。思此则知所以为难。[①]

吴文英的创作实践证明，他是忠实于自己的美学追求和文学主张的。为此，他选择了一条艰难的道路。他舍弃了他人走惯了的阳关大道，却甘愿在悬崖峭壁、曲折盘旋的羊肠小径上冒险探索，力求发前人之所未发，终于开辟出一派“天光云影，摇荡

① 唐圭璋：《词话丛编》（第1册），中华书局1986年版，第277页。

绿波，抚玩无斁，追寻已远”（周济《介存斋论词杂著》）[①]的艺术新天地，并由此形成了超逸沉博、密丽深涩的艺术风格，成为南宋词坛的一大家。尹焕说：“求词于吾宋，前有清真，后有梦窗，此非焕之言，四海之公言也。”（杨慎《词品》引尹惟晓《梦窗词集序》）[②]

梦窗继承周邦彦词的传统，不仅从色泽秾丽与运疏于密方面发展了周词的“富艳精工”，而且还善于潜气内转。乍视之，梦窗词的布局谋篇，颇近“不成片断”“而实有灵气行乎其间。细心吟绎，觉味美于[方]回，引人入胜，既不病其晦涩，亦不见其堆垛。”（戈载《宋七家词选》卷四）[③]学周而又不完全承袭其面目。沈义父所说“梦窗深得清真之妙”[④]其“妙”正在于此。

正如南宋其他词人一样，在辛弃疾于唐宋诸大家外屹然别立一宗以后，南宋词人都不可避免地要向“稼轩体”做不同程度的倾斜或渗透，梦窗也不例外。除思想内容与创作题材方面有明显的反映以外，在艺术上梦窗词也受到“稼轩体”的影响。况周颐说：“梦窗与苏、辛二公，实殊流而同源。其所为不同，则梦窗致密其外耳。”所谓“致密其外”，即言其风格与苏、辛在表现上有所不同，而在其思想本源上并无根本区别。所以况氏又说：“即致密、即沉著。非出乎致密之外，超乎致密之上，别有沉著之一境也。”“重者，沉著之谓。在气格，不在字句。”（以上

---

① 唐圭璋：《词话丛编》（第2册），中华书局1986年版，第1633页。

② 唐圭璋：《词话丛编》（第1册），中华书局1986年版，第500页。

③ 引于吴熊和主编《唐宋词汇评》之两宋卷第4册（吴熊和分册主编），浙江教育出版社2004年版，第3307页。亦见施议对：《词与音乐关系研究》，中华书局2008年版，第111页注[一]。“觉味美于方回”二本均作“觉味美于回”。吴梅于梦窗词的评论沿用戈载说，作“觉味美于方回”（见吴梅：《词学通论》，复旦大学出版社2005年版，第72页）。

④ 唐圭璋：《词话丛编》（第1册），中华书局1986年版，第278页。

均见《蕙风词话》卷二）[①] 把这些话联系起来，则况氏认为梦窗与苏、辛在“气格”这一根本点上是相同的，虽然他们在“字句”上有明显的差异。梦窗词之所以长期保有感人的艺术魅力，正在于其与苏、辛“气格”上的“同源”。如果我们从这一点上去理解前人评梦窗的历史地位，认为“词家之有文英，亦如诗家之有李商隐也”（《四库全书总目提要》）[②] 之说，并不单指梦窗继承周邦彦的传统，而且包括了对苏、辛二公的学习与继承，那么这如同李商隐从精神实质上对杜甫的继承是一样的。刘熙载所说“词品喻诸诗”“梦窗，义山也。”（《艺概》卷四）[③] 这段话的内涵也正在这里。

正因为梦窗在艺术风格与历史地位上有同李商隐相近之处，所以他的作品在流传过程中也免不了像李商隐的诗那样要遭到误解与贬损。在遭到误解与贬损方面，梦窗比李商隐更为不幸。评者的任务就是通过研究，拭去历史的尘埃，还梦窗以本来面目，既不作无端贬损，也不能揄扬太过。但就整体而言，梦窗词这“眩人眼目”的“七宝楼台”尚有很多宝贵遗产有待发掘。仅就其“遗弃传统而近于现代化的地方”，虽已有所挖掘开拓，但仍有大量的工作需要做。

吴文英能自度曲。刘毓盘《词史》列出《西子妆》（当作《西子妆慢》）《江南春》《梦芙蓉》《古香慢》《霜花腴》《澡兰香》《玉京谣》《探芳新》《高山流水》等曲后说：“凡自制九曲，各注宫调名，惟旁谱不传耳。”[④] 除此之外，“《秋思》则采琴曲入词；《暗香疏影》，则合白石二调为一；《惜

① 唐圭璋：《词话丛编》（第 5 册），中华书局 1986 年版，4447 页。

② 永瑢：《四库全书总目提要》（下册），中华书局 1965 年版，第 1819 页。

③ 刘熙载：《艺概》，上海古籍出版社 1978 年版，第 113 页。

④ 刘毓盘：《词史》，上海书店 1985 年版，第 115 页。

秋华》疑亦自度；《江南好》与《满庭芳》同，疑亦过腔鬲指之类；《梦行云》则大曲《六幺花十八》之摘遍耳。”（王易《词曲史》）[①] 可见，吴文英不仅精通音律，而且在词调的创制方面跟姜夔一样，也做出了自己的贡献。

五、“开径自行”与深远影响

吴文英凭借大量独创性的词篇，成为辛弃疾与姜夔以后南宋词坛的另一大词人，不论是从内容、艺术、风格与影响各方面，均可与辛、姜鼎足而三。他的词在当时就有巨大影响。例如周密与陈允平就是刻意模仿梦窗的，而且与他酬唱者甚众。如万俟绍之有“赠妓寄梦窗”的《江神子》：

> 十年心事上眉端。梦惊残。琐窗寒。云絮随风，千里度关山。琴里知音无觅处，妆粉淡，钏金宽。　瑶箱吟卷懒重看。忆前欢。泪偷弹。我已相将，飞棹过长安。为说崔徽憔悴损，须觅取，锦笺还。

这是从梦窗与两位爱姬的关系着眼的。周密也有一首类似的《玲珑四犯·戏调梦窗》。其中有句云：“年少忍负韶华，尽占断、艳歌芳酒。看翠帘、蝶舞蜂喧，催趁禁烟时候。”“凭问柳陌旧莺，人比似、垂杨谁瘦。”从这些词句里，可以增加读者对梦窗的认识与理解。

周密还有一首“题吴梦窗霜花腴词集”的《玉漏迟》，这首词比较全面地涉及梦窗的人品与词品，对了解梦窗是又一个重要的资料。全词如下：

---

① 王易：《词曲史》，神州国光社 1932 年版，第 128 页。

老来欢意少。锦鲸仙去，紫霞声杳。怕展金奁，依旧故人怀抱。犹想乌丝醉墨，惊俊语、香红围绕。闲自笑。与君共是，承平年少。　　雨窗短梦难凭，是几番宫商，几番吟啸。泪眼东风，回首四桥烟草。载酒倦游甚处，已换却、花间啼鸟。春恨悄。天涯暮云残照。

起拍交代这首词作于晚年，并且是梦窗去世以后（“仙去”“声杳”）。《霜花腴》本梦窗自度曲名，收在《梦窗四稿》甲稿之中，因此曲盛传，故周密用以代梦窗词集。“金奁”本温庭筠词集名，这里借指梦窗词集。词中充分表达了作者对梦窗的惋惜与忆念之情。

贬抑梦窗词的张炎，对梦窗的人品词品也多有褒扬。《声声慢》就表达了这种情感：

烟堤小舫，雨屋深灯，春衫惯染京尘。舞柳歌桃，心事暗恼东邻。浑疑夜窗梦蝶，到如今、犹宿花阴。待唤起，甚江蓠摇落，化作秋声。　　四首曲终人远，黯消魂、忍看朵朵芳云。润墨空题，惆怅醉魄难醒。独怜水楼赋笔，有斜阳、还怕登临。愁未了，听残莺、啼过柳阴。

这首词题作“题吴梦窗遗笔”。又别本作“题梦窗自度曲《霜花腴》卷后。”词中充分表达了张炎对梦窗的赞誉与向往。值得指出的一点是，以上3首词中都有意把“梦窗”二字纳入词句之中，这也有助于我们理解吴文英号“梦窗”的深刻含义。

六、尹焕、黄孝迈、楼采、李彭老

梦窗词深刻影响到当时的词坛，宗之者有尹焕、黄孝迈、楼采、李彭老等。

尹焕，生卒年不详，字惟晓，山阴人（今浙江绍兴）。嘉定十年（1217）进士。自畿漕除右司郎官，淳祐八年（1248），累官至朝奉大夫太府少卿兼尚书左司郎中兼敕令所删定官。有《梅津集》，不传，存词3首。尹焕在《梦窗词序》中推崇梦窗，但其所存三首词却都远逊梦窗所作。其《唐多令·苕溪有牧之之感》，略与梦窗《唐多令·惜别》（"何处合成愁，离人心上秋"）为近：

苹末转清商。溪声共夕凉。缓传杯、催唤红妆。慢绾乌云新浴罢，裙拂地、水沉香。　　歌短旧情长。重来惊鬓霜。怅绿阴、青子成双。说著前欢佯不睬，飏莲子、打鸳鸯。

这首词虽然有与梦窗《唐多令》相近的疏快，但却缺少梦窗词的"深美"，几近油滑。只有《霓裳中序第一》中"青鞶粲素靥，海国仙人偏耐热，餐尽香风露屑"诸句，略有梦窗韵味。

黄孝迈，生卒事迹不详，字德文，号雪舟。有《雪舟长短句》，已佚，存词4首。其《湘春夜月》最为著称：

近清明。翠禽枝上消魂。可惜一片清歌，都付与黄昏。欲共柳花低诉，怕柳花轻薄，不解伤春。念楚乡旅宿，柔情别绪，谁与温存。　空樽夜泣，青山不语，残月当门。翠玉楼前，惟是有、一波湘水，摇荡湘云。天长梦短，问甚时、重见桃根。这次第，算人间没个并刀，翦断心上愁痕。

万树在《词律》中说：“此调他无作者，想雪舟自度，风度婉秀，真佳词也。”[①]“婉秀”二字确实捉住了词人的心魂。全篇紧紧围绕“楚乡旅宿”时的所闻、所见、所感，反复抒写伤春恨别之情。此词韵远神清，如溪流涓涓轻泻，偶有起伏转折，回波荡漾，挹之愈深，味之无穷。“可惜一片清歌，都付与黄昏”二句，感慨深沉，十分伤痛，实亦从一般伤春引出时代没落的叹惋。此时代气氛使然，非着意为之也。下片，“空樽”“残照”“湘云”“梦短”无不为此倍增“愁痕”。与梦窗词比照，这一点更加鲜明。麦孟华云：“时事日非，无可与语，感喟遥深。”（《艺蘅馆词选》）[②]即指此而言。在整个南宋词中，《湘春夜月》也可称最有特色的佳篇之一。查礼评曰：“情有文不能达，诗不能道者，而独于长短句中，可以委宛形容之。如黄雪舟自度《湘春夜月》。”这说明黄孝迈在这首词里充分发挥词体深美闳约、要眇宜修，并且能言诗之所能言而不能尽言诗之所能言的特长，由此而取得成功。查氏还说：“雪舟才思俊逸，天分高超，握笔神来，当有悟入处，非积学所到也。刘后村跋雪舟乐章，谓其清丽，叔原、方回不能加其绵密，骎骎秦郎‘和天也瘦’之作。后村可为雪舟之知音。”[③]这一评价并非揄扬太过。

---

① 万树：《词律》（第3册，卷十七），中华书局1957年版，第13页。

② 梁令娴 刘逸生：《艺蘅馆词选》，广东人民出版社1981年版，第152页。

③ 查礼：《铜鼓书堂词话》，唐圭璋编《词话丛编》（第2册），中华书局1986年版，第1481页。

雪舟另首《水龙吟》也值得一读：

闲情小院沉吟，草深柳密帘空翠。风檐夜响，残灯慵剔，寒轻怯睡。店舍无烟，关山有月，梨花满地。二十年好梦，不曾圆合，而今老、都休矣。　　谁共题诗秉烛，两厌厌、天涯别袂。柔肠一寸，七分是恨，三分是泪。芳信不来，玉箫尘染，粉衣香退。待问春，怎把千红换得，一池绿水。

由上可见，黄孝迈虽存词四首，但水平均较高，其他散佚诸作也可想而知矣。

楼采，生卒年不详，鄞（今浙江宁波）人。嘉定十年（1217）进士。存词六首，词风与梦窗为近。如《瑞鹤仙》：

冻痕销梦草。又招得春归，旧家池沼。园扉掩寒峭。倩谁将花信，遍传深窈。追游趁早。便裁却、轻衫短帽。任残梅、飞满溪桥，和月醉眠清晓。　　年小。青丝纤手，彩胜娇鬟，赋情谁表。南楼信杳。江云重，雁归少。记冲香嘶马，流红回岸，几度绿杨残照。想暗黄，依旧东风，灞陵古道。

又如《玉漏迟》：

絮花寒食路。晴丝罥日，绿阴吹雾。客帽欺风，愁满画船烟浦。彩柱秋千散后，怅尘锁、燕帘莺户。从间阻。梦云无准，鬓霜如许。　　夜永绣阁藏娇，记掩扇传歌，翦灯留语。月约星期，细把花须频数。弹指一襟幽恨，谩空趁、啼鹃声诉。

深院宇。黄昏杏花微雨。

由于风格相近，这首词曾误入梦窗词集。

李彭老，生卒年不详，字商隐，号筼房。淳祐中曾为沿江制置司属官。与弟李莱老有《龟溪二隐词》，存词21首。

彭老、莱老同为宋末重要词人。周密评其词云："筼房李彭老，词笔妙一世。"又云："张直夫尝为词叙云：'靡丽不失为《国风》之正，闲雅不失为《骚》《雅》之赋，摹拟《玉台》不失为齐、梁之工，则情为性用，未闻为道之累'。"[①] 在现存20余首词中，其佳者仍工秀而有余味。如《木兰花慢·送客》：

折秦淮露柳，带明月、倚归船。看佩玉纫兰，囊诗贮锦，江满吴天。吟边。唤回梦蝶，想故山、薇长已多年。草得梅花赋了，棹歌远和离舷。　风弦。尽入吟篇。伤倦客、对秋莲。过旧经行处，渔乡水驿，一路闻蝉。留连。漫听燕语，便江湖、夜语隔灯前。潮返浔阳暗水，雁来好寄瑶笺。

陈廷焯从上片"吟边。唤回梦蝶，想故山、薇长已多年"与后片"留连。漫听燕语，便江湖、夜语隔灯前"诸句着眼，认为"此词绝有感慨。"（《白雨斋词话》卷二）[②] 盖"薇长"句用伯夷叔齐采薇而食，寓宋遗民思想情感，乃有是说。词中所写也当为宋遗民词社中之词友。

《四字令》最近梦窗之密丽，且无深涩之嫌：

---

① 唐圭璋：《词话丛编》（第1册），中华书局1986年版，第225、226页。

② 唐圭璋：《词话丛编》（第4册），中华书局1986年版，第3818页。

兰汤晚凉。鸾钗半妆。红巾腻雪初香。擘莲房赌双。

罗纨素珰。冰壶露床。月移花影西厢。数流萤过墙。

全词上下两结之“擘莲房赌双”与“数流萤过墙”为词中关键句。上、下片前三句均为这第四句蓄势，而这第四句则为前三句的总爆发。上片“兰汤”“鸾钗”“红巾”字面秀艳，为“赌双”而做准备。下片“素珰”“冰壶”“露床”又极素淡，与上片形成鲜明对照，乃衬托“赌双”不成之后的失望与悲伤。“数流萤”句含思凄惋，但欲吐而不露。构思新颖别致，另有韵味。

李彭老与宋末著名词人周密关系密切，是词坛挚友。周密在《浩然斋雅谈》中录彭老词6首并附多人评语。李彭老也有题为“题草窗词”的《浣溪沙》，对草窗词作出高度评价：

玉雪庭心夜色空。移花小槛斗春红。轻衫短帽醉歌重。

彩扇旧题烟雨外，玉箫新谱燕莺中。阑干到处是春风。

全篇用形象的语言品评草窗的人品与词品。上片用冬、春、夏季节特点品题周密的风流倜傥，下片以书画音声状其词之优美丰富，韵味无穷。

宋室南渡以及宋金对峙的社会现实，向词人提出了全新的时代要求，南渡词人以其雄风豪气的时代强音完成了过渡时期的创作使命，为词史高峰期的到来准备了条件。辛弃疾的出现，标志着词史高峰期的到来。辛弃疾以其雄豪、博大、隽峭的大量作品，完成了南北词风的融合，实现了词史审美视界的转换，开创了豪放词与婉约词分镳并驰的历史新格局。辛弃疾以后出现的词人，都不同程度地向豪放词风倾斜或与之渗透。继辛弃疾而起的姜夔、吴文英等词人，完成了婉约词创作艺术的深化与提高，做出了几乎可以同辛弃疾相接近的历史贡献。他们和辛弃疾鼎足而三，共同屹立于南宋词史的高峰，既震动于当时，又光照于后世。这三位词人的词作的思想内容、艺术技法、风格体式，均已达到词史的极致。宋末和宋以后所有词人几乎无一例外地被笼罩于这一词史高峰的晕圈效应之下，不论他们在词的创作上有多少发展变化，均未能超出辛、姜、吴（当然也包括北宋词人）等的影响范围，也始终未能走出他们的光影。以吴文英而言，虽然他在元、明两代遭受冷落，但至清代却盛极一时。毛晋刻印《梦窗甲乙丙丁稿》，朱彝尊宗玉田，主清空，但其《词综》选梦窗词亦达 45 首之多（汪森后另补 12 首）。从清中叶周济起至清末民初，研究梦窗词蔚然成风。吴梅说："近世学梦窗者几半天下。"（《乐府指迷笺释序》）[①] 戈载、杜文澜、冯煦、王鹏运、陈廷焯、朱孝臧、况周颐、张尔田、陈洵、吴梅、杨铁夫对梦窗词均有较多论评且推崇备至。朱孝臧研治梦窗词 20 年，所校《梦窗词》三易刻板，是历史上最精审的版本。他在跋语中推崇说："举博丽之典，审音拈韵，习谙古谐。故其为词也，沉邃缜密，脉络井井，缒幽抉潜，开径自行，学者匪造次能陈其义趣。"[②]

在这一章里，我们重点讨论了婉约词的新进展，特别是姜夔、吴文英等人的词在艺术上的深化与其独创性成就。与爱国

① 王卫民：《理论卷》，《吴梅全集》，河北教育出版社 2002 年版，第 982 ~ 983 页。

② 朱孝臧 夏敬观：《彊村丛书》（第 5 册），上海古籍出版社 1989 年版，第 4395 页。

豪放词同一时期出现的婉约词人或婉约作品也有其不可磨灭的价值。通过以上分析评述，可以看到他们是怎样在日常的平凡生活中抒写自己对祖国命运的关切或对祖国河山的赏爱，又是怎样抒写平凡生活中真实而细腻的情感的。如果说爱国豪放词给后人提供的主要是关于如何正确对待历史、民族、国家、人生这样一些重大问题的历史经验与艺术经验的话（这仅就其主导方面而言），那么，婉约词人及婉约派作品则主要提供了关于在日常平凡的生活中如何正确对待生活，如何对待亲情、友情、恋情、别情等方面的情感经验、道德经验、审美经验与艺术经验。这正是我们用较大篇幅来对其加以阐述的原因。

宋词的结获期

所谓“结获期”，也就是宋词最终的结果与收获时期。假如我们把以前几个时期比作春种、夏耘、秋熟，那么，这最后一个时期便是收获与存储了。在以前几个时期所开创的词风与艺术经验，在这一时期均有继承、发扬或深化。应当说，南宋词的第四时期很好地完成了它的历史使命，在词史上留下宋代最后的乐章。尽管这一章的音声低抑悲惨，但其变化繁复的旋律千百年后仍能久久打动人心。

这里所说的南宋词的第四时期（即结获期），横跨宋末元初两个截然不同的历史时代。它包括自宋理宗端平元年（1234）至宋帝昺祥兴二年（1279）南宋最后灭亡。同时还包括自元世祖至元十六年（1279）至元仁宗延祐七年（1320）前后宋遗民词人全部去世，痛悼南宋灭亡的悲歌完全歇止下来为止。这一时期还可分作两个阶段，即以南宋灭亡为分水岭的宋末与元初两个阶段。在南宋灭亡前的三、四十年间里，蒙古不断发兵南侵，但南宋小朝廷并未意识到其致命威胁，特别是宋度宗咸淳五年（1269）以前，蒙古因其贵族集团内部斗争而暂时放松南下的军事行动，致使南宋君臣完全丧失警惕，文恬武嬉，醉生梦死，在表面的“太平”中虚度岁月。而清醒的朝臣与知识分子却预感到南宋已危在旦夕，为了增强民族的危亡意识，他们在自己的词作里大声呼号，对上层统治集团的醉生梦死及其压制人才、放松戒备表示极大愤慨。刘克庄、吴潜以及陈人杰的词继承辛弃疾爱国豪放词的传统，抒发了他们以天下为己任的豪情与报国无门的苦闷。咸淳五年（1269）元军侵袭襄阳，到咸淳九年襄阳失陷。1271 年忽必烈称帝后加紧了灭宋的军事进攻，1276 年终于攻陷临安，掳获恭帝赵？与全太后北上。至此，南宋实际已经灭亡。三年后，元军击败南宋最后一支抵抗力量，帝昺投海，南宋彻底覆亡。南宋后期的大部分词人经历了这一时代社会与国家民族的巨变，在他们心灵上留下了永难磨灭的创伤。一部分词人以其词篇反复咏叹南宋灭亡后自己的伤痛与悲惋。他们的声音是哀苦凄厉的。面对祖国的灭亡，另一部分词人大义凛然，起而怒号，在绝望中进行殊死的搏斗与挣扎。这两种词风不同的词人有一个共同的目标：为祖国的不幸与危亡而歌。他们正是在这一共同点上汇集了起来，形成了痛悼南宋灭亡的悲愤的大合唱。近 320 年的两宋词坛，就是在这一合唱声中拉紧了它最后的一块幕布。

第一节　南宋灭亡前夕的激愤

一、“壮语足以立懦”的刘克庄

刘克庄（1187—1269），本名灼，字潜夫，号后村居士，莆田（今福建莆田）人，以世家子入仕。曾任建阳县（今福建建阳）令，因作《落梅》诗，尾联有“东风谬掌花权柄，却忌孤高不主张”之句，被言官指为讪谤而被免官。淳祐六年（1246）赐同进士出身，官至龙图阁直学士。他前后多次为官，时间均较短暂，多则一二年，少仅数月。其为人耿介孤高，忠直敢谏，是以坎坷终生。

刘克庄是江湖派重要诗人，又是著名词人。其诗歌创作以许浑、姚合等人为榜样，并推重陆游。词学辛弃疾，多写国家大事，讥弹时政，抒写个人怀抱。爱国激情，溢于言表。词笔豪宕奔放，但有时略伤粗率，或议论过多，不够凝练，损伤其作为词的韵味。

著有《后村大全集》。词集名《后村长短句》《后村别调》，存词269首。

先看刘克庄的爱国词，《贺新郎·送陈真州子华》：

北望神州路。试平章、这场公事，怎生分付。记得太行山百万，曾入宗爷驾驭。今把作、握蛇骑虎。君去京东豪杰喜，想投戈、下拜真吾父。谈笑里，定齐鲁。　　两河萧瑟惟狐兔。问当年、祖生去后，有人来否。多少新亭挥泪客，谁梦中原块土。算事业、须由人做。应笑书生心胆怯，向车中、闭置如新妇。空目送，塞鸿去。

真州，即今江苏仪征市，位于长江北岸，与著名的瓜州古渡相去不远，距南宋都城临安也不过数百里。但在当时，真州却是宋金对峙的前哨阵地。宋理宗宝庆三年（1227），陈子华被朝廷任命知真州兼淮南东路提点刑狱（掌管刑法讼狱、纠察吏治的官吏）。一般情况下，这本是极其平常的转官调任，但因仪征已成南宋对抗金人侵略的前沿阵地，所以形势非同等闲。在这首词里，作者借送别陈子华之机，对北伐抗金这一重大时政公开发表自己的见解，谴责了统治集团对北方义军的错误态度，讽刺南宋王朝怯懦无能与苟且偷安，字里行间洋溢着渴望恢复中原的豪情壮志。

词上片揭露南宋王朝仇视人民的丑恶面目，其主要表现是恐惧自发的抗金义军。开篇至“握蛇骑虎”六句，即写此内容。词人描述太行山抗金义军的壮举，颂扬宗泽对义军的正确态度，而南宋统治集团却视义军为蛇虎。作者对此给以辛辣嘲讽。“君去京东”至上片末尾，作者寄希望于陈子华，鼓励他奔赴北地之后，能高举联合义军的旗帜，壮大抗金力量，在谈笑之间轻而易举地收复失地。下片，前五句揭露南宋投降派是丧权辱国的罪魁祸首：他们置中原父老于水深火热之中，造成“两河萧瑟惟狐兔”的悲惨后果；另方面却偏安一隅，无人再问北伐大计。词中对那些空喊恢复而无实际行动的人也进行了尖锐的批判。后五句，面对陈子华北上，联系到个人处境，万分感慨。作者嘲讽自己是文弱“书生心胆怯”。实际又何尝如此？“向车中、闭置如新妇”，形象地回答了这一问题。作者之所以无所作为，是因为被统治集团捆束了手脚而不得施展的缘故。所以只能“空目送，塞鸿去”。

这首词是刘克庄的代表作之一。作者对国家大事敢于发表见解，正面批评时政，指斥权贵，并能从国家民族利益出发，正确对待北方人民自发组织起来的义军。这说明作者是有政治远见的。

这首词继承辛弃疾以及辛派词人的爱国传统与豪放词风，把说理、抒情、议论等手法交织在一起。刘克庄不是像姜夔、吴文英、王沂孙、张炎等人那样，以鲜明的形象、绚丽的色彩、婉转的音韵和深邃的意境来打动人心，他往往是以恢宏的议论，慷慨的雄辩和昂扬的激情造成一种气势使读者叹服。这首词就具有上述特点，例如其上片的写法很近于摆事实、讲道理。开篇三句劈头提出问题：“北望神州路。试平章、这场公事，怎生分付。”下面随即用事实来说明并予以回答。一种是正确的认识、正确的态度与处理方法：“记得太行山百万，曾入宗爷驾驭。”另一种态度与做法则完全是错误的：“今把作、握蛇骑虎。”这二者一正一反，对比鲜明，历史后果也是不言而喻的。因之，下面立即对陈子华提出具体要求：“君去京东豪杰喜，想投戈、下拜真吾父。笑谈里，定齐鲁。”虽是鼓励之辞，但因蕴含真理，符合生活逻辑，所以具有令人不得不信服的力量。加以其中注入了词人真诚炽烈的爱国激情，所以句中又含有以情感人的因素。当然以情感人还与比兴手法有关。如“握蛇骑虎”“狐兔”“新妇”以及“新亭挥泪”等等，用典适当，比喻恰切，含义深刻，语言精练，有助于感染力的增强。

再看《沁园春·梦孚若》。方孚若（名信孺）是作者的同乡好友，坚持抗金复国的共同志愿把他们联结在一起。史称方孚若刚正有气节，在韩侂胄伐金时曾三次出使金国，被誉为“不少屈慑”的人物。但他的才能在投降派当权的总形势下并未得到施展，终于在宋宁宗嘉定十五年（1222）郁郁死去。从词的内容看，本篇当是方死后作者悼念亡友之作。全词如下：

何处相逢，登宝钗楼，访铜雀台。唤厨人斫就，东溟鲸脍，圉人呈罢，西极龙媒。天下英雄，使君与操，余子谁堪共酒杯。车千乘，载燕南赵北，剑客奇才。　　饮酣画鼓如雷。谁信被晨鸡轻唤回。叹年光过尽，功名未立，书生老去，机会方来。使李将军，遇高皇帝，万户侯何足道哉。披衣起，但凄凉感旧，慷慨生哀。

词中借助梦境反映作者与方孚若招揽人才以实现恢复中原的宏愿，批判了南宋小朝廷压制人才的错误，抒发了词人的感慨与不平。上片写梦中畅游。开篇写梦中相会，并与方孚若畅游从来不曾到过的中原北地。他们登宝钗楼，访铜雀台，吃的是东海长鲸，骑的是西域龙马。他们梦寐以求的理想实现了，被金兵侵占达百年之久的大片土地成了他们自由出入与尽情游览的地方。不仅如此，他们还延揽天下贤才，高自期许，准备把抗金复国的伟业彻底完成。上片写的是梦中的所作所为，笔墨酣畅淋漓。下片写梦后的悲哀。换头，画鼓如雷、晨鸡报晓，是梦与醒之间的过渡。方孚若不见了，千乘车骑已化为乌有。因梦中得意，值得留恋，所以第二句用了“谁信”二字，以强调醒后之突然感。从“叹年光”到“万户侯”六句是下片重点，写现实与梦境（理想）之间的矛盾。“年光过尽，功名未立”是现状；“书生老去，机会方来”是梦中情景。现实中的方孚若未得施展抱负，想不到梦中却充分实现了。“使李将军”二句，仍就梦境做文章。意思说，如果在梦中遇见刘邦这样的皇帝，方孚若封万户侯是不成问题的。“万户侯”在此作理想实现的象征，并暗含对南宋王朝的讽刺。结末“披衣起”三句对比梦境与现实，扣词题，怀旧友，悲现状，叹未来，内容丰富又留有余地。

词的构思颇为可取。词人通过梦境寄托自己理想，并可对现实进行讽刺与批判。作者打破时空的拘限，大胆驰骋想象，既可登览被占领区的名胜古迹，又可以“载燕南赵北，剑客奇才”；既可以品尝“东溟鲸脍”，又可役使“西极龙媒”。理想中的一切，在梦里均轻易地得以实现。与此相联系，词中相应采用对比与夸张的艺术手法，并适当用典或引《史记》原文，具有鲜明的浪漫主义精神。陈廷焯说这首词“沉痛激烈，几欲敲碎唾壶。”（《白雨斋词话》卷六）①

再看“有忧边之语”的《贺新郎》：

国脉微如缕。问长缨、何时入手，缚将戎主。未必人间无好汉，谁与宽些尺度。试看取、当年韩五。岂有谷城公付授，也不干、曾遇骊山母。谈笑起，两河路。　　少年棋柝曾联句。叹而今、登楼揽镜，事机频误。闻说北风吹面急，边上冲梯屡舞。君莫道、投鞭虚语。自古一贤能制难，有金汤、便可无张许。快投笔，莫题柱。

词前有一小序云：“实之三和，有忧边之语，走笔答

① 唐圭璋：《词话丛编》第4册，中华书局1986年版，第3913页。

之。”“实之”即词人好友王迈（1184—1248），有《臞轩集》，与刘克庄唱和甚多。刘克庄在《满江红·送王实之》中赞美他是“天壤王郎，数人物、方今第一。”这首《贺新郎》原韵是王实之所作，他们反复唱和五次。“三和”即指第三次“和词”。“忧边”指南宋王朝遭受敌人侵扰，使王实之忧心忡忡。

因原词“有忧边之语”，词人“答之”，自然也离不开“忧边”这一主题，所以开篇一句“国脉微如缕”，便将国家命运岌岌可危的现状形象地表达出来。国家，也同具有生命力的人一样，在病入膏肓之际，其命脉也细得像一根线那样，随时可能断掉。这一句是全词的基调，以下诸句全由此一句引出。当此国家危急存亡之秋，爱国的仁人志士当然不能坐以待毙。“问长缨”三句就是表现这种思想感情。“何时入手”一句，很值得玩味，这说明，南宋王朝并非没有终军那样的人才，只是长期不得信用而已。“未必人间无好汉”两句，实是对投降派的嘲讽。从“试看取”以下至上片结束，词人以韩世忠为例，说明人才是在战斗中成长起来的，不一定要有名师传授，问题在于朝廷是否敢于起用。韩世忠不曾像张良那样有“谷城公”授兵书，也不曾像唐代李筌那样有“骊山母”为说《阴符经》，他只以少量部队，在河北、河南英勇奋战，抗击金兵，最后威震华夏。下片转写敌寇（元灭金后继续南侵）猖獗，形势紧迫，爱国志士应立即投笔从戎以挽救祖国。换头从自身写起，认为少年时代下棋、联句虽已有很高水平，但于国无补。“北风”“冲梯”二句写边地战事紧张危险。对此，必须认真对待。当年苻坚南侵时说过“投鞭于江，足断其流”[①]的大话，最后被谢安等人击败。今天元军的进攻却非虚语。不要以为有了巩固的边防就不需要唐代张巡、许远

① 《晋书·苻坚载记下》，《晋书》第9册，中华书局1974年版，第2912页。

这样的英雄人物。“自古一贤能制难”是词中的主题句与最高音，这是解决边地危险的最根本的办法，因此词人在全词结尾处大声疾呼：“快投笔，莫题柱。”

作为爱国词人，刘克庄不仅用自己的作品表示对国家大事的见解与忧虑，同时他也向往着奔赴前线参加战斗。即使在他被罢黜之后，也是如此。以“夜雨冻甚忽动从戎之兴”为题的《满江红》，就表现了这种思想感情：

金甲雕戈，记当日、辕门初立。磨盾鼻、一挥千纸，龙蛇犹湿。铁马晓嘶营壁冷，楼船夜渡风涛急。有谁怜、猿臂故将军，无功级。　　平戎策，从军什。零落尽，慵收拾。把茶经香传，时时温习。生怕客谈榆塞事，且教儿诵花间集。叹臣之壮也不如人，今何及。

这首词写于嘉定十七年（1224），刘克庄因《落梅》诗犯时忌获罪（即“江湖诗案”）在家闲居时期。上片回忆当年军中的壮声英概，下片写闲居时的寂寞悲凉，申吐了壮志难酬的激愤。宋宁宗嘉定十一年（1218），作者为江淮制置使李珏幕府，第二年三月便参与了抗击金兵入侵的战斗。在宋金对峙的历史时期，成吉思汗在漠北崛起，随后便不断南下向金大举进攻。金连失三京，迁都于汴，国土日蹙，欲以侵宋来缓解其危机。嘉定十三年三月，金兵分三路南下，前锋游骑直达采石杨林渡。李珏是节制江淮前线诸军的统兵大员，立即备战。作为幕僚，刘克庄曾亲临前线视察。他在《与方子默佥判书》中写道：“今春敌兵犯安、濠，攻滁，游骑已至宣化饮江。某与同幕王中甫辈至龙湾点视舟师，敌旗帜隔江明灭可数。”[①]不久，金人进犯便被击退。但刘克庄却因故去职，无功而归。这首词上片所写就是这两方面的情况：一面是幕中草檄，一挥千纸，“铁马晓嘶”“楼船夜渡”；另方面则以李广自况，功高而未得封侯。下片写报国无门、抑塞磊落的情怀。过片用辛弃疾“却将万字平戎策，换得东家种树书”词意，发抒被弃置不用的激愤。“茶经香传”即“种树书”。更可怕的是由“江湖诗案”引发了士人忧谗畏讥的心态，平时“莫谈国事”（“生怕客谈榆塞事”），教子不问政治（“且教儿诵花间集”）。这是当时“万马齐喑”的现实政治的真实反映。如江湖派诗人孙惟信（号花翁），在“江湖诗案”后便不再写诗，而“改业为长短句”。“所谈非山水风月，一不挂口。”（见刘克庄《花翁墓志》）[②]孙惟信的《花翁词》即学花间词。这几句写出了高压政治带来的严重后果。尽管词人揭露政治黑暗的恶果，但他本人并不甘心于此，而是正话反说，这从结尾用《左传》中烛之武典故即可看出端倪。烛之武本来怪郑文公未及时用他来担当国政，而表面上却说：“臣之壮也，犹不如人；今老矣，无能为也已。”[③]可见刘克庄即使在“江湖诗案”之后，仍壮心未泯，始终坚持爱国统一的宏伟志愿，而不甘心老死于林泉。

与此构思相近的还有《贺新郎》（“吾少多奇节”）《沁园春·答九华叶贤良》等。

由于词人始终关心收复失地、重整河山，他的心也经常维系

---

① ［清］永瑢 纪昀 等:《文渊阁四库全书》第1180册，台湾商务印书馆1986年版，第492页。

② ［清］永瑢 纪昀 等:《文渊阁四库全书》第1180册，台湾商务印书馆1986年版，第430页。

③ 《左传》（春秋经传集解）上册，上海古籍出版社1997年版，第396页。

在中原沦陷的大片领土之上，看见雁归塞北，便止不住要让它们带上自己的一片赤心。如《忆秦娥》：

梅谢了。塞垣冻解鸿归早。鸿归早。凭伊问讯，大梁遗老。浙河西面边声悄。淮河北去炊烟少。炊烟少。宣和宫殿，冷烟衰草。

“大梁”，即北宋都城汴京，用以代表整个沦陷区。“遗老”，年老的遗民。但刘克庄出生时北宋已亡60年，当时经历战乱的遗民多已故去，故此处“遗民”只是泛指在异族统治下的同胞兄弟。“浙河”“淮河”两句，刻画南宋不图恢复而只求苟且偷安的现实，以及淮河以北所遭受的严重破坏。“宣和”二句，故宫黍离，语极沉痛。

刘克庄还写了为数不少的咏物词，这些咏物词跟他的咏物诗一样，寄托着家国身世之感。他的《落梅》诗以梅花的飘零暗喻贤才屈原等惨遭迫害，抨击当权者妒贤嫉能，排斥异己。史弥远看后认为是“讪谤当国”，定要罢免刘克庄，幸有宰相郑清之以“不应以言罪人”为由给以开脱。但刊刻《江湖集》的书肆主人陈宗之却立即被流放边恶之地。后刘克庄曾被真德秀推荐做潮州通判，但终因“江湖诗案”被劾落职，闲居十年。虽然到史弥远死的十年间，朝廷压制言论，“诏禁士大夫作诗”，但刘克庄却逆潮流而上，以诗词跟梅花结下不解之缘。他坚持咏梅寄情，共写了123首咏梅诗、8首咏梅词，突出反映了词人的傲骨清芬。他在《贺新郎·宋庵访梅》中对因诗得祸明确表示不满：“老子平生无他过，为梅花、受取风流罪。”在《汉宫春》（“酷爱名花”）中又说：“乌台旧案累汝，牵惹随司。”作者把“乌台诗案”与《落梅》诗引起的“江湖诗案”联系在一起，说明其一脉相承的关系。《满江红·题范尉梅谷》是刘克庄咏梅词中的代表作。全词如下：

> 赤日黄埃，梦不到、清溪翠麓。空健羡、君家别墅，几株幽独。骨冷肌清偏要月，天寒日暮尤宜竹。想主人、杖履绕千回，山南北。　　宁委涧，嫌金屋。宁映水，羞银烛。叹出群风韵，背时装束，竞爱东邻姬傅粉，谁怜空谷人如玉。笑林逋、何逊漫为诗，无人读。

作者任建阳令时，得知一范姓者十分爱梅，不仅将遍植梅树的别墅称之为梅谷，其本人也以梅谷自号。作为喜梅的词人对此十分感动，便为他写了这首梅谷词。开篇从环境的清幽写起，使之与“赤日黄埃”形成鲜明对照。词人用姜夔咏梅的《疏影》词中“化作此花幽独”句意，托出梅的高洁峻傲的心魂。继之再用稼轩“先生杖屦无事，一日走千回”（《水调歌头·盟鸥》）句意，写范对梅谷的倾心赏爱。而凡此一切，均在“天寒日暮”“骨冷肌清”的季节与环境氛围中显现出来，梅的高洁、人的俊爽已不言而喻。下片继续刻画梅的个性：梅花宁肯委身于清幽阒寂的涧谷，而嫌弃藏娇的金屋；宁肯整日临水自照，却羞于银烛高烧。可惜的是这梅花虽有出群的天风高韵，却赶不上时装的新潮。人们竟相爱赏敷粉施朱的“东家之子”，却无人怜爱身居空谷的如玉佳人。不仅如此，连林逋、何逊从自然美上升为艺术美的咏梅诗，也无人解读欣赏了。词中无一处描摹梅花之形、色、味，而是遗貌取神，通过对梅谷的歌咏，抒发了词人的襟抱情怀与高尚节操。词中自始至终流注着一股抑郁不平之气。

再看《长相思·惜梅》：

寒相催。暖相催。催了开时催谢时。丁宁花放迟。
角声吹。笛声吹。吹了南枝吹北枝。明朝成雪飞。

爱梅必然与惜梅联系在一起。梅花有开必有谢，尽管寒暖相催，如果花开迟一天，便可晚谢一天，故有“花放迟”的“丁宁”。传“大庾岭上梅，南枝落，北枝开。”（《白氏六帖》卷三十）[①]尽管角声、笛声不断吹奏《梅花落》这类曲子，表示对梅落的惋惜，但仍免不了有“明朝成雪飞”的那一天。对梅的惋惜，实已包括对人才沦落以及对时代和国家前途命运的惋惜。作者的咏梅诗中可以清晰地看出这种惋惜，作者的词自然也是如此。在刘克庄的咏物诗词中很少是就物咏物的。这从《满江红·二月廿四夜海棠花下作》中也可得到印证：

老子年来，颇自许、心肠铁石。尚一点、消磨未尽，爱花成癖。懊恼每嫌寒勒住，丁宁莫被晴烘坼。奈暄风烈日太无情，如何得。　　张画烛，频频惜。凭素手，轻轻摘。更几番雨过，彩云无迹。今夕不来花下饮，明朝空向枝头觅。对残红满院杜鹃啼，添悉寂。

词人说自己在世事的磨难中已经逐渐变成铁石心肠，只有一点不改，即“爱花成癖”。词中对此作了细致的描画：晴天怕烘晒，冷天怕冻伤，狂风暴雨更令词人胆战心惊；夜晚张灯看护，素手轻轻摘取，但最终仍不免有“残红满院”之时。为了送别，

① [唐]白居易：《白氏六帖事类集》第6册，文物出版社1987年版，第75页。

词人整夜花下饮酒，无限伤痛惋惜。正因有这种情感，所以许多花类均被刘克庄歌咏过，如牡丹、海棠、白莲、荼蘼、芍药、茉莉、素馨、木樨、琼花、菊花等等。对这些花，词人均能遗貌取神，“借物以寓性情”（沈祥龙《论词随笔》）[①]，咏花也就是在咏词人自己。如《摸鱼儿·海棠》：

甚春来、冷烟欺雨，朝朝迟了芳信。蓦然作暖晴三日，又觉万姝娇困。霜点鬓。潘令老，年年不带看花分。才情减尽。怅玉局飞仙，石湖绝笔，孤负这风韵。　　倾城色，懊恼佳人薄命。墙头岑寂谁问。东风日暮无聊赖，吹得胭脂成粉。吾细认。花共酒，古来二事天尤吝。年光去迅。漫绿叶成阴，青苔满地，做得异时恨。

词中海棠所受风雨摧残以及青春老去、美人迟暮之叹等等，均与词人坎坷落魄之境相似。词中寄寓了词人之不平已不言而喻。

更突出的是咏花也能寓黍离之悲。如《昭君怨·牡丹》：

曾看洛阳旧谱。只许姚黄独步。若比广陵花。太亏他。

旧日王侯园圃。今日荆榛狐兔。君莫说中州。怕花愁。

词选《昭君怨》为调，本身就有深意。至下片四句将盛产牡丹的洛阳暗中拈出，幻作铁蹄践踏下的荒芜。“君莫说中州。怕花愁。”连花都以中州沦陷而无限忧愁，南宋小朝廷却苟安江南半壁，不图进取，只求安乐，这不正说明其不如无知的花草树木么？前述史弥远认为刘克庄以诗“讪谤当国”，读此词不也可以

---

① 唐圭璋：《词话丛编》第5册，中华书局1986年版，第4058页。

引起同样联想么？

此外，刘克庄还有一些小词，也颇具自家特色。如《玉楼春·戏林推》：

> 年年跃马长安市。客舍似家家似寄。青钱换酒日无何，红烛呼卢宵不寐。　　易挑锦妇机中字。难得玉人心下事。男儿西北有神州，莫滴水西桥畔泪。

林推是作者同乡，但久客轻家，在京都繁华去处寻欢逐乐，行为放荡，生活空虚，光阴浪掷。出于对林推的关心，词人从两方面进行规劝。一是要珍惜妻子家室的真实情感，二是要为恢复失地、重整河山贡献自己的青春。作者用前秦苏蕙织回文诗寄窦滔事劝林推觉醒，又用辛弃疾《水调歌头》（“相公倦台鼎”）中“贱子亲再拜，西北有神州”句意，提醒其别忘国土沦陷的现实，万不可“英雄气短，儿女情长”。“水西桥”，当时妓女聚居之处。况周颐评最后两句说：“杨升庵谓其壮语足以立懦，此类是已。”（《蕙风词话》卷二）[①]

《一剪梅》，题为“余赴广东，实之夜饯于风亭”。这首词通过送别时的场景、动作，刻画了作者与王实之的高情逸绪，从一个侧面反映了作者的品德与精神面貌。全词如下：

> 束缊宵行十里强。挑得诗囊。抛了衣囊。天寒路滑马蹄僵。元是王郎。来送刘郎。　　酒酣耳热说文章。惊倒邻墙。推倒胡床。旁观拍手笑疏狂。疏又何妨。狂又何妨。

① 唐圭璋：《词话丛编》第5册，中华书局1986年版，第4436页。

宋理宗嘉熙三年（1239）冬，刘克庄赴广州任广南东路提举常平官，好友王实之连夜赶来送行。此词既突出了他们诗人的本色，又写出了他们之间的深厚友谊，在动态刻画中，完成性格的塑造，充分发挥了小词的巨大容量。

《清平乐·五月十五夜玩月》，在借景抒情方面别具一格：

风高浪快。万里骑蟾背。曾识姮娥真体态。素面元无粉黛。

身游银阙珠宫。俯看积气濛濛。醉里偶摇桂树，人间唤作凉风。

此词想象丰富。词的开篇即不同凡响：作者幻想作万里飞行，直入月宫与嫦娥会面。通过“曾识”二字，作者把自己也当作从天上降至人间之人，与嫦娥早是旧相识了。“素面”句，极写月光皎洁的自然本色。下片写遨游月宫，通过“积气濛濛”写月与人间相距遥远。最后两句不愧为神来之笔。作者幻想醉酒之中偶尔摇动月中桂树，于是人间便刮起阵阵凉风。旧历五月十五，江南已临近夏至，正酷热初始，给人间送去阵阵凉风，正是词人的美好愿望。

后村不仅写景词别具一格，其悼亡之作也另有情致。如《风入松》：

归鞍尚欲小徘徊。逆境难排。人言酒是消忧物，奈病余、孤负金珱。萧瑟捣衣时候，凄凉鼓缶情怀。　　远林摇落晚风哀。野店犹开。多情惟是灯前影，伴此翁、同去同来。逆旅主人相问，今回老似前回。

刘克庄的夫人林氏殁于宋理宗绍定元年（1228）七月。次年作者自建阳县令任上罢职归莆田，途经福清有感作此。这首词最大的特点是写内心活动。一起便直抒其情，通过“归鞍”“徘徊”突出了“逆境”之苦与思念亡妻的焦灼情怀。“捣衣”“鼓缶”将生离死别交代得十分清楚。下片通过野店投宿及店主人“今回老似前回”的感叹，充分反映出妻子亡殁与“逆境难排”所造成的重大打击。况周颐评此词“语真质可喜。”（《蕙风词话》卷二）[①]

从上述诸作可以看出，刘克庄是一个很有艺术个性的词人。他虽然明显地继承苏轼、辛弃疾的传统词风，但并非亦步亦趋。他的清疏狂放、任性自适的性格无遮拦地跃然纸上，他的喜怒哀乐也全都一泄无遗地表现在词里，狂放而不失其真。真，便是刘克庄作品感人的根本之所在。要之，他的作品并不靠情景交融，也不靠句锻字烹，而是靠一气贯注的真性情。不过，刘克庄在词的议论与说理方面比辛弃疾走得更远。张炎说：“潜夫负一代时名，《别调》一卷，大约直致近俗，效稼轩而不及者。”（沈雄《古今词话·词评》上卷引）[②]“直致”，即“笔无藏锋”，缺少词的委婉曲折与深美闳约；“近俗”，即语言的直白、议论与散文化，与“稼轩体”寄雄豪于悲婉之中，展博大于精细之内，行隽峭于清丽之外有明显不同。但从总体上来讲，刘克庄词弘扬了辛弃疾开创的豪放词风，将诗歌所能表达的内容更多地纳入词的创作领域，并且在国势日益危殆的现实社会，起了与稼轩词“大声鞺鞳，小声铿鍧”（刘克庄《辛稼轩集序》）[③]几乎相同

---

① 唐圭璋：《词话丛编》第 5 册，中华书局 1986 年版，第 4436 页。

② 唐圭璋：《词话丛编》第 1 册，中华书局 1986 年版，第 1005 页。

③ 施蛰存：《词籍序跋萃编》，中国社会科学出版社 1994 年版，第 200 页。

的作用。所以词评家比较一致地重复杨慎谓其“壮语亦可起懦”[①]之说，如毛晋《后村别调跋》[②]、李调元《雨村词话》[③]等。

二、吴潜、李曾伯、吴渊、李好古

吴潜（1196—1262），字毅夫，号履斋，德清（今浙江德清）人。宋宁宗嘉定十年（1217）进士第一，官参知政事、拜右丞相兼枢密使。后遭权臣贾似道排挤，贬化州（今广东化州、吴川、廉江一带）团练使，死于循州（今广东惠阳）。吴潜与姜夔、吴文英均有交往，但词风却较豪爽奔放，风致翩翩，时吐忧国之音。有《履斋诗余》，存词256首。

吴潜词毫不含糊地抒写自己的忧国情怀。他的登临词跟其他词人的一样，往往抒发抗战复国、重整河山但壮志难申的愁情。如《满江红·齐山绣春台》：

> 十二年前，曾上到、绣春台顶。双脚健、不烦筇杖，透岩穿岭。老去渐消狂气习，重来依旧佳风景。想牧之、千载尚神游，空山冷。　　山之下，江流永。江之外，淮山暝。望中原何处，虎狼犹梗。句蠡规模非浅近，石苻事业真俄顷。问古今、宇宙竟如何，无人省。

上片回忆十二年前齐山登高时的狂兴，一结联系杜牧《九日齐山登高》诗，对比今昔之不同，并引出下片。换头写山下江水滔滔，江外淮山已隐于苍茫暮色中，依稀难辨。“望中原何处，

---

① ［明］杨慎：《词品》，唐圭璋编《词话丛编》第1册，中华书局1986年版，第511页。

② 施蛰存：《词籍序跋萃编》，中国社会科学出版社1994年版，第248页。

③ 唐圭璋：《词话丛编》第2册，中华书局1986年版，第1421页。

虎狼犹梗”是全词主题句。为了解决虎狼盘踞中原这一时代重大问题，词人倡议要像当年越王勾践那样卧薪尝胆，用范蠡文种这样的贤臣，整顿朝政，洗雪北宋灭亡之耻。同时还以苻坚为例，强调敌方猖獗一时，但只不过是暂时现象，而我方前途却无限光明。

宋理宗嘉熙二年（1238），吴潜任镇江知府。镇江是历史名城，自古为兵家必争之地。历史上众多政治家与军事家都曾在此登台亮相，演出过一幕幕壮丽的史剧，历代文人墨客又喜在此登临凭吊，写下许多借古鉴今的优秀诗篇。今日吴潜来此，自然亦无例外地要加入这一历史性内容创造的行列。《沁园春·多景楼》便是这一时期的重要词篇之一：

> 第一江山，无边境界，压四百州。正天低云冻，山寒木落，萧条楚塞，寂寞吴舟。白鸟孤飞，暮鸦群注，烟霭微茫锁戍楼。凭阑久，问匈奴未灭，底事菟裘。　　回头。祖敬何刘。曾解把功名谈笑收。算当时多少，英雄气概，到今惟有，废垅荒丘。梦里光阴，眼前风景，一片今愁共古愁。人间事，尽悠悠且且，莫莫休休。

镇江地势险要，风景壮丽，被誉为“天下第一”（多景楼的匾额即题为“天下第一江山”）。词人登多景楼时，首先想到的便是“第一江山”的称誉。为什么被誉为“第一”？以下便从其地域性特点写起，并联及眼前季节性最具特征的意象，结拍终于联系到“匈奴未灭”的现实。“菟裘”，古地名，在今山东泗水县，为春秋时鲁隐公选择的养老之地。这两句联起来，即匈奴未灭，中原失陷领土尚未恢复，为什么要告老还乡？下片，从纵向的历史过程进行概括，虽然有“梦里光阴，眼前风景，一片今愁共古愁”以及“悠悠且且，莫莫休休”的感慨，但主要是由“匈奴未灭”但又壮志难申而引发的。词人登楼，纵览古今，面对当时蒙军威逼南宋的形势，心里油然升起一种沉痛悲抑之情。

另首以“焦山”为题的《水调歌头》虽作于同一时期，却表现出一种高远的境界：

> 铁瓮古形势，相对立金焦。长江万里东注，晓吹卷惊涛。天际孤云来去，水际孤帆上下，天共水相邀。远岫忽明晦，好景画难描。　　混隋陈，分宋魏，战孙曹。回头千载陈迹，痴绝倚亭皋。惟有汀边鸥鹭，不管人间兴废，一抹度青霄。安得身飞去，举手谢尘嚣。

这首词在广阔的时空框架里对千年历史进行哲理的思考，将抒情、叙事、写景、议论融会在一起，视野开阔，襟怀高朗，气象雄浑，充分反映出词人乐观豪爽的性格以及对理想境界的追求。这首词是词人任镇江知府时期另一重要作品。当时南宋面临蒙军灭金以后的更大威胁，而词人担当遏止蒙军南侵的重任，所以词里不免要联系镇江的地理形势以及军事斗争的历史经验，对“混隋陈，分宋魏，战孙曹”这一系列战斗史实作历史的反思。“回头千载陈迹，痴绝倚亭皋”写的就是这个意思。但词人意识到国家的重大决策并不决定于前沿的地方官，况且自南宋建都以来就从来不曾有真正的北伐与反攻复国的策划，自己的反思也无补于现实。所以下面紧接着说：“惟有汀边鸥鹭，不管人间兴废，一抹度青霄。”此三句及结拍两句并不是说词人真的看透了这一切，或有了什么超越；相反，这几句只不过是作者对历史经历与家国兴亡思考到“痴绝”这一高度的反衬而已。事实正如词中所写，尽管词人关心“人间兴废”，却无法左右现实；相反，有时还会有横祸飞来，让自己遭到惨重打击。

宋理宗淳祐七年（1247），吴潜正任同签书枢密院事兼权参知政事等要职，突遭权臣攻击而被罢免，改任福建安抚使。他途经南昌，写下了《满江红·豫章滕王阁》：

> 万里西风，吹我上、滕王高阁。正槛外、楚山云涨，楚江涛作。何处征帆木末去，有时野鸟沙边落。近帘钩、暮雨掩空来，今犹昨。　　秋渐紧，添离索。天正远，伤飘泊。叹十年心事，休休莫莫。岁月无多人易老，乾坤虽大愁难著。向黄昏、断送客魂消，城头角。

吴潜在复任朝廷要职之后，深感国难深重，乃剀切陈辞，屡上奏章，历数内忧外患与当务之急；但之后经年便被贬出朝。如今他重经十年前任职的旧地，重登滕王阁，又怎能不感慨万千。“天正远，伤飘泊。叹十年心事，休休莫莫。”写的便是往事堪哀的心境。“岁月无多人易老，乾坤虽大愁难著”是词中名句，虽易使人联想到李贺的“人生易老天难老”，但用笔生新，高华重铸，别有况味。经历这次打击，词人的心境已大不如前了。

在赠答送别词中，吴潜同样表达了“报国无门”的慨叹。如《满江红·送李御带珙》：

> 红玉阶前，问何事、翩然引去。湖海上、一汀鸥鹭，半帆烟雨。报国无门空自怨，济时有策从谁吐。过垂虹亭下系扁舟，鲈堪煮。　　拚一醉，留君住。歌一曲，送君路。遍

江南江北，欲归何处。世事悠悠浑未了，年光冉冉今如许。试举头、一笑问青天，天无语。

李珙因故从朝廷辞官归里。词人送行，劈头便问：本来朝中好好的，为什么忽然间辞官而去呢？词人没有正面回答，却设想李珙回到湖海之上，整日与鸥鹭相伴，半帆扁舟，出没于烟雨之中。言外之意是过闲野生活去了。第三层虽是感慨，却是正面回答，终于出现了一联警句："报国无门空自怨，济时有策从谁吐。"原来李珙满腹经纶，济时有策，但却无人赏识；空有高才伟志，却又"报国无门"。这两句道出了当时广大爱国志士无路请缨的憾恨，是现实的高度概括，具有强烈的针对性与典型性。第三层再写舟过垂虹，有鲈鱼堪脍的闲适情趣。上片多次转折，极富沉郁顿挫之致。下片扣题，写一"送"字。"醉""留""歌"三字，曲尽送别时情态。"世事"两句再作咏叹，补足"报国无门"两句的时间紧迫感。然而叹也无益，即使向青天倾诉，也不会有具体回答。于是，李珙的"引去"，不也是一种正确的选择么？

从上述诸作中可以看出，词人胸襟宽阔，大处着眼，个人一己的遭际往往同家国大事联系在一起，甚至插入历史的反思与哲理的思考，所以他的词里常常出现一些带有真理性的警句。甚至一些小词也是如此，如《海棠春·已未清明对海棠有赋》：

海棠亭午沾疏雨。便一饷、胭脂尽吐。老去惜花心，相对花无语。　　羽书万里飞来处。报扫荡、狐嗥兔舞。濯锦古江头，飞景还如许。

这是作者晚年的作品。经历多次政治风波与宦途起伏以后，词人仍保有生活的激情，热爱周围的一切。“老去惜花心”，实际上惜花之心却永远不老，不然便不会歌咏海棠，甚至从海棠身上扩展开来，想到国家大事。下片即由此而生的奇想：词人想到四川的战事会取得胜利，捷报频传：“羽书万里飞来处。报扫荡、狐嗥兔舞。”“狐嗥”句，即指元军从宋理宗宝祐四年（1256）开始对四川的历次进攻。“濯锦古江头，飞景还如许”二句，是祝愿成都（泛指四川）无恙，春天到来后仍然一片花团锦簇，正如词人目击的海棠开放一般。作此词时，作者正在庆元府（今浙江宁波）任职。但他的心却已飞到遥远的蜀中去了。

吴潜是宋末存词颇多的一位词人。他继承苏、辛开创的豪放词风，激昂凄劲，感慨时事，比较全面地反映了他生活的那个时代的政治风雨以及自身在此风雨中的真切感受，壮大了爱国豪放词的阵容，扩大了豪放词风的影响。

李曾伯（1198—？），字长孺，号可斋，覃怀（今河南沁阳附近）人，寓居嘉兴（今浙江嘉兴），官濠州通判，淮东、淮西制置使。素知兵，宝祐二年（1254）元军威胁四川，为整顿局势，授李曾伯四川宣抚使，特赐同进士出身。后为贾似道所嫉，罢职。有《可斋词》，存词201首。

《沁园春·丙午登多景楼和吴履斋韵》：

天下奇观，江浮两山，地雄一州。对晴烟抹翠，怒涛翻雪，离离塞草，拍拍风舟。春去春来，潮生潮落，几度斜阳人倚楼。堪怜处，恨英雄白发，空敝貂裘。　　淮头。虏尚虔刘。谁为把中原一战收。问只今人物，岂无安石，且容老子，还访浮丘。鸥鹭眠沙，渔樵唱晚，不管人间半点愁。危栏外，渺沧波无极，去去归休。

吴潜《沁园春·多景楼》一词感慨时事，俯仰今古，引起当时词人共鸣。这首词便是李曾伯登楼和韵之作。开篇也从雄阔的空间着笔，并且必然要联系与多景楼相关的历史。但是当词人“观古今于须臾”之后，面对现实，便免不了要升起“英雄白发”之叹。下片承此，通过“岂无安石”诸句指斥朝廷压制人才，而自己又不得不怀回归之想。

从南宋早期陆游、陈亮到后来的程珌、岳珂，均有登多景楼之作，但早期因形势有利于南宋，所以那些作品所咏的自然形象多取进攻姿态：“一水横陈，连岗三面，做出争雄势。”（陈亮《念奴娇》）但在吴潜与李曾伯生活的时代，南宋的命运已危在旦夕，而统治集团却仍文恬武嬉，不知自振，前途已可想而知。所以，后期登多景楼词便充满“休休”“去去”之辞，多一重衰飒的情调。这从一个侧面反映了时代精神与创作之间的关系，触摸到词史的发展脉络。

李曾伯虽存词过200，但和韵之作即有80首左右，寿词40左右，这在很大程度上影响了其作品反映生活的广度与深度，并减损了其作品的艺术质量。

《青玉案·癸未道间》一词所写夜行情景颇有真切感，词笔也较生动：

栖鸦啼破烟林暝。把旅梦、俄惊醒。猛拍征鞍登小岭。峰回路转，月明人静，幻出清凉境。　　马蹄踏碎琼瑶影。任露压巾纱未恢整。贪看前山云隐隐。翠微深处，有人家否，试击柴扃问。

吴渊（1190—1257），字道夫，号退庵，德清（今浙江德清）人。宁宗嘉定七年（1214）进士，曾任江西安抚使、兵部尚书、福建安抚使、参知政事。有《退庵集》，存词6首。

《念奴娇》写满腔忠愤，慷慨淋漓：

我来牛渚，聊登眺、客里襟怀如豁。谁著危亭当此处，占断古今愁绝。江势鲸奔，山形虎踞，天险非人设。向来舟舰，曾扫百万胡羯。　追念照水然犀，男儿当似此，英雄豪杰。岁月匆匆留不住，鬓已星星堪镊。云暗江天，烟昏淮地，是断魂时节。栏干捶碎，酒狂忠愤俱发。

绍兴三十一年（1161），金主完颜亮率40万大军南下攻宋，自西采石杨林渡渡江，宋虞允文至采石犒师，并指挥将士与金军殊死战斗。宋军以海鳅船猛冲金船，金船尽沉，宋军大获全胜。完颜亮转至瓜州被部将所杀。采石一战使抗金主战派扬眉吐气，成为南宋抗金获胜的范例。张孝祥《水调歌头·闻采石战胜》写的就是这场战役，但他所写只是耳闻并未亲临其地。吴渊此词，却是亲临牛渚山，登危亭，纵览长江天险，心胸豁然开朗。当他目睹“江势鲸奔，山形虎踞”的自然风光，不由得想起七、八十年前虞允文击败完颜亮的那场战斗：“向来舟舰，曾扫百万胡羯。”然而从采石战胜金人以后，南宋却不曾再有如此规模的大胜。面对妥协投降所造成的危险现实，词人义愤填膺，止不住击打着栏杆尽情发泄满腔忠愤。

李好古（生卒年不详），自署乡贡免解进士。有《碎锦词》，存词14首。

在李好古所存词中，多联系时事歌咏扬州之作，如《八声甘州》《江城子》各二首，还有咏瓜州的《清平乐》二首，咏“金、焦”二山的《水调歌头》等。他的词充满了爱国情怀，如《江城子》：

平沙浅草接天长。路茫茫。几兴亡。昨夜波声，洗岸骨如霜。千古英雄成底事，徒感慨，谩悲凉。　少年有意伏中行。馘名王。扫沙场。击楫中流，曾记泪沾裳。欲上治安双阙远，空怅望，过维扬。

上片通过浅草连天和茫茫远路，引出对历史兴亡的感慨。“洗岸骨如霜”句，令人刺目惊心，下片写少年报国，立志杀敌，击楫中流，义无反顾；然而这些都只不过是一场空想，于是在路过扬州时，便止不住升起失落的怅恨。

《清平乐》抒写对失陷土地的怀恋：

瓜州渡口。恰恰城如斗。乱絮飞钱迎马首。也学玉关榆柳。

面前直控金山。极知形胜东南。更愿诸公著意，休教忘了中原。

“瓜州渡”，长江北岸著名渡口，为金兵南侵必经之地。在南宋小朝廷龟缩江南一隅之后，这里成了抗金的前沿。大宋心腹的江南小镇，如今变成了唐代出塞的玉门关。下片写瓜州南渡便是镇江，镇江有金、焦二山，形势险要，进可攻，退可守。但重要的是攻，因为中原仍在敌人铁蹄践踏之下。作者呼唤当朝“诸公”，千万不要忘记大好的中原。

李好古存词不多，但笔墨集中，感慨深沉，用笔似直而纡，虽有精心安排，但不露雕饰痕迹。于是婉而多讽便成为其词的一大特色。

三、只写 31 首《沁园春》的陈人杰（附：文及翁）

陈人杰（1218—1243），又名经国，号龟峰，长乐（今福建长乐）人，少时为应举而寓居临安（今浙江杭州），20 岁时曾在建康（今南京）应试，不第。尝以才气自负，浪游淮、湘。嘉熙四年（1240）回临安，三年后卒。有《龟峰词》，存词 31 首。奇特的是，这 31 首词全用《沁园春》这一词牌。

陈人杰少年以才气自负，但屡试不第。虽有“我梦登天”的壮志，但却蹭蹬难申。随着南宋统治集团日趋没落而敌人的侵吞却有增无已，陈人杰对时局的紧迫感、责任感也日益增强，对官僚统治集团的腐败与社会风气的淫靡在认识上也日益加深。所以，他在词里流露出报国无门的愤慨与对腐朽势力的批判较其他词人更为尖锐深刻。如《沁园春·丁酉岁感事》：

谁使神州，百年陆沉，青毡未还。怅晨星残月，北州豪杰，西风斜日，东帝江山。刘表坐谈，深源轻进，机会失之弹指间。伤心事，是年年冰合，在在风寒。　　说和说战都难。算未必江沱堪宴安。叹封侯心在，鲟鲸失水，平戎策就，虎豹当关。渠自无谋，事犹可做，更剔残灯抽剑看。麒麟阁，岂中兴人物，不画儒冠。

词一开始便对造成北宋灭亡的责任提出质问，说出了黎民百姓想说而未说出的话。毫无疑问，其斥责的锋芒是直指两宋最高统治者及统治集团。然而这一根本问题直至南宋末期尚无丝毫改变，面对元军队灭金后的进攻，南宋朝廷仍然束手无策，而上层统治者享乐腐败亦有增无已，这怎不令人疾首痛心？“坐谈”“轻进”“机会失之”“说和说战”都是有具体针对性的。从南宋偏安以来，这些问题就是不曾解决的老大难问题，也可说是造成“神州陆沉”的重要原因之一。有如此腐败的朝廷，对外投降请和，对内就必然要压抑贤才。即使你有“封侯心”，有“平戎策”，也因“虎豹当关”而无人采纳；即使你是百丈长鲸，没有水又如何能玩得转？你能做的不过是挑灯看剑这点儿自由而已。作者对黑暗现实的抨击尖锐有力，心情是沉重的。最后三句并不过分乐观，而是一种意念与决心，是说给压制贤才的当局听的。

在现存的龟峰词中，结合现实对词坛脱离实际的柔靡词风提出了批评。在《沁园春》（“记上层楼”）的词序中，词人叙述了他少年远游与回到临安两种截然不同的感受。针对“东南妩媚，雌了男儿”（友人词句）的现实，“叹息者久之”。他之所以写这首词，并非因为“酒酣”，而是为了抒发“胸中之勃郁”。在这首词里，他回忆起“酾酒赋诗”的少年时期。那时他从“六代兴衰”联及现实，曾幻想“扶起仲谋，唤回玄德，笑杀景升豚犬儿。”但回到临安，情况却是另一种样子：“归来也，对西湖叹息，是梦耶非。”下片，对现实作如下描写，与上片形成鲜明对照：

诸君傅粉涂脂。问南北战争都不知。恨孤山霜重，梅凋老叶，平堤雨急，柳泣残丝。玉垒腾烟，珠淮飞浪，万里腥风送鼓鼙。原夫辈，算事今如此，安用毛锥。

一面是河山歌舞，文恬武嬉，一面是烽火遍地，民不聊生。这怎能不令人义愤填膺！在另首《沁园春·咏西湖酒楼》里，词人对“西湖歌舞几时休”的现实作了全面揭露。一起三句便说：“南北战争，惟有西湖，长如太平。”对“百年歌舞，百年酣醉”的南宋王朝的针砭可算是入木三分了。况周颐评此三句说：“含无限感慨。”认为是“婉而多讽”（《蕙风词话》卷二）[①]，与林升《题临安邸》略同。

正因为词人时刻警惕“东南妩媚，雌了男儿”，所以他也用词表达自己的创作思想。如《沁园春》：

诗不穷人，人道得诗，胜如得官。有山川草木，纵横纸上，虫鱼鸟兽，飞动毫端。水到渠成，风来帆速，廿四中书考不难。惟诗也，是乾坤清气，造物须悭。　　金张许史浑闲。未必有功名久后看。算南朝将相，到今几姓，西湖名胜，只说孤山。象笏堆床，蝉冠满座，无此新诗传世间。杜陵老，向年时也自，井冻衣寒。

词人一方面把诗的性质提高到“乾坤清气”的高度上来看，一方面贬抑权贵而抬高诗人的地位与价值，从而坚持反映现实的正确见解，表达了在穷困潦倒中坚持为时代而创作的献身精神，并与“雌了男儿”柔靡词风分清了界限。

陈人杰 31 首《沁园春》几乎都是有感而作，笔力豪纵，挥洒自如，激昂慷慨而又不失浑朴沉郁，在南宋末的词坛上可算是

① 唐圭璋：《词话丛编》第 5 册，中华书局 1986 年版，第 4443 页。

异军突起。遗憾的是不到26岁词人便与世长辞。现存词作也只是他全部作品的一部分。

文及翁，南宋末年人，生卒年不详。字时举，号本心，绵州（今四川绵阳）人，移居浙江吴兴。宋理宗宝祐元年（1253）进士，历官至签书枢密院事。理宗景定年间，因论公田事，有名于世。宋亡不仕。有文集20卷，均已失传，仅存词《贺新郎》一首。

据李有《古杭杂记》载，文及翁登第后，参加新进士集会，同游西湖。有人问他："西蜀有此景否？"文及翁没有正面回答，而是"即席赋《贺新郎》"。[①]此词一出，便成为广为传诵的名篇：

一勺西湖水。渡江来、百年歌舞，百年酣醉。回首洛阳花世界，烟渺黍离之地。更不复、新亭堕泪。簇乐红妆摇画艇，问中流、击楫谁人是。千古恨，几时洗。　　余生自负澄清志。更有谁、磻溪未遇，傅岩未起。国事如今谁倚仗，衣带一江而已。便都道、江神堪恃。借问孤山林处士，但掉头、笑指梅花蕊。天下事，可知矣。

这首词概括了当时的形势，分析了国家的前途，抒写了自己的抱负和忧国忧民的思想感情，并批评了南宋王朝的黑暗腐败，力透纸背。词人从大处着眼，小处落墨，具有丰富的艺术联想。词人与同第诸公游湖，置身于"一勺西湖水"上。人们正沉醉于湖山胜景之中，而词人却能把小小湖水与沦陷的中原大地，与悠久历史联系起来，总结北宋灭亡的惨痛教训。同时还能从"簇乐红妆摇画艇"联想到"中流击楫"，从自身联想到"磻溪""傅

① ［清］沈辰垣 等：《历代诗余》下册，上海书店1985年版，第1398页。

岩”，从湖上联想到“孤山”的隐士，从而给人以“政腐不足以图治”的结论。词中把抒情、叙事、写景、咏史四者结合在一起，进行综合对比，极大地增强了讽刺时弊的现实性。词中用典虽多（约八九处），但用法灵活贴切，又因每一个典故都有一定的历史背景和某种故事情节，所以反过来又增强了词的形象性与思想容量，与某些豪放词“笔无藏锋”截然不同。这首词之所以广为流传，其原因也在这里。

第二节　灭亡前后的伤痛与悲惋

这一节主要论述跨越宋末元初两个时代的词人。他们经历易代之变，心灵的创痛十分剧烈，感慨极深。虽然宋亡前他们几乎很少反映时代的累卵之危，但宋亡后却写了不少凄咽怨断的感时愤世之作，其总体风格虽十分接近，但又各有自家面目，是婉约词经历姜夔、吴文英之后在特定时代与特殊心境下的最后创获。周密、王沂孙、张炎是这一词派的代表，是宋末元初鼎足而三的重要词人，在词史上有较大影响。

一、“有韶倩之色，有绵渺之思”的周密（含张矩、陈允平、施岳）

周密（1232—1298？），字公谨，号草窗、蘋洲，又号四水潜夫、弁阳老人。原籍山东济南，后寓居吴兴（今浙江湖州）。宋末任义乌令，宋亡后不仕，移居杭州。著有《齐东野语》《武林旧事》《浩然斋雅谈》《癸辛杂识》《云烟过眼录》等。能诗词，擅书画。他早年从音乐家杨缵（紫霞翁）学词，又与张炎之父寄闲老人（张枢）结为词社，交游多勋戚名贵与词坛耆宿，深谙音律与作词之旨。他的词精美清丽，格律谨严，远祖清真，近学梦窗而又自具规模。前人把他和吴文英放在一起，并称“二窗”，但吴、周的词风并不相类，周词更近王沂孙与张炎。宋亡前多应社之作，立意不高，取韵不远。宋亡后的作品则凄怨感怆，绵邈情深。有《蘋洲渔笛谱》，又名《草窗词》，存词153首。

在现存153首草窗词中，宋亡前作品约占三分之二以上，宋亡后作品不及三分之一。

在宋亡前的十几年中，元蒙大军不断南侵，南宋王朝已危如累卵。当时许多词人对此都有程度不同的反响，而草窗词中却较少涉及。李莱老在题《草窗韵语》诗中，说周密当时的心境是："绿遍窗前草色春，看云弄月寄闲身。北山招隐西湖赋，学得元和句法真。"这说明，周密当时俨然是潇洒飘逸、闲散无羁的才子词人。他的审美追求，不外是书窗外的草色春光，或者看云弄月，写一些近似《招隐士》或《北山移文》之类的作品，并且把白居易同元稹唱和与流连光景的句法学到炉火纯青的地步。所以宋亡前的草窗词多写风雅闲情、湖山胜景以及纵情诗酒等。其个别作品似有某种寓意，如《木兰花慢·断桥残雪》：

觅梅花信息，拥吟袖、暮鞭寒。自放鹤人归，月香水影，诗冷孤山。等闲。冸寒晛暖，看融城、御水到人间。瓦陇竹根更好，柳边小驻游鞍。　　琅玕。半倚云湾。孤棹晚、载诗还。是醉魂醒处，画桥第二，奁月初三。东阑。有人步玉，怪冰泥、沁湿锦鹓斑。还见晴波涨绿，谢池梦草相关。

这首词作于宋理宗景定四年（1263），是组诗《木兰花慢·西湖十景》中的一首。作者在词序中写道："西湖十景尚矣。张成子（张矩）尝赋《应天长》一阕，夸余曰：'是古今词家未能道者'。余时年少气锐，谓'此人间景，余与子皆人间人，子能道，余顾不能道耶？’冥搜六日而词成。成子惊赏敏妙，许放出一头地。异日霞翁（杨缵）见之曰：‘语丽矣，如律未协何？’遂相与订正，阅数月而后定。是知词不难作，而难于改；语不难工，而难于协。”通过上述文字，可知这 10 首词乃是联章之作，并在词友帮助下长期苦搜冥索，反复推敲，修改而成，是作者逞学使才，夸艳斗能之作。这类作品与北宋小令靠灵感的启动与陡然一惊的审美感兴已大不相同。欣赏北宋人小令，主要吟其韵味与境界的谐美，而这类长期推敲出来的长调，在欣赏时则必须同时注意其整体结构与思索安排的功夫了。这首“断桥残雪”不仅语丽音协，诗思敏妙，结构严整，“怪冰泥”诸句还似有某种讽刺意味暗含其中。史载，权臣贾似道隐瞒同蒙元和议及称臣纳币的罪行，谎报战功，于景定元年（1260）三月被召入朝拜相，四月进少师，封卫国公。景定三年（1262）在葛岭第造后乐园及水竹院落。周密在《齐东野语》卷十九《贾氏园池》条中，对此有详细记载。词中“瓦陇竹根”“琅玕，半依云湾”“怪冰泥、沁湿锦鹓斑”诸句，或即指此。开篇三句通过寻梅吟诗暗扣“断桥残雪”中的“雪”字。“自放鹤人归”三句用林和靖故事，不仅含断桥通孤山地域特点，且以“月香水影”四字点林和靖咏梅名句“疏影横斜水清浅，暗香浮动月黄昏。”换头，“琅玕”二字写竹，此指竹林而言。《齐东野语·贾氏园池》载：贾似道在营造后乐园的同时，“又于西陵之外树竹千挺，架楼临之，曰秋水观、第一春、梅思、剡船亭，则通谓之‘水竹院落’焉。”“醉魂醒处”三句，表面写游人醉酒，实亦有讽刺文恬武嬉、醉生梦死意味在内。“画桥第二”仍似指贾似道后乐园事。《齐东野语》同上条又云：“飞楼层台，凉亭燠馆，华邃精妙。前揖孤山，后据葛岭，两桥映带，一水横穿。”[①] 所以“画桥”二字既扣紧词题，又暗指后乐园。词中以数字为诗最为妙境。“第二”与“第三”相互映衬，更显出一弯新月在镜匣般湖水中的漾动可爱。“东阑”三句写上层人物与词人的不同态度，他们在园中踏雪，却嗔怪残雪沁湿了锦鞋上的绣花图案。至于“断桥”上的“残雪”，他们就更难领略了。词的特点是有宾有主，有虚有实，有藏有露。题是“断桥残雪”，但全篇不见一“雪”，而“雪”又无处不在。虽有某种讥刺，但却以含蓄出之。“西湖十景”之其他 9 首就很少有此寓意了。下面不妨将张矩和陈允平“断桥残雪”词列出作一比较。张矩的《应天长·断桥残雪》是这样写的：

> 甃澌冱晓，篙水涨漪，孤山渐卷云簇。又见岸容舒腊，菱花照新沐。横斜树，香未北。倩点缀、数梢疏玉。断肠处，日影轻消，休怨霜竹。　　帘上涌金楼，酒滟酥融，金缕试春曲，最好半残鳷鹊，登临快心目。瑶台梦，春未足。更看取、洒窗填屋。灞桥外，柳下吟鞭，归趁游烛。

上片用林和靖《山园小梅》诗中之上两联，下片则是林诗下两联的发挥，但刻画太过，立意主线欠明确，看似宛曲层深，其实求深反晦，少韵乏味。

再看陈允平“西湖十咏”中咏“断桥残雪”的《百字令》：

> 凝云冱晓，正蘼花才积，荻絮初残。华表翩跹何处鹤，

① ［宋］周密撰，张茂鹏点校：《齐东野语》，中华书局 1983 年版，第 356，355 页。

爱吟人在孤山。冻解苔铺，冰融沙甃，谁凭玉勾阑。茸衫毡帽，冷香吹上吟鞍。　　将次柳际琼销，梅边粉瘦，添做十分寒。闲踏轻澌来荐菊，半潭新涨微澜。水北峰峦，城阴楼观，留向月中看。巘云深处，好风飞下晴端。

前三句用“藤花”“荻絮”状雪，前无古人。继之联系林诗，但点到为止，词笔顿转。“茸衫毡帽，冷香飞上吟鞍”是词中心魂，这两句使残雪的吟赏与读者贴近了。遗憾的是下片才力不足，未能在此二句的基础上再攀升到一个新的审美高度。

通过以上 3 首词的比较，可以看出三位词人各自的瑕瑜长短以及个人的艺术特质。陈廷焯在《白雨斋词话》中高度肯定陈允平的“西湖十咏”，却贬抑周密，说“公瑾（谨）木兰花慢西湖十景十章，不过无谓游词耳。”[①] 就整体而言，这话是有失公允的。

周密早期作品，还有一些是有明显讽刺意味的，如《瑶花慢》：

朱钿宝玦。天上飞琼，比人间春别。江南江北，曾未见，谩拟梨云梅雪。淮山春晚，问谁识、芳心高洁。消几番、花落花开，老了玉关豪杰。　　金壶剪送琼枝，看一骑红尘，香度瑶阙。韶华正好，应自喜、初识长安蜂蝶。杜郎老矣，想旧事、花须能说。记少年，一梦扬州，二十四桥明月。

这首词前有一长序，但已缺损后半。序云：“后土之花，天下无二本。方其初开，帅臣以金瓶飞骑进之天上，间亦分致贵

① 唐圭璋：《词话丛编》第 4 册，中华书局 1986 年版，第 3806 页。

邸。余客辇下，有以一枝（已下共缺十八行）。”这说明，当时每逢琼花盛开之时，扬州州郡长官便命飞骑昼夜兼程传至临安皇宫，供嫔妃观赏。所以词人用“一骑红尘”（杜牧《华清宫》诗“一骑红尘妃子笑”）来讽刺南宋王朝荒淫误国。

最能代表周密早期词风的，是那些骚雅飘逸而又略带感伤的作品，如《曲游春》：

> 禁苑东风外，飏暖丝晴絮，春思如织。燕约莺期，恼芳情偏在，翠深红隙。漠漠香尘隔。沸十里、乱弦丛笛。看画船，尽入西泠，闲却半湖春色。　　柳陌。新烟凝碧。映帘底宫眉，堤上游勒。轻暝笼寒，怕梨云梦冷，杏香愁幂。歌管酬寒食。奈蝶怨、良宵岑寂。正满湖、碎月摇花，怎生去得。

词前小序说：“禁烟湖上薄游，施中山赋词甚佳，余因次其韵。盖平时游舫，至午后则尽入里湖，抵暮始出，断桥小驻而归，非习于游者不知也。故中山极击节余‘闲却半湖春色’之句，谓能道人之所未云。”“施中山”即施岳，字仲山，号梅川。他有《曲游春·清明湖上》一首。周密这首词即步施岳原韵和作。因施岳特别欣赏“闲却半湖春色”一句，所以作者在序中特为拈出。不仅如此，作者还在他所写的《武林旧事》一书中具体描绘了当时杭州游湖盛况：“都人士女，两堤骈集，几于无置足地；水面画楫，栉比如鱼鳞，亦无行舟之路。歌吹箫鼓之声，振动远近，其盛可以想见。若游之次第，则先南而后北，至午则尽入西泠桥里湖，其外几无一舸矣。弁阳老人（周密自号）有词云：‘看画船，尽入西泠，闲却半湖春色。’盖纪实也。”

（《武林旧事》（卷三））[①] 读这一段叙写，很有助于对全词的理解。说明词人观察细腻，体验深刻，善于捕捉美好风物入词，并由此写出别人心底所有而笔底所无的诗情画境。为加强对本词的理解，不妨把施岳《曲游春·清明湖上》录出与本篇比照参读。施岳词如下：

画舸西泠路，占柳阴花影，芳意如织。小楫冲波，度䌷尘扇底，粉香帘隙。岸转斜阳隔。又过尽、别船箫笛。傍断桥、翠绕红围，相对半篙晴色。　顷刻。千山暮碧。向沽酒楼前，犹系金勒。乘月归来，正梨花夜缟，海棠烟幂。院宇明寒食。醉乍醒、一庭春寂。任满身、露湿东风，欲眠未得。

王国维在《人间词话》中评苏轼《水龙吟》（“似花还似非花”）说：“东坡《水龙吟》咏杨花，和韵而似原唱。章质夫词，原唱而似和韵。才之不可强也如是。”（《人间词话》三七）[②] 这话也可用来评施岳与周密这两首《曲游春》。但吴梅在《词学通论》中认为“傍断桥、翠绕红围，相对半篙晴色”与周词“闲却半湖春色”句“可云工力悉敌。”（《词学通论·概论二 两宋》）[③]

怀人词《玉京秋》，即景言情，写得回肠荡气，颇具宋末况味：

烟水阔。高林弄残照，晚蜩凄切。碧砧度韵，银床飘叶。

① ［宋］周密：《武林旧事》（插图本），中华书局 2007 年版，第 72 页。

② 唐圭璋：《词话丛编》第 5 册，中华书局 1986 年版，第 4247 页。

③ 吴梅：《词学通论》，复旦大学出版社 2005 年版，第 81 页。

衣湿桐阴露冷，采凉花，时赋秋雪。叹轻别。一襟幽事，砌蛩能说。　　客思吟商还怯。怨歌长、琼壶暗缺。翠扇恩疏，红衣香褪，翻成消歇。玉骨西风，恨最恨、闲却新凉时节。楚箫咽。谁倚西楼淡月。

词序交代构思过程：“长安独客，又见西风，素月丹枫，凄然其为秋也，因调夹钟羽一解。”这首词开篇境界极其开阔：“烟水”“高林”“残照”乃目之所见；“晚蜩”“碧砧”“飘叶”乃耳之所闻，感觉极微细；“衣湿”“露冷”“凉花”又兼体肤之感。凄然寒秋，已笼罩词人全身心矣。于是诗情也油然而生：“时赋秋雪”。但只此犹难尽兴，于是有“一襟幽事，砌蛩能说”的联想。上片写深秋萧索的境界与下片“吟商”“怨歌”“楚箫”之声连成一片，成为南宋末年特有的幽凄怨歌。煞拍以“淡月”结情，墨淡韵长。

前期飘逸之作，还有《齐天乐》值得一读：

清溪数点芙蓉雨，苹飙泛凉吟艋。洗玉空明，浮珠沉瀣，人静籁沉波息。仙潢咫尺。想翠宇琼楼，有人相忆。天上人间，未知今夕是何夕。　　此生此夜此景，自仙翁去后，清致谁识。散发吟商，簪花弄水，谁伴凉宵横笛。流年暗惜。怕一夕西风，井梧吹碧。底事闲愁，醉歌浮大白。

词前有一长序，是一篇首尾完整的抒情兼叙事的散文，有助于了解这首词的写作过程。序曰：“丁卯（1267）七月既望，余偕同志放舟邀凉于三汇之交，远修太白采石、坡仙赤壁数百年故事，游兴甚逸。余尝赋诗三百言以纪清适，坐客和篇交属，意殊快也。越明年秋，复寻前盟于白荷凉月间。风露浩然，毛发森爽，遂命苍头奴横小笛于舵尾，作悠扬杳渺之声，使人真有乘查（槎）飞举想也。举白尽醉，继以浩歌。”通过这篇词序，可以得知作者曾组织过两次吟社社友乘舟雅游的活动，时为宋度宗咸淳四年（1268），离南宋灭亡仅十年（离元军攻陷临安不足八年）时间了，上片写词友们冒着稀疏细雨，乘舟徜徉于吴兴郊外的溪流湖泊之中，空际被雨水洗得透明，湖上漂浮着薄薄的雾气，万籁俱寂，水波不兴。词人眼前仿佛出现一片仙境，那琼楼翠宇，那楼宇中彼此相忆的仙人。真的弄不清此刻是在人间，还是到了天上，也完全记不起今夕是哪一天了。下片抒怀。词人认为，“此生此夜此景”，自苏东坡去世之后，还有谁能领略这大自然清幽高雅的景致？接着词人用“散发吟商，簪花弄水，谁伴凉霄横笛”三句，将自己同吟社词友们的雅兴高情动作化，形象化，作为回答。说明词人的“清致”同“仙翁”当年的豪兴是一脉相承的，得意之情溢于言表。为了珍惜这难得的一夕，词人已抛尽“闲愁”而尽醉方休。

从两次吟社雅游活动所写作品与词序可以看出，词人对这两次活动评价很高。他把这两次活动比作是李白泛舟采石矶和苏轼泛舟赤壁的继续。词序所说：“远修太白采石、坡仙赤壁数百年故事”，即指此而言。他还在诗集《草窗韵语》卷二中补充说：“坡翁谓自太白去后，世间二百年无此乐。赤壁之游，实取诸此。坡去今复二百年矣。斯游也，庶几追前贤之清风，为异日之佳话云。”可见，作者把采石、赤壁、三汇之游并列在一起。也正因为如此，词中巧妙地化用了苏轼《前赤壁赋》《水调歌头》（“明月几时有”）、《中秋月》诗、《念奴娇·中秋》《洞仙歌》（“冰肌玉骨”）等诗、词、赋中的有关词句，但又不露痕迹。因为这首词在思想内容、艺术手法以及创作动机上均与苏轼有一脉相承的关系，所以它必然带有明显的浪漫情调与豪爽超逸之风，与周密其他清绮雅丽之作略有不同。如果我们再联系苏轼“乌台诗案”后被贬黄州时的心境，那么，这首词也可看作是周密对时事政治以及国家安危长期积累下来的苦闷与愤慨的宣泄，而不能简单地归结为对现实的逃避。

宋元易代后，周密的思想与生活均经历了巨大变化。由于弁阳故家遭到破坏，他不得不寄居杭州，寄食于亲友。这一时期的作品从清绮雅丽转为凄咽苍凉，这集中表现在被目为其词集的压卷之作的《一萼红·登蓬莱阁有感》：

步深幽。正云黄天淡，雪意未全休。鉴曲寒沙，茂林烟草，俯仰千古悠悠。岁华晚、漂零渐远，谁念我、同载五湖舟。磴古松斜，厓阴苔老，一片清愁。　　回首天涯归梦，几魂飞西浦，泪洒东州。故国山川，故园心眼，还似王粲登楼。最怜他、秦鬟妆镜，好江山、何事此时游。为唤狂吟老监，共赋销忧。

这不是一般的羁旅怀乡之作，而是对故国、对故园的深切怀思。上片即事即目，抚今追昔，将严寒衰飒的景物与失落的心理融为一体。“寒沙”“烟草”“松斜”“苔老”共同织成难以销却的深愁。下片，“魂飞”“泪洒”，特别是“好江山”两句，词人亡国的深悲剧痛已不再加以掩饰，而一任其在笔底呼号。陈廷焯认为这首词“苍茫感慨，情见乎词，当为草窗集中压卷。虽使美成、白石为之，亦无以过。”（《白雨斋词话》卷二）[①]

① 唐圭璋：《词话丛编》第4册，中华书局1986年版，第3807页。

周尔墉说："草窗擅美在缜密，如此章稍空阔，愈闪烁佳妙。"（《周评绝妙好词笺》）[①]

宋亡前，周密对杭州以及西湖的歌咏，特别是他"闲却半湖春色"之句，蜚声词坛。这类词句虽为"纪实"，但也不妨看作是南宋灭亡的一种预感。宋亡后，曾为南宋都城的杭州一片破损萧条，岂止西湖"闲却"，几乎所有繁华名胜与赏玩游乐之地均变成荒凉的废墟。《献仙音·吊雪香亭梅》便是这一现实的艺术写照：

> 松雪飘寒，岭云吹冻，红破数椒春浅。衬舞台荒，浣妆池冷，凄凉市朝轻换。叹花与人凋谢，依依岁华晚。　　共凄黯。问东风、几番吹梦，应惯识当年，翠屏金辇。一片古今愁，但废绿、平烟空远。无语消魂，对斜阳、衰草泪满。又西泠残笛，低送数声春怨。

"雪香亭"在杭州西湖北面的葛岭集芳园内，为宋高宗后妃所居，理宗时赐贾似道。宋亡后，亭园荒芜，原植古梅冲寒破冻，几朵红苞衬托出"池冷""台荒"的无限凄凉，说明江山易主："市朝轻换"。但这园亭当年赏游之人哪里去了？是跟花一起凋谢了么？凋谢在这使人依依难舍的岁末时刻？下片换头写人与花的共同凋谢。但东风却不会因此而忘却它吹送春天的好梦，并且看惯了当年这园亭赏花时"翠屏金辇"的繁华热闹景象。然而如今这所有的一切无不表现出往古与现今交织在一起的亡国哀愁。于是词人面对这亭、这梅以及衰草斜阳，止不住泪流如注。

---

① 胡可先：《唐宋词汇评·两宋卷》第5册，吴熊和主编《唐宋词汇评》，浙江教育出版社2004年版，第3849页。

这时候忽然从西泠那面传来几声残笛，凄厉，忧伤，是传达春天对此而发的幽怨么？题是吊“梅”，情是悼亡——发抒亡国的悲痛。陈廷焯《词则》评下片所写，即“杜诗‘回首可怜歌舞地’意。以词发之，更觉凄婉。”[①] 可见这首词有很高艺术感发之力。

下面一首是南宋灭亡后作者重游西湖所写的词篇，题为《探芳讯·西泠春感》：

步晴昼。向水院维舟，津亭唤酒。叹刘郎重到，依依谩怀旧。东风空结丁香怨，花与人俱瘦。甚凄凉，暗草沿地，冷苔侵甃。

桥外晚风骤。正香雪随波，浅烟迷岫。废苑尘梁，如今燕来否。翠云零落空堤冷，往事休回首。最消魂，一片斜阳恋柳。

同样一个西湖，在宋亡前所写的《曲游春》词里，尽管有“闲却半湖春色”之句，但那正是“习于游者”不期而然的约定并由此而形成游湖的惯性。即使含有某种没落的预感，但那只是内心深层次的表露，全词的整体情调仍是欢快的。如“禁苑东风”“暖丝晴絮”“燕约莺期”“翠深红隙”诸句，描绘出风暖花红、燕语莺飞的缤纷春色；“沸十里、乱弦丛笛”，将湖上的热闹景象通过音乐旋律烘托得淋漓尽致；下片虽有“梨云梦冷”“杏香愁幂”之句，但那正是“轻暝笼寒”“良宵岑寂”的西湖之夜，是另一番美好迷人的境界，词人欣赏与追求的正是“正满湖、碎月摇花”的审美灵境，它使人流连，不忍离去。前后两阕整体气氛是一致的，和谐的。这首《探芳讯》所写，虽是同一个西湖的同样的春天，然而经历了南宋灭亡的巨大变动，西湖在词人眼中已与过往不同了。词人看到的是另一种西湖之春：

① ［清］陈廷焯：《词则·大雅集》卷三，上海古籍出版社1984年版，第19页。

虽然天气晴朗，水院可以系舟，津亭可以买酒，但内心却产生了“刘郎重到”的感觉，怀旧之情油然而生。原来春意盎然的客观景物，此刻却都成为点燃亡国深愁的火种。前时的春天已不知去向，“东风”成“空”，“丁香”结“怨”，草暗，苔冷，一片凄凉景象。对此，又怎能不使人感到“花与人俱瘦”呢？下片写词人徘徊一整天后看到的西泠晚景：此刻晚风骤起，香雪随波，淡淡薄雾笼罩远山。这荒芜的亭园，这积满灰尘的屋梁，燕子还来这里寻找旧时的窠巢么？“如今燕来否”，问得极其沉痛。这句与词人弁阳家破，移居杭州，寄人篱下的漂泊生活联系起来，更增添了切肤剜心的亡国之痛。正因如此，词人才自我劝慰说：“往事休回首。”然而，最令人销魂难禁的是面对一片斜阳不忍离去，还是词人久久不忍回归？这似已不必深究。真挚的情感，沉痛的叹惋，低抑的节奏，婉曲的语言融会成了一曲痛悼南宋灭亡的悲歌，撞击着读者的心。

《三姝媚·送圣与还越》将家国兴亡与个人身世之感打并在一处，情感更为浓郁沉痛：

> 浅寒梅未绽。正潮过西陵，短亭逢雁。秉烛相看，叹俊游零落，满襟依黯。露草霜花，愁正在、废宫芜苑。明月河桥，笛外尊前，旧情消减。　莫诉离肠深浅。恨聚散匆匆，梦随帆远。玉镜尘昏，怕赋情人老，后逢凄惋。一样归心，又唤起、故园愁眼。立尽斜阳无语，空江岁晚。

“圣与”，即周密的词友王沂孙。如果说，周密同王沂孙等词友的深厚友谊在南宋灭亡前是靠创作的共同旨趣培养起来的话，那么，宋亡以后的情感则主要是通过爱国思乡与悲今悼昔这一创作倾向进一步巩固下来的。所以，后期所写的送别词、怀人词在草窗笔下便多了一层家国兴亡与身世飘零的剧痛：“一样归心，又唤起、故园愁眼”，词人眷恋的是弁阳遭兵火毁灭的旧家；而“露草霜花，愁正在、废宫芜苑”，则明显是亡国之恨。友情的深度是伴随着对南宋眷恋的深度一起增长的。又如《高阳台·寄越中诸友》词中说：“雪霁空城，燕归何处人家。梦魂欲渡苍茫去，怕梦轻、还被愁遮。”《庆宫春·送赵元父过吴》：“高台在否，登临休赋，忍见旧时明月。”《酹江月·中秋对月》：“如此江山，依然风月，月底人非昔。知音何许，泪痕空沁愁碧。”这些词里都不同程度融入了身世飘零与家国沦亡之恨。

通过咏物寄托亡国哀思也是草窗后期词作的一大特色。草窗咏物词及以后王沂孙、张炎所作咏物词多咏同一主题。经夏承焘《〈乐府补题〉考》[①]研究，这些咏物词与元朝初年在江南出现的“发陵之案”有关。公元 1278 年（南宋帝昺祥兴二年、元世祖至元十五年）冬，元朝总管江南浮屠的名为杨琏真伽的胡僧曾盗发会稽南宋六帝后陵墓，掠取陪葬财宝，断残墓主肢体，将其头骨当成饮器，并修筑白塔于上镇之。元僧这一暴行，激起当地人民极大义愤。唐珏、林景熙等义士邀集里中少年，收集诸帝后遗骸于别处安葬，并植冬青树于冢上作为标志。夏氏认为周密 48 岁时“与王沂孙、李彭老、张炎、仇远、唐珏、王易简、吕同老、陈恕可等十四人，分咏龙涎香、白莲、莼、蝉、蟹诸题，编为《乐府补题》，隐指去岁六陵被发事。”并认为“龙涎香”“莼”“蟹”等题，是指帝王而言，至其赋“蝉”与“白莲”者，则托喻后妃。当前有论者对夏氏的《〈乐府补题〉考》

① 夏承焘：《周草窗年谱附录二》，《唐宋词人年谱》，上海古典文学出版社 1955 年版，第 376 ~ 382 页。

一文提出质疑，但同时又认为即使《补题》寄托之说不能像夏氏所说那样特指某一具体对象，但并不能由此而认为《乐府补题》“没有任何寄托”[①]，在这样两种不同意见尚未有定论的情况下来审视周密咏“蝉”、咏“龙涎香”以及咏“白莲”诸作，仍可以看出其故国之思与凄苦之情。先看《齐天乐·蝉》：

槐薰忽送清商怨，依稀正闻还歇。故苑愁深，危弦调苦，前梦蜕痕枯叶。伤情念别。是几度斜阳，几回残月。转眼西风，一襟幽恨向谁说。　轻鬟犹记动影，翠蛾应妒我，双鬓如雪。枝冷频移，叶疏犹抱，孤负好秋时节。凄凄切切。渐迤逦黄昏，砌蛩相接。露洗余悲，暮烟声更咽。

上片“故苑愁深，危弦调苦，前梦蜕痕枯叶”三句，虽写蝉的哀鸣，但通过其深愁苦调，已透露出亡国的哀音并为过渡到“齐宫怨女”的抒写预作铺垫（据马缟《中华古今注》说，蝉乃齐后怨恨而死，化为蝉，故号为“齐女蝉”[②]）。“前梦蜕痕”句即含齐后忿死变蝉之意在内。下片“枝冷频移，叶疏犹抱，孤负好秋时节”三句，正是词人将自身在宋亡后所感受到的飘零无依的凄苦，同蝉的命运、齐后的命运打并在一起，并通过“凄凄切切”的悲鸣向这无情的世界倾吐。不仅如此，当黄昏来临之际，“砌蛩”又把这凄切的哀鸣接了过去，其声更加悲痛哽咽。说这首词寄寓后妃陵墓被盗，或说寄寓元军劫掳宋室后妃北上之悲惨境遇，均无不可。因为“蝉”的历史文化内涵是同女性联系

① 肖鹏《〈乐府补题〉寄托发疑》（《文学遗产》1985 年第 1 期）一文对夏文提出不同意见。

② ［五代］马缟：《中华古今注》，《古今注·中华古今注·封氏闻见记·资暇集·刊误·苏氏演义·兼明书》，辽宁教育出版社 1998 年版，第 45 页。

在一起的，特别是王室成员。《天香·龙涎香》与《水龙吟·白莲》较之前首咏蝉，其寓意就较为淡薄了。

草窗词中还有一些颇具特色的小令。如《闻鹊喜·吴山观涛》：

天水碧。染就一江秋色。鳌戴雪山龙起蛰。快风吹海立。

数点烟鬟青滴。一杼霞绡红湿。白鸟明边帆影直。隔江闻夜笛。

词以描画、形容、比拟、夸张为主。在天水一碧的大背景中逐步突现钱塘江涌潮来临时的壮观雄伟气势。色彩明丽，动静结合，清疏中杂以拗峭之笔。这首词主要是告诉读者看到什么，与宋词中最早咏钱塘江潮的潘阆《酒泉子》构思大不相同。潘词通过观潮完整地体现了审美感兴的全过程（准备阶段、兴发阶段与延续阶段），在刻画涌潮的同时又特别注重审美心理感发。这两首词可以参看。

《四字令·访友不遇》也值得一读：

残月半篱。残雪半枝。孤吟自款柴扉。听猿啼鸟啼。

人归未归。无诗有诗。水边伫立多时。问梅花便知。

语浅情深，焦灼为闲雅心绪取代。似与李白《访戴天山道士不遇》、贾岛《寻隐者不遇》诸诗前后相承。

草窗词远承周邦彦，近袭姜夔、吴文英，所以草窗词中既有清疏典丽之作，又有骚雅清空与密丽深涩之作，个别作品还有近似苏轼与辛弃疾者。可见草窗取径甚宽，风格也较多样。他在《效颦十解》中，就曾明确地以“拟花间”“拟稼轩”“拟蒲江”“拟梅溪”“拟东泽”“拟花翁”“拟参晦”“拟梦窗”“拟二隐”“拟梅川”等为题填词。在此十题中虽无白石，但他受白石影响最深，而且是从自身遭遇与白石相近这一基本点来体味白石词风，并由此形成清丽骚雅的自家风格。

前人对草窗词的评价颇有出入。戈载持全面肯定的态度，说草窗词“尽洗靡曼，独标清丽，有韶倩之色，有绵渺之思，与梦窗旨趣相侔。二窗并称，允矣无忝。”（《宋七家词选》）[①]吴梅《词学通论》承此评价，把草窗列为南宋词人七大家之一，是“南宋词人之表率”“南宋词坛领袖”。[②]周济与陈廷焯则对草窗一分为二。周济说“公谨敲金戛玉，嚼雪盥花，新妙无与为匹。”又说：“公谨只是词人，颇有名心，未能自克，故虽才情诣力，色色绝人，终不能超然遐举。”（《介存斋论词杂著》）[③]又说：“草窗镂冰刻楮，精妙绝伦，但立意不高，取韵不远，当与玉田抗行，未可方驾王、吴也。”（《宋四家词选目录序论》）[④]陈廷焯认为：“周公谨词，刻意学清真。句法字法，居然合拍。惟气体究去清真已远。其高者可步武梅溪，次亦平视竹屋。”（《白雨斋词话》）[⑤]全持否定态度的是王国维，他在《人间词话》中说：“朱子谓：‘梅圣俞诗，不是平淡，乃是枯槁’。余谓草窗、玉田之词亦然。”又说“玉田、草窗之词，所谓‘一日作百首也得’者也。”[⑥]上述评语中，王国维的有明显偏颇，可置而不论。戈载、吴梅的评价有其当处，但缺少分析。

① 孙克强：《唐宋人词话》，河南文艺出版社 1999 年版，第 854 页。

② 吴梅：《词学通论》，商务印书馆 1934 年版，第 87，99 页。

③ 唐圭璋：《词话丛编》第 2 册，中华书局 1986 年版，第 1634 页。

④ 唐圭璋：《词话丛编》第 2 册，中华书局 1986 年版，第 1644 ~ 1645 页。

⑤ 唐圭璋：《词话丛编》第 4 册，中华书局 1986 年版，第 3806 页。

⑥ 唐圭璋：《词话丛编》第 5 册，中华书局 1986 年版，第 4262 页。

就周密词整体而言，还是反映了宋末元初这一特定历史时期下层知识分子的心理历程。特别是宋亡后的作品，思想内容与艺术功力均有明显提高。周密在情感深度与审美独创方面虽然不能与他同时代的王沂孙、张炎完全相等，但在艺术上确有自己的特点，在继承与发扬前人艺术经验方面有自己的贡献。像吴梅那样列周密为南宋七大词人之一固属不当，但在词坛上占有重要一席，是不应成为疑案的。

二、“感时伤世”“缠绵忠爱”的王沂孙

王沂孙（1240？—1290？[①]），字圣与（或作圣予），又字咏道，号碧山，又号中仙，会稽（今浙江绍兴）人。因家居玉笥山（即天柱山）下，又别署玉笥山人或玉笥村民。元至元中为庆元路（治所在浙江鄞县即今宁波）学正，旋又去官[②]，实为南宋遗民，与周密、张炎等人往来甚密。有《碧山乐府》，又名《花外集》，存词65首。

王沂孙生当宋末元初社会大变动时代。南宋的灭亡在他心灵上造成难以弥合的创伤，元代的文化专制与民族高压政策又使他难以终身事元，同时又难以用明确的语言和慷慨的音调来抒写亡国之痛。因此，他的词往往采取托物喻志的手法，抒写积郁于胸

① 王沂孙生卒年不详，诸家所说多有歧异。陆侃如、冯沅君《中国诗史》假定其生年为1240。夏承焘《周草窗年谱》认为沂孙少于草窗（1232年生），长于仇远（1247年生），卒年40左右。夏敬观《王碧山年岁考》谓碧山生于草窗之前，约当1220～1230年间。吴则虞《词人王沂孙事迹考略》认为碧山生年当与玉田(1248年生，后草窗16年）相若，卒年约在41、42岁之间。常国武《王沂孙出仕及生卒年岁问题的探索》认为碧山生年略早于草窗，卒年至少60岁以上。以上诸说皆据黄贤俊，王沂孙的生卒年也暂从黄坚俊说（《王碧山四考》，《词学》第6辑，华东师范大学出版社1988年版，第77～81页）。

② 碧山“入元不仕”乃黄贤俊《王碧山四考》之说（《词学》第6辑，华东师范大学出版社1988年版，第81～88页），此暂不采。

的隐恨。这些词表面上平和恬淡，而峭拔沉郁之气却贯穿其中。陈廷焯说他的词“品最高，味最厚，意境最深，力量最重。感时伤世之言，而出以缠绵忠爱。”（《白雨斋词话》卷二）[①] 此语评价未免过高，但就其在咏物词的寄托、意境的开拓、艺术技法的独创方面而言，又确实抓住了关键所在。

碧山词中最为后人称道的作品，无疑是那些深含亡国之痛的咏物词。如其代表作《眉妩·新月》：

渐新痕悬柳，澹彩穿花，依约破初暝。便有团圆意，深深拜，相逢谁在香径。画眉未稳，料素娥、犹带离恨。最堪爱、一曲银钩小，宝帘挂秋冷。　　千古盈亏休问。叹慢磨玉斧，难补金镜。太液池犹在，凄凉处、何人重赋清景。故山夜永。试待他、窥户端正。看云外山河，还老尽、桂花影。

此词创作时间有南宋亡前与南宋亡后两种不同说法。但不论其作于何时，均寄托了作者因痛感河山破碎、难得重圆的痛惋。一起三句写新月初升高悬在柳树梢头，它的微光刚刚能划破夜空，穿透花的叶片。“便有团圆意”至“犹带离恨”五句有两层意思。一是，这新月虽很微弱，但它毕竟是满月的一部分，而且其发展的结果必然会变成满月。按旧俗，姑娘们理应走出闺阁，深深拜月。但是，如今这花园的小路上却空寂无人，旧时的相知已不知去向。暗示南宋灭亡后宫女们被掳北上，或慑于元军的暴虐而不敢走出闺房。二是，这新月很像是少女未能描成的画眉，看去还似乎带有嫦娥背井离乡的愁恨。所谓“离恨”，亦即家亡国破之恨。从“最堪爱”至上片结尾，作者把新月比成一弯

---

① 唐圭璋：《词话丛编》第4册，中华书局1986年版，第3808页。

银钩，仿佛在寒凉的秋空这一广阔背景上，巧妙地挂起了窗帘，供人仰望这无尽的秋夜寒空。新月虽小，但却可爱而又可怜。可见，上片句句均在歌咏新月。下片，笔锋回折，由新月而转写家国大事。换头三句紧承上片“银钩小”三字，就盈亏中的“亏”字施展笔墨，抒写情怀。“叹慢磨玉斧，难补金镜”二句，用“玉斧修月”典故[①]：国土沦丧，河山破碎，犹如月之有阙。本当磨玉斧以修之，然按当时的形势，已是难以复圆，即国家的疆土已恢复无望了。“休问”乃无可奈何之辞：因山河破碎，故国沦丧，必然要问；但问也无益，不如“休问”。金瓯破碎，自然应补，但补缺无能，故曰“难补”。此三句实为全篇主旨。“太液池”三句就此略作发挥，引历史事实入词，就家国今昔巨变进行比照。“太液池”乃汉、唐宫内水池名。在此代指两宋宫廷苑囿。据陈师道《后山诗话》载：“（宋）太祖夜幸后池，对新月置酒。问‘当直学士为谁？’曰‘卢多逊。’召使赋诗，请韵。曰：‘些子儿。’其诗云：‘太液池边看月时，好风吹动万年枝。谁家玉匣开新镜？露出清光些子儿’。”[②]此处即用此典，说明在国家兴隆昌盛之际，太液池畔玩月赋诗是何等情致！而今“太液池犹在”，有谁还来赋此“清景”呢？“何人”二字下笔极重，极沉痛。换头三句写天上，“太液”三句写人间。天上人间，两相对照，其意甚明。“故山夜永”至篇终，写月有再圆之时，但故国河山却桂花老尽，江山易主，无复当年之情景矣。

---

① 传说唐太和中有二人游嵩山，见一人枕襆而眠。问其所自，其人笑曰：“君知月乃七宝合成乎？月势如丸，其影，日烁其凸处也。常有八万二千户修之，予即一数。”因开襆，有斧、凿等具。（《酉阳杂俎·天咫》）后因有“玉斧修月”之说，如王安石《题扇》诗：“玉斧修成宝月团，月边仍有女乘鸞。”刘克庄《最高楼》词：“懒挥玉斧重修月，不扶铁拐会登山。”

② 吴文治：《宋诗话全编》第2册，江苏古籍出版社1998年版，第1026页。

就全篇内容来看，此词虽可解作南宋灭亡前或灭亡之后所作，但似以解作临安被攻陷的当年（1276）秋所作为佳。元军攻破临安以后，宰相陈宜中等出逃，拥立端宗赵昰于福州，后又逃往南海抗元。作者对此仍抱一线希望，故结拍四句中有“试待他、窥户端正”之句，期望国土重光。但因未可肯定，故用一“试”字，殷切之中复又杂以希望渺茫之意。三年之后的1279年，南宋终于灭亡了。王沂孙的咏物词，一般均写得比较隐晦，调子低沉，但本篇的寓意却较明显，哀怨之中却仍饱含着某种生机与乐观的希冀，尽管这生机与希冀十分渺茫。前论朱淑真时，曾言及她的《忆秦娥·正月初六日夜月》，由于时代之不同，两首词的内容与表现手法已大有差异，可对比参看。

这首词用象征和暗示手法写成。象征的方式很多，这首词里的象征，是利用象征物与被象征的内容在特定经验或条件下的类似与相联系之处，使被象征的内容得到强烈集中的表现。词中紧紧围绕“新月”这一形象，象征国土沦丧，金瓯破碎，难得重圆，并抓住“盈亏”变化这一特征来组织全篇，突出盛衰的对比。

类似的写法还有《水龙吟·牡丹》：

> 晓寒慵揭珠帘，牡丹院落花开未。玉栏干畔，柳丝一把，和风半倚。国色微酣，天香乍染，扶春不起。自真妃舞罢，谪仙赋后，繁华梦、如流水。　池馆家家芳事。记当时、买栽无地。争如一朵，幽人独对，水边竹际。把酒花前，剩拚醉了，醒来还醉。怕洛中、春色匆匆，又入杜鹃声里。

表面写的是牡丹，但暗中却寄寓着南宋时势，概括了一代王朝的盛衰变化。“繁华梦、如流水”，不正是对“直把杭州作汴州”的南宋王朝的针砭么？下片结拍的“洛中”表面写盛产牡丹的洛阳，其实不就是指沦陷的临安杭州么？

在王沂孙咏物词里，《齐天乐·蝉》是另一名篇：

> 一襟余恨宫魂断，年年翠阴庭树。乍咽凉柯，还移暗叶，重把离愁深诉。西窗过雨。怪瑶佩流空，玉筝调柱。镜暗妆残，为谁娇鬓尚如许。　　铜仙铅泪似洗，叹携盘去远，难贮零露。病翼惊秋，枯形阅世，消得斜阳几度。余音更苦。甚独抱清高，顿成凄楚。谩想薰风，柳丝千万缕。

这首词与周密《齐天乐·蝉》同为《乐府补题》中分咏同一主题之作。比较而言，王沂孙这首《齐天乐》比周密之作在寄托亡国之思方面更为明显。起拍至“重把离愁深诉”五句，说明“蝉”是后妃魂灵所化；“宫魂”二字即指此而言。而“蝉”的悲鸣正是在“深诉”自己的“离愁”和“余恨”。全篇也由此笼罩在深秋肃杀与凄凉无助的悲剧气氛之中。此为作者之所闻，是第一层。“西窗过雨”至上片结尾五句是第二层。“过雨”象征时事巨变。“雨”，是秋雨。“一场秋雨一场凉”，“过雨”意味着寒蝉愈益接近自己的末日。这就更加引起作者的关注，于是禁不住向窗外望去，进入耳鼓的是一阵玉佩撞击般的声响，又像是谁在弹弄玉筝的弦柱，最后才发现是寒蝉向上空飞去，薄薄的蝉翼光洁而又透明。对此，作者止不住暗叹道：“镜暗妆残，为谁娇鬓尚如许。”此二句表面用魏文帝宫人“制蝉鬓”的典故，实际却与“发陵之案”相关。据载唐珏等人在收集被发掘的南宋帝王后妃遗骸时，曾发现孟后的发髻长六尺有余，光泽如新并簪有短钗。（《癸辛杂识别集》上）[①] 所以“蝉鬓”很可能与此相关。下片，换头至“消得斜阳几度”六句是一层，作者用李贺《金铜仙人辞汉歌》中诗句与“拆迁铜人”事典，并通过“露”这一细节，把南宋灭亡、帝后陵墓被盗与蝉的命运联系在一起，构成“浑化无迹”的艺术世界。古人认为蝉是靠餐风饮露维持生命的，如今维持生命的承露盘已被新王朝拆迁运走，哪里还有露可饮用呢？再加上“病翼惊秋，枯形阅世”的悲惨现实，寒蝉再也无法经受几次摧残了。这六句是作者之所想，从“余音更苦”至终篇又是一层，写作者之所感。作者深感蝉的“余音”已成绝响，听之倍加凄苦，于是不禁叹道：为什么你总是觉得自己无上清高而结局却如此悲惨，回忆过去的繁盛又有何补益呢？这首词通过咏蝉对南宋灭亡表示深深哀悼，对帝后陵墓的盗发表示出极大的悲痛。词中还揉进了作者个人身世之感，寒蝉的悲鸣实际上也是作者（以及其他的宋遗民）国破家亡后的哀吟。

德国诗人歌德说过这样一句话：“他们（指中国诗人）还有一个特点，人和大自然是生活在一起的。”（爱克曼《歌德谈话录》）[②] 这话说得很有道理，因为他敏感地发现，我国古代诗歌不论是感慨时事、托物喻志，或者描写爱情，都不同程度地与客观景物的描绘融成一片，从而形成即景抒情、寓情于景、情景交融的传统艺术手法。这一点，在唐宋诗词中表现尤为突出。到南宋词的高峰期以及词艺的深化期、宋词的结获期，几乎所有著名词人都致力于向词的创作的深度与广度进军，并通过自己的创作实践，把情景交融的艺术传统提高到一个新的水平。其中的某些

---

① ［宋］周密：《癸辛杂识》，中华书局 1988 年版，第 264 页。

② ［德］爱克曼辑录，朱光潜译：《歌德谈话录》，人民文学出版社 1978 年版，第 112 页。

咏物词则更加缩小了人与物的距离，使人和大自然更加亲密地融合在一起。王沂孙的《齐天乐》就是这方面具有代表性的作品之一。用黑格尔的话来说，就是“人把他的心灵的定性纳入自然物里”“人把他的环境人化了。”[①] 在这首词里，使蝉人化的主要手段是连用三个不同的典故：一是齐后尸化为蝉；二是魏文帝宫人制蝉翼；三是拆迁汉武帝铜人与承露盘。这三个典故，把蝉的身世、蝉的翅翼、蝉的结局交代得一清二楚，并且暗示出南宋覆亡与陵墓的被盗。正如周济的《宋四家词选目录序论》中所说：“咏物最争托意，隶事处以意贯穿，浑化无痕，碧山胜场也。”[②] 王沂孙这首《齐天乐》在思想与艺术上均远胜周密与其他词人的咏蝉诸作。

在王沂孙的咏物词中，寄寓亡国之恨的作品还有《天香·龙涎香》《水龙吟·白莲》（二首）《齐天乐·萤》《庆宫春·水仙花》以及《水龙吟·落叶》等。先看《天香·龙涎香》：

孤峤蟠烟，层涛蜕月，骊宫夜采铅水。汛远槎风，梦深薇露，化作断魂心字。红瓷候火，还乍识、冰环玉指。一缕萦帘翠影，依稀海天云气。　　几回？？娇半醉。剪春灯、夜寒花碎。更好故溪飞雪，小窗深闭。荀令如今顿老，总忘却、樽前旧风味。谩惜余熏，空篝素被。

起拍三句写龙涎香采集的地点、时间与经过。据吴震方《岭南杂记》卷下载，龙涎香乃香品中最珍贵者，出大食国西海之

① ［德］黑格尔著，朱光潜译：《美学》第1卷，人民文学出版社1958年版，第318页。

② 唐圭璋：《词话丛编》第2册，中华书局1986年版，第1644页。

中，上有云气罩护，下有龙盘洋中大石，卧而吐涎，飘浮水面，为太阳照射，凝结而坚，轻若浮石，用以和众香，焚之则能聚香烟，缕缕不散。[①]经考察，所谓“龙涎香”者，乃抹香鲸之分泌物。“汛远槎风”三句写龙涎采去，再经炼制，成为心字篆香。“红瓷候火”以下五句，具体描述龙涎香的焙制过程及其燃烧后长期郁结不散的特点。《本草纲目拾遗》说这一特点“所以然者，蜃气楼台之余烈也”。[②]“一缕萦帘翠影，依稀海天云气”即指此而言。此词上片写香，下片写人。换头以下五句写闺中女子焚香以及龙涎香使用时必须在“密室无风之处焚之”这一特点。“小窗深闭”正是此特点的具体写照。“荀令如今顿老”用“荀令（荀彧）留香”的典故（《太平御览》卷七〇三引《襄阳记》谓“荀令君至人家，坐处三日香。”）[③]。此下三句略加顿挫，词笔翻转，构成昔盛今衰的强烈对照。“总忘却”，实际是永难忘却旧时“风味”，意即“故国不堪回首”也。所以最后用“谩惜余熏，空篝素被”结穴，说明夜剪春灯，殢娇半醉的主人已不复存在；只有被龙涎熏过的素被还似乎保留着当时的余香，不时散发出来，使人感到物是人非而倍增悼惜之情。据周密《癸辛杂识》“杨髡发陵”与陶宗仪《南村辍耕录》“发宋陵寝”诸条记载，杨琏真伽在盗发宋理宗之尸时，启棺如生。有人说理宗口中含有夜明珠，发墓者遂倒悬其尸树间，沥取水银，如此三日夜，竟失其首。[④]这首词中“骊宫夜采铅水”诸句，似与发陵倒

① ［清］吴震方：《岭南杂记》，商务印书馆 1936 年版，第 44 页。

② ［清］赵学敏：《本草纲目拾遗》，中国中医药出版社年版，第 385 页。

③ ［宋］李昉 等：《太平御览》（影印）第 3 册，中华书局 1960 年版，第 3139 页。

④ ［宋］周密撰，吴企明点校：《癸辛杂识》，中华书局 1988 年版，第 152 页；［元］陶宗仪：《南村辍耕录》，中华书局 1959 年版，第 47 页。

悬尸体求珠事相关。而“孤峤”“槎风”“海天”诸句又似与陆秀夫拥立帝昺于海上厓山有某种关联。不仅如此，这首词在王沂孙《花外集》中被编列为第一首，在周密、张炎、陈恕可、仇远等14人结社填词并结集的《乐府补题》中也被列为第一首。[①] 从这首词的被推重，也可看出其不同凡响之处了。应当说，抒写亡国哀痛在这首词中的表现是比较充分而又明显的。陈廷焯在《云韶集》中评此词说：“起八字高。字字娴雅，斟酌于草窗、西麓之间。亦有感慨，却不激迫，深款处得风人遗志。”[②]

《齐天乐·萤》同样寄托了深沉的感慨：

碧痕初化池塘草，荧荧野光相趁。扇薄星流，盘明露滴，零落秋原飞磷。练裳暗近。记穿柳生凉，度荷分暝。误我残编，翠囊空叹梦无准。　楼阴时过数点，倚阑人未睡，曾赋幽恨。汉苑飘苔，秦陵坠叶，千古凄凉不尽。何人为省。但隔水余晖，傍林残影。已觉萧疏，更堪秋夜永。

全篇咏萤却不着“萤”字。开篇便点明萤火虫的出生、成长与习性。词中用杜牧《秋夕》（“轻罗小扇扑流萤”）、杜甫《见萤火》（“帘疏巧入坐人衣”）及《萤火》（“时能点客衣”）等诗意，反复穿插，浑化无痕，形同己出。一结用《晋书·车胤传》中“囊萤照书”故事[③]，发出读书不能救国的感慨。下片换头继续写萤飞的自由与人被抛在黑暗之中的无可奈何

---

① ［宋］王沂孙：《花外集》，上海古籍出版社1988年版；撰人不详：《乐府补题》，商务印书馆1937年版。

② 转引自［清］陈廷焯著，屈兴国校注：《白雨斋词话足本校注》上册，齐鲁书社1983年版，第180页注［二］。

③ 《晋书》第7册，中华书局1974年版，第2177页。

的幽恨，两相对照。“汉苑”三句写时过境迁，千古兴亡，暗点南宋的覆灭，而萤却似乎对此无动于衷：它在飘苔的汉苑与坠叶的秦陵中不时飞过，根本不顾什么“千古凄凉”。对此，词人不禁要发出“何人为省”的慨叹。对己对人，还是对萤而发？很明显，词人从萤的微光与暗夜飞行中发现了自我：“隔水余晖，傍林残影。”即使在南宋灭亡之后，词人仍想以自己的微光寻找光明。但这一努力成功的希望已十分渺茫：“已觉萧疏，更堪秋夜永。”陈廷焯在《白雨斋词话》（卷二）中说这最后几句：“咏叹苍茫，深入无浅语。”① 在《云韶集》中又说：“凄凄切切，秋声、秋色、秋气满纸，感慨苍茫。末二语一往叹惜。”② 凡此，都是指其亡国之思。

《水龙吟·落叶》的构思与其他咏物词有所不同。如果说上举诸首是大处着眼，小处落墨，以小观大，尺幅万里；那么，这首咏落叶的《水龙吟》则是从整个国家的灭亡来抒写这万叶萧疏，飘摇零落的现实。全词如下：

晓霜初著青林，望中故国凄凉早。萧萧渐积，纷纷犹坠，门荒径悄。渭水风生，洞庭波起，几番秋杪。想重厓半没，千峰尽出，山中路、无人到。　　前度题红杳杳。溯宫沟、暗流空绕。啼螿未歇，飞鸿欲过，此时怀抱。乱影翻窗，碎声敲砌，愁人多少。望吾庐甚处，只应今夜，满庭谁扫。

上片写肃杀秋景。开篇两句以雄阔的境界总提，并以“晓

① 唐圭璋：《词话丛编》第 4 册，中华书局 1986 年版，第 3811 页。

② 转引自［清］陈廷焯著，屈兴国校注：《白雨斋词话足本校注》上册，齐鲁书社 1983 年版，第 187 页注［一］。

霜”“青林”两个色彩鲜明的词语点出秋天的脚步已经来到。所以，望中的故国皆毫无例外地呈现出一派凄凉景象。以下分三层对此“凄凉”二字加以渲染。第一层是“萧萧渐积，纷纷犹坠，门荒径悄。”“萧萧”“纷纷”，叠字工对，不唯状声，且犹绘景。“渐”，写落叶凋零堆积之过程；“犹”，状秋气之持久加深；“荒”“悄”二字，烘托凄凉的程度。第二层是“渭水风生，洞庭波起，几番秋杪。”作者从片片落叶之上，把读者的联想引向广阔时空之中，但其思路仍以落叶为线索。取典是长安落叶，却只说“渭水风生”；本意是写“落木下”，却只说“洞庭波起”。这种藏头露尾与众宾拱主的手法别饶含蓄宛转、曲折多姿的韵味。“几番秋杪”可有两种解释。一解：这是第几个深秋了？一解：这么几次折腾秋天就要完结了。就全文看，似以第二种解释为佳。第三层是“想重厓半没，千峰尽出，山中路、无人到。”“半没”，是落叶无限堆积之故；“尽出”，是万木凋零的结果；“无人到”，是落叶阻塞了交通，暗示国破家亡后的萧索荒凉。陈廷焯认为“渭水风生”至“无人到”诸句“笔意幽冷，寒芒刺骨。其有慨于崖（厓）山乎。”（《白雨斋词话》卷二）[①]陈氏的语气犹疑，只是设想。吴则虞在《花外集》本词注一中对此却作了正面的肯定：“此说是也。兹申说之：‘渭水风生’，盖指西北之败；‘洞庭波起’，似指德祐二年（1276）潭、袁、连、衡、永、郴、全、道之陷落，湖外之战，李芾、尹穀之死，为渡江来死事之烈者也。厓山板屋，飘寓水裔，荃桡兰旌，扬灵未极，此上片之意也。”[②]此说过于坐实，只能作为参

① 唐圭璋：《词话丛编》第4册，中华书局1986年版，第3811页。

② ［宋］王沂孙撰，吴则虞笺注：《花外集》，上海古籍出版社1988年版，第37页。

考，不能尽信。下片换头二句，用红叶题诗故事，把读者的视线引向故宫。“暗流空绕”，是溯流而上，追寻红叶，结果却令人大失所望。“暗”“空”，形容故宫已人去楼空，荒凉空旷。“啼螀未歇”至“愁人多少”五句，就前句发挥，说明偌大的故宫已空无一人，传入耳际的只有寒虫的悲鸣，映入眼帘的不过是飞鸿的阵影。面对如此荒败凄凉的现实，作者却只用“此时怀抱”四字轻轻带过。“怀抱”者何？没有实说，给读者留下了想象的空间：说自己的心与寒螀一起哀鸣也好，说目送“飞鸿”而无所寄托也好，或者说这二者都不能尽抒自己的怀抱也好。但“落叶”却不顾作者的满怀愁绪，仍然是“乱影翻窗，碎声敲砌”，给人增添无穷烦恼。“望吾庐甚处”三句与“题红杳杳”上下辉映，说明不仅国破，且已家亡，无可归依。“满庭谁扫”紧扣词题，以设问结篇，更显凄楚哀恸。

这首词与前面咏物诸篇虽有许多共同之处，但又有自身鲜明的特点。一是主观抒情性大有增强。在前几首词里，作者把难以言传的思想情感寄托在所写的客观物象之中，通过使事用典来加以铺排抒写，用笔曲折隐晦。这首词是歌咏落叶的抒情诗，作者紧紧围绕落叶来组织全篇，但同时他自己也进入了词的意境，不时发出一两声长叹。如“望中故国凄凉早”“此时怀抱”“望吾庐甚处”等等；而在前几首咏物词中则仅是借所咏物象作客观的抒写。二是用藏而不露或藏头露尾与众宾拱主的手法渲染气氛。词中句句写落叶，字字写落叶，但“落叶”二字却始终藏而不露，写法上宾主、虚实、藏露、隐显相互交叉渗透，极尽变化之能事，终于创造出一曲哀婉雄浑的“落叶之歌”。这很自然地使人联想到雪莱的名诗《西风颂》。虽然，王沂孙这首“落叶之歌”比雪莱的《西风颂》短小而又缺少乐观的气概，但就其思想与艺术而

言，却也有自己的独到之处。正如陈廷焯所说："此中无限怨情，只是不露，令读者心怦怦焉。结笔寂寞。"（《云韶集》）[①]

除托物言志的咏物词以外，王沂孙词中最多的另一类词是写身世飘零与抚今追昔之作，如《醉蓬莱·归故山》《长亭怨·重过中庵故园》以及《高阳台·和周草窗寄越中诸友韵》等。先看上列最后一首之《高阳台》：

残雪庭阴，轻寒帘影，霏霏玉管春葭。小帖金泥，不知春在谁家。相思一夜窗前梦，奈个人、水隔天遮。但凄然，满树幽香，满地横斜。　江南自是离愁苦，况游骢古道，归雁平沙。怎得银笺，殷勤与说年华。如今处处生芳草，纵凭高、不见天涯。更消他，几度东风，几度飞花。

这是一首唱和词。词中情思慷慨，寄意遥深，虽为和韵而超过原韵，显示出王沂孙精湛的艺术造诣。周密原作的五、六句为"雪霁空城，燕归何处人家"，含亡国哀思，当为宋亡后所写。王沂孙此词写于稍后，亦从"残雪"二字起拍。但词中的重点却是盼春，写春天即将来临。这春天的信息是怎样传达出来的呢？作者分别从三个不同的侧面逐次加以交代。其一是从"霏霏玉管春葭"中透露出来的。"玉管春葭"是古代测试季节的器具。相传古人用十二月律的律管来测候节气，方法是用 12 根玉制律管，内端各塞以葭莩（芦梗里面的薄膜）灰，置密室中，节气到临，灰就飞散。（《后汉书·律历上》）[②] 刘禹锡《予自到洛中……

① 转引自［清］陈廷焯著，屈兴国校注：《白雨斋词话足本校注》上册，齐鲁书社 1983 年版，第 186 页注［四］。

② ［晋］司马彪：《后汉书》第 11 册，中华书局 1965 年版，第 3016 页。

联句》中有“春榆初改火，律管又飞灰”之句。由于时令已到，玉管里的芦苇灰已在纷纷飞扬了。其二是从泥金帖上的“宜春”二字中透露出来的。按当时民俗，过除夕时门上要贴泥金字帖，对春天表示欢迎。其三是从“满树幽香，满地横斜”的梅花身上透露出来的。季节依旧，民俗依旧，梅花也依旧开放，尽管南宋灭亡，也不会有丝毫改变。但人世却在“依旧春来”的现实之中出现了天翻地覆的变化：“相思一夜窗前梦，奈个人、水隔天遮。”表面看是写对友人的思念，然而其最深层次上却蕴含有故国之思。所以面对三种新春即将来临的先兆，不免“凄然”神伤。史载，元军是宋恭帝德祐二年（1276）二月攻陷南宋都城临安的，三月掳恭帝及太后北去。因之，春天的到来并不会给词人带来欢乐，相反却增添了“凄然”的亡国深痛。下片集中写离愁之苦。题为“寄越中诸友”，所以过片不能忘怀此意，先写对越中诸友的怀念：“江南自是离愁苦。”然而，紧接着的第二句便倒转笔锋，极写塞北的生离死别：“况游骢古道，归雁平沙。”一个“况”字在此有转身唤起的千钧之力，它不仅领起以下二句，且能振起全篇，把读者的视线引向一直虎视江南，不断发起攻势直至使南宋灭亡的敌人的老巢——塞北。为什么在“寄越中诸友”时，突然把注意力，把视线投向遥远的塞北？是忆念被征召北上的词友张炎与陈允平么？张炎《甘州》（一作《八声甘州》）中有“记玉关、踏雪事清游。寒气脆貂裘。傍枯林古道，长河饮马”之句；《壶中天·夜渡古黄河》中有“斜阳古道……水流沙共远”之句。但细按全篇仍以怀念被掳北上的宋室君臣为宜。“况”字即是向越中诸友提醒注意这一惨痛现实。“怎得银笺”二句，就是自愧无法表达思念故国君臣的缠绵忠爱之情。无法表达，也无处表达，所以才有登高遥望的举动，但遥望的结果却是更大的失望："如今处处生芳草，纵凭高、不见天涯。"改朝换代后的春天，处处芳草丛生，风光依旧，而词人凭高所望的"天涯"，却望而不见。此情此景，人何以堪！如此时局、如此心情，一个时刻以故国为念的词人，还怎能禁得起"几度东风，几度飞花"？！这说明，词人已经难以忍受春归的苦闷与感情的折磨了。

这首虽是"和周草窗'寄越中诸友'韵"，但却能从"越中诸友"这一题旨中生发开来，集中抒写亡国哀思，将春的到来同南宋临安的沦陷与宋室君臣被掳北上联系起来，在思想内容上大大超过了周密的原作。词中所表现的故国之思，不是孤立地表现在某一局部或个别词句上，而是融化在整个词的形象、意境以及笼罩全篇的气氛与色调之中。词虽亦写春，但涉笔无多，布满全篇的倒是"残雪庭阴""轻寒帘影""游骢古道，归雁平沙"以及"不见天涯"的"凄然"满目的"窗前梦"，是"不知春在谁家"的慨叹，是"更消他，几度东风，几度飞花"的浩叹。从而表达出一种哀苦无告的悲惋情怀。而这正是王沂孙比周密、比越中诸友在思想艺术上略胜一筹之处。历代评家对此却未能予以足够重视。

另首直抒身世飘零与抚今追昔之作是《醉蓬莱·归故山》：

扫西风门径，黄叶凋零，白云萧散。柳换枯阴，赋归来何晚。爽气霏霏，翠蛾眉妩，聊慰登临眼。故国如尘，故人如梦，登高还懒。　　数点寒英，为谁零落。楚魄难招，暮寒堪揽。步屧荒篱，谁念幽芳远。一室秋灯，一庭秋雨，更一声秋雁。试引芳樽，不知消得，几多依黯。

题为“归故山”，即辞去“庆元路学正”之后从鄞县回到故乡绍兴时作。作者在《水龙吟·落叶》词中有：“山中路、无人到”；以及“望吾庐甚处，只应今夜，满庭谁扫”之句，表示归乡之愿。这首词便是归故山愿望的实现，所以开篇三句从风扫落叶起笔。接二句“柳换枯阴，赋归来何晚”，用陶渊明《五柳先生传》与《归去来辞》文意，深悔不该出任“学正”，而今虽不为米折腰，但已为时太晚了。“何晚”二字，感慨万端，语短情深。“爽气霏霏”三句扣题，抒写面对“故山”（王沂孙生于绍兴会稽山之一峰的玉笥山下）得到的心灵慰藉。“爽气”句，用《晋书·王徽之传》：“西山朝来，致有爽气耳。”[①]然而，“爽气”也好，故山的“翠蛾眉妩”也好，只能让词人暂时得到某种安慰。一想到南宋的灭亡（“故国如尘”），想到故人的零落，恍然如同一场噩梦。于是，便惧怕登高望远，徒增愁恨。下片换头，转作特写，为数点凋零的黄菊定格拍摄。这是象征故国沦亡，还是象征词人的枯萎凋零？对此，即使想挽回过去，也依然是“楚魄难招”。此用楚辞《招魂》意。据王逸《楚辞章句》，《招魂》乃宋玉为屈原招魂之作。[②]引申读之，其中似亦含哀挽南宋灭亡之意。但国破已成现实，袭来的是阵阵秋寒，故曰“暮寒堪揽。”“步屧”二句写用行动追索故山旧观，但只有“荒篱”触目，而当年的“幽芳”早已不复存在。在此无可奈何之际，还给词人的只有“一室秋灯，一庭秋雨，更一声秋雁。”目之所见，耳之所闻，皆一派秋声。“秋”字的三次重现，使亡国破家之愁，塞满玉笥山的整个空间。故山的凄清，词人的孤独，已可想而知。结拍虽拟借酒浇愁，但不仅愁闷难消，甚至反而由

① 《晋书》第7册，中华书局1974年版，第2103页。

② ［宋］洪兴祖：《楚辞补注》，中华书局1983年版，第197页。

此更增添出无限的戚黯之情。抚今追昔，感慨苍凉。目击心伤，凄哀入骨。南宋灭亡在遗民词人心灵上造成的创痛与悲惋，如今仍从字里行间溢出。在王沂孙词中，这首词是别具一格的。

此外，还有少数词篇反映了词人的乐观情怀，值得留意。如《无闷·雪意》：

阴积龙荒，寒度雁门，西北高楼独倚。怅短景无多，乱山如此。欲换飞琼起舞，怕搅碎、纷纷银河水。冻云一片，藏花护玉，未教轻坠。　　清致。悄无似。有照水一枝，已挽春意。误几度凭栏，莫愁凝睇。应是梨花梦好，未肯放、东风来人世。待翠管、吹破苍茫，看取玉壶天地。

题为“雪意”，即雪欲下未下之意。作者选择雪前这一短时间内的矛盾冲突，反映出作者企盼改变现状和人定胜天的坚定信念。这一点在王沂孙乃至南宋遗民词人群的词中都是极为特殊的。上片可分三层。起三句一层，写望雪：带雪的阴云从西北方积聚并通过北风吹度雁门南下，作者倚楼对此长期观察盼望。“怅短景无多”至“怕搅碎、纷纷银河水”是第二层，写的是盼雪。冬季日短，转眼天色已晚，而眼前的山色裸露，多需要一场大雪！而老天却十分矛盾，想叫飞琼漫天飞舞，却又怕她的舞姿搅乱天上银河，使银河流水纷纷下降。末三句写未雪。“冻云一片，藏花护玉，未教轻坠。”雪，终于未能降下来，“雪意”也渐渐消散。矛盾冲突至此形于僵持和停顿。下片换头至“来人世”，承上片写“未教轻坠”之具体情景，进一层揭示欲雪不雪之矛盾，是篇中的重点，也是“雪意”的高潮。在这一层里，有照水的梅花盼着下雪为它助长精神；有美女般的花神在盼望飞雪迎春。但另一方面却完全不予理睬，而是“未肯放、东风来人世。”盼雪与不雪之间的矛盾愈演愈烈。在此关键时刻，作者站在盼雪者一方，准备用嘹亮的笛声把苍茫岑寂的世界吹破，让大雪纷飞，使天上地下都变成一个银光闪射的琉璃世界：“待翠管、吹破苍茫，看取玉壶天地。”李贺说箜篌的弹奏能“石破天惊逗秋雨。”（《李凭箜篌引》）玉笛的吹奏，其音响也可能震破苍天，使之撒下纷纷扬扬的雪花来。艺术的功效可以改天换地，人定胜天的思想也由此充分表达出来了。这首词深蕴改变现实的追求，艺术上也极富特色。陈廷焯谓其“笔致翩翩，音调和雅。”“写‘意’字，描色取神，极尽能事。”（《云韶集》）[①]但又认为“有照水一枝”等“句中含讥刺，当指文溪（文天祥胞弟——作者注）、松雪（赵孟頫——作者注）辈”（《白雨斋词话》卷二）[②]，则未免刻意求深，有失原意了。

在周密、王沂孙、张炎这三位风格相近的词人中，王沂孙词在数量上虽不及周（153首）、张（302首），但其质量却高居首位。不论他在世之时还是过世之后，周密和张炎对他都是膺服的。在《三姝媚·送圣与还越》词中，周密说他的词有很强烈的爱国思想：“露草霜花，愁正在、废宫芜苑。”在《声声慢·送王圣与次韵》中又说：“甚长安乱叶，都是闲愁。”张炎在《洞仙歌·观王碧山花外词集有感》一词中，对王沂孙表示赞颂与思念之情：“雨冷云昏，不见当时谱银字。旧曲怯重翻，总是离愁，泪痕洒、一帘花碎。”在《琐窗寒》（“断碧分山”）词序中又进一步叙述了这一情感：“王碧山又号中仙，越人也。

① 转引自［清］陈廷焯著，屈兴国校注：《白雨斋词话足本校注》上册，齐鲁书社1983年版，第182页注［四］。

② 唐圭璋：《词话丛编》第4册，中华书局1986年版，第3810页。

能文工词，琢语峭拔，有白石意度，今绝响矣。余悼之玉笥山，所谓长歌之哀，过于痛哭。”他在这首词里说：“自中仙去后，词笺赋笔，便无清致。”又说：“怅玉笥埋云，锦袍归水。形容憔悴，料应也、孤吟山鬼。那知人、弹折素弦，黄金铸出相思泪。”在周密与张炎心中，王沂孙的地位是很高的。后人对王的评价据此也高居不下。戈载在《宋七家词选·碧山词跋》中说：“玉田之于中仙，可谓推奖之至矣。要其词笔，洵是不凡。余尝谓白石之词，空前绝后，匪特无可比肩，抑且无从入手。而能学之者，则惟中仙。其词运意高远，吐韵妍和。其气清，故无沾滞之音；其笔超，故有宕往之趣。是真白石之入室弟子也。”[①]至清代浙西词派起，王沂孙暂居张炎、周密之后，逮至嘉庆年间常州词派兴起，对王沂孙的评价愈益提高，转而为三家之首。周济说：“中仙最多故国之感。”又说：“中仙最近叔夏一派，然玉田自逊其深远。”（《介存斋论词杂著》）[②]又说：“碧山胸次恬淡，故黍离、麦秀之感只以唱叹出之，无剑拔弩张习气。”（《宋四家词选目录序论》）[③]所以周济在《宋四家词选》中便公然“以周、辛、王、吴为之冠。”[④]力主“问涂碧山，历梦窗、稼轩，以还清真之浑化。”（同上《序论》）[⑤]对周密、张炎则多贬抑之词。陈廷焯在此基础上不仅继续推崇王沂孙，同时对姜夔也大加褒扬，认为：“南宋词家，白石、碧山，纯乎纯者也。梅溪、梦窗、玉田辈，大纯而小疵，能雅不能虚，能清不能

---

① 戈载：《王圣与词选跋》，施蛰存主编《词籍序跋萃编》，中国社会科学出版社 1994 年版，第 383 页。

② 唐圭璋：《词话丛编》第 2 册，中华书局 1986 年版，第 1635 页。

③ 唐圭璋：《词话丛编》第 2 册，中华书局 1986 年版，第 1644 页。

④ ［清］周济：《宋四家词选》，古典文学出版社 1958 年版，第 2 页。

⑤ 唐圭璋：《词话丛编》第 2 册，中华书局 1986 年版，第 1643 页。

厚也。”“词法之密，无过清真。词格之高，无过白石。词味之厚，无过碧山。词坛三绝也。”又说：“王碧山词，品最高，味最厚，意境最深，力量最重。感时伤世之言，而出以缠绵忠爱。诗中之曹子建、杜子美也。词人有此，庶几无憾。”（以上均见《白雨斋词话》卷二）[①]这最后一则评价显然是出于个人偏爱，近于无限拔高；其将王沂孙比之杜甫更为失实。王沂孙词以咏物为主，发展了传统的咏物题材，丰富了词的艺术手法，但因时代没落与个人性格的软弱内向，致使其词笔隐晦，难以捉摸；虽有家国之恨，但情感低沉，并非篇篇均为佳构。至于其题材之狭窄，手法之缺少变化，均为有目共睹。抑之过甚，固属失当；扬之过高，亦非公允。

王沂孙生当宋元易代之际，豪放词与婉约词均已达到其思想艺术的高峰，积累了相当丰富的经验。但他只偏重于继承婉约词的传统，在形式与格律方面继续发展探求，而很少向豪放词，向辛派词风倾斜。他继承了周邦彦的格律精严，体物工巧，善于勾勒；继承了姜夔清空、骚雅和峭拔的词风，甚至借用、化用姜夔词中的句法、字法，如其“荀令如今顿老，总忘却、樽前旧风味”（《天香》），其句法就与白石“何逊而今渐老，都忘却、春风词笔”（《暗香》）极为相近。其集中似此之处尚多。同时，碧山也向吴文英学习，其辞藻的秾艳密丽，事典运用的隐晦生僻，特别是他的咏物词受梦窗影响最深。不过，碧山词的题材虽然狭窄，但其门径却相当开阔。他往往能根据内容与体裁而恰当地选择不同的表现方法，融进时代的悲慨与个人的独特感受，从而形成婉雅平和、深挚缠绵的词风。碧山为词是极其严肃的，他绝不苟作，每成一首便都是悉心推敲、精心结撰的产物。他作

① 唐圭璋：《词话丛编》第 4 册，，中华书局 1986 年版，第 3808 页。

为仅有60余首词作的词人，却能在佳作如林、词人辈出的南宋词坛上占有较高位置，再联系姜夔的成就及其词作之少，又一次充分说明，思想品位与艺术质量是决定词人历史地位的主要因素。当然，这并不意味着轻忽作品数量多质量又高的词人的伟大成就。但历史经验说明，思想品位与艺术质量无论何时都是至关重要的。

三、“备写其身世盛衰之感”的张炎

张炎（1248—1322？），字叔夏，号玉田，晚号乐笑翁。先世为凤翔府成纪（今甘肃天水）人，寓居临安（今浙江杭州）。六世祖张俊为南渡功臣，封循王[①]。曾祖张镃是著名词人，与姜夔相友善，互有唱和。父张枢精音律，筑“寄闲堂”，与杨缵、周密等结为吟社，定期集会，传觞赋咏。张炎前半生即在此文化气氛十分浓厚和活跃的家庭环境中度过。他自幼便能赋诗填词，挥毫作画，且精通音律，为后来成为著名词人与词学理论家奠定了坚实的基础。舒岳祥称赞他：“诗有姜尧章深婉之风，词有周清真雅丽之思，画有赵子固（孟坚）潇洒之意。”（《赠玉田序》）[②]郑思肖述其早年游赏为词时说：“一片空狂怀抱，日日化雨为醉。自仰扳姜尧章、史邦卿、卢蒲江、吴梦窗诸名胜，互相鼓吹春声于繁华世界，飘飘征情，节节弄拍，嘲明月以谑乐，卖落花而陪笑。”（《山中白云词序》）[③]此时的张炎过的完全

① 杨海明：《张炎家世考》，《文学遗产》1981年第2期。

② ［南宋］张炎撰，吴则虞校辑：《山中白云词》，中华书局1983年版，第165页。

③［宋］郑思肖：《玉田词题辞》，［南宋］张炎撰，吴则虞校辑《山中白云词》，中华书局1983年版，第164页。

是富贵闲雅、潇洒风流的“承平故家贵游少年”[①]的生活，对南宋即将覆亡的现实，几乎很少顾及。宋恭帝德祐二年（1276）二月，元军攻陷南宋都城临安。祖国的灭亡，朝代的更替，使这位“承平公子”从富贵的温柔乡跌入苦难的深渊，同老百姓一起，备尝国亡家破的剧痛。其祖父张濡年前在镇守临安西北重镇独松关时，其部下曾误杀元人劝降副使严忠范，并俘虏其特使廉希贤（不久即因伤而死）。元军入城后张濡被杀，其父下落不明。张炎仓皇逃遁，妻子家财全被元军籍没入官府[②]。后来他在《长亭怨·旧居有感》与《忆旧游·过故园有感》中反复叙述当时的心情与家被籍没的切肤之痛。如：“恨西风不庇寒蝉，便扫尽、一林残叶。”“甚杜牧重来，买栽无地，都是消魂。……待说与羁愁，遥知路隔杨柳门。”由于时代与个人生活的剧变，张炎的词风有了明显变化。元世祖至元二十七年（1290）秋，元征召江南书画人才赴大都（今北京），张炎被征北行，词风出现向辛派豪放词风倾斜的趋向。但他次年便失意南归，继续过着流离与漫游生活，先往浙江，后浪流吴楚达十余年之久，行迹遍及苏州、无锡、江阴、溧阳、宜兴、毗陵（今江苏武进）、金陵（今江苏南京）等地，写下大量词篇。晚年，张炎写出了词史上一部重要的词学专著《词源》，不久便落拓而终。有《山中白云词》，存词302首。

张炎不仅是宋元之际的著名词人，也是中国词史上重要的词学理论家，是文学史上第一部词学专著《词源》的作者。

《词源》分上、下两卷。上卷论词乐，下卷论词的作法与鉴

① ［元］戴表元：《送张叔夏西游序》，［南宋］张炎撰，吴则虞校辑《山中白云词》，中华书局1983年版，第162页。

② 邱鸣皋：《关于张炎的考索》，《文学遗产》1984年第1期。

赏。《词源》卷下之第一节实际上就是他撰写此书的序言。他在这篇简短的文字中，概述了词的起源以及词同音乐之间的关系，指出如今之所以撰写此书，是因为他“今老矣，嗟古音之寥寥，虑雅词之落落，僭述管见，类列于后，与同志者商略之。”①

词是音乐文学，是配乐歌唱的字句长短不齐的抒情诗，所以词学研究必须从音乐入手。李清照的《词论》如此，张炎的《词源》更是如此。翻开其卷上即可看出，其内容涉及“五音相生”“阳律阴吕合声图”“律吕隔八相生图”“律吕隔八相生”“律生八十四调”“古今谱字”“四宫清声”“五音宫调配属图”“十二律吕”“管色应指字谱”“宫调应指谱”“律吕四犯”“结声正讹”与“讴曲旨要”等14个问题。②这些内容的归纳总结，在当时有着重要的保存、整理与发扬我国词乐的重大意义。正如他在书中已经意识到的那样，宋室南渡以后唐宋词之所赖以发展起来的词乐，以及由此而建立起来的音律之学，已逐渐衰弱、消失，面临灭绝的危险。所以他首先在卷上用适当的篇幅，并配合科学的、一目了然的图解来对词乐进行归纳、分析，在保存重要音乐史料方面立下了不可磨灭的功勋，对今天研究唐宋词与音乐的关系，研究词乐与歌法，研究词史都是极其重要的文献。作为南宋遗民，他放弃了自己的政治前途，专心致志地从事词的创作，对这一音乐文学有着极深的情感。面对元朝的兴起，而逐渐以散曲和杂剧代替宋词的趋势，张炎内心有着整理和保存民族遗产的紧迫感。他是从整理和发扬民族文化传统这一高度来精心结撰这部著作的。他在本书卷下的“杂论”中强调说：

① ［宋］张炎：《词源》，唐圭璋编《词话丛编》第1册，中华书局1986年版，第255页。

② ［宋］张炎：《词源》，唐圭璋编《词话丛编》第1册，中华书局1986年版，分别见第239，244，245，245，245，245，251，251，252，253，253页。

“词之作必须合律。”[①] 之所以如此强调，乃在于他对音律与歌词的关系有着透彻的理解，所以他说：“音律所当参究，词章先宜精思，俟语句妥溜，然后正之音谱，二者得兼，则可造极玄之域。”[②] 他是将音乐性与文学性二者结合起来考虑的。这既可疗救忽视音律而减损词的艺术性的弊病，又可纠正某些死求音律而斲丧词的内容的偏向。《词源》卷上的许多问题仍是今天词学研究者尚待深入探讨的重要课题。

《词源》卷下几乎涉及歌词创作的各有关方面，但重点却在论词的作法、评词的标准与艺术鉴赏等几个主要问题，陈延焯说：“洵可为后学之津梁。”（陈廷焯《白雨斋词话》足本卷九）[③]

关于词的作法，《词源》卷下从“制曲”“句法”“字面”“虚字”“用事”“咏物”“节序”“赋情”“离情”与“令曲”等 10 个方面分别加以叙述。[④] 通过对前人创作成败的总结，引征典型词例予以分析，同时又融入作者一生坚持创作的实际经验与心得体会，概念简单明确，论析精微透辟，示例精当恰切。如“制曲”中所讲“最是过片不要断了曲意”；“用事”中所讲“体认著题，融化不涩”“用事不为事所使”；“咏物”中所讲“所咏了然在目，且不留滞于物”等[⑤]，成为历代词评家公认

---

① ［宋］张炎：《词源》，唐圭璋编《词话丛编》第 1 册，中华书局 1986 年版，第 265 页。

② ［宋］张炎：《词源》，唐圭璋编《词话丛编》第 1 册，中华书局 1986 年版，第 265 页。

③ ［清］陈廷焯著，屈兴国校注：《白雨斋词话足本校注》下册，齐鲁书社 1983 年版，第 719 页。

④ ［宋］张炎：《词源》，唐圭璋编《词话丛编》第 1 册，中华书局 1986 年版，分别见第 258，258，259，259，261，261，262，263，264，264 页。

⑤ ［宋］张炎：《词源》，唐圭璋编《词话丛编》第 1 册，中华书局 1986 年版，第 258，261，262 页。

的科学论断。既是创作的指导，又是批评的依据，流传甚广。

在评词标准与艺术鉴赏方面，张炎的观点主要体现在《词源》卷下“清空”“意趣”以及“杂论”诸条的有关内容中[①]。这方面的论述比之其关于作法的论述，在条目上似乎过少，但其实这几条所涉及的内容乃《词源》理论的核心，即批评的标准与词人的审美情趣等重大问题，在词史上有深远影响。其主要概念与论点是“清空”“骚雅”“峭拔”与“意趣”。[②]

什么是“清空”？张炎解释说：“词要清空，不要质实。清空则古雅峭拔，质实则凝涩晦昧。姜白石词如野云孤飞，去留无迹。吴梦窗词如七宝楼台，眩人眼目，碎拆下来，不成片段。此清空质实之说。”在分析白石、梦窗两种不同词风的词例以后，张炎又指出：“白石词如《疏影》《暗香》《扬州慢》《一萼红》《琵琶仙》《探春》《八归》《淡黄柳》等曲，不惟清空、又且骚雅，读之使人神观飞越。”[③]孙麟趾《词径》对“清空”进行解释说：“天之气清，人之品格高者，出笔必清”。“天以空而高，水以空而明，性以空而悟。空则超，实则滞。”[④]沈祥龙在《论词随笔》中说：“清者，不染尘埃之谓；空者，不著色相之谓。”[⑤]据此，则张炎所谓的“清”，乃是指词人品格高尚，胸怀宽广，心灵澄澈。所谓“空”，指境界空灵，词语超虚，所咏情景不着色相。这是传统诗论中的“不著一字，尽得风

---

① ［宋］张炎：《词源》，唐圭璋编《词话丛编》第 1 册，中华书局 1986 年版，分别见第 259，260，265 ~ 267 页。

② ［宋］张炎：《词源》，唐圭璋编《词话丛编》第 1 册，中华书局 1986 年版，分别见第 259，259，259，260 页。

③ ［宋］张炎：《词源》，唐圭璋编《词话丛编》第 1 册，中华书局 1986 年版，第 259 页。

④ 唐圭璋：《词话丛编》第 3 册，中华书局 1986 年版，第 2555，2556 页。

⑤ 唐圭璋：《词话丛编》第 5 册，中华书局 1986 年版，第 4054 页。

流”（司空图《诗品·含蓄》）[①]与“含不尽之意见于言外”（欧阳修《六一诗话》引梅尧臣语）[②]在词的审美与批评方面的延伸与发展，是词史与创作实践经验的科学总结。张炎认为姜夔所写的词最符合这一标准。认为姜词所写的景物，不在字面上摹形绘色，直述其情，痕迹昭然，但读者却可透过作品的意象、境界、字面而理解其深层涵蕴并在艺术上引起共鸣。如《扬州慢》通过今昔对比所透露出的黍离之感，《暗香》《疏影》通过咏梅所表达出的昔盛今衰的慨叹等等。

那么“清空”与“骚雅”“峭拔”之关系如何呢？表面看这三者可以并列，但实际上作者却是把“清空”作为其理论的核心，而“骚雅”“峭拔”则是“清空”这一理论核心在不同具体情况下所呈现出的不同特色。这不仅在作者自己的论述过程中已清楚地显示出来，而且也为历代词学评论家所体认。张炎的学生陆辅之在《词旨》中也特别强调“清空”，并认为“‘清空’二字，亦一生受用不尽，指迷之妙，尽在是矣。”[③]许蒿庐说：“填词妙诀，尽此‘清空’二字中。”（引自蔡桢《词源疏证》）[④]这些论点至少说明“清空”与“骚雅”“峭拔”之间既相独立又有从属的复杂关系。

何谓“意趣”？张炎说：“词以意趣为主，要不蹈袭前人语意。”在分析所举词例后，又说：“此数词皆清空中有意趣，无笔力者未易到。”按此，则“意趣”，实即词的“立意”问题，一是立意要新，要有创造性，不要蹈袭前人；一是立意要高远，

① ［唐］司空徒，［清］袁枚著，郭绍虞集解、辑注：《诗品集解续诗品注》，人民文学出版社 1963 年版，第 21 页。

② 《六一诗话·白石诗说·滹南诗话》，人民文学出版社 1962 年版，第 9 页。

③ 唐圭璋：《词话丛编》第 1 册，中华书局 1986 年版，第 303 页。

④ 蔡桢：《词源疏证》卷下，北京中国书店 1985 年版，第 27 页。

不要受题材狭窄范围的拘限，要有寄托。张炎列举苏轼《水调歌头》《洞仙歌》，王安石的《桂枝香》和姜夔的《暗香》《疏影》，认为上面这些词最合他提出的“意趣”标准，是无笔力的词人难以达到的。[①]

从《词源》提出的“清空”等理论主张与批评标准中，可看出张炎对李清照《词论》的继承与发展。同时，《词源》又是适应时代需要而出现的理论著作。特别是在南宋灭亡，元朝已取而代之的现实历史条件下，词人的作品已不可能再像辛弃疾那样直抒情怀，高倡反攻复国，而必须以委婉曲折与借题寄意的手法来表现特殊历史环境中复杂的思想感情。《词源》正是对词的这一发展过程的艺术体认与总结。

但是，《词源》中所提出的理论主张与批评标准也有其明显的局限性。作者在全力推崇姜夔的同时，却对南宋时期另两位有杰出贡献的大词人辛弃疾和吴文英肆意贬低，在理论上缺少具体分析而少有说服力。如“词要清空，不要质实”之说，就过于绝对。“清空”在词史上作为一种风格，一种审美情趣的艺术体现是完全可以的，但若以“只此一家，别无分店”的态度将其立为唯一标准，则显然片面而且也是行不通的了。辛弃疾是攀上中国词史高峰的人物，对词的发展做出了不可磨灭的贡献，应予以充分肯定，但《词源》在“杂论”条中却说：“辛稼轩、刘改之作豪气词，非雅词也。于文章余暇，戏弄笔墨，为长短句之诗耳。”[②]这些论点的片面性、非科学性与非历史性是显而易见的。事实上，张炎词的创作早已突破了他自己的词学主张：在贬低吴

① [宋]张炎：《词源》，唐圭璋编《词话丛编》第1册，中华书局1986年版，第260～261页。

② [宋]张炎：《词源》，唐圭璋编《词话丛编》第1册，中华书局1986年版，第267页。

文英的同时，在创作上他却又师法吴文英；同样，在贬抑辛弃疾的同时，他又使自己的作品不断向辛弃疾的爱国豪放词风倾斜。对此下文将有具体论析。

张炎为词主张“清空”“骚雅”，倾慕周邦彦、姜夔，这在其早期作品中有较明显的反映。张炎《山中白云词》没有编年，但其《南浦·春水》一词，评者认为是入元以前的作品。原词如下：

波暖绿粼粼，燕飞来、好是苏堤才晓。鱼没浪痕圆，流红去、翻笑东风难扫。荒桥断浦，柳阴撑出扁舟小。回首池塘青欲遍，绝似梦中芳草。　　和云流出空山，甚年年净洗，花香不了。新渌乍生时，孤村路、犹忆那回曾到。余情渺渺。茂林觞咏如今悄。前度刘郎归去后，溪上碧桃多少。

题曰“春水”，实际写的却是春天，因最能代表江南之春的事物莫过于“春水”了。前此不少词人均接触过这一题材。如“西塞山前白鹭飞，桃花流水鳜鱼肥”（张志和《渔父》）；“日出江花红胜火，春来江水绿如蓝”（白居易《忆江南》）；“春水碧于天，画船听雨眠”与“桃花春水渌，水上鸳鸯浴”（韦庄《菩萨蛮》）；以及“风乍起，吹皱一池春水”（冯延巳《谒金门》）。至宋代，描写春水的词句更是不胜枚举。但是，总的看来，这些词句大多数只是词中一个画面，是全词的一个组成部分；把春水作为词中的主要描写对象，作为主题来歌咏的名篇并不多见。张炎这首词就是把春水作为词的主题、中心和重点来处理的，而且在艺术上获得了很大成功，并由此而获得“张春水”的美称。

首先是这首词的构思有独到之处。作者从春水的全局出发，居高临下，采取多侧面取景的办法，把许多分散的镜头有选择地组织到统一的画面中来，突出了春水的形象与特点，反映了词人对春水、对春天的美好而亲切的情感。词中写到四种春水。其一是西湖的春水，从“波暖绿粼粼”到“东风难扫”为对西湖春水的具体写照。“苏堤”二字的限定性是很明显的。词人不仅用眼睛去看“绿粼粼”的柔波、“苏堤才晓”的晨曦，以及“浪痕圆”“流红去”等景色，而且还用自己的触觉去体验，去感受，甚至全身心都浸泡在“春水”之中了。不然，怎么会体验到“波暖”，体验到“鱼没浪痕圆”，体验到“翻笑东风难扫”呢？当然，作者的眼界并不局限于西湖，而是由此联想到春水的一切。因此，其二写池中的春水（“荒桥断浦”至“梦中芳草”）。其三写溪中的春水（下片换头至“那回曾到”）。其四是历史上或神话中著名的春水（从“余情渺渺”至篇终）。以上是此词构思的独到之处。其次，是描写也有独到之处。由于这是一首专门歌咏春水的词篇，主题集中，篇幅较长，不仅可以进行高度的艺术概括，而且还提供了充分描写与具体刻画的空间。这首词的成功之处，恰恰在于高度的艺术概括与具体描绘的完美结合。例如，上面分析了词中涉及的四种不同的春水，这四种春水便是对春的一种高度概括；但同时，词中对每一种春水又都有细致入微的刻画。先以西湖的春水为例，开头三句“波暖绿粼粼，燕飞来、好是苏堤才晓。”这是一个有完整构图的广阔画面，它给人以三维空间的立体感。其中有静有动，有视觉的感受，有触觉的感受，还有色彩的闪动与变化。这三句很有艺术吸引力，它的妙处在于一开头就把读者抓住了。但是，光有这三句，西湖的春水形象还欠突出，因为它提供的不过是一巨幅绘画轮廓与背景而已。正因为如此，当“鱼没浪痕圆”这一特写出现后，西湖的春水才活泼泼地呈现在读者面前。我们仿佛看到一尾金色的鲤鱼迎着朝晖蹿出水面，呼的一声又沉入湖底，那被激起的一圈又一圈的浪痕慢慢地向岸边荡去，久久不能平息；那落在水面上的花瓣也随之向岸边、向湖水的深处流去……再如“荒桥断浦，柳阴撑出扁舟小。”这两句写池塘春水猛涨，沙岸被冲得坍塌下来，桥也因水势过大而荒置不用。当一叶扁舟从柳阴下缓缓驶出之时，由于池面宽阔，这扁舟显得比平时更渺小了。这里的“桥”“浦”“柳阴”“扁舟”虽然都是池边或池上的具体景物，但它们正是为了写春水，所以周密才说这两句“赋春水入画”（见《词林纪事》卷十六）[①]。以上是描写的独到处。再次是用典有独到之处。词中用了少数典故，这些典故与词的意境结合十分紧密，并且成为词的有机组成部分。这些典故用得活脱而不死板。一般情况下，主要是用其字面的形象、色彩与动作，并不拘泥于其原有含义。例如，“回首池塘青欲遍，绝似梦中芳草”用的是谢灵运《登池上楼》诗意。但是，即使不知道“池塘生春草”这句诗是从梦中得来的，也不妨碍一般读者理解这两个词句表面上所提供的美感。“茂林觞咏”“碧桃多少”所含的典故，其情形也大体相同。可见作者善于“死典活用”，真正做到了“不粘不脱”。

这是张炎早期的作品，从中可以看出作者的青春活力以及对事物的细腻观察与捕捉形象的敏感性。这是一幅风景画，又是一首抒情诗。由于作者对时代社会的阅历太浅，体察不深，词中虽也通过对昔日结伴吟游的怀念而微微透出今昔盛衰之感，但整体上却缺少南宋已危如累卵那样一个时代的气息。此词艺术上也有明显的弱点，如作者对局部的画意诗情注意较多而缺少整体形象

---

① ［清］张宗编，杨宝霖补正：《词林纪事·词林纪事补正合编》下册，上海古籍出版社1998年版，第869页。

的塑造，读之不免有破碎之嫌，格调欠高。但这首词却宣告了一个有独特艺术风格的词人已经在宋末元初的词坛上出现了。陈廷焯评此词道："碧山'春水'（即《南浦》"柳下碧粼粼"）一篇，不能及此。"（《云韶集》）[①]进一步认同了张炎早熟的艺术才能。

决定张炎词风转变的契机是1276年元军攻陷南宋都城临安和由此给张炎带来的家破人亡（时张炎29岁）。遭受到这一剧变之后，不论是从国家民族方面或者是从身家利益方面考虑，他都无疑已跟新的王朝处于对立的立场。因此，痛伤亡国、感伤现实便自然成为他这一时期歌词创作的主要内容。但是，由于传统词学思想与审美倾向的局限，加之他原本是一个"承平公子"出身的专业词人，而不可能像文天祥那样处于政治决策或统兵作战的地位，所以他的词风虽然有所转变，但却不能激愤昂扬，高声怒号，而只能在阴暗的一隅默默舔舐自己的心灵创伤。他这一时期的词向豪放词风的倾斜是极其有限的，不过其深层的心理趋向却与爱国豪放词相一致。如《高阳台·西湖春感》：

接叶巢莺，平波卷絮，断桥斜日归船。能几番游，看花又是明年。东风且伴蔷薇住，到蔷薇、春已堪怜。更凄然。万绿西泠，一抹荒烟。　当年燕子知何处，但苔深韦曲，草暗斜川。见说新愁，如今也到鸥边。无心再续笙歌梦，掩重门、浅醉闲眠。莫开帘。怕见飞花，怕听啼鹃。

《高阳台》和《南浦》都是描写春天的词篇。但二者相比，

① ［清］陈廷焯著，屈兴国校注：《白雨斋词话足本校注》上册，齐鲁书社1983年版，第200页注［一］。

不论是思想内容还是意境情调都有很大不同。《南浦》一词画面生动，色彩鲜明，音节和婉，带有早春的活跃生机与破晓后那种欢快情调；《高阳台》则与此相反，它画面苍凉，色彩暗淡，音节低沉，有一种无可奈何的怅惘与日暮时分那种无望的哀愁。毫无疑问，这是南宋灭亡后的作品。它感慨深沉，意境浑厚，盘旋往复，一唱三叹，是张炎词中分量很重的佳品之一。

开篇三句破题，点时地，绘西湖暮春画面。“接叶巢莺”句用杜甫“接叶暗巢莺”（《陪郑广文游何将军山林十首》其二）诗意，只略去一“暗”字而不肯说出，但词人的用心却恰恰在这一“暗”字上，以之一则暗示春深，二则暗示南宋覆亡。由于江山易主，昔日的黄莺藏于密接的枝叶之中而不肯一睹破碎的山河，与全词结尾“怕见飞花”等意境上下呼应。“平波卷絮”句见出暮春景象，“断桥斜日”则绘出日暮图景。“断桥”本是西湖十景之一，风景绝佳，而这里却用的是其字面上的“断裂”“断绝”等不吉利的含义，借以渲染气氛，显示心境。“斜日归船”若在承平之日，未始不是富有诗情画意、令人赏玩不已的画面，而这里却有“乌衣巷口夕阳斜”的韵味。“能几番游，看花又是明年”二句结上，就“归船”引出“游”字，是词境的第一次升华。其中杂无穷感叹，却以淡语问句出之。谭献评此二句说：“运掉虚浑。”（《复堂词话》）[①]意思是在具体刻画描写之后，如能适当穿插一些抒情词句，则更可使词味浑厚深隐，韵味无穷。“东风且伴蔷薇住”二句寓情于景，承上启下。就内在思路而言，“能几番游”二句是感叹春已归去，好景无多，寄幻想于东风暂驻。就外在形象讲，作者借蔷薇一枝，使暮春具体化，表现出作者对春天的关注。然而，即使东风暂驻，伴着蔷薇开放，其结果又能

① 唐圭璋：《词话丛编》第4册，中华书局1986年版，第3992页。

如何呢？这两句一顺一逆，一纵一收，把现实与理想之间的矛盾，把词人内心的复杂情感曲折表现出来。这里很可能暗指元军攻陷临安之后，南宋君臣百姓先是在东海，后来在厓山继续抗元的历史现实。谭献说：“‘东风’二句，是措注，惟玉田能之。”（以上均见《谭评词辨》）[①] 沈祥龙又说：“下句即从上句转出，而意更深远。”（《论词随笔》）[②] 这说明张炎在关键处能采取形象化手法对前句加以生发，有开合之变，进退之妙。“更凄然。万绿西泠，一抹荒烟”三句，承前再补两笔，涂抹出改朝换代后西湖的凄凉景象。与前周密《曲游春》（“禁苑东风外”）之“看画船，尽入西泠”已判若隔世矣。下片，“当年燕子知何处”三句，前人评曰：“换头见章法。”因张炎自己在《词源》中说：“最是过片不可断了曲意。”[③] 此词换头而没断曲意，是因为“当年燕子”句并非自天外飞来，而是来自上片的“斜日归船”。刘禹锡《乌衣巷》诗云：“朱雀桥边野草花，乌衣巷口夕阳斜。旧时王谢堂前燕，飞入寻常百姓家。”所以此句能上下呼应，曲意不断，且将词意提高到时代巨变这一思想高度上来。接下“苔深”“草暗”又是这一思想境界的补充与深化。“韦曲”，在长安城南，唐时韦氏大族世居于此。杜甫《赠韦七赞善》“时论同归尺五天”句下仇兆鳌注：“俚语曰：‘城南韦、杜，去天尺五’。”[④] 据《新唐书·宰相世袭表》所载，“韦氏宰相十四人。”（《杜诗

---

① 胡可先：《唐宋词汇评·两宋卷》第5册，吴熊和主编《唐宋词汇评》，浙江教育出版社2004年版，第4163页。

② ［清］沈祥龙：《论词随笔》，唐圭璋编《词话丛编》第5册，，中华书局1986年版，第4057页。

③ ［宋］张炎：《词源》，唐圭璋编《词话丛编》第1册，中华书局1986年版，第258页。

④ 《杜诗详注》第5册，中华书局1979年版，第2064页。

详注》）[1] 这里不仅指原世家大族的毁灭，也包括张炎被“籍家”的惨痛经历在内。“斜川”在江西星子县与都昌县之间的湖泊中。陶潜有《游斜川并序》，在歌咏斜川畅游之后云：“且极今朝乐，明日非所求。”词中并以指所居之处、所游之地均已“苔深”“草暗”，一片荒芜，能不哀感于衷乎？不止此也：“见说新愁，如今也到鸥边。”连无知的鸥鸟如今也失去了欢乐，是加倍写法。在对客观世界衰败荒凉的气象的描述烘托已极充分之后，“无心再续笙歌梦”以下六句通过形象与动作连贯交织的手法，直抒亡国的哀思，展示心灵深层的创痛。陈廷焯说：“《高阳台》凄凉幽怨，郁之至，厚之至。”[2] 在《云韶集》中又说：“情景兼到，一片身世之感。‘东风’二句，虽是激迫之词，然音节却婉约。惹甚闲愁，不如掩门一醉高卧也。”[3] 麦孟华的评语更是画龙点睛：“亡国之音哀以思。”（见《艺蘅馆词选》）[4]

这类亡国之音与身世之感交织在一起的作品，在张炎词中为数甚多。如咏物词《解连环·孤雁》：

> 楚江空晚。怅离群万里，怳然惊散。自顾影、欲下寒塘，正沙净草枯，水平天远。写不成书，只寄得、相思一点。料因循误了，残毡拥雪，故人心眼。　谁怜旅愁荏苒。谩长门夜悄，锦筝弹怨。想伴侣、犹宿芦花，也曾念春前，去程应转。暮雨相呼，怕蓦地、玉关重见。未羞他、双燕归来，画帘半卷。

① 《杜诗详注》第 5 册，中华书局 1979 年版，第 2065 页。

② ［清］陈廷焯：《白雨斋词话》，唐圭璋编《词话丛编》第 4 册，中华书局 1986 年版，第 3816 页。

③ 转引自［清］陈廷焯著，屈兴国校注：《白雨斋词话足本校注》上册，齐鲁书社 1983 年版，第 210 页注［一］。

④ 梁令娴：《艺蘅馆词选》，广东人民出版社 1981 年版，第 179 页。

词中描写孤雁惊散离群之后的孤独生活、凄苦遭遇以及对雁群北归时能与旧伴重逢的向往，寄托了作者失去家园、失去故国的沉重哀思。开篇至“水平天远”六句交代失群独处的原因与悲苦处境。“怳然惊散”中的“怳然”含义极为沉痛迫烈，虽未明言，但却使人联想到南宋的灭亡与家族的遽然覆没。在这灭亡与覆没的过程中的何止张炎一人，被掳北上的宋室君臣、逃出临安在海上继续抗元的南宋小朝廷，不都是同样的遭遇么？“沙净草枯，水平天远。”在此广阔寂寥的自然环境里，孤雁栖息其间，将忍受何等难堪的精神摧残与肉体折磨。“写不成书”至上片结尾五句，就雁足传书加以发挥，深化词境。雁本习惯于群居，如今恍然惊散，孑然独处，形只影单，对伴侣极为想念。但伴侣们已悠然远去，虽满腹深情，也无法表达；即使勉强飞上天空，也只不过是笔画繁多的方块字中一个小小的点画而已。但这小小的一点却是用相思之情写成的。所以，“写不成书，只寄得、相思一点”二句，既写出孤雁的心理状态，又写出作者孤身独处的具体感受。张炎也由此有“张孤雁”之称。雁在古诗词中还有另一重要使命，即“雁足传书”。词中“料因循误了，残毡拥雪，故人心眼”三句，正是孤雁因失群而辜负了担在身上的这一重任。据《汉书·苏武传》：匈奴“幽武置大窖中，绝不饮食。天雨雪，武卧啮雪与毡毛并咽之，数日不死。”“汉求武等，匈奴诡言武死。后汉使复至匈奴，常惠请其守者与俱，得夜见汉使，具自陈道，教使者谓单于，言天子射上林中得雁，足有系帛书，言武等在某泽中。使者大喜，如惠语以让单于。单于视左右而惊，谢汉使曰：‘武等实在’。”[①] 明白了“残毡拥雪，故人心眼”的故事以后，就可以想见，上片结拍三句实际含有被掳走的南宋

---

① 《汉书》第8册，中华书局1962年版，第2462～2463，2466页。

君臣、王室宫人以及遭受元贵族统治者迫害的平民百姓欲向继续抗元的南宋小朝廷传达信息之意。因此本篇写的就不仅仅是一只孤雁了。下片用陈皇后被汉武帝打入冷宫的故事，代指离群孤雁，通过自己的哀鸣（“锦筝弹怨”）诉说离群之苦，借以醒明作者为词的本旨。“想伴侣”以下七句是对伴侣们的想象，设想雁群在芦花深处栖息越冬之时，也不曾忘记失群的孤雁，而是盼望能早日返回北地，与孤雁团聚，重过“暮雨相呼”的快乐生活。句中含有恢复故国、结束流亡的幻想，虽然这幻想在当时已不切合实际。

张炎词风第二次转变的契机是元至元二十七年（1290）秋。此时元政府征召江南书画人才至大都书写金字藏经，张炎也被召北上。据与他同时北上的沈钦、曾遇的记载，再考之以张炎在北行途中及在大都期间所写的作品（包括后来某些有关词作）流露出来的情绪，他此次北行显然是应召，是“以艺北游”，而非主动求官。所以在大都只一年时间便“亟亟南归”[①]了。南归的原因曾有不同说法。舒岳祥在《赠玉田序》中说：“一日，思江南菰米莼丝，慨然袱被而归。”[②]这颇近张翰“秋思莼鲈”的故事：一想起南方的莼羹鲈脍，便卷起行李辞官归里了。仇远《赠张玉田》诗中说：“金台掉头不肯住，欲把钓竿东海去。”[③]诗意同上，明显点出张炎弃官不做。袁桷在《赠张玉田》诗中的说法又略有不同：“夜攀雪柳踏河冰，竟上燕台论得失。丈夫未遇空

---

① ［元］戴表元：《送张叔夏西游序》，吴则虞校辑《山中白云词》，中华书局1983年版，第162页。

② ［南宋］张炎撰，吴则虞校辑：《山中白云词》，中华书局1983年版，第165页。

③ ［宋］仇远：《赠张玉田》，［南宋］张炎撰，吴则虞校辑《山中白云词》，中华书局1983年版，第163页。

远游，秋风淅沥销征裘。”[①]这里则主要说明张炎南归的原因是“丈夫未遇”。不论哪种情景，张炎的“未遇”已经是十分肯定的了。元统治者本来就将江南汉族人民称作“南人”，对其多有歧视。祖父被元所杀，又曾遭受籍家之害的张炎更不可能得到信任而委以重任；而作为“故家贵公子”的张炎，对南宋王朝在感情的联系上本来就比一般人深，也很难会甘居屈膝侍人的处境。再从个人的性情来说，张炎本是一个布衣词人，一个满脑子艺术细胞的词人，从不曾在政治上有何远大抱负。经过大都一年多生活的考验，意识到他最留恋与最适应的仍是江南水乡的生活，即使贫困流浪也好，于是便决计南归了。他从不曾料到这次短暂的北行却成为他一生生活的转折点，也不曾料到自己的词风也会因此而有所转变。很明显，因为他亲身体验到了满目疮痍的北方生活，目睹了雄伟壮丽的河山被战乱搞得破败不堪，加之已亲身经历了国亡家破的痛苦，原来那种清疏深婉的风格已不再能反映他之所见、所历、所感。于是，这一时期的作品便明显地向辛弃疾开创的爱国豪放词风倾斜，并与之相互渗透。这一时期，张炎的词作虽然数量不多，但却是他《山中白云词》中难得的佳品。如《凄凉犯·北游道中寄怀》：

萧疏野柳嘶寒马，芦花深、还见游猎。山势北来，甚时曾到，醉魂飞越。酸风自咽。拥吟鼻、征衣暗裂。正凄迷，天涯羁旅，不似灞桥雪。　谁念而今老，懒赋长扬，倦怀休说。空怜断梗梦依依，岁华轻别。待击歌壶，怕如意、和冰冻折。且行行，平沙万里尽是月。

① ［清］顾嗣立：《元诗选》第1册，中华书局1987年版，第613页。

开篇三句写出北国深秋的景象，与《南浦·春水》《高阳台·西湖春感》的境界截然不同。“野柳”“寒马”“芦花”已是北地特殊风光了，再加之以“萧疏”“游猎”，更深化了秋日的季节特点与蒙元游牧民族的生活习性。接三句写山势北来，似乎有意伴着羁旅行人，无尽无休，只有在醉梦之中才能飞越这难度的北国关山。“酸风”，用李贺“东关酸风刺眸子”（《金铜仙人辞汉歌》）句意，暗示自己泪水往肚里咽，其中饱含羁旅之愁、沦落之苦与亡国之悲。“拥吟鼻”，用谢安故事。《晋书·谢安传》：“安本能为洛下书生咏，有鼻疾，故其音浊，名流爱其咏而弗能及，或手掩鼻以效之。”[①] 此指带鼻音的曼声吟咏。与“酸风”联系参读，当指旅途中时有悲感生于内心，故发为吟咏。“征衣暗裂”，写旅途的辛劳艰苦，又是吟咏的内容。但旅途遥遥，不知终日，而且此后的吉凶也难意料。所以，途中的吟咏所得，不可能像一般诗人在“灞桥风雪中驴子上”那般轻松地获得诗意。一结三句，意即写此。下片抒怀。换头三句，慨叹如今年华老去，已懒于像扬雄那样草写《长杨赋》而被汉成帝除为中郎。可见他对此次北行并不抱很大奢望，所以有“断梗”般漂泊无依，又像是在做梦一般的感觉。对此，词人感慨万端，本想击壶吟诗，却又怕击壶的玉如意在这冰天雪地里冻极断裂。裴启《语林》载：“王大将军（王敦）每酒后，辄咏‘老骥伏枥，志在千里，烈士暮年，壮心不已。’便以如意击珊瑚唾壶，壶口尽缺。”[②] 结拍用古诗“行行重行行”状千里跋涉，昼夜兼程，并以景语“平沙万里散是月”（化用岑参《碛中作》“平沙

① 《晋书》第7册，中华书局1974年版，第2076～2077页。

② ［晋］裴启撰，周楞伽辑注：《裴启语林》，文化艺术出版社1988年版，第66页。

万里绝人烟”句意）结情。

类似这样风格的词篇还有《壶中天》：

扬舲万里，笑当年底事，中分南北。须信平生无梦到，却向而今游历。老柳官河，斜阳古道，风定波犹直。野人惊问，泛槎何处狂客。　迎面落叶萧萧，水流沙共远，都无形迹。衰草凄迷秋更绿，惟有闲鸥独立。浪挟天浮，山邀云去，银浦横空碧。扣舷歌断，海蟾飞上孤白。

词序谓“夜渡古黄河，与沈尧道、曾子敬同赋。”《壶中天》是《念奴娇》的别名。沈尧道，名钦，与作者同年北上。曾子敬，疑即曾遇，工书画，后仕元，任湖州安吉县丞。词写夜渡古黄河的复杂感受。起拍三句，从黄河联想到南宋当年先以黄河、后以淮河为南北，先是与金，金亡后又与元相互对峙的历史事实。而今南宋彻底灭亡，元朝已统一整个华夏大地，回想起“当年”南宋偏安江南，不图进取，实在令人感到有苦难言。“笑”，在此实为苦笑。词人亲身经历了这场历史大变动，实有难以尽诉的悲恸。“须信平生无梦到，却向而今游历。”这两句叙述个人连做梦也没有想到今天能“游历”古黄河。是“游历”么？当然不是；而是一个亡国破家、原南宋的“承平公子”被强迫征召北上。这同“读万卷书，行万里路”，赴京应试的心理状态是有天壤之别的。所以此二句感慨极深。“老柳官河，斜阳古道”以下写黄河两岸风光以及当地百姓（“野人”）对“南人”北上这一稀有现象的惊怪。下片更为具体地描绘北国风光。换头以下三句写黄河两岸的旷远与萧条：“水流沙共远”状黄河泛区的宽阔无垠；“都无行迹”烘托当时北方的人少烟稀，一片荒凉。“衰草凄迷”“闲鸥独立”二句，从植物荒疏、动物稀见两方面对此再作烘托。“浪挟天浮，山邀云去，银浦横空碧”三句健笔高举，极有气势，极富动感，是《山中白云词》中意气昂扬、精神焕发的壮语，即使杂入其他辛派爱国豪放词中，也绝无逊色。此三句表现出词人对北国风光的敏感与热爱。面对此情此景，词人禁不住壮怀激烈，扣船独啸，直到月上中天，照耀出一个月白风清、晶莹澄澈的大千世界。这不仅使人想到苏轼同调《赤壁怀古》中的“一尊还酹江月”，更使人想到张孝祥同调《过洞庭》结拍的“扣舷独啸，不知今夕何夕。”

张炎这一时期的作品还有《声声慢·都下与沈尧道同赋》。其上片云：

> 平沙催晓，野水惊寒，遥岑寸碧烟空。万里冰霜，一夜换却西风。晴梢渐无坠叶，撼秋声、都是梧桐。情正远，奈吟湘赋楚，近日偏慵。

词写北国秋末冬初，境界开阔，感受细腻，语语健拔，风格豪放，确乎画出了一个冰霜世界。

在同一时期，词人还曾与故人骤然相遇，把酒共欢，回首往事，有隔世之感，遂写词抒怀。如《国香》：

> 莺柳烟堤。记未吟青子，曾比红儿。娴娇弄春微透，鬟翠双垂。不道留仙不住，便无梦、吹到南枝。相看两流落，掩面凝羞，怕说当时。　凄凉歌楚调，袅余音不放，一朵云飞。丁香枝上，几度款语深期。拜了花梢淡月，最难忘、弄影牵衣。无端动人处，过了黄昏，犹道休归。

词写与故人的偶然重逢。此故人为词人当年在南宋临安结识并有感情关系的歌妓。词序中说："沈梅娇，杭妓也，忽于京都见之。把酒相劳苦，犹能歌周清真《意难忘》《台城路》二曲，因嘱余记其事。词成，以罗帕书之。"这是一极富浪漫色彩的故事，且有深刻的社会意义。当年张炎是"承平故家贵游少年"，经常出入于歌楼酒肆，而沈梅娇又是杭州著名歌妓。二人在舞席歌筵上逐步建立起异乎寻常的深情厚谊。起句"莺柳烟堤"概指西湖；"记未吟青子"以下四句写梅娇当年青春美貌，娇小可怜；"不道留仙不住"之句写时代剧变，粉碎了当年的青春好梦；"相看两流落"之句写重逢的惊喜、羞惧与凄苦难言，中间省略许多笔墨；"怕说当时"四字则准确地道出双方的苦与恨。数句写来，人物心理形神毕现，跃然纸上。换头，承上以"歌楚调"的形式描述"当时"情景，"袅余音不放，一朵云飞"二句化"响遏行云"为余音袅袅，不绝如缕，恰合女性歌手的情态与艺术效果。从"丁香枝上"开始，词转而描述当时热恋情态，话语、动作、环境、气氛均历历如画，高雅而又明澈，宛如一首情诗，又如一阕小夜曲，娓娓动人。"款语深期""弄影牵衣"，直至最后逼出一句"犹道休归"，使这场迷神荡魄的爱情悲喜剧达到高潮便戛然而止。恰如词中所说："袅余音不放，一朵云飞。"这首词的特点便是缠绵而不浮艳，情深而无猥亵，高雅凝重，恰到分寸，恰够消息，创造出一个沦落风尘但却使人感到可敬可爱的女性形象。词中寄寓家国之恨，身世之感，但却以曲笔出之，耐人咀嚼。这是张炎词风转变过程中向骚雅方向发展的具体体现。到他南归后，这种风格的表现就更为突出了。

此一时期写与故友重逢的词是《台城路》。其上片云：

十年前事翻疑梦，重逢可怜俱老。水国春空，山城岁晚，无语相看一笑。荷衣换了。任京洛尘沙，冷凝风帽。见说吟情，近来不到谢池草。

词序说："庚寅（1290）秋九月，之北，遇汪菊坡，一见若惊，相对如梦。回忆旧游，已十八年矣。因赋此词。""十八年"前是南宋度宗咸淳八年，作者才24岁，正风神散朗，承平年少。岂料18年后竟于元大都重逢，怎能不生"十年前事翻疑梦，重逢可怜俱老"之叹。然而由于人所共知的原因，二人相逢时只能"无语相看一笑"。此句与《壶中天》（"扬舲万里"）中的"笑当年底事，中分南北"及《国香》（"莺柳烟堤"）中的"相看两流落，掩面凝羞，怕说当时"为同一心境，均写人世沧桑之感。

至元二十八年（1291），张炎自大都还至杭州。次年（1292），词人追忆北游，写下另一篇名作《甘州》。其词序云："辛卯（1291）岁，沈尧道同余北归，各处杭、越。逾岁，尧道来问寂寞，语笑数日，又复别去。赋此曲，并寄赵学舟。"词曰：

记玉关踏雪事清游，寒气脆貂裘。傍枯林古道，长河饮马，此意悠悠。短梦依然江表，老泪洒西州。一字无题处，落叶都愁。

载取白云归去，问谁留楚佩，弄影中洲。折芦花赠远，零落一身秋。向寻常野桥流水，待招来、不是旧沙鸥。空怀感，有斜阳处，却怕登楼。

起拍五句回忆北游时的豪壮生活。词用"记玉关、踏雪事清游”开篇，但词人并未到过玉门关。“玉关”在此只是北地的代表与泛指而已。词人用“玉关踏雪”“寒气脆貂裘。傍枯林古道，长河饮马”等些少几笔，就勾勒出了北方地域与生活的特点，描绘出与江南截然不同的苍莽雄浑的画面。“此意悠悠”四字写作者对这一段生活的欣赏与肯定。“短梦依然江表”用笔陡折，写作者从短暂如梦的北游重新回到江南，并没得到任何安慰，有的只是“老泪洒西洲。”为何如此哀痛？“一字无题处，落叶都愁”九字，对此作了形象的回答：词人离开两年以后的江南，不论是自然山河，还是匆匆人世，无一不充满了亡国的哀愁，即使想红叶题诗，也无处下笔，也无须下笔了。俞陛云评“短梦”以下四句说：“能用重笔，力透纸背，为《白云词》中所罕有。”（《唐五代两宋词选释》）[①]下片伤今。前五句伤别：“折芦花赠远，零落一身秋”二句既是惜别，又表达对赵学舟的怀念，意极悲怆；“向寻常”以下至篇终极写亡国遗民之痛，失落之感。陈廷焯评此词说：“苍凉悲壮，盛唐人悲歌之诗，不过是也。‘折芦花’十字警绝。”（《词则·大雅集》）[②]又说：“一片凄感，似唐人悲歌之诗。结笔情深一往。”（《云韶集》）[③]谭献评曰：“一气旋折，作壮词须识此法。”（《复堂词话》）[④]

张炎北游，开拓了视野，受到中原山川风土的启发，增强了对祖国河山的热爱，增强了故国之思与身世之感，扩大了词的内容，丰富了艺术经验，给《山中白云词》增添了豪放气脉。他南

---

① 俞陛云：《唐五代两宋词选释》，上海古籍出版社 1985 年版，第 622 页。

② ［清］陈廷焯：《词则·大雅集》卷三，上海古籍出版社 1984 年版，第 14 页。

③ 转引自［清］陈廷焯著，屈兴国校注：《白雨斋词话足本校注》上册，齐鲁书社 1983 年版，第 205 页注［八］。

④ 唐圭璋：《词话丛编》第 4 册，中华书局 1986 年版，第 3992 页。

归后的 30 余年间，始终坚持遗民词人的立场和态度，勤奋写作，清贫至死，都与这次短暂北游密切相关。

张炎词风的第三次变化是 1291 年南归以后。由于他远离了北国风光，重新回到改朝换代后的江南，不可能再写气势雄浑、昂扬奔放的词篇。加之以元朝统治已逐步巩固，南宋灭亡已早成定局，词人对新王朝的不合作态度，只能通过家国兴亡与身世飘零之感来表现。张炎正是这样做的。他为求生而走遍江、浙许多地方，穷愁落拓，投亲靠友，甚至卖卜为生。这又进一步深化了他的情感与词境。戴表元《送张叔夏西游序》对此有生动记述："（玉田）尝以艺北游，不遇失意，亟亟南归。愈不遇，犹家钱塘十年。久之又去，东游山阴、四明、天台间，若少遇者，既又弃之西归。于是予周流授徒，适与相值，问叔夏何以去来道涂，若是不惮烦耶？叔夏曰：'不然。吾之来本投所贤，贤者贫，依所知，知者死，虽少有遇，无以宁吾居，吾不得已违之。吾岂乐为此哉！'语竟，意色不能无阻然。少焉，饮酣气张，取平生所自为乐府词，自歌之。噫呜宛抑，流丽清畅，不惟高情旷度，不可亵企，而一时听之，亦能令人忘去穷达，得丧所在。"① 上面这段话形象地描画出张炎南归以后的穷途失意，往来奔走，无可依傍，只有酒与所写歌词才是他心灵与精神上的安慰。在现存 302 首词中，写于南归以后的作品约占 90%。其主要内容，仍然是故国之思与黍离之悲；身世飘零与悲今悼昔；歌咏河山与隐遁林泉；珍重友情，怀人题赠。

故国之思与黍离之悲可以说是贯穿《山中白云词》始终的基调，其他内容的作品中也不同程度地含有这一基调的某种旋律或

---

① ［元］戴表元：《送张叔夏西游序》，［南宋］张炎撰、吴则虞校辑《山中白云词》，中华书局 1983 年版，第 162 页。

音乐语言。南宋端宗赵昰景炎三年（1278）秋，即临安被元军攻陷后三年，张炎偶游庆乐园，写下了《高阳台》，抒发“黍离之悲”。词序说：“庆乐园即韩平原南园。戊寅（1278）岁过之，仅存丹桂百余株，有碑记在荆榛中，故末有亦犹今之视昔之感，复叹葛岭贾相之故庐也。”词中有“故园已是愁如许，抚残碑、却又伤今”之句。

词人从大都南归之后，其所见所闻所感，无一不引发出黍离之悲与亡国深愁。他在《风入松》上片中说：

> 满头风雪昔同游。同载月明舟。回来又续西湖梦，绕江南、那处无愁。赢得如今老大，依然只是漂流。

此词词序曰：“久别曾心传，近会于竹林清话，欢未足而离歌发，情如之何！因作此解，时至大庚戌（1310）七月也。”曾心传，即前面提到的曾遇，曾与词人同时应召赴大都。开头两句所写，即回忆20年前“满头风雪昔同游”之情景。从“回来又续西湖梦”至上片结拍，用“绕江南、那处无愁”概括20年间处处引起亡国哀愁，从不曾有所减弱，这才弄得“如今老大，依然只是漂流”。在这一时期，玉田同类词作所在多有。如：“俯仰十年前事，醉后醒还惊”（《忆旧游》“叹江潭树老”）；“短梦恍然今昔，故国十年心”（《甘州·饯草窗归霅》）；“俯仰成陈迹，叹百年谁在，阑槛孤凭”（《忆旧游·登蓬莱阁》）；以及“蝴蝶飞来，不知是梦，犹疑春在邻家。一掬幽怀难写，春何处、春已天涯”（《春从天上来》“海上回槎”）。词人还多次用刘禹锡《再游玄都观并引》中的典故，慨叹人世沧桑，并借以抒写誓不事元的遗民傲骨。如：“待趁燕樯，休忘了、玄都前度”（《还京乐·送陈行之归吴》）；“桃花零落玄都观，刘郎此情谁语”（《台城路·迁居》）；“玄都观里，几回错认梨云”（《露华·碧桃》）。其中最为沉痛的是《思佳客·题周草窗〈武林旧事〉》：

梦里瞢腾说梦华。莺莺燕燕已天涯。蕉中覆处应无鹿，汉上从来不见花。　今古事，古今嗟。西湖流水响琵琶。铜驼烟雨栖芳草，休向江南问故家。

周密《武林旧事》虽是南宋都城有关之历史与传闻的记载，但却寄托着作者的黍离之痛与故国之思。张炎读后感慨万千，对其评价极高，故写此词题赠，并以“铜驼烟雨栖芳草”的典故揭示国家灭亡后的凄凉颓败。《晋书·索靖传》：“靖有先识远量，知天下将乱，指洛阳宫门铜驼，叹曰：‘会见汝在荆棘中耳！’”[①]在《山中白云词》中，作者自谓有“黍离之感”的作品是一首《月下笛》：

万里孤云，清游渐远，故人何处。寒窗梦里，犹记经行旧时路。连昌约略无多柳，第一是、难听夜雨。谩惊回凄悄，相看烛影，拥衾谁语。　张绪。归何暮。半零落，依依断桥鸥鹭。天涯倦旅。此时心事良苦。只愁重洒西州泪，问杜曲、人家在否。恐翠袖、正天寒，犹倚梅花那树。

词前小序曰：“孤游万竹山中，闲门落叶，愁思黯然，因动黍离之感。时寓甬东积翠山舍。”这首词通过对杭州的怀念，

① 《晋书》第6册，中华书局1974年版，第1648页。

表现词人的故国之思。他不仅想念西湖断桥，而且还不能忘怀桥边的鸥鹭，更不能忘怀给他印象最深的杜曲人家。他更留恋“恐翠袖、正天寒，犹倚梅花那树”的理想中的“佳人”。这首词通过由浅入深，由表及里，由近及远的手法，展示作者对故国的热爱，以及对坚持民族气节，不肯投降为官的“故人”的热爱。

身世飘零与悲今悼昔的作品，在张炎后期词作中为数甚多，而且往往与故国之思、黍离之悲交织在一起，因为南宋的灭亡造成了他一生的不幸。这一点，在他的意识里是十分清楚的。如《疏影》后半阕：

> 重到翻疑梦醒，弄泉试照影，惊见华发。却笑归来，石老云荒，身世飘然一叶。闭门约住青山色，自容与、吟窗清绝。怕夜寒、吹到梅花，休卷半帘明月。

词序说：“余于辛卯（1291）岁北归，与西湖诸友夜酌，因有感于旧游，寄周草窗。”从大都回来后，词人将自己的经历与国家灭亡联系在一起，体认到“大厦倾覆，自身安在？”故有“飘然一叶”之感。他还明确地以“过邻家见故园有感”（《凄凉犯》）“过故园有感”（《忆旧游》）“旧居有感”（《长亭怨》）为题，叙写自己的凄凉身世。张炎为贫困所迫，长期漫游江、浙诸地时，曾写下大量自伤身世的词篇，如：“漂流最苦。况如此江山，此时情绪”（《台城路·送周方山游吴》）；“荒洲苦溆，断梗疏萍，更漂流何处。空自觉、围羞带减，影怯灯孤”（《渡江云》“山空天入海”）；以及“最无据。长年息影空山，愁入庾郎句。玉老田荒，心事已迟暮。几回听得啼鹃，不如归去”（《祝英台近·与周草窗话旧》）。元成宗大德三年（1299）冬末，张炎在苏州写下了漂流无依与悲今悼昔的《探春慢》：

列屋烘炉，深门响竹，催残客里时序。投老情怀，薄游滋味，消得几多凄楚。听雁听风雨，更听过、数声柔橹。暗将一点归心，试托醉乡分付。　　借问西楼在否。休忘了盈盈，端正窥户。铁马春冰，柳蛾晴雪，次第满城箫鼓。闲见谁家月，浑不记、旧游何处。伴我微吟，恰有梅花一树。

词前小序说：“己亥（1299）客阖闾，岁晚江空，暖雨夺雪，篝灯顾影，依依可怜。作此曲，寄戚五云。书之，几脱腕也。”词以对比手法烘托客游苦况：起三句写除夕时苏州城内热气腾腾，爆竹连天，热闹非凡；从“投老情怀”起，则以形只影单、凄楚孤寂之境遇与此热闹相互对照。下片回忆当年故都欢乐景象，继之又以“伴我微吟，恰有梅花一树”与之对比，悲今悼昔之情已充溢于行间字里。此外，词人还常以咏物来寄寓身世飘零之感。如《绮罗香·红叶》：

万里飞霜，千林落木，寒艳不招春妒。枫冷吴江，独客又吟愁句。正船舣、流水孤村，似花绕、斜阳归路。甚荒沟、一片凄凉，载情不去载愁去。　　长安谁问倦旅。羞见衰颜借酒，飘零如许。谩倚新妆，不入洛阳花谱。为回风、起舞尊前，尽化作、断霞千缕。记阴阴、绿遍江南，夜窗听暗雨。

词人以“红叶”比诸南宋遗民与自身的流落，“寒艳”正是对这高尚品质的称赞。而“春”在此则代表趋奉新王朝的势利人物。下片，“不入洛阳花谱”，既表达不与新王朝合作的孤高情怀，又暗含对归趋新朝的势利小人的讥讽。在抒写飘零沦落之悲的同时，这首词也写出了爱国志士洁身自好的傲骨清芬。这种情感在其他作品中也多有反映，如“万里车舟，十年书剑，此意青天识。泛然身世，故家休问清白”（《壶中天》“绕枝倦鹊”）；“甚书剑飘零，身犹是客，岁月频过。西湖故园在否，怕东风、今日落梅多”（《木兰花慢》“二分春到柳”）。

歌咏河山与表达隐遁林泉之志的作品，表现出词人对祖国河山的挚爱，写出了他独特的审美感受。由于词人对元王朝在江南的统治始终采取对立态度，归隐这一传统的消极抗拒方式也自然为词人所接受，词中也有不少篇章是他这一心情的自白。就歌咏河山这一侧面而言，张炎主要以杭州西湖为重点和主要抒写对象，同时连及他所涉足的江、浙各地，包括北游大都时所经历的某些地方。这些作品又都与他黍离之悲、身世飘零之感以及归隐林泉之志不同程度地融合在一起，而很少像早年那样有单纯描写山水（如《南浦》）的词篇。正如他自己所说：“好林泉。都在卧游边。”（《木兰花慢·书邓牧心东游诗卷后》）由于他脱离了官场的斗争漩涡，能静下心来对祖国的自然山水进行审美观照，所以他笔下出现了其他词人不曾描绘过的山水画卷。如《湘月》：

行行且止。把乾坤收入，篷窗深里。星散白鸥三四点，数笔横塘秋意。岸觜冲波，篱根受叶，野径通村市。疏风迎面，湿衣原是空翠。　　堪叹敲雪门荒，争棋墅冷，苦竹鸣山鬼。纵使如今犹有晋，无复清游如此。落日沙黄，远天云淡，弄影芦花外。几时归去，剪取一半烟水。

词前有一较长词序：“余载书往来山阴道中，每以事夺，不能尽兴。戊子（1288）冬晚，与徐平野，王中仙曳舟溪上。天空水寒，古意萧飒。中仙有词雅丽，平野作晋雪图，亦清逸可观。余述此调，盖白石念奴娇鬲指声也。”此词作于词人北游之前，字字勾勒，句句入画，处处均洋溢着词人对山阴道上所见景物的一片爱心。“雅丽”“清逸”实亦可作此词评语。但南归以后如此单纯描绘自然风光的作品已为罕见了。如《摸鱼子·高爱山隐居》（词牌一作《迈陂塘》——作者注）：

> 爱吾庐、傍湖千顷，苍茫一片清润。晴岚暖翠融融处，花影倒窥天镜。沙浦迥。看野水涵波，隔柳横孤艇。鸥眠未醒。甚占得莼乡，都无人见，斜照起春暝。　　还重省。岂料山中秦晋。桃源今度难认。林间即是长生路，一笑元非捷径。深更静。待散发吹箫，跨鹤天风冷。凭高露饮。正碧落尘空，光摇半壁，月在万松顶。

张炎自北南归后即流寓山阴镜湖一带隐居。上片写隐居处风景如画，下片在继续绘景的同时又畅叙隐者心态。词人把高爱山比之为《桃花源记》中所写的“避秦”的世外乐土，写出了作者回归自然之后的新发现：一是重新发现了山河的美；一是重新发现与大自然心灵相交的自我。词人既执着于对自然的热爱，又超脱出滚滚红尘。陈廷焯《云韶集》评曰：“雄阔雅秀，画所不到。高境高景，超然闲远。”[①] 又于《大雅集》中评曰：“亦凄婉，亦超逸，圆美流转，脱手如丸。飘飘有凌云之意。‘振衣

---

① 转引自［清］陈廷焯著，屈兴国校注：《白雨斋词话足本校注》上册，齐鲁书社1983年版，第208页注［一］。

千仞冈’（左思《咏史》——作者注）无此超远。”[1]词人除了羡慕与仿效陶渊明外，还追慕张志和与陆龟蒙。他在《渔歌子》词序中说：“张志和与余同姓，而意趣亦不相远。庚戌（1310）春，自阳羡牧溪放舟过罨画溪，作渔歌子十解，述古调也。”他在《摸鱼子·别处梅》词中说：“好游何事诗瘦。龟蒙未肯寻幽兴，曾恋志和渔叟。”

珍重友情及情人题赠之作反映了词人心灵的又一个侧面。张炎一生交游甚广，先是在吟社中与周密、王沂孙、陈允平、仇远等结为词友，北行途中又与沈钦、曾遇有同甘共苦之情。南归后，他寄寓江、浙诸地，又不断结有新交。张炎在友情的温暖中推敲词艺，提高创作水平，又在友情与相知中得到生活上的支持与精神上的安慰，使他得以度过坎坷、漂流的一生。最值得称赞的，是在这一类作品中很少颂功祝寿、节令时序的应酬之作，更无阿谀奉承与言过其实的溢美之词，充分表现出词人感情的诚笃与创作的严肃性。虽然他在创作中也得益于吴文英，但总体风格与艺术倾向上却不喜梦窗，在理论上还对其加以贬抑。但梦窗死后，他却写下了《声声慢·题吴梦窗遗笔》。其下阕云：“回首曲终人远，黯销魂，忍看朵朵芳云。润墨空题，惆怅醉魄难醒。”同时，他还以梦窗自制曲《西子妆慢》写漫游所感。词序说：“吴梦窗自制此曲，余喜其声调妍雅，久欲述之而未能。甲午（1294）春，寓罗江，与罗景良野游江上。绿阴芳草，景况离离，因填此解。惜旧谱零落，不能倚声而歌也。”这首词不仅描写了罗江两岸的秀丽风光，而且还有意学习梦窗超逸沉博的词

---

① ［清］陈廷焯：《词则·大雅集》卷四，上海古籍出版社1984年版，第14页。

风。陈廷焯评此词“固自不减梦窗。”（《云韶集》）[①]张炎同王沂孙为亲密词友。王沂孙去世后，他写《琐窗寒》（“断碧分山”）表示深刻悼念，说自己“长歌之哀，过于痛哭。”并写自己悲痛之情说：“自中仙去后，词笺赋笔，便无清致。”后又写《洞仙歌·观王碧山〈花外词集〉有感》，其结拍云：“梦沉沉、知道不归来，尚错问桃根，醉魂醒未。”明知词友仙逝，去而不还，但仍幻想他不过是醉了，总有一天会苏醒过来。词友陈允平也在张炎生前过世，张炎以《解连环·拜陈西麓墓》表达自己的想念之情。其下阕云：

> 山中故人去却。但碑寒岘首，旧景如昨。怅二乔、空老春深，正歌断帘空，草暗铜雀。楚魄难招，被万叠、闲云迷著。料犹是、听风听雨，朗吟夜壑。

无限悲痛，一往情深，但却出之以沉着疏淡，别具感人魅力。张炎与草窗交游甚密，词中对此也多有反映。其作品多限于人生感慨，评骘作品，探讨学术，增进词艺，而绝无谀辞、游辞、滑辞。如《祝英台近·与周草窗话旧》《探芳信·西湖春感寄草窗》《西江月·绝妙好词乃周草窗所集也》《思佳客·题周草窗〈武林旧事〉》等。其中既有故国之思与黍离之感（“消魂忍说铜驼事，不是因春瘦”），又有山阳人去的断魂之悲（“谩击铜壶浩叹，空存锦瑟谁弹”）。

《四库全书总目·山中白云词》说：“炎生于淳祐戊申，当宋邦沦覆，年已三十有三，犹及见临安全盛之日，故所作往往

① 转引自［清］陈廷焯著，屈兴国校注：《白雨斋词话足本校注》上册，齐鲁书社1983年版，第207页注［一三］。

苍凉激楚，即景抒情，备写其身世盛衰之感，非徒以翦红刻翠为工。至其研究声律，犹得神解，以之接武姜夔，居然后劲。宋、元之间，亦可谓江东独秀矣。”① 强调“身世盛衰之感”，也就抓住了张炎词的核心。

从以上张炎四个阶段的创作历程来看，他的词虽然是自己词学理论的实践，但在实践中又突破了他词学理论的局限。这主要体现在激情的自白与逐渐向辛弃疾爱国豪放词风的倾斜以及二者的相互渗透，从而形成清虚骚雅、超逸凄婉的艺术风格。首先，作为遗民词人，他坚守自己的节操，至死不变，这种精神从本质上是和南渡词人以及辛弃疾等爱国词人相一致的。南渡词人与辛派词人的作品以及他们的词风在最深层次上对张炎产生了潜移默化的影响。其次，从思想与艺术传统上看，张炎主要接受周邦彦与姜夔的影响，其中以姜夔的影响最大。他提出“清空”之说，就是以白石词为主要依据，是对白石词进行深入研究而提出的理论概括。张炎为词也有意学习白石，而白石词是如上所述已开始向辛弃疾爱国豪放词风倾斜，所以张炎词也不可避免地随之而向豪放词风靠近。第三，从文化传统上看，张炎在接受周邦彦、姜夔影响的同时，还明显接受了屈原、陶潜、李白、苏轼与黄庭坚等人的影响，使张炎在长期漫游与归隐的过程中，能从他们身上汲取精神力量，既有高风亮节的追求，又能保持清醒头脑或在精神人格上有所超越。至于豪放词风对他的影响更是不言而喻的。第四，形式上大量运用豪放词人喜用的词牌也促进了张炎向豪放词风的倾斜与贴近。据初步统计，《山中白云词》中共用《壶中天》（即《念奴娇》，其中有全用苏轼《念奴娇》原韵者）9 次，用《木兰花慢》11 次，《甘州》（即《八声甘州》）12 次，《满

① ［清］永瑢等：《四库全书总目》下册，中华书局 1965 年版，第 1822 页。

江红》4 次，《水龙吟》3 次，《桂枝香》2 次，《水调歌头》1 次。而这些词牌在周邦彦的《清真集》或与张炎风格极为接近的王沂孙词或周密词中均极为少见。正因为有以上四种原因，所以张炎成为当时婉约词人（或称格律派、骚雅词派）中向豪放词风倾斜最明显的词人之一。《山中白云词》标志着豪放词风与婉约词风在南宋最后阶段的融合。朱彝尊在《词综·发凡》中说："词至南宋始极其工，至宋季而始极其变。"[①] 大约即指此而言。

《山中白云词》经作者晚年手辑，友人郑思肖、仇远、舒岳祥、陆文圭均为之作序，可见其在当时即有较大影响。但因张炎是南宋遗民，加之词中的思想倾向，使张炎词在元代几乎被湮没百年之久。明初，《山中白云词》才有陶宗仪手抄本，后为钱中谐所藏。清初朱彝尊得此抄本，厘为 8 卷，龚翔麟始为刊行。近人吴则虞以龚蘅圃刻本为底本参合现存其他各本整理成《山中白云词》，存词 302 首。

张炎词在清初最为人所称道并由此得以广泛流传，这完全是浙西词派提倡的结果。朱彝尊在曹溶《静惕堂词》序中说："数十年来，浙西填词者，家白石而户玉田。春容大雅，风气之变，实由先生。"[②] 朱氏把浙西词人专崇白石、玉田词风的局面归功于曹溶，因为他早年曾从曹溶学词。但无朱氏的大力提倡，浙西词派（包括对白石、玉田的推崇），也不会极盛一时。朱氏与汪森所编《词综》，认为"姜尧章氏最为杰出"[③]，而以史达祖、高观国、张辑、吴文英、赵以夫、蒋捷、周密、陈允平、王

---

① ［清］朱彝尊：《词综发凡》，朱彝尊、汪森编 [0]《词综》，上海古籍出版社 1978 年版，第 10 页。

② 施蛰存：《词籍序跋萃编》，中国社会科学出版社 1994 年版，第 543 页。

③ ［清］朱彝尊：《词综发凡》，朱彝尊、汪森编 [0]《词综》，上海古籍出版社 1978 年版，第 10 页。

沂孙、张炎、张翥为羽翼。《词综》所选作品以吴文英、周密为最多，均为 57 首，张炎居第二位，占 48 首。朱氏还在《解佩令·自题词集》中自称“不师秦七，不师黄九，倚新声、玉田差近。”可见朱彝尊在他所推重的南宋词人中最喜张炎。清初词人之所以特别喜欢张炎及其他遗民词人，大概因其在深层心理上发现清初的历史条件与元初的民族压迫以及文化专制主义有某些惊人的相似，而他们从张炎以及其他宋元之际的遗民词人身上发现了自我。公正地说，他们并非只着眼于词的艺术、格律与技巧，而忽视思想内容。否则浙西词派又怎能领导清代词坛达二百年之久呢？二百年以后，因浙西词派本身出现的弊端与严重脱离实际，所以到嘉庆年间，以张惠言为首的常州词派得以兴起。常州派强调词的比兴寄托，为树立自身理论的优势，对白石、玉田等加以贬抑，并在其体现自身审美观念的《词选》中少选或不选《词综》里推崇过的词人，如只选白石 3 首，玉田 1 首，碧山 4 首，而梦窗、草窗竟无一首入选。常州词派的偏见似比浙西派表现得更为显豁。所以对常州派误读和诋毁玉田的某些评论，如周济所说的“玉田才本不高，专恃磨砻雕琢，装头作脚”（《宋四家词选目录序论》）[①] 等，就应当分析对待了。

① 唐圭璋：《词话丛编》第 2 册，中华书局 1986 年版，第 1644 页。

第三节　绝灭中的抗争与怒号

一、“以中锋达意，以中声赴节”的刘辰翁（附：刘将孙）

刘辰翁（1232—1297），字会孟，庐陵（今江西吉安）人。因家在龙须山之阳的须溪山，故自号须溪。与同乡文天祥同出当时著名学者欧阳守道、江万里门下，二人交谊亦甚深挚。宋理宗景定三年（1262）廷试对策。时贾似道专权，杀忠良以塞言路。刘辰翁在对策中有“忠良戕害可伤，风节不竟可怜”等语，揭忤贾似道，置丙第。因亲老，请为赣州濂溪书院山长。宋恭帝德祐元年（1275），文天祥起兵勤王，辰翁曾短期参与其江西幕府。宋亡不仕，流落多年，从事著作。有《须溪集》百卷（已大都散佚）。今传《须溪词》三卷，存词354首。

刘辰翁在《摸鱼儿·甲午送春》词中说：“钟情剩有词千首，待写《大招》招些。”又在《金缕曲·寿朱氏老人七十三岁》中说：“暮年诗，句句皆成史。”以上二词说明，刘辰翁填词的目的有二：一是为南宋的灭亡招魂，表达他的亡国之悲；二是以词作为史迹的艺术载体，让后世读者不仅了解当时的历史真相，且能具体感受到当时的社会历史氛围与人物的心理情状。这在刘辰翁后期的词作中体现得十分明显，如《兰陵王·丙子送春》：

送春去。春去人间无路。秋千外，芳草连天，谁遣风沙暗南浦。依依甚意绪。漫忆海门飞絮。乱鸦过，斗转城荒，不见来时试灯处。　春去。最谁苦。但箭雁沉边，梁燕无主。杜鹃声里长门暮。想玉树凋土，泪盘如露。咸阳送客屡回顾。斜阳未能度。　春去。尚来否。正江令恨别，庾信愁赋。苏堤尽日风和雨。叹神游故国，花记前度。人生流落，顾孺子，共夜语。

“丙子”指宋恭帝德祐二年（1276）。这年二月，元军攻陷南宋都城临安，三月掳恭帝及全太后北去。“送春”，即象征南宋的灭亡，建国 310 余年的宋王朝伴随着春天的离去永远消失了。这首词自始至终贯穿着这一心理情绪，描绘了南宋都城被陷后的残破景象，反映了上至皇室下至百姓所遭受的苦难。全词共分三段。第一段写临安陷城后的破坏及词人的感受。“春去人间无路”是全词的主题句。每段发端均以“春去”振起，并围绕这一中心从不同方面来加以发挥。“秋千外，芳草连天，谁遣风沙暗南浦”三句用对比手法写临安失陷前后的不同情状。“芳草”“秋千”写元军攻城前，“风沙暗南浦”喻元军对临安的攻占与破坏。“漫忆海门飞絮”二句写作者惦记着南逃的宋室君臣。元军破临安，宰相陈宜中等出逃，拥立端宗赵昰于福州，后又逃往南海，死于碙州（今广东雷州湾硇州岛）。后由陆秀夫、张世杰等人立赵昺为帝，逃入南海厓山（今广东新会南大海中）。次年宋亡。作者设想南逃的君臣像随风飞转的柳絮，居无定所。这首词首先着笔于“海门”，并用“甚意绪”和“漫忆”来加以烘托，说明作者寄希望于南逃君臣，同时也反映出作者虽有随端宗南行之愿（当时作者在江西吉水虎溪[①]），但因“风沙”阻隔，无路可通。“乱鸦”三句转写现实，以“乱鸦”象征元军，在头上盘旋嘶叫，乌黑的翅翼遮蔽了整个天空。以前春日的华灯不见了，临安陷入一片黑暗之中。第二段写南宋君臣与庶民共遭亡国之痛。换头以设问句过渡，“苦”字将问题提得尖锐鲜明。以下从四方面对此作形象回答：一是被掳北去的君臣最苦：“箭雁沉边。”他们像被箭射中的大雁坠落到遥远的北方边地。二是留在临安的百姓与宫人最苦：“梁燕无主。杜鹃声里长门暮。”临安城百姓像失去屋主的燕子，凄凄惶惶，无家可归，在杜鹃的哀啼声中将宫门紧闭。三是为国捐躯的臣民最苦：“玉树凋土。”四是被掳走的金铜仙人（象征政权、财富与老百姓）最苦：“泪盘如露。咸阳送客屡回顾。”第三段写故国之思。“春去。尚来否。”“来”字问得惊心动魄。很明显，此处所问，是南宋故国，因为作为自然季节的春天无须多问是每年都会回来的。以下借陈后主时的江总于陈亡后入隋北去、庾信使北被迫留在北方并有《愁赋》之作等，来抒写亡国之痛。同时又以风雨“尽日”袭击“苏堤”来烘托气氛。在此春来无望之际，词人只能“神游故国”。再以“人生流落”之句，缴足“春去人间无路”这一主题，而后戛然终篇。

元军攻破临安后，作者仍能直抒亡国之痛，充分显示出他对故国的热爱。“春去人间无路”“谁遣风沙暗南浦”“乱鸦过，斗转城荒”“神游故国”“人生流落”等句，攻击的矛头所向，鲜明的爱憎，均昭然可见。况周颐说刘辰翁善于“以中锋达意，以中声赴节”[②]，即指此而言。但“中锋达意”与“中声赴

---

① 马群：《刘辰翁事迹考》，《词学》第1辑，华东师范大学出版社1981年版，第130～188页。

② 唐圭璋：《词话丛编》第5册，中华书局1986年版，4451～4452页。

节”并不意味着单刀直入与和盘托出。词中的思想主要还是运用借代和象征手法来表现的。如：“春”是南宋王朝的象征，“飞絮”象征南逃君臣，“乱鸦”喻指元军，“风沙”喻时代剧变与破坏，“箭雁沉边”代指被掳君臣，等等。这些都是在春天出现的目之所见的具体事物，而作者通过自己的感受赋予它们以感情色彩，并做了恰当的调整安排，从而充分烘托出南宋灭亡的悲剧气氛。卓人月《词统》评此词说：“其词悠扬悱恻，即以为《小雅》、楚《骚》可也，填词云乎哉？”（《历代诗余》卷一百十八引）[①]意为这首词可以和《诗·小雅》中某些具有强烈的现实批判性、针对性的作品相媲美，甚至可以说这首词很像屈原的《离骚》。评价是很高的。不仅如此，这首词的艺术手法也为后人所称道。朱庸斋在《分春馆词话》中说：这首三叠之调“独具匠心，妙运词调特点，三个‘春去’故之重叠，一如涂漆，涂一层则色深一层，愈说则愈凄楚。他人重复，不免絮絮滔滔之议，此则如李光弼将郭子仪之兵，一经号令，精彩百出。至一结‘人生流落，顾孺子，共夜语’，拙朴无华，语淡而笔重，寄寓深沉，又所谓‘语淡而情苦’者矣。”[②]此评语亦十分切当。

因为元军是在丙子年（1276）的春天攻陷临安，宣告江山易主，南宋灭亡，故自此以后，每当春天来临，词人便有亡国之痛的发作。这说明，词人在这一年春天精神遭受的刺激与摧残十分严重，而且逐渐使与春天有关的事物变成具有情绪色彩的观念群。随着时间的流逝，这种被共同情调联系起来的使人烦躁不安的观念群已成为词人潜意识中的“悲春”情结，几乎每年春天都要发作一次，并要通过词的创作来加以宣泄。读者很容易发现，

① ［清］沈辰垣 等：《历代诗余》下册，上海书店 1985 年版，第 1397 页。
② 朱庸斋：《分春馆词话》，广东人民出版社 1989 年版，第 128 页。

自宋亡后，须溪词中凡是歌咏春天的作品，都不同程度地与南宋灭亡有关。如《柳梢青 · 春感》：

铁马蒙毡，银花洒泪，春入愁城。笛里番腔，街头戏鼓，不是歌声。　　那堪独坐青灯。想故国、高台月明。辇下风光，山中岁月，海上心情。

题作“春感”，实是元宵抒怀。南宋灭亡，时值初春，因1276年正月元军前锋已达临安，正值元宵节前后。《兰陵王》中的“试灯”，即指此而言。所以，每当元宵节来临之际，作者就自然联想到临安的陷落。就本篇内容来看，当作于临安陷落后，南宋最后灭亡（1279）前的某年初春。上片渲染元军统治下临安的恐怖气氛，“铁马蒙毡”是最好说明（元军给战马披上毡子御寒）。“银花洒泪”一句，与杜甫《春望》“感时花溅泪”近似。但这首词在于突出沦陷后的元宵节，所以词人用“银花洒泪”即烛泪来渲染节日的悲剧气氛与市民的痛苦心情。“春入愁城”承上启下，贯通全词。“笛里番腔，街头戏鼓”本该是欢乐的，但原来民间喜爱的笛曲，已被“番腔”取代；原来流传南方的杂耍百戏，已换成元军带来的北方鼓吹杂戏。故说：“不是歌声。”“愁城”的“愁”正在其中。下片写故国之思与对抗元志士的怀想。前三句写“青灯”独坐，不由得忆起往年的“高台月明”，同时也更加思念起在海上继续抗元的英雄豪杰。本篇写法与《兰陵王》不同。作者以极简洁的语言描画元军统治下临安城的愁惧气氛，明确抒发想“故国”、念“海上”的爱国激情，加以语句短小，节奏紧凑，给人以紧张急迫之感。此外《山花子 · 春暮》《虞美人 · 春晓》《八声甘州 · 送春韵》《减字木兰花·庚辰送春》《菩萨蛮·丁丑送春》《沁园春·送春》等，均是这种“悲春”情结的具体反映。“悲春”，实即“悲宋”。

由于这种“悲春”或曰“悲宋”情结的不断扩大与深化，从“元宵节”开始，词人那具有情绪色彩、被共同情调联系起来的观念群几乎已扩大到所有节日，如“三月三日”“端午”“七夕”“中秋”“九日”“除夕”。词人在这些节日所写的词，几乎也都贯穿着同一个“悲宋”情结，从而组成“悲宋”情结的大联唱。先从题序中有“元宵”节的词作看起。如《永遇乐》，词序曰：“余自乙亥（1275）上元诵李易安永遇乐，为之涕下。今三年矣，每闻此词，辄不自堪。遂依其声，又托之易安自喻。虽辞情不及，而悲苦过之。”序言告诉我们这首词是1278年写的，为临安陷落后，又恰值帝昺压山投水之前。之所以写此词是受到李清照《永遇乐》的感动与启发，于是以易安的口吻和原词的声韵，填了这首词。全词如下：

璧月初晴，黛云远澹，春事谁主。禁苑娇寒，湖堤倦暖，前度遽如许。香尘暗陌，华灯明昼，长是懒携手去。谁知道，断烟禁夜，满城似愁风雨。　　宣和旧日，临安南渡，芳景犹自如故。缃帙流离，风鬟三五，能赋词最苦。江南无路，鄜州今夜，此苦又谁知否。空相对，残釭无寐，满村社鼓。

此词虽托“易安”口吻，却是“自喻”，即写的是刘辰翁所在的特定时代与他的特定心境。比之易安原作，的确是“悲苦过之”。李清照在她那首词里虽然也写到“中州盛日，闺门多暇，记得偏重三五”，但并未说南宋临安的“三五”已经冷清，而是通过“中州”三句表现对北宋的眷念难忘；而刘辰翁这首词一方面回忆临安都城当年的繁华（“香尘暗陌，华灯明昼”），一面又写当今元军实行宵禁（“断烟禁夜”），致“满城似愁风雨”。本来临安当天没有风雨（开篇两句“璧月初晴，黛云远澹”二句可证），但对于身在“愁城”里的临安百姓来说，却就像在风雨交加的黑夜里度上元之夜。词人的“悲苦”，已跃然纸上。

词人另有一首名篇《宝鼎现·春月》。“春月”，即上元之月。《历代诗余》卷一百十八引张孟浩语曰：“刘辰翁作《宝鼎现》词，时为大德元年，自题曰‘丁酉元夕’。”①丁酉即元成宗大德元年（1297），上距临安陷落已 20 余年。作者于此年逝世，终年 66 岁。可见作者的“悲春”是贯彻始终的，其爱国思想从来没有动摇过。这首词为长调，共分三段。前两段分别写北宋和南宋元宵节的繁华景象。最后一段写入元以后，杭州的元宵节无限凄凉。作者把回忆、痛苦与无限感慨交织在一起。此时已复国无望，故词人禁不住叹道：“等多时春不归来，到春时欲睡。又说向、灯前拥髻，暗滴鲛珠坠。”张孟浩说：“反反复复，字字悲咽，真孤竹彭泽之流。”②杨慎在《词品补》中也说：“词意凄婉，与《麦秀》何殊！”③

从 1267 年元宵到他去世的 20 年时间里，刘辰翁写下几十首与元宵节有关的词篇，记录了每一年元宵节的天气情况、百姓情绪与元军的宵禁。甚至还记录有临安陷城前一年元宵节时的不祥之兆。词人在《减字木兰花·乙亥（1275）上元》一词中，就已经说出“无灯可看，雨水从教正月半”了。果然第二年在《兰

① ［清］沈辰垣等：《历代诗余》下册，上海书店 1985 年版，第 1397 页。

② ［清］沈辰垣等：《历代诗余》下册，上海书店 1985 年版，第 1397 页。

③ 胡可先：《唐宋词汇评·两宋卷》第 5 册，吴熊和主编《唐宋词汇评》，浙江教育出版社 2004 年版，第 3751 页。

陵王·丙子送春》中便出现“乱鸦过，斗转城荒，不见来时试灯处。”《忆秦娥》中说：“烧灯节。朝京道上风和雪。风和雪。江山如旧，朝京人绝。”“烧灯节”即元宵节。《踏莎行》（词序作“上元月明，无灯，明日霰雨屡作”）也写道：“璧彩笼尘，金吾掠路。海风吹断楼台雾。无人知是上元时，一夜月明无著处。”这首词从元军“金吾掠路”的宵禁措施，写有月无灯的节日凄凉。《卜算子·元宵》还写及当时宵禁达十年之久：“十载废元宵，满耳番腔鼓。”杭州城如此，其他城市也如此。如《江城梅花引·辛巳洪都上元》中说：“几年城中无看灯。”这里主要指江西南昌，词题中对此已有明确交代。元军入临安后各地均很少有真正的元宵节，除百姓抵制外，元军对此节日似亦怀有敌意（“元宵”与“元消”谐音盖为其中一个重要原因），故常于此时宵禁。刘辰翁这类作品，含有“句句皆为史”之意。

其他与节日有关的词中，也不同程度地含有“悲宋”的色彩。如《金缕曲·五日和韵》：“欸乃渔歌斜阳外，几书生、能办投湘赋。歌此恨，泪如缕。”《齐天乐·节庵和示中斋端午〈齐天乐〉词……》：“但梦绕青神，尘昏白帝。重反离骚，众醒吾独醉。”又如《金缕曲·壬午五日》（壬午为1282年）：“梦回酷似灵均苦。叹神游、前度都非，明朝重五。满眼离骚无人赋，忘却君愁吊古。”在这些词里，词人紧密联系屈原的爱国诗歌与爱国行为来抒发内心深处的“悲宋”之情。还有一些写中秋的词，也表达了类似的情感。在元军攻陷临安当年的中秋节，刘辰翁写下了《烛影摇红·丙子中秋泛月》。词中的时代色彩很浓，在“悲宋”的主题上可与《兰陵王·丙子送春》相衔接。全词如下：

明月如冰，乱云飞下斜河去。旋呼艇子载箫声，风景还如故。袅袅余怀何许。听尊前、呜呜似诉。近年潮信，万里阴晴，和天无据。　有客秋风，去时留下金盘露。少年终夜奏胡笳，谁料归无路。同是江南倦旅。对婵娟、君歌我舞。醉中休问，明月明年，人在何处。

一起两句便非同寻常。虽然月色寒凉，有人用“明月如霜”来形容，或用“冰轮”来状貌，但直用“明月如冰”者还极为罕见。一个“冰”字使全词笼罩在冰寒世界之中，临安破后的时代悲凉已无须多言矣。接句“乱云飞下斜河去”，“乱云”与《兰陵王》中的“乱鸦”都使人刺目惊心，反映了词人在时代剧变中所遭受到的心理震撼是何等强烈。在须溪词中，本篇是感情极沉痛而深挚的作品之一。在《水调歌头·丙申（1296）中秋》说：“旧日登楼长笑，此日新亭对泣，秃鬓冷飕飕。木落下极浦，渔唱发中洲。”又《水调歌头·和马观复中秋》词中也同样表达沉痛心情：“十年离合老矣，悲喜得无情。想见凄然北望，欲说明年何处，衣露为君零。”在重九登高有关作品中，刘辰翁更多地抒写悲今悼昔之情。他在《齐天乐·戊寅（1278）登高即席和秋崖韵》中说：“登高能赋最苦。叹高高难问，欲望迷处。蝶绕东篱，鸿翻上苑，那更画梁辞主。”“叹高高难问”一句，与张元幹《贺新郎·送胡邦衡待制》中“天意从来高难问”，一脉相承，对时代大变动提出质疑。“画梁辞主”句，与作者《兰陵王》中“箭雁沉边，梁燕无主”为同一意境，虽然临安破城两年了，但厓山君臣正在坚持抗元，作者在绝灭中对此仍抱一线希望。在《霜天晓角·和中斋九日》词中，抒写老去后的悲秋与悲宋交织在一起的复杂情感：

骑台千骑。有菊知何世。想见登高无处，淮以北、是平地。老来无复味。老来无复泪。多谢白衣迢递，吾病矣、不能醉。

“中斋”即邓剡，字光荐，号中斋，曾入文天祥抗元军幕，厓山兵败时投海未死。宋亡后以节行著称，与刘辰翁时有唱和。

从上述词篇中可以发现，刘辰翁继承南渡词人和辛弃疾的爱国豪放词风，多侧面地反映了宋亡后遗民词人的心态。为了更好地表达其壮烈情怀，他有时还故意用苏、辛词韵为词。如《金缕曲·送五峰归九江》，就全用辛弃疾与陈亮相互唱和的《贺新郎》原韵：

世事如何说。似举鞍、回头笑问，并州儿葛。手障尘埃黄花路，千里龙沙如雪。著破帽、萧萧余发。行过故人紫桑里，抚长松、老倒山间月。聊共舞，命湘瑟。　春风五老多年别。看使君、神交意气，依然晚合。袖有玉龙提携去，满眼黄金台骨。说不尽、古人痴绝。我醉看天天看我，听秋风、吹动檐间铁。长啸起，两山裂。

在别情唱和上，刘辰翁继承辛弃疾与陈亮唱和的传统，把友情同时代的悲慨融会在一起。此词同时还联系“九江”的地域特点，将陶潜的归隐与二人的现状联系起来，对五峰才能未得施展深表愤慨。“我醉看天天看我”，起势崚嶒，姿态绝世，有长吉“石破天惊”之概。

况周颐在《蕙风词话》（卷二）中说：“须溪词，风格遒上似稼轩，情辞跌宕似遗山。有时意笔俱化，纯任天倪，竟能略似坡公。往往独到之处，能以中锋达意，以中声赴节。世或目为别调，非知人之言也。”[①] 虽然须溪词转益多师，风格多样，但其主导方面却不愧为豪放的后劲。在南宋大势已去，个人无力回天的形势下，刘辰翁仍惓惓故国，努力挣扎，为“悲宋”而谱写了一曲曲哀歌。朱庸斋说：须溪词“亡国前直抒愤懑胸臆，强烈反映现实，对权奸误国极其痛切；亡国后，偷生于元人残酷统治下，抚时伤事，和泪写成。其岁时景物诸篇（如上元、端午、重阳等），均因节序而怅触万端，主题显而易见，亦所谓‘亡国之音哀以思’者。同时作手多隐晦不显，无须溪之凄厉。是以南宋遗民中，《须溪词》实为个中佼佼者。”（《分春馆词话》卷四）[②]

在须溪词中，也不乏轻灵婉丽之作。如《浣溪沙·感别》：

> 点点疏林欲雪天。竹篱斜闭自清妍。为伊憔悴得人怜。
> 欲与那人携素手，粉香和泪落君前。相逢恨恨总无言。

以白描通俗语言，写传统的别情题材，简洁厚重，情景兼到，余韵悠长。况周颐认为此词“似乎元明以后词派，导源乎此。讵时代已入元初，风会所趋，不期然而然者耶？”（《蕙风词话》卷二）[③] 他同时举以为例的还有另首《浣溪沙·春日即事》：

> 远远游蜂不记家。数行新柳自啼鸦。寻思旧事即天涯。
> 睡起有情和画卷，燕归无语傍人斜。晚风吹落小瓶花。

况周颐还举《山花子》后段（“早宿半程芳草路，犹寒欲

① 唐圭璋：《词话丛编》第 5 册，中华书局 1986 年版，第 4451 ~ 4452 页。
② 朱庸斋：《分春馆词话》，广东人民出版社 1989 年版，第 127 ~ 128 页。
③ 唐圭璋：《词话丛编》第 5 册，中华书局 1986 年版，第 4452 页。

雨暮春天。小小桃花三两处，得人怜。”），云：“此等小词，乃至略似国初顾梁汾、纳兰容若辈之作。以谓须溪词中之别调可耳。”[①] 况氏结合词史，发现了刘辰翁承上启下的作用，较其他评者多了一重历史的观照。

刘将孙（1257—？），字尚友，刘辰翁之子。宋末进士，入元后任福建延平教官、临汀书院山长。有《养吾斋诗余》，存词21首。况周颐在《蕙风词话》（卷三）中说：“刘将孙《养吾斋诗余》，《彊村所刻词》列入元人，余议改编《须溪词》后。”况氏在《跋》中对此展开充分论述，并认为《摸鱼儿》“己卯元夕”与“甲申客路闻鹃”两首“情文慷慨，骨干近苍。”又说其词“抚时感事，凄艳在骨。”还认为刘将孙“名不甚显”的原因是“为父所掩。”[②] 其《摸鱼儿·甲申客路闻鹃》下阕云：

曾听处。少日京华行路。青灯梦断无语。风林飒飒鸡声乱，摇落壮心如土。今又古。任啼到天明，清血流红雨。人生几许。且赢得刘郎，看花眼惯，懒复赋前度。

又《踏莎行·闲游》云：

水际轻烟，沙边微雨。荷花芳草垂杨渡。多情移徙忽成愁，依稀恰是西湖路。　血染红笺，泪题锦句。西湖岂忆相思苦。只应幽梦解重来，梦中不识从何去。

又《八声甘州·送春》：“春还是、多情多恨，便不教、绿

① 唐圭璋：《词话丛编》第5册，中华书局1986年版，第4452页。

② 唐圭璋：《词话丛编》第5册，中华书局1986年版，第4467～4468页。

满洛阳宫。只消得，无情风雨，断送匆匆。”这些词，充分说明刘将孙虽主要生活于入元以后，但在政治立场与思想倾向上仍是一个不折不扣的南宋遗民。同他父亲一样，南宋灭亡的悲惨结局在他心中刻下深深的烙印，故其词凄恻伤感，不忘故国。在宋词的结获期中，他以凄婉悲怆的声音加入了痛悼南宋灭亡的大合唱。

二、“长短句之长城”蒋捷（含太学褚生）

蒋捷（1245？—1310），字胜欲，号竹山，阳羡（今江苏宜兴）人。度宗咸淳十年（1274）为南宋末科进士。宋亡后隐居太湖竹山，称竹山先生。元成宗大德年间，有人荐他为官，他辞而不受，“抱节终身”（况周颐《蕙风词话》）[①]。蒋捷为人卓荦不群，虽然身为南宋遗民，且经常往来吴、越间，但据现有资料，他与当时著名词人周密、王沂孙、张炎等几乎没有任何交往。周、王、张、蒋虽被称为“宋末四大家”，但蒋捷的词风却与前三人大不相同。竹山词风格多样，豪放婉约均能兼收并蓄，在向豪放词风倾斜或相互渗透方面，表现最为明显。其豪放之作抒写故国河山之痛，身世不幸之感，悲慨峻伟，磊落横放；其婉约之作，又构思奇巧，炼字精深，音节谐畅。就传承与影响而言，他上承稼轩余风，下开清初陈维崧一派；其通俗短章又与元人小令为近。有《竹山词》，存词94首。

大约在蒋捷30岁时，南宋就灭亡了。他一生大部分岁月是在元朝度过的。因为他始终怀有强烈的民族意识，对元朝在其初年所奉行的民族高压极度不满，于是跟其他遗民词人一样，对元朝采取不合作态度，在隐居与流浪中消磨时光。竹山词形象地摄

---

① 唐圭璋：《词话丛编》第5册，中华书局1986年版，第4420页。

录下了他一生的不幸遭遇。如《贺新郎·兵后寓吴》：

> 深阁帘垂绣。记家人、软语灯边，笑涡红透。万叠城头哀怨角，吹落霜花满袖。影厮伴、东奔西走。望断乡关知何处，羡寒鸦、到著黄昏后。一点点，归杨柳。　　相看只有山如旧。叹浮云、本是无心，也成苍狗。明日枯荷包冷饭，又过前头小阜。趁未发、且尝村酒。醉探枵囊毛锥在，问邻翁、要写牛经否。翁不应，但摇手。

“兵后寓吴”，指元丞相伯彦率军攻陷临安后，作者流亡到苏州一带的生活遭遇。这首词通过词人自身逃避战乱的经历，反映了南宋的灭亡给人民带来的灾难和精神痛苦。上片写“兵后”，由两部分组成。开篇三句是第一部分，作者用极其精练的笔墨刻画南宋灭亡前家庭生活的幸福。从“万叠城头”到上片结尾是第二部分，写“兵后”苦况。这一部分共九句，可分三层。“万叠城头”两句是第一层，“霜花满袖”是国破家亡后的凄苦。“影厮伴”两句是第二层，写只身逃亡，孤苦无告。“羡寒鸦”以下是第三层，写无家可归的悲痛。

下片写“寓吴”，描绘的是国破家亡的流民图，仍可分两部分。作者通过流亡途中可见的白云青山，表示宁肯像青山那样巍然屹立，而决不像白云那样，一会儿是浩白的云裳在天空飘浮，一会儿变成面目狰狞的恶狗。这对那些开始时高喊民族气节，最终却堕落成变节分子的文人是一有力讽刺。从“明日枯荷”到篇终是第二部分，写作者甘愿过贫苦的流浪生活。“枯荷包冷饭”，是流亡者习以为常的生活；“且尝村酒”，是借酒浇愁。“要写牛经”，写出流亡文人的艰难：即使想抄书混饭已不可得。“翁不应，但摇手”，反映出农村贫困，牲畜被大量宰杀的现实，以及百姓对此敢怒而不敢言的悲愤心情。不难看出，这首词刻画出一个坚持民族气节的文人形象，反映了南宋灭亡后的时代气氛与心理情绪。这首词不仅是一个逃亡知识分子的哀歌，也是对故宋时代的挽歌。其哀挽之情是通过对比手法表露出来的。“影厮伴、东奔西走”的并非作者一家一人，但通过这一家一人前后生活的变化，便活画出了当时社会的巨大变动。作者一家一人实为当时整个社会的缩影。

蒋捷与刘辰翁同样经历了宋末元初的社会大变动，同样写下了许多爱国词篇，但这两人的作品却各有其自家面目。蒋捷不像刘辰翁那样以情辞凄婉、悲苦动人取胜，而是以描绘动乱时代的生活画面与反映人的心理情绪见长。他的词内容与感情亦极悲苦，但构思布局与遣词造句却带有看破一切的旷达和嘲讽意味。同样是遗民的血泪之作，在蒋捷写来却面带苦笑；这苦笑的泪水，似更令人心酸。这也许就是竹山词迥异于其他遗民词人的独到之处。

与前首写作时间大体相近的，还有另首《贺新郎·吴江》：

浪涌孤亭起。是当年、蓬莱顶上，海风飘坠。帝遣江神长守护，八柱蛟龙缠尾。斗吐出、寒烟寒雨。昨夜鲸翻坤轴动，转雕翚、掷向虚空里。但留得、绛虹住。　五湖有客扁舟舣。怕群仙、重游到此，翠旌难驻。手拍阑干呼白鹭，为我殷勤寄语。奈鹭也、惊飞沙渚。星月一天云万壑，览茫茫、宇宙知何处。鼓双楫，浩歌去。

“吴江”，即太湖支流吴淞江，在吴江境内，有跨江七十二孔桥，名长桥，又名垂虹桥，上有垂虹亭。起句的“孤亭”，即指此亭。作者不仅用白浪滔天的气势簇拥此亭腾空直上，而且还夸说它是从神话传说中的蓬莱仙山上被海风吹落下来的。为此，上帝还特派江神来守护它，并有八只蛟龙盘旋缠绕于八根大柱之上，喷吐出寒烟寒雨。然而，一夜之间却突然发生巨变，这来自仙山并为神力保护的亭子，却被巨鲸搅动地轴，把彩饰精雕的飞檐抛入冥冥太空，只留下一座长桥。不难看出，所谓“鲸翻坤轴”，即指元军的南下与南宋的灭亡。下片换头，写词人对此的感受。作者是以扁舟隐士的目光来审视现实的巨大变动的。既然垂虹亭是从仙山降落人间的，那么当仙人来到人间发现此亭已遭到无法挽回的破坏时，他们也就失去了立足之地。对此，词人怎能不悲从中来？他很想立即将此巨大变动与危险的现实报告给仙界，但白鹭却不解此中真意，反而被吓破了胆，惊飞而去。在此无可奈何之际，词人仰望天空，只见乌云滚滚，星月已不知去向；而茫茫宇宙，广阔无边，哪里是我的栖身之地呢？但词人对此并不悲观绝望。“鼓双楫，浩歌去”两句，充分表现出词人自我解脱与自我超越的豪情逸致，与苏、辛的豪放清雄极为接近。

运用比兴手法，转托梦境，同样寄托了词人故国河山之思与悲今悼昔之情。如另首《贺新郎》：

梦冷黄金屋。叹秦筝、斜鸿阵里，素弦尘扑。化作娇莺飞归去，犹认纱窗旧绿。正过雨、荆桃如菽。此恨难平君知否，似琼台、涌起弹棋局。消瘦影，嫌明烛。　鸳楼碎泻东西玉。问芳悰、何时再展，翠钗难卜。待把宫眉横云样，描上生绡画幅。怕不是、新来妆束。彩扇红牙今都在，恨无人、解听开元曲。空掩袖，倚寒竹。

一起用汉武“金屋藏娇”故事，将“金屋”比拟为故国，并用美女阿娇将全词串接起来。“秦筝”“尘扑”三句，通过“金屋”中的古筝蒙尘，“叹”江山易主，“金屋”冷落，悲苦难言。“化作娇莺”两句，上承“梦冷”，下接“斜鸿”“素弦”，通过美女对“金屋”的向往，极写故国之思，使梦境具象化：虽然仍可见“纱窗旧绿”，但宫苑中已荆棘丛生，往日硕大的仙桃，如今竟羸小如豆；春雨反而滋润着荆棘在快速生长。“荆桃如菽”，即黍离麦秀之意。下面，“此恨难平君知否”中的“恨”，即黍离之悲，铜驼之恨。“似琼台、涌起弹棋局”中的“琼台”，即用玉石做成的“弹棋枰”。这种棋枰，中央隆起，四周低平。所以李商隐有“玉作弹棋局”（《柳枝》）与“莫近弹棋局，中心最不平”（《无题》）之句。蒋捷在此化用李诗句意，极写国破家亡之恨。结拍“消瘦影，嫌明烛”，从形、神两方面再掘进一层，暗示因国亡家破，悲痛不已致使形影消瘦，所以唯恐明光烛照，顾影自怜，更加难堪。下片追忆故国。过片，“鸳楼”与上片“金屋”上下映衬，均为故国的象征。“东西玉”，酒杯名，又象征各奔东西。“碎泻”，从酒杯破碎，美酒倾泻，写河山的颠覆。但词人惓惓难忘，急切盼望能一睹往日的繁华：“问芳悰、何时再展，翠钗难卜。”此与辛弃疾“试把花卜心期，才簪又重数”（《祝英台令·晚春》）意极近似。但“芳悰”难觅，又不忍放弃，于是转而求之于用笔墨丹青描画出的旧日形象：“待把宫眉横云样，描上生绡画幅。怕不是、新来妆束。”可见，词人对改朝换代之后的所有变化（包括化妆与服饰）均极反感。不仅如此，词人对“番腔”也极烦厌：“彩扇红牙今都在，恨无人、解听开元曲。”“开元曲”，即唐玄宗开元盛世之音，这里用以代指南宋乐曲。暗示许多人已随波逐流，屈节仕元。而词人自己则以杜甫《佳人》诗自勉："天寒翠袖薄，日暮倚修竹。"即使忠于故国的思想情感完全落"空"，也绝无愧悔。这首词通过梦境与象征性手法，多层次、多方位地抒写自己眷恋故国的深情，在竹山词中虽属婉约之作，但却有豪气行乎其间。陈廷焯评曰："处处飞舞，如奇峰怪石，非平常蹊径也。"（《云韶集》卷八）[①]

竹山词的豪宕与奇崛是联系在一起的，正因有这豪宕与奇崛之气，蒋捷才能在南宋灭亡后支撑起自己始终不妥协的抗拒精神。这精神从《沁园春·为老人书南堂壁》中即可窥其一斑：

老子平生，辛勤几年，始有此庐。也学那陶潜，篱栽些菊，依他杜甫，园种些蔬。除了雕梁，肯容紫燕，谁管门前长者车。怪近日，把一庭明月，却借伊渠。　　鬓边白发纷如。又何苦招宾约客欤。但夏榻宵眠，面风欹枕。冬檐昼短，背日观书。若有人寻，只教童道，这屋主人今自居。休羡彼，有摇金宝辔，织翠华裾。

词题虽为"为老人书南堂壁"，实际却是词人自我胸襟节志的具体写照。这位"老人"大约同作者一样，是一个不肯屈节仕元而甘愿隐居终生的遗民，所以词人才题此词于南堂壁上。在中国文学史上，凡是因时代巨变或江山易主而不肯屈节改仕新朝的隐居之士，大都能从陶潜"不为五斗米折腰"及其归田躬耕的作品中获取精神力量。在异族上层统治者发动入侵，为患中原的关键时刻，凡是爱国志士又都无不从杜甫诗中汲取思想品德方面的

---

① ［清］陈廷焯撰，孙克强、杨传庆点校整理：《〈云韶集〉辑评（之二）》，《中国韵文学刊》2010 年第 4 期。

滋养。蒋捷正是从陶潜与杜甫身上看到了效仿的榜样，增强了鄙视邪恶的傲骨。一方面是对弱小者的体贴热爱：“除了雕梁，肯容紫燕”，另一方面是“谁管门前长者车。”一方面是对祖国传统文化的热爱：“冬檐昼短，背日观书。”另一方面则是“休羡彼，有摇金宝辔，织翠华裾。”在对屈节仕元获致高官厚禄的势利小人的鄙视与痛斥声中，词人的形象高高站立起来了。李调元在《雨村词话》中说这首词“甚有奇气。”[①]这“奇气”，是来自硬骨铮铮的胸膛。

在南宋遗民词人中，“元夕”是一个极为特殊的节日，这个节日往往与临安失陷、国家灭亡联系在一起。像刘辰翁一样，蒋捷对这个节日也特别敏感。他的《女冠子·元夕》写的就是故国之思和悲今悼昔之情：

> 蕙花香也。雪晴池馆如画。春风飞到，宝钗楼上，一片笙萧，琉璃光射。而今灯漫挂。不是暗尘明月，那时元夜。况年来、心懒意怯，羞与蛾儿争耍。　江城人悄初更打。问繁华谁解，再向天公借。剔残红灺。但梦里隐隐，钿车罗帕。吴笺银粉砑。待把旧家风景，写成闲话。笑绿鬟邻女，倚窗犹唱，夕阳西下。

上片前六句和后六句写昔盛今衰，成强烈对比。开篇一句“蕙花香也”，便满注词人对往昔元宵节的深情，似乎当年蕙花的香气还播散在四周，连这整首词也被此香气浸透了。下面，笔锋一转，展现的是以晴朗洁白为背景的亭台楼馆的画面。随之，便有春风吹拂，从宝钗楼下送来一片悦耳的笙箫鼓乐之声。入夜则水晶般清莹，琉璃般焕彩的灯光耀眼夺目。短短六句，嗅觉、

① 唐圭璋：《词话丛编》第2册，中华书局1986年版，第1411页。

听觉、视觉几乎全都沉浸在元夕欢乐气氛之中。于此高潮之际，词人以“而今”二字，把全词分割成两种截然不同的世界。陈廷焯说：“极力渲染，‘而今’二字忽然一转，有水逝云卷、风驰电掣之妙。”（《云韶集》）[①]“而今”如何？虽也有灯，但却是漫不经心地挂在那里。“元夕”又如何？“不是暗尘明月。”此用唐苏味道诗句：“暗尘随马去，明月逐人来。”（《正月十五夜》）苏味道诗本形容元夕的热闹非凡，月明如昼；但如今却不再有此景象了，故说“不是”“那时元夜”。“况年来”三句再从心灰意懒这一侧面，反映当时平民百姓的故国之思与对新王朝的抗拒。下片换头，交代元夕的时、地，说明身在原南宋都城临安。所以抚今追昔之情，异常强烈；对今时元夕的冷清凄惨，也极为敏感。南宋的灭亡，把昔日临安的繁华也带走了，如今又怎能向“天公”“借”回来呢？言外有恢复河山之想，但又知这只不过是幻梦而已。对此词人别无他法，只能剔尽烛台的残灰，进入梦境，在梦中隐隐地听到当年鼎沸的笙箫，隐隐地看到华贵的车马与手持罗帕的妇女在观赏元夕灯景。不仅如此，词人还想要选择最精美的纸张（“吴笺银粉砑”），把南宋最繁华的“旧家风景”写下来，传给后世。词人正想进入梦的追寻，笔的涂写，忽然听到邻家的少女正倚着窗儿高唱：“夕阳西下。”词人禁不住露出一丝苦笑。原来这邻家少女也跟自己一样正在怀念南宋当年的繁华，把范周当年描写元夕盛况的《宝鼎现》从容地歌唱呢。

在另首以“塘门元宵”为题的《南乡子》词中，作者还把北宋与南宋的“元宵”节联系起来，与孟元老《东京梦华录》中有

① ［清］陈廷焯撰，孙克强、杨传庆点校整理：《〈云韶集〉辑评（之二）》，《中国韵文学刊》2010年第4期。

关“元宵”的描述[①]对照着加以抒发：“旧说梦华犹未了，堪嗟。才百余年又梦华。”在《齐天乐·元夜阅梦华录》中，其亡国之痛更为深切：“华胥仙梦未了，被天公澒洞，吹换尘世。”

由上可见，词人经历了江山易主的巨变之后，其所见、所闻、所梦、所感无不与黍离之悲自然而巧妙地联系起来。有时表面写细小景物，实则与家国兴亡密切相关。如《水龙吟·效稼轩体招落梅之魂》的下片：

月满兮西厢些。叫云兮、笛凄凉些。归来为我，重倚蛟背，寒鳞苍些。俯视春红，浩然一笑，吐山香些。翠禽兮弄晓，招君未至，我心伤些。

这首词既效稼轩体，又是《楚辞·招魂》的继承与发扬，实际就是通过“招落梅之魂”来为故宋招魂。正如丁绍仪所说：“南宋末季，士多悯世遗俗，托兴遥深。”（见《听秋声馆词话》卷二十）[②]他还列举竹山词中《解佩令》与《祝英台近》等词来加以说明。其《解佩令》云：

春晴也好。春阴也好。著些儿、春雨越好。春雨如丝，绣出花枝红袅。怎禁他、孟婆合皂。　　梅花风小。杏花风小。海棠风、蓦地寒峭。岁岁春光，被二十四风吹老。楝花风、尔且慢到。

① ［宋］孟元老撰，邓之诚注：《东京梦华录》，中华书局1982年版，第164～165页。

② 唐圭璋：《词话丛编》第2册，中华书局1986年版，第2837页。

此词词题是“春”，显然是春天的歌，惜春之情已注满笔端。旧有“二十四番花信风”之说，随着春天的步履，每一番风吹，便有一番花开。二十四节气中，从“小寒”到“谷雨”为止的八个节气，每个节气有三番花开，八个节气共有从“梅花”到“楝花”的 24 种花相继开放，共二十四番花信风。所谓“开到荼蘼花事了”，荼蘼即是在楝花开放稍前的花信。此词说：“楝花风、尔且慢到”，即指催花的风信不要及时来到，以便使春天再延长一些。丁绍仪认为这首词就是在呼唤元军进攻慢些，让南宋的灭亡再迟延一些。在丁绍仪看来，蒋捷的《祝英台近》表达的是同样的思想情感：

柳边楼，花下馆。低卷绣帘半。帘外天丝，扰扰似情乱。知他蛾绿纤眉，鹅黄小袖，在何处、闲游闲玩。　最堪叹。筝面一寸尘深，玉柱网斜雁。谱字红蔫，剪烛记同看。几回传语东风，将愁吹去，怎奈向、东风不管。

丁氏认为，这两首词与德祐太学生《百字令》（“半堤花雨”）“真个恨杀东风”同一意旨。（《听秋声馆词话》卷二十）[①]“德祐”指宋恭帝德祐元年（1275），距元军攻破临安已不到一年之久了。此时江、淮一带均为元军攻占，临安危在旦夕。太学生褚生于此时写了《百字令》与《祝英台近》，表示南宋即将灭亡时的焦虑心情。先看《百字令》：

半堤花雨。对芳辰消遣，无奈情绪。春色尚堪描画在，万紫千红尘土。鹃促归期，莺收佞舌，燕作留人语。绕栏红药，

① 唐圭璋：《词话丛编》第 2 册，中华书局 1986 年版，第 2837 ~ 2838 页。

韶华留此孤主。　　真个恨杀东风，几番过了，不似今番苦。乐事赏心磨灭尽，忽见飞书传羽。湖水湖烟，峰南峰北，总是堪伤处。新塘杨柳，小腰犹自歌舞。

"几番过了，不似今番苦"，的确可与蒋捷"岁岁春光，被二十四风吹老"等句参看。太学生《祝英台近·德祐己亥》又云：

倚危栏，斜日暮。蓦蓦甚情绪。稚柳娇黄，全未禁风雨。春江万里云涛，扁舟飞渡。那更听、塞鸿无数。　　叹离阻。有恨落天涯，谁念孤旅。满目风尘，冉冉如飞雾。是何人惹愁来，那人何处。怎知道、愁来不去。

《重刊湖海新闻夷坚续志·后集》对此词有详尽注释。认为："稚柳"指幼君，因宋恭帝时年仅五岁；"娇黄"指谢太后临朝主政；"扁舟飞渡"指"北军至"；"塞鸿"指流民；"是何人惹愁来"，指贾似道赴前线督师失败而给国家带来无穷灾难；"那人何去"，指贾似道兵败免职被谪循州（今广东惠阳）。[①]

丁氏将太学生褚生的两首词与蒋捷南宋灭亡前作品比较，意在说明蒋捷前期即已在词中表示出对祖国命运的关怀，并察觉到南宋覆亡在即。

正因为蒋捷自始至终把南宋的生死安危当作他思想生活的首要问题，所以他在任何情况下都能把对这一问题的思考与审美感受恰当组织到作品中来。以上所举诸篇主要写生活中的所见所闻

① 无名氏：《湖海新闻夷坚续志》，［金］元好问、无名氏撰《续夷坚志湖海新闻夷坚续志》，中华书局 1986 年版，第 204 页。

所感，偏重于客观事物的范畴。词人对当时人物的情感与评骘，是否与自己节志相投，也是其词作的重要内容。读者往往从他对人物的摹写上，看出他自己的影子。如《念奴娇·寿薛稼堂》：

稼翁居士，有几多抱负，几多声价。玉立绣衣霄汉表，曾览八州风化。进退行藏，此时正要，一着高天下。黄埃扑面，不成也控羸马。　　人道云出无心，才离山后，岂是无心者。自古达官酣富贵，往往遭人描画。只有青门，种瓜闲客，千载传佳话。稼翁一笑，吾今亦爱吾稼。

一般“寿”词均多阿谀溢美之词，但蒋捷这首词却不可作如是观。因为他这首词所歌咏的对象是弃官学稼的隐士。这位“稼翁”虽然有远大抱负，但在国亡家破之时和异族高压统治下，却不肯学那些“黄埃扑面”，四处钻营的势利小人。在这“进退行藏”亟须特别慎重的时刻，他的确“一着高天下”。这一着之所以高出凡人，不仅仅因为“自古达官酣富贵，往往遭人描画。”而且还有形诸笔墨的民族气节问题。青门种瓜，“吾今亦爱吾稼”，其本身并不是目的，而是为了“千载传佳话。”所以，歌咏稼翁，亦即词人人生理想的自我表达，自我完成。

蒋捷正是按照他对“稼翁”所说的那样，以隐居终其一生。但他并未种瓜，也未学稼，而是以隐士的身份蛰居竹山或浪迹天涯。在这漫长的时间里，他经常用竹山来鞭策自己，坚定自己，克服了难以想象的困难。他在《少年游》中对此有过描述：

枫林红透晚烟青。客思满鸥汀。二十年来，无家种竹，犹借竹为名。　春风未了秋风到，老去万缘轻。只把平生，闲吟闲咏，谱作棹歌声。

从“借竹为名”，可以看出他的气节。从“无家种竹”，可以看出他的贫困。从“谱作棹歌声”，可以想见他浪迹天涯的羁苦与创作的勤奋。

正因为蒋捷长期以舟为家，浪迹天涯，所以写下了许多描绘水乡泽国的名篇佳制。而且这些作品又总是跟他内心深处的破国亡家的愁恨融会在一起。如其代表作《一剪梅·舟过吴江》：

一片春愁待酒浇。江上舟摇。楼上帘招。秋娘渡与泰娘桥。风又飘飘。雨又萧萧。　何日归家洗客袍。银字笙调。心字香烧。流光容易把人抛。红了樱桃。绿了芭蕉。

“春愁”，在南宋遗民词里不仅是时光易逝与一事无成的忧愁，而往往与对南宋的灭亡的哀婉之情联系在一起。刘辰翁词中如此，蒋捷的词中也如此。虽然借酒浇愁可解除片刻烦恼，但总不能整天在醉乡中度日。“江上舟摇”的时间，总比“楼上帘招”的时间为多。“风又飘飘。雨又萧萧”两句似乎写得洒脱逍遥，但两个“又”字却透露出羁愁旅况。所以下片换头，便直写归家的焦灼心态：“何日归家洗客袍。”词人盼望能有家庭的安定生活：“银字笙调，心字香烧。”结拍两句是词中传布最广的名句，作者把感情的自白（“流光容易把人抛”）和标志时光流逝、季节变换的两种客观事物的不同颜色（“红了樱桃。绿了芭蕉。”）联系到一起，极大地增强了这首词的审美感兴，在艺术表现上也较为新颖别致，具有鲜明的创造性。

也许正因为这两个词句形象鲜明，独具创获，词人自己也特别喜欢。所以他又重复地将其用于另首《行香子·舟宿兰湾》词里：

红了樱桃。绿了芭蕉。送春归、客尚蓬飘。昨宵谷水，今夜兰皋。奈云溶溶，风淡淡，雨潇潇。　　银字笙调。心字香烧。料芳悰、乍整还凋。待将春恨，都付春潮。过窈娘堤，秋娘渡，泰娘桥。

实际上，这首不过是前首《一剪梅》的扩大与补充。作者一而再，再而三地重现其这方面的审美体验，正说明其感触的强烈、深沉和不能自已。

在长期浪迹江湖的过程中，词人的遭遇并不完全像《一剪梅》和《行香子》所写得那么顺畅：“昨宵谷水，今晚兰皋”；“红了樱桃。绿了芭蕉”。有时旅途中会遇到难以想象的困难。如《梅花引·荆溪阻雪》所写：

白鸥问我泊孤舟。是身留。是心留。心若留时、何事锁眉头。风拍小帘灯晕舞，对闲影，冷清清，忆旧游。　　旧游旧游今在否。花外楼。柳下舟。梦也梦也，梦不到、寒水空流。漠漠黄云、湿透木绵裘。都道无人愁似我，今夜雪，有梅花，似我愁。

下雪对水上行舟来说虽然还构不成严重的交通隐患，但至少能导致交通阻塞。“阻雪”对任何旅客来说都是一种痛苦，词人被滞留在荆溪自然也不例外；但他写起来却显得轻松而又幽默。开头不是直抒，而是用“白鸥”提问的方式把问题巧妙地提出来，让作者回答。这问题远离作者的本意，因为作者既非“身留”，也非“心留”。特别是白鸥的“心若留时、何事锁眉头”一句，问得词人哭笑不得，颇有点戏剧中的“误会法”之效。所以词人并没有直接作答，而是把笔锋一转，用“风拍小帘灯晕舞”这一极富诗情亦极富生活气息的写景名句，把问题引开，紧接着又用“对闲影，冷清清，忆旧游”三句来补充。这种应对不是比直接回答更聪明灵巧么？下片，看似与开头白鸥的提问无关，其实，句句都在回答“身留”，还是“心留”的问题。从“旧游旧游今在否”开始，词人的心早已飞出舟外，飞到昔日的“花外楼”与“柳下舟”中去了。不仅如此，词人甚至连做梦都要离开这个地方，并因“梦不到”而无限怅惘。此时此际，再加之以“漠漠黄云、湿透木绵裘”的体肤上的寒冷难耐，词人思归之切已可想而知。结拍再作跌宕，在“都道无人愁似我”的时刻，词人却异想天开地想道：“有梅花，似我愁。”提起而又能放下，沉重的忧愁突然减轻了，因为有梅花分担了。竹山词往往就是这样，在关键的一刻，用诙谐而幽默的口吻，使精神得以超脱。

羁旅他乡，免不了思归念远。这类作品在竹山词中还有许多。如《虞美人·梳楼》：

丝丝杨柳丝丝雨。春在溟濛处。楼儿忒小不藏愁。几度和云飞去、觅归舟。　　天怜客子乡关远。借与花消遣。海棠红近绿阑干。才卷朱帘却又、晚风寒。

即景生情，缘情入景，情景相副。况周颐评上片后二句说：“较‘天际识归舟’更进一层。”（《蕙风词话》续编卷一）[①]另

① 唐圭璋：《词话丛编》第5册，中华书局1986年版，第4530页。

外一些词则激壮苍凉，情辞凄峭。如《一剪梅·宿龙游朱氏楼》：

小巧楼台眼界宽。朝卷帘看。暮卷帘看。故乡一望一心酸。云又迷漫。水又迷漫。　　天不教人客梦安。昨夜春寒。今夜春寒。梨花月底两眉攒。敲遍阑干。拍遍阑干。

词人之所以离乡背井，作客他乡，既非负笈游学，也非仕宦迁谪，而是兵后逃难和国破家亡造成的。因之，词中的望乡便含有故国之思在内。所以结拍才有“敲遍阑干。拍遍阑干”“无人会，登临意”的感触。

就这样，蒋捷用他的词笔谱写了南宋灭亡后的爱国流浪者之歌。《竹山词》就是流浪者之歌的总集。读蒋捷的词，容易使人联想到抗日战争时期《松花江上》之类的作品。

蒋捷在流浪中度过了他的后半生。《虞美人·听雨》一词，可以算作他一生的总结：

少年听雨歌楼上。红烛昏罗帐。壮年听雨客舟中。江阔云低、断雁叫西风。　　而今听雨僧庐下。鬓已星星也。悲欢离合总无情。一任阶前、点滴到天明。

这首词抓住“听雨”这一细节，通过三个“听雨”的不同地点，形象地刻画出从少年到暮年的经历与变化。头两句写“少年”时期，虽然“歌楼”上也能听雨，但是否认真“听雨”，颇值得怀疑。因为一有“歌”声，二有“红烛”，三有“罗帐”。故此，首二句实写南宋灭亡前词人无忧无虑的生活。“壮年听雨客舟中”，场景有了变化。《礼记·曲礼上》说：“三十曰壮。”[①] 作者三十，正值南宋灭亡时期。“歌楼上”的欢乐结束了，流浪开始了。作者以舟为家，四处漂泊。“江阔云低、断雁叫西风”的凄厉画面，正是作者经历宋亡与逃难的形象写照。下片写“而今”，占全词的二分之一篇幅，突出了年老后仍寄居“僧庐”的凄惨境遇，其中字字句句皆揉进了作者的血泪。结尾含蓄蕴藉，余韵无穷。那点点滴滴，是雨水，还是泪水？敲击着读者的心坎。

值得指出的是，词人并未被国亡家破的悲痛完全压倒。竹山词里还反映了作者的乐观精神与多向开拓的审美情趣。如《霜天晓角》：

人影窗纱。是谁来折花。折则从他折去，知折去、向谁家。　檐牙。枝最佳。折时高折些。说与折花人道，须插向、鬓边斜。

词人从室内透过窗纱发现有人来折花了，首先想到的是“是谁来折花。”但继而发现是一位青春少女，鲜花配美女，不正适得其所么？故而笔锋一转：“折则从他折去。”不仅如此，为了成全此好事，词人忽然叮嘱地说：“靠近屋檐的那枝最美，你最好往高处去折，不过折下来以后，一定斜斜地插在两鬓哟！”通过这首词，可以窥出词人的生活热情与内心世界的另一侧面。

词人还善于捕捉生活中的小镜头，从小镜头里提炼生活之美。如《昭君怨·卖花人》：

① 《礼记》，中华书局编辑部编[0]《汉魏古注十三经》上册，中华书局1998年版，第2页。

担子挑春虽小。白白红红都好。卖过巷东家。巷西家。
帘外一声声叫。帘里鸦鬟入报。问道买梅花。买桃花。

其实，这不过是一曲春天的赞歌。但作者并不直接着笔于春天，而是通过卖花人挑花的“担子”，走街串巷，把春的颜色与温馨送到千家万户。同时又从“鸦（丫）鬟”的“入报”与提问，展示出少女们对春天的热爱与欢迎。作者把春天和人糅合在一起来写，不仅写出了新春之美，同时还揭示出：春天就在人们心中。一个对新春充满激情，对青春充满激情，对人生充满激情的词人，他对祖国的热爱又怎能消歇呢！唯其如此，所以竹山词中某些小镜头的作品，有时也涵蕴着深刻的寓意。如《燕归梁·风莲》：

我梦唐宫春昼迟。正舞到、曳裾时。翠云队仗绛霞衣。慢腾腾、手双垂。　　忽然急鼓催将起，似彩凤，乱惊飞。梦回不见万琼妃。见荷花、被风吹。

此词的特点之一，是构思新颖。作者通过梦境把“风莲”的动作与“霓裳羽衣舞”优美舞姿联系起来。由于从梦境入笔，拓宽了想象的广阔天地，作者可以无遮拦地进入唐宫，跟唐明皇一起欣赏杨贵妃的舞姿，还可以选择任何场景与任何一个片断来引申发挥。词的结构巧妙。作者借“风莲”比喻舞蹈动作，但并不说破，而是在进入梦境后直写散序、中序、曲破三个舞蹈组成部分（“曳裾时”，乃“霓裳羽衣舞”拍序亦即中序以后始有的舞态），最后是以景结情，通过“梦回不见万琼妃。见荷花、被风吹”三句扣题，点出“风莲”二字。这种新颖的结构，打破了平铺直叙与先景后情的传统手法，节省了许多笔墨。此词特点之二是寄托深隐。表面看，此词不过是把“被风吹”的荷花与美女的舞姿联系在一起而已。但因直写“唐宫”与“霓裳羽衣舞”的具体动作，人们会很自然地联想到杨玉环。特别是“忽然急鼓催将起，似彩凤，乱惊飞”三句，跟白居易《长恨歌》中“渔阳鼙鼓动地来，惊破霓裳羽衣曲”的意境十分相似，这就把唐玄宗“重色”误国引起“安史之乱”与宋王朝荒淫误国遭致国家败亡的现实联系起来了。小小咏“风莲”之作，却涵蕴深刻寓意，同时这寓意又较其他作品中的更为深隐。

综上所述，可以看出，蒋捷在他的94首词里，比较广泛地接触到当时社会大变动中的各个生活层面，抒写了他的荆棘铜驼之憾与黍离麦秀之悲。既有宏大的历史概括，又有奇妙的微细精雕，而这一切又都与国家败亡、个人流浪的生活结合在一起。竹山词从遗民流浪者这一特殊视界观察、体验与反映当时的社会生活与心理情绪，为后人提供了正史无法反映的另一审美艺术境界。

与此相关，竹山词也必然要有风格多样的特点，因为只有风格多样才能准确把握遗民流浪者的所见所闻与所感。作者找到了恰当地反映其审美体验的手段与方式，飘逸似东坡，豪宕近稼轩，峻峭亲白石，秾艳学梦窗，骏洒摹易安，典雅拟清真，在广采博收，转益多师的基础上，终于形成柔丽典雅，奇异尖新的自家风格。竹山词的另一艺术特点便是想象丰富，构思新颖，语言洗练缜密，刻画纤艳，通俗明快，自然浅近。如前引《贺新郎·吴江》与《贺新郎》（“梦冷黄金屋”）的想象之新奇，《梅花引·荆溪阻雪》《虞美人·听雨》与《燕归梁·风莲》的构思之精妙，《一剪梅·舟过吴江》《昭君怨·卖花人》与《霜天晓角》的语言之通俗洗练、流丽畅达，均有自家风味。竹山词中又多警句，仅陈廷焯指出的即有：“竹几一灯人做梦”（《贺新郎》）“月有微黄篱无影”（同上）等句（《白雨斋词话》）[①]。此外，如“风拍小帘灯晕舞”（《梅花引》），“浪远微听葭叶响，雨残细数梧梢滴”（《满江红》“秋本无愁”），以及“红了樱桃。绿了芭蕉”（《一剪梅》）等，均堪称警句或名句。

在宋末元初遗民词人群中，蒋捷独来独往，卓然自成一家。由于时代、处境以及性格等各方面因素，蒋捷虽然执意效仿稼轩词，但因河山破碎，复国无望，其作品已不可能像稼轩词那样雄豪，而是在豪宕中蕴含着沉郁悒惋。虽然竹山词与刘辰翁有近似之处，但又不像刘辰翁那样激越苍凉。竹山词也有周邦彦、姜夔、吴文英词那种典雅、飘逸、密丽的特点，但却更多一层愤慨悲怆。所以，后人对蒋捷的评论颇多歧异。明代毛晋评曰：竹山词“语语纤巧”“字字妍倩”。（《竹山词跋》）[②]《四库全书总目》认为蒋捷“其词炼字精深，调音谐畅，为倚声家之矩矱。”[③]刘熙载说：“蒋竹山词未极流动自然，然洗练缜密，语多创获。其志视梅溪较贞，其思视梦窗较清。刘文房（长卿）为五言长城，竹山其亦长短句之长城与！”[④]陈廷焯对蒋捷的评价极低：“刘改之、蒋竹山，皆学稼轩者，然仅得稼轩糟粕，既不沉郁，又多支蔓。词之衰，刘、蒋为之也。”又说：“竹山词，外强中干。”（均见《白雨斋词话》卷一）[⑤]然陈廷焯对蒋捷的评价殊多矛盾抵牾之处，如其《云韶集》便说“竹山词亦是效法

① 唐圭璋：《词话丛编》第 4 册，中华书局 1986 年版，第 3795 页。
② 施蛰存：《词籍序跋萃编》，中国社会科学出版社 1994 年版，第 367 页。
③ ［清］永瑢 等：《四库全书总目》下册，中华书局 1965 年版，第 1822 页。
④ ［清］刘熙载：《艺概》，上海古籍出版社 1978 年版，第 112 页。
⑤ 唐圭璋：《词话丛编》第 4 册，中华书局 1986 年版，第 3794 页。

姜尧章，而奇警雄快非白石所能缚者。竹山词劲气直前，老横无匹。”[①] 冯煦不同意《四库全书总目》谓竹山词为堪为“倚声家之矩矱”的评价，认为竹山词集中“实多有可议者。”（《蒿庵论词》）[②] 细按蒋捷全词，谓其为“长短句之长城”似略有过誉，但“仅得稼轩糟粕”与“词之衰，刘、蒋为之也”之说，则更不合实际。因为后面这些评语只持其一端，而未窥全豹。实际的情况是：虽然蒋捷不可能与苏、辛、姜、吴比肩，但以其独创的艺术成就，仍可在宋遗民词人中占有一个重要的位置。

蒋捷词风不仅直接影响了清初的陈维崧，而且还影响到阳羡派的其他词人，如史惟圆。曹贞吉在《摸鱼儿·寄赠史云臣》一词中说：“绕荆溪、数间茅屋，竹山旧日曾住。”同时蒋捷还影响到前期浙派词家李符等。历史上蒋捷与周密、王沂孙、张炎被并称为“宋末四大家”，是当之无愧的。

三、文天祥（含邓剡、王清惠）、徐君宝妻、汪元量

文天祥（1236—1282），字宋瑞，又字履善，号文山，庐陵（今江西吉安）人。宋理宗宝祐四年（1256）进士第一。度宗朝累迁直学士院，知赣州，又为湖南提刑。德祐元年（1275）元兵进攻临安，天祥毁家纾难，起兵入卫，除右丞相兼枢密使。翌年奉使元营被拘，后逃脱入真州、温州等地，聚兵抗元。拜右丞相，以都督出江西。他抵御元兵，转战浙江、福建、江西各地。帝昺祥兴元年（1278）加少保、信国公。是年十二月在潮州（今广东潮安）兵败被俘，押送燕京。在四年的拘囚中，敌人百般诱降，多方折磨，终以不屈而殉节于柴市，年 47 岁。有《文山乐

① 转引自［清］陈廷焯著，屈兴国校注：《白雨斋词话足本校注》上册，齐鲁书社 1983 年版，第 113 页注［二］。

② 唐圭璋：《词话丛编》第 4 册，中华书局 1986 年版，第 3596 页。

府》，存词八首。

文天祥是中国历史上著名的民族英雄、爱国诗人和词人。虽然他存词甚少，又多属在战斗与被拘囚过程中写成，但却充分表现出不屈不挠的斗争精神和大义凛然的民族气节。

文天祥最著名的几首词，是被俘后北行囚建康（今南京）驿中所写。其《酹江月》（“水天空阔”）一词，因刻本不同（一是明嘉靖三十一年鄢懋卿刻本，一是清雍正三年文天祥十四世孙文有焕家刻本。在家刻本中这首词题作“驿中言别”，题下小字旁注“友人作”三字。鄢刻本把“驿中言别”四字与“友人”相连，并脱其“作”字，即“驿中言别友人”），所以对这首词的著作权产生了争论。据“家刻本”者，认为此词非文天祥之作，而据“鄢刻本”者，则认为此词的著作权应属文天祥。明陈耀文《花草粹编》、清朱彝尊《词综》、张宗橚《词林纪事》、沈辰垣等《历代诗余》、江标刻《文山乐府》、陈廷焯《词则》、梁令娴《艺蘅馆词选》、龙榆生《唐宋名家词选》以及胡云翼《宋词选》等，均作文天祥作品选录。现经唐圭璋、黄兰波等人考证，认为这首《酹江月》（“水天空阔”）为邓剡所作。[①]兹将两首《酹江月》词并录于下。先看文天祥《酹江月·和》：

乾坤能大，算蛟龙、元不是池中物。风雨牢愁无著处，那更寒虫四壁。横槊题诗，登楼作赋，万事空中雪。江流如此，方来还有英杰。　　堪笑一叶漂零，重来淮水，正凉风新发。镜里朱颜都变尽，只有丹心难灭。去去龙沙，江山回首，一

① 唐圭璋：《文天祥〈念奴娇〉词辨伪》，《词学论丛》，上海古籍出版社 1986 年版（此文原载于《光明日报·文学遗产》第 256 期，1959 年 4 月），第 626 ～ 628 页；黄兰波：《文天祥诗选》，人民文学出版社 1979 年版，第 122 ～ 124 页。

线青如发。故人应念，杜鹃枝上残月。

“和”，即和邓剡《酹江月》（“水天空阔”）。邓剡是文天祥同乡，字光荐，号中斋。一说名光荐，字中甫，景定三年（1262）进士。临安失陷后入闽，帝昺祥兴时（1278）任厓山行朝礼部侍郎。厓山兵败，投海殉国，为元兵救起并俘获。元兵将邓剡和文天祥囚禁在一起，从广东至金陵同行数月，互有唱和。至金陵，邓以病留金陵天庆观，得免北行。临别时邓写《送行》诗及《酹江月·驿中言别》（“水天空阔”）。文天祥写此词和答。词中描写了自己被俘后的囚徒生活以及由此而产生的感慨。他不但自己宁死不屈，而且深信未来将有更多豪杰之士起来继续斗争。一起四句虽写囚徒生活，并以“池”来象征囚室。但因所囚之人却都是南宋抗元精英（包括他本人在内），所以用“蛟龙”二字来加以形容，其中暗含期待，即盼望有朝一日能冲出牢笼去乘云布雨。“风雨”“寒虫”用以烘托囚徒生活的孤独、凄凉与苦痛。“横槊题诗”三句用曹操、王粲有关典故，从文治武功两方面写自己抱负之不凡，敢于承担整顿乾坤，定乱扶衰，恢复宋室，统一中国的重任。然而如今被俘，身不由己，壮志难申，崇高理想竟变成“空中”飞“雪”。歇拍，“江流如此，方来还有英杰”二句，寄希望于未来，坚信爱国事业后继有人，“英杰”之士是杀不尽，斩不绝的。绝灭中透出一线光明。下片换头承上。作者意识到自己已是寒秋中的一片落叶，对宋室的复兴已无能为力，在此特殊时代并以囚徒这一特殊身份“重来淮水”，作者怎能不感慨万千？所以，下面“镜里”二句重申：尽管自己已因囚禁生活而“朱颜”“变尽”，甚至会为国捐生，但胸中那颗报国赤心是永远不会被消灭的。“丹心难灭”与作者

《过零丁洋》诗中“留取丹心照汗青”同是光照千古的名句。“去去龙沙”三句，写词人北去，心终南向，对故国江山无限依恋。最后，作者向友人表示：当你再度听到杜鹃面对残月在枝上作带血的哀啼之时，那就是我死后的魂魄变成杜鹃回到南方了。这种思想情感，反复在当时其他作品中出现，如作者同时所写的《金陵驿》诗便有“从今别却江南日，化作啼鹃带血归。”这首词通过生死这一重大矛盾冲突，逐次展示出一个爱国者崇高的精神境界，千百年后的读者仍可从中获得思想上的教益与品格上的熏陶。

邓剡的《酹江月·驿中言别》同样具有震撼人心的艺术力量：

水天空阔，恨东风不借、世间英物。蜀鸟吴花残照里，忍见荒城颓壁。铜雀春情，金人秋泪，此恨凭谁雪。堂堂剑气，斗牛空认奇杰。　　那信江海余生，南行万里，属扁舟齐发。正为鸥盟留醉眼，细看涛生云灭。睨柱吞嬴，回旗走懿，千古冲冠发。伴人无寐，秦淮应是孤月。

上片写南宋破败，亡国灭家，并借“铜雀春情，金人秋泪”二典写江山易主之悲。面对这无力回天的时局，文天祥却起而“雪恨”，堪称当世“奇杰”。然而，“堂堂剑气”，最后终于落“空”，并以文天祥被俘而宣告“雪恨”行动的结束。今后，“此恨凭谁雪”？下片回叙文天祥抗元斗争的历程以及今后的期望。换头三句以简短的语言叙述德祐二年（1276）文天祥在镇江逃脱元军的监视，历尽艰辛，泛海至温州，旋入福建举义兵抗元。“正为鸥盟”二句，自述为了能看到文天祥再次逃脱元军的囚禁，施展雄图伟抱，才“醉眼”生活下去。“睨柱”三句，用蔺相如持璧睨柱，气吞秦王与死诸葛吓走活仲达的典故，期望文天祥再展雄威，回天复国。结拍二句惜别。“孤月”写自己因病留下就医，而文天祥却继续北上了。陈廷焯在《词则·放歌集》中评此词说：“悲壮雄丽，并无叫嚣气息。”[①]《词林纪事》卷十四引陈子龙评此词说：“气冲斗牛，无一毫委靡之色。”[②]这些评语也恰好可用以评前首文天祥“和”词。

宋恭帝德祐二年（1276）春，元军破临安。三月，宋恭帝及全太后等人被掳北上。原宋度宗宫中女官王昭仪名清惠者，亦在其中。她一路上备尝亡国之痛，思今忆昔，感慨无已，在路过北宋汴京夷山驿时，题了一首《满江红》。词曰：

> 太液芙蓉，浑不似、旧时颜色。曾记得、春风雨露，玉楼金阙。名播兰簪妃后里，晕潮莲脸君王侧。忽一声、鼙鼓揭天来，繁华歇。　　龙虎散，风云灭。千古恨，凭谁说。对山河百二，泪盈襟血。客馆夜惊尘土梦，宫车晓碾关山月。问嫦娥、于我肯从容，同圆缺。

此词起句极妙，且富深意。“太液池”，虽为唐时长安宫内之御池，但也泛指北宋汴京宫苑水池。如前引王沂孙《眉妩》“太液池犹在，凄凉处、何人重赋清景”，即用宋太祖赵匡胤命卢多逊所赋诗意（“太液池边看月时”）。王清惠用此，既切汴京驿地，又暗指北宋与南宋的灭亡。“芙蓉”既指季节，又暗指

① 唐圭璋：《词话丛编》第4册，中华书局1986年版，第3596页。

② ［清］张宗编，杨宝霖补正：《词林纪事·词林纪事补正合编》下册，上海古籍出版社1998年版，第818页。

所有北上嫔妃（白居易《长恨歌》中即有“芙蓉如面柳如眉”，又有“太液芙蓉未央柳”之句）。“曾记得”以下五句，是对过去宫中生活的回忆：“春风雨露”是何等幸运！“玉楼金阙”是何等繁华！而“名播兰簪妃后里，晕潮莲脸君王侧”又是何等得意！然而，“忽一声、鼙鼓揭天来”，王清惠以及“妃后”的好梦突然被惊破，过往的一切转眼成空，“繁华歇”。下片写北上时的痛感与期望，句中洋溢着爱国深情。“对山河百二，泪盈襟血”是词中的主题句，表达出所有痛伤亡国的南宋臣民百姓的共同心声。“客馆夜惊尘土梦”二句，写北上途中的艰辛与恐惧。结拍“问嫦娥、于我肯从容，同圆缺”三句，乃是王清惠的期望，她期望像嫦娥一样能飞身上天，脱离元人的囚掳，共同分享月亮的圆缺。这三句以深隐的口吻，表达了她全节以终的志愿。正因为如此，当王清惠被掳到达大都时，便自请为女道士，号冲华，实现了她的愿望。

当这首词传诵到金陵时，文天祥认为“惜末句少商量。”（《文山先生集》卷十四）[①] 他的意思大概觉得“问嫦娥、于我肯从容，同圆缺”三句语气委婉，似有随遇而安之意，立场欠鲜明，态度不够坚决。于是他和了一首《满江红》，序曰：“和王夫人满江红韵，以庶几后山妾薄命之意。”“后山”即北宋诗人陈师道。陈师道曾受到曾巩（南丰）的特殊知赏，曾巩死后，陈师道作《妾薄命》二首，自注曰：“为曾南丰作。”其第一首云：“主家十二楼，一身当三千。古来妾薄命，事主不尽年。起舞为主寿，相送南阳阡。忍著主衣裳，为人作春妍。有声当彻天，有泪当彻泉。死者恐无知，妾身长自怜。”其第二首又有

① ［宋］文天祥：《文天祥全集》，北京市中国书店1985年版，第358页。

“死者如有知，杀身以相从”之句。[①] 陈师道《妾薄命》表现了对他的老师曾巩的无限忠诚，誓不改从他师。文天祥这首词即仿此，用王夫人口气表示对故国的坚贞与决不他从的坚定意志。全词如下：

燕子楼中，又挨过、几番秋色。相思处、青年如梦，乘鸾仙阙。肌玉暗消衣带缓，泪珠斜透花钿侧。最无端、蕉影上窗纱，青灯歇。　　曲池合，高台灭。人间事，何堪说。向南阳阡上，满襟清血。世态便如翻覆雨，妾身元是分明月。笑乐昌、一段好风流，菱花缺。

“燕子楼”，用唐张建封在徐州筑燕子楼以居爱妾关盼盼事。后建封死，盼盼居楼中十五年后绝食“殉节”。这里用王清惠口吻自比。“相思处”以下两句，写过去楼中的幸遇有如美人乘鸾飞上仙阙一般，暗喻作者年轻时状元及第的得意时期。“肌玉暗消”四句虽仍沿张建封死叙写，实则写自身被囚后的痛苦遭遇。换头用高台曲池的变易，将宋王朝的覆灭形象化。“向南阳阡上”以下四句写盼盼对故主的忠贞不渝。“南阳阡”即墓道，是陈师道《妾薄命》中“相送南陌阡”“有泪当彻泉”诸句的化用。“世态便如翻覆雨，妾身元是月分明”是词中主题句，表现出时代地覆天翻的剧变中作者对故国的精忠不二。歇拍用陈后主妹昌乐公主“破镜重圆”故事。昌乐公主妻徐德言，时陈政方乱，德言谓其妻曰：“以君之才容，国亡必入权豪之家。”乃破一镜，各执其半，以为他日相见时的信物，约曰：“他日必以正月望日卖于都市。”及陈亡，其妻入越公杨素家。德言以正月望

① 傅璇琮 等：《全宋诗》第 19 册，北京大学出版社 1995 年版，第 12 632 页。

日访于都市，有苍头卖半镜者，德言出其半合之，题诗曰：“镜与人俱去，镜归人不归。无复嫦娥影，空留明月辉。”其妻得诗，涕泣不食。杨素知之，即召德言，还其妻。“菱花”即镜子，“缺”，破损。对结拍两句，文天祥用一“笑”字予以否定，因为昌乐公主毕竟成为新贵而风流一段，是“一失足成千古恨”，破镜是不能重圆的。语气缓和，但态度明确而又坚定，通过女子口吻表达出作者坚贞不二的民族气节。

另首《满江红·代王夫人作》，是前首的姊妹篇，表达了同样的民族气节：

> 试问琵琶，胡沙外、怎生风色。最苦是、姚黄一朵，移根仙阙。王母欢阑琼宴罢，仙人泪满金盘侧。听行宫、半夜雨淋铃，声声歇。　　彩云散，香尘灭。铜驼恨，那堪说。想男儿慷慨，嚼穿龈血。回首昭阳离落日，伤心铜雀迎秋月。算妾身、不愿似天家，金瓯缺。

一起用汉武帝时嫁细君公主于乌孙王故事，因远道寂寞，弹琵琶作精神安慰。接三句用牡丹名贵花种“姚黄”代指王夫人，因其被掳北上，远离临安，故曰“移根仙阙。”“王母”两句，用西王母瑶池美宴已经结束象征南宋灭亡，并用金铜仙人辞汉喻后妃北上。歇拍用唐玄宗入蜀后，于行宫中听雨打檐铃之声（包括玄宗谱《雨淋铃》曲）而痛伤时事，写自己北上内心“最苦”之情。下片换头写美好生活的毁灭，又用“铜驼荆棘”状南宋灭亡。“想男儿”以下用唐张巡抗安禄山叛乱，以至“每战眥裂，嚼齿皆碎”[①]来表达自己对敌人的忿恨和决心。“回首”两句，

① ［后晋］刘昫 等：《旧唐书》第15册，中华书局1975年版，第4901页。

用王夫人语气，并以汉代昭阳宫与曹操铜雀台代指南宋宫苑的荒凉冷落。结尾表示王夫人自己却不愿像宋王朝（“天家”）那样国土（“金瓯”）破碎，而要全节以终。

以上两首词既补足了王清惠原作中之不足，又充分反映了文天祥自己“宁为玉碎，不作瓦全”的品格。其实，他的这种气节与决心早在《沁园春·题潮阳张、许二公庙》一词中，就已有正面表达。本来唐抗拒安史之乱的爱国将领张巡、许远是在睢阳（今河南商丘）死守死拼，屏障江淮，才使唐得以中兴的。韩愈在《张中丞传后叙》中对此有生动的描述。后韩愈因谏迎佛骨而被贬为潮州刺史，在潮州政绩卓著。潮人思韩，乃建书院、庙祀，皆以韩命名。又因韩愈激赏张、许并为之作传，当地百姓由此又为张巡、许远立庙表示尊敬。庙建于北宋熙宁年间（1068—1077），位于东山山麓。帝昺祥兴元年（1278）十一月至十二月，文天祥驻兵潮阳，曾谒双庙，乃题此词。全文如下：

为子死孝，为臣死忠，死又何妨。自光岳气分，士无全节，君臣义缺，谁负刚肠。骂贼睢阳，爱君许远，留得声名万古香。后来者，无二公之操，百炼之钢。　人生翕欻云亡。好烈烈轰轰做一场。使当时卖国，甘心降虏，受人唾骂，安得流芳。古庙幽沉，仪容俨雅，枯木寒鸦几夕阳。邮亭下，有奸雄过此，仔细商量。

这首《沁园春》，名为“题潮阳张、许二公庙”，实际上是民族英雄文天祥的自白书，也是对卖国投降派的一纸讨伐檄文。“留取声名万古香”，与“只有丹心难灭”“留取丹心照汗青”，发自同一个七尺之躯的血性男儿内心深处。“人生翕欻云亡。好烈烈轰轰做一场”两句，喊出了有志之士的献身精神与责任感。当南宋王朝命在旦夕之际，有此大声镗鞳之响，确乎可收振聋发聩与警顽立懦之功效。千百年后读之，仍感其有金石之音，风云之气。文天祥实现了他的诺言。当他就义于柴市之时，他衣带里还写有：“孔曰成仁，孟曰取义，惟其义尽，所以仁至。读圣贤书，所学何事，而今而后，庶几无愧。”（见《宋史》本传）①

文天祥存词不多，但风格多样，前几首委婉曲折但仍有豪气行乎其间。后一首融咏史、抒情、议论于一体，但仍不失深美闳约（特别是思想美、心灵美与人格美）的本色。所以刘熙载在《艺概》中说：“文文山词，有‘风雨如晦，鸡鸣不已’之意，不知者以为变声，其实乃变之正也。故词当合其人之境地以观之。”②他这段话实即传统“知人论世”说得具体发挥。对南宋词多有贬斥的王国维也说：“文文山词，风骨甚高，亦有境界，远在圣与、叔夏、公谨诸公之上。”③从思想境界与豪放词的发扬深化而言，他的这一评语是中肯的，因为面对南宋绝灭的现实，面对自身被毁灭的威胁，文天祥始终不曾忘记自己的誓言与宋丞相所担承的重大使命，在大势已去，无可挽回的形势下，仍在坚持抗争与呼号，表现出“知其不可而为之”的无畏精神。这种精神从诸葛亮开始，到文天祥又有新的发展，不论在历史上还是反映在词史中，都是极其可贵的。

如果说文天祥是以宋丞相的身份慷慨就义，因而代表了一个国家和民族的尊严的话，那么千千万万百姓的誓死不屈正是他赖

---

① 《宋史》第 36 册，中华书局 1977 年版，第 12 540 页。

② ［清］刘熙载：《艺概》，上海古籍出版社 1978 年版，第 112 ~ 113 页。

③ 唐圭璋：《词话丛编》第 5 册，中华书局 1986 年版，第 4262 页。

以抗争到底的社会基础和精神力量。这种誓死不屈的民族气节和尊严，在平民百姓中也多有发扬，徐君宝妻便是其中光辉的一例。

徐君宝妻某氏，其夫岳州人。据明陶宗仪《辍耕录》载：某氏“被虏来杭，居韩蕲王府。自岳（湖南岳阳、平江一带）至杭，相从数千里，其主者数欲犯之，而终以巧计脱。盖某氏有令姿，主者弗忍杀之也。一日，主者怒甚，将即强焉。因告曰：‘俟妾祭谢先夫，然后乃为君妇不迟也。君奚用怒哉？’主者喜诺。即严妆焚香，再拜默祝，南向饮泣，题《满庭芳》词一阕于壁上。已，投大池中以死。”① 书中所载，并不单是一个女人的死节，而是在地覆天翻的社会大变动中一个民族的节志的弘扬。这从徐君宝妻题壁的《满庭芳》词中，即可充分反映出来。其词如下：

汉上繁华，江南人物，尚遗宣政风流。绿窗朱户，十里烂银钩。一旦刀兵齐举，旌旗拥、百万貔貅。长驱入，歌楼舞榭，风卷落花愁。　　清平三百载，典章人物，扫地俱休。幸此身未北，犹客南州。破鉴徐郎何在，空惆怅、相见无由。从今后，断魂千里，夜夜岳阳楼。

此词开篇极有气魄。作者是将一己之生死去留这一问题放在广延的历史时空中来考虑的。“汉上”“江南”两句从空间着笔，泛指南宋。“宣政风流”从时间着笔：“宣”，指宣和；“政”，指政和，均为北宋徽宗年号。当时金兵尚未南侵，保持表面繁荣。“绿窗珠户”二句，具体写宋室南渡后继续保持发扬了北宋的“繁华”与“风流”。从“一旦刀兵齐举”开始，词笔陡然转折，对元兵南侵将文明故国一扫而空的现实作形象描画。

① ［元］陶宗仪：《南村辍耕录》，中华书局1959年版，第40页。

换头三句，结上启下，从有宋三百年的历史文化背景中来思考此一时代大悲剧，并在此大背景中决定生死去留。考虑到自身没有像南宋君臣宫妃那样被掳北上，已够幸运了。但与原夫破镜重圆，已是不可能的空想。在此国破家亡，夫妻离散，只身被掳，元军施暴而又无力抗拒的现实面前，作者选择的是用生命来维护民族的尊严与女性的尊严。结拍“从今后，断魂千里，夜夜岳阳楼”三句，与文天祥“故人应念，杜鹃枝上残月”，有异曲同工之妙。

随从被掳皇帝宫妃北上，在元大都与文天祥有过面晤的词人是汪元量。

汪元量（1245？—1323？[①]），字大有，号水云，钱塘（今杭州）人。度宗时以善鼓琴侍奉谢太后、王昭仪（清惠），给事宫禁。1276年元兵攻陷临安，掳恭帝、太皇太后谢氏、太后全氏以及诸宫妃北去，汪元量随行至大都（今北京），并多次面晤文天祥于囚所。文天祥就义，汪元量作《浮丘道人招魂歌》以示哀悼。后随宋恭帝赴上都（今内蒙古正蓝旗东闪电河北岸）、居延（今甘肃居延海附近）、天山（即祁连山）等地，越年返大都。至元二十三年（1286），元世祖遣使代祀五岳，汪元量被命使者，疑此前汪元量即被命为翰林学士（参见王国维《书宋旧宫人诗词湖山类稿水云集后》，见《观堂集林》卷二十一）[②]。至元二十五年（1288）上书乞允黄冠南归。南归后遍游吴、越、赣、湘等地。至元三十一年（1294）于杭州西湖丰乐桥筑小楼为湖山隐处。卒年不可详考。

---

① 程亦军：《关于汪元量的生平和评价》，《中国古典文学论丛》第4辑（中青年专号），人民文学出版社1986年版。

② 王国维：《观堂集林》第4册，中华书局1961年影印版，第1060～1061页。

关于汪元量仕元曾有两种不同见解。一以为仕元即降元，不得目为南宋遗民；一以为汪元量仕元有“以元官为掩护”之目的，其“用心”在“有便于周旋”于北上宋室后妃之间，“乃爱国主义之具体表现。”[①] 鉴于汪元量被掳北上，即使在元都被命翰林，亦非朝廷重臣，时间又短，与王沂孙情况略近。况其晚年诗词洋溢着故国之思，似仍以遗民视之为妥。有《水云词》，存词52首。

汪元量存诗480首，是宋末元初重要诗人，其词远不及其诗为多，但也反映了时代的剧变，艺术上也颇有独到之处。

汪元量词应以1276年临安失陷前后为界，分为两个阶段。临安失陷前，作为宫廷琴师，其作品多以宫廷生活为题材，祝寿颂圣，赏花吟鸟，咏舞听琴占相当篇幅。如《汉宫春·春苑赏牡丹》之“别有一枝仙种，更同心并蒂，来奉君筵”；《玉楼春·赋双头牡丹》之“碧纱窗下修花谱。交颈鸳鸯娇欲语”；以及《莺啼序·宫中新进黄莺》《失调名·宫人鼓瑟奏霓裳曲》等。虽然从中可以窥知宫廷腐朽生活的某些片断，但因其地位之局限，不可能有针对性地进行批判；至于对宫廷的腐朽豪奢造成南宋败亡，更不可能有所针砭讽喻了。对此，可不必苛求。

从1276年正月元军兵临临安城下开始，面对南宋败亡的现实，汪元量再也无法歌颂升平、粉饰太平了。这年正月十五日，过了一个恐怖阴森的上元之夜后，他写下了《传言玉女·钱塘元夕》，标志他词风转变的开始。词曰：

一片风流，今夕与谁同乐。月台花馆，慨尘埃漠漠。豪华荡尽，只有青山如洛。钱塘依旧，潮生潮落。　　万点灯光，

① 孔凡礼：《汪元量事迹纪年》，《增订湖山类稿》，中华书局1984年版，第266～267页。

羞照舞钿歌箔。玉梅消瘦，恨东皇命薄。昭君泪流，手捻琵琶弦索。离愁聊寄，画楼哀角。

这首词反映了当时南宋宫廷中凄楚惶恐的气氛。开头写到，按传统惯例，宫廷中也要在上元之夜张灯结彩，与民同乐。如今虽已有所布置，但大兵压境，城破在即，人心惶惶，到底“与谁同乐”呢？“月台”以下四句写宫廷中的殿堂馆榭，都被铁骑驰骋扬起的尘灰布满，昔日的繁华已无踪影，只有不改的青山仍然如旧。“豪华”二句，用唐许浑《金陵怀古》“英雄一去豪华尽，惟有青山似洛中”诗意。歇拍两句从宫廷展向苑外，写社会面临巨大变动，而钱塘江潮水却依然故我，其涨落不受人世的影响。以无情物反衬有情人生，倍加凄楚。下片转写宫中灯火，赋无情物为有情之种，此时此刻这万点灯光也羞于映照过往的歌筵舞席了。暗示宫中早已停歌罢舞，一片凄凉。“玉梅消瘦”句以“玉梅”喻宫中嫔妃：由于宋王朝已面临败亡，宫中妇女的命运已失去任何庇护。“昭君”两句已预感皇室宫嫔要被掳北上。这末日来临的“离愁”，与平日大有不同，但又难尽述，所可能者只有通过戍楼画角之声，来传达亡国之悲了。

不久，元军入城，三月便尽掳宋恭帝及皇室宫妃北上，汪元量随行。当这三千人群路过常州时，汪元量写下了《洞仙歌》，序曰“毗陵赵府，兵后僧多占作佛屋。”词曰：

西园春暮。乱草迷行路。风卷残花堕红雨。念旧巢燕子，飞傍谁家，斜阳外、长笛一声今古。　繁华流水去。舞歇歌沉，忍见遗钿种香土。渐橘树方生，桑枝才长，都付与、沙门为主。便关防、不放贵游来，又突兀梯空，梵王宫宇。

这首词通过赵府园林屋宇的荒芜破败，从一个侧面反映了南宋灭亡后社会的大变动。原来的“赵府”，如今已成为兵后劫灰，受元朝尊崇的佛教僧侣竟趁火打劫，快速进驻。连旧时的燕子也不知飞往谁家。此刻，夕阳西下，远处传来凄厉的笛声，不由得使人产生今古兴亡之叹。换头不断曲意，从繁华到衰败，用歌舞消失、贵妇首饰被葬入粪土等细节加以烘托。而“橘树”“芳枝”却不曾有易主换代的感觉，正不违时节地为“沙门”“生”“长”。结拍写此时处于戒严期，“关防”守兵连“贵游”之客也不肯放过来游府，所以这里只不过是人去楼空的偌大一座佛寺而已。感时伤事之情见于言外。

当作者途经扬州时，又借古慨今写下《六州歌头·江都》：

绿芜城上，怀古恨依依。淮山碎。江波逝。昔人非。今人悲。惆怅隋天子。锦帆里。环朱履。丛香绮。展旌旗。荡涟漪。击鼓挝金，拥琼璈玉吹。恣意游嬉。斜日晖晖。乱莺啼。

销魂此际。君臣醉。貔貅弊。事如飞。山河坠。烟尘起。风凄凄。雨霏霏。草木皆垂泪。家国弃。竟忘归。笙歌地。欢娱地。尽荒畦。惟有当时皓月，依然挂、杨柳青枝。听堤边渔叟，一笛醉中吹。兴废谁知。

上片怀古。从淮山破碎，联想到当年隋炀帝乘舟游江都时“恣意游嬉”的场面，以及由此引起的历史恶果。下片通过咏史，揭示南宋重蹈覆辙：“山河坠。烟尘起”“笙歌地。欢娱地。尽荒畦。”人世沧桑，兴废翻覆，不断循环，但是当年亲眼看见江都兴废变化的皓月，依然按期高挂杨柳青枝之上。仿佛在倾听隋堤边钓叟渔翁醉后吹奏的笛曲，对人间兴衰似乎一无所知。因《六州歌头》“音调悲壮，又以古兴亡事实文之。闻其歌，使人慷慨，良不与艳辞同科。”（程大昌《演繁露》）[①]所以这首词也接受了这一传统，通过咏史慨叹南宋的灭亡。作者利用繁音促节、亢爽激昂之声来谱写悲歌，声情并茂，达到了和谐统一的境地，可与张孝祥、刘过等同调作品上下辉映。

汪元量伴同的皇室宫嫔中就有昭仪王清惠。在读到王氏所作《满江红》时，汪元量也写了一首《满江红·和王昭仪韵》：

> 天上人家，醉王母、蟠桃春色。被午夜、漏声催箭，晓光侵阙。花覆千宫鸾阁外，香浮九鼎龙楼侧。恨黑风、吹雨湿霓裳，歌声歇。　人去后，书应绝。肠断处，心难说。更那堪杜宇，满山啼血。事去空流东汴水，愁来不见西湖月。有谁知、海上泣婵娟，菱花缺。

据刘辰翁《湖山类稿序》，汪元量在临安宫廷就与王清惠相熟识：“侍禁时，为太皇（理宗）、王昭仪鼓琴奉卮酒。”[②]被掳北上以及抵大都后，也有诗词往还。汪元量黄冠南归时，王清惠曾率旧宫嫔赋诗送别。此词上片追忆往时宫中豪华生活，非人间所有，歇拍两句用黑风吹雨喻元军的残暴与南宋灭亡。下片代王清惠立言，抒家书断绝，愁肠百结的心情，并以杜鹃啼血象征亡国之恨。“东汴水”“西湖月”二句，属对工整，笔墨凝练。通过此二句把填词的汴地与昔日的西湖联结起来，留下一广阔空间让读者的想象去填充。结拍以“海上”指北方（《汉书·苏

① ［宋］程大昌：《演繁录》，［清］永瑢、纪昀等修纂《文渊阁四库全书》第852册，台湾商务印书馆1986年版，第199～200页。

② ［宋］汪元量撰，孔凡礼辑校：《增订湖山类稿》，中华书局1984年版，第185页。

武传》："徙武北海上无人处"）[①]，即皇室嫔妃送解之地。"泣"，指在悲苦处境为南宋山河破碎而尽洒酸辛之泪。本篇与文天祥两首和词略有不同。文辞目的在于强化民族气节，而本篇却在深化王清惠的故国之思。

当宋皇室嫔妃向北进发，处境十分狼狈之际，汪元量深有感慨地写了一首《水龙吟·淮河舟中夜闻宫人琴声》：

鼙鼓惊破霓裳，海棠亭北多风雨。歌阑酒罢，玉啼金泣，此行良苦。驼背模糊，马头匼匝，朝朝暮暮。自都门燕别，龙艘锦缆，空载得、春归去。　目断东南半壁，怅长淮、已非吾土。受降城下，草如霜白，凄凉酸楚。粉阵红围，夜深人静，谁宾谁主。对渔灯一点，羁愁一搦，谱琴中语。

词题是"淮河舟中夜闻宫人琴声"，但词中却描写了南宋灭亡的惨痛情景以及宋室被掳北上的全过程，抒发了他对故国的眷恋之情。上片写南宋灭亡与君臣皇室被掳。首五句用白居易《长恨歌》诗句引出"玉啼金泣"的悲惨场面。"惊"字反映了当时从宫廷到下层百姓的普遍心理，使全篇皆笼罩于惊恐的气氛之中。惊魂尚未安定，"苦"字又接踵而来。宫廷安定豪侈的生活已一去不返，剩下的只有驼背上的折磨，没完没了。"自都门燕别"以下，回头对"此行良苦"再做补充。所谓"燕别"，只不过是一句空话。在"南人堕泪北人笑"（汪元量《钱塘歌》）的现实情势下，人们哪里还有心思"燕别"？"空载得、春归去"是虚实兼得、极富诗意的词句。"空"，说明南宋王朝已失去所有一切，被"龙艘锦缆"载走的，只有春天这不属于任何人

① 《汉书》第8册，中华书局1962年版，第2463页。

并且对任何人都一视同仁的季节。“春”，既是北行出发季节，又象征宋的灭亡。“归去”二字，含蓄而有深意。下片写北行途中的悲感。“目断”二句写对半壁河山的眷恋，但残酷的现实是：“已非吾土”！既然国家灭亡，北上的命运只能是囚徒生活：“受降城下，草如霜白，凄凉酸楚。”“粉阵红围”三句，把“凄凉酸楚”的悲剧落实到北行舟中。太后、宫女，皇帝、侍臣，拥挤在狭窄的“龙艘锦缆”之内，同样的俘虏生活，使他们之间很难区分出谁是帝王，谁是侍臣。“谁宾谁主”深刻揭示时代的巨变与等级的错乱颠倒。结尾三句，写宫女通过琴声谱写出一曲极其沉痛的“愁”字的挽歌。词以舟行途中为重点，同时把舟行以前的“惊”悸与舟行以后的痛“苦”与深“愁”结合起来，反复加以描写，这就比较全面地反映了江山易主带来的巨大而又具体的变化，形象地发抒了亡国哀痛。

作者借“龙艘锦缆”，把南宋末代君臣后妃、宫女放在一起。实际上，这“龙艘锦缆”只不过是一具囚笼，在这囚笼里，又怎能分清“谁宾谁主”？等级的错乱与颠倒常常是历史大变革时期的一个标志。汪元量在这首词里客观地触及这一历史规律与本质。这是其他词人难以体验到的。因此作者才能把“龙艘锦缆”视作囚笼，并让这具囚笼载着150余年的南宋王朝消失在历史长河之中，留下的只有深夜宫女弹奏出的一曲极其微弱的哀歌。

无独有偶。历史常常出现惊人的相似。这本书的开篇，是北宋亡国之君徽宗的北上，当这本书结束时，南宋皇室嫔妃又再度重蹈这一惨痛而屈辱的行程。历史啊，在这貌似简单的历史现象的重复过程中，你告诉我们的是什么？伴同历史脚步而放声吟唱的长短句歌词，你做出回答了吗？

结　语

中国词史，大体上经历了兴起期、高峰期、衰落期与复兴期四个阶段。纵观此四个阶段，南宋恰值高峰时期。它的时间很短，只有150余年（1127—1279），加上遗民词的创作，也还不足200年。比之唐（从中唐算起）、五代、北宋在内的兴起期（共约370年），时间约少200年。比之元、明的衰落期（共370余年），时间同样约少200年。比清代的复兴期（260余年），时间也约少近百年。但是，南宋词的价值、地位、影响，却远远超过词史上其他三个历史时期。因此，把南宋词归结为词史的高峰期，应当说是顺理成章，当之无愧的。如果可以把词史同中国诗史加以比较的话，那么，南宋词的地位应当说跟诗史中唐诗的地位差不多。在此，我们想借唐诗中的三个诗句来概括南宋词在词史上的高峰状态。

首先是“众星罗秋旻。”（李白《古风》其一）南宋词人为数众多，名家辈出。按本书《前言》所引统计数字，在《全宋词》可考的873人中，北宋227人，南宋则有646人。孔凡礼《全宋词补辑》又增补南宋词人49家（待考者未计在内）。不仅如此，伟大杰出的词人也多出现于这一历史时期；中国词史上最杰出的两位女词人——李清照和朱淑真——也都出现在南宋词坛。正是这些风格各异，俊彩纷呈的词人，像秋夜晴空的繁星一样，璀璨夺目，熠熠生辉。不论从词人的个体性，还是从词史阶段的群体性来考察，能够从总体上掩盖他们的辉光，或者超越并凌驾于他们之上，已经是不可能的了。到晚清以前的词史已经证明了这一论断。

其次是“文质相炳焕。”（同上）如果我们把形式与艺术技巧当成“文”来解释，那么，“质”则指歌词的内容、思想与情感。用这二者完美结合的标准来考察整个词史，南宋以前兴起期的词，虽不乏浑融之作，但整体上停留在娱宾遣兴、花前月下、诗酒流连，以寄其抑塞磊落之情，其所作亦多剪红刻翠之句，故文胜于质。而南宋以后的词，又恰因文与质的游离或跌落而形成衰落态。至清代，又为挽救此一衰落态势奋起努力，为使二者完美结合而促其复兴。由此观之，则形式与内容、艺术与思想完美结合的历史阶段非南宋莫属。南宋词在题材的广阔、感情的深细、技巧的精致、风格的多样、词体的完备等许多方面，都是它以前和它以后各历史时期难以企及的。南宋词比任何时期都紧贴时代的主潮，并伴随着时代的脉搏而跳动。爱国豪放词中所高唱的时代强音，如今仍在历史的回音壁上鞺鞳作响。南宋时期的历史风潮、重大事件，甚至日常生活在词人心中引起的微妙波动，在南宋词中均有生动而真实的反映，成为一般历史文献中难以发现的深潜层面的文化宝卷。南宋词不仅是研究与认识南宋历史的重要资料，而且是继承和发展中国诗歌不可缺少的文化遗产。

第三是“吟咏流千古。”（白居易《读李杜诗集因题卷后》）由于以上两种原因，南宋词对后世的影响也十分深远。正如前文所说，辛弃疾的出现标志着词史高峰期的到来。继之而起的姜夔、吴文英完成了婉约词艺术的深化与提高。他们和辛弃疾鼎足而三，共同屹立于词艺的高峰之巅，既震动于当时，又光照于后世。他们词作内容的高、阔、深，艺术技法的精、新、美，风格、体式的丰富多样和完整齐备，已达到词的极致。宋以后的词人几乎无一不笼罩于南宋这一词史高峰的阴影之下，不论他们在词的创作上有多大发展变化，均未能超出他们的晕圈。

刘勰在《文心雕龙·时序》篇中说："时运交移，质文代变。"[①]这个"变"字当然可用于文学史上的各种文学现象，但对南宋词史来说，却显得更为重要。因为这个"变"字是南宋词史的逻辑起点，也是这一段历史发展的归结。朱彝尊在《词综·发凡》中说："词至南宋始极其工，至宋季而始极其变。"[②]而南宋词史高峰的出现，正是在这巨大变化中逐渐形成与实现的。

首先是功用的变化。周济说："北宋有无谓之词以应歌。"[③]南渡之后，国土沦丧，大敌当前，豺狼当道，南宋词人义愤填膺，于是发而为"壮怀激烈"的政治抒情诗，并使词逐渐成为一种独立的诗体形式与案头文学。

其次是题材的变化。纵观全部中国词史，还没有任何一个朝代的文学作品能像南宋词这样，紧密配合时代的节拍，同平民百姓的心贴得这样紧。南宋之前很少入词的家国大事、历史兴亡、报国之心、偏安之恨、灭虏之情、安邦之志、民生之苦，至南宋则几乎无一不可入词，这是古今词史题材的一大转移。通过这一变化，打通了诗与词之间的疆界，使词得以跻身于诗史的大雅之堂，开始与诗平起平坐，分镳并辔。

---

① ［南朝梁］刘勰著，黄叔琳等校注：《文心雕龙校注》，中华书局1959年版，第283页。

② ［清］朱彝尊：《词综发凡》，朱彝尊、汪森编[0]《词综》，上海古籍出版社1978年版，第10页。

③ 唐圭璋：《词话丛编》第2册，中华书局1986年版，第1629页。

第三是风格的变化。北宋苏轼开创了豪放词风，但后继乏人。“靖康之变”，二帝被掳，宋室南渡，豪放词风才得以复苏，并成为整个南宋时期的主潮。辛弃疾通过大量思想与艺术完美结合的作品，将豪放词的创作推向词史的峰巅，奠定了其与婉约词并行不废的历史新格局，并且促进了婉约词向豪放词的倾斜和相互渗透，促进了词艺的深化与提高，出现了姜夔、吴文英这样有独创性成就的大词人，进一步巩固了南宋词史高峰的历史定位。

第四是意境的变化。随着爱国豪放词的出现，原来婉约词中很少出现的带有阳刚之美与悲壮之美的意象、意境大量出现。

第五是形式的变化。原来以短小的令词为主的北宋词，为以长调慢词为主的南宋词所取代，特别是最能反映豪气纵横、苍凉悲壮的词调大为普及。

第六，语言的变化。反映侧艳软媚的词语逐渐为反映豪情壮志的词语所代替，至少是在轻灵曼妙之外，又增加许多激昂、雄豪、悲壮的硬语。

以上六方面已足以说明南宋词的“极其工”与“极其变”了。这不仅是北宋词未能完成或来不及完成的，而且也是南宋以后历代词人难以企及的。因为这种变化是全面的，多层次的，带有根本性的。如果豪放与婉约两种词风中，只有一种词风发生巨大变化并由此登上词史高峰，那在此之前或在此之后，都可以容许别的时代与别的词人来填充这词史高峰上另一词风的空白。同样，如果上述六个方面还留下几个方面不曾发生变化，后人也还有许多工作可做。但南宋词人的成就实在过于全面和丰硕，他们不仅挤满了高峰上的席位，而且也没有留下多少可以让后人再加发挥的空间。这也许就是词史高峰的整体态势了。

那么，南宋以后，特别是清以后的现、当代就没事可做了吗？当然不是。正如赵翼在《论诗五绝》（之二）中所说："江山代有才人出，各领风骚数百年。"问题在于有必要很好地总结南宋词的经验，为后世提供借鉴。通过本书4章13节的简单论述可以看出，以下三点是南宋词极尽其变化之能事并由此而迅速登上词史高峰的重要原因。

一是历史的机遇。北宋灭亡，宋室南渡，对当时黎民百姓来说是极大的不幸。加之此后南宋王朝始终执行妥协投降的政策，更使民族迭遭耻辱，百姓吃尽苦头。但"国家不幸诗家幸，赋到沧桑句便工。"（赵翼《题元遗山集》）在国家的极大不幸中，众多的词人遭受到了生死的磨难与考验，其生活阅历、思想感情、性格胸襟都有不同程度的变化。词风的转变是时代造就，又是由一个个的词人具体来完成的。刘勰在总论"建安文学"时说："观其时文，雅好慷慨。良由世积乱离，风衰俗怨；并志深而笔长，故梗概而多气也。"[①] 南宋词也是志深笔长，慷慨多气，一反北宋词之珠圆玉润，四照玲珑。对此，前言尽之矣，兹不赘。

二是词人的自觉。总体来说，历史的机遇对所有人都是平等的。但每个人对待此机遇的态度又有所不同。由于这方面的不同，个人贡献之大小遂可有天壤之别。其关键是认知正确，态度积极，体验深刻，全力以赴，对所从事的事业与歌词创作做整体性投入，做前人不曾做过的事情。时代的机遇要靠词人主动争取与把握。词人只有将自身生命投入到创造性劳动中去，其作品才能有活泼而永恒的艺术生命。如前所述，南宋词人承担着比之前人更为沉重的历史负荷，南宋还有不少词人是用毕生精力来专业从事词艺的研究与词的创作的。时代没有抛弃他们，他们也没有

① ［南朝梁］刘勰：《文心雕龙校注》，中华书局1959年版，第284页。

辜负时代。这种主动、自觉、执着甚至是整个生命的投入，造就出南宋一大批风格与艺术个性均十分鲜明的词人，其词作既反映了时代的方方面面，又使南宋词坛焕彩增辉。

三是观念的解放。南宋词人的思想与审美观念，比前代大为开放。首先，他们冲破了词为艳科的藩篱，将词置于时代生活的广阔天地之中，使原来处于封闭状态的词体形式获得了全新的生命。其次，他们打破了“花间”以来的狭窄传统的束缚，不再吃前人嚼过的馍，而是面向诗、文、词、赋等所有的前代文化、文学遗产，积极地吸收，消化。南宋词已成为开放性极强的体系，它四面伸手，八面开花，使词的思想内容、艺术格调与表现手段丰富多姿，花团锦簇。

作为一个合格的词人，需要有高才、伟抱、真情、卓识。这几方面并非天性，至少不完全决定于先天。上面所归纳的一些内容，或者可以成为历史的借鉴，对词人的成长也会有一定的启迪。这样的借鉴与启迪，对南宋之后词史的发展是至关重要的。宋以后词史的衰落、转化、复兴，都不可避免地与南宋词的总结、认知、借鉴密切相关。总结南宋词的历史经验，将有助于更好地认识宋以后的词史，对发展当代诗歌庶几大有裨益。

后　记

经过重新整理，《南宋词史》终于脱稿了。

本来在完成《北宋词坛》（山西人民出版社，1986 年）以后，便着手修订旧稿，开始了《南宋词史》的写作，到 1988 年春，已完成大部初稿。后因学术著作出版困难，订数难以保证，便中途搁笔。去年冬，黑龙江人民出版社负责人得知此初稿积压窘况，便慨然应允予以出版，以鼓励学术事业的发展。得此消息，我们便立即着手修改、补充与续作。

近几年，中国的词学研究领域硕果累累。我们在可能的范围内尽力阅读能觅到的有关学术著述。没有这种学习、借鉴与参考，便不会有这本小书的出版。

在写作过程中，我们不断收到海内外师友寄赠的学术专著、相关刊物与科研论文。这些赠书，置诸案头，使我们得以随时请益。如业师吴小如先生的《古典诗文述略》《诗词札丛》，敏泽先生的《中国文学理论批评史》《形象·意象·情感》，裴斐先生的《诗缘情辨》《文学原理》，缪钺与叶嘉莹先生的《灵谿词说》，叶嘉莹先生的《迦陵论词丛稿》《王国维及其文学批评》《唐宋词十七讲》《中国词学的现代观》，吴熊和先生的《唐宋词通论》，蔡厚示学长的《诗词拾翠》（一、二集），钱鸿瑛学长的《周邦彦研究》，袁行霈学长的《中国诗歌艺术研究》，汪贤度学长校点的《稼轩长短句》，王启兴学长的《唐代艺术诗选》，吴企明先生点校的《癸辛杂识》，苏者聪先生的《历代女子词选》《闺帏的窥视——唐代女诗人》，胡明先生的《南宋诗人论》，喻朝刚先生的《辛弃疾及其作品》，朱德才先生的《辛弃疾词选》，王兆鹏先生的《张元幹年谱》，王步高先生的《历代田园诗词选》，许新璋先生的《诗词鉴赏概论》，此外尚有许婉如女士寄赠新刊胡云翼《宋词研究》，杨重华先生寄赠朱庸斋《分春馆词话》，陈邦炎、张奇慧校点、杨铁夫笺释《吴梦窗词笺释》。黄钧学长寄赠马积高、黄钧主编之《中国古代文学史》（上、中、下三册），黄保真先生惠赠蔡仲翔、黄保真、成复旺所著《中国文学理论史》（共五册）。最近，又蒙台湾学者林玫仪先生惠赠《词学考铨》，王保珍先生惠赠《淮海词研究》等。还有一些赠书，虽书名似与拙稿无直接关涉，但其研究方法与治学经验，仍对我们多有启发。特别是缪钺先生与叶嘉莹先生，他们正在撰写的《灵谿词说》续篇，每一发表，便即时惠赠，无一遗漏，得益更多。使我们永难忘怀的是，缪钺先生在抱病卧床之际，还特地为本书撰写书名。在此，谨向给予我们无私帮助的各位师友先辈表示由衷的感激和深挚的敬意。

没有黑龙江人民出版社的真诚支持与慷慨援助，这本书是不会问世的。对此，我们将永志不忘。

“文章千古事，得失寸心知。”我们恳切地期待着专家学者和热心读者的批评教正。

陶尔夫　刘敬圻

1992 年 8 月

重印后记

拙著《南宋词史》出版以后，曾得到读者和师友们的批评鼓励。由于印数太少，很快便销售一空。此次重印，对作者来说，自然是值得高兴的事情。

有的朋友看到这本书以后，问："《南宋词史》为什么选择北宋《清明上河图》做封面？"我们当时的回答跟后来读到张光福的《中国美术史》中的一段话相近。该书说："《清明上河图》在南宋有很多摹本，在市面上以一两金价发售，这和南宋人缅怀故都繁华的情感有密切关系，也足见这幅作品对当时市民生活的影响，有重大的现实意义。"贯穿《南宋词史》始终的最强音，就是收复失地，重整河山，完成国家的统一。南宋人缅怀故都，渴望统一，因而喜爱《清明上河图》。这跟南宋词人作品中经常出现的"故都""故国""神京""乡国""长安"等词语，表达的是同样性质的思想情感。这次重印，本想建议换一幅南宋的名画，如马远的《对月图》，夏圭的《长江万里图》，但似乎均不如原选《清明上河图》能启发联想，含有深意。我们的上述理解尚未征求过责编和封面设计者的意见，不知这种解释是否符合他们的原意。

由于校对粗疏，第一次印刷曾出现不少错字。使我们不安的是，有的重要专著如刘扬忠先生所赠《辛弃疾词心探微》，本是置于案头，随时研读，得益最多，但《后记》中却遗漏了；有的师长、学者所赠专著的书名也有错讹。这里谨向这些师长、学者和读者们致歉！

本书出版后曾烦请诸葛忆兵君代为校订，为这次重印改正错讹提供了很好的基础，特向他表示谢意！

作　者

1994 年 1 月

再版后记

世上的事总是被一种或隐约或显敞的因果链绾结在一起，激扬或消损着人们的生存状态。大到命运，小到日常行止。

比如，《北宋词坛》[①]的出版诱发出《南宋词史》的构建，《南宋词史》的面世又激活了重写《北宋词史》的创意，而《北宋词史》的完成[②]又呼唤着《南宋词史》的再版。于是，修订与重印《南宋词史》的工作，顺乎自然地摆到了日程上。

此次重印距第一版已有十六个年头，距第二次印刷也已超过十载。这是一段不算太长也不算太短的日子。词学研究在这十多年间硕果累累，频频给人惊喜。倘陶尔夫在世，必定十分珍惜当下魅力四溢的学术境域，十分珍惜此次修订与重印《南宋词史》的机遇，必定将他万般珍惜的良师诤友们的指点和建议愉快地融入到再版的词史中去。可叹这只是永远的假设与梦幻了。七年前，当他被另一个世界仓促地神秘地招去的那一瞬间，已经揣走了他一桩桩未了的学术心愿，尘封了他日积月累、回旋心际的复合体验，从而让南北宋两部词史永远卸不掉“未曾写完”“遑说尽兴”的遗憾。

---

① 陶尔夫：《北宋词坛》，山西人民出版社1986年版。

② 陶尔夫 诸葛忆兵：《北宋词史》，黑龙江教育出版社2001年版。请参见该书“书后”。

没有了陶的参与，眼下的修订工作只有在表层和细部上特别用力了。其一是对“正文”做点点滴滴的修补，其二是对“引文”（类别不一的引文）进行逐一校正。两项工作的内驱力都源于对客观谨严的学术规范的尊崇。

经点点滴滴的修补之后，“前言”部分的文字有较大幅度的删削；将“词坛的重建期”调适为“词坛的转型期”；朱敦儒的卒年，依旧采用“刘扬忠说”，但增加了一条注释：“朱敦儒卒年一般作 1159……”；向子湮祖籍原采用“临江”说，今据王兆鹏《两宋词人年谱》[①]，改为“河南开封人，南渡后寓居临江”；张孝祥生平处，原引《宣城张氏信谱传》为重要佐证之一，今据辛更儒《张孝祥于湖先生年谱》[②]增写补充说明，将辛著对此传真伪的质疑与考辨成果介绍给读者；吴文英一节中，增补一小段文字，以强调清代部分词评家对梦窗词的偏爱与推重。余不一一。

耗时最多、用心最苦的是校正“引文”。十多年前的著作中对引文的处理比较随意，远不似今日出版物中的“五有”“四有”那么详备。《南宋词史》征引古今中外相关著述八百余处（不含所引宋词或宋词片段），不少引文的具体出处语焉不详。即使将相关著作捧在手中，也要逐字逐句逐页逐章地反复翻检，从而千百次领略了大海捞针的苦乐酸甜。与上述八百余处“引文”相比较，校对另一类“引文”即所引宋词（含片段）的工作则相对顺利，那是因为毕竟有一部便于检索的《全宋词》提供了方便。全书所引宋词均以唐圭璋主编的《全宋词》（中华书局 1965 年版）为底本，参照朱德才主编的《增订注释全宋词》（文

---

① 王兆鹏：《两宋词人年谱》，台湾文津出版社 1997 年版。

② 辛更儒：《张孝祥于湖先生年谱》，台湾五南图书出版公司 2003 年版。

化艺术出版社 1997 年版）一一校过。凡与《全宋词》不合而又不宜变动者，都一一说明所依版本之出处。

校正引文的工作全部由两位年轻朋友刘耳（文学博士，哈尔滨工业大学人文学院教授）和刘玮（黑龙江大学文学院讲师，已赴中国人民大学脱产读博）承担。他们古道热肠，惠人无私，百忙中拨冗鼎力助我。直面他们诚朴纯粹的友情，我从不诉说心中的感激，因为任何发自肺腑源于心底的道谢词语都显得苍白无力。但我是相信好人终有好报的。两位年轻朋友将先后调往一个极清丽极干净的海滨城市去任教，愿好运气一路伴随他们，像海水共长天那样和美，壮阔，永恒。

刘敬圻

2004 年初夏